解放军外国语学院亚非文库

东南亚文学论集

钟智翔 ◎ 主编

DONGNANYA WENXUE LUNJI

世界图书出版公司
广州·上海·西安·北京

图书在版编目（CIP）数据

东南亚文学论集/钟智翔主编.—广州：世界图书出版广东有限公司，2017.7
ISBN 978-7-5192-3288-7

I.①东… II.①钟… III.①文学评论—东南亚—现代—文集 IV.①I330.065-53

中国版本图书馆 CIP 数据核字（2017）第 148414 号

书　　名	东南亚文学论集
	DONGNANYA WENXUE LUNJI
主　　编	钟智翔
策划编辑	刘正武
责任编辑	张东文
出版发行	世界图书出版广东有限公司
地　　址	广州市海珠区新港西路大江冲 25 号
邮　　编	510300
电　　话	020-84451969　84459539
网　　址	http://www.gdst.com.cn/
邮　　箱	wpc_gdst@163.com
经　　销	新华书店
印　　刷	广州市德佳印刷有限公司
开　　本	787 mm × 1092 mm　1/16
印　　张	30.5
字　　数	452 千字
版　　次	2017 年 7 月第 1 版　2017 年 7 月第 1 次印刷
国际书号	ISBN 978-7-5192-3288-7
定　　价	65.00 元

版权所有　侵权必究

咨询、投稿：020-84460251　gzlzw@126.com

（如有印装错误，请与出版社联系）

目录 contents

---文学综论---

多元文化交汇与发展中的东南亚文学
　　——兼论东南亚文学史研究　/ 尹湘玲 / 2
越南神奇故事的叙事形象　/ 谢群芳 / 14
越南李朝与陈朝时期的汉文禅诗研究　/ 黄健红 / 30
越南新诗运动的艺术成就　/ 冯　超 / 40
1930—1945年越南批判现实主义文学的特点　/ 阳　阳 / 53
1945—1975年的越南文学与民族国家想象　/ 赵　爽 / 63
越南现代军事文学的文化心理和审美特质　/ 祁广谋 / 76
越南当代小说中的人物形象　/ 佘富兆 / 85
老挝抗美救国时期的解放区文学
　　——兼论两个政治区文学的形成　/ 黄　勇 / 98
泰国近代文学的兴起与发展历程　/ 李　健 / 109
泰国的皇家文学　/ 李　健 / 122
20世纪缅甸的长篇小说　/ 尹湘玲 / 135
缅甸的罗摩戏剧　/ 周　正 / 163

缅甸密达萨写作风格对蒲甘碑铭文学的借鉴分析
　　——以基甘辛基《父亲给两个儿子的密达萨》为例　/ 邹怀强 / 172

马来西亚班顿诗起源初探　/ 谈　笑 / 181

迷失与觉醒
　　——日本统治时期的马来文学　/ 谈　笑 / 194

──────── 作家作品分析 ────────

越南传说《一夜泽传》的流传文本及其叙事内在逻辑
　　/ 徐方宇 / 208

从《扶董天王》看越南神话中的民族独立意识　/ 范　沁 / 226

越南古典名著《金云翘传》的艺术风格　/ 韩凤海 / 235

阮攸出使中国清朝途中的汉文诗创作
　　——解读《北行杂录》　/ 周　磊 / 247

越南"六八体诗"《花笺传》人物形象解读　/ 张　敏 / 263

缅甸"实验文学旗手"的爱国情结
　　——评佐基诗歌的创作思想　/ 申展宇 / 283

达贡达亚与缅甸"新文学"运动　/ 尹湘玲 / 294

摩摩茵雅笔下的女性文学　/ 尹湘玲 / 308

缅甸古典畅想小说《宝镜》探析　/ 尹湘玲 / 324

《琉璃宫史》中的文学世界　/ 尹湘玲 / 334

非理性的自我存在
　　——伊万·西马杜邦小说的人物塑造及其根源　/ 王　辉 / 344

印度尼西亚女作家恩哈·迪尼长篇小说《启程》中的女性形象分析
　　/ 张　燕 / 354

———————— 文学文化关系 ————————

中国文化对越南古典文学的影响　/ 赵　爽 / 370

越南喃字文学中的中国古典文学元素　/ 王丽娜 / 381

中国明末清初才子佳人小说在越南　/ 熊凤英 / 393

佛教对越南古代文学的影响　/ 周联霞 / 406

从越南神奇故事看越南的民族认同　/ 谢群芳 / 418

中国对越南《金云翘传》的研究　/ 李华杰 / 429

《三国演义》对泰国文学的影响　/ 熊　韬 / 442

缅甸"实验文学"与中国"五四"新文学之比较　/ 马　昂 / 450

从《芭旺布迪与芭旺梅拉》看传统马来社会　/ 谈　笑 / 468

后　记　/479

文学综论

多元文化交汇与发展中的东南亚文学
——兼论东南亚文学史研究

■ 尹湘玲

【摘　要】东南亚是世界四大文化汇聚交流的舞台，在多元而复杂的文化生存背景下，东南亚文学经历了孕育萌动期、传统成型期、近代转型期和现代发展期四个历史阶段，在民族性与时代性的结合中获得了强劲的生命力，并以自己独特的民族精神文化参与世界文学的共同发展。对东南亚文学的整体研究，应当具备"区域意识"和"经纬意识"，站在世界文学和东方文学体系的宏观视角上，整体审视东南亚文学的发展轨迹和内在规律性。

【关键词】东南亚文学进程；文学史分期；文学史观

东南亚文学是东方文学的重要组成部分，是东方文学中独具特色的一部分。它的独特性源自其文化的多元性和多样性。东南亚地处中国和印度两大文明古国之间，得天独厚的地缘条件使东南亚在其早期历史发展阶段就受到中国文化和印度文化的影响，尤其是印度文化通过宗教渠道在东南亚广泛传播，11世纪前，除越南北方确立了中国儒学文化的统治地位外，东南亚的其他国家都处在印度佛教或印度教文化的影响圈内。11—14世纪，缅甸、泰国、柬埔寨、老挝的大乘佛教基本上消融，"小乘佛教文化圈"最终形成（贺圣达，1996：194），在这些国家绵延几百年的封建社会发展史中，小乘佛教一直保持独尊的地位。而在东南亚南半部海岛地区，13世纪前后开始了宗教和文化上的转型，阿拉伯伊斯兰文化伴随穆斯林商人的贸易活动自沿海向内地传播，伊斯兰教的影响迅速扩大，至16世纪逐渐取代印度文化成为印度尼西亚和马来半岛占统治地位的宗教文化。16世纪后由于西班牙入侵，天主教逐渐成为菲律宾占统治地位的宗教。19世纪以后，伴随西方殖民者对东南亚各国的政治军事侵略和经济掠夺，西方近代文化和基督教的影响波及并深入东南亚，强烈冲击东南亚传统文化，成为近代东南亚文化转型的支配性影响源和不可抗拒的外在动力。在漫长的历史进程中，儒学、佛教、印度教、伊斯兰教、基督教都先后对东南亚地区产生了广泛影响，葡萄牙、西班牙、荷兰、英国、法国和美国在这里有过殖民经历，大量华人华侨进入东南亚，在各国形成了规模不等的华人社会，促进了中华文化的传播。古代，东方三大文化在这里"交光互影"，与东南亚各地本土文化重叠并存，相互渗透，那些彰显着本土民族个性特征，同时又融入了多种外来文化风格和艺术元素的古老遗迹遗物遗风，至今记录着东南亚灿烂多彩的古代文明。近现代以来，对西方文化的借鉴吸收融合，使东南亚文化更加异彩纷呈。然而由于社会经济发展的不平衡性和地理、人文、民族等多方面因素的影响，东南亚并没有出现在整个地区居于主导地位的文化和宗教。相反，其多元性、多样性更加突出和明显。东南亚文学正是在这样一种多元而复杂的文化生态环境中生发、生存和发展的。

一、东南亚文学进程与历史分期

文学是社会文化系统中的一个构成因子，文学的道德价值、历史价值和美学价值都是在一定的文化里得到表现和认定。文化对文学的制约十分明显。在东南亚文化生存背景下，东南亚文学的演进过程大致经历了以下四个阶段：

（一）孕育萌动期（3、4世纪—13世纪前后）：从具象思维到理性思维，从审美意识的萌发到口头文学创作，从口耳相传到成文写作，书面文学初露端倪。

在东南亚早期文明阶段，神话、民歌民谣、史诗是相对发达的文学样式，口头流传性是其特点。神话是人类征服自然能力还很低下的时代的产物，它既是原始的文学创作，又是神灵崇拜等原始宗教的反映。在东南亚地区流传的创世神话、人类及民族起源神话、关于自然现象的神话等等，都充满神秘的象征和幻想的支配力量。比如，由动物、植物图腾崇拜演变成人类起源的神话在东南亚各国十分普遍，这与东南亚地区的自然地理特点不无关系。

民歌民谣的产生与生产劳动密切相关。劳动创造了世界和人自身，也创造了从事艺术创作的生理条件。在从事集体生产劳动中，为了协调动作统一步伐，自然地发出具有节奏感的劳动号子。而在劳动过程中，人的主体创造力得到了实现，外化在劳动对象上，就产生了创造的喜悦，审美感知由此产生。如越南的劳动歌谣、缅甸的插秧曲、柬埔寨的采桑歌等等，无一不是"劳者歌其事"，是劳动者在生产劳动中感情活动的自然流露。在东南亚海岛地区，一些表达各民族喜怒哀乐之情或爱情的民歌也多与劳动及劳动环境交织在一起。

碑铭文学被称为书面文学的基石。东南亚一些国家早期出现的碑铭的内容多是关于王朝的记载和佛事功德的记录。从文体上看，印度尼西亚和缅甸的碑铭多为纪事散文，而柬埔寨的碑铭多为韵律严谨的古诗歌体，都具有浓郁的民族特色。碑铭的文学价值和历史价值同样重要。如缅甸蒲甘碑铭中最具代表性的一方《妙齐提碑》（刻于1112年），全文用词洗练，笔调流畅，对话简洁朴实，叙事抒情兼而有之，被认为是缅甸最古的短篇小说的雏形。

越南书面文学的滥觞是汉语文学，早期诗文中充盈着禅宗的思想和哲理。在东南亚用当地民族语言创作的书面文学，最早见于古爪哇语的

"格卡温"作品,它直接源自对印度两大史诗的移植和模仿,反映出印度宗教和文学对当地文学的深远影响。

（二）传统成型期（13世纪前后—19世纪中叶）：文学意识从自发走向自觉,在对同质先进文化和文学的认同、吸收、创造中形成严整的民族性艺术规范体系和文学传统。

东南亚古代文化的特点十分突出,即传统的农业生产方式、封建专制制度和与之相适应的宗教意识形态相结合,构成君权与神权的高度统一。在文学上的体现就是形成了在封建统治时期一直占主导地位的宗教文学和宫廷文学。

佛教与文学之间具有天然的亲缘性,佛教以其丰富深厚的蕴涵为文学作品提供了创作源泉,文学又为弘扬佛法服务。在东南亚小乘佛教文化圈的缅甸、泰国、柬埔寨、老挝的古代文学中,佛教文学和宫廷文学属正统文学,封建帝王们正是以佛教教义来统一人们的思想意识和哲学观念,以佛教戒律来约束人们的道德修养和言行举止。文学同样是统治阶级进行道德传播的媒介和工具。佛教文学说到底是为封建统治政权服务。佛教经典,尤其是《佛本生故事》是作家们取之不尽的创作素材。这些佛经故事在进入各国作品时都经过选材和艺术加工过程,文学体裁上经过艰苦的再创作,将原来的散文体佛经故事创作成具有民族特色的长诗、诗体小说、戏剧等,内容上经过民族化,使主题得以深化和升华。

在伊斯兰教占统治地位的海岛地区,见诸文字的马来古典文学是在伊斯兰文化传入之后开始发展起来的。马来伊斯兰王朝建立后,即用伊斯兰教的意识形态作为巩固政教合一的王朝统治的基础。马来伊斯兰教经典文学就是以《古兰经》等经典为指导和基础,结合马来王朝的特点和需要而建立起来的具有意识形态权威的宫廷宗教经典文学。教义传播和文学交流往往同时进行,富有传奇性的伊斯兰教先知英雄故事的流传不仅为马来历史传记文学开辟了道路,而且也促进了备受市民阶层喜爱的"希卡雅特"文体的兴起。

在越南虽然没有出现典型的宗教文学，但与中国化佛教——禅宗的渊源极深，在越南的汉语诗文中充满了禅宗的意境。那些出自王朝统治者和高僧的作品内容多涉及佛教哲理。

东南亚各国的宫廷文学是封建王朝时代兴起并发展起来的一种文学现象，它有特殊的创作群体、表现主题及艺术特质。其内容是记录王朝世系的历史、宫廷典仪、王公贵族的生活、歌功颂德、点缀升平。其中不乏封建帝王及王族成员的有感而发，更多的是宫廷御用文人的应制奉和之作。它集中体现了统治阶级的政治理想、生活情趣和审美意趣。同时也渗透着强烈的宗教思想。

宗教文学和宫廷文学居于统治地位后，抑制了民间文学的发展。但各国情况并不平衡。泰国和越南的民间文学都有较高层次的发展，如"平律格仑诗之冠"《昆昌昆平》是泰国古代文学鼎盛期的代表作，越南古典文学名著《金云翘传》吸收了民间歌谣的语言元素和表现手法，极大丰富了作品的艺术感染力。这些作品都堪称文学史上的瑰宝。

（三）近代转型期（19世纪中叶—20世纪中叶）：从封闭保守到开放兼容，在对传统的扬弃更新和与异质文化的冲突对抗、互识互补中实现文学的近代化过渡转型。

近代以来，殖民统治取代了东南亚各国的封建王朝统治，西方工业文明猛烈撞击东南亚传统农业文明及其社会组织，西方资产阶级文化强烈冲击以宗教信仰为核心的东南亚传统文化。西方资本和资本主义生产方式的涌入，近现代商业贸易、交通、教育、城市、民族工业和民族资本的出现，这一切都从根基上动摇了东南亚长久以来自给自足、封闭保守且稳定不变的传统农业生产方式和寺庙教育，也改变了东南亚文化发展的既定轨道。东南亚文化发展明显发生危机和断裂，同时又进行急遽的重组与更新。伴随着殖民地社会的全面形成，东南亚文化被推向了重要的近代转型时期。文学作为文化系统中最敏感的构成因子，作为社会发展进程的启蒙工具和舆论先导，无疑更加突出地呈现出种种变革和转型的特征。

文学体裁的变革首先显现，伴随近代商业中心、都市文化、市民阶层的出现和印刷术、教育的普及，东南亚近代新小说应时而生。近代小说在叙述语言、叙述方式、题材、主题表现上都发生了一场革命。越南小说开始脱去骈文和章回小说的痕迹，推广拉丁化文字。缅甸、印度尼西亚等国家的作家们突破韵文及韵散杂糅等语言文体上的束缚，开始使用通俗易懂、文路开阔、可自由挥写的白话散文进行创作；走出神话传说和宗教故事，将目光转向广阔的社会人生；改革宗教文学及寓言故事旧的叙事方法，广泛借鉴西方的艺术观念和技巧，使文学获得了现代的形式与内容，呈现出新的活力、新的面貌。这一变革大多从翻译、改写、模仿西方小说开始，继而进入独立创作阶段。较典型的是东南亚唯一没有沦为殖民地的国家泰国，西方文学作品翻译之风给泰国文坛吹进了一股清新空气，也催生了泰国第一部短篇小说和第一部长篇小说的问世。

域外文学观念的借鉴和实践推动文学全面转型和发展。随着西方的殖民入侵，民族主义从西方传到东方。而民族主义在东方的传播又促成了东方民族意识的觉醒，凝聚了摧毁西方殖民主义的精神力量。东南亚的民族主义诞生于反殖民主义、反帝国主义的斗争浪潮，民族主义文学成为反殖民主义文学的同义词。缅怀民族的辉煌历史，振兴民族语言、宗教和教育，维护捍卫民族传统文化，激发民族自豪感和忧患意识，反对奴化教育，抵制西方物质文明，这些不仅是东南亚国家站在民族解放斗争前列的民族精英们的口号和行动宗旨，也是东南亚民族主义文学作品所表达的思想主题。印度尼西亚民族运动先驱迪尔托·阿迪·苏尔约、著名诗人穆罕默德·耶明、萨努西·巴奈、缅甸爱国诗人德钦哥都迈等等，都是以文学为武器向殖民统治者展开斗争。

产生于近代西方的浪漫主义、现实主义、自然主义、象征主义、存在主义、社会主义等世界性文艺思潮，自20世纪20年代以来广泛影响东南亚文坛，成为不同文学流派、文学运动产生的动因和驱使力量，推动了东南亚民族文学的重新建构。在东南亚文坛出现了民族资产阶级的个人反封建文学、无产阶级反帝革命文学、探索时代的"实验文学"、社会改良文学和进步文学等等，其作品所表现的文学主题都是对国家前途、民族命运的关切和反思，对人的价值、生存状态的追问和思考。不同倾向的文学对不同文学观念和创作方法有所倚重，如反帝反封文学（尤其是长篇小说）更倾向于现实主义的真实性和社会批判性，偏重对客观生活的反映。实验文学（尤其是诗歌）则更青睐于浪漫主义，偏重对理想感情的热烈抒发。但同时各种文学观念又呈现出互补与互渗性，没有一种文学现象持有的是单一的文学思想和创作原则，而同一种文学思想和创作方法在东南亚各民族文学中又都有各自的独特反映。

对西方文化、文学的本土性转化和对传统文化、文学的现代性改造，始终贯穿于东南亚文学近代转型的整个过程。西方文化和文学长驱直入，对东南亚各民族文学产生了支配性影响，但不可能改变其传统基因。意识形态上，伊斯兰教对印度尼西亚和马来西亚的近代文学影响依然强烈，缅甸等佛教国家的文学受佛教思想影响依然根深蒂固，文化冲突始终存在。尽管近代转型的过程充满冲突对抗和血与火的斗争，但文学的文化生存空间在这一过程中得到了极大扩展，它必然带来文学意义内涵的转移与变迁。

（四）现代发展期（20世纪中叶至今）：从文化冲突到文化融合，在民族性与时代性相结合中迈向世界性的文学时代，并在"民族性"与"世界性"的对立统一中探寻民族文学发展的道路。

第二次世界大战以来，世界发生了深刻变化。随着殖民体系的土崩瓦解，东南亚各国先后迎来了民族独立。东南亚文学的发展进入了新的历史时期。战后及独立初期的东南亚文学更加贴近社会和人生，在一个时期内较为集中地反映了各国民族独立战争的进程，揭露战争给东南亚带来的深重灾难和损失，记录人民的苦难和抗争，讴歌民族斗争精神。

印度尼西亚、越南、缅甸、泰国等国都出现了具有文学史意义的现实主义力作。在西方各种现代派潮流和马列主义革命潮流的交叉影响下，东南亚一些国家先后掀起"为人民（人生）而艺术"和"为艺术而艺术"的两种文艺观、文艺路线的论争，在这场理论争鸣和创作实践活动中，东南亚进步文学得到长足发展，现实主义创作方法得到充分肯定和推崇，逐渐成为文艺思想和创作的主流。20世纪中叶，西方文学形成了现代主义乃至后现代主义、现实主义、社会主义左翼文学三峰并峙的格局。对这些外来思潮的选择和植入，取决于东南亚民族的历史命运、发展道路取向和社会文化土壤的适应性。社会主义文学观念在一定时期内对东南亚文学的发展起到了促进作用，产生了深远影响，也留下了不尽的思考。而对现代主义文学的接受和借鉴则始终经历着坎坷的历程。

　　战后迅猛发展并一直延续至今的第三次科技革命给人类带来了前所未有的巨变。它不仅极大地推动了人类社会经济、政治、文化领域的变革，而且也深刻地改变着人们的生活方式、思维方式和文化价值观念。20世纪80年代中后期以来，伴随着经济和科技的全球化，多元化的世界文化格局继而形成，世界性文学浪潮势不可挡。在这样的"全球化"语境下，东南亚文学与异域文化文学的交流对话异常活跃，普遍呈现出多元化创作趋向，同时也面临民族性与世界性对立统一的新课题。如印度尼西亚的表现主义诗歌和现代派小说，泰国的心理小说，缅甸的"新风格"、"新感受"短篇小说及新诗中的存在主义元素等等。也有个别作家仍对现代主义抱排斥和批判态度，如缅甸有文学批评家称它是疏离缅甸民族思维方式和审美观念的一种表现形式。不管怎样，对创作方法的选择不再是单一的、封闭的，而是多元的、开放的。尤其对流派纷呈的现代主义、后现代主义文学的各种方法、技巧的借鉴往往与本民族文化传统和心理素质相结合，形成了与现实主义、浪漫主义交融互渗的创作风格。

　　站在世界文学和东方文学体系的宏观视角上审视东南亚文学的发展轨迹和内在规律性，不难发现文学的发展不仅取决于经济基础，而且取决于上层建筑的各种因素。文学传统的制约、时代思潮的感染、外来文学的影响会形成一种合力，共同驱动文学向前发展，在发展中不断获得新的特质。当东南亚文学冲破传统的宗教文学和宫廷文学的窠臼，构建起反映广阔的社会人生的新文学时，其价值取向与审美特质都发生了变化。创作方法的引进和选择五花八门、此消彼长，但现实主义始终是20世纪以来东南亚文学一以贯之的主要创作方法，这与东南亚国家20世纪所经历的坎坷历史命运和曲折历程密切相关。现实主义在东南亚各文学阶段的表现形态并不尽相同，20世纪前期，现实主义多与无产阶级文学思想相辅相成，而20世纪后期现实主义与现代主义既对立冲突，又在实践意义上呈现互补互渗，形成了一个具有开放性和包容性的体系，但它的基本精神和原则仍然是凸显的。

二、东南亚文学史研究与文学史观

如何构建东南亚文学史的框架体系，对历史长河中纷纭驳杂的文学现象和作家作品如何梳理、取舍和选择，对它们之间的联系和内在规律如何揭示、剖析和评价，都取决于研究者的学术视野和文学史观。我们认为东南亚文学史的研究应当具备"区域意识"和"经纬意识"。

"区域意识"体现在研究的整体观上。东南亚文学史的研究属于区域文学史的研究，它不应是区域内国别文学史的简单拼凑，而是整体框架中的综合性研究，要特别注重揭示东南亚区域内各国文学之间的相互联系和共通性。但整体性不是一体性，文化多样性是东南亚文学的突出特点，这一点不容忽视，必须用整体观和多元观相结合的眼光审视东南亚文学的发展，客观呈现出东南亚文学的整体风貌和内部结构，这是揭示东南亚文学基本特征及发展规律的科学可行的方法。

"经纬意识"体现在历时研究与共时研究的结合上。我国东方学家季羡林教授曾经指出："任何国家任何时代的文学（文化的一个重要组成部分）都包含着两方面的因素：民族性和时代性。代表民族性的民族文学传统是历时形成的,这是锦上的南北方向的直线,可以算是经,代表时代性的是民族文学随时代而异的现代化,这是共时形成的,这是锦上的东西方向的纬。经与纬,民族性与时代性相结合就产生了每一个时代的新文学。"(乐黛云,1998:4)任何国家和地区的文学都是在纵向继承与革新、横向借鉴与融合中获得强大生命力的,东南亚文学的发展同样不能违背这样的历史规律。因此,对东南亚文学的考察应当从纵向和横向两个方面进行,既要考察民族文学传统形成的历时过程,又要考察它在各个时代的共时特征,在二者的交叉点上探寻其内在特质和流变规律。

科学的文学史观是在尊重文学史原貌和客观史料的基础上,对构成文学史的诸多元素——思潮、运动、流派、作家作品及其关联等,在一定的理论框架内严格筛选和客观评价。凡进入文学史的各要素均应是具有历史价值和经得起检验的。东南亚文学史研究的对象是东南亚文学发生、发展的历史过程和其中互为关联的文学现象,是文学发展的规律性。其文艺学属性和历史属性都不可改变。文学作为社会意识形态,本来就是一种社会的历史的现象,总是与一定的时代思潮相联系。因此必须把它放在社会的历史的背景中加以观照,才能正确地理解它的发生发展的原因和规律,科学地评估它的意义和价值。文学又不同于一般的意识形态,它是人对现实的审美观照,是人类审美活动的产物。因此又必须把握好文学的审美特性,对其进行美学的分析和评价。我们应当坚持马克思主义关于"美学的观点"与"历史的观点"有机统一的文艺批评方法,将美学批评、社会历史批评、文化批评的多维视野引入东南亚文学史研究,拓展研究的深度和广度。在东南亚文学史研究中,我们既要吸收学术界认可的研究成果,更要彰显自身的学术研究个性和创新,在"史"与"论"的结合中体现出创造性构思和独特见解,以科学求实的态度为学界奉献有价值的研究成果。

三、结语

在当代世界文学总体格局中,东南亚文学是远离中心的一元,在整个东方文学体系中也是处于各大文化圈的边缘。但在全球化文化视野中,边缘地带即是交汇地带。作为世界上民族、语言、文化多元性最为突出的一个区域的文学,东南亚文学的独特性和重要性日益凸显。在这块弥足珍贵的文学湿地上,孕育着最为多样性的充盈着生命活力和潜力的文学资源,在世界文学生态系统中具有不可替代的特殊功能和价值。如果说东南亚文学与世界文学的关系在古代由于东方三大文化圈的中心向外辐射和影响而呈现出单向授予性和受惠性特点的话,在近代由于西方文化在强势物质力量支持下实施扩散和影响而呈现出被迫性和不平衡性特点的话,那么进入现代以来这种状况则发生了根本性的变化,东南亚文学与东方各地区文学之间、与西方文学之间都越来越趋向互认互补、受惠施惠的双向交流态势。世界在发展,历史在进步,当今的世界四大文化体系已不是初传东南亚时的单一形态,无论是东方各大文化之间,还是东方文化与西方文化之间,彼此都在相互吸收融汇、兼容并蓄、扬弃更新。在当今世界性的文学时代,东南亚依然是世界四大文化体系汇聚交流的舞台,丰富性、多元性依然是东南亚文学的显著特点。在全球性当代意识的诠释中,东南亚文学不是一个封闭的、孤立的区域本位文学,而是一个开放的概念,是作为世界文学的有机一元与其他区域文学相互参照共同建构世界文学体系,以自己独特的声音和鲜明的区域民族文化特征参与世界文学的交流和对话。东南亚文学从世界先进文化文学(包括同质的和异质的文化文学)中汲取营养,不断更新和完善自己,又以自身的发展不断丰富和繁荣世界文学。

参考文献

[1] 贺圣达. 东南亚文化发展史[M]. 昆明：云南人民出版社，2011.

[2] 季羡林. 东方文学史[M]. 长春：吉林教育出版社，1995.

[3] 梁立基，李谋. 世界四大文化与东南亚文学[M]. 北京：经济日报出版社，2000.

[4] 梁立基. 印度尼西亚文学史[M]. 北京：昆仑出版社，2003.

[5] 乐黛云. 中西比较文学教程[M]. 北京：高等教育出版社，1988.

[6] 栾文华. 泰国文学史[M]. 北京：社会科学文献出版社，1998.

[7] 王向远. 东方文学史通论[M]. 上海：上海文艺出版社，2003.

[8] 姚秉彦，李谋，杨国影. 缅甸文学史[M]. 广州：世界图书出版公司，2014.

[9] 于在照. 越南文学史[M]. 广州：世界图书出版公司，2014.

越南神奇故事的叙事形象

■ 谢群芳

【摘　要】越南神奇故事的叙事形象多姿多彩，主人翁、神奇助手，正面人物、反面角色等极具代表性和典型性。这些形象带着越南民族特征，既呈丰富多样化，又表现出类型模式化。

【关键词】越南民间文学；神奇故事；叙事形象

故事中的人物是叙事直接所指的对象，也是故事情节的主要践行者和推动者。各类民间故事中的人物尽管多种多样，但是因为故事的奇妙、趣味性和人物的典型代表性，总是最令人难忘而记忆犹新。越南神奇故事[①]中的人物亦可谓多姿多彩，除了故事的主人翁，还有形形色色的其他角色，如各种神奇的助手及神奇宝物等。不管在哪个故事里面，只要我们深入地做一些分析，就不难发现，这些人物形象（包括非人物的角色）既呈丰富多样化，又都表现出类型模式化。

一、命运多舛而贤良的主人公

人物是故事中的重要组成要素，越南神奇故事中，如主人公，其中

[①] 故事文本来源于：周春延. 越南古代故事选集. 35篇, Chu Xuân Diên, Lê Chí Quế. Tuyển tập truyện cổ tích Việt Nam (phần dân tộc Việt) [M]. HN: Nxb Đại học và Trung học chuyên nghiệp, 1987; 阮董芝. 越南民间故事宝库. 44篇, Tác phẩm được tặng giải thưởng Hồ Chí Minh – Nguyễn Đổng Chi: quyển I, quyển II [M]. Nxb Khoa học xã hội 2003; 阮氏化主编. 神奇故事. 55篇, Nguyễn Thị Huế (chủ biên). Tuyển cổ tích thần kỳ [M]. Hà Nội: Nhga xuất bnả Khoa học xã hôi, 2009.

又多以勤劳善良、吃苦耐劳的贤良人物居多。而主人公向来是故事叙事对象的重点。无论是贫穷人家的男儿还是女子，在越南神奇故事中，他们是主角，是故事构成的核心人物，但他们往往是命运多舛，遭际不幸，却始终不改其下层民众的传统美德，如勤劳、勇敢、诚实、机智等，他们不免吃尽千辛万苦，饱经艰难困苦，却终于获得理想结局。

越南神奇故事中的系列人物总是以高尚、美好为其性格的代表特征，这在当时历史阶段（确切地说是在阶级社会中）一定程度上满足了人民大众对幸福渴望的精神需求。虽然故事中反映出了阶级社会中劳动人民的心酸苦痛，如《杨桃树》中的弟弟被贪婪的哥哥剥夺了几乎全部继承的家产，只留下茅草屋和一棵杨桃树；漂亮、温柔贤惠的丹姑娘要承受刻薄恶毒后母的残忍虐待而艰难度日；魁梧勤劳的石生要到人家当长工扛活来生存，又被奸诈的李通多次陷害……这些人物命运多舛，遭遇多种不幸，但他们都向往憧憬着能过上温饱而幸福快乐的生活，他们与"对手"进行了坚忍不拔的斗争。一群神奇人物形象在这样的矛盾撞击中得以创作出来，神奇故事的美和吸引力就蕴含在这群人物形象中，审美的理想从人物本身的神奇变化中（或是神奇宝物）散发开来。

神奇故事的世界是一个奇妙的梦幻世界，充满着人民大众的深深向往和希望。人民大众用眼泪、汗水和血的付出，用自己朴实而辉煌的智慧想象逐渐肯定了神奇故事中的理想人物：贤良之人、有才之人、帝王（或是皇后、王子、公主），而最具代表性的就是贤良之人。这样的代表如：丹姑娘、弟弟、石生、椰壳、蛤蟆妻子、蛇郎等等，他们共同的特征是具有高贵的品质：勤奋劳作、富于爱心、亲近同类、与大自然和谐相处。社会私有制、父权制度剥夺了他们的财产，使他们沦为阶级社会中的不幸者。然而面临艰难困境，这些人物总是表现出顽强的忍耐性和坚强的毅力（通过艰辛日常劳作），对理想中的生活充满信心，克服一道道难关，战胜一次次挑战，经受住层层磨难，终于如愿以偿，实现理想。可以看出，现实的社会基础和浪漫的想象思维成为这类贤良之人性格中有机联系的两个方面。按照越南古代人民大众纯洁而明确的审美观念，贤良之人成了越南神奇故事中的中心结构和"形象代言人"。这时候，我们甚至难以将贤良人的苦难与希望截然分开，就像难以将故事中的社会内容和神奇要素截然分开一样，因为具体的内容和现实社会就像是地下的树根，而神奇要素就是地上的树枝和美丽的花朵、果实，在它们的共同作用下，这棵树或是这片树林得以青葱茂盛，常青不衰。

贤良之人总能把美好的事物吸引到身边。神奇宝物也总是与贤良之人的命运紧密相连，一方面体现出主人公面临的痛苦，一方面酝酿着希望，提示幸福快乐的来源。在《杨桃树》中，到了收获季节，树上满是金黄，果实累累，而弟弟夫妻俩从不阻止鸟儿的啄食，等其吃够了再上树采摘剩下的果实出卖来维持生活。原以为那些杨桃果都将是大鸟的美味佳肴，谁曾想正是这棵树和这些杨桃果，弟弟随着大鸟来到了黄金岛，而那按照大鹏鸟嘱咐及时缝就的三拃长布袋正好装满了想象中的金条。弟弟、鸟儿及杨桃树都与善良相连。而对立的哥哥却是贪婪者，他家里财产满屋，粮食满仓，后来宝物也被他抢去占为己有。然而杨桃树、大鸟将他与因贪心装满了黄金的七拃长布袋统统沉入了深深海底。故事很明确地告诉人们，善良者必受益，作恶者必被罚！

《丹与甘》中丹姑娘的行为和经历极大地丰富了"善良"的内涵。在世界各国、各民族的民间故事中，前妻孤儿与后母一起生活的情况并不少见，从中也留给人们对"善良"的不同诠释。越族人这个故事也带给我们极具越南民族特色的"善良"。阿丹的生活与笋壳鱼、母鸡、麻雀紧密相连，她本身也经历了神奇的变化：从黄莺鸟、苦楝树、织布机、柿子树、柿子，最后变回到原形——美丽温柔的女子。这些有着神奇力量的动植物、生活物品帮助丹姑娘闯过重重难关获得幸福。与神话不同，故事中的人物没有刻意去寻找神奇宝物，而是吸引着宝物进入到她的生活。同时，宝物参与到了人物的喜怒哀乐中，但人物不是受宝物的支配，而是主动利用宝物来实现她的想法，如：黄莺鸟、苦楝树和织布机都主动谴责黑心妹妹和后母的欺骗、恶毒行为，大柿子主动干活服侍老婆婆。这些都体现出人民大众在意识和行动中学会运用大自然来与社会残恶势力做斗争。文学是社会的反映。实际上，在各个宗教提出种种带着神秘色彩的善事之前，人们早已开始做着善事并与善为生，这些都在文学中得以再现。为了善而斗争，善已成为神奇故事中的主要内容。[1]每次难题考验和挑战都使得人物向"完善"靠近一步，战胜考验和挑战使人物走向幸福，步入到理想之境。丹姑娘的四次变化到返回人形，首先要做的还是善事：为卖茶水的老婆婆做香甜可口的饭食和操持日常家务。善良的人在日常生活中做着平凡的事情来寻找自己的幸福，这些事情并非神秘而遥不可及。善的概念与"贤良之人"犹如形影相随，也造就了神奇故事中真实的美！

在神奇故事中，理想的人物还有皇帝（皇后、王子或公主）。皇帝是在善人与恶人斗争之上的。皇帝是最高理想，善良的人也成为皇帝（或皇后）。美丽温柔的丹姑娘历经艰难嫁给了皇帝，成为皇后；富有毅力与才能的石生在平定外侵后登上皇帝宝座。这些神奇的力量可以来自其他世界，也可以比帝王的能力强大，但在人世间，皇帝是最崇高也是最贴近人民大众的"贤良之人"——越南神奇故事中的皇帝都是"贤明的君主"：民间作家把"贤良之人"与帝王紧密结合在一起，帝王似乎都有着"贤良之人"的性格，"被贤良"之德所支配，"做贤良之事，当贤明君主"。如果说某个时期皇帝代表着贤良，那么他也代表着"贤良之人"的善德。虽说其积极性与（历史）局限性都集中体现在这样人物的身上，但毕竟是当时社会发展阶段中人民大众集体道德价值观和审美观的重要体现。

因为源于生活，这些神奇的人物形象群满足了人民大众健康的审美要求。虽然封建社会制度的阶级观念和教义会影响到神奇故事虚构的过程，但却不能改变人民在劳动斗争生活中最为生动鲜活的本质。

---

[1] Hà Châu. Từ nhân vật truyện cổ thần kỳ đến nhân vật truyện cười [J]. *Tạp chí Văn học*, số 5-1971, tr49-56.

二、神奇的助手（人或物）

神奇故事中除了有神奇的主人公之外，神奇助手（人或物）的频繁出现也是故事的一大特点。

贫穷善良的青年男女如何在神仙或超自然力量的帮助下获得财富、地位和婚姻，实现身份的转换是神奇故事的一个重要主题。因此，在此类故事中，神仙和魔物是不可或缺的情节因素。

这个神奇的助手有时候是人，有时候却是动植物甚或是某种物件，但他们却总是具有超越时空的神通或法力。没有他们，故事中的主人公要达到幻想的幸福是不可能的。这些人物的塑造往往称为神奇故事中最为吸引人的、不可或缺的构成因素。

"作者运用超自然的力量来制造戏剧性的矛盾冲突，然后一一解决这些冲突，而不必知道它是否合理，然而正是这些幻想的因素创作了无数奇怪有趣的情节，极大地刺激了听众和读者的想象力。"[①]

法国叙事学家格雷马斯提出叙事作品的6种"角色模式"，分别是主角和对象，施予者和支配者，助手和对头。[②]在叙事文学尤其是民间童话中，任何一个角色都是行动者，都是非常重要的叙事结构因素，它们直接或间接构成对故事的推动和发展。神奇故事中的神幻、离奇性在这些助手身上得到完美充分的体现，有时甚至比主人公更为鲜明、丰满、令人喜爱。《丹与甘》故事中的菩萨、神鱼，其重要性绝不下于那个善良的姐姐丹。从叙述结构的角度来看，每一个助手都是主角达到目的的必要却不充分的条件。"助手"可以是人性化的动物，也可以是各种抽象的关系或力量。《丹与甘》中最为关键性的奇迹来源，一是鱼骨，

---

① Trung tâm Khoa học Xã hội và Nhân văn quốc gia. Tác phẩm được tặng Giải thưởng Hồ Chí Minh (Nguyễn Đổng Chi – Quyển I). Hà Nội: Nhà xuất bản Khoa học Xã hội, 2003, tr178.

② 罗钢. 叙事学导论 [M]. 昆明：云南人民出版社，1994：101—107. 转引自：钱淑英. 中西"灰姑娘故事型"的叙事比较：以段成式和贝洛为例 [J]. 上海师范大学学报（哲学社会科学版），2006（5）：92.

二是菩萨指点。他们作为超自然的"助手",帮助主角抵抗来自敌对势力的种种阻挠,经历曲折后最终实现愿望。其中通灵的神鱼在生前受到叶限的照顾,所以死后用鱼骨报答她。它让丹"金玑衣食随欲而具"。菩萨指点是不明缘由的出现,却使人相信生活的奇迹会不期然地到来,它似乎交给了灰姑娘一把命运的钥匙,只有拥有善良、美丽和机遇,幸福将成为永远的期许。某种程度上,菩萨填补了阿丹心中一直缺席的父母亲的位置,她不仅使灰姑娘赢得了生命中最重要的爱情,而且使灰姑娘在她的关爱中获得情感的慰藉。

同样的,石生故事中的金弓、神琴、神锅都是助石生一步步走向圆满结局不可或缺的魔力宝物。我们之所以仍将他们划入辅助之列,一是因为就神奇故事总体情况而言,似乎此类角色为辅助者居多,他们充当的往往是第一类人物及主人公的"助手"或"工具";二是就神奇故事的主旨而言,它要表现的,归根结底还是民众的命运,而这主要还是通过我们所说的第一类角色完成的。

从社会发展过程看,在物质贫乏阶段的社会劳动者,大都身处贫穷无以为生的境况下。这样,他们幻想着种种能减轻劳动改善生活的宝物来帮助他们。而在对神奇助手(宝物)的要求,也大多只限于能够使他们获得过勤劳温饱的生活。作为主人公的助手和武器,这种魔法的宝物和神奇的动物,总是落在善良、勤劳、智慧的人手里,而且只有他们掌握后才能具备法力应验各种要求。如果是贪婪自私者拿到(欺骗、偷窃或抢夺而得),就会出现两种结果,不是失去作用,就是得到惩罚。或者既失去作用,又得到惩罚。比如在以兄弟或姐妹之间,总是贫穷但老实、勤劳的弟弟(妹妹)得到超自然力量或宝贝的帮助,而哥哥照着弟弟得宝的经过去做,总是因为其贪念私心而得到相反的结果,受到了惩罚,如《杨桃树》、《丙和丁》、《两兄弟与石狗》、《两兄弟与黄金》、《浩坡村的金猪》等,其他非兄弟姐妹之间的类似故事有《两只金鸭子》、《两块肉瘤》、《仙言》、《蚊子的故事》等。

我们常常看到,西方民间故事中的神奇力量通常来自仙女或教母,而越南的神奇力量则多通过"该出现时就出现"的菩萨（或白胡子老神仙）来传递，这让读者明显地感受到作品受宗教思想的影响。

三、反面人物类型

俗话说"没有平地难显高山"，意思就是没有比较不能凸显重点，强调了有相对比较对象的重要性。越南神奇故事中反面人物的塑造与主人公形象构成了鲜明对比。

无论是小说故事，还是现当代的影视创作，如果都是正面人物，都在歌颂赞美主人公的美德和行为，我们谁都不会否认它的乏味性以及其将不能长久的艺术生命。因此，每个故事都会有反面人物的参与，这样才能使得故事产生矛盾，推动故事进一步发展。在人们的思想中，他们是人世间一切丑恶德性的代表，如：贪婪、残忍、横暴、妒忌、愚蠢的化身。他们也颇有力量，或者地位较高因而可以给故事主人公暂时的损害，可是因为他们不义，最终都落得应有的可耻失败。那么，在越南神奇故事中反面人物形象是如何塑造，且在叙事当中起着怎样的作用？我们不妨一起来研读思考。

孤儿型故事中多出现的反面角色是：恶毒的后母及其亲生子女、同胞手足中贪婪的大哥（姐姐）、长辈中的叔叔、伯伯，但无论怎样，结局都是不幸的孤儿胜利，占上风，反面人物都遭到惩罚。人兽变形类的故事中反面人物也逃脱不了遭受惩罚的结局：或羞死，如《椰壳》、《羊丈夫》、《蛇丈夫》；或变成肮脏、令人厌恶的蛆虫等。勇士型类故事中多是奸诈小人、妖魔鬼怪等充当反面角色，以此来衬托出勇士们的无畏精神，这些反面角色同样也逃脱不了最终遭受天谴人怨的结局。故事创作者们运用特殊环境中的反面人物典型来衬托正面人物典型的方法，给读（听）者带来鲜明的对比，造成强烈的思想碰撞效果。

如上所述，这样一正、一辅、一反的三类人物形象无论是在越南还是在其他国家的神奇故事中都是大量存在着的。有的故事人物不止三个，然而无论出现多少，类型却不出此三种。例如：灰姑娘型故事中，遭受歧视和虐待的姐姐丹为正，帮助丹一步步化解难题最终翻身的菩萨、小鱼及其丹冤魂所化的小鸟、大树、织布机、柿子为辅，愚蠢贪婪、歹心害人的后母为反；在石生故事中，勇敢善良历经各种艰辛磨难的石生为正，神琴和神锅为辅，贪婪奸诈的李通为反；如此等等。

"灰姑娘"故事中的继母和继姐妹是反面的妇女原型。继母残忍冷酷，继姐妹们对灰姑娘的悲惨处境毫不同情，相反却助纣为虐，嘲讽地送给她"灰姑娘"的绰号，从精神上对她进行折磨。她们理所当然地享受着灰姑娘的伺候，认为这是她应尽的义务。但是，继姐妹们靠母亲——女性的权力而获得的特权只是暂时的、靠不住的。在大多数"灰姑娘"故事的结尾部分，邪恶都受到了惩罚。作恶者大多因过分急切地想穿上那具有魔力、可伸可缩的小鞋而自砍脚趾，或者遭到天谴，被飞来的巨石活活砸死。即使在仁慈的"灰姑娘"故事中，她们得到了灰姑娘的宽恕，与她一起住在王宫里面，但那并非说明恶无恶报，那只是坏对好、恶对善的对比与陪衬，只是对灰姑娘慈悲为怀的美德的进一步证明。[①]

这种神奇故事大多具备三种类型的角色，并不是偶然的，而是带规律性的现象。在第一类正面人物身上，体现着民众的理想、愿望以及他们的美德。他们在故事中经受的许多磨难，是现实生活中种种不幸遭遇曲折的幻想化了的反映。人类进入阶级社会以后，人与人之间的关系日趋复杂化。分工明确，贫富悬殊，压迫者与被压迫者壁垒森严，人们日益懂得造成他们不幸和痛苦的，主要不是自然力而是人间的恶势力。正因为这样，作为正面人物的对立面，反面的——横暴、贪婪、残忍、掠夺成性、损人利己等——力量，也就凝聚成或附着于活生生的人物形象而出现了。[②]

[①] 何肖."灰姑娘"故事中人类共同的社会价值观[J]. 天津外国语学院学报，2003（6）：60—61.

[②] 程蔷. 充满智慧的民间精灵[M]. 桂林：广西师范大学出版社，2006：77—79.

"对头"与"助手"构成对立面的角色，只有它们的共同作用，才能使故事情节在冲突中得以发展。《丹与甘》展开女主人公与后母及妹妹的矛盾，丹不仅受后母虐待，而且经常受到同父异母妹妹的奚落与嘲讽，作品通过她们之间的行为和对话逐渐深化矛盾，使故事一波三折，直至国王外出巡视发现复活发妻并迎回宫中戏剧性高潮的出现。

通过分析，我们必须承认，民间故事的魅力依赖于特殊的叙述形态与文学品质。我们认为，《丹与甘》在主题、结构上属于典型的灰姑娘型故事，加上生成语境的不同，发展成为越南民间故事中丰富、生动的叙述风格。民间的叙述赋予了该故事得以流传的最佳形式，从而广为播散，成为越南民族乃至人类童年生命的共同精神财富。

四、女性人物群体

如果说爱情是文学创作中亘古不变的主题，那么与之相连的婚姻与家庭频繁出现在民间故事中就不足为奇了。越南民间文学先驱高辉鼎认为："婚姻和家庭是神奇故事的首选题材。"①

女性形象几乎在所有故事中都出现，且在很多故事中不是主角也是不可或缺的角色，起着极其重要的作用。那么这些女性形象塑造表现了越南民族怎样的审美情趣？代表了他们怎样的心理世界？同时从这些女性形象的塑造中我们看到了什么样的社会伦理思想？在婚姻和家庭中，女性作为主体有着怎样特殊的形象内涵？

在许多民族的民间文学和作家文学中都反映出这样的事实，封建社会时期是女性在社会和生活中变得地位卑微低下的时期。越南民间文学也是这样，建立奇功、平定骚乱的英雄人物常常是男性，女性则常常是蛇精、大鹏精的诱饵，而后被智勇双全的英雄出手相救，也就是我们常见的"英雄救美"模式。女性不仅是好色魔鬼的对象，而且长期被蟒蛇、神蛇霸占或是作为肉食来源的对象。同时，又有相当数量的民间故

---

① Trung tâm Khoa học Xã hội và Nhân văn quốc gia. *Tác phẩm được tặng Giải thưởng Hồ Chí Minh (Cao Huy Đỉnh)* [M]. Hà Nội: Nhà xuất bản Khoa học Xã hội, 2003, tr 406.

事中,"才德兼备"的女主人公地位举足轻重,是所有男主人公理想的结婚对象和过上幸福生活的决定者。

说到越南女性,总是令人联想到她们勤劳美丽、纯洁质朴、吃苦耐劳、敢爱敢恨、敢于承担家庭责任的优秀品质。在越南神奇故事中,我们可以看到这样的一个女性群体塑像:她们或是具备传统优秀品质的美丽善良姑娘;或是奸佞耍心眼、玩手段的庸俗女子;还有是慈祥和蔼、尽显德性令人尊重的老母亲、老婆婆。

(一)勤劳勇敢,忠贞不贰

在越南神奇故事中,大多数女性都是勤劳勇敢、忠贞不贰的代言人。如《槟榔》里心地善良、苦苦追寻丈夫的刘氏;《望夫石》里不知情但痴情的妹妹;《来生缘》里重情重义、敢于以死殉情的富家小姐,还有《仙缘》、《娶鬼妻》、《长庚星与启明星》、《鲨故事》、《青蛙妻子》、《贫穷的钓鱼人》等等故事里的女性都是这类人物的不同演绎者。

人间的女子有心地善良的孤女阿丹、富家小姐、金枝玉叶的玉帝公主等。她们无一例外地倾慕于贫穷但勤劳善良、乐于助人的男子。天上的仙女如绛香、仙容公主、织女,水下有水晶宫公主、龙女等人物,都是不爱仙境爱凡尘,生就金枝玉叶的高贵血统,骨子里却没有一丝嫌贫爱富的思想,勇敢地冲破世俗的藩篱与凡间男子结为夫妻,过着相亲相爱的幸福生活。她们也如人间的女子一样对丈夫感情始终如一,对孩子照顾周到、疼爱有加。这样的择偶观是对男子的价值判断,同时也是故事中女性人生观、价值观及婚姻观的一种折射,传递给读者的是一种耐人寻味的朴素人生哲理。这种方式也是民间文学中特有的叙事方式。

(二)秀外慧中,心灵手巧

在越南长期的封建社会中,大多数女性社会地位低下,但在民间却广泛流传着无数新鲜活泼的秀外慧中、心灵手巧的巧女故事,大致可以分为勤劳管理型、聪明才智型、抗暴勇敢型、孝顺善良型等，歌颂着民间女性那有胆有识、有勇有谋的优秀品质。

不同地域不同民族中流传千年的各种版本的"灰姑娘"故事里，包含着人类建立在男权社会基础之上的共同的社会价值观。这一故事确立了男性权力的合法地位，规定了女性在家庭和社会生活中的位置，并且为该社会塑造了一个理想的女性形象——忍耐、顺从、以德报怨、安于天命的家庭妇女。

从失去亲生父母在后母折磨下辛勤劳作的悲惨生活，我们知道了阿丹勤劳、忍辱负重的耐性；从赢得国王的爱慕和他们结合后的幸福生活，我们知道阿丹有美丽的容貌和善良的禀性；在为卖茶水老太太收拾家务的描绘中我们看到了阿丹勤劳善管理的天性；从能令国王丈夫一眼看出的、与众不同的独特槟榔包裹方式，我们又不得不佩服丹的巧手天成。最后对谋害者进行的惩罚行为，把阿丹不畏强权敢于反抗的性格展示得淋漓尽致。《丹与甘》中丹的品格正是民间文学以"箭垛式"将多种类型巧女故事集于女主人公丹一身，体现出丰富的社会文化价值。

聪明才智型巧女故事数量最多，故事中往往出现一些像谜一样费解的难题，到了巧女手中就被轻易点破。《蛤蟆妻子》中的女主人公就是这样一个善解难题的巧媳妇。经过故事一波三折的比赛情节，将越南民间故事中巧女那种聪明才情、含蓄且担当的特点展现出来。《小小姑娘/拇指姑娘》中手指头大小的姑娘为了能与心爱的王子一起生活，也是凭借智慧达到了皇帝三个苛刻的条件考验，如愿以偿进入皇宫。这些考验（特殊的衣服、做可口的饭食以及成为长得最美、头发最长、皮肤最白的女子）从另一个侧面衬托出姑娘从内到外充满智慧和才能的美。

孝顺善良型巧女故事赞扬越南女性对老人、对父母长辈的敬爱，但其中所体现出的孝并不是封建家庭中的"愚孝"，一味地顺从而没有主见。既能展示出"百善孝为先"的民族美德，又体现了民间文化中朴素的自由自主的向善的精神。《杨桃树》中的弟媳妇，每天看着大鹏鸟啄食成熟的杨桃果实，她从不驱赶或责骂，而是静静地等待大鸟吃饱飞走才上树采摘。杨桃树是弟弟家唯一的家产象征，也指望着它能维持一家生计。别说是在穷苦人家，就是在富贵人家看到此景兴许也会有家丁仆人去驱赶啄食的大鸟，要做到弟媳妇这样善良的行为实为不易。而听大鹏鸟要以黄金报答他们，缝制口袋有"规格"，弟媳妇也没有产生任何私心杂念而偷偷将布袋缝大，所以得到了厚实的回报。这里透露出人民大众崇尚善良不贪的人性取向，也是越南传统女性具备的优秀品质之一。

　　封建社会逐步形成的男尊女卑的男性本位观念，经过不断地被占统治地位的主导文化话语表述，作为一种正统观念和规范嵌入到民族心理之中。"一男曰有，十女曰无（Nhất nam viết hữu, thập nữ viết vô）"，尊卑被说成与生俱来，男尊女卑的封建伦理思想在"三从四德"的束缚中得到极好解释。"妇人伏于人也。在家从父，适人从夫，夫死从子，无所敢自遂也。所以正妇德也。"在此种民族文化心理影响和主导话语规约下，"女子无才便是德"，温顺柔弱、逆来顺受、自甘弱势的女性形象和性格便成了女性的社会认同及自我认同的集体无意识表达。然而从大量流传的巧女故事以及越南民众对其的赞扬传颂让我们感到事实并非如此，显然，巧女故事背后掩藏着的深刻的文化心理内涵是：在主导话语的表达中，民间话语也有着自己独立叙述的历史和传统，顽强地表达着自己的女性理想。尽管男尊女卑的思想和"女子无才便是德"的观念不断地被统治阶级强化，但民间生存生活方式与统治者不同，民间文化产生出与主流文化的价值标准、人格规范及交往方式等相悖的文化形式，对女性的规约与主导文化迥异。

　　越南女性在操持家务之余也参加相当多的生产劳动。她们在劳动中表现出来的吃苦耐劳、聪明勇敢的作风，自然而然会使男人心悦诚服，是对主导文化话语的强力忤逆。因而，民间文学作品中的巧女形象，首先打破了英雄和评价英雄的标准：不以男女性别论英雄，而以实际才干为凭据；其次重塑了女性形象，事实上，一个女性比男性还聪明能干，往往会得到男性和社会的承认与尊敬。娶一个能真正撑起"半边天"、共挑生活重担的媳妇常常会是男性的企望,同时,家族也盼望着一个有胆有识、有勇有谋的女性来相夫教子,来使种族繁盛。

民间故事中所塑造的"巧女"形象[①],传达出越南民族女性的理想性格是像以上女性那样聪明能干、坚贞善良、刚强坚韧、蔑视权贵、不畏强暴,她的核心之处,也是最光彩之处在于女性人格独立、能够主宰自己的命运。而在东方民间故事中多见的"巧妻常伴拙夫眠"的"搭配"在越南神奇故事中体现不多,在这些赞扬、歌颂越南巧女的故事中对其丈夫劳动能力、处事能力的描写很少,我们认为尚未达到"拙夫"的标准,不足以实现"巧女与拙夫"明显的反差对比,这是否是越南人在讲述故事的时候考虑到男性读(听)者感受而减轻了反差?抑或是越南人民大众心里女性的地位并不是太低,所以也不会产生逆向的思维反差?但是我们又看到,越南故事中女性形象独呈异彩,灼人眼目,赞美女性聪明的故事特别多,大多故事中无论丈夫最终是过上荣华富贵的生活还是当上皇帝有权有势,也都离不开女性在智慧和体力上的大力支持,正所谓"成功的男士背后有一位伟大的女性"!

如果从越南神奇故事总体看,倒是"金枝玉叶"的公主或富家女与贫穷农民"搭配"的模式较多,如石生与公主、褚童子与仙容公主、富家女与椰壳、龙女与贫穷陈姓男子,以及螺女、螃蟹女(均为仙女)与贫穷孤儿等等,这体现出封建制度下的劳动人民的理想。想娶仙女或是富家女尤其是公主是因为她代表着完美女性:天生丽质的容貌、多才多艺、德性高尚,简言之为"色、才、德三方面的代言人"。所以,"公主的感情是理想的爱情"[②]。那么"完美公主的情结"表达出的是古代越南劳动人民希望过快乐体面、幸福生活的愿望,同时也透露出了男子要成就大业就当做皇帝治理天下的理想(当然是要一心为人民服务的

[①] 巧女故事定义来自:屈育德. 巧女故事·略论巧女故事[M]. 上海:上海文艺出版社, 1981. 转引自:康丽. 故事类型丛与情节类型:中国巧女故事研究(上)[J]. 文化研究, 2005(3):76.

[②] Vũ Ngọc Khánh, *Phạm Minh Thảo – Nguyễn Vũ. Từ điển văn hóa dân gian* [M]. Hà Nội: Nhà xuất bản Văn hóa – Thông tin, 2002, tr478.

皇帝)。

越南古老的民间巧女故事无意中拥有了最具"现代性"特质的女性意识。"什么样的女人是好女人？什么是理想女性的性格？"在民间故事中有与正统思想相悖离的回答，巧女故事是女性证明自己，抚平胸中块垒的产物。尽管正统儒家不遗余力地灌输"女性卑弱"、"女子无才便是德"，尽管大男子主义者会视女性"怯弱无能"，但是在巧女故事中，女性却在发出自己的声音，用女性意识来对自身社会地位及存在价值做出估价。①

这些巧女故事的价值在于"劳动人民自己塑造了封建社会里，敢于追求人格自主、男女平权、才智超人的越南妇女的典型形象"。

（三）好逸恶劳，嫉妒恶毒

在越南神奇故事中同样有反面的女性代表，她们或好逸恶劳、好吃懒做，或嫉妒恶毒，阴险狡诈，如《椰壳》中两位姐姐：开始看到的椰壳是一个肉球，不愿意搭理，连送饭都离得远远的；后来当发现椰壳娶了小妹，变成为一个俊小伙，他们的幸福生活令二人心中的嫉妒之火熊熊燃烧，直至想法骗小妹出海，害她流落到荒岛才觉得解恨。这样"急于手足相煎"的女性形象只能成为后人唾弃的笑柄。同样模式的事情在《羊丈夫》里也再次上演。

恶毒的女性人物多为后母充当，如《丹与甘》和《恶毒的后母》故事，再有就是（两兄弟）孤儿故事中的多数嫂子形象，虽然故事创作者没有直接描述她们的外貌、语言也很少，但却通过嫂子与哥哥一起轻视弟弟（弟媳）、霸夺家产的行为中，我们看到的是一群充满贪婪之欲望、缺乏同情心、懒惰而尖刻的嫂子，为了自己的利益毫不留情地对他人施以狠手。

嫌贫爱富的女性形象代表有《冶长的故事》、《蚊子的故事》中的妻子，都是经不起他人的物质诱惑而背弃夫妻之情义，最终没有好下场的

---

① 王丽. 论巧女故事的妇女观 [J]. 中国文化研究，1994 (6)：97.

典型代表。

五、结语

以上我们对越南神奇故事中的叙事形象进行了探讨分析。故事里形态各异的人物形象借以富于变化的情节而凸显出来。通过多侧面塑造及主次人物、正反面角色的浓淡笔墨勾描，越南神奇故事把多姿多彩的越南古代社会生活和人物个性形象展现于读者眼前，同时我们看到，这些人物类型又因为社会发展的原因和创作者的意图而带有类型模式化。

参考文献

[1] 程蔷. 充满智慧的民间精灵 [M]. 桂林：广西师范大学出版社, 2006.

[2] 何肖. "灰姑娘"故事中人类共同的社会价值观 [J]. 天津外国语学院学报, 2003（6）.

[3] 钱淑英. 中西"灰姑娘故事型"的叙事比较：以段成式和贝洛为例 [J]. 上海师范大学学报（哲学社会科学版）, 2006（5）.

[4] Chu Xuân Diên, Lê Chí Quế. *Tuyển tập truyện cổ tích Việt Nam (phần dân tộc Việt)* [M]. HN: Nxb Đại học và Trung học chuyên nghiệp, 1987.

[5] Hà Châu. *Từ nhân vật truyện cổ thần kỳ đến nhân vật truyện cười* [J]. Tạp chí Văn học, số 5-1971.

[6] Nguyễn Thị Huế (chủ biên). *Tuyện cổ tích thần kỳ* [M]. Hà Nội: Nxb Khoa học xã hôi, 2009.

[7] Tác phẩm được tặng giải thưởng Hồ Chí Minh – *Nguyễn Đổng Chi: quyển I, quyển II* [M]. Nxb Khoa học xã hội 2003.

［8］Trung tâm Khoa học Xã hội và Nhân văn quốc gia. *Tác phẩm được tặng Giải thưởng Hồ Chí Minh (Cao Huy Đỉnh)* [M]. Hà Nội: Nxb Khoa học Xã hội, 2003.

［9］Trung tâm Khoa học Xã hội và Nhân văn quốc gia. *Tác phẩm được tặng Giải thưởng Hồ Chí Minh (Nguyễn Đổng Chi – Quyển I)*. Hà Nội: Nxb Khoa học Xã hội, 2003.

［10］Vũ Ngọc Khánh, Phạm Minh Thảo – Nguyễn Vũ. *Từ điển văn hóa dân gian* [M]. Hà Nội: Nxb Văn hóa – Thông tin, 2002.

越南李朝与陈朝时期的汉文禅诗研究

■ 黄健红

【摘 要】李朝、陈朝时期的汉文禅诗在越南的文学史中起着举足轻重的作用,它是越南书面文学的先导,虽然诗中的消极避世思想不可取,但是对弘扬佛教文化起着积极的作用,同时也开创了越南诗歌简淡含蓄的艺术风格,创造了平淡而不死寂的美学效应,使越南的诗歌艺术由浅直粗糙逐渐走向幽深细腻。

【关键词】汉文禅诗;诗体演变;审美情趣;越南古代文学

佛教自公元初年开始传入越南,经过数百年的传播,在11世纪至14世纪(即李朝、陈朝时期),进入了鼎盛时期。特别是李朝,李朝太祖皇帝是在以万行为首的僧侣集团的帮助下夺取王位,建立起了李朝。李朝建立后,万行被尊为国师(李仁宗在《追赞万行禅师》写道"万行融三际,真符告谶诗,乡关名古法,拄锡镇王畿",从诗中便可看出万行禅师在当时的威望与地位),佛教则被推崇为国教。自此,在李朝出现了"百姓大半为僧,国内到处皆寺"[①]的局面,僧侣寺院在国中拥有很大权势,参与朝政,左右政局。到了陈朝,佛教进一步得到发展,甚至影响到统治阶级的最高层,陈朝前朝各位国王笃信禅学,相传竹林禅宗的始祖是陈太宗(陈朝开国皇帝),而陈仁宗(陈朝第三代皇帝)在

---

① 陈文珥. 越南佛教史略(起源至十三世纪)[J]. 黄秩球,译. 载《东南亚研究资料》,1985 (3):12.

位14年后，禅位出家。

由于李朝、陈朝皇帝的大力推行，佛教在越南社会得到广泛的传播，僧侣的力量不断膨胀，在政治上享有特权，经济上，寺院拥有大量的土地，建立了许多封建大庄园，和贵族一道形成了统治阶级的一部分。这是因为它对维护封建王朝的统治起着至关重要的作用，而得以发展。公元10世纪以来，越南战火连绵，再加上贵族和官僚的压迫、剥削，致使民不聊生，社会非常不稳定，严重地冲击到封建统治阶级的地位、利益，而佛教有一个完备的寺院体系以及僧侣遍布全国，有这个可能利用消极的教条麻痹人民，帮助朝廷稳住江山，维护封建秩序。再者，由于当时民众的文化水平普遍很低，而僧侣多为有学之士，且不乏饱学之士，加上刚成立的独立封建王国的统治者急需人才来辅助朝政，所以也为僧侣提供了一个展示才能的空间，使得他们在政治上的地位得以加强、巩固。

佛教在越南政坛上的重要性在文坛中也同样得到反映，它深深地影响着李、陈时期的诗文。最初大部分的诗人是僧侣，据《禅苑集英》所载：在李朝的30多名诗人中就有20多名是禅师，其中最具代表性的有万行禅师、满觉大师、圆昭禅师、空路禅师、广严禅师……他们饱学诗书，用汉文撰写了有影响的诗赋。此外，有些诗人虽非佛教禅师，但他们笃信佛教，热衷研习佛典，与禅师交往甚密，在思想与作品中有着各种各样佛理的表现。可以说这时期的诗文作品不管是思想内容还是艺术特色都被深深地打上了佛教的烙印。下面就陈李朝禅诗诗体的演变、禅诗的审美趣味以及在禅诗中体现的避世思想等方面进行分析。

一、越南禅诗诗体的演变

越南最初的禅诗大部分是以"偈颂"的形式出现。偈颂是佛教经典中的一种文体，源自梵文gāthā（伽陀），是僧尼们通常用来进行宗教说道和道德训诫的主要工具。在越南，其形式与诗歌相同，有四言、五言、六言、七言以及押韵，所以在越南，"偈颂"被视为与诗歌同类，一同被收集于各种诗文选集中。细读这些禅诗（偈颂）可以感受其中丰富的佛学哲理。

禅宗宣扬"即心是佛"，"见性成佛"，现实世界的一切都依存于心，把人心看作是万物产生的根源，佛理在人性中，只要能够认识自我，就能认识佛性，所以强调从内心追求成佛，客观上也就设定了人人皆可成佛的现实可能性。且看李太宗《示诸禅老参问禅旨》中此思想的体现：

　　般若真无宗，人空我亦空。
　　过现未来佛，法性本相同。

本我，也就是心，人皆相同，过去、现在和未来的佛都有同一个本我，也就是说，过去有人成佛，未来同样有人成佛，一切的人都有觉悟的可能，所以说"一切众生皆有佛性，有佛性者，皆得成佛"。然而如何才能得到佛性呢，唯靠"心悟"，在阮愿学的《道无影像》，范常《心》等诗文中都表现了"心悟"的重要意义：

　　道无影像，触目非遥。
　　自反推求，莫求他得。
　　纵饶求得，得即不真。
　　设使得真，真是何物。（《道无影像》）

万法皆于心，何不从心预见真如，真如只须向心觅，无需向外求玄，通过"心悟"，便可求得真法，如果真如从外入，便不是真正意义上的真如。

　　在世为人身，心为如来藏。
　　照耀且无方，寻之更绝旷。（《心》）

不管以何种形态存在世上，而"如来"、"真如"始终藏在心中，寻之需靠"心悟"，拂去尘埃，便可"明心见性"。虽然人人都具有佛性，只要顿悟便可成佛，但是为什么人人不能随时成佛呢，按照佛经中所说便是：人的本性是清静的，万法都在心中，但是由于有"妄念"的遮盖，而使得佛性无法显示出来。要想实现从凡夫转变为佛，只要"无念"便可，也就是要保持本心的寂静、虚空，不受外界的影响，不思恋，不执着于任何事物。

阮觉海是一名传奇人物，随空露大师学禅，且兼修密宗，他的《花蝶》是他现存的两首诗之一：

> 春来花蝶善知时，花蝶应须共应期。
> 花蝶本来皆是幻，莫须花蝶向心持。

花与蝶是世间最有感性的生灵，也是诗人笔下的宠物。它们摇曳多姿，赢得多少诗人为它们吟诗作赋。而在觉海禅师的心中，因心中无念，便不执着于虚幻的春去花残，保持着心境的泰然与超然。

越南早期的诗偈大多是直接导禅语以诗，往往陷入概念化而变为枯燥乏味的论理诗、说教诗，只有诗的躯壳而没有诗的审美的价值。然而由于地理、历史、社会等原因，越南在汉文化圈中受中国文化的影响最为广泛和深刻，它的文学长期以汉文文学为主流，自唐朝以来高度发展的诗歌艺术在越南得到广泛的传播，推动了当地文学的极大发展。再者越南自李朝始就重视诗文，不少帝王也潜心钻研汉文诗，到了陈朝则模仿中国科举制度，以诗取士，一时文人写汉文诗蔚然成风。有着浓厚文学修养的禅师、诗人发现，这种说教诗、论理诗恰好违反了禅宗的本旨，禅宗所谓不立文字是排斥概念化、固定式的佛经中的文字，而非有生活情趣和心灵感受的文字，于是诗的完美情趣不知不觉地渗透到偈颂中，带来诗风的变化，使之成为一种指向审美的禅诗，一种人生艺术和思想方式。且看万行禅师的《示弟子》：

> 身如电影有还无，万木春荣秋又枯。
> 任运盛衰无怖畏，盛衰如露草头铺。

人的身体、树木的枯荣、朝代的更替、社会的变迁都如草尖上的露珠一般，不可能"常在"，所以应该无思、无虑、无求、无欲，体现了禅师的听其自然、任运自如的参悟。

有不少诗文写花鸟、写山水、写闲情、写逸志，诗中虽然没有禅语，但是在空灵、清淡、恬静与和穆的意境中把禅的精神淋漓尽致地表现出来。如空露禅师的《鱼闲》：

　　万里清江万里天，一村桑拓一村烟。

　　鱼翁睡着无人唤，过午醒来雪满船。

　　诗中语言朴实，却是意象丰富，境界静谧高洁，虽无禅语，却寓意着随缘任运、圆融无碍的禅理。随着中国南宗禅在越南的传播，禅宗渐渐剥离了宗教的概念，而转向肯定人的主观心性，从而推动了诗歌创作中纵情、自然、浪漫思想的发展，进而也使禅诗的界限进一步开阔。如阮子成的《幽居》：

　　砌缬苔斑壁缕蜗，东风不管长庭莎。

　　日长睡起浑无事，闲看游丝抱落花。

　　以及《秋日偶成》：

　　千林木叶尽黄落，独立西风佛鬓丝。

　　岁月堂堂留不得，昨非今是只心知。

　　在诗人随缘自适的闲吟中还蕴藏着另一深刻的意义，不断地把禅宗"唯心任运"的精神化为创作思维方式。禅就寓于随意而适的生活中，发挥着使人生活泼无碍的作用。

二、禅诗平淡的审美趣味

　　人生哲学和生活方式往往决定着人的审美趣味。[①]任运随缘、出尘脱俗的禅宗哲学必然导向清净恬淡、质朴自然的审美趣味。禅诗中诗人常常是把禅机与诗意相结合，使禅宗的超然情怀和萧疏清旷的自然景物浑为一体。这类诗歌意象选择总是远静淡虚，感情总是平静恬淡，语言常使用直接的意象语言。

---

① 周裕锴. 中国禅宗与诗歌 [M]. 上海：上海人民出版社，2000：262.

（一）远静淡虚的意象

"诗，是一个独立自足的意象符号系统。"① 意象是诗的基本构成成分，诗的意境是由一系列的意象构成。那么，清静恬淡的意境便存在于远静淡虚的意象中，通常皎洁的月亮、苍劲的青松、孤傲的白鹤、飘忽变幻的行云、潺潺的流水等意象都被诗人用于表现超然脱俗的意境，如："角响随风穿竹到，山岩带月过墙来"（圆照《参徒显决》），"风递鸟声林觉静，日筛竹影地无痕"（陈艺宗《题超类报恩寺》）中用月夜、竹林等意象来表现山寺一派静寂、幽深的景象。这是个便于冥心静虚的境界，然而禅宗虽然以"寂"为真理的本体，但并不是把人的心灵引向死寂，反而认为"动"与"静"是禅宗的两个有机组成部分，静中蕴含着极动，而动的本质又是极静。那随风飘来的角响、林中鸟儿的喧闹反衬出山寺的静寂而仍有生气。

诗人正是透过宁静、平淡的意象露出无心淡泊的禅趣，或是借助空旷、幽静的意象来表现宇宙的空无永恒，由感官的淡悦而至心灵的感悟。一首首禅诗就宛如一幅幅白描画，只渗出淡淡的水墨香：

小艇乘风泛渺茫，山青水绿又秋光。
声声渔笛芦花外，月落波心降满霜。（玄光《秋兴》）

诗中没有色彩鲜艳、刺激感官的意象，只有扁舟清风的清闲、渔笛芦花的清悠、月落霜降的清寒，在心中激不起一丝涟漪。

（二）平静恬淡的感情

诗歌的审美情趣的平淡与禅宗宁静淡泊的清净心是分不开的，禅宗是一种避世主义哲学，是一种心灵的逃避，无论是凝神于景的宁静的观照方式，还是任运随缘的生活方式，都造就了平静淡泊的心境，那么，禅宗对诗歌的影响、渗透，是将强烈的感情化为恬淡宁静的心境。参禅

---

① 转引自骆敏敏．超越与虚无：韩国诗人金素月名作《山月花》解析［C］//东方语言文化论丛：第19卷．北京：军事谊文出版社，2000：205．

悟道的结果都是要达到一种超尘脱俗的境界。禅师林区是南方禅宗第十三代代表，在他的《无题》中，诗人的诗给人一种静寂与空灵的感觉，在诗人任运自在的心境中，时间与空间得以无限伸延。心宛如在尘世之外，得到了解脱，便不用受三界的束缚、轮回的煎熬，最终达到涅槃。

寂寂楞伽月，空空渡海舟。

知空空觉有，三昧任通周。

然而即便过着世俗的生活，精神也是指向清高淡雅。

"身与孤云长恋岫，心同古井不生澜。"（朱文安《春旦》）

"出山几日更还山，为爱山居意自闲。"（范仁卿《送览山国师还山》）

"睡起春朝无个事，东风庭院看花开。"（黎景洵《天圣佑国寺早起》）

"醒后出门携仆去，逢人只向说农桑。"（阮飞卿《村家趣》）

(三) 直接的意象语言

禅诗通常是用最直接、鲜明、单纯的意象语言表达心中直觉表象，如：

"潮生天地晓，月白又江空。"（阮飞卿《化城晨钟》）

"云空山月出，天阔塞鸿飞。"（阮飞卿《村居》）

"行行不觉天将晚，月在松梢水在头。"（阮子成《春日溪上晚行》）

一切都是呈现，诗中诗人只是采用简单语言来描写简单的自然表象。然而这样简洁的语言却指向深远，使意象传达出微妙的感受，扩大了诗境的想象的空间。如李朝最好的诗作之一，"观壁派"第八代人物满觉大师的《告疾示众》：

春去百花落，春来百花开。

事逐眼前过，老从头上来。

莫谓春残花落尽，庭前昨夜一枝梅。

通篇不着一禅语，却是禅意盎然，用沈德潜的话来说就是"诗贵有禅理，禅趣，不贵有禅语"（《息影斋诗抄序》）。粗粗看来，这是首朴素的写景诗，诗人只是选取朴素的语言、普通的意象来表达禅悟。而诗歌通过不含主观评价的、抽象的陈述，来表达意象本身深邃的内涵，传达一种"只可意会不可言传"的哲理与感受。

三、避世思想的体现

佛教传入之后，唯有虔心向佛才能超脱苦海的思想在文学渐渐有所反映，诗人在自己的作品中时而流露出对禅宗的向往和对佛门的留恋。他们或是禅师、诗人对佛理的参悟，淡泊自然。如段文钦的《挽广智禅师》：

林峦白首遁京城，指袖高山远更馨。
几愿净巾趋丈席，忽闻遗履掩禅扃。
斋庭幽鸟空啼月，墓塔谁人为作铭。
道侣不须伤永别，院前山水是真形。

诗人通过诗表达了对广智禅师圆寂的悲伤，然而禅师圆寂，色相不在了，但是"本我"还在，化形于山水之中，就在眼前不远处，所以同时又表达了自己对禅的领悟，以及对佛禅的向往。

他们又或是帝王贵族，由于厌倦宗室钩心斗角的矛盾，因而向往佛门。如陈太宗的《寄清风庵僧德山》：

风打松关月照庭，心期风景共凄清。
个中滋味无人识，会与山僧乐到明。

以及陈仁宗的《山房漫兴二绝》其中的一首：

是非言逐朝花落，名利心随夜雨寒。
花尽雨晴山寂寂，一声啼鸟又春残。

两首诗意境恬淡而高远，体现了诗人向往淡泊自然、出尘脱俗的愿望。

佛教力量在陈朝不断膨胀，引起封建朝廷的恐慌，加之深受儒教思想影响的士人们大力推崇儒教，佛教在陈朝后期渐渐走向衰落，取而代之的是儒教，逐渐占领历史舞台的是儒士们。他们本是重立德、立功，兼济和独善在他们身上存在着矛盾，特别是当他们陷身社会纠纷不能解脱或个人理想得不到实现，人生、仕途失意时更为痛苦，禅宗让他们能够脱离尘嚣，找到怡悦安适的心情。

朱文安是陈朝没落时期的著名诗人，胸怀济世大志，但仕途不顺利，屡受打击。在他的《村南山小憩》中既表达对尘世的不满，又反映他对"出世"的恬静的向往：

闲身南北片云轻，半枕清风世外情。

佛界清幽尘界远，庭前喷血一莺啼。

阮飞卿，陈末胡初的诗人，人生历尽沧桑，饱经忧患，他的诗时有体现对世事的无奈，以及如何避开人世的纷争，安荣固位。

松筠三径生，岁晚薄言归。

把酒看秋色，携筇步夕晖。

云空山月出，天阔塞鸿飞。

忽听昏钟鼓，呼童掩竹扉。（《村居》）

越南李、陈朝的汉文禅诗在越南文学宝库中起着先导作用，虽然它的避世消极思想不可取，但是对宣扬佛教文化起着积极的作用，同时也开创了越南诗歌简淡含蓄的艺术风格，创造了平淡而不死寂的美学效应，使越南的诗歌艺术由浅直粗糙逐渐走向幽深细腻。

参考文献

[1] 曹风平. 李陈诗文（第三集）（越文版）[M]. 河内：社会科学出版社，1978.

[2] 丁家庆主编. 越南文学总集（越文版）[M]. 河内：社会科学出版社，1980.

[3] 李宗桂. 中国文化概论 [M]. 广州：中山大学出版社，1989.

[4] 林明华. 以禅入诗，以诗化禅：越南李朝僧侣诗浅析 [J]. 中国东南亚研究会通讯，1991（1）.

[5] 祁广谋. 越南陈朝汉文诗小议 [J]. 解放军外国语学院学报，1991（2）.

[6] 孙昌武. 佛教与中国文学 [M]. 上海：上海人民出版社，1996.

越南新诗运动的艺术成就

■ 冯　超

【摘　要】 20世纪30年代伴随着浪漫主义文学的萌发，越南文坛掀起了一场新诗运动。它从诗歌体裁、格律、内容到创作手法都进行了大胆的探索和革新，开创了越南文学革新之先河，对越南现代诗歌的发展做出了不可磨灭的贡献。

【关键词】 新诗运动；越南文学思潮；文学评论

20世纪30年代初越南民族解放运动风起云涌，随之出现了浪漫主义、批判现实主义和革命现实主义三个不同的文学流派，他们中的代表作家围绕建设怎样的民族新文学问题积极进行了大胆的探索和讨论。1931年随着安沛起义和宜静苏维埃运动相继遭到镇压，法国殖民者实行白色恐怖政策，越南革命被迫转入低潮，无产阶级革命文学发展受阻，越南知识分子阶层笼罩着一层悲观的情绪。在这样的背景下，浪漫主义文学开始勃兴，一些深受西方浪漫主义文学思潮影响的自由知识分子于1932年在越南国内掀起了一场轰轰烈烈的新诗运动。该运动首先以新诗派与旧诗派展开的激烈论战为号角，然后迅速转向文学创作方法上的争论，提出"为艺术而艺术"的口号，在1932—1945年的越南文坛激起了不小的波澜。

新诗派主张诗歌应有新形式和新内容，反对一成不变的唐律旧诗。在内容上既要表达诗人的爱国热忱和不屈的民族精神，表达对民主自由和个性解放的追求和渴望，也要如实反映因革命失败而产生的苦闷、彷徨和迷惘的情绪。在形式上则反对滥用典故，主张西方诗歌越南化，但也不否定旧诗的古风①。同时世旅、春妙、刘重闾等一批新诗派代表在运动中不断成长和锻炼，并取得了论战的胜利，成为越南文学革新运动的先锋人物。

然而由于新诗派作品常常流露出低迷和伤感的情调，与当时革命形势的发展背道而驰，长期以来越南文艺批评界一直把新诗运动冠以"消极文学"和"感伤文学"之名，忽略了它的艺术价值。这种观点有失客观公正。文学的功能不能仅局限于它的教化作用，更表现在它的审美功能和艺术价值。新诗运动开越南文学革新之先河，它根植于传统诗歌的形式体裁和创作手法，吸收了法国等西方浪漫主义的营养，打破了旧诗格律的严格限制和束缚，使越南诗歌朝着现代化和大众化方向发展，具有不可抹杀的艺术成就。

一、格律创新上的尝试

新诗运动不能称为完全意义上的诗歌自由化运动，它是对传统诗歌体裁的一次再认识。新诗并未将传统诗歌形式完全打碎，而是有选择地保留了传统律诗、民族六八体和双七六八体诗歌的格律，融合了法国浪漫主义诗歌的体裁，自成一格。

（一）诗歌体裁上的创新

新诗派诗人们在创作实验中力求给诗歌松绑，每句诗的字数从两到十字不等，但更多的采用五言、七言和八言。句数不定，每首诗歌常常分为多节，每节四句。他们将五言诗和七言诗等诗体加以改造，引入西方诗歌"节"（khổ）的概念，创造了多节诗，利于表达复杂、细腻的情感。如春妙《月琴》（Nguyễn cầm）一首：

---

① 这里的古风是指唐诗以前的诗歌风格。

Trăng nhập vào đây cung nguyệt lạnh,
Trăng thương, trăng nhớ, hỡi trăng ngần
Đàn buồn, đàn lặng, ôi đàn chậm,
Mỗi giọt rơi tàn như lệ ngân.

Mây vắng, trời trong, đêm thủy tinh.
Linh lung bong sang bỗng rung mình,
Vì nghe nương tử trong câu hát
Đã chết đêm rằm theo nước xanh,

Thu lạnh, càng thêm nguyệt tỏ ngời;
Đàn nghê như nước, lanh, trời ơi!
Long lanh tiếng sỏi vang vang lên:
Trăng nhớ Tầm Dương, nhạc nhớ người.

Bốn bề ánh nhạc: biển pha lê;
Chiếc đảo hồn tôi rợn bốn bề.
Sương bạc làm thinh, khuya nín thở
Nghe sầu âm nhạc đến sao Khu   *Ngày nay*

越南著名文艺评论家潘巨棣研究证实《月琴》是诗人春妙将传统七律与法国诗人波德莱尔《午后的调子》巧妙相结合的产物。其他新诗派成员对于这种一诗多节，每节四句的格式达成了广泛共识，并将其格式逐渐固定下来。

诗人们还将传统歌筹体诗歌化为八言体，腰韵消失（除辉通的八言体诗歌《秦洪州》、《荆轲》还保留腰韵以外，其他诗人均不再使用腰韵），每句一韵，称为连珠韵（vần liên châu）。世旅是八言体集大成者，为八言体诗歌的出现和成熟做出了巨大的贡献。现摘录他《怀念森林》（Nhớ rừng）几句：

Gậm một khối căm hờn trong cũi sắt

Ta nằm dài, trông ngày tháng dần qua,

Khinh lũ người kia ngạo mạn, ngẩn ngơ,

Giương mắt bé diễu oai linh rừng thẳm

Nay sa cơ, bịnh ực nhằn tù hãm,

Để làm trò lạ mắt, thứ đồ chơi

Chịu ngang bày cùng bọn gấu dở hơi,

Với cặp báo chuồng bên vô tư lự……

  传统六八体诗歌仍然得到新诗派的青睐，他们尝试着赋予这种民族诗体一股清新的风格。而双七六八体日见衰亡，少有诗人涉猎，走到了它历史的尽头。诗人们大胆而又矜持，自由而又羁绊，他们解缚的同时没有忘记现代与传统的统一，于是两言、四言、五言、七言和八言在一首诗中出现相互穿插的情况，从而杂言新诗产生了。辉通是提倡这种诗歌形式的主将，并进而创造了戏剧诗体（thơ kịch）。他在回忆录中曾谈到，受日本古典悲剧的启发，突发灵感，创作了著名长诗《英娥》。该诗模仿日本传统能剧安排了简单的剧情，并附以人物对白和琵琶弹唱。其形式异常活泼自由，但仍以八言为主，具备较为固定的格律。

ANH NGA

Chàng ơi! Chàng ở lại,

Chờ vừng hồng tắm nắng chân mây xa..

Và, biệt chàng, thiếp xin đi, mãi mãi!

Vì than ôi! Chàng quên lãng bóng Anh Nga.

NGÂN SINH

AnhNga! AnhNga!

Nàngdừnghàihãyđứngdướidướivòmhoa!

（二）丰富的韵律

  新诗不否定旧诗的韵律，而是在它的基础上开发拓展，其韵律达到了前所未有的丰富程度。区别于律诗只押首句和偶句韵，新诗受法国浪漫诗歌的影响，谐韵方式出现了许多变体。

1. 叠韵

　　Đường trong làng: hoa dại với mùi rơm,
　　Người cùng tôi đi dạo giữa đường thơm,
　　Lòng giắt sẵn ít hương hoa tưởng tượng,
　　Đất thêu nắng bong tre rồi bong phượng.
　　　　　　　　　（辉近《走在飘香的路上》）

2. 回环韵

　　Chính hôm nay gió dại tới trên đồi,
　　Cây không hẹn để ngày mai sẽ mát.
　　Trời đã thắm lẽ đâu vườn cứ nhạt,
　　Đắn đo gì cho lỡ mộng song đôi!
　　　　　　　　　（春妙《赠诗》）

3. 间韵

　　Gió man mác bờ tre rung tiếng sẻ,
　　Trời hồng hồng đáy nước lắng son mây.
　　Làn khói xám từ nhà lặng lẽ,
　　Vườn mình lên như tỉnh giấc mê say.
　　　　　　　　　（英诗）

4. 混韵：平韵、仄韵不按固定顺序排列

　　Tiếng địch thổi đâu đây,
　　Cớ sao nghe réo rắt?
　　Lơ lửng cao đưa tận chân trời xanh ngắt
　　Mây bay.. gió quyến mây bay.

Tiếng vi vút như khuyên van, như dìu dặt

Như hắt hiu cùng hơi gió heo may..

（世旅《绝妙的竹声》）

新诗运动没有完全打破传统诗歌的韵律，并非偶然。新诗派的主将们从小都受过儒家传统思想的熏染，几百年的科举制度在他们身上折射出传统文化的积重难返，他们很难超越传统旧诗的创作模式，对偶、平仄在他们的诗歌中得以维系下来，音乐效果大大增强。韩墨子的七言诗上下句平仄相对，读来朗朗上口，颇有唐诗的风骨。请看下面两句：

Vườn ai mướt qúa xanh như ngọc,

Lá trúc chen gang mặt chữ điền.

平平仄仄平平仄，

仄仄平平仄仄平。

5. 腰韵

腰韵是越南传统诗歌喜爱的一种押韵方式，早在喃诗女皇胡春香时代腰韵在诗歌中的运用已经达到了炉火纯青的水平，新诗派在六八体和七律中仍然十分推崇腰韵，而且使用更加娴熟，不留痕迹，常常引起读者无尽的遐想。

Buồn gieo theo gió veo hồ,

Đèo cao quán chật bến đò lau thưa.（辉近）

Dặm liễu đìu hiu đứng chịu tang,

Tóc buồn buông xuống lệ ngàn hàng.（春妙）

通过以上分析，可见新诗在体裁和韵律方面亦步亦趋，没有走出传统诗歌的套路，新诗派的作品中大部分仍然是由传统五言和七言以及六八体诗歌为主导的格局，少量为二言（参见阮纬《下霜》）、四言（参见辉近《春天的午后》）和杂言诗。多节诗歌的概念已经渗入越南诗人的创作意识中。在韵律方面诗人们针对越语语音富于音乐美的特点，极大地挖掘了新诗的押韵能力。因此可以说这场运动是越南现代知识分子对诗歌革新的一次有益的尝试,虽未完全推翻旧体诗走上诗歌自由化的道路,但仍然给越南诗坛吹来一阵清新的空气,具有划时代的意义。这也从一个侧面反映了当时越南知识分子面对传统文化与西方文化时的复杂心态。

二、诗歌中"我"的形象的出现

"自我"是西方浪漫主义者在传统社会解体时代找到的新的"中心"和出发点。浪漫主义的自我意识从社会根源上来说首先是这个解体时代的产物。[①]西方资本主义的出现彻底改变了个人的命运,把个人从形形色色的封建束缚中解放出来,并给他以形式上的无限"自由"。越南新诗运动产生的年代正是越南革命受挫、传统社会秩序走向解体的双重阶段。随着社会秩序的解体,与之一体的思想秩序也分崩离析了。这一历史过程造就了越南第一批"自由漂泊"的知识分子,他们从产生之日起就置身于这个传统秩序解体和资本主义来临的时代,他们都感受到一种强烈的文化危机。由于双重的解体,越南现代知识分子被疏离于社会和传统。在政治上,他们已无法通过传统的科举道路进入社会权力结构;在精神上,他们已无法相信自己属于一个确定无疑的文化传统;在经济上,他们作为自由职业者必须以出卖自己的知识谋生。这种历史处境给越南现代知识分子带来的首先是一种极度的精神痛苦,一种强烈的失落感,然后便是迷惘与无助。诗人刘重间曾倾诉衷肠,道出了当时知识分子的心声:"长大后,从发自内心而言我非常痛恨当时腐朽没落的社会秩序和苟延残喘的生活。我虽摆脱了礼教和程式的束缚,更加厌倦套在人民心中的孔孟之道、学校里教授的空洞的文章以及我的小职员生活。可是怎样才能逃脱这一怪圈呢?"[②]

原先的社会整体和观念整体不存在了,近代知识分子只剩下一个孤

[①] 乐黛云,王宁. 中国文学与二十世纪西方文艺思潮[M]. 北京:中国社会科学出版社,1990:28—29.

[②] Lưu Trọng Lư: *Mùa thu lớn*, Nhμ Nhà xuất bản Tác Phẩm mới, Hà Nội, 1978, tr,17.

独的自我，但是这样的自我却要面对一个需要重建的世界，并感到自己负有不可推卸的历史使命。在这种情况下，性格软弱者由于无依无靠而自哀自怜，意志坚强者则获得了发展浪漫主义的自我肯定的机会和条件。而在当时的知识分子身上，二者往往是同时并存：正是因为深感自我的软弱无力，所以才需要一种有力的自我肯定。于是城市阶层的自由知识分子们在浪漫主义观念中非常及时地找到了各种肯定自我、解脱自我的道路。年仅17岁的制兰园在诗集《凋谢》自序中写道："韩墨子说作诗就是发疯，我补充一点，作诗就是创造奇迹……读罢这本《凋谢》……悲欢离合萦绕在我心头。我在星星上睡觉，聆听你的声音，于是拨开云彩，寻到那件珍宝，陷入陶醉之中，然后我兴奋起来乃至发狂，踏遍魁星、北斗星和月球，告诉它们——哈哈，你们知道吗？人类都成为象我一样的诗人了！"诗人们力图使自身的小己推广到人类的大我，具有鲜明的自我表现和张扬倾向。

新诗运动的自我肯定和自我表现直接导致了越南新诗中"我"的形象的首次出现，结束了以往诗歌群体形象一统天下的局面。由于小资产阶级知识分子先天发育不熟，他们诗歌中的"我"常常表现为迈着沉重步伐，不敢面对残酷现实的逃避者形象。他们有的坠入爱情的旋涡，在缠绵悱恻之中寻找失去的灵魂；有的醉心于对光阴易逝的慨叹，在往日的辉煌中求索宝贵的人格；有的陷入绝望，走向精神毁灭。但更多的"我"清醒之后便是孤独与莫名的伤痛，"我伤心，但我不懂为何伤心"。他们也曾把希望寄托于梦幻般的理想，但最终他们发现"可怜，时运已尽，空有排山倒海之力"（辉通），心中的理想像肥皂泡一样破灭了。新诗中"我"的形象正是越南现代知识分子自己的化身，他们从文学群体形象中走出来，虽略显稚嫩，却很真实。

他们虽没有勇气参与残酷的政治斗争，但民族自尊和反抗精神并未泯灭。在世旅的笔下"我"是一个洒泪辞别妻儿奔赴战场的征夫形象（参见《怀念森林》、《河边的呼声》、《乌江的敌声》三首诗歌）；在陈玄珍的《独行歌》中作者怀念一位奔赴战区的友人；深心的《送别行》中

"我"的形象由征夫摇身一变，成为舍身救国的志士；辉通把"我"比作一只壮志未酬的老象，年轻时轰轰烈烈，雄姿英发，突然有一天一伙强盗强占了它赖以生存的山林和土地，它被迫离家出走，不觉已垂垂老矣，回首往事，到头来只有无奈与悔恨，行将入土之时它发出凄惨的哀号（参见辉通《老象》）。这是越南当时知识分子多么形象的写照啊！诗人把知识分子天生的双重性格体现得多么淋漓尽致！

"我"身上的民族精神还表现在他对国语的热爱上，在1945年2月4日给大学生的谈话中春妙饱含激情地号召青年："你们要热爱自己的母语。"辉近作诗歌颂国语铸造了越南人民非凡的凝聚力。不仅对国语，"我"对祖国和家乡的热爱也融入到诗歌的字里行间。阮如法的《天真的小姑娘》刻画了一个小姑娘跟着父母去香迹寺进香的情景。而英诗的《夏日晌午》给我们描绘了一幅闲适自在的乡村风景画。

"我"作为社会的旁观者并不冷漠，他憎恶丑恶现象，同情柔弱者，带有浓厚的人文主义思想。诗人济亨金榜题名，却无所适从，回到家乡目睹满目疮痍、民不聊生的饥荒惨景，挥笔作诗：

  Quê hương ơi trăm năm như giấc điệp,
  Việc đổi thay không thể nói cho cùng.
  Có vùng vẫy cũng không qua số kiếp,
  Ta chỉ là phòng nhỏ của buồng chung.

诗人春妙更对妓女惨淡的生活寄予了深切的同情：

  Khách ngồi lại cùng em trong chốc nữa;
  Vội vàng chi, trăng sang quá, khách ơi!
  Đêm nay rằm: yến tiệc sang trên trời;
  Khách không ở long em cô độcquá........

总之，新诗中的"我"是一个性格复杂的诗歌形象，在他的身上常常折射出越南近代知识分子的身影。

三、崭新的艺术观和艺术手法

新诗派诗人们既然找到了浪漫主义的创作方法，便于1935年提出了"为艺术而艺术"的口号，主张诗歌应具有纯粹的艺术美和发自内心的丰富情感，而不应受外界环境的支配和影响。尽管此举片面夸大了艺术的力量，但他们为此做出的探索不可小觑。

（一）"返回自然"的审美观

自我是越南近代知识分子在解体时代所找到的新的中心和出发点，艺术是使自我实现于世界的最高创造活动，自然就是他们为自我和艺术发现的终极归宿。新诗充满的浪漫主义的自然色彩是传统解体和资本主义形成时代中知识分子的一种渴求，因为他们感到自己孤独地生存在一个异化的世界里，与自己的"生存之根"失去了有机的联系。自然的浪漫崇拜在新诗中表现得极其强烈。他们崇拜一切自然现象：月亮、山川、江河、四季，甚至梦在他们眼中都闪着生命的光波。月亮仿佛是诗人们钟爱的意象，它寄托着诗人们的心境轻轻诉说，达到了意境深远的效果。束齐的梦月婀娜多姿，像一位少女妩媚多情，流露出一丝淡淡的忧愁：

  Một đêm mờ lạnh ánh gương phai,
  Suốt giải song Hương nước thở dài.
  Xào xạc song buồn khua bãi sậy,
  Bập bềnh bên mạn thuyề nai.

春妙的月亮豪放而乖巧，见证世间美丽的爱情：

  Trong vườn đêm ấy nhiều trăng quá,
  ánh sang tuôn đầy các lối đi.
  Tôi với người yêu qua nhẹ nhẹ..
  Im lìm, không dám nói năng chi.

四季也备受诗人们的垂青，构成越南新诗独特的意象群。英诗是描写四季风景的圣手，她的诗歌巧夺天工，自然清新，水到渠成，丝毫不留雕饰之痕。《春天的午后》作为她的代表作之一，寥寥数笔，给我们勾勒出一幅细雨飘飘的午后河堤沿岸优美的风景画：河堤边，茅舍旁，竹筏待发，绿草殷殷，花蝶飞舞，牛儿悠闲地吃着青草，忽然一群丹顶鹤从草丛中飞起，惊吓了一位身着鲜艳兜肚、专心锄草的姑娘。而郭晋的《春天的午后》却是一派萧条孤寂的景色：

  Chim mang về tổ bong hoàng hôn
  Vàng lửng lơ non biếc động cồn.
  Cành gió hương xao hoa tĩ muội,
  Đồi sương song lượn cỏ vương tôn.

可见为了达到诗人们所提倡的自然美，他们崇尚优美传神的语言，不惜使用华丽的辞藻和丰富的意象，甚至追求中国古代"炼字"的功夫。他们非常擅长于细致入微的描写，范厚在《夏日的晌午》倾听大自然的轻微声音，把读者的视觉想象和听觉想象都充分调动起来了。潘巨棣评论"此声响非自然所有，乃发自诗人心底"。

  Có cái gì chuyển thay đây với đó,
  Một cái gì lên xuống mãi không thôi.
  Lắng càng lâu càng nghe mãi xa xôi,
  Một tiếng nhẹ tiếng nào nhẹ nữa.

（二）修辞手法的大胆运用

新诗极大挖掘了各种修辞手法的修饰功能，比喻、夸张、排比、反复、想象或单独使用，或互相结合常常达到极佳的抒情效果。春妙的《二胡》是使用这种手法的典范：

  Trăng vừa đủ sáng để gây mơ,
  Gió nhịp theo đêm không vội vàng;
  Khi trời quanh tôi làm bằng tơ

> Khi trời quanh tôi làm bằng tơ.......
> Có phải A phòng hay Cô tô?
> Lá liễu dài như một nét mi.......
> Tôi yêu Bao Tự mặt sầu bi,
> Tôi mê Ly Cơ hình nhịp nhàng,
> Tô itưởng tôi là Đường Minh Hoàng,
> Trong cung nhớ nàng Dương quý phi.

（三）典故在新诗中的消失

　　越南是诗歌的国度。越南古典文学以诗歌见长，诗歌从口传文学的歌谣中产生起，历经汉语文学、喃字文学以及后来的国语文学的演变，却一直占据着重要的地位，越南所引以为豪的三大古典名著也全为诗歌体。然而卷帙浩繁的文学典籍和科举制度给越南诗歌背上了一个沉重的包袱，加之文人墨客对传统精神价值的自觉趋同，造成了越南古典诗歌用典过多的特点。新诗派主将们抛弃了传统诗歌滥用典故的弊端，大胆借用法国浪漫主义的创作方法，直抒胸臆，摒弃了矫揉造作的典故，为越南诗歌从阐释性古典诗歌到现代诗歌的过渡奠定了坚实的基础。新诗反对用典，并不等于它打碎了一切传统的东西，而是有选择地吸收了民间文学的营养，特别是接受民间歌谣的风格，融合消化，丰富自我，使越南新诗焕发出传统与现代的双重色彩。

四、结语

　　新诗派由于脱离了当时火热的民族解放斗争，浪漫主义的诗人们在艺术探索的道路上越走越迷茫，最终走进了死胡同，只剩下彷徨、孤独的"自我"和走进理想的"爱情"。新诗运动的倡导者们在后期的活动中随之出现了分化。1943年越南文化提纲诞生，为越南文学的发展制定了方向，辉近、制兰园等一部分进步诗人渐渐向革命靠拢，最后加入革命作家群体中，另一部分则陷入绝望，再也找不到以前的创作灵感了。因此新诗运动还没来得及形成自己独创的理论体系就解体了。但它作为一场对传统与现代的重新审视，取得了非同一般的成就，在诗歌格律创新上大胆而有益的尝试，以及"自我"形象的出现和艺术上的探索都给越南现代诗歌的发展播下了继续萌发的种子。

参考文献

［1］梁立基，李谋. 世界四大文化与东南亚文学［M］. 北京：经济日报出版社，2000.

［2］余富兆，谢群芳. 20世纪越南文学发展研究［M］. 广州：世界图书出版公司，2014.

［3］于在照. 越南文学史［M］. 广州：世界图书出版公司，2014.

［4］Hoài Thanh, Hoài Chân. *Thi nhânViệt Nam (1932-1941)* ［M］. Hà Nội: Nhà xuất bản văn học, 1997. (bản in lần thứ mười ba).

［5］Phan Cự Đệ. *Phong trào thơ mới* ［M］. Hà Nội: Nhà xuất bản khoa học xã hội, 1982.

1930—1945 年越南批判现实主义文学的特点

■ 阳 阳

【摘 要】 批判现实主义起源于欧洲文学,是对现实主义的继承和发展。在批判现实主义传入越南并日益发展的过程中,其呈现出两重性、客观性以及改良性的特点,并且与越南无产阶级文学不断融合。尤其在1930—1945年间,越南的批判现实主义文学达到高峰,为越南的资产阶级文学向无产阶级文学转变提供了现实的基础。

【关键词】 越南文学;批判现实主义;文学流派

批判现实主义是西欧文学中对现实主义传统的继承和发展,它是特指19世纪在欧洲形成的一种文艺思潮和创作方法。批判现实主义思潮曾经在欧洲取得了巨大的成就。19世纪20年代,批判现实主义开始形成并获得初步的发展,从30年代到40年代,批判现实主义继浪漫主义之后,成为欧洲文学的主要潮流。19世纪60年代之后,西欧的批判现实主义开始走下坡路。批判现实主义的中心也由英国、法国转移到了俄国。俄国十月革命后,这种新的创作方法和视角伴随着革命火种传播到越南,并迎合了越南当时的社会阶级状况,在越南文坛掀起了批判现实主义的洪流,这一过程及特点集中体现在1930—1945年间。

一、1930—1945年越南批判现实主义文学产生的土壤

越南的批判现实主义文学从一开始就与20世纪初越南尖锐的社会矛盾紧密联系。一战期间及之后,法帝国主义进行了两次殖民扩张,致使越南人民陷入极端贫穷中。为了填补19世纪末危机给资本主义经济造成的严重损失,他们又在国内及殖民地加重剥削:他们减少职员的薪金,停止生产,致使国内商品停滞,迫使人民不得不消费法国的积压商品;印支银行减少纸币发行,致使商品、农产品变得廉价(1929年在南圻,每担稻米11盾58,至1934年降到每担3盾26),导致越南的农民和工商业者破产(1929年有177名商人破产,1933年破产人数上升到299名),几百万人(包括知识分子)失业,加之水灾、旱灾的连年祸害,饥荒更加严重。而这期间,除了人头税、田地税之外,法殖民者还增设了多种赋税,如西原开发税、道路使用税、契税。在劳动人民遭受残酷剥削而贫穷化、流亡化的同时,一些法属官吏与资产阶级买办却暴富起来,过着奢侈、堕落的生活。法国殖民者极力鼓动这种奢侈的生活以配合其在文化上的愚民政策。在各个城市,烟馆、妓院、赌场多如牛毛;欧化运动、"青春快乐"运动如疾病蔓延,企图腐蚀越南的年轻一代。

无论是城市还是农村,社会的毒瘤日益暴露并恶化。法殖民者在实施经济剥削政策使人民贫穷化的同时,还利用白色恐怖政策镇压人民起义。旧殖民主义在经济上的垄断与政治上的独裁专政、恐怖镇压使民族矛盾与阶级矛盾日益尖锐。

二、越南批判现实主义文学的特点

(一)越南批判现实主义文学的核心任务

每一种文学倾向总是出现在一定的社会前提基础上。车尼尔雪夫斯基指出:"文学'只有当它的发展是以时代的普遍要求为条件的时候,

才会得到辉煌的发展'。"与19世纪欧洲的批判现实主义文学不同的是，由于越南是受封建化与殖民化双重戕害的对象，尤其是在1930—1945年，越南社会尖锐的阶级矛盾和民族矛盾与各种意识体系的相互影响，加之近代前后现实主义文学作品的作用，为具有越南特色的批判现实主义文学奠定了发展的客观前提。因此，在越南的公开文坛上出现了批判现实主义文学潮流，这种潮流满足了当时阶级斗争与民族斗争的基本需要。

批判现实主义文学不仅满足了在混乱的历史时期中进行社会斗争的需要，还体现了各种意识体系运动的过程，反映了上层建筑的各种意识形态相互影响的过程。与1930年前相比，封建思想对于知识分子、文艺人士的影响减弱了，而资产阶级民主思想与科学社会主义思想对现实作家的影响在这一时期日益加深。为了维持封建殖民制度在思想上的控制，封建文人如范琼（Phạm Quỳnh）、阮文永（Nguyễn Văn Vĩnh）、陈重金（Trần Trọng Kim）以及法殖民者极力推尊孔教，倡导保存国粹等复古运动、复古主义，妄图使人们回到旧的教育模式中，回到严格的封建等级尊卑秩序中，回到农村的腐朽愚昧中，回到封建的官场和家庭中。保守势力高唱道德、儒风以及封建改良思想影响到一部分哲学、文学研究作品，如朱天（Chu Thiên）的小说《儒风》（Nho phong）和《笔砚》（Bút nghiên）。在当时的历史条件下，无产阶级革命思想在越南尚处于萌芽状态，而资产阶级为了打破封建腐朽制度就必须占有文学文化这块阵地，于是，反抗封建复古思想的任务就自然成为批判现实主义文学的核心任务。

（二）批判现实主义在越南具有双重性

资产阶级思想从两条渠道影响着批判现实主义作家：进步与反动。殖民者在认识到封建制度岌岌可危，不足以再控制人民思想的时候，便极力鼓吹资产阶级维新思想，如胡适的思想，康德、伯格森的哲学，弗洛伊德、尼采的学说和马歇尔普鲁斯特、纪德的文学作品。但是，资产阶级民主进步思想也通过狄德罗、伏尔泰、卢梭的作品及巴尔扎克、司汤达、狄更斯、列夫·托尔斯泰、托尔斯泰列夫斯基的批判现实主义文学作品影响着越南的文学家。

作为"资产阶级的'浪子'的现实主义——批判现实主义"在越南具体的社会现实下与资产阶级思想一样患上了两重性。一方面，殖民当局的文人大肆宣传腐败奢侈的生活，宣传"青春快乐"运动，企图掩盖当时黑暗的社会现实，粉饰其剥削的本质。与此相反，唯物哲学和科学的精神则帮助现实作家确定了历史客观主义的描述方法和心理描述方法，确定了塑造典型人物性格和描写经典场景以及按照现代趋向构建小说情节的方法。一部分作家避免了作品人物过于理想化的问题，将人物塑造成为道德的代言人，另一方面又开始注重人物性格的个性化，尊重这些人物的现实生活。显然，批判现实主义作家如武重奉（Vũ Trọng Phụng）、南高（Nam Cao）深受西方的影响，他们的文风比起延续传统道路的作家阮公欢（Nguyễn Công Hoan）、吴必素（Ngô Tất Tố）更为新颖。抛开政治禁锢与文化统治的因素，笔者认为对1930—1945年间的越南批判现实主义文学的研究应定义在后者，这才是具有实际内容并反映时代意义的研究。

（三）批判现实主义体现出了资产阶级民主思想的改良性

一种意识形态在上层建筑形成与发展是有其内在运动规律的。批判现实主义继承并发展了前期的现实主义，特别是在近代，这种继承与发展就更明显了。在越南文坛上，批判现实主义的前提首先出现在秀昌（Tú Xương）、阮劝（Nguyễn Khuyến）、阮善继（Nguyễn Thiện Kế）的讽喻诗中，随后又出现在范维逊（Phạm Duy Tốn）、武庭龙（Vũ Đình Long）、重谦（Trọng Khiêm）、胡表正（Hồ Biểu Chánh）、阮伯学（Nguyễn Bá Học）等的国语小说及剧本创作中。但是，这些作家的小说和剧本并不是真正意义上的批判现实主义作品。一些作家还背负着"文以载道"的观念，把作品人物作为佛家宿命论、因果报应或是儒家"三从四德"理论又或是封建改良观点的"代言人",主要代表有阮伯学(Nguyễn Bá Học)、胡表正(Hồ Biểu Chánh)、韦玄得(Vi Huyền Đắc),他们的作品带有半现实倾向,这种倾向是与改良倾向和道教倾向联系的。1930年之前的现实倾向克服不了主观唯心主义和宿命论的规范主义,作品的语言时常带有定式的色彩或是带有明显的骈偶性。

1930—1945年的批判现实主义在主观精神上更具有进步性,它一方面继承了之前的现实主义的优良传统,一方面克服了过去的作家在世界观和表现手法方面存在的缺点。总的来看,它建立在具有辩证性质的唯物主义基础上,描写方法也更尊重客观历史性并带有民族色彩。另一方面,批判现实主义还需要进一步发展,丰富其文学体类,满足现代审美观的新要求。

20世纪30年代是越南批判现实主义文学形成并发展的迅猛时期。在遭逢经济危机和革命运动暂时走入低潮的时期,消极浪漫主义文学出现并在公开文坛上占据优势。但是,阮公欢(Nguyễn Công Hoan)、吴必素(Ngô Tất Tố)、三郎(Tam Lang)的作品仍相继问世,肯定了批判现实主义文学。阮公欢是批判现实主义的代表作家,在这个阶段初,他创作了短篇小说《马人人马》(Ngựa người người ngựa, 1934)、《男角四卞》(Kép tư bền, 1935)和长篇小说《金枝玉叶》(Lá ngọc cành vàng, 1935)、《男主人》(Ông chủ, 1935)。阮公欢是第一位在短篇小说领域肯定批判现实主义创作手法的作家。吴必素则是第一位在报刊小品文领域驾驭此手法的作家。三郎、武重奉则开创了批判现实主义文学的报告文学局面。这些优秀作品包括三郎的《我是拉车的》(Tôi kéo xe, 1932)、武重奉的《害人的陷阱》(Cạm bẫy người, 1933)、《嫁西方人的技巧》(Kỹ nghệ lấy Tây, 1934)等等。

秀肥的短篇小说、报告文学和讽喻诗集中揭露了农民和城市穷人在经济危机时期贫穷化和流亡化的过程,同时控诉了统治阶级奢侈腐化的生活和野蛮无理的镇压。吴必素的小品文揭露了殖民者的愚民手段,揭露了保护与自治讨论、复古和保存国粹运动以及振兴佛教运动的封建性质。但是，这一时期的批判现实主义文学在一定程度上是对社会的局部问题和表面显著现象的反映，还未触及本质问题和具有时代概括性的问题，未触及社会的主要矛盾。一些作家仍在批判现实主义与浪漫主义之间摇摆不定，一部分报告文学还受到自然主义的深刻影响。

（四）批判现实主义文学呈现出与无产阶级革命文学相结合的趋势

步入民主阵线时期，批判现实主义文学获得了前所未有的发展。这一时期可看作批判现实主义文学全盛时期。创作力量日趋增多。除了阮公欢（Nguyễn Công Hoan）、吴必素（Ngô Tất Tố）、秀肥（Tú Mỡ）、武重奉（Vũ Trọng Phụng）、三郎（Tam Lang），还有元鸿（Nguyễn Hồng）、阮庭腊（Nguyễn Đình Lạp）、裴辉繁（Bùi Huy Phồn）、孟富思（Mạnh Phú Tư）等一些革命文人也将批判现实主义作为在公开文坛上战斗的武器。这还未包括民主阵线时期从浪漫主义分化出来的作家如兰开（Lan Khai）等。这一时期，除了大量的报告文学和短篇小说外，还有小品文，这种文学武器尖锐有力，能及时满足社会的热点需要。当时的报刊舆论高度评价了许多长篇小说，认为这些作品是社会生活全貌的反映，在典型的场景中成功地塑造了个性化的人物；小说也触及了重大的社会政治问题，强烈抨击了殖民者、资本家、官吏以及农村的土豪劣绅剥削压迫的手段和欺骗民众的政策，揭示了人民的痛苦并赞扬了要求民主自由、改变生活的斗争精神。

在民主阵线时期，批判现实主义较之前有了较大的发展空间，可说是恰逢其时。秀肥的讽刺文笔更为尖锐泼辣，除了讽喻官吏、傀儡议员、蜕化腐败之人和越奸，秀肥还于1938—1939年间创作了具有寓言性质的讽喻诗如《黄牛》（Con bò）、《走狗》（Con chó），抨击了法国殖民者对越南人民的残暴，痛骂了卖国贼的耻辱行为。武重奉在1936年一年中创作了三部长篇小说《暴风骤雨》（Giông tố）、《红运》（Số đỏ）、《决堤》（Vỡ đê），随后又创作了《特等奖》（Trúng số độc đắc，1938）

和《被释放的囚犯》（Người tù được tha，1939）。吴必素除了创作小说《熄灯》（Tắt đèn，1937）和《草棚竹榻》（Lều chõng，1939）外，还创作了报告文学《乡事》（Việc làng，1940）和许多有价值的小品文。阮公欢除了小说《女主人》（Cô làm cung，1936）、《最后的道路》（Bước đường cùng，1938）、《猪头》（Cái thủ lợn，1939）外，还创作了短篇小说集《两个混蛋》（Hai thằng khốn nạn，1937）、《新花旦和小生》（Đào kép mới，1937）、《朋友的妾侍》（Người vợ lẽ bạn tôi，1939）。元鸿一出现就显示了文学天分，有《女盗》（Bỉ vỏ，1938）、《童年的日子》（Những ngày thơ ấu，1938），还有许多刊登在党的刊物上的富有战斗性的短篇小说如《一位中国母亲》（Người đàn bà Tàu）。

在民主阵线时期，批判现实主义文学在数量和质量上获得了如此迅猛的发展，显然，共产党领导的革命运动造成的直接或间接的影响是文学转变的决定性因素。如上所分析，还存在着马列刊物的影响，还有被释放的政治犯和共产党员的直接影响。阮公欢创作《最后的道路》就是要"帮助南定的共产阶级兄弟们清算血债"。这本小说的题材受到当时共产刊物的思想影响，其在塑造人物方面积极地吸收了"广宁—云廷农民问题"中生动的艺术形象。同样的，元鸿于1937年在海防见到了从山罗、昆仑监狱出来的革命者，在他们的指导下，他阅读了《共产党宣言》、《农民问题》、《昆嵩监狱》。1939年9月，元鸿被帝国主义逮捕进入海防监狱，他参加了由同志苏昊指导的以资产阶级民权革命论纲为基础的学习班。他还与如风（Như Phong）、阮常卿（Nguyễn Thường Khanh）成为党的民主青年团主办的《世界》（Thế giới）、《新》（Mới）、《新人》（Người mới）刊物的文艺主编。正是在这些刊物上，他发表了《一位中国母亲》（Người đàn bà Tàu）、《13公里》（Đến cây số 13）、《两行乳汁》（Hai dòng sữa）、《萌芽》（Những mầm sóng）。革命运动和共产刊物的影响在吴必素《熄灯》（Tắt đèn）、武重奉《决堤》（Vỡ đê）、《被释放的囚犯》（Người tù được tha）、兰开《生灵涂炭》（Lầm than）的作品中也打下了深刻的烙印，革命文学作家陈辉寮（Trần Huy Liệu）、海潮（Hải Triều）、陈明爵（Trần Minh Tước）、富乡（Phú Hương）等人高度评价了这些作品，成为批判现实主义文学在公开文坛上发展的强大支持。

在第二次世界大战中，由于受到法、日帝国主义的双重压迫，党的活动只得转入地下，进步书籍被查封、没收。当时的批判现实主义文学遭到残酷的扫荡，被淹没在混乱、衰落的文学倾向中。一些年轻的优秀文人出现，如南高（Nam Cao）、苏怀（Tô Hoài）、裴显（Bùi Hiển）等等。他们的批判现实主义文学作品较少，不像1936—1939年那样具有广泛而深刻的影响。

如果说阮公欢、吴必素是1930—1939年批判现实主义文学的代表作家，那么南高正是40年代初的灵魂作家。他的作品几乎都是悲剧：遭逢水旱灾的农民颗粒无收；粮食短缺致使多少家庭离散，每个人为了躲避饥荒背井离乡；土豪劣绅的压榨和剥削迫使善良的农民走上贫穷化、流亡化的绝路，如《志飘》（Chí Phèo）、《一场婚礼》（Một đám cưới）、《老鹤》（Lão Hạc）。除此之外，南高的作品还反映了贫困的小资产阶级知识分子在八月革命前的黑暗年代中美梦破碎的悲剧，如《在死亡线上挣扎》（Sống mòn）、《月亮》（Trăng sáng）。

苏怀的作品则是河内郊区农村人民的生活和风俗习惯的真实写照。但在风俗描写的背后反映了一个疾苦、穷困的社会：穷苦的农民和小生产者破产；人情冷漠，世态炎凉；女孩离乡背井做雇工，到省城拉车，或是到"新世界"冒死签下"墓夫"状纸。苏怀早期作品的原型大都来自八月革命前他的家乡——义都的凄惨生活。苏怀具有敏锐细微的观察力，特别是对社会事物。他在当时最负盛名的是《蟋蟀漂流记》（Dế mèn phiêu lưu ký），这部作品多少带有空想社会主义色彩。苏怀用纪实的手法记录农村人民生产和斗争生活的实况，这是他作品的一大特色。在他的文章里很少看到尖锐的社会矛盾，更多的是表达了他对劳动人民深厚的感情：同情他们的疾苦，更赞赏他们身处逆境而不屈不挠的精神。

裴显则十分了解琼琉（义安）沿海地区的渔民生活。面对"大海的神秘力量"，面对天灾病疫的威胁，沿海地区的渔民还比较迷信而落后，甚至有时粗鲁而蛮横；但是他们有着质朴憨厚的品质和单纯的情感，乡里乡亲的情谊纽带使他们团结地生活在一起，这一主题在《耍赖》（Nằm vạ，1941）中得以体现。裴显还描写了省城办事员的琐碎平淡的生活，他的生活就是整日重复着相同的事情，"一举一动都像机器"。一辈子的积蓄才刚够买一块手表，而这点小小的幸福也没给他带来多少好处，这只手表老是走走停停。原来他的一生都必须像机器那样准时干重复的活儿，就是一台只知道服从的机器人，而手表也不过是他的琐碎无味的生活写照。这只老走得慢的手表象征着他总是在竞争中落后，他永远也碰不到好运。

共产党和群众革命运动使越南的批判现实主义文学形成独特的风格。这是在十月革命后，即越南形成工人阶级政党之后的批判现实主义文学的风格。正如在中国，十月革命思想和中国工人运动以及马列主义帮助鲁迅从进化论上升到阶级论，从带有革命性的批判现实主义上升到社会主义的批判现实主义一样，越南共产党和群众革命运动为批判现实主义文学在民主阵线的迅猛发展创造了条件，并为其自八月革命后转向社会主义的批判现实主义准备了充足的因素。

（五）1930—1945年末期批判现实主义文学的分化

在敌人的恐怖镇压下，一些作家、作品偏离了方向，如阮公欢及其作品《清淡》（Thanh Đạm）、《名节》（Danh tiết），但仍有一部分作家通过文化救国会受到党和1943年文化提纲的影响（南高、苏怀、元鸿、阮辉想、金麟等）。在法西斯势力的搜查和钳制下，元鸿、南高、苏怀等人的作品虽然没有直接描写社会的对抗性的阶级矛盾，也没有直接颂扬群众的斗争精神，但是它们仍然保持了敢于直面事物的态度，看到了一场社会革命风暴即将来临前的窒息与挣扎。在南高的作品《在死亡线上挣扎》（Sống mòn）、《吊文》（Điếu văn）中透露出作者对将来的希望之光，尽管这束光芒还比较微弱。总的来看，这些仍然是批判现实主义作品，但是，在公开活动受限的条件下，文化救国会的作家只有通过欢呼和遥远的梦想表达进步思想。

三、结语

20世纪初，尤其是1930—1945年间，越南的批判现实主义文学获得了重大的发展，可以看作是越南批判现实主义文学发展的鼎盛时期。这一时期的批判现实主义文学具有自身的特点，不仅反映了越南文坛从资产阶级文学向无产阶级文学过渡过程，更重要的是，它如实地记录了越南人民在背负封建化与殖民化双重枷锁下探索救国道路的历史轨迹。

参考文献

[1]［俄］车尔尼雪夫斯基.俄国文学果戈理时期概观［M］.上海：上海译文出版社，1987.

[2]陈惇主编.西方文学史［M］.成都：四川人民出版社，2003.

[3]余富兆.20世纪越南作家［M］.北京：军事谊文出版社，2004.

[4]余富兆.越南历史［M］.北京：军事谊文出版社，2001.

[5]于在照.越南文学史［M］.广州：世界图书出版公司，2014.

1945—1975年的越南文学与民族国家想象

■ 赵 爽

【摘 要】 1945—1975年的越南文学与越南民族国家的建构形成了双向互动的密切关系。革命历史的发展需要文学发挥文化主力军作用，决定着文学作品的形式、主题、内容、人物塑造、叙事方式等要素。同时，1945—1975年的越南文学对越南民族国家意识的生成起到了非常重要的作用。

【关键词】 越南文学；民族国家想象；越南文学发展

1945—1975年的越南文学产生于复杂特殊的历史背景。民族解放战争和政治革命对1945—1975年的越南文学提出了明确的政治要求。1945—1975年的越南文学通过其对主题内容、人物塑造、叙事特点、修辞风格的选择在越南民族国家的建构过程中发挥了重要作用。

一、复杂特殊的历史背景：1945—1975年越南文学的现实基础

在越南历史上，1945—1975年是一段特殊的时期。30年间，中南半岛东部这片狭长的土地经历了前所未有的变动和举世瞩目的战争：民族独立、抗法战争、南北分裂、抗美战争、国家统一。这是充满斗争和矛盾的30年，既有越南民族和帝国主义侵略者之间为争取民族独立进行的战争，也交叉着越南民族内部为达到国家统一进行的斗争。

二战爆发后，1940年日军入驻越南，使越南成为日法共同的殖民地和日军军事基地。越南人民在共产党的领导下进行了英勇的抗日反法武装斗争。1945年初，日军发动"三九政变"，独占越南，建立傀儡政权。1945年8月，日本宣布投降，印度支那共产党抓住大好时机，领导发动八月总起义。8月25日，阮朝保大皇帝退位。9月2日，胡志明在河内巴亭广场宣读《独立宣言》，越南民主共和国诞生。但仅20天后，法国殖民者卷土重来并于1946年11月对越南发动全面战争。在中国的大力支持下，越南于1954年5月取得"奠边府大捷"，签订《日内瓦协议》。越南以北纬17度线划分成南北两方。越南北方获得解放，开始进行社会主义政治、经济和文化建设。吴庭艳拒绝遵守《日内瓦协议》内容，于1955年10月在南方成立"越南共和国"，引发了争取和平、统一祖国的运动。1960年12月，越南南方民族解放阵线成立。1961年，美国指挥的"特种战争"失败，1964年8月"北部湾事件"发生，1965年3月美国把侵越战争升级为"局部战争"。经过艰苦卓绝的抗美战争，1973年1月，《巴黎协定》签订，美国从越南撤军。1975年春，越南人民军发动总进攻，经过"西原战役"和"胡志明战役"，于4月30日解放西贡和整个南方。1976年越南举行全国普选，召开第一次国会会议，改国名为越南社会主义共和国，正式宣布越南统一。

　　这充满硝烟的30年，是新生的越南赶走帝国主义侵略者，获得民族真正独立和国家统一胜利的历史，同时也是越南在遭遇外部侵略战争的环境中建立独立的现代民族国家的过程。米切尔·霍瓦德认为："没有哪个国家不是诞生于战火之中的……没有哪一个有自我意识的群体能够不经历武装冲突或战争威胁，就把自己确立为世界舞台上的一个新的和独立的角色。"（Michael Howard，1979：102）也就是说，现代民族国家不是天然存在的，而是通过政权的组构、边界的厘定、民族国家意识的生成建构起来的。安德森把民族国家看作是一种想象的政治共同体。"它是想象的，因为即使是最小的民族的成员，也不可能认识他们大多数的同胞，和他们相遇，或者甚至听说过他们，然而，他们相互联结的意象却活在每一位成员的心中。"（本尼迪克特·安德森，2005：6）安德森认为，第一，"民族被想象为有限的……没有任何一个民族会把自己想象为等同于全人类"。第二，"民族被想象为拥有主权"，民族总是梦想着成为自由的，"衡量这个自由的尺度与象征的就是主权国家"。第三，"尽管在每个民族内部可能存在普遍的不平等与剥削，民族总是被设想为一种深刻的、平等的同志爱。最终，正是这种友爱关系在过去两个世纪中，驱使数以百万计的人们甘愿为民族——这个有限的想象——去屠杀或从容赴死"。（本尼迪克特·安德森，2005：6—7）安德森的理解正涉及了现代民族国家的几个基本要素：领土、主权、人民。1945—1975年的越南历史是无产阶级政党领导的政权经过30年的军事战争和政治斗争，最终获得领土统一、独立主权和普遍承认的过程，也是越南现代民族国家得以建立和建构起来的过程。

二、目标明确的文化政策：1945—1975年越南文学的创作指南

胡志明领导的印度支那共产党在加强军事实力、寻求外部力量支持的同时，也清醒地意识到要在尽可能广泛的范围内宣传自己的政治主张，掌握自己的思想武器，获得广大民众的普遍认同，从而团结最有利的方面进行反对法日殖民统治，争取民族解放斗争的胜利。1943年，针对当时越南文艺领域的消极混乱状态，印度支那共产党发表了由总书记长征起草的《越南文化提纲》（以下简称《提纲》）。《提纲》明确指出："文化战线是共产党人活动的三个战线（经济、政治、文化）之一。"共产党是先锋党，"先锋党要领导先锋文化。""领导了文化运动，党才能影响社会舆论，党的宣传才有效果"。《提纲》为越南民族文化指明前途，"越南民族文化将因民主解放革命胜利而解开枷锁并及时赶上世界新民主文化。"《提纲》指出文化革命和政治革命的关系，"越南文化革命要依靠民族解放革命才有条件发展。"现阶段越南新文化运动的

三个原则是"民族化、大众化、科学化"。"越南新文化是具有民族形式和新民主内容的文化"。《提纲》要求马克思主义文人"进行思想学术斗争，使辩证唯物主义和历史唯物主义获得胜利；反对各种文艺宗派，使社会主义写实倾向取得胜利；进行语言文字斗争（统一丰富语言，确立语言规则，改革国语字等）"。文化运动的方式为利用一切可能"进行宣传和出版，把作家组织起来，为作家、记者、艺术家们争取实在的权利，扫除文盲等"和利用一切手段，"在马克思主义无产阶级政党的领导下把一切进步文化活动统一起来。"（Lại Nguyên Ân，Hữu Nhuận，1996）《提纲》明确了越南在民族解放斗争时期文化工作的作用、指导思想和具体任务，是无产阶级政党领导下文化工作者的思想和行动指南。《提纲》要求文化工作者打碎原有的思想观念，创造最革命、最进步的民族新文化，赋予了进步文人承担建构现代民族国家叙事话语的重要职责，使文艺工作成为建构民族国家"想象共同体"的重要技术手段。

《提纲》公布不久，越南文化救国会成立。文化救国会团结了一大批文艺工作者为民族解放事业奋斗。"1945年越南民主共和国成立后很快通过一系列具体行动和措施确立越语和国语字作为国家的正式语言文字……越南民主共和国临时政府还规定所有国民必须接受免费的国语字教育，一年之内，8岁以上公民必须达到会读写国语字的要求，否则进行罚款。政府为农民和手工业者举办平民夜校补习班。"（赵爽，2007：6）这些政策和措施，极大地推动了越语和国语字的普及应用，使越南民族新文化的广泛传播成为可能。八月革命成功后，文化救国会召开第一次文化工作者代表大会，重新发表《越南文化提纲》，再次强调其在文艺工作中的思想领导作用。抗法战争开始后，胡志明提出"文化抗战化、抗战文化化、思想革命化、生活群众化"的口号。这是对《提纲》精神的浓缩，也是对抗战时期的文化工作者，特别是作家们的明确要求。1948年7月，长征在第二次文化工作者代表大会上做了题为《马克思主义和越南文化问题》的报告，批判了一些错误的文化倾向，强调马克思主义是越南文化运动的方向,艺术必须为政治服务。这个报告是对《提纲》的进一步阐述,成为1945—1975年越南文学的创作指南。

越南无产阶级政党在进行政治革命的同时,必须用自己最精良的思想武器——辩证唯物主义和历史唯物主义,从普遍的历史观中寻找自身的合理性。在取得政权之后,无产阶级也要证明其胜利不仅仅是军事上的胜利,而是一种历史和道义的必然逻辑。这就给文学的想象提供了广阔的空间。特殊的是,越南民主共和国一成立就遭到了法、美两大帝国主义的连续侵略,使越南民族国家的建构和抵抗外侵的民族解放斗争达成一致性。越南处于殖民统治和帝国主义侵略的现实处境,也使民族主义意识强烈的越南知识分子自然而然地接受建构民族国家的神圣历史使命和政治责任。不管是否入伍,许多作家背上背包,深入基层和前线,参与了很多具体的抗战工作,甚至牺牲在行军途中。残酷的现实使作家们更加清醒。正如作家阮明洲在《创作笔记》一文中写道:"当我们坐下写作的时候,我们的父母兄弟姐妹正挥洒汗水,绞尽脑汁想办法打击敌人。我们周围的每个人都站在他们抗战救国的各个位置上。就在我们写作的同时,仇人正烧毁我们的家园,枪口正抵在我们孩子的胸口上!怎么能装聋作哑呢?我们怎么能写与周围许多人正忧虑如何战胜敌人的内容相悖的文章呢?……每个作家都自我证明自己的笔是在救国阵地上的。任何时候都不能与此时相比,面对民族的共同命运,作家的态度显得如此急迫和严肃。这个态度要体现在作品里和其他一切活动中。"(Nguyễn Minh Châu,2002:28)所以,无论是自觉还是不自觉,作家们把自己的创作和民族国家的命运联系在一起,建构着现代民族国家新的意识形态。

三、崇高神圣的精神象征：1945—1975 年越南文学建构民族国家想象的重要内容

（一）共有的祖国家乡

作为传统的农业国家，越南人有着浓厚的乡土观念。越南人长期生活在由家庭、宗族、村社构成的生存秩序之中。民族革命使越南人离开母亲、离开家乡，加入保卫"祖国母亲"、建设"我们的国家"的神圣事业。1945—1975年的越南文学通过各种文学形式召唤人们对母亲和家乡的热爱，进而升华成对祖国和民族的热爱、认同，形成对"自己的国家"的观念。

每个人都有母亲。母子之间的天然血缘关系是不可改变的事实。母子之间存在着最亲密无私、血肉相连的情感。在传统宗法社会中，对母亲的伤害和玷污是对家族和家庭最大的侮辱。母亲受难就是孩子受难，母亲的痛苦就是孩子的痛苦，母亲的召唤最容易引起共鸣。当母亲和家乡、祖国联系在了一起，母子之间天然的血缘关系就变成了国家和人民的最佳隐喻。当文学作品中"国家以'母亲'的口吻'召唤'国民时，国民就有了无可推脱的献身义务，天然的母子关系就成为最有说服力的动员资源和统治基础"。（杨慧、王向峰，2007：223）通过母亲和家乡的意象，文学作品把抽象的"祖国"具象化，使人们从对"祖国"的热爱发展成对"国家"的想象和认同。这也是1945—1975年的越南文学出现大量赞美母亲、家乡和"祖国母亲"的作品并被广为传诵的原因。

著名诗人素友写下了《后江母亲》、《越北母亲》、《老妈妈》、《妈妈啊》、《母亲的家乡》、《你是母亲》、《摇篮曲》、《德妈妈》、《戍妈妈》等诗歌，表达对英雄母亲的赞美和母亲对侵略者的仇恨。英勇不屈的后江母亲在就义前向像树林一样茂密的千万儿女发出消灭侵略者的召唤；饱经磨难的越北母亲要儿子安心抗战，早日凯旋；《妈妈啊》把一对母子的身份转化成了千万战士的母亲和千万母亲的儿子；《母亲的家乡》中

已经去世的母亲教育儿子热爱家乡，听从党的教导，不做亡国奴；连母亲在摇篮边的喃喃低语都是教育孩子要团结同志、关心战友……素友常常把衣衫褴褛的母亲形象和饱受创伤的祖国形象联系起来，"越南，亲爱的祖国啊，在苦难中更加美丽！就像母亲一天到晚挑着重担，一辈子默默养育儿女"（《欢度67年新春》）。诗人们还写了《南方母亲》、《西原母亲》、《英雄母亲》、《越南母亲》等赞歌来歌颂母亲，歌颂祖国，特别是春妙在《献给永世越南母亲的诗篇》中浪漫地写道"孩子是笛子，母亲是万千的风；母亲是天，孩子是一滴霜露"，来比喻个人对国家的依存。

诗人杜中军在《家乡》中写道"家乡，每个人只有一个，就像只有一个母亲。如果谁不思念家乡，就不能长大成人"。每个人对家乡都有着天然亲切的感情。当家乡遭受敌人毁灭性的破坏，无疑会使人生出无穷的仇恨和斗志。1945—1975年的越南文学中有大量对家乡的赞美思念和关于家乡在战争中被野蛮摧残的描述，二者的对比更加激发人们保卫家园、保卫祖国的热情和对侵略者的满腔怒火，把对自己家乡的热爱转变成对所有人家乡的热爱，对共同祖国的感情。小说《河口》中的战士阿斌意识到："从此，乔河口不再仅仅是自个儿的家乡了，而是变成一个新的舰艇基地，用红墨水标记在军用领海地图上。"（Nguyễn Minh Châu，2001：255）通过作品中人物的思想认识，人们把对自己家乡的热爱提升到一个新的层面——家乡是国家的一部分，家乡和国家形成了具体明确的关系。

与此同时，大量直接歌颂山河、祖国的作品涌现出来，"越南"和"祖国"这两个词在1945—1975年的越南文学作品中被反复使用、渲染，成为具有神圣色彩的词汇，把个人和国家联系在一起。代表性的诗歌有春妙的《山河颂》、陈梅宁的《山河情》、素友的《光荣啊，我的祖国》、阮庭诗的《祖国》、制兰园的《祖国如此美丽》、辉瑾的《祖国》、黄中通的《越南啊，我们歌唱》、陈友椿的《我的祖国越南》、黎英春的《越南站立的姿态》等，不胜枚举。小说中也随处可见相关的联想,比如《河口》中的阿斌在值班时观察到了美军的第七舰队。"他感到自己被侵犯了……那一刻,就像身体上突发的剧痛,一个想法猛然而至——祖国的神圣海域和天空被侵犯了。"(Nguyễn Minh Châu,2001:94)林爷爷在家里高兴地想着自己参军的孙子和他的战友正行军的道路:"哪里都是咱们的江山!都是咱们越南人的!都是一样的苦难和欢乐!"(Nguyễn Minh Châu,2001:199)指挥员光"感到祖国的每一寸土地都和自己血肉相连"(Nguyễn Minh Châu,2001:225)。

(二)光辉的金星红旗

国旗作为一个现代民族国家标志性的符号,是民族国家话语中不可或缺的对象。1945年,春妙发表长诗《国旗》,激情四射地歌颂金星红旗下的越南民主共和国:

……
花儿欢迎,山河知道,
英勇的越南国旗迎风高扬!
……
古老的国家,
在新的旗帜下,像二十岁一样年轻!
……
解放区是祖国的灵魂,
江山最光明的地方。
在这里,游击队的大刀闪闪发光,
金星红旗在太阳下飘扬。
国旗像眼睛彻夜不眠;
国旗像烈火在山巅燃烧;
国旗像太阳永远照耀着大地,
温暖了寂寞人们的心;
她护卫着祖国的灵魂,

带着使命永远飘扬在空中。（于在照，2001：298）

《国旗》不仅标志着春妙创作风格的转变，也为1945—1975年的越南文学创作竖起了一面旗帜。1946年，春妙为越南独立创作了《越南之春》：

进军歌如波涛汹涌拍岸，

血性男儿的呐喊回荡天际……

崭新的越南，春天的越南

金星红旗艳丽无比的越南！

从谅山到金瓯角

经过海云，山水相依，

在红旗下，演奏了一曲合唱。

旗杆是骨头接成，旗帜是鲜血染成，

枪剑与钢筋铁骨铸就

荣光中的第一个共和国，

本世纪的第一个越南之春。（于在照，2001：298）

这首诗中，国旗、国歌和越南领土等概念以具体的形象完美结合在一起，构成对越南民主共和国的充分想象。作为无产阶级政权和越南民主共和国的象征，在这个时期的文学作品中经常出现对金星红旗的神圣描述。《河口》中的林奶奶身患重病，坐在家门口远远看到了乔河对岸竹林上空像一簇火苗似的的金星红旗，竟然一下子痊愈了，还逢人便夸："咱们的旗子真是神奇，说走就走，说来就来。"（阮明洲，2001：199）

（三）巨大的领袖魅力

1945—1975年的越南文学把越南民族革命的领袖胡志明塑造成了一位慈祥敦厚、忧国爱民、思想高尚、生活简朴、具有超强人格魅力的长者。老百姓没有把他看作高高在上的国家领导人，而是称他为"胡伯伯"、"胡爷爷"。他就是大写的"伯伯"。这种亲属间的称谓消除了人民和政党领袖之间的距离,创造了一种特殊的亲人型领袖形象。通过这种文学创造,胡志明在越南人民心目中几乎成为神话,像圣人一样完美无瑕。人们热爱他,依恋他,"听胡伯伯的话",忠心做"胡伯伯"、"胡爷爷"的好孩子、好战士。因此,人们热爱他们心目中的伟大亲人而听从他的感召,参与到民族解放事业中来,战斗着、建设着、想象着、认同着。文学作品通过塑造胡志明的崇高形象间接引导了人们对民族国家的建构。赞美胡志明的诗歌众多,脍炙人口的有明惠的《今夜胡伯伯未眠》,从一名战士的视角抒发对领袖的敬爱之情。制兰园的《胡伯伯》这样写道:

伯伯说得虽然不多,但是真理。
全国都安静地聆听,伯伯笑了。
不要翻任何书本来认识他,
伯伯就生活在我们中间,伯伯在人世间。

四、主题宏大的战争叙事:1945—1975年越南文学建构民族国家想象的主要方式

(一)雄浑的史诗风格

具有史诗风格的长篇小说创作是1945—1975年越南文学的重要特点。抗战期间,许多作家奔波在各个战场、营地,体验生活,收集素材。经过长时间的观察、积累、酝酿,爆发出极大的创作热情,使这一时期的小说创作达到高潮。为了论证无产阶级政党和政权的合法性,文学作品的主题选择突出表现为对八月革命前历史和抗法、抗美战争史的重新讲述和对革命胜利后现实生活的赞美,对抗战中伟大民族精神的歌颂,对国家统一的渴望,对建设社会主义的向往。

阮辉想的长篇小说《与首都共存亡》描写抗法战争初期河内军民如何抵抗侵略者、誓死保卫首都的战斗。元鸿的长篇小说《海口》描写了1945年前海防人民在十年中经历的苦难生活以及如何在党的领导下

进行轰轰烈烈的革命运动,在八月革命胜利后过上新生活的越南社会历史变革。阮庭诗的《决堤》也是一部描写八月革命前越南抗法运动风起云涌的历史画卷。阮明洲的《战士的足迹》是一首弘扬越南军人"纵劈长山去救国"战斗精神的英雄赞歌。友梅的《领空》描写了越南空军的战斗生活,表现在战斗中成长起来的革命战士为祖国而战的英雄气概。类似的作品还有很多,如潘泗的《我和敏》、苏润伟的《静静的河流》等。

(二)英雄的新人形象

1945—1975年的越南文学作品塑造了各种新的人物形象,干部、战士、农民、工人、知识分子、女性,甚至老人、孩子都以崭新的面貌呈现在人们面前,使人们强烈感受到与以往完全不同的新生活。这些新人身上所具有的民族英雄气节和各种美好品质,为塑造现代民族国家的精神风貌和道德风尚发挥了重要作用。人们通过文学作品中的人物,找到了自己的榜样,获得了精神上的巨大鼓舞,也在这样的教育感染中成长进步。可以说,这个阶段的新作品通过描写新的人物、新的生活、新的矛盾、新的胜利来建构现代民族国家的精神生活。

与八月革命前文学作品中人物生活窘迫、精神苦闷、找不到出路的境遇相比,1945—1975年越南文学作品中的人物完全不同。他们乐观积极,忠于信仰,不怕牺牲,热爱同胞,为民族解放事业不懈奋斗。无数的阿斌(《河口》)、阿旅(《战士的足迹》)从一名乡村少年成长为战斗英雄,无数的艾妈妈(《燃烧的土地》)为革命失去丈夫儿子而毫无怨言,无数的陈文(《与首都共存亡》)从旧时代的知识分子转变成为革命战士,无数的阿敏(《我和敏》)成为坚强勇敢的女战士。同样,无数的读者从这样的文学作品中找到自己熟悉而新鲜的东西,和作品中的人物共同成长。

记述和赞美革命英雄真实事迹的作品在这个时期也发挥了强大的精神作用。陈庭云的《像他那样生活》中的烈士阮文追,阮施的《持枪的母亲》中的女英雄阮氏小,素友的《越南姑娘》中的女英雄陈氏里等都给读者以巨大的震撼和鼓舞,使人们对侵略者的累累罪行有更真切的认识,对未来和平美好的新生活充满向往。

(三)独特的修辞策略

1945—1975年的越南文学中,战争是无处不在的创作要素。传统的战争文学总是表现为伤感哀怨的情绪基调。但是抗战时期的越南文学为了最大限度地动员人民积极抗战,就改变了作品的修辞风格。这个时期的文学作品总是用一种热情、积极、乐观的情绪来讲述战争,感染读者。比如《河口》中的干部老林在外地干革命,抗法战争结束后带着工作中相爱的第二个妻子回到老家。老林的元配请娘含辛茹苦,在过去十年中照顾公爹,养育孩子,掩护同志,熬过饥荒,等来的丈夫却带着年轻漂亮的二房。即使这样,请娘只是沉默良久,一抹眼泪就从容接受了这个现实,还努力使家庭关系和谐,为老林免除后顾之忧。请娘送儿子参军,积极劳动,最大限度地焕发着自己的热情和力量,发自内心地认为自己现在的生活很舒心。这样一般人都难以承受的痛苦在火热的战争岁月似乎没有什么,一切都向好的方面转化了。爱情也是如此,不仅没有因为战争受到伤害,反而正是战争成就了文学作品中无数浪漫纯洁、具有高度道德感的爱情故事,如《月儿在林梢》中汽车兵阿览和青年突击队员阿月之间的爱情像皎洁的月光一样美好,动人心弦。

五、结语

如果把越南文学发展的历史比喻成一条长河,那么社会历史背景就是这条长河所经过的地理环境。不同的地理环境决定了河流的走向和姿态,河流的运动也会改变周围的环境。1945—1975年越南文学的发展和特点都与特殊的时代紧密相连,与越南民族解放事业、越南民族国家的建构同步变化。正是在这样一种双向互动的关系中,1945—1975年的越南文学成就了自己,也在重构现代民族国家的历史记忆、实现对现代民族国家的整体认同方面发挥了特殊的历史作用。

参考文献

[1] 本尼迪克特·安德森. 想象的共同体:民族主义的起源与散布[M]. 上海:上海人民出版社,2005.

[2] 杨慧,王向峰. 中华民族共有的最高诗情:"祖国母亲"考辨[J]. 社会科学辑刊,2007(1).

[3] 于在照. 越南文学史[M]. 广州:世界图书出版公司,2014.

[4] 赵爽. 越南历史上的语言政策和语言问题[C]//东方语言文化论丛:第26卷. 北京:军事谊文出版社,2007.

[5] Lại Nguyên Ân, Hữu Nhuận sưu tầm, Sưu tập trọn bộ "Tiền phong" 1945-1946, tạp chí của Hội văn hóa cứu quốc Việt Nam [M]. Hà Nội: Nxb Hội Nhà văn, 1996.

[6] Michael Howard. *War and the Nation-State* [M]. Daedalus, Vol.108, 1979.

[7] Nguyễn Minh Châu. *Nguyễn Minh Châu Toàn Tập (tập 1)* [M]. Hà Nội: Nxb Giáo dục, 2001.

[8] Nguyễn Minh Châu. *Trang giấy trước đèn* [M]. Hà Nội: Nxb Khoa học xã hội, 2002.

越南现代军事文学的文化心理和审美特质

■ 祁广谋

【摘　要】 越南现代军事文学的形成和发展离不开国家的政治政策，离不开普遍存在的政治文化心理。特殊政治语境下的越南军事文学所满足的阅读需求不是审美享受，而是政治情绪的宣泄。统一后的军事文学注重发掘人性在战争中的表现，在形式和内容上都取得了一定的成绩。

【关键词】 军事文学；文化心理；越南文学

战争是因利益冲突而导致的阶级与民族冲突尖锐化的表现。在人类漫长的发展历程中，战争始终存在。具体在越南，尽管它建国的历史并不长，但战争的出现却相当频繁。因此，作为反映社会现实的文学作品，越南的军事文学在越南文学史上也就占有着相当重要的位置。民间文学中的《山精水精》、《圣董》、《安阳王传》，汉字文学中阮薦的《平吴大诰》，喃字文学中邓陈琨、段氏点的《征妇吟曲》等可称得上是越南古代军事文学的精品。现当代的军事文学则以作家队伍的庞大，创作思想的鲜明，作品数量的繁多，反映现实的丰富，社会效果的显著而深深地影响着越南文坛。本文主要论述分析越南现当代军事文学的文化心理和审美特质。越南现当代军事题材的文学作品根据创作思想、内容层面和审美特征的不同表现，可以划分为战争时期军事文学和战后军事文学两个部分。

一

综观20世纪越南发展的历史，前半叶的主要特点就是革命运动风起云涌，最终导致1945年八月革命的巨大成功，此后到1975年则是30年艰苦卓绝的抗法抗美战争，赢得了1954年和1975年两次具有历史意义的伟大胜利。1975年全国统一后，跟这个国家有关的战争还绵延了若干年。1986年越南开始进入革新开放新时期，但战争给社会带来的影响仍然深刻地烙在这个国家的身上。

可以说，越南军事文学的形成和发展离不开国家的政治政策，离不开普遍存在的政治文化心理。为了赢得独立自由，为了鼓励民族的牺牲精神和激发全民族的斗志，抗战伊始，越南共产党和国家领导人就发出了"一切为了抗战"的号召，制定了一系列的抗战政策。胡志明致信第二次全国文化会议指出："在我们人民抗战建国的伟大事业中，文化担负着一个相当重要的任务。……从今往后，我们要建设一个切实而广泛的抗战建国文化，为全民抗战建国事业作出贡献。"[1]正是这样的政治理念和现实政治政策从一开始就凝聚起了一种社会文化心理，左右、支配着人们对待文学的态度，制约、向导着越南军事文学的生成与发展。

"文艺服务抗战"口号的提出首先反映出当时普遍的文学期待和阅读需求。"抗战进入第三年，人民大众常常意识到精神上的新鲜的东西。他们更加兴奋，更加健康、愉快地感受生活以提高战斗精神，承受一切艰苦和牺牲。他们需要文艺作品，缺少文艺作品就自我创作，自我应用。每个人都学习唱歌，学习写墙报，学习演戏；每个人都觉得需要自己给自己表演"[2]。这是自发于人民大众的文化运动。这样的文化运动需要一个能"为工农兵服务"，能介绍和解释时局，能向读者展示越南全体军民、全体民族为了祖国的命运浴血奋战的形象，能号召他们为了民族大义英勇舍身的文学。那些紧贴战斗生活，反映全民抗战，提倡英雄主义，描写崇高与牺牲，描写人民大众的作品受到了读者广泛的欢迎。人们争相阅读光勇的《西进》，素友的《越北》、《我们来了》，黄中通的《部队来到村庄》，以及范进聿、友请、阮维、阮科恬、林氏美夜、春琼等人的诗歌；争相阅读阮庭诗的《冲击》、陈寅的《前赴后继》、元玉的《祖国站起来》、英德的《土丘》、阮诗的《持枪的母亲》、潘泗的《敏和我》、阮明洲的《战士的足迹》等小说作品。在阅读这些军事文学作品的过程中，人们感受到了爱国主义传统和民族主义精神，感受到了榜样的力量和人格的魅力，极大限度地满足了自己的政治文化心理和阅读需求，继而又形成一种更加强大的政治文化力量，向自己的对立面涤荡过去。

在抗战这样一个特殊的政治文化语境下，文学在传播政治文化中确实具有特殊的意义。邓台梅指出："文学是最适合于传播思想的工具。抗战时期要求作家以充满信心、无畏、斩钉截铁的语言来诱导、安慰走在战斗道路上的民族，来向导民族的各种力量"，"文学有它的作用和目的：打击侵略者，拯救国家。除此之外一切都是空洞的，或者说是暂时所不需要的"，"写作，首先是在同胞的精神上培养起对祖国未来、对民族前途的坚定的信念"[3]。这样的政治文化心理唤起的是读者浓厚的政治兴趣，让他们喜爱那些艺术手法并不高明甚至很多时候还很粗陋但政治色彩又相当浓重的作品，"冷落那些不真实或者自我封闭、刻意雕琢、隐晦乖戾的作品，而对那些想象的怪胎尤其厌恶"[4]。在这样普遍的政治文化心理影响下形成的读者的阅读需求，要求从作品中得到的主要不是审美的享受，更多的是一种政治情绪的宣泄。

面对这种普遍的阅读需求，任何作家都不可能无动于衷。作家作品和读者本来就是生产与消费的关系。为了满足读者的阅读需求，更为了满足抗战政治文化的需要，许多作家很快在创作上转变方向。阮庭诗的《认路》、南高的《眼睛》记录了相当一部分作家从旧制度走向革命的痛苦思考和动摇不定的心态，表明了他们"文学要为抗战服务"的创作态度。抗法战争爆发后，南高、元鸿、阮公欢、阮尊、苏怀、阮辉想、春妙、制兰园等八月革命前就已经声名显著的作家纷纷聚合在"文艺为抗战服务"的口号之下。抗战队伍中也迅速成长起了一批能广泛地满足读者普遍阅读需求的为抗战服务的作家，他们是武高、徐碧煌、武秀南、正友、阮凯、胡方、阮重莺、友梅、光勇、陈寅、崔友、洪元、超海、黄禄等。抗美战争爆发后，越南文学更加宽泛而自觉地投身到为抗战服务的事业中来，涌现出了阮科恬、范进聿、友请、陈孟好、朱莱、屈光瑞、阮智勋、阮氏如庄、阮克长、忠盅鼎、阮维、杜周、青草、赵贲等一批富有才华的青年作家，他们一出现就受到了读者的喜爱。

可以说，抗战时期普遍的政治文化心理影响下形成的阅读心理制约了作家和作品的走向，也制约了越南军事文学特点的形成。读者普遍喜爱那些浅显却散发着传统的爱国主义和民族主义精神的作品，作家也乐于迎合这种阅读心理，因而诞生了一大批能够满足民族抗战自身需要的作品。这是客观历史的需要。在这样的语境下，越南军事文学成绩显著，阮庭诗、元玉、潘泗、春琼、英德、刘光宇、阮明洲、陈登科的作品甚至达到了较高的艺术水平。但总体看来，越南军事文学的成绩主要体现在数量上和达到的社会效果上，艺术成就其实并不很高。

二

1975年春季大捷后，越南取得了抗美战争的胜利，实现了国家的统一。越南军事文学继续向前发展，内容也比过去丰富了很多，出现了阮重莺的《白地》，胡方的《国土》，南河的《东部的土地》，邓庭湾的《时代之路》等相对优秀的作品。随着时间的推移和艺术表现力的成熟，作家们可以更加全面而深刻地去描写这两场抗战。他们通过文学深刻而独到地总结着人民革命和人民战争，总结着革命战争中越南民族人格形成的规律，肯定了30年抗战中所表现出来的精神价值，这些精神价值将会对他们的后代产生深远的影响。

但战争毕竟已经结束，国家开始全面建设社会主义。社会的变革使人们必须面对一系列的现实问题，如新形势下的生活方式、人民内部矛盾、道德价值观念和审美意识的转变，等等。在这样的语境下，读者要求文学作品不仅要描写现实，更要从现实深层中发现问题并做出正确的解释，他们普遍的阅读心理仍然是政治文化心理。在这样的阅读心理的支配下，除了阮明洲、阮智勋等作家继续描写战争外，出现了阮孟俊、麻文抗等勇于触及当代现实积极解决社会问题的作家，涌现了阮孟俊的《余下的距离》、《面对大海》、《火燎洲》，麻文抗的《叶落院中》，阮凯的《相聚岁末》，朱云的《移位的星星》，黎榴的《孤独》，朱莱的《乞讨过去》，范氏怀的《天使》，阮克长的《人多鬼多的地方》，保宁的《战争的忧郁》等深受读者关注的作品。在这些作品中，朱云的《移位的星星》所集中反映的问题发人深省。

《移位的星星》是一部歌颂长山战士革命英雄主义，肯定农村社会主义建设必要性的作品。小说的主人公陶氏柳是一个女工兵英雄，她熟悉长山的每一个高地、每一座山头，她指挥每一支车队安全进出，把敌人带入假阵地。可以说，在战争时期的长山山脉，她所做的一切是那样的自如，那样的得心应手。但战争结束后，在平原地区，在人情世故的三岔路口七岔路口，面对那些堆积着令人发怵的档案的机关，面对那些繁杂烦琐的手续，她是那样的渺小，那样的陌生无助。这位女英雄在战争中牺牲了巨大的个人幸福，战争后，她仍然要承受社会消极现象，承受封建狭隘保守的偏见带来的恶果。通过对典型形象遭遇的描写，朱云对在战争和后方表现出来的道德上的蜕化变质表示了极大的愤慨，对那些刚刚走出战争就又受到社会上各种复杂问题困扰、受到冤枉蒙受损失的妇女的命运表示了极大的关注，他呼吁社会公平，希望个人和集体能够统一融洽在一个和谐的天空之下。作品在关注个人命运，揭露社会消极现象，批评地方政府不良作风方面确实具有方向性的意义。在此后的数年间，这类题材的作品犹如雨后春笋，层出不穷。人们称这一阶段的文学为"走过誓言的文学"、"反对消极现象的文学"、"忏悔文学"等等。文学作品是作家与读者的对话与交流，它需要作家深入生活底层，去观察和发掘生活的方方面面。由于才刚统一不久，革新开放前后的越南百废待兴，社会生活丰富多彩。人格与非人格、完善与非完善、黑暗与光明、美丽与丑恶，交织衬映，充满变化，出人意料。正是这样的时代给了作家用武之地，许多作家兴奋地致力于开拓现实的沃土。但有一段时间，越南文学在"描写世俗人情"创作思潮的导向下，似乎过于关注所谓的黑暗面而忘记了生活中的灿烂和美好，在描写抗法抗美两场民族战争的时候，有的作品热衷于展示人在战争中的悲惨的命运，热衷于渲染战争的残酷和血肉横飞，模糊了抗战悲壮而崇高的意义，有的甚至怀疑并否定刚刚过去的抗法和抗美两场民族解放战争，把抗战描写成兄弟阋墙相残的战争，更多地渲染人的兽性和本能，给社会生活带来了一定的负面影响。一些被认为比较成功的作品如保宁的《战争的忧郁》读来就给人一种压抑的感觉。当然，这种负面影响的出现跟当时的阅读心理有关，读者们似乎已经疲惫于过去那种纯粹的浪漫主义和阳光的描写，战争的痛苦、人性的彷徨不断刺激他们的审美需求，他们期盼宣泄，期盼能够慰藉他们心灵的作品。同时，它的出现也跟当时的政治导向有关，已故越共总书记阮文灵在与文艺工作者谈话中曾经这样说道："在你们的领域里，除了表现好人好事外，还要揭露坏人坏事，让人们鄙弃、远离坏人坏事。这样做不是为了谴责制度，而是为了反对与社会主义崇高理想相悖离的人和事。"⑤一些作家错误地理解了党的文艺思想，有了一些过激的描写行为。另外，这种负面影响的出现跟苏联与东欧社会主义的解体也有着很大的关系，思想立场和人文立场的动摇自然反映到文学这个社会意识形态中来。

三

特定历史时期的文学有着它特定的审美特质。

首先，越南军事文学丰富了整个民族文学的审美形象。抗战时期，光勇的《西进》，素友的《越北》、《我们来了》，黄中通的《部队来到村庄》，以及范进聿、友请、阮维、阮科恬、林氏美夜、春琼等人诗歌中的审美形象,是过去古典诗歌和1930—1945年浪漫主义诗歌中所没有的。南高、金麟、苏怀、阮凯、阮坚、杜周、阮诗、阮明洲等人的小说中也出现了大量过去所没有的审美形象。在抗美战争时期,一些描写战争的小说出现了一些新型知识分子的形象,如友梅的《天空》、黎芳的《孤珊盆地》等。而在抗战结束、全国统一以后,越南军事文学更加多层次地展示社会生活,深入挖掘人的心理,比较丰富地展现了人性的美与丑。如果说抗战时期的军事文学形象还存在着简单、机械空泛等诸多缺点的话,战后的军事文学中包括军人在内的社会众生相则要丰富和全面得多。社会的价值观,军营的如火如荼,离休将军的孤独,复退军人所遭遇的不公,所有这一切在作家形象语言的描述下林林总总,或者激励着读者奋发向上,或者引起读者的愤慨与忧虑,或者干脆就带来了社会的负面影响,发人深省。

其次,军事文学所展示的审美形象深含着崇高、悲壮和政治哲学的美学意义。《最后的高地》、《与首都共存亡》、《像他那样活着》、《燃烧的土地》、《一天与一生》等,单是作品的名字就给人一种崇高、悲壮的感觉。素友的诗歌,阮辉想、阮庭诗、南高、陈登、阮凯等作家所塑造的许多形象都带有崇高的审美价值。而《像他那样活着》中的阮文追、《土丘》中的使姐、《决堤》中的克等英雄形象的牺牲,是一种以个人的生命换取胜利、换取人民和祖国的命运的牺牲,散发出震撼人心的悲壮的魅力。至于政治哲学方面的审美特质,在越南军事文学中俯拾即是,阮凯、阮孟俊等人的作品说教色彩比较浓重,"文以载道"、"文艺服务于真善美"的传统思想仍然贯穿阮明洲的大部分作品。

如果说越南军事文学的审美形象日益丰富和丰满的话,那么军事题材作品的艺术表现手法同样也在不断地丰富和多样化起来。战争中,作家们更多运用的是浪漫主义的手法。在作家们的笔下,战争充满着浪漫的色彩。如阮明洲的短篇小说《密林深处的月光》,主人公把连天的炮火视若等闲。爆炸的炮弹也仅是擦伤了阿月温软的手一丁点皮。但是战争毕竟是战争,是残酷的。"战争不是别的,是每天都掩埋同伴的尸体而没有轮到掩埋自己"⑥。所以后来,特别是战争结束以后,阮明洲放弃了他的完全浪漫主义的手法,逐渐完善了自己的创作原则,走现实主义道路。实际上这种转变不仅仅发生在阮明洲一个人身上,从某种程度上,它是整个越南文学的进步。

  在艺术表现手法和作品结构方面,朱莱的《乞讨过去》过去与现实双线铺设,冷酷与浪漫穿梭交织,可以称得上是一部优秀的作品。《乞讨过去》的主人公特工队长雄在战争时期是一位令敌人闻风丧胆的英雄,他英俊、果敢、正派,是战友的主心骨,是女兵和女游击队员心仪的偶像。正是他率领一支12个人的特工队伍从北方潜入南方,配合地方游击队在西贡河畔的丛林中袭击敌人的据点,神出鬼没地打击敌人的扫荡,创造了一个又一个的战争神话。而战争留给他的是"高1米70体重却不到45公斤,形容枯槁,开始出现精神分裂的征兆,……害怕阳光,害怕声音,害怕都市,害怕人稠广众的地方"⑦,女友的牺牲、在他头顶爆炸的手雷使他丧失了健康,颓废了精神。但在一次南下寻访自己战友的时候,他意外发现十多年前自己亲手埋葬的女友事实上并没有死,现在已经是某省林业厅领导。可她绝对不承认她是他的那一位,别的战友也认为他想念女友昏了头。于是有了一场艰难的"乞讨过去",在这次寻访和对过去的回忆中,一个个英雄、一场场战斗血肉鲜明地展现在读者的面前。而女主人公霜,一个女游击队员,一个青春美丽的化身,她的天真淳朴和对爱的执着给冷酷的战争带来了几分浪漫。在一次反扫荡战斗中,她不幸被捕,却又被她表姐的情人、一个伪军上尉救了出来。从此她改了容,换了姓名。战争后,她去了另外一个地方,逐步当上了林业厅的主要领导。但不幸仍然笼罩着她,一个伪军中尉识破了她的身份并胁迫她为自己提供一份清白的档案和在她手下安置一个职位。为了不暴露自己的身份以免被上级追究,丢失已经得到的一切,她被迫沦为了他的情妇并成了他违法乱纪的保护伞。在雄的精神感召下,她最后承认了一切,表示要为自己的错误承担一切责任。作品现实地描写了战争的残酷却没有给人更多的沉重感,讴歌了战友的情谊和浪漫的爱情，真挚地告诉了读者今天的幸福生活来之不易，应该好好珍惜。情节起伏跌宕，悬念环生，语言紧贴生活，读来意趣横生。

半个世纪的战争给越南社会带来了深刻的影响。文学是一种社会意识形态，它受着社会方方面面的影响和制约，同时也在对社会发挥着自身的影响。作为越南文学诸多题材中的一种，越南军事文学在接受着社会方方面面的影响时也在影响着社会的方方面面，反映着越南文学的创作思潮和社会的阅读心理。

注释：

①《革命、抗战与文学生活（1945—1954）》（越文版），河内：作家出版社，2002年，第8页。

②素友：《促进文化运动》（越文版），同上书，第23页。

③邓泰梅：《抗战与文化》（越文版），同上书，第37页。

④长征：《文学艺术中的几个具体问题》（越文版），同上书，第14页。

⑤转引自（越南）《文艺报》，1987年第42期，第3版。

⑥朱莱：《文学中的士兵》（越文版），载《八月革命后的越南文学50年》，河内：国家大学出版社，1996年。

⑦朱莱：《乞讨过去》（越文版），河内：文学出版社，2001年，第6页。

越南当代小说中的人物形象

■ 余富兆

【摘 要】越南当代小说创作中的人物形象与以往有了明显的区别。普通人、知识分子、孤独者等人物形象大量出现,多视角、全方位对人进行观察,人物形象纷繁复杂,各式各样,不再千篇一律。

【关键词】越南文学;当代小说人物;形象分析

人物一般地说是组成艺术形象的主体,是文学作品特别是叙事性作品描写的主要对象;从人物与社会生活的关系来看,文学反映社会生活和反作用于社会生活,都离不开人物及其相互关系的描写;从文学作品内容诸因素的关系来看,人物占有特殊的地位,常常成为作品的描写中心。人的问题永远是一种文学或是一个阶段文学的中心问题。一个新的文学时代总是从关于人的文学观念的革新开始的。

文学中的人物尽管是作家创作的产品,但始终是时代的产儿。时代的特点对一个时期的文学面貌有着重大的支配作用。"文学作品要反映社会生活,就不能不描写人物和他的环境。人物在一般文学作品中往往占有重要的地位,是作品描写的主要对象。因为人是社会生活的主体,是社会关系的联系点。作者主要是通过具体的人物去认识社会生活"。[①]

1975年越南抗美救国战争赢得了胜利。这是越南社会政治经济生活中的一个重要里程碑。80年代后开始了国家现代化、工业化进程。

---

① 蔡仪主编. 文学概论[M]. 北京:人民文学出版社,1982:138.

虽然抗美救国战争结束已经30年过去，但说到统一后的越南文学，人们认为"全部文学中的一个起色"、"一个新的文学思维正在形成"、"文学在民主的道路上前进了一步"、"小说从来没有像现在这样迅猛发展……作家从来没有像现在这样诚实"。[1]人们通过各种具体的方法，如从人的观念、体裁、语言到"个性意识"、"嗜好和读法"等多角度来认识文学的革新。显而易见的是，小说创作领域要比诗歌创作领域热烈和丰富得多。我们在这里仅就越南当代小说创作中的人物提出一些初步的看法。

人物指的是"文学作品中所描绘的人物形象。它是作品内容的重要构成因素，也是组成文学形象的核心。叙事性文学作品主要通过对人物和人物活动及其相互关系的描写来反映现实生活。典型人物在文学作品中占有特别重要的地位。优秀的文学作品，总是通过典型人物的塑造来揭示一定社会生活的某些本质方面的"。[2]人物是表现文学观念、意识水准变革一个重要因素。对于叙事性文学作品来说，人物的作用被认为是"故事的关键，具有体现作品题材、主题和思想的中心位置"。[3] 1945—1975年间的越南小说从"为抗战服务"的方针出发，确定了自己的方向，那就是"很好的、真实的、强有力的描写新生活、新人"，要求作家们走进现实生活，以工农兵为中心人物。塑造人物的原则主要遵守社会主义现实主义方法，塑造典型环境中的典型性格。一旦典型环境总是民族、国家的"大环境"，人物就有了一个相应的模式，"共性"便成了重要的艺术品质。人们习惯于按阶级和民族的观点来评价现实生活。小说创作的"场景化"，情节安排的戏剧冲突模式，人物的角色化，以及人物语言的"台词化"等现象，成为普遍的潮流。人物被清晰地分为敌我，作家的观点即作品中正面人物的观点。文学作品变成了一种发表政

---

[1] [越]河内国家大学，阮攸创作学校，军队文艺杂志．八月革命后越南文学50年[M]．河内：河内国家大学出版社，1999：217．

[2] 孙家富，张广明主编．文学词典[M]．武汉：湖北人民出版社，1983：17．

[3] [越]河内国家大学，阮攸创作学校，军队文艺杂志．八月革命后越南文学50年[M]．河内：河内国家大学出版社，1999：218．

治观点的形式。正是因为这样，这一阶段的文学就像好多学者所说的那样，没有对话，缺乏多种的声音。

　　1975年后小说创作中人物形象塑造有了变化。它的第一个明显的特点是作者和人物之间的关系、作家和读者之间的关系在改变。这是一种平等的关系，允许多种意识存在，每个人物有着自己对生活的理解和独特的视角来进行民主对话的趋势。人类社会进入20世纪80年代后，越南文学已经开始关注各种社会、政治、经济问题。作家们用自己的文学作品积极参与"反消极"运动，越南文学开始出现各种不同意识的对话，如阮凯的《父亲和儿子和……》（Cha và con và…，1979）、《岁末的会晤》（Gặp gỡ cuối năm，1982），阮孟俊的《余下的距离》（Những khoảng cách còn lại，1980）、《面对大海》（Đứng trước biển，1982）、《湛岛》（Cù lao Tràm，1985）等长篇小说和阮明洲的《一幅画》（Bức tranh）等短篇小说。

　　20世纪80年代是越南文学经历转变的阵痛的时期。深入思考、深入挖掘、探寻人生哲理是这一时期小说创作的主流。越共中央政治局关于文化和文艺的05号决议为越南当代文学，尤其是小说的发展繁荣创造了顺利的条件。"社会的变化往往会引起人们生活和命运的变化，世事和人生往往面临许多问题，作家需要进行思考并持合适的态度"。[1] 如果在以前，人物好像只是用来歌颂或批判的，那么现在作家们已经深入人物的内心世界、走进了他们的真实生活，与人物同呼吸共命运。文学创作开始冲破以往固有的模式。

　　我们认为，改变作者与人物之间的关系，打破把人物简单地分成敌与我、好与坏这种固有模式，标志着越南1975年后小说人物塑造的重要变化。"优秀的作家总是把人物放在生活的复杂矛盾冲突中，通过他在矛盾冲突中的行动来表现他的性格"。[2] 麻文抗的《园中落叶》（Mùa

---

　　[1]　[越] 何明德主编. 越南文学的新阶段 [M]. 河内：国家政治出版社，1998：111.
　　[2]　蔡仪主编. 文学概论 [M]. 北京：人民文学出版社，1982：138.

lá rụng trong vườn)、《没有结婚证书的婚礼》(Đám cưới không có giấy giá thú)、《洪水逆流》(Ngược dòng nước lũ),阮凯的《一个小小的人间》(Một cõi nhân gian bé tí)和《人的时间》(Thời gian của người),黎榴的《遥远的时代》(Thời xa vắng),朱文的《星星移位》(Sao đổi ngôi),宝宁的《战争的忧愁》(Nỗi buồn chiến tranh),范氏怀的《天使》(Thiên sứ),朱来的《往日的乞丐》(Ăn mày dĩ vãng),阮辉涉的《退休将军》(Tướng về hưu),阮明洲的《远方的一只船》(Chiếc thuyền ngoài xa),谢维英的《越过誓言》(Bước qua lời nguyền),黎明奎的《小悲剧》(Bi kích nhỏ),阮氏秋惠的《天堂之后》(Hậu thiên đường)等小说都是这一创作思潮的代表。

越南当代小说创作中人物塑造的第二个突出特点是知识分子人物的作用。1945—1975年间的文学由于"反映现实"和走进群众、为工农兵服务的需要,作家们以高度的责任意识创作了许多以工农兵为中心人物的作品。在这一时期的文学作品中,往往狭隘地运用阶级的观点,多少影响了人们对知识分子的看法和认识。这不是说1975年以前的文学没有塑造知识分子的形象,只是说知识分子人物现象在别的人物现象得到大量描写的同时,显得非常单薄。

1975年南方解放,国家统一后,越南社会走上了正常的发展轨道,经济建设和文化建设成了全社会的中心任务。在这样的背景下,越南文学得到了新的发展。个人意识在蓬勃兴起的市场机制下开始走进文学创作中。觉醒的愿望和探索现实的需求要求作家们以主人翁的精神和态度来发表自己的思想。也许这就是越南当代小说创作中普遍出现知识分子人物形象的缘由。知识是衡量民智和文化的一把尺子,最具思想的人物必定是知识分子。我们发现作家们自觉不自觉中把自己变成了作品中的一个人物。像《园中落叶》中的主人公论,《没有结婚证书的婚礼》中的主人公序,《洪水逆流》中的主人公谦等都有作家自己的影子,或者说就是作家自己。另外《父亲和儿子和……》、《岁末会晤》、《人的时间》、《幻觉对岸》、《讲在天亮之前的情事》、《夏季雨》、《战争的忧愁》、

《小悲剧》、《遥远的时代》、《那天的村事》、《天使》、《迷路》、《瓶子的舞姿》、《一幅画》、《芦苇》、《黑白人生》等一系列作品中的中心人物都是知识分子或"半知识分子"。

越南当代小说创作中人物塑造的第三个特点是人物形象在人格结构上的革新。1945—1975年间的文学往往从社会政治生活角度来看人物。当时的读者和文学批评界根据阶级和民族的观点来分析人物，所以作家们所塑造的人物脸谱化，几乎都是同样的面孔。尽管每个人物都有自己区别于其他人的名字、地址和个性，但他们的活动规律几乎都是按照某一两种固有的模式进行的。1975年以后，人本主义的观点渐渐代替了阶级的观点。人物形象渐渐"脱掉社会外衣"，回到了他原有的样子，不再千篇一律。人物形象丰富多样、纷繁复杂，各式各样。这一切表现出了当代小说创作中关于人的新的思想和新的观念。这一时期的人物具有复杂的人格构成，不再一目了然。人物形象除了阶级性，还有人的本性，在反映道德的同时，还反映人性、意识、无意识、心灵、本能等。

深入人物结构，我们认为越南当代小说比1945—1975年间小说的人物世界要生动复杂得多。人物形象多种多样。最值得我们注意的是那些孤独者的出现。这种人物形象在世界文学中和1945年以前的越南文学中并不陌生。但在1945—1975年间的越南文学中几乎不存在。这是因为社会主义现实主义的典型环境典型人物的创作方法不允许这种人物形象的出现。他们与革命、抗战生活格格不入。越南当代小说创作中自我忏悔的人物形象普遍出现。这种现象在以前的文学创作中很少见。1975年后的人物形象与以前相比有了很大的区别。"对一个时期的描绘重要的是对人的命运的成功描述。生活中有成千上万种命运。他们是反映一个时代的声音的单位，虽然小，但富含能量。有多少新奇的人物模型可以进行挖掘、刻画"。[①] 在寻求和肯定人本价值的过程中，作家们对"社会关系的总和"的人有了深刻的认识。他们通过对自己笔下的人物

---

① ［越］何明德主编. 越南文学的新阶段［M］. 河内：国家政治出版社，1998：115.

一生沉浮的描述，从不同角度反映了生活和命运。战后人们生活的艰辛在作家的作品中得到了深刻体现。"进入国家发展的新阶段，敏感的意识与当代文学生活紧密相连。多年来一直以战争为题材进行创作的阮明洲、阮凯如今也进入社会心理领域，关注起战后正常生活中人们的各种命运。麻文抗预示了家族和社会在传统道德价值受商品经济和市场机制的负面影响而面临崩溃的危机。出身农民的年轻作家阮孟俊直接参与生产劳动、企业管理和在九龙江平原同旧势力开展的生动斗争"。①

题材的拓宽，特别是世俗、私人生活题材受到关注导致关于人的艺术观念的调整。或者说，正是由于关于人的观念的改变使得作家们必须拓宽视野，拓展到一些过去曾经是隐藏着的角落或禁地，去发现"经典的社会人"之外的东西。可以说，这是一个从多个角度对人进行透视的文学新时期。他们渴望自己能够建设神圣的世界，尽管他们知道自己不是神圣。他们经常需要为了生存而斗争，正是这些斗争使越南当代的社会精神面貌变得丰富、多样和复杂。阮凯在其作品中往往通过巧妙的处理和深刻的思考表现人物的新颖和灵巧。阮辉涉作品中的人物冷峻。他的作品带有浓郁的人本主义。麻文抗深入研究当代社会所面临的问题，他在作品中从肉体和灵魂两方面来表现人物，因此，既包含着浓烈的期望，又充满着在尘世中生活的艰辛和人情世故。阮氏秋惠、胡英泰和武氏好作品中人物的个人命运多少带有悲剧色彩。潘氏王英作品中的人物是默默承受和冷静观察。阮越河、阮庭正等人作品中的人物表现出的是孤单。朱来及其他军旅作家作品中的人物往往在追寻过去，好像是寻求心灵上的安慰。关于人的艺术观念的改变使小说中的人物在来源、性格和命运方面不断发生着变化。

1975年后，作家们把人物置于集体与个人、家庭与社会的关系中，对其性格和情感生活进行细致的观察。关于人的艺术观念的改变不仅仅体现在工农业生产题材小说的创作中，同时也体现在战争题材的作品

---

① [越] 何明德主编. 越南文学的新阶段 [M]. 河内：国家政治出版社，1998：16.

中，如《遥远的时代》、《往日的乞丐》、《翻脸无情的圆圈》、《飞燕》、《一天与一世》等等。越南当代文学作品在对人的本质、性格进行深入剖析的同时，将现代与过去、与民族传统和道德问题紧密联系起来。为了深刻反映不同的命运、性格和遭遇，作家们走进各类人物的生活、与他们分享快乐和悲伤。在关于人的艺术观念中，可以说，人道主义精神是越南当代小说创作中最重要的一个特点。

"1986年革新运动深刻地影响着文学和人的观念。直面现实的方针使作家们看清了前一时期文学的稚嫩。社会经济模型的转变、扩大交流、革新思维允许文学也革新思维。当生活从战争时期转为和平建设时期后，每个人开始有机会为自己、为家庭、为子女、为事业操劳。这样，史诗化的语境就结束了，文学史诗化渐渐趋淡，继而转向关注道德、世事和个人生活。即使还在描写战争题材，其视角也有了变化：如阮明洲的短篇小说，黎榴的《遥远的时代》，蔡伯利的《回团里的两个人》等"。[①]战后人们的生活很艰苦，长期的战争所带来的经济落后和一系列社会问题及市场经济的冲击是对人们品质和能力的考验。朱来在《翻脸无情的圆圈》、《往日的乞丐》、《街道》、《三次与一次》等一系列作品中集中观察和塑造了战后军人的形象。这些军人继续着新的战斗，有的通过努力来证明自己，如《街道》中的阿览；有的则蜕化变质，以牺牲同胞或战友的利益来满足个人的私欲，如《翻脸无情的圆圈》中的阿训；有的则试图忘记过去，重新去追求权力和地位，如《往日的乞丐》中的三霜等等。战后许多军人生活不稳定，他们幻想着回到过去，以求心灵的慰藉，如《往日的乞丐》中的二雄。人，包括军人常常跟过去无法割去联系。过去战争的荣耀已经成为人们的一种标准，一种精神支柱。但过去教条主义、幼稚病所带来的惨痛后果也在自我认识的需求中得以反思。阮明洲《一幅画》中的画家，在一次偶然的机会遇到一位战士的母亲之后就开始生活在痛苦的折磨之中：如果他很负责任地及时

---

① ［越］文学院. 20世纪越南文学回顾［M］. 河内：国家政治出版社，2002：64—65.

把这位战士的信交给这位母亲，证明她儿子还活着，而且很健康，她怎么可能会失明？黎榴《遥远的时代》中的人物江明柴在战争中荣获过许多军功章，因此，他认为自己能够实现所有的梦想。但这一错误的想法让他再一次尝到了失败的滋味：在坚决地抛弃过去"半辈子爱一个别人逼迫自己爱的人"之后，他不知道自己正在"追随自己没有的东西"。最后他不得不两手空空地回到阔别几十年的老家。江明柴的悲剧一方面是由历史造成的，另一方面也是由他自己的性格决定的。朱文的《星星移位》以越南南方解放、国家统一这一重大历史事件为主线，反映了越南军人在战争时期与和平时期两个不同的历史阶段的两种不同境遇。战争时期，军人是最可爱的人。他们得到人们的普遍尊重、拥护、支持和帮助。他们以自己是军人而骄傲，他们的家属以自己是军属而感到自豪。南方解放了，和平时期军人的地位发生了变化。国家已经统一，走上了医治战争创伤、以经济建设和文化建设为中心的正常轨道。军人们从前线下来，带着伤痕、穿着褪了色的军装返回故乡与亲人团聚。但他们的工作、生活并非一帆风顺、万事如意，而是困难重重，遇到了许多麻烦。在麻文抗的《园中落叶》、《没有结婚证书的婚礼》、《洪水逆流》，黎明奎的《小悲剧》，吴玉倍的《噩梦》中，作者对各种不同类型的悲剧进行了细致的观察。重新认识历史是一种要求，但首先是自我认识，正是自我认识增加了人物观察的深度，使关于人的艺术观念不断得到拓展。

"一种'非史诗化'的倾向已经开始"。[1]非史诗化意味着二分对立观点在文学创作中已经渐渐被淡化。文学中的人物形象渐渐失去史诗化文学中的高大全，代之以许多矛盾，特别是情感、道德方面的矛盾冲突。非史诗化意味着生活中存在着各种消极现象，如人格的异化、悲剧的命运、忐忑忧愁的心情等被更多地披露出来。甜美的歌颂和热烈的鼓掌被讽刺、批判、询问所代替。人物被从多角度来塑造，反映角度不再

---

[1] [越]文学院. 20世纪越南文学回顾[M]. 河内：国家政治出版社，2002：65.

单一，除了意志、思想、情感外，还从本能、潜意识、心灵等方面来刻画。在阮明洲、阮辉涉、范氏怀等作家的作品中，理想的光芒已经淡化，代替以往英雄、战士位置的是那些实用主义者、那些平凡的没有情趣的普通人。

革新关于人的观念，普通人也成为作家关注的对象。屈光瑞在《最后的暗角》中描述了一个普通人做着极普通的事：一个守太平间的人。作者栩栩如生地刻画了一个被生活逼到极点但心灵依然保持圣洁的人物形象。阮庭正《圣人夜》中的许多人物虽然生活在社会的最底层，但他们没有因为环境的恶劣而堕落，而是勇敢地去承受。他们所做的一切说明："在这个世界上即便是认为不可能发生的事情也会发生。只有爱心、求生的欲望和真诚的忏悔才能挽救一个人的灵魂。"一些小人物生活非常艰难。有时正是生活的艰辛使他们走上了歧途。作家们以理解和分析的眼光剖析了社会中许多人蜕化变质的原因。阮辉涉《退休将军》中的阮俸原本粗鲁、莽撞、不知廉耻，但当奄奄一息的姐姐喊出"是人"的声音时他禁不住大哭起来："还是姐姐最疼我。全村人都叫我狗东西，老婆叫我无赖，（姐夫）阮椿叫我混蛋。"阮辉涉的作品冷峻，所描写的对象大部分是穷人。他认为使人们变得渺小的原因在多数情况下是因为贫穷。但在外表冷漠、枯燥的人物形象下，阮辉涉在其作品中仍然非常注重体现人文精神。

越南当代作家们根据自我认识的要求，努力走进人的灵魂深处，多视角对人物进行观察。"越深入人的内心世界就会发现人与外部社会的关系越密切"。[1] 人们经常期待着、希望着、追求着，尽管他们知道过去的已经过去，期望的、追求的也不一定能实现。在我们的生活中，怀念过去的人们很难融入新的机制和新的环境。革新关于人的观念，作家们深入观察人的内心世界和感情生活，发现个人的渴望、个人期望与现实之间充满着矛盾。所以，在越南当代的许多小说创作中出现了孤独者。如阮明洲《疾行船上的女人》中的人物阿妳患有梦游症，因为"浪迹天

---

[1] [越]陈廷史. 诗的艺术世界[M]. 河内：教育出版社，1997：356.

涯去寻找绝对完美的价值"而一生孤单。这一孤独的感觉在阮明洲的小说《芦苇》中塑造的阿力这一从战场归来的军人形象中体现得更加具体和悲惨：长年的战争和南北割裂使许多人的家庭组合发生了很大变化，在这一具体环境中，人们完全变得力不从心。这一时期，特别是20世纪90年代头几年小说中的孤单人物，尤其是孤单妇女形象的普遍出现并不是偶然的。从战争中走出来的妇女不仅仅是孤单，因为她们经常生活在"人间与地狱的边缘"，在工作和生活中成年累月地接触的都是同性，如武氏好的《笑林中的幸存者》。战后，当生活恢复正常之后，不少妇女才惊愕地发现，她们已经青春不在，她们的"半辈子"或留在了战场上，或已无法找回。在新的生活条件下，作为人的一些正当需求属人之常情。伊斑以这些妇女的名义给"瓯姬妈妈"写了一封信：英雄的国家遭到外侵、天灾连绵不断，因此，母亲关心英雄、诗人。母亲没有注意到那些温柔、温顺的女孩子。她们没怎么给母亲提过要求，但现在我想给母亲提点要求。母亲啊，母亲，请关注她们吧。

　　许多作家通过充满期望、幸福、不安与忧虑的具体生活来表现人物。"抗美时期，我们生活在生与死的边缘，一些本能的欲望可以抑制。而现在却真的无法忘记……集体可以锻炼我的意志、可以消除我一时的苦闷，但集体无法给我个人幸福"（胡英泰：《岛上的女人》）。当个人幸福问题在人本主义和利他主义的影响下被提出来之后，人的爱和生存的本能得到了应有的认识。因此，在阮光韶的《村寨里的两个妇女》、谢维英的《过去她村里最美》、伊斑的《写给瓯姬妈妈的信》、阮氏荫的《幸福的绿叶》等作品里出现了不安地等待、痛苦地压抑、忧虑、恐慌、逃避强烈的欲望的人物形象。他们用自以为可行的疗法为自己疗伤。如阮光韶《村寨里的两个妇女》的中心人物年复一年地等待着，以等待来安慰自己的心灵，尽管她们心里很清楚她们等不到什么东西。吴自立《永别荒岛》中的女孩儿跳进水里"不停地游"，因为她知道对岸有她的同类——人。胡英泰《岛上的女人》中农场五队的妇女开了一条经过一个陡峭石壁的非常危险的路。因为她们知道，那边小岛上有一位老翁守着一个玳瑁庄园。武氏好《笑林中的幸存者》主人公,那位笑林中存活下来的女孩自导自演想找个合适的理由出走。

不能说所有这些封锁的解除都是合理的,但这些处世方式的多样化至少证明关于人的观念中的人本主义思想在越南当代小说创作中正在得到越来越多的表现。正是这些表现和表现角度的多样化,说明人正在被全方位地认识。正是作家们对人的这种全方位的认识,才能在作品中对人进行正确的完整的描写和反映。

20世纪80年代末,人生的许多"新"的东西,即长期以来未知的或被掩盖的东西被披露,或至少开始触及:潜意识、无意识、情欲等等。这一时期小说的"新"特点之一是:人的情欲被当作一种自然需要来认识。可以说,将这些要素体现在作品中应被看作是艺术思维转变的一个表现。阮明洲和春韶的一些小说开始很有限地涉及这一问题。到了范氏怀、阮辉涉等新一代作家的作品中,这一问题已成为人物生活中的一个重要环节。具体说,在小说中,这一观点大部分体现在人物做妻子、做母亲的需求上,甚至体现在成长的需求上,将其视为一种幸福。如范玉进的《他们成了男人》、阮氏荫的《幸福的绿叶》。从这样的角度出发,一些作品在对一些反常现象的描写中、在人物的思索和行动中体现了人本主义的观点。特别是当把家庭置于特定的环境中,受到社会多方面的影响时,对人的描写就处于复杂的运动中。现实生活中金钱至上、不顾道德规范的利己、放纵的生活方式使一些人成为不仁不义之徒。黎明奎的短篇小说集《小悲剧》、阮氏秋惠的短篇小说《天堂之后》、麻文抗的长篇小说《园中落叶》等许多作家的作品都对人有着深刻的认识。在谈到《园中落叶》时,麻文抗说:"小说以家庭为主题,一个与日常生活密切相连的主题,一些看似普通、平淡无奇的事其实蕴含着很深的含义和人的复杂变化。写这部小说我一直在反复地琢磨这样一个问题:家庭这一社会的细胞面对生活中各种纷乱复杂的困难能够稳固吗?"① 麻文抗在写《园中落叶》时的这一疑问在他接下来的长篇小说

---

① [越]何明德主编. 作家谈作品[M]. 河内:文学出版社,1998:416.

《没有结婚证书的婚礼》、《世态炎凉》、《洪水逆流》和短篇小说集《秋季的果实》、《月照小院》等一系列作品中仍有体现。麻文抗以一个作家的现实责任感道出了维持和巩固家庭关系的必要性："现在的家庭应该是一个坚守的碉堡"，[①] "这个小小的细胞多么的神圣。这么小但它是个基础，有多少关系集结于此：父子情、夫妻情、兄弟情，那些不成文的规则深深地扎根在每个人的心中"，[②] "愿所有的家庭都美满幸福将是永恒的愿望"。[③]

越南当代小说创作中关于人的观念与以前相比发生了很大变化，这标志着越南文学在不断前进发展。当然，优秀的作品、成功人物形象的塑造不仅取决于作家的才华、阅历、思想和文化水平，还要取决于社会环境。作家不仅要爱、要了解人，而且还要人本主义精神为人而悲、而伤、而痛、而哭。因为最终，对于人来说最隐秘的东西就是人本身。通过丰富多样的人物来反映现实生活，关注知识分子、孤独的人群、在思想进程中向往完善的人群，这一切要求作家们运用意识流、内心独白等创作方法去深入挖掘、发现人物的心理和心灵世界。我们相信21世纪的越南文学将会有更加优秀的作品和更加完美的人物形象出现。

参 考 文 献

[1] [越] 风黎主编. 关于工人题材的文学 [M]. 河内：劳动出版社，1983.

[2] [越] 风黎. 越南现代文学：代表作家 [M]. 河内：国家大学出版社，2001.

[3] [越] 河内国家大学，阮攸创作学校，军队文艺杂志社. 八月革命后越南文学50年 [M]. 河内：国家大学出版社，1996.

[①] [越] 麻文抗. 园中落叶 [M]. 河内：妇女出版社，1985：48.
[②] [越] 麻文抗. 园中落叶 [M]. 河内：妇女出版社，1985：73.
[③] [越] 麻文抗. 园中落叶 [M]. 河内：妇女出版社，1985：48.

[4] [越] 何明德. 党的文艺路线与革命文学的成就 [J]. 文学杂志, 2001 (4).

[5] [越] 何明德. 革新时期越南文学的成就 [J]. 文学杂志, 2002 (7).

[6] [越] 赖元恩. 与同时代文学共存 [M]. 河内：青年出版社, 2003.

[7] [越] 黎明奎, 阮氏英书. 20世纪末青年作家作品 [M]. 河内：作家协会出版社, 2000.

[8] [越] 黎玉茶. 革新初年的越南文学 [J]. 文学杂志, 2002 (2).

[9] [越] 阮河. 八十年代后期越南小说中的人文悲剧意识 [J]. 文学杂志, 2000 (3).

[10] [越] 孙方兰. 革新时期文学中人物的几点思考 [J]. 文学杂志, 2001 (9).

[11] [越] 吴文富, 风雨, 阮潘赫. 20世纪越南作家（1—4册）[M]. 河内：作家协会出版社, 1999.

[12] [越] 越南文学院. 20世纪越南文学回顾 [M]. 河内：国家政治出版社, 2002.

[13] [越] 友挺主编. 越南文学半个世纪：1945—1995 [M]. 河内：作家协会出版社, 1997.

[14] [越] 云庄, 吴黄, 保兴. 作品与争鸣 [M]. 河内：作协出版社, 1997.

老挝抗美救国时期的解放区文学
——兼论两个政治区文学的形成

■ 黄 勇

【摘 要】抗美救国时期老挝被分成了由美国支持的王国政府控制区和由老挝人民革命党领导的爱国阵线解放区。王国政府控制区文学以消遣性的通俗文学为主,体裁多为小说、调情诗等,但后期也出现了批判现实主义的转向。解放区文学以颂扬革命、反抗美帝为题材,内容丰富、人物形象鲜明,体现出文学为政治服务的价值定位。

【关键词】老挝文学;解放区文学;文学发展史

1954年,《日内瓦条约》的签订,标志着法国殖民主义者在东南亚的全线失败。伴随着法国殖民主义者的撤退,美帝国主义者也加紧了对老挝的干涉和侵略,在老挝国内频繁发动政变,大肆扶持亲美势力,组织亲美王国政府,并派出军事专家,支持王国政府军进攻巴特寮战斗部队和爱国阵线控制区。自1955年开始,为反对美帝国主义对老挝的侵略,粉碎王国政府对解放区的进攻,老挝爱国军民在爱国阵线的领导下,开始了长达二十一年的抗美救国斗争。广大老挝爱国军民在爱国阵线的领导下,一方面积极开展同王国政府的谈判,并在王国政府控制区发动群众进行斗争,揭露敌人的阴谋,争取各中间阶层和爱国人士;另一方面又不断开展自卫斗争,粉碎了王国政府军的一次次进攻。1975

年5月,在老挝人民党的号召下,全国各地纷纷展开了声势浩大的夺权运动,宣布推翻旧政权,成立人民革命政权。7月底,美国军事人员全部撤出老挝,右派军队、警察基本上被解散。11月29日,国王西萨旺·瓦达纳宣布自愿退位。12月1日至2日,老挝爱国阵线在万象召开了老挝全国人民代表大会,宣布废除君主制度,成立老挝人民民主共和国,并组成了以苏发努冯为主席的最高人民议会和以凯山·丰威汉为总理的共和国政府。老挝从此进入一个新的发展时期。

一、两个政治区文学的形成

国际上两大阵营的直接对抗导致了由美国支持的王国政府和由老挝人民革命党实际领导的爱国阵线的形成。政治格局的变化对老挝文学的发展产生了直接影响。1954—1975年间,老挝文学逐渐形成了两大派别,即王国政府控制区文学和解放区文学。受战争环境的影响以及不同区域政治文化背景和意识形态的制约,两个文学派别呈现出不同的面貌。

王国政府控制区文学的基调为消遣娱乐,通俗文学占主流。20世纪50年代中期至60年代初期,随着美国对老挝的干涉逐渐深入,西方文化及生活方式也传入老挝,并对老挝社会及传统文化产生了很大的影响。这一时期,老挝王国政府控制区的文学发展非常缓慢,报刊上刊登的一些诗歌、散文类作品大多为清闲、消遣性的通俗文学。这些文学作品多数受到泰国通俗文学的影响,以爱情小说、家庭小说以及男女调情诗等为主,但传播面更为广泛。

20世纪60年代以后,虽然通俗文学仍有广泛的市场,但随着抗美救国运动的蓬勃发展及人们对王国政府腐朽、落后本质的认识逐渐加深,老挝王国政府控制区的文学有了较大转变,涌现出一批青年诗人、作家,如"竹刺"创作小组的巴莱、东占芭、东吉、边珠拉门蒂、因提拉以及自喻为苦命作家的辛东、瑟里帕等人。他们运用现实主义创作方法，创作了一批反映王国政府控制区社会现实的诗歌、散文，发表在"竹刺"、"朋根"等报纸杂志上。作品揭露了美国在老挝实施新殖民主义及王国政府卖国、反动的实质，抨击了王国政府控制区社会的种种黑暗和不公平现象，描写在西方文化冲击下老挝社会烦躁、彷徨及无所适众的现实，并对遭受的苦难及不幸的人们表以同情。最具代表性的作品是东占芭的短篇小说《谁说金钱是上帝》。作品反映了在西方消极文化冲击下老挝社会传统美德逐渐丧失的社会现实，对金钱至上、贪污腐化、相互杀戮等社会不良现象进行了有力鞭挞，并指出造成这一切的罪魁祸首是美国、法国等新老殖民主义，具有非常强的现实批判主义精神。

与王国政府控制区文学以消遣娱乐为主要目的的通俗文学以及后期批判现实主义转向的文学创作不同，解放区文学的基调是革命，"抗美救国"是压倒一切的主旋律。一批老挝革命作家以民族命运为己任，根据老挝抗美救国战争和革命战争的实际情况，通过王国政府统治区下劳动人民受压迫、受剥削的悲惨生活与解放区人民当家做主的幸福生活的强烈对比，结合自己的亲身经历，创作出了一大批反映抗战，颂扬革命、讴歌解放区的诗歌、小说、报告文学和回忆录。这些作品深刻揭露了美帝国主义的残暴罪行，歌颂了老挝各族人民敢于斗争、不怕流血牺牲的革命大无畏精神，极大地鼓舞了老挝人民的斗志，增强了老挝人民对革命事业必胜的信心。

二、解放区文学作品题材

在题材方面，解放区文学作品主要包括以下内容：（1）表现被压迫的劳苦大众奋力抗争，不屈不挠寻求革命真理的过程，如占梯·敦沙万的《生活的道路》（1970）、坎连·奔舍那的《西奈》等等；（2）着力描写战斗生活，再现老挝革命战士艰苦奋战的情景，如苏万吞的长篇小说《第二营》、塔努赛的《不朽的西通》等等；（3）描写少数民族风情,反映他们的斗争生活,如《山雨》、《新生活》等;(4)以老挝劳动妇女为描写对象,以纪实的形式展现在如火如荼的革命斗争中,勤劳、善良而又深受压迫的普通劳动妇女的觉醒、反抗、转变以及对革命的贡献,如《离别西番顿》、《生活的火焰》、《三好妇女娘玛》等等。

长篇小说《生活的道路》创作于1970年。作者占梯·敦沙万是老挝现代著名作家。他出身于一个普通的农民家庭。因同情革命,占梯·敦沙万接纳伊沙拉干部到家中留宿而导致了家庭变故,只剩他和母亲相依为命。四处奔波之后母子俩受雇于一老松族富人家。艰苦的生活、繁重的劳动使母亲最终因积劳成疾而撒手人世,孤苦伶仃的小占梯受尽了人间苦难。最终,他找到了革命队伍,军旅生涯使他逐渐成长为一名优秀的战士。为铭记革命的恩情,占梯·敦沙万创作了这部小说。小说描写一个深受苦难的老松族少年,为摆脱殖民主义和封建主义欺压,不屈不挠地寻求革命道路,并在革命光辉的照耀下,成长为一名人民解放军战士的经历。小说主人公的成长经历,不仅是作者对自身经历的艺术概括,更是老挝人民为争取祖国解放和民族独立而英勇斗争的缩影。作者以朴实无华的语言、栩栩如生的人物形象,为我们描绘了一幅抗美救国时期老挝人民生活和斗争的画面。

苏万吞的长篇小说《第二营》是一部以战争为题材的优秀作品,在老挝现代文学史上占有重要地位。小说描写了第二营指战员在极其艰苦的环境下,带领驻扎在战略要地查尔平原地区的巴特寮部队冲破敌人六个营的重重封锁和包围,巧妙地撤回根据地,后又转战南北,屡建奇功的光辉事迹。这部作品被誉为"一曲老挝爱国军民抗美救国斗争的赞歌",是苏万吞战争题材作品的代表。

老挝少数民族的斗争生活也是老挝革命文学的基本主题之一。小说《山雨》即以一位老松族青年为主人翁,为读者塑造了一个爽直刚强、爱憎分明的老挝少数民族青年形象。这名青年因受欺骗而当上了土匪,一天深夜,解放军前来剿匪,因听信反动宣传而怕妻子落入解放军手中惨遭蹂躏,他在仓皇逃跑中企图用毒草将临产的妻子毒死,后来妻子被解放军救活，他的儿子也平安出生。青年得知真相后决心弃暗投明，加入了人民解放军的队伍，并多次立功。作品对主人公从思想到行动的转变过程描写得细致入微，心理描写入木三分，真实可信。

除以上题材外，老挝革命文学中以妇女为题材的作品也占有较大数量。在老挝，封建等级制度的压迫以及封建宗法思想的束缚导致老挝社会男尊女卑观念较为严重，妇女实际上处于无权无位的境地，被封闭在一个狭小的空间中，成为男性泄欲的对象和传宗接代的工具，她们的社会存在是奴隶和附庸，精神存在全然被窒息。而"在任何社会，妇女解放的程度是衡量普遍解放的天然尺度"，伴随着蓬勃发展的革命斗争，老挝劳动妇女不断觉醒，妇女自主、自立意识不断加强，妇女解放成了时代的呼声。受到深重压迫的解放区女性，引起了老挝伊沙拉阵线的极大关注，成为启蒙教育的对象。抗战政府在解放区颁布了一系列的法令，倡导男女平等，支持女性学习文化，走向社会，参与政治生活。因此，相对于解放区的男性而言，妇女的命运转变更为明显，就更容易成为作家们所重点关注和描写的对象。

三、解放区文学作品中的人物形象——以妇女形象为例

文学作品反映妇女问题毕竟不是对某些社会生活现象的单纯记录，它总是通过对人物命运和社会环境的描写，对一定时期的社会生活做出真实、深刻的艺术概括。王国政府统治区妇女的悲惨生活和命运，解放区妇女自立、自主意识的不断高涨及幸福、美好的新生活，在文学中必然会有所反应。根据人物形象自身的遭遇及其思想性格特点，可以将老挝革命文学中的妇女形象分为革命型和进步型两类。

（一）"革命型"女性形象

"革命型"女性形象的塑造大多以王国政府统治区下的社会现实为背景，通过对女性在黑暗社会中悲惨命运的描写，来歌颂劳动人民对美

帝国主义及其走狗的剥削和压迫所进行的不屈不挠的斗争以及革命对人民大众所带来的转变。"革命光芒的照耀"成为这类作品创作的主题模式。作家们依据其写作角度的不同，表现妇女命运的视角有两个：一是主动抗争型，主要表现了妇女向往革命，向往解放区及其同旧制度进行的斗争；二是革命恩情型，通过革命光芒的照耀，使饱受苦难的妇女获得了新生。

前一个视角中的女性形象一般是性格坚强，勇敢，不畏强暴，不向命运低头，敢于斗争，敢于反抗的妇女。自发抗争—向往革命—投身革命—获得新生是这类作品的一个基本线索。她们生活在旧社会，有着悲惨的遭遇，向往革命，却又在现实与理想间无尽地徘徊迷茫，找不到生活的出路，后遇到老挝人民革命党领导下武装力量，找到光明，于是投身革命，成为具有革命时代新人物性质的女性形象。

如在作家万洪的长篇小说《离别西番顿》中，就塑造了一位饱受苦难的劳动妇女进行反抗斗争，翻身求解放获得新生的女性形象。女主人公赛萨梦是一个聪明漂亮的姑娘，生长在王国政府统治区下一个叫西番顿的地方，男友坎玛米因不满美帝国主义的侵略和王国政府的黑暗统治，参加了革命，成为革命队伍中的一名战士。如果在解放区，主人公赛萨梦应该有一个幸福美满的生活，但她却生活在王国政府统治区下。因为年轻美丽，在一次劳动归来时，被王国政府军队的上尉连长普翁玷污，并被强行带到它曲市，赛萨梦在听了普翁说坎玛米已战死的谎言后，被迫做了普翁的妻子。不久，普翁换防到万象，留下怀孕的赛萨梦独自一人在它曲生活，并许诺说不久就来接赛萨梦前往万象。时间一天天过去了，赛萨梦身上的盘缠已用尽，却始终没有普翁的消息。在饥寒交迫中赛萨梦生下了孩子。此后，对普翁还存在一丝幻想的赛萨梦被迫到万象去找丈夫普翁，在历尽千辛万苦找到普翁后，却见到普翁早已另觅新欢，并问赛萨梦来万象干什么，让其赶快回到西番顿去。此时的赛萨梦如雷轰顶，对生活彻底失去了信心，于是决定投河自尽，以此来表达自己对这个黑暗社会的控诉。但悲惨的命运却并没有就此而放过她，赛萨梦被人救起，因其年轻美貌，又被卖入妓院。倔强的赛萨梦宁死也不愿做一名妓女，在妓院中受尽了老鸨的折磨。最后被妓院老鸨以5万基普的价格卖给了上尉警察坎旦做小老婆。赛萨梦坚决不从，面对赛萨梦的坚贞不屈，坎旦毫无办法。但饱受苦难的赛萨梦却并没有因自己悲惨的命运而就此消沉，反而加深了她对旧社会的憎恨和坚定了要反抗、要斗争的决心。但此时的她，却苦于没有人为她指明斗争的方向。一天，赛萨梦正在房中思考怎样和坎旦进行斗争时，却意外地掩护了两位伊沙拉干部，在聆听了两位伊沙拉干部的革命道理后，赛萨梦终于明白了斗争的方向和目的。在伊沙拉干部走后，赛萨梦决定要逃出王国政府统治区，投奔革命。于是，趁坎旦外出的机会，赛萨梦逃了出来。但在寻找革命队伍的途中，不幸的她又被一股王国政府军队抓住，被囚禁在军营中。在被囚禁期间，赛萨梦认识了同样向往革命、向往解放区生活的青年银绨和布通。同样的命运，共同的理想，使她们的心紧紧地贴在了一起，同时也更加坚定了她们同敌人进行斗争的决心。不久，通过乡亲们的担保，赛萨梦、银梯和布通被保释出来。此时的赛萨梦，坎坷的经历已经把她磨炼成长为一个有着丰富斗争经验的革命者，她把对敌人的仇恨藏在心底，讲究方法，等待时机。最后赛萨梦带领乡亲们在武工队的配合下，一举消灭了这股王国政府军，取得了斗争的胜利，并见到了她日思夜想的坎玛米。赛萨梦的坎坷斗争经历，在抗美救国时期妇女形象中很具有代表性。作者把对主人公形象的塑造与革命发展的现实联系在一起，因而显出了它特有的真实性和感召力。

而《生活的火焰》中的嘎银则是通过革命获得新生的另一个例证。年轻姑娘嘎银的父亲很早去世，嘎银与母亲两人相依为命。不幸的是嘎银被王国政府军的一个军官看中，嘎银不从，军官恼羞成怒，就到处散布谣言说嘎银是瘟疫鬼附身，并煽动乡亲们将嘎银母子赶出了村子。后母亲因病去世，无依无靠的嘎银白天四处流浪，晚上就住在荒郊野外。因想起自己悲惨的身世而夜夜哭泣，悲泣的哭声在寂静的夜晚传得很远，被乡亲们误以为是女鬼。后来，伊沙拉的一支武工队路过该村，解开了这个谜团,并将嘎银送到根据地,把她培养成了一名医生。革命拯救了嘎银。而在旧制度下,女性唯一的出路和归宿,就是被捆绑在家庭中做男人的附庸。即使这种严重抹杀女性权利的生活,也并不是所有的女人都能过得上的。嘎银母子在王国政府统治区下悲惨的遭遇就充分地说明了这一点。在文章的最后,作者用这样一句话点明了文章的主旨:"旧制度使人变成鬼,而新制度使鬼变成了人"。

此外,在《应该告诉她》中,作者通过对一个孤儿在王国政府统治区和解放区不同命运的描写,歌颂了革命带给劳动人民的无比恩情。

在以革命为主题的作品中,妇女成为作家用以歌颂革命、歌颂老挝人民革命党领导下的人民武装力量的象征符号,以革命斗争中劳动群众的代表身份出现。她们虽然有着悲惨的遭遇,但革命和革命斗争使她们摆脱了悲惨的命运,见到了光明,获得了新生。

(二)"进步型"女性形象

第二类女性形象为"进步型"女性形象,这一模式中的妇女形象反映了解放区妇女女性意识的觉醒及觉醒后的成长过程,已经获得了基本生存权利的妇女怎样选择自己的生活方式和实现自己的生活理想。这类女性形象的塑造大多以解放区的社会生活为背景。激烈的抗美救国斗争和解放区如火如荼的革命运动推动着解放区妇女自立、自主意识的不断增强,同时也激发了妇女们参与社会、投身革命的激情和对自身命运的思考,她们渴望在投身革命与社会事业中实现自己的人身价值。如《老松族妇女的新步伐》中的美陶松、《冲过风暴》中的美陶米、《97连》中的美信、《也是战友》中的阿迥、《三好妇女娘玛》中的娘玛等等。她们无一不是在革命浪潮的推动下,积极要求进步的女性形象。《三好妇女娘玛》中的娘玛堪称典型。作者以写实的创作手法讲述了主人公的进步历程。娘玛是一位有四个孩子的家庭主妇,丈夫参军到了前线,家里的农活、赡养老人、抚养孩子的责任全部落在了娘玛一个人的肩上。刚开始娘玛也有怨言,但经过思想斗争,她转变了,不但把家务处理得井井有条，还下决心要多生产出粮食来帮助国家。按理说她做到这一步完成了自己的任务。但娘玛却想到："如果自己只做到这些，也就是说自己刚刚完成了一个在后方的妻子应尽的义务而已，而自己作为一个公民，对国家的责任还没有做好"。慢慢地，对父母、丈夫、孩子的热爱转化成了对国家、民族做出贡献的动力，不断地推动着娘玛进步。尤其是丈夫前线的来信"你要积极地参加社会工作"激励着她。但要参加社会工作，首先要学会识字，于是娘玛又买来纸笔开始学习文化。此外，她还鼓励乡亲们要多生产粮食支援前线、要学习文化。娘玛的不断进步，也得到了乡亲们的称赞和上级的肯定，并被选为乡妇女协会主任和全区"三好妇女"。娘玛的形象，是抗美救国时期解放区妇女形象的典型写照。作者将她作为解放区百万妇女的代表来描写，反映了民主政权下妇女解放的进程和女性要求进步、要求参与社会意识的增强。

同时，解放区妇女解放运动的不断发展，"男女平等"政策的深入人心，也不断地推动着女性走出家庭，走向社会，并且为女性进步、参与社会生活提供了有利的条件。《老松族妇女的新步伐》中女主人公美陶松有12个子女。在还没有获得解放时，她整天为生计不断地奔波、劳累，在苦难深重的生活中含辛茹苦。即使是这样，也还是摆脱不了受地主欺压的困难局面。在生孩子时，没有粮食吃，但为了给地主交纳2公斤鸦片的地租，她还不得不拖着虚弱的身体到处去奔波。但当解放后，革命不但为她解决了生活上的困境，还教导她要积极参与社会生活，并教她识字。以前，美陶松是个只知道操持家务、抚养孩子的妇女。而现在，她不但学会了识字，还参加了妇女协会。

在战乱和长期受封建思想及传统习惯浸淫的老挝，妇女要真正参与到社会中来，除了政治因素外，沉重的家庭事务也阻碍着她们参与社会。一方面，她们要与传统势力做斗争；另一方面，作为妻子、母亲，她们又要担起烦琐的家庭事务和赡养老人、抚养孩子的责任。但这些丝毫不能阻碍勤劳、善良的老挝妇女们参与革命、参与社会工作的热情。在《医生》中，作者就塑造了这样一位强烈要求进步的妇女形象。主人公娘康飘是一位军医,她的丈夫到前线打仗去了。因此,家庭的重担就落在娘康飘一个人的肩上,同时还要躲避美帝国主义的飞机对解放区的狂轰滥炸,但她却一点也不感到累和害怕,时时刻刻都想到革命工作,把伤员的生命看得比自己还重要。在她身上,表现出解放了的老挝妇女的革命热情和强大的精神力量。塑造"进步型"妇女形象的作品众多,如小说《在前线的一个夜晚》、《15号选票》、《12月2日织布厂的一个小姑娘》等等。

此外,在抗美救国时期的革命文学中,作家们还塑造了一系列的反面妇女形象,如《离别西番顿》中的老鸨通娜、《生活的道路》中的地主老婆等等。她们代表着剥削、压迫和反动的阵营。通过她们,作者揭露了王国政府反动统治的黑暗与腐朽。

四、结语

特殊的政治格局使得老挝特定历史时期的文学呈现出明显分界。王国政府控制区文学以消遣性的通俗文学为主,体裁多为小说、调情诗等,但后期也出现了批判现实主义的转向。解放区文学作为老挝特定历史时期出现的一种文学现象,其作品在题材、主题方面的处理,人物塑造等方面具有鲜明的特色,体现出文学为抗美救国服务的价值定位,且明显带有中国抗战文学影响的痕迹。尽管这些作品有一定的历史局限性和概念化、简单化的倾向,但在民族危急的特定历史时期,它张扬了文学的正气,焕发民族凝聚力,成为老挝人民民族解放斗争不可或缺的有力武器和精神食粮,其独特的历史贡献值得肯定。

参 考 文 献

[1][老]波胜坎·翁达拉,等. 老挝文学[M]. 万象:教育部社会科学研究所,1987.

［2］季羡林．东方文学史（上、下册）［M］．长春：吉林教育出版社，1991．

［3］梁立基．世界四大文化与东南亚文学［M］．北京：经济日报出版社，2000．

［4］陆蕴联．印度史诗《罗摩衍那》在老挝的流传和变异［J］．东南亚，2006（3）．

［5］张光军．语言·文学［M］．北京：军事谊文出版社，2000．

泰国近代文学的兴起与发展历程

■ 李 健

【摘 要】 近代文学时期是泰国文学史上的一个重大转型期。随着泰国统治体系的遽变、文学样式的衰落，以及社会生产力的发展，人们的思维方式也发生了改变，变革成为文学适应社会新发展的动力。泰国文学也由此拉开了近代文学发展的序幕。泰国的近代文学经过翻译编译阶段、模仿改写阶段、融合吸收阶段之后，终于进入到了近代文学发展进程的最高阶段——独立创作阶段。分析泰国近代文学发生的原因和发展历程，对深入研究泰国文学，准确把握泰国文学在世界文学中的地位，具有深远而重要的意义。

【关键词】 近代文学；发展沿革；泰国文学史研究

一、问题的提出

泰国近代文学是指1868年到1928年期间的泰国文学。这一时期的时间跨度达60年，是泰国古代文学向现代文学转变的过渡期。泰国文学界迄今为止一直将这一时期并入现代文学范畴进行综合研究。鉴于这一时期的泰国文学具有既不同于古代文学又有别于现代文学的特征，栾文华教授（1998：3，131）将其定位为"泰国近代文学"。笔者也认同这一分期法，它不仅准确地反映了泰国文学发展的实际，也符合国际上普遍采用的分期原则。

通过对世界上众多国家和民族的文化状况考察可以发现，文化的发展，一般总是通过"认同"和"离异"两种形态进行。"认同"即与主流文化采取一致的阐释，在一定范围内向纵深发展，对现有模式进一步挖掘，对异己表现形式加以排斥和压制，其目的是巩固主流文化确立的界限和规范，促进其发展和凝聚。"离异"即批判和扬弃，对主流文化持怀疑乃至否定的态度，在一定范围内横向发展，打乱现有的规范和界限，对主流文化进行批判甚至颠覆。"离异"形态占主导地位的阶段就是文化转型期。另外，"认同"和"离异"两种形态，没有孰优孰劣的区分。只是伴随人类社会的进程，文学呈现出不同的发展形态而已。

文学是文化的一种表现形式。运用文化研究的相关理论，从文化的大视野审视文学，可以更清晰明了地发现文学的本质，了解文化转型期的概念和特点。在泰国文学发展的历史长卷上，近代文学发生发展的时期就是一个转型期。因此，运用文化转型期理论研究泰国近代文学是可行的。

在文化转型期，人们要求变古乱常，中断和削弱纵向聚合，寻求和发展横向开拓。横向开拓就是一种文化外求。外求的方向一般有3种：第一种是外求于他种文化，如文艺复兴时期欧洲文化对希腊文化的借助；第二种是外求于同一文化地区的边缘文化，如中国文学发展过程中词、曲、白话小说对俗文化因素的吸收；第三种是外求于他种学科。这是随着科学技术的发达在近代才出现的新趋向，弗洛伊德学说对文学观念的刷新是最有说服力的例证。鲁迅先生在《门外文谈》中指出："旧文学衰颓时，因为摄取民间文学和外国文学而起一个新的转变，这例子是常见于文学史的。"泰国古代文学既有外求于印度文学、高棉文学、爪哇文学、中国文学等他种文化的不同历史阶段，也有外求同一文化地区的边缘文化而产生的《帕罗长诗》、《昆昌昆平》等著名文学作品。泰国近代文学更由于对他种文化的外求而形成了一个新的文学发展分期，因此是外求他种文化的最典型的范例。

民族文学的发展，不可能永远在一个封闭的文化传统和文化、系统中进行，一个民族的文学与他民族文学的交流，不仅在当今信息社会中是不可回避的现实，即使在古代也是经常发生的。英国哲学家罗素（Bertrand Russel）1922年在《东西方文明比较》一文中指出不同文化之间的交流过去已被多次证明是人类文明发展的里程碑。希腊学习埃及，罗马借鉴希腊，阿拉伯参照罗马帝国，中世纪的欧洲又模仿阿拉伯，而文艺复兴时期的欧洲则仿效拜占庭帝国。

近代文学是泰国文学发展史上明显产生危机和断裂，同时又进行急遽重组与更新的转型期。分析探索它的发生原因和发展历程，对深入研究泰国文学，准确把握泰国文学在世界文学中的定位，进而探求近代亚洲各国文学发展的共性，是很有裨益的。

二、泰国近代文学的发生原因

泰国是一个诗的国度，古代文学以诗歌、戏剧（泰国的戏剧都是诗剧）为主体。自素可泰王朝的兰甘亨碑文算起，经历了五百多年曲折的发展，在曼谷王朝二世王（1809—1824）、三世王（1824—1851）时期臻于鼎盛，涌现出《拉马坚》、《伊璃》、《帕罗长诗》、《昆昌昆平》、《帕阿派玛尼》等著名作品，以及以顺吞蒲（1786—1855）为代表的一大批著名作家。然而，从曼谷王朝四世王（1851—1868）时期开始，文学赖以生存的根基——社会生活开始发生大的变化，古代文学步入下坡路，近代文学这一转型期不可避免地到来了。

纵观人类发展史我们可以发现，文化转型期的出现一般有三个主要原因：一是物质世界的巨变。生产力的发展给人类生活带来巨大变化，进而促进上层建筑的发展。二是人类精神世界的巨变。文学作品创作和欣赏的主体——人的思维方式发生改变并推动精神生活的发展，开辟新的视野。三是统治体系的巨变。由大的事件引发民族、国家乃至世界格局的巨变。一般情况下，第一种原因是第一位的。因为生产力的发展是社会发展的根本动力，经济基础的改变推动上层建筑的发展。那么，究竟什么是泰国近代文学的发生原因呢？

笔者认为，从文学的层面来看，以上三个原因，都是文学外的因素，是促使文学转型，催生泰国近代文学的外因。而文学内的因素，即文学转型的内因，是文学形式的活力，即原有文学形式是否还适应人们的审美取向，是处于上升的发展期还是处于下降的衰变期。外因必须通过内因起作用。在泰国近代文学的发生过程中，外因起了至关重要的作用。但是，如果泰国古代文学仍然是一种新兴的文学形式，依然保持着蒸蒸日上的生命力，近代文学是不可能发生的。因此，泰国近代文学的发生是以上外因及内因等四个原因的综合产物，但是首要外因不是物质世界的改变，即泰国本国生产力的发展，而是统治体系的嬗变。统治体系的嬗变作为诱因，同时引发了生产力的发展和人们思维方式的改变，这三个外因综合发生作用，与内因结合，拉开了泰国近代文学的沉重的序幕。

（一）统治体系的嬗变

位于中南半岛的泰国长期以来一直是一个自给自足型的封建农业国，进入近代发展滞后，在经济和社会方面与西方国家产生了巨大的差异。到了19世纪，野心勃勃的西方殖民者大批东进，为掠夺财富，建立稳定的原料基地和商品市场而发动殖民战争。1824年，英国先对泰国的邻国缅甸发动殖民战争。1826年，英国用武力强迫泰国签订《伯尼条约》，获取贸易自由权。1855年，英国再次逼迫泰国签订《英暹条约》，控制泰国的国防和贸易权，同时享有治外法权。1896年和1904年，英法两国又两次签订协约，把泰国作为自己的势力范围进行划分宰割。这样，泰国就沦落成为半封建、半殖民地、半资本主义国家。

西方国家发生的文化转型，往往是由社会内部生产力的发展促进了生产关系的改变，进而由经济基础的改变推动上层建筑的改变而产生。但是泰国这样的东方国家近代发生的文学转型，则多是由外力形成的统治体系的改变造成的。因此，统治体系的嬗变是泰国近代文学发生的第一动因。

(二) 生产力的发展

西方殖民者东进的目的,当然是为了掠夺财富,建立自己稳定的原料基地和商品市场。他们希望泰国只是被剥削、被榨取的对象,而不是成为经济上的竞争对手。但是资本主义生产方式毕竟大大优越于封建主义生产方式,它在破坏泰国原有的自给自足型经济体系的同时,也促进了泰国新的经济体系的建立和发展,加快了泰国近代化的步伐。商品流通扩大,出口增加,初级加工业建立,民族资产阶级和产业工人也随之诞生。此外,新型印刷机械的引进和印刷厂的开设,为文学作品的制作和流通提供了现代化的物质保证。

当然,泰国的近代化不是国家经济政治自然发展的产物,而是以殖民地化为代价,是被迫纳入世界资本主义经济体系的。泰国的近代社会同东方其他国家一样,是"西方的战神强奸了东方文明的公主而生下来的私生子"(瞿秋白语)。

生产力的发展必然促进上层建筑的改变,促进文化的转型,进而促进泰国近代文学的发生和发展。

(三) 思维方式的改变

思维方式的改变包括两个方面:被动的改变和主动的改变。西方殖民者染指泰国初期,泰国人思维方式的改变都是被动和迫于无奈的。伴随着西方殖民主义者的入侵,除了拥有市场和财富的商人之外,还有各种心怀叵测的传教士和外交官。他们创办教会学校,印制散发《圣经》,出版报纸杂志,传播西方文化。他们甚至公然宣称:"如果不改信基督教,不接受基督教国家的保护,暹罗人注定永远落后。"他们实际上起到了军队和炮舰起不到的作用。对此泰国政府始终保持着警惕,对某些明目张胆的传教士予以驱逐。由于传教士的大肆活动威胁到泰国的安全和稳定,1848年,三世王曾不得不下令取缔全国所有的基督教堂、礼拜堂和修道院。但这一命令未能付诸实施。西方传教士人数不多,能量很大。他们在传播西方思想,改变泰国人思维方式方面所起的作用是不可低估的。

主动的改变是指"近代意识",即为了改变国家的落后状态向西方学习。虽然大多数文人、作家、学者没有这种自觉的时代意识,但它却实实在在地存在于当时泰国上层社会的意识中。面对西方列强的步步紧逼,祈愿国泰民安的国王们再也不能泰然处之了。四世王倡导学习西方,五世王(1868—1910)推进维新变法,六世王(1880—1925)继续推进改革,他们治国维新的核心思想就是力图摆脱西方统治者的欺压,用"师夷"的方法达到富国强兵的目的,实现"制夷"的目标。

四世王和五世王都曾接受过西方式教育并从中获益匪浅,因此他们执政后也大力发展新式教育。由于这种新式教育取法西方,西方文化、近代科学和资产阶级的政治思想、道德观念、价值观念等也就随着教学内容进入泰国人的思想,潜移默化地改变了泰国人的思维方式。

西方传教士利用布道隐秘地传播西方文化和思想,泰国的国王们大张旗鼓地发展新式教育以求通过"师夷"达到"制夷"的目标。目的不同,方法不同,其结果却相同。那就是促进了西方文化在泰国的传播以及因此而加快了人们思维方式的改变。

(四)文学形式的衰变

泰国古代文学作品的内容,基本上都是取材于印度的两大史诗《罗摩衍那》和《大史诗》、本生经故事、爪哇故事或民间故事。由于这些都是现成的文学作品,因此作家创作新的作品时,在立意、构思、情节、人物塑造上几乎可以不费气力,只需在诗的表现形式上着力便可,久而久之便形成了忽略内容只重形式的传统和习惯。这样的文学形式,在生产力发展缓慢的农耕时代还是与社会需求相适应的。然而时过境迁,到古代文学的末期,已经无可奈何地走上了衰变的下坡路。

让我们引用泰国近代著名作家、泰国新诗创始人、曾担任过教育部长和议会议长的塔玛萨蒙德立公爵（1876—1943）的话来形象地说明这一问题。1900年6月他在《拉维特亚》杂志创刊号的《前言》中指出：

> 我们几乎可以这样说，那一类长诗故事已经是无人问津的东西了。在我们看来，如果把这种故事写成诗，大多是索然无味的。即使能写成诗，其目的也只是欣赏它作为诗的韵味，而不是想读它的内容。因为这些故事刚读开头，就几乎可以知道它的结尾：一个年轻人杀死了妖怪，然后娶妖女为妻。后又娶一妻，生一子长大以后杀死妖怪，又像父亲一样娶妖女为妻，如此这般不一而足。我自己也喜欢这些长诗。虽然如此，但事实总是个见证。现在已经无人对上述长诗加以注意了。

从以上引文中可以知道，泰国古代文学的许多作品，其情节是"刚读开头，就几乎可以知道它的结尾"，其内容是英雄杀妖怪娶妖女，英雄的儿子再杀妖怪娶妖女，"如此这般不一而足"。这样的文学形式，情节单调，内容贫乏，脱离现实，远离生活，实际上已经蜕变为一种文字游戏。"现在已经无人对上述长诗加以注意"，也是理所当然的了。

泰国是一个诗歌的国度，古代文学中散文类作品稀少。到了近代，单一的诗歌体裁已经无法反映纷繁复杂的社会生活。文学要跨入近代，散文文学必须有一个大的发展。从以诗歌为主到以散文为主，这可以说是泰国文学一次革命性的巨变。如上所述，正是这四种内因外因的有机结合，催生了泰国近代文学。

三、泰国近代文学的发展历程

泰国近代文学的发展大体经历了四个阶段：翻译编译阶段、模仿改写阶段、融合吸收阶段、独立创作阶段。

当然，以上四个发展阶段，不是首尾相连截然分开的。在每一个发展阶段，以一种方式为主流，同时并存有其他方式。比如在第一阶段，翻译编译是主流，同时还有模仿改写，还有融合吸收。因为就连古代文学的表现形式——韵律体诗也还有一席之地。持续数百年的古代文学的惯性是不会随着近代文学的发端戛然而止的。

（一）翻译编译阶段

在当时的历史环境下，翻译编译外国文学作品，既是必然的，又是必需的。历经八十余年曼谷王朝太平盛世而志得意满无忧无虑的泰国人，由于西方殖民者的入侵而突然陷入危机四伏的境地，为改变惶惶终日的境遇，泰国人试图以富国强兵的方法打开出路。这样，发达富裕的西方国家自然就成了泰国人羡慕的对象，西方社会成为泰国人效法的榜样。于是翻译西方作品就顺理成章地成为介绍西方文化的必然途径。

西方的许多文学体裁当时泰国没有，即使有，其艺术形式和表现手法也有许多差异。要接受新的文学体裁，就必须学习。而最好的学习方法，就是阅读以这种体裁构建的文学作品。翻译西方文学作品，对译者来说，是为创作做准备的借鉴和实习。阅读西方翻译作品，对读者来说，是开阔眼界熟悉异域，培养新的鉴赏口味和能力。因此，从文学发展的角度来看，这是一条必需的不可逾越的必经之路。这一阶段的译者和译作有以下一些特点：

翻译作品数量庞大，内容芜杂。由于对自己译作的忠实程度和翻译质量缺乏信心，很多作品不注明原作的书名和作者。虽然从作品内容和行文可以看出是翻译作品，却无法辨明"真身"。由于外语能力的制约等原因，不少译者略去原作的细节，根据自己的理解整理出故事的梗概。因此此类作品可以称作是编译作品。

国王以及王公贵族、高官子弟构成译者的主体。因为这些人或在国内接受过包括英语在内的良好教育，或有出国留学的经历，具备得天独厚的条件。其中六世王在即位前和执政时期，先后发表了散文、诗歌、戏剧等一千多篇（部）作品，其中大部分是译作。

初期的译者多把赏玩当作文学的第一要义。译者的成分构成决定了他们无法欣赏西方文学珍品中对贵族阶级的嘲讽以及反封建的深刻思想锋芒,因此这一阶段的译作中没有揭示这一类矛盾的佳作。

早期译者大部分接受的是英国的教育,更熟悉英国的作品,所以翻译小说中英国小说最多。翻译作品按照数量和受欢迎的程度排列,依次为英国、法国和美国。

当时赴国外留学的人以学习法律的为多,几乎没有学文学的,基本上是文学的门外汉,因此早期翻译作品大多是关于各种案件、法律和法学家的故事。他们注意的是故事是否引人入胜,而不管其文学价值如何,因此选择的作家和作品很少有一流的。翻译编译阶段尽管存在着各种不足,但毕竟是第一次打开了通向外国文学作品世界的一扇窗户,使泰国人有了接触和了解西方文学的机会和通道。无心插柳柳成荫,那些以赏玩和兴趣为出发点的早期译者,大概不会想到他们在泰国近代文学史上还留下了或深或浅的足印。

(二)模仿改写阶段

泰国近代早期的小说绝大部分都是模仿之作。在这一阶段,泰国文学对西方文学可谓亦步亦趋全盘接纳。从立意到构思,从情节编排到人物塑造,从环境描写到心理刻画,从取材方法到表现手段,甚至连作品中主人公的名字,都是照搬、模仿、改造、应用。

六世王用笔名"乃告—乃宽"发表的《通因的故事》也是模仿之作。这部作品虽然把故事的发生地设为泰国,书中人物都是说地道泰语的泰国人,但整个作品的构思、情节、人物塑造、描写方式等都是模仿柯南道尔的《福尔摩斯探案集》,有些章节简直如出一辙。

这些模仿改写作品中,有些是整本整本近乎翻译的拙劣之作。作品全盘照搬原作,只是把伦敦改为曼谷,把牛津大街改为耀华力路,把约翰改为威差。由于改写时"考虑不周",甚至出现了地处热带的泰国海滨雪花飘飘的描写。类似的破绽在这一阶段的作品中时有出现。鉴于此类低劣之作实在倒人胃口,一些书刊广告纷纷标榜自己与此无关。1913

年前后出版的长篇小说《并非仇敌》的广告中称:"本书能够打动泰国读者,能够成为泰国作者习作的范本。善恶故事牵动人心,可以相信。不拾洋人牙慧。"由此可见,由于当时"拾洋人牙慧"的模仿之作太多,已经快要达到不"可以相信"的地步了。

由于人们对新的文学形式还不很熟悉,更谈不上对生活真实与艺术真实的理解和分辨,往往闹出一些在今天看来十分可笑的争论。泰国第一部短篇小说《沙奴的回忆》是模仿英国短篇小说撰写的。作者选择了曼谷一座有名的寺院宝文尼维寺为背景展开故事。没想到读者们认为这是真事,于是引起舆论大哗,寺院的方丈也大为光火。风波最后以五世王亲自给方丈下手谕才告平息。

东方许多国家的文学在从古代文学向现代文学转变的过程中,经历了师法西方、模仿改写的过渡时期,恰如婴儿的蹒跚学步。以今天的眼光来看,这些作品不少难免幼稚。独创当然是最理想的,但是当作家还不了解小说这种文学体裁,还没有阅读过大量小说,同时自己也没有写过小说时,要求其独创是不切实际的。模仿是一种无奈的选择,但也是创新的起点,是一种写作实习,是吸收外在知识技能的必由之路,是由翻译编译向融合吸收和独立创作过渡的必不可少的中间站。

(三)融合吸收阶段

进入20世纪20年代后,近代文学进入了融合吸收阶段。这一时期主要以吸收了外来文化影响的各种爱情小说、侦探小说、冒险小说等消遣文学为主,这是与泰国当时的社会状况息息相关的。当西方政治和文化逐步进入泰国时,泰国社会对其采取了既接受又排斥的态度。在文学上转而更加喜欢人物、背景和事件都属于泰国的真正意义上的本国文艺作品。当泰国文学经历了模仿改写阶段之后,顺理成章地进入融合吸收外来文化和文学精髓的发展阶段。当时活跃在文坛上的沙拉奴巴潘子爵,先后创作了《黑绸蒙面人》、《厉鬼之面》和《血与铁》等作品。而这一创作历程无论从情节还是语言风格上,都清晰显示了泰国近代文学从翻译、模仿到融会贯通，最终走向独立创作的轨迹。

沙拉奴巴潘子爵指出："我们曾经是多么爱读译成泰文的西方作品而不喜欢真正的泰国作品。……但现在呢，事情恰恰走到了反而甚于西方作品。所以现在各种月刊便纷纷调整方针以读者之好，胡乱地找些泰国作品来刊登。"1925年，《沙拉奴功》杂志编辑部进行了读者调查，结果大部分读者表示喜欢真正的泰国文艺作品。

读者的反应一方面说明泰国文学作品已经具有了自己的特点，同时也进一步促进了泰国小说的创作。内容合情合理，接近现实生活，符合时代精神，具有教育意义的作品越来越多。

（四）独立创作阶段

独立创作是近代文学发展进程的最高阶段，也是其必然归宿。维腊沙巴里瓦子爵大约在1913—1914年间出版了泰国第一部长篇小说《并非仇敌》。虽然这部小说的内容流露出封建意识和封建趣味，但这并不妨碍它成为在文学形式和体裁上都具有开创意义的一部独立创作小说。此外，六世王的《玫瑰的传说》内容跌宕起伏，行文华丽优美，堪称戏剧创作的一部代表作。

需要特别指出的是，在泰国近代文学发展进程的每一个阶段，国王都起了举足轻重的领导作用，而王公贵族则始终是创作的主体。五世王和六世王在推动文学创作方面简直达到事必躬亲的地步。五世王积极鼓励创作和翻译，他说："我们坚信，我们的学生学问多起来，恐怕会有足够的知识和能力写出比过去更为有用的书来。而且，从国外学习回来的人也会努力把外国的学问、著作翻译成泰文，以利于学习和传播。"他还专门设立了金刚奖章，对创作翻译进行奖励。六世王主张大力介绍和效法西方作品，同时也要弘扬民族文化。国王们参与平息文坛的争议，还亲自登坛执笔发表作品，六世王的作品，现在已经发现的就有一千多篇（部）。这一时期比较著名的作家有十五位，其中就包括两位国王、十位贵族，而平民作家只有三人。

泰国近代文学创作的这个特点，与泰国是一个王国，国王和许多王公贵族都接受过西方教育，都积极推动励精图治的改革有关。泰国近代文学真正进入独立创作阶段之后，它的历史使命也就完成了。在经历了六十年的波澜曲折后，1928年近代文学画上了一个圆满的句号。

四、启迪与思考

在对亚洲各国近代文学进行研究时，国内学术界存在一些倾向：褒扬新文学，只提以新代旧的先进性，不提变化的外因，也不提新文学的来源；拔高新文学的思想意义，冠以反帝、反封建的桂冠，闭口不谈新文学初创期的幼稚。

然而，考察亚洲各国我们可以发现，各国近代文学的发生和发展，与泰国近代文学有很强的相似性。从时间上看，大都是在19世纪下半叶到20世纪20—30年代，这一阶段正是西方列强向东方扩张的时期。从起因上看，都是内因与外因的综合作用，其中统治体系的嬗变和文学形式的衰变是关键因素。从文学表现形式上看，一般都是以"离异"形式出现，表现出文化的外求。从发展历程上看，大都经历了翻译编译、模仿改写、融合吸收、独立创作等四个阶段，由幼稚逐步走向成熟。

参考文献

[1] 段立生. 泰国通史 [M]. 上海：上海社会科学院出版社，2014.

[2] 乐黛云，等. 比较文学原理新编（第二版）[M]. 北京：北京大学出版社，2014.

[3] 关世杰. 跨文化交流学 [M]. 北京：北京大学出版社，1995.

[4] 鲁迅. 门外文谈 [M]. 北京：人民出版社，1974.

［5］栾文华. 泰国现代文学史［M］. 北京：社会科学文献出版社，2014.

［6］罗素. 东西方文化比较［C］//罗素文集. 北京：改革出版社，1996.

［7］戚盛中. 泰国［M］. 北京：世界知识出版社，1996.

泰国的皇家文学

■ 李　健

【摘　要】历史上，泰国文坛活跃着一个以国王为首、王公贵族为主体的作家群体。他们创作的题材广泛，体裁多样，在泰国文学史上具有举足轻重的地位。本文将这种现象界定为"皇家文学"现象，并从定义、类型、特点、产生的原因等诸方面对其进行了深入的探讨。认为泰国的皇家文学现象是特定历史条件下的产物，随着历史条件的变化，皇家文学失去了赖以生存的环境，逐步走向了衰亡。

【关键词】皇家文学；文学现象；泰国文学

纵观泰国文学史，我们可以发现一个独特的现象。在跨越素可泰、大城、吞武里、曼谷四个王朝、绵延近800年（公元1257年至今）的泰国文坛上，活跃着一个以历代国王为首的皇室成员作家群体。他们创作的文学作品涉及各种题材，涵盖各种体裁，在整个泰国文学特别是近代以前的泰国文学中占有举足轻重的地位。

这种独特现象也引起了泰国文学研究者的注意，苏联著名泰国文学研究者弗·柯尔涅夫就曾经指出：泰国文学作品，其"作者都是国家的统治者或者王室成员"（弗·柯尔涅夫，1981：8）。但长期以来学界只是将其置于泰国文学的浩瀚史海中加以叙述，没有进行专门的研究。笔者认为，可以将这种文学现象界定为"皇家文学"，并对其定义、类型、特点、产生的原因等进行深入研究。这样不仅能更好地阐明这种文学现象，还可以进一步促进对泰国文学的全面研究。

一、皇家文学的定义

在世界文学研究中，鲜有对皇家文学的论述。这一方面说明其他国家很少有类似的文学现象，另一方面也凸显出对泰国这一特殊文学现象研究的必要性。一般认为，泰国古代文学基本上是宗教文学、宫廷文学和经过宫廷文人再创作的民间文学。许多研究者也都认识到，泰国历朝王室都重视文学，许多国王是文学家，大臣也往往因文才而得到重用。但是学者们一般将这一现象界定为"宫廷文学"或"贵族文学"。（栾文华，1998：4）

文学史上有关于"宫廷文学"、"贵族文学"的论述，"宫廷文学"、"贵族文学"与皇家文学似乎比较接近。但是综合各种论述可以发现，宫廷文学，是以为帝王歌功颂德为主，形式华美而内容空洞的文学形式，即"应制咏物"。而贵族文学，则是以描写和美化贵族等上层社会生活为主的文学形式。这两种文学类型的定义，是以作品描写的对象为标准要素的。而皇家文学作品涉及各种题材，并不仅仅局限于以皇室生活为描写对象。那么我们应该如何界定皇家文学的定义呢？

笔者认为，可以使用"六何分析法"来分析界定皇家文学的定义。所谓"六何分析法"，又称为"5W1H"原则。它是一种考察方法，即对事物从时间、地点、人物、事件、原因、方式六个方面提出问题进行考察。

1.时间。时间是指文学作品发生的时间，主要是对文学作品进行纵向划分——文学史分期时使用的一个标准。有两分法（古代、现代）、三分法（古代、近代、现代）和四分法（古代、近代、现代、当代）之分。但是如前所述，皇家文学在泰国文学史上绵延近800年，几乎始终伴随着泰国文学的发展。所以时间不能成为界定这一定义的标准要素。

2.地点。地点是指文学作品发生的范围和场所。发生在世界范围的是世界文学，发生在亚洲的是亚洲文学；发生在本国以外的是外国文学，发生在本国的是本国文学。皇家文学发生在泰国，是泰国文学的一个下位分支，不存在也没有必要再细分为东部、西部、南部或北部皇家文学。因此地点也不能成为界定定义的标准要素。

3.人物。人物是指创作某一文学作品的主体即作者。一般来说，文学作品的作者是各种各样的。虽然在某一个特定时期，某一个特定社会阶层中出现的作者会多一些，但总的来说，从文学发展的整体过程来看，作者一般不会只集中在某一特定的社会阶层。但泰国的皇家文学却呈现出一个最典型的特点，那就是其作品的作者全部是历朝的国王和皇室成员。由于作者具有很典型的社会地位，他们所创作的作品，必然在各个方面产生重要的影响。

4.事件。事件是指文学作品表现的对象，即文学创作中的题材。皇家文学中虽然表现王室生活的作品数量较大，但也广泛地包括了其他题材的作品。因此事件也不能成为界定定义的标准要素。

5.原因。原因是指文学作品创作的动机。皇家文学中虽然有为了某一特定目的而创作的作品，但大部分与普通文学作品一样，其创作动机是多种多样的。因此，动机也不能成为界定定义的标准要素。

6.方式。方式可以分为两类，一类指文学作品的体裁，如诗歌、散文、小说等。还有一类指文学作品的表达手段，如作品是用母语还是外语创作的等。皇家文学涵盖了各种文学体裁，创作的语言都是用泰国语。因此方式也不能成为界定定义的标准要素。

通过以上分析可以发现，泰国皇家文学在各个构成要素上，与一般文学作品具有很强的共性和交集，唯独在作者的构成要素上具有与众不同的鲜明的个性。这种个性即使是放到世界文学的大视野来观察，同样是很罕见的。因此，界定泰国皇家文学的最重要的标准，就是看作品的作者是否属于皇室成员。

泰国文学史上第一篇有名有姓见诸文字的文学作品就是皇家文学作品。素可泰王朝三世王兰甘亨的碑文，不仅是泰国文学作品的始祖，也是皇家文学的肇始之作。由于众多皇室成员参与创作，在很长一段时间里，皇家文学作品在文坛上一直维持强势。时至今日，曼谷王朝九世王普密蓬国王还偶有文学创作，其女儿诗琳通公主还在创作和发表文学作品。皇家文学纵跨泰国整个有文字记载的历史，绵延不断，持续发展，在世界文学史上也是不多见的。

二、对皇家文学的具体考察

按照种类、等级或性质分别归类考察，是把握事物特点的重要方法。为了更好地把握泰国皇家文学的特点，笔者认为，可以从以下两个方面对其进行分类考察。

（一）以作者为标准进行考察

皇家文学的作者当然都是皇室成员，但是还可以细分为两类：国王和皇室其他成员。创作文学作品的历代君主中，有史可查的有以下一些国王。

素可泰王朝时期（公元1257—1377年）：三世王兰甘亨，创作了泰国文学作品的肇始之作《兰甘亨碑文》。四世王立泰国王，撰写了著名的散文《帕朗三界》。

大城王朝时期（公元1350—1767年）：乌通国王，创作了泰国第一部律律体作品《誓水赋》。德来洛加纳国王，在他的督导和参与下创作了讲述佛本生故事的《大世词》。帕纳莱国王，创作了克隆体格言三种，长歌诗体写成的《大城王朝预言》一部，克隆体杂诗一部。帕昭松探国王，编写了《大世赋》。巴洛姆果国王，撰写了收录有69首克隆诗的作品《卧佛搬迁咏诗》。

吞武里王朝时期（公元1767—1782年）：吞武里国王郑信，创作了舞剧剧本《拉马坚》的四个章节。

曼谷王朝时期（公元1782年—现在）：一世王佛陀约华朱拉洛，创作诗作剧本4部，纪行诗1部。二世王帕普勒腊纳帕莱，创作了宫内剧、宫外剧、唱词、长歌和摇船曲等12部作品。三世王帕难格劳昭约华，创作了两部诗作，并曾做过其父亲二世王的宫廷诗歌顾问。四世王帕宗格劳昭约华，创作了舞剧《拉马坚》的一部分，以及长莱《本生经故事》。五世王帕尊拉宗格劳，创作了诗歌12种，散文7种，戏剧2种。六世王帕蒙固格劳，创作翻译的作品数量惊人，现在发现的就有一千多篇，有散文、诗歌、戏剧等，其中绝大部分是翻译作品。由于皇室其他成员数量较大，仅选择有代表性的部分作者介绍如下：

素可泰王朝时期：立泰国王的王妃娘诺玛创作了散文《娘诺玛》。

大城王朝时期：德来洛加纳国王的儿子创作了律律体长诗《律律阮败》。探马堤贝王子（贡王子）是大城王朝时期最赫赫有名的诗人，在泰国文学史上与西巴拉、顺吞蒲两位著名大诗人齐名。阿派王子有诗作一部。恭吞公主和蒙胡公主创作了取材于爪哇民间故事的舞剧剧本《达朗》和《伊瑙》。西巴里查盛子爵创立了被称为"格仑昆拉宝"的格仑诗体，创作了《西里威本吉迪》等多部诗作。

吞武里王朝时期：顺拉维齐子爵创作了《律律佩蒙固》和《伊瑙堪禅》等作品。玛哈奴帕侯爵创作了记述出使中国情形的格仑摆长诗《广东纪行诗》。

曼谷王朝迄今只有两百多年，没有发生大的战乱，皇室成员参加文学创作的人数比较多，有关作家和作品的记录保存得也比较完整。

一世王时期的四位著名作家中有三位是皇室成员。除一世王之外，还有两位是功门西素林王子和帕康公爵。帕康公爵是一流作家，能熟练运用各种诗体，也能写漂亮的散文，他写的《大世长莱》中的《孩童篇》和《曼陀利篇》直到今日还受到读者的喜爱。他还主持翻译了中国历史小说《三国演义》。

三世王时期的著名作家有八位，除著名作家顺吞蒲外，其他七名都是皇家文学作家。其中有撰写了散文经书《佛陀传》等著作的一世王的王子波拉玛奴期期诺洛，有泰文第一本教科书《金达玛尼》的作者翁沙堤腊沙尼德子爵。特别值得一提的是还有两位女作者。

四世王时期的著名作家有五位，有四位是皇室作家。其中蒙拉措泰撰写的《泰国使节出使英国记事》的版权被英国人购买，这是泰国历史上第一次正式的版权交易。

五世王时期的九名著名作家中有七名是皇室成员。其中包括创作了泰国第一篇短篇小说《沙奴的回忆》的卡朗尤顿王子，翻译了泰国第一部西方长篇小说《仇敌》的素林特拉察侯爵，撰写了四百多部剧本、倡导了泰国第一次歌剧演出的沃拉宛纳恭王子，泰国新诗的鼻祖、泰国体育比赛中迄今仍在使用的《加油歌》的作者塔马沙门德里公爵。特别值得一提的是，迪宣古曼王子（后来的丹隆亲王）和吉泽隆王子。前者是一位大学者，是贡献巨大的历史学和古典文学专家，有泰国"历史之父"的美誉。后者在文学、歌舞、艺术、音乐、建筑等许多方面有很深的造诣。1962年和1963年，在这两位王子诞辰百年之际，联合国教科文组织将他们推举为世界文化名人。

六世王时期的六位著名作家中有五位是皇室成员，有创作了《禅体威尼斯商人》的探马皮门子爵和创作了被文学界称为"史诗"的《三朝之都》的作者王公之子瑙冒绍。

（二）以时间为标准进行考察

泰国文学分为古代文学（公元1257—1868年）、近代文学（公元1868—1928年）和现代文学（公元1928年—现在）三个时期，笔者曾撰文对此做过介绍。由于皇家文学到目前为止一直如影随形地伴随着泰国文学在发展，因此也可以将其分为古代、近代、现代三个时期来进行考察。

古代文学时期是皇家文学的鼎盛期。1833年在泰国素可泰地区发现了《兰甘亨石碑》。由于该碑碑文语句简练，易读易懂；有些段落音调铿锵，文句优美，形似韵文，因此也可以把它视为泰国文学作品的始祖。该碑的第一段碑文以"孤"自称，记述了素可泰王朝第三代国王兰甘亨的经历，当为兰甘亨国王所撰。因此，该碑文也可以视为泰国皇家文学的肇始之作。由于古代文学时期长达611年，占整个泰国文学史五分之四以上的时间，因此皇家文学的大部分作品都是创作于这一时期，大部分优秀作家也是出现在这一时期。

泰国古代文学作品的内容，基本上都是取材于印度的两大史诗《罗摩衍那》和《大史诗》、本生经故事、爪哇故事或民间故事。由于这些都是现成的文学作品，因此作家创作新的作品时，在立意、构思、情节、人物塑造上几乎可以不费气力，只需在诗的表现形式上着力便可，久而久之便形成了忽略内容只重形式的传统和习惯。这样的文学形式，在生产力发展缓慢的农耕时代还是与社会需求相适应的。然而时过境迁，到古代文学的末期，已经无可奈何地走上了衰变的下坡路。

泰国是一个诗歌的国度，古代文学中散文类作品稀少。到了近代，单一的诗歌体裁已经无法反映纷繁复杂的社会生活。文学要跨入近代，散文文学必须有一个大的发展。从以诗歌为主到以散文为主，这可以说是泰国文学一次革命性的巨变。

近代文学时期是皇家文学的式微期。近代文学时期是指五世王和六世王统治时期。五世王时期的九名著名作家中有七名是皇室成员，六世王时期的六位著名作家中有五位是皇室成员。仅从这一数据来看，近代文学时期的皇家文学似乎仍处于鼎盛时期，但是通过具体分析可以发现，皇家文学在这一时期已经进入了式微期。

近代文学初期，翻译、改写、模仿西方文学作品形成风气。五世王和六世王大力鼓励提倡，王公贵族们也积极参与，对推动近代文学的发展起到了积极的作用。但是从现在的角度看，这一时期的作品大多是幼稚的。泰国文学评论家朱拉加拉蓬甚至称这些早期的作品"都是些应该扔到字纸篓里的东西"。

皇家文学的作者们失去了他们长期以来视为长项的创作形式，用新的文学形式创作的作品大多幼稚或低劣，为皇家文学长期一统天下起了关键作用的皇家话语权在这一时期极大地削弱，广大民众对文学作品的欣赏口味发生了巨大变化。所有这些都表明，皇家文学已经进入了式微期。

这一时期皇家文学的著名作家，取得的成就主要还是表现在古代文学作品上，他们之所以可以在近代文学的文坛上占据一席之地，完全是古代文学发展的惯性所致。

现代文学时期是皇家文学的衰落期。这一时期的最大特点是，活跃在文坛上的皇室成员数量大大减少，有影响的作家和作品也越来越少。曼谷王朝的七世王、八世王都不像他们的前任那样，直接执笔进行文艺创作。现在仍在位的九世普密蓬国王虽然写作了一些诗歌，但其影响力与六世王以前的国王相比，完全是天壤之别了。

这一时期比较著名的皇家文学作家有：现代文学史上享有盛名的第一位女作家多迈索，以国外为创作背景的长篇小说的开拓者蒙昭·阿卡丹庚，泰国著名政见小说《理想国》的作者蒙拉查翁·尼米蒙空·纳瓦拉，对通俗小说现实化做出贡献的著名女作家西法，以及集政治家、作家于一身的大名鼎鼎的克立·巴莫。

体裁和题材是对文学进行分类的重要标准。但是，皇家文学鼎盛的泰国古代文学时期，受印度文学的影响，文学体裁比较单一，主要以叙事性诗歌为主，很少有散文文学，虽然在宫廷里演出泰式舞剧，但这些剧也大多是诗剧。因此很难再进行细的分类。而古代皇家文学的题材，其内容也大多是印度文学的翻版，多为宣传佛教教义之作。近代文学和现代文学时期的皇家文学，作品数量减少，影响力减退，体裁和题材也与一般文学趋同，已经失去自己的个性了。

三、皇家文学产生的原因

（一）皇室的话语权

文学作品创作之后，必须有读者才能实现自己的价值，必须为读者接受才能够广泛流传。纵观文学发展的历史长河，要想成为传世之作，作品的思想性和艺术水准起着决定作用。但是在特定的历史时期，文学作品的创作和流传，话语统治权的作用是不可忽视的。特别是在信息传播极端落后的封建统治时期，没有话语权，就不能进行文学创作，即使创作了，在问世之前就会被封杀。可以毫不夸张地说，话语权决定着文学作品的命运。

泰国历代国王高居于封建统治金字塔的顶尖，具有至高无上的权力，皇室成员也都是一人之下，万人之上，势力显赫，权倾一时。普天之下，莫非王土，他们在泰国的土地上拥有绝对的话语权。因此，只要愿意，他们直接创作或挂名创作的作品，无论内容俗雅，水平高低，在文字不普及的时候，可以通过口口相传的方式流传；在印刷机引入泰国之后，则可以大量印制出版普及。

当然，在中央集权制的封建社会中，皇室成员拥有不同于他人的良好的学习环境，为他们的知识储备提供了有利条件。他们非常重视"文武之道"，大都有一定的文学创作能力。诗歌是古代泰国人最重视的表情达意的工具，作为"万物皆备于我"的皇室成员自然也不例外。由于皇室成员大都是出类拔萃的人物，只要他们认真去创作，其诗文的超拔也是顺理成章之事。

在泰国漫长的历史时期，广大劳动人民也创作了不少文学作品，特别是口传文学。但是，由于没有文字记载，特别是没有话语权，因此形成了泰国古代文学时期皇家文学一脉独大的现象。

皇室话语权对泰国皇家文学的影响，还有一则事例可以成为佐证。六世王在即位前和执政时期，先后发表了散文、诗歌、戏剧等一千多篇（部）。他于1914年倡议成立了评价古典文学作品的最高学术权威机构——泰国文学俱乐部，而该俱乐部评出的第一批优秀文学作品中，就有六世王的话剧《战士的心》，他的另一部诗话剧《玫瑰的传说》也于1924年被评选为优秀剧作。在封建社会向资本主义社会转变的乱象纷呈的社会变革期，日理万机的一国之君能够发表一千多篇文学作品，还有作品被学术权威机构评为优秀作品，皇室话语权的影响由此可见一斑。时至近代，随着皇家话语权的逐渐削弱，皇家文学也就无可奈何地走上了衰亡之路。

（二）佛祖的感召力

皇室的核心是国王。国王带头从事文学创作，皇家成员积极响应，这是顺理成章之事。但是，泰国皇室成员积极投身文学创作，并不只是被动地响应国王的倡导，这也与泰国皇室一贯的传统相关。一般来说，富家子弟多纨绔，贫寒儿女苦读书。然而，历朝历代的泰国的王公贵族们，却一直以读书为荣。不仅历代国王在身为一国之君的同时还从事文学创作，王公贵族中也出现了众多著名作家和文人骚客。究其原因，最主要的可以归结为佛祖的感召力。

众所周知，佛教是泰国的国教。泰国虽然经历了素可泰、大城、吞武里、曼谷四个王朝，但王朝的更替只是改变了统治者，并没有改变举国信奉的宗教。泰国国民都是虔诚的佛教信徒，就连国王也要出家当几个月的和尚。既然信奉佛教，那么佛祖释迦牟尼就是顶礼膜拜的圣人，圣人的生平和经历都是学习和效法的榜样。

佛教的创始人释迦牟尼，父亲是迦毗罗卫的国王，称净饭王。释迦牟尼作为王子，原来饱读诗书准备继位。后来因感于人生无常，要求摆脱生死苦恼而出家。出家后到王舍城外尼连禅河畔伽耶的一棵毕钵罗树下坐禅，经七天七夜对人生和解脱问题的思考，达到"觉悟"。释迦牟尼作为王子饱读诗书的经历，为泰国历代国王教育子女建立了圭臬，也成为皇家子弟立身成人的楷模。正因为如此，历代泰国皇室成员中，声色犬马者少，饱读诗书者多，再加上在皇室话语权这一得天独厚的有利条件庇荫下容易获得成功，涉足文坛的人也就相对较多，为皇家文学提供了充足的创作队伍。

(三) 传播佛教教义的需要

泰国自古就以"黄袍佛国"著称，90%以上民众信奉佛教，国王必须是佛教徒。根据泰国佛教事务厅统计，截至1992年年底，泰国共有近3万座佛教寺庙，有近30万僧人和10多万小沙弥。在这样的佛教之国，传播佛教教义至关重要。除了直接用佛经传播外，宣扬佛教思想的文学作品也是非常重要的手段。皇家文学中的相当部分是宣传佛教教义的，这样既符合统治者传播佛教教义的意愿，也满足了广大佛教信徒的需要，因此在民众中得以普及开来。

素可泰王朝三世王兰甘亨的《兰甘亨碑文》、四世王立泰国王的《帕朗三界》都包含佛教的宣传。大城王朝乌通国王的《誓水赋》、德来洛加纳国王的讲述佛本生故事的《大世词》、帕昭松探国王编写的《大世赋》、巴洛姆果国王的《卧佛搬迁咏诗》都是直接宣传佛教思想的作品。曼谷王朝一世王到六世王都创作了许多宣传佛教教义的作品，另外历代皇室成员也都创作了大量与佛教相关的作品，限于篇幅就不一一列举了。

(四) 安抚民众精神的手段

人与动物最大的区别之一，就是在物质生活之外，还有精神生活的需求。民歌的吟唱，民间故事的流传，都是精神生活需求的反映。为了巩固自己的统治，安抚民众的精神，泰国历代皇室都很注意文学作品的创作和推广。在泰国古代文学发展时期，占领文坛的是皇家文学。皇家文学一脉独大，民众没有选择的余地。这样，皇家文学在别无选择的条件下一定程度地满足了民众精神生活的需求，这种信息的错误反馈，造成了皇家文学大受欢迎的虚假信息，从而刺激了皇家文学的进一步发展。

皇家文学作品中也有许多经典之作，经过长期的修改、提炼和传播，在泰国具有妇孺皆知的影响。如根据印度两大史诗之一的《罗摩衍那》(Ramayana)改编的大型诗剧《拉玛坚》(Ramakien)就是其中的代表作。

《罗摩衍那》大约在两千年前从斯里兰卡传入泰国，经过无数代的口头传承后，逐渐被改写成泰国故事。1767年，缅甸人攻占大城王朝京城阿育塔雅之后，将众多古典书籍焚毁殆尽。华裔后代郑信率兵拯救国家，建立了吞武里王朝。郑信根据《罗摩衍那》的情节首先创作了《拉玛坚》剧本的四个段落，后经曼谷王朝一世王主持召集皇家诗人集体再创作而定型，"拉玛（罗摩）"成为英雄的代名词。六世王时期干脆将曼谷王朝改为拉玛王朝，自称拉玛六世，这就是现在泰国国王冠名"拉玛"的由来。

泰国皇家文学是特定历史条件下的产物。随着历史条件的变化，皇家文学失去了赖以存在的环境，完成了自己的历史使命，逐步走向了衰亡。但是，对在泰国文学史上曾经留下了辉煌一页的皇家文学，应该进行认真研究，阐明其发生发展消亡的规律，以及对泰国文学的现在和将来产生的影响。

参考文献

[1] 陈晖，熊韬. 泰国概论 [M]. 广州：世界图书出版公司，2012.

[2] [苏] 弗·柯尔涅夫. 泰国文学简史 [M]. 高长荣，译. 北京：社会科学文献出版社，1981.

[3] 乐黛云，等. 比较文学原理新编（第二版）[M]. 北京：北京大学出版社，2014.

[4] 李健. 泰国近代文学的起因与发展 [J]. 解放军外国语学院学报，2005（1）.

［5］栾文华. 泰国现代文学史［M］. 北京：社会科学文献出版社，2014.

20 世纪缅甸的长篇小说

■ 尹湘玲

【摘　要】在20世纪缅甸文学创作的整体格局中，长篇小说作为一个重要的文学类别占有举足轻重的位置。它们以多彩多姿的艺术形态和风格，寻求多种表现力和折射力，多视面、多角度地反映了纷繁浩瀚的缅甸社会生活，以自身的开放性和包容性浓缩着历史的沧桑和民族的荣辱兴衰，凝聚着缅甸作家的思想和艺术智慧，也含带着思想艺术上的成败与得失。

【关键词】缅甸长篇小说；阶段性特征；艺术形态；文学发展

1904年，仰光"缅甸之友"出版社（Friend of Burma Press）出版了缅甸律师詹姆斯拉觉的长篇小说《貌迎貌玛梅玛》。或许作者和出版商在当时并没有意识到，这是一部具有划时代意义的小说，它在缅甸文学史上树起了一块鲜明的界碑，标示着缅甸小说几乎与20世纪同步跨入了一个崭新的发展阶段，从传统迈入了现代。诚然，现代与传统之间并没有截然分野，文学发展的各个阶段存在着紧密的承续关系，但必然有明显的阶段性特征。文学的发展离不开社会历史文化的驱动，离不开时代思潮的催生，更离不开文学自身发展规律的突破。回顾考察缅甸现代长篇小说的百年历程，深度透析该领域的重要文学现象，切实认识这一文学样式的审美价值和历史价值，不仅是对这一种文学样式的有意义探索，也是进入缅甸现代文学整体研究的重要入口和通道。

一、翻译、效仿、创造——缅甸现代小说的产生

19世纪与20世纪之交，随着亚洲各国更深地卷入世界资本主义潮流和缅甸殖民地社会的全面形成，缅甸文化被推向了一个重要的转型时期。封建体系的崩溃和殖民体系的建立从根本上改变了缅甸社会的性质，也改变了缅甸文化发展的既定轨道。以佛教信仰为核心的缅甸传统文化遭遇到西方资产阶级文化的强烈冲击，其千百年来凝聚起来的封闭的纵向聚合力量被削弱，在与西方的对抗和排斥以及对民族传统的扬弃继承中，一种开放的横向拓展的新模式开始形成。文学作为文化系统中最敏感的构成因子，作为社会发展进程的启蒙工具和舆论先导，无疑更加突出地呈现出这一特征。

自19世纪中后期以来，外国文学作品开始被译介到缅甸。1902年，吴波佐翻译的英国著名小说《鲁宾逊漂流记》（1719年）在缅甸出版，同年还被编入了中学教科书。但这些翻译作品并没有让缅甸读者趋之若鹜。《鲁宾逊漂流记》的作者丹尼尔·笛福（1660—1731年）是18世纪初英国文坛古典主义仍在盛行、现实主义小说已经崭露头角时期的代表作家。《鲁宾逊漂流记》的创作成功使笛福获得了英国小说真正的开山鼻祖的美誉。从艺术角度看，小说用写实的态度虚构一个想象的故事，连贯的情节，自然的时序，确切的地点，都使小说建立在严格意义的现实主义基础之上。然而该小说是英国资本主义飞速发展、国力迅速上升时期的作品，鲁滨逊的个人勇敢和冒险有着深刻的阶级背景，它以经典的形式表现了西方殖民主义者殖民侵略的全部秘密。主人公身上那种强烈的开拓疆土的意识和视海外殖民为帝国使命的精神是缅甸人民的民族情感所不能容忍的，这大概是作品没有引起缅甸人共鸣的真正原因。而且小说中那些陌生的场景也让缅甸人感到枯燥乏味。尽管如此，西方文学作品所带来的西方文艺思潮和文学观念向闭塞的缅甸文坛吹进了新鲜的现代气息，大大开阔了缅甸作家的视野。《貌迎貌玛梅玛》（1904年）

的出现正说明了这一点。

《貌迎貌玛梅玛》的作者詹姆斯拉觉（1866—1920年）是较早接受西式教育的缅甸现代知识分子，他父母早亡，由信奉基督教的姨父母抚养长大，后随姨父母加入了基督教，在仰光公立英缅文学校读书，毕业后当过英军翻译、英殖民政府官员、律师等，晚年皈依佛教。家庭背景和生活经历使他较早接触西方文化，受其熏陶颇深，但晚年皈依佛教则说明他终究未能脱离缅甸民族文化传统。《貌迎貌玛梅玛》是根据19世纪法国作家亚历山大·大仲马（1802—1870年）的历史通俗小说《基度山伯爵》（1844年）改写的。这一"改写"，使小说的文化旨趣发生了质的变化。改写是模仿借鉴的过程，更是民族化的过程。缅甸作家借鉴的首先是西方小说（novel）的创作理念和叙事手法，即通过性格各异的人物形象、完整的故事情节、生活场景等反映错综复杂的社会生活。在语言上采用通俗的白话文进行写作，内容上选取缅甸现实社会生活为题材。摒除了传统缅甸小说（佛本生故事小说、神话小说、宫廷小说）僵化的格式和韵文、散韵杂糅等语言上的清规戒律的束缚，打破了佛祖逸事、神话传说、王公贵族一统天下的局面，使小说形式、内容与时代变迁和社会生活相适应，拉近了小说与人民大众的距离。这对于长期禁锢在佛教文学和宫廷文学樊篱中的缅甸作家来说是一次思想的解放。《貌迎貌玛梅玛》借用《基度山伯爵》的部分情节，特别是小说前半部主人公极具传奇色彩的曲折经历，保留了原作最吸引人之处。而在小说的故事背景、社会风貌、人物性格气质上则完全做了民族化处理。所以，该小说只是借用原小说的情节线索将自己积累的生活素材贯穿起来，而后半部又完全是作者自己的构思创作，前后情节连贯，看不到外国小说的痕迹，读起来是一部地道的缅甸小说。缅甸人的生存状态、情感思绪、行为方式，特别是普通人的悲欢离合、爱恨情仇，新兴市民阶层的生活和思想感情等在小说中得到了真实的体现。通过爱情、道德、伦理等的冲突，表现缅甸人的道德标准和传统美德。原来的复仇故事变成了宽容大度、坎坷动人的爱情故事。《貌迎貌玛梅玛》产生的时代正是新旧交替、新兴市民阶层日益发展壮大的时代，小说的出版引起了轰动的社会效应，广大读者争相阅读，爱不释卷。民族认同感、归属感使缅甸读者对改写小说与翻译小说的反应截然不同。《貌迎貌玛梅玛》也被誉为第一部缅甸现代小说。

作为新旧过渡时期第一部现代小说，《貌迎貌玛梅玛》的时代局限性显而易见，它的通俗性迎合了新兴读者的阅读趣味和市民闲暇时间娱乐消遣的需求，注重故事情节和人物命运归宿，仍以佛本生故事中的人物为模特去塑造心目中理想的人物形象，而不对社会本质和人物内心世界做深入探索。在语言表达和一些环境描写上也还缺乏艺术性。但这些局限和瑕疵并抹杀不了它在小说内容、形式上的深刻变革和划时代意义。

现代小说的出现并不意味着传统小说的消失。实际上传统与现代的冲突、融合一直贯穿于长篇小说的发展过程，在现代小说发展初期这一现象更为突出。吴基的《卖玫瑰茄菜人貌迈》（1904年）、曼德勒貌钦貌（列蒂班蒂达吴貌基）的《钦敏基》（1914年）等都是脱胎于宫廷小说、在宫廷小说基础上发展了的传统小说。《卖玫瑰茄菜人貌迈》的小说主题仍然在表现"好王千妃"、"妻妾成群"的封建堕落思想，只不过主人公从王子王孙变成了普通人——卖玫瑰茄菜的小贩"貌迈"。而《钦敏基》与《卖玫瑰茄菜人貌迈》如出一辙，只不过由在铁路沿线放荡不羁、追逐妇女的貌丹纽代替了在伊洛瓦底江沿岸寻花问柳、招摇撞骗的貌迈。在小说文体上也仍沿袭散韵杂糅、巴利语训诫教诲的传统形式。

吴腊（1866—1921年）的《瑞卑梭》（1914年）和密司脱貌迈（德钦哥都迈，1876—1964年）的《嘱咐》（1916年），从小说语体上看，传统因素仍占上风，尤其是后者。但在作品的主题表现上这两部小说却蕴藉着强烈的现代性因素，主要体现在小说叙事结构的创新和反映社会的独特视角。自《貌迎貌玛梅玛》问世后，缅甸文坛纷纷模拟仿效，小说创作蔚然成风，十年间出版了五十余部长篇小说，数量可观，但从内容题材上看大多是通俗爱情故事，其中也不乏传统小说的翻版。叙事结构上基本上是单线纵式结构，围绕中心人物的经历，按照事件的发生、发展、结局的自然进程和时间顺序安排情节线索，形成了"见面—相爱—离别—思念—重逢"的基本模式，而《瑞卑梭》走出俗套，将传统小说和西方小说的叙事手法融为一体，采用双线复式结构，主线和副线交错叙述，扩大了作品的历史纵深感和生活容量。同时它将目光投向更广阔的社会，并聚焦现实性的社会、政治主题，吴腊出生的年代，缅甸已在两次英缅战争中丧失了半壁江山，曼德勒封建王朝风雨飘摇，仰光及整个下缅甸国土已经沦于英国的殖民统治之下，国家面临空前的民族危机。吴腊一生经历了封建王朝统治末期和殖民统治时期两个时代，目睹了过渡时期缅甸传统文化遭受西方文化的冲击、破坏甚至吞噬的危险状况。殖民主义者的文化渗透和奴化教育已经使一些缅甸人的价值观和道德标准发生变化并逐步充当殖民主义者统治的工具。在他的小说中，新旧时代的冲突无处不在，《瑞卑梭》的主线以末代国王锡袍被英军劫持前夕的曼德勒王城为背景，描写税务官之子貌貌梭与王族姑娘钦钦泰神秘坎坷的爱情故事，受西方通俗小说的影响，其中还穿插了一些寻觅宝物的惊险情节，增加了吸引力和可读性。这一部分使用的手法与同时期流行小说没有太大区别。然而在小说副线叙述的故事中却体现了作者观察社会的独特眼光。小说副线以殖民统治下的仰光的现代知识分子阶层为背景，塑造了不惜血本送儿子去英国读书的吴耶觉夫妇；留学归来便数典忘祖、全盘西化、丢弃民族本色的大律师貌当佩；以及在女人面前举止轻浮、不成体统的律师貌改底等人物。吴耶觉的可悲，貌当佩与貌改底的可恶、可笑，无一不是当时仰光的社会现实和文化圈内部状况的真实写照。吴腊用文明儒雅的然而切中要害一针见血的笔触表达了对吴耶觉夫妇的同情，以及对貌当佩、貌改底们的厌恶嘲讽，同时表达了对西方文化的入侵和民族传统文化前景的担忧。《瑞卑梭》创作的年代正是缅甸"佛教青年会"高喊振兴"民族、语言、宗教、教育"之口号唤醒民族意识之时，吴腊以作家的敏锐和他丰富的生活积累，用文学作品提醒人们注意那些披着宗教外衣道貌岸然的伪君子和丧失民族感情、崇媚外国文化、鄙视民族文化的知识分子阶层，启发人们对文化冲突中一些社会现象的思考和深省。正是基于这一点，《瑞卑梭》的出现标志着缅甸现代长篇小说开始走向成熟。

"密司脱貌迈"的《嘱咐》同样是从作者独特的视角反映社会，塑造人物形象。小说描写的是敏东王时期曼德勒、阿瓦、瑞波一带的风俗和社会动荡中各种人物的心态。小说人物都源自作者青年时代在上缅甸学习求知时所观察到的生活原型。古怪诡谲的破落官僚遗孀钦翁、喜欢强词夺理与人作梗的还俗者吴觉堆、憨傻老实的商贩鳏夫郭宝，还有靠欺骗过活的貌貌瑞、塞耶埃、施主纽等形形色色的人物在作家笔下个个性格鲜明。特别是在钦翁这一人物的性格刻画上，既描写她算计别人时的狡黠诡诈、矫揉造作，也描写她因伎俩失败而遭对方攻击时的无能无助，剖析她本质上软弱的一面。表现了作者对人物（尤其是女人）心灵深处的敏锐观察力和造诣深厚的笔力。这些对人物性格的刻画，对人性的挖掘，以及通过人物心态折射时代和社会变迁的特点都是小说现代性之所在。《嘱咐》是德钦哥都迈由写剧本转向小说创作的试笔之作。剧本中常出现的两节诗、四节诗、连韵诗、哀怨诗、哀歌等在他的小说叙述语言中俯拾皆是，很多人物对话也是文白相杂。德钦哥都迈的创作植根于悠久而深厚的民族文化土壤，他着力从传统中寻找和发掘有生命力的素质，以表现时代的内容和思想。

与德钦哥都迈的着力点不甚相同的是小说家瑞乌当（1889—1973年）和比莫宁（1883—1940年），他们更主张借鉴西方现代小说的观念和形式，用以革新、发展、完善、巩固缅甸现代小说。采用完全的白话文写作是现代小说的重要标志之一，在这方面《貌迎貌玛梅玛》的小说语言通俗、平易，开了缅甸白话文学之先河。但在其后的十余年间，散韵杂糅的文风仍然一直笼罩着文坛，有些作家甚至刻意引经据典或夹杂成语诗词以让读者赏识自己的才华。而瑞乌当和比莫宁通过他们的创作实践扭转这一风气，在探索创新缅甸小说形式和语言方面做出了不可磨灭的贡献，代表性作品是瑞乌当的《仰基昂》（1917年）和比莫宁的《内意意》、《内纽纽》（1920年）。《仰基昂》是受英国小说家雷诺兹（1814—1879年）的《伦敦宫廷秘闻》的启发而创作的惊险传奇小说，比莫宁的两部作品也都是借鉴英国小说创作的，比莫宁借小说人物纽纽之口阐发他的文学观，即提倡文学创新，反对因袭老路。"小说不是书写文字而是书写心灵，个人想象力和创造力在经书里是找不到的，而要到生活中去找。"他强调小说要写实、写人，号召作家们走出佛教经典，到普通人中去体验生活。这些文学思想无疑对缅甸小说现代性发展有着举足轻重的作用。

综观缅甸现代长篇小说草创初期的创作，无一不是处在东西方文学文化的碰撞和新旧思潮的冲突之中。在这样动荡变革的时期，作家们有的"立足传统"，坚持对民族形式的开掘与创新，从民族传统形式中挖掘新质，注入时代内容；有的"主动外求"，借鉴西方小说的叙事方法和创作技巧，从人物、情节和环境等小说构成要素入手，不断完善现代小说形式。虽然作家们的文学旨趣和态度不尽一致，但他们的创作实践共同推进了缅甸长篇小说的发展。

二、民族意识的觉醒和社会改良思潮的勃起——战前缅甸长篇小说的发展

20世纪20—30年代之交，资本主义世界经济危机波及缅甸，缅甸大米和其他农林产品出口价格急剧下降，加速了自耕农的破产，广大农民受到沉重打击。英国殖民政府和地主高利贷者毫无体恤之心，反而变本加厉对农民进行剥削和压迫，终于引发了1930年12月22日缅甸历史上最大规模的反英农民起义——塞耶山起义。同年，由具有社会主义思想的缅甸爱国知识分子和进步力量组织并领导的"我缅人协会"成立，提出了"缅甸是我们的国家，缅文是我们的文字，缅甸语是我们的语言。热爱我们的国家，提高我们的文字，尊重我们的语言"之口号。

在协会领导下，民族解放运动开始出现全面高涨的局面。1936年，第二次学生大罢课爆发；1937年，主张和宣传社会主义文学观的"红龙书社"成立；1938年，反抗殖民政府和资本家剥削压迫的石油工人大罢工爆发。石油工人队伍与勃固、直通等地的农民大军汇合，为争取民族独立向英帝国主义发起冲击，最终形成全国大规模的反英群众运动，即著名的"1300年运动"（1938年是缅历1300年）。在这样的时代背景下，具有民族责任感和忧患意识的作家是不会等闲视之的，他们用文学形式投入反帝斗争，报人吴登貌（1898—1966年）、瑞塞加吴梭敏（1913—1978年）、达贡钦钦礼（女，1904—1981年）、摩诃瑞（1900—1953年）、沙瓦那（1911—1983年）、德钦巴当（1901—1981年）、年纳（1902—1969年）、瑞林勇（加尼觉吴漆貌，1913—1945年）、登佩敏（1914—1978年）等一批作家在这一时期都写出了具有时代意义和政治主题的长篇小说。

摩诃瑞是一位站在时代前沿、具有敏锐的政治眼光的作家。他的《咱们的母亲》（1935年）、《叛逆者》（1936年）、《出征人》（1938年）、《叛逆者之家》（1939年）等小说不仅抒发要求独立的强烈愿望，而且带有鲜明的反帝意识和号召性。《咱们的母亲》从表面看是一部描写家族遗产继承和爱情交织的小说，而实际上是一部政治隐喻小说。小说中的各种人物利用人名的谐音分别喻指英国、法国、缅甸、锡袍王及缅甸各派民族力量，通过他们之间的各种关系揭露英国殖民政府的民族分裂企图，呼吁缅甸民族团结。小说创作于民族独立运动振兴的1935年，它是1936年学潮、1938年油田罢工的前奏，它的号召力甚至先导性地影响了印缅冲突和"1300年运动"。此外，摩诃瑞还创作了反对封建迷信的《比釉当冰》（1937年），指出愚昧的神祇崇拜对社会和经济发展的负面作用；《泽秋人》（1937年）暴露部分僧侣的道德败坏，旨在纯洁宗教；《土星》（1938年）则反对赛马赌博，指出其弊端。这些小说在揭露批判社会不良风气方面起了好作用。

与摩诃瑞一样，在高扬反帝民族意识的基础上融入社会改良精神的另一位著名小说家是登佩敏。《摩登和尚》(1937年)、《罢课学生》(1938年)、《新时代恶魔》(1940年)是该时期登佩敏的三部力作。作者创作《摩登和尚》时年仅23岁,却能将犀利讽刺的笔锋投向那些身披袈裟违犯佛门戒规的无耻之徒。这在视僧侣为神圣不可侵犯的佛教社会,确实需要巨大的胆识和魄力。《新时代恶魔》则是用毛骨悚然的故事提出了危及青年人身心健康的性病问题,给了殖民主义统治下的社会恶劣风气以重重一击,也给生活不检点者敲响了警钟。《罢课学生》是全面真实记录1936年第二次大学生罢课的小说,突出了反帝国主义、反殖民主义奴化教育和民族独立精神,讴歌了投身民族解放运动的大学生。在文体上由于加入大篇幅的历史事件报道,小说艺术性有所冲淡。

达贡钦钦礼的历史小说《瑞宋纽》(1933年)是一部内涵丰富的作品。小说以缅甸末代国王锡袍王当政后期到被英军劫持和英国殖民者占领上缅甸初期缅甸人民的反帝斗争为背景,描写了瑞宋纽祖孙三代的斗争经历。宫廷侍卫钦貌纽在掸邦以"瑞宋纽"的名字揭竿而起,与掸邦土司联合反叛锡袍王。但当缅甸主权落入英国人之手时,强烈的民族自尊心使他们立刻将矛头转向了英帝国主义。瑞宋纽倒下了,儿子继承父业,儿子之后又有孙子,前仆后继,谱写了一曲缅掸两族民族团结共同反抗帝国主义的悲壮之歌。小说主题还不止于此,瑞宋纽父子两代人的斗争目标是驱逐侵略者,夺回民族主权,同时恢复缅甸宫廷,力保他们拥戴的一位王子登基,继续千百年来的封建王朝统治。而到第三代瑞宋纽,即孙子苏仰乃这一代时斗争性质开始发生变化。"从今天起我不再需要这些皇亲国戚们的专制统治,我们穷人不能再为某一个国王及与他有关的少数人的利益、权力和荣华富贵而殊死效劳了。"苏仰乃的话表达了全民族反封意识的觉醒,反映了20世纪30年代社会主义思想对缅甸青年政治领袖的影响。从封建统治阶级内部的宫廷之争,到反抗帝国主义和殖民主义侵略,再到反帝反封和接受社会主义思想,既是小说创作主题的升华,也是该时期作品中看到的独具匠心之笔。

20世纪30年代,价格低廉的通俗爱情小说曾一度十分畅销,拥有广大读者群。这些小说大部分是消遣小说,鱼龙混杂,但其中也能看到一些具有民族意识和社会意义的作品,如妙苗伦的《这个社会》(1935年)、年纳的《"爱"符》(1935年)、耶突的《工薪族》(1936年)、仰昂的《缅北青年》(1938年)、丁卡的《正人君子》(1940年)等。年纳的《"爱"符》从表面看也是一部情节平淡的爱情小说,仔细读来小说讨论的重点是"温达努"(即民族主义、爱国主义)问题,揭露官僚及职业政客阶层的内幕,表达人民对政治觉悟的寻求。小说中多处看到作家关于时代政治、社会形式的讨论和作家的社会革新、批判意识。而比小说本身更有影响的是这部小说的前言。小说前言反映了当时社会上关于该不该写小说的论争。实际上自20世纪初缅甸现代小说诞生之日起小说论争就一直持续,一些社会人士特别是僧侣界认为小说只能起到煽情作用,是引诱读者下地狱,对小说的道德教育功能提出诘难和质疑。而年纳在前言中指出,小说中有低级趣味的,也有思想健康的,好与坏是并存的,不能一概而论。他指出小说同样有启迪政治觉悟、陶冶情操的作用。除《"爱"符》外,年纳还作有《九个丈夫》(1939年)、《妓女》(1939年)等,大胆提出了社会问题。

沙瓦那的《大学生》(1935年)是一部描写20世纪20年代末大学生学习、生活、爱情的小说。作者用幽默、喜剧式的文字刻画了一群出身官僚家族和富裕人家的子女离开父母和家庭的羽翼,进入大学自由独立地生活以及他们在大学的各种阅历和心境。有评论家认为小说将大学视为世外桃源,没有联系当时社会上如火如荼的政治斗争形势,更没有反映大学联合会的活动,这是该小说的败笔。但小说让读者对充满神秘感的大学和大学生有了真实的了解,也给战后大学生提供了一个参照,再加上作品的喜剧风格,使它成了一部十分有影响的作品。

瑞林勇的《他》(1940年)突出了宽容、谦忍、善良的社会道德标准,主人公郭敏貌是作者树立的一个道德榜样,医生的职业道德和责任感在他身上有完美体现。除郭敏貌外还塑造了四个性格不同的女性,情节紧凑,多有不巧不成书之妙笔。

德钦巴当的《班达玛沙乌》(1936年)是作者根据英国小说家哈代的《德伯家的苔丝》翻译改写并按照自己的解读演绎出的"本土化"文本。缅甸中部地区的风土人情和美丽善良勤劳的农家女子玛沙乌带给缅甸读者浓浓的亲切感。而伴随玛沙乌一生的侮辱、误解、苦难以至毁灭的悲剧命运又引起人们极大的同情。20世纪20年代末至40年代初的战前十余年是缅甸长篇小说发展的一个重要时期,时代对文学发展起了催化作用。从艺术形态看大体有历史小说、社会改良小说、通俗(言情、消闲)小说等几类。该时期凡是有影响的作品,无论历史题材还是现实题材,都突出体现了反帝反殖民族解放斗争精神和社会改良意识。这与民族历史境遇和文化生存环境有着内在联系,它为长篇小说的发展提供了立足点和广阔空间。在小说形式和艺术技巧上也有了很大发展,特别是情节构成、人物塑造和心理刻画较之草创期有了长足进步。

三、人民性、阶级性与人性的折射和广阔社会生活的展现——战后及独立以来缅甸长篇小说的发展

第二次世界大战中,缅甸被卷入战火三年多。受战争影响,缅甸文学的发展受到种种限制,几乎陷于沉寂状态。积极探索民族新文化的革新运动"实验文学"暂时中断,在思想文化战线开展反帝斗争的"红龙书社"在战前被迫停止活动;爱国诗人德钦哥都迈等积极从事地下抗日活动的进步作家为躲避日本统治当局的逮捕不得不辗转各地。只有敏瑞的《刀》(1943年)、加尼觉玛玛礼的《她》(1944年)等个别小说出现。1945年,残酷的战争结束了,日本法西斯统治被推翻了,但战争的创伤却难以抚平。美丽的国土疮痍满目,村庄、油田、矿山、交通遭到严重破坏,国内经济濒于崩溃。从未自愿放弃对缅甸殖民统治的英帝国主义者卷土重来,再次开始实施他们的统治计划。刚刚走出抗日战争硝烟的缅甸人民随即又投入紧锣密鼓的反英独立斗争,终于在1948年1月4日迎来了独立的曙光,揭开了缅甸历史新的一页。但新生的缅甸

所面临的政治经济形势依然异常严峻复杂，国内民族矛盾和阶级矛盾日趋尖锐，内战频仍。这一充满坎坷磨难的社会历史进程和民族命运的重大变迁，不能不影响和驱动着文学内在成因的剧烈变化，使缅甸文学在战后重建中进入了一个崭新的发展时期。被战争窒息已久的文坛，重新激活后呈现出前所未有的精神风貌。战争可以制约文学作品的生产，但封闭不了作家的思想和体验。血与火的洗礼，生存情势的危迫使作家们对社会人生的观察更为冷静，思考更为深刻，对战前各种文学资源的选择、吸收、整合更为客观，生活经历和积累更为丰富，这些都体现于战后缅甸长篇小说对现实题材的选择和对现实主义创作原则的坚持。

长篇小说区别于其他文学样式的基本点在于它铺展广阔社会生活的特殊艺术功能。不论创作观念发生怎样的变化，对广阔社会生活的描写始终是长篇小说生命素质中最为稳定的基因。战后及独立以来的半个世纪，缅甸长篇小说充分发挥了自身形式宏阔厚重的优势，以多彩多姿的艺术形态和风格，寻求多种表现力和折射力，多视面、多角度地反映了纷繁浩瀚的缅甸社会生活，塑造出各种各样的人物形象。

(一) 反帝、反法西斯革命小说

战争期间，在英日两个帝国主义的反复争夺下，尤其是在日本法西斯铁蹄的践踏和蹂躏下，缅甸成为东南亚殖民地中蒙受损失和灾难最为惨重的国家。战争的残酷带给人民肉体与灵魂的巨大痛苦，战争的重创所造成的社会落后和贫穷艰辛，都在缅甸人民的心灵上烙下了难以抹去的伤痕。这段异乎寻常无法忘却的历史，激发了缅甸作家的历史使命感和社会责任感，使他们产生了强烈的创作欲望，也为他们提供了丰富的创作素材。战后初期，缅甸作家们纷纷以反法西斯为主题，通过文学作品控诉日本法西斯的残暴统治，揭露民族叛徒狗仗人势欺压百姓的狰狞面目，同时也记录人民的苦难和抗争，讴歌反法西斯战士的英雄业绩。貌廷（1909—2006年）的长篇小说《鄂巴》（1947年）是这一时期最突出的代表作。此外，耶吞林的《真正的革命战士》、瑞洞比昂的《九号游击队员》、蓬觉的《游击队员》、妙当纽的《独立后再祝福》、敏瑞的《爱情与国家》等等，都是以反法西斯革命斗争为背景创作的小说。

《鄂巴》于1947年初正式出版。小说对刚刚经历的那段记忆犹新的历史进行反思，重现1942—1945年日本法西斯军事统治缅甸时期广大农民的苦难生活和他们的反日斗争。作者并没有选择重大的战争事件来书写，而是选取了缅甸农村社会的一角，通过普通农民鄂巴及其家人的命运反映战乱年代民族的忧患，折射这一特定时期的社会生活面貌。作品中虽闻不到战场上的炮火硝烟，却能感受到战争的阴影窒息着无辜的人民，使他们在经济上、精神上遭受到严重摧残。通过鄂巴这样一个淳朴农民在切身灾难的教育和革命者的指引下，毅然参加武装抗日斗争的成长过程，凸现缅甸人民的民族意识和不屈服于暴虐、要求自由的民族精神。

鄂巴是千千万万淳朴、憨厚的缅甸农民中的一员，祖祖辈辈靠租种地主的田地过活，并认为这是天经地义的事。他生活的天地就是他居住的村庄和他租种的25英亩田地，其他村镇他从来没有去过，也没有去的必要。至于仰光、曼德勒等大城市的风光，他只是在夜晚的美梦中领略过而已。和其他农民一样，鄂巴终日在田里与耕牛一起挣扎，与毛蟹和蟹洞口的泥土打交道，年复一年地使出浑身解数拼命种田，巴望着能够通过自己双手的劳动得到"幸福"、"安定"的生活。但是战争爆发了，他的希望在兵荒马乱中一次次化为泡影。日本入侵，世道纷乱，谷价暴跌，地痞流氓为虎作伥，欺压百姓，这些无一不使鄂巴陷入无边的焦虑，使原本一家七口勉强糊口的生活雪上加霜。厄运一次次落到他的头上，为了维护阶级兄弟的利益，他冒着风险收藏修堤工何依的劳动所得，不料被土豪地痞朴斗察觉而遭到刀砍。在日寇和当地权势者双重统治的日子里，鄂巴一家遭到土匪袭击，吃喝穿用被抢劫一空，自己却反被诬告为强盗锒铛入狱，在狱中受到严刑拷打和非人折磨。当他刚从这人间地狱里出来，却又被强行拉去当民夫到缅泰边境丛林中修筑铁路，而他唯一的女儿米妮为了营救他也遭到日本军官的强奸。在"死亡铁路"民夫营，鄂巴经历了惨绝人寰的恶劣生活条件和日本侵略者惨无人道的摧残，幸亏他与同乡冒险逃出虎口，才绝处逢生。但不久又被民族叛徒朴斗勾结日本人，指控他接近革命者，将他逮捕，并强迫他及一起被捕的人为自己挖了活埋坑。他不甘坐以待毙，又一次冒险逃跑，才死里逃生。在这一次次的坎坷经历中，鄂巴目睹了日本法西斯在监牢里向"犯人"指甲里钉钉，用钳子拔指甲，双手反绑倒吊在梁上毒打，用开水浇头或往肚子里灌满水再用马靴踩等"文明民族"所喜爱的动作；目睹了民夫经受不住日本侵略者的蹂躏和恶劣生活条件的折磨而大批死亡的惨状；同时也目睹了革命者德钦谬纽为民族独立英勇斗争，在敌人的屠刀下大义凛然、视死如归的英雄气概以及民族败类朴斗临死前卑躬屈膝、贪生怕死的丑恶嘴脸。一次次的遭遇深深教育了鄂巴，使他这个安贫知命、逆来顺受的贫苦农民开始愤懑郁怒，不甘为奴，并逐步觉醒，奋起反抗。在鄂巴身上既有落后保守的小农意识，又有鲜明的阶级爱憎。在他经历了无数灾难，从死亡线上挣扎过来的时候，他的眼光逐步超越自己的小天地，开始注视整个社会的黑暗和民族的危难。尽管他还没有挣脱世俗的枷锁，还存在性格上的缺陷，有时甚至令人感到他可悲、愚昧，然而他在帮助革命者时表现出的坚决勇敢又令人钦佩。他的阶级意识、民族意识的觉醒，革命要求的萌发，是当时那个特殊时代的精神投影，他的性格和精神状态也是整个民族性格和精神状态的折射。作者貌廷对时代本质的深邃的洞察力和对社会生活的熟悉，不但使他的作品具有鲜明的时代性，而且也为他艺术技巧的运用提供了广阔的空间。在描写日本占领缅甸时，书中这样写道：

  正当有见识的鄂巴向他的朋友们转告战争消息时，"尊敬的"日本人已经开进了毛淡棉。就在这充满了"喜庆吉祥"的时刻，对于那些手捧香蕉进贡求助的我缅人协会成员，日本兵竟然用皮靴残酷地践踏在他们的胸脯上。

一针见血的语言，让人们淋漓尽致地看到了日本侵略者的本质。他们以"援助者"身份进入缅甸，自诩为"文明民族"，而一些幻想依靠外国援助来获取本国独立的缅甸人把他们当作了靠山，没想到是引狼入室，结果受到了更残酷的法西斯统治，苦苦地尝到了日本人所承诺给予的"永垂不朽的独立"的滋味。小说反映了当时那一特定的历史时期，一些缅甸人为摆脱英帝国主义的枷锁，对日本抱有幻想，甚至民族独立运动的领导人都走上了幻想联日抗英争取独立的歧途。但他们的幻想在日军进入缅甸后不久就被粉碎了。日本人占领全缅后，便肆意掠夺缅甸资源，蛮横地逮捕各地临时组成的缅甸行政机构成员，视县、乡、村各级缅甸领导人为他们的苦力杂役或奴仆，强奸妇女，实行大民族主义，甚至逮捕杀戮各地的领导人，法西斯凶残面目暴露无遗。缅甸人开始意识到"前门驱狼，后门进虎"的严重事实，认识到帝国主义和法西斯实际上是一丘之貉，日本法西斯比英帝国主义更凶残，他们不是缅甸的朋友，而是国家的敌人。缅甸人民对日本法西斯本质的认识经历了一个从幻想到觉醒的过程，民族意识是在这一过程中逐渐成熟起来的。战争使缅甸受到重创，另一方面又使缅甸人民在磨难中增强了争取真正独立的信心和勇气。当缅甸人民觉醒之后，抗日斗争便掀起了高潮。正如作品所说："缅甸人民的性格很特殊，有压迫就有反抗，压得越强反得越烈。"历史培育了缅甸一代政治精英，他们组成了一个广泛的抗日反英统一战线，使缅甸人民的反法西斯斗争进入了有组织有领导的新阶段。在《鄂巴》中，作者通过德钦谬纽、切基等人物形象，反映了当时缅甸人民的抗日游击战，讴歌了他们的英雄业绩。

战后，一部分受尽日本法西斯残酷折磨和剥削的缅甸人又暂时对英国殖民者产生了幻想。作品主人公鄂巴就是一个典型代表。他满足于像在泥里打滚的水牛一样的"幸福"生活，承受过战争之残酷和日本人欺凌的他甚至为英国人的归来而高兴，甚至想依靠他的"英国老爷"建立新的生活。但最终他的幻想还是在现实中彻底破灭了。作者正是通过这些带有讽刺意味的笔调唤醒人民觉悟，丢掉幻想和愚昧，去争取真正的民族解放和国家独立。从中我们也不难看出，缅甸民族意识的成熟确实走过了一波三折的坎坷历程。《鄂巴》作为"反映时代的一面镜子"，用现实主义手法深刻揭示了当时那个时代的本质。

20世纪60年代,缅甸反法西斯文学再次掀起了一个不小的高潮。以1942年日军大举入侵和1950年国民党残部败退缅甸为背景、反映缅甸独立军(国防军)战士的军旅生涯和情感世界的《我们的故乡》(钦瑞乌,1961年),歌颂反法西斯人民成功开展游击战及战争年代民族团结的《黎明前的长夜》(梭乌,1962年),以战争与爱情的母题表现反法西斯主题、突出缅族克伦族友谊和军队作用的《冬》(央尼,1962年),描写克伦山区人民抗日斗争的《山区战斗》(八莫丁昂,1963年),以缅泰"死亡铁路"为背景、悲愤控诉日本法西斯血腥罪行的《血流成河》(妙瓦兹,1964年),热情讴歌缅甸热血青年为国家和民族独立而英勇参战的《战斗的召唤》(泰貌,1965年)……相继出版。《山区战斗》是八莫丁昂(1920—1978年)作品中特殊的一部,一改"改良"之风和温婉缠绵的笔调,用精练晓畅的语言描写了克伦山区的农业、经济状况和克伦族人民的抗日斗争,凸显了反法西斯精神和反抗压迫的精神。作家们以饱含战争年代情感体验的笔锋,以这一历程的参与者或目击者倒叙的方式,再次唤起人们对战争、对民族命运的回忆和反思。直至独立后的近半个世纪,缅甸作家们也并未因远离了那场战争就忘却了历史,荒疏了反法西斯文学的创作,而是不断拓展反法西斯文学的思想内涵,题材更加丰富,体裁和艺术表现更加多样。如友瓦底景颇玫的长篇小说《爱国女杰》(1991年)、钦翁准将的战争回忆录《驱逐法西斯——1945》(1993年)等等,都在反法西斯题材领域进行了新的探索。

《爱国女杰》是用20世纪90年代的目光去审视半个世纪前的那场战争,从新的视角追忆那段镌烙于心的历史。战后几十年,缅甸发生了很大变化,动荡不安的国内局势,又促使人们重新思考重大的历史事件。今天的作家写战争,必然将反法西斯的思想内涵,伸向今天的社会现实;用今天的现实去审视战争年代,为的是不再重蹈战争覆辙,让今天的世界更完善。《爱国女杰》对这一主题的伸展,沟通了往昔和现今,具有强烈的当代气息。作品中借以展现情节的四口之家，父亲是退休的抗日老战士，当年曾亲赴反法西斯战场参加战斗；儿子是当代军人，一名年轻有为的指挥官，正带兵在前线参加清剿反政府武装的战役；儿媳是教师；小孙子刚刚上小学。作者通过这些人物间的特定关系和不同经历，以战争的回忆为契机，把历史与现实连接起来，通过两代军人及所有热爱和平的人们之间的心灵对话，回忆历史、思考现实并展望未来，发出了对人类良知和民族团结的真诚呼唤。作品所表现的主题是：缅甸民族曾经经历过反法西斯战争的洗礼，用鲜血和生命换取了民族独立和国家主权。如果今天因内战而流血，是民族和国家的悲剧。民族内部应以缓和取代对抗，消除同胞间的隔膜和仇恨，实现相互理解，共建和平。

作品通过抗日老战士的回忆，叙述了一段反法西斯英雄故事。1945年3月17日晨7点整，缅甸国民军在仰光大金塔西侧广场上举行出征前的誓师大会，昂山将军做了慷慨激昂振奋人心的战前演说，号召官兵"打击敌人，走向胜利"。当时由于斗争需要，缅军尚未公开反戈日本，此前一直在秘密进行反日准备和部署。但战士们心中都非常清楚"敌人"是指谁。3月27日缅甸国民军举行总起义，全面奔赴反法西斯战场。波丁乃和波焦康巴拉是军官训练班的同学，他们是亲密的战友，又是最知心的朋友。两人相约，在反法西斯战争胜利后回到他们出征前宣誓的地方重逢。不论各自征战到什么地方，也不论各自是否还能剩下健全的肢体，只要还活着，就要遵守诺言。两人分手后各随部队转战南北。丁乃在一次单独执行侦察任务时遭日本宪兵追捕，曾得到一户农家母女的掩护和帮助才得以脱险，并圆满完成了这次极其重要的侦察任务。他没有料到在他离开之后农家姑娘却因掩护他而惨遭日寇的强暴和迫害。姑娘弥留之际留下一封信，嘱咐母亲在将来胜利的一天将此信交给一个叫波丁乃的人。姑娘并不知道她舍身相救的这位化名为"哥道吞"的侦察员就是她要见的波丁乃。几个月后，1945年8月，日本投降，缅甸人民反法西斯战争取得了最后胜利。丁乃如约来到大金塔西侧广场——这块象征胜利的土地，怀着激动的心情等待与挚友焦康巴拉重逢。没想到等来的不是焦康巴拉，竟是救过自己性命的那位姑娘的母亲。老人家也没有想到前来相会的是"哥道吞"。当她知道"哥道吞"即是波丁乃时，才将女儿的信交给了他。原来，这位姑娘就是焦康巴拉的未婚妻，名叫"漆漆"（缅语意为"爱"），他们已决定在反法西斯战争胜利后就举行婚礼，不幸的是焦康巴拉在一次战斗中英勇牺牲了。牺牲前他委托战友转告漆漆，希望漆漆在胜利后能代他到大金塔与他最亲密的战友丁乃相会。漆漆抱着对亲人的热爱崇敬和对法西斯的无比仇恨，决心完成焦康巴拉的遗愿，却不幸也惨遭法西斯毒手。母亲牢记女儿临终前的嘱托，代女儿前来与焦康巴拉的战友相会，共祝胜利。得知彼此的来意和经历后，丁乃和漆漆的母亲百感交集，他们为牺牲的战友、亲人悲痛万分，也为反法西斯战争的胜利感到欣慰和骄傲。

作品没有更多描写缅甸军队与日本法西斯的浴血奋战，而是通过这个动人心弦的曲折故事，表达和歌颂了缅甸人民一旦觉醒，便义无反顾，无论军队还是老百姓，也无论男女老幼，在民族危难的时刻，他们抱着必胜的信念，踏着烈士的鲜血，前仆后继，一直战斗到彻底消灭法西斯的英雄气概。作品中，漆漆是一位普普通通的缅甸女性，她美好的心灵、坚强的性格和崇高的牺牲精神展示了人生价值和民族魅力。她不是战场上的杀敌英雄，却是为民族献身的杰出女性。这样的女性不是一个，而是千千万万。在国民军出征仪式上，市民们老老少少热泪盈眶，自发前来送行，沿途少女们向队伍抛献鲜花，为战士们戴上了一串串象征胜利和吉祥的花环，每支花环中都夹有一张署名为"苗漆玫"（缅语意为"爱国女"）的小卡片，上面写着：

　　同志，
　　你即将出征，踏上胜利的土地。
　　我们虽不相识，但你
　　是为祖国而战的男人，我由衷地献上敬意！

同志，

我热爱、依赖的人。

祖国养育了你，让你

为祖国抛洒热血，迎来胜利！

朴实真挚的话语，鼓舞人心的场面，显示了一个觉醒的民族军民同心不可抗拒的伟大力量。巨大的灾难促进了人民的巨大觉醒，民族的觉醒预示着民族的希望。缅甸反法西斯文学中所彰显的也正是这种民族的希望，是缅甸人民在争取民族解放和国家独立的进程中日益觉醒、成熟起来的民族意识。

从20世纪40年代的《鄂巴》到90年代的《爱国女杰》，这些具有深刻反法西斯内涵的作品，并没有用更多的笔墨去渲染战争的残酷和恐怖，而是以战争作为历史背景，着重描述战争重压下人民的苦难生活和反抗斗争，以战争在人类精神上、心灵上留下的难以愈合的创伤作为历史探索的出发点，以出色的艺术手法，再现战争期间人们走过的心路历程。在那段黑暗时期，缅甸人民饱尝苦难，同时也经受了磨炼，经受了血与火的洗礼和生与死的考验，民族意识不断增强。这一切都通过震撼心灵的文学作品展现给读者。这些作品以独特的艺术视角和强劲的生命力充实和丰富着20世纪的缅甸文学，成为其中不可或缺的一部分。

（二）政治和独立斗争史小说

独立之初，缅甸文坛勃然兴起一场被冠以"新文学"、"人民文学"的文学运动，它不仅造就了一代作家，为正在饥渴于精神食粮的缅甸读者奉献了一批优秀作品，而且它的思想对缅甸文学的发展产生了广泛、持久的影响。20世纪50年代初期的政治小说，有些与社会政治紧密挂钩，有些与社会政治既联系又保持一定张力。这些作品及其作者把自己的生活观照和创作实践同缅甸人民所进行的伟大事业连接在一起，使自己成为缅甸历史演进中脉搏相通的组成部分。

郭郭（1922年—）的《光明在即》（1952年初版，1963年再版）是

1945年反戈日本和战后及独立初期缅甸政治路线斗争形势的真实写照。小说围绕民族团结、社会主义主张等问题，反映人民的生存状态和士兵思想状态。

达贡达亚（1919年—）的《莲花清水》（1953年）是一部以1950年前后缅甸推进国内和平、世界和平、人民民主和人民作家独立运动为背景创作的小说，1954—1956年在《同志》杂志连载时就引起广泛关注和热烈讨论，1963年出版单行本。小说中，作者将自己所跻身的文学界情况和亲历的世界和平大会情况作为历史资料放入作品，虽然一些人物用了化名，但所指仍一目了然，不免隐含褒贬，有攻击某一党派之嫌，所以成为一部有影响的政治小说。

德格多南达眉（1922年—）的《南达布莱》（1950年）也是反映战后及独立初期国家政治斗争和人民生活的小说。在青年读者中有广泛影响。以政治观点为基础反映政治运动的小说，必然随政治形势变化而沉浮。该小说于1950年初版，1963年又再版，初版时曾被政府列为禁书，也被"现实主义"进步作家批评为"革命浪漫主义小说"。1950年正值国内战争时期，而1963年是"和平谈判"时期，一部小说也经历了不断变幻的政治风云。

吴登佩敏（1919—1978年）是缅甸著名政治活动家、新闻工作者和作家。20世纪30年代就以《摩登和尚》、《罢课学生》和《新时代恶魔》等作品蜚声文坛。政治家、文学批评家、作家等身份上的重合，独特的经历和地位，丰富的生活积累，开阔的创作视野和深厚的文学功底，使他的很多作品具有高度现实意义和鲜明的时代性，《道路已经出现》（1949年）以1945年6月至1947年6月缅甸独立斗争运动组织工作为背景，用文学形式引导促进左派分裂力量的和解谈判，走向团结与和平。

《旭日冉冉》（1958年）是吴登佩敏的代表作。小说以反帝民族解放为主题，用纪实和艺术虚构相结合的风格再现1936年至1942年缅甸独立斗争史。从1936年大学学潮、我缅人协会领导的德钦运动、1938

年的工农学联合运动、借助日本人的力量驱逐英殖民主义者的青年运动，到1942年为反戈日本法西斯做准备，波澜壮阔的历史风云和浩瀚的社会生活尽收卷中，历历在目。小说中塑造了大学生、德钦党人、政治家、教师、商人、土地丈量员、报社领班、退休官员、卖油炸瓠瓜饼的小贩、马车夫、算命先生、理发员、篆刻工匠、失业者等等各阶级、阶层的人物数十个。通过人物的命运折射时代风云和社会变迁。小说主人公——一位普通大学生丁吞，就是在这样的历史激流和社会熔炉中，从幼稚、单纯走向觉醒、成熟，最后锻炼成为民族独立斗争中的中坚力量。

（三）阶级意识小说

缅甸独立以来，在"新文学"思想影响下，文坛出现了大批带有较为鲜明阶级意识的长篇小说作品。作家们站在劳动阶级和被压迫阶级立场上，揭露政府的腐败、资本家和地主阶级的贪婪，批判资产阶级社会所造成的一切罪恶，反映处于被剥削和被压迫地位的广大工人、农民、劳动者的痛苦呼声和斗争生活。

德格多温（1929年—）的《前进》（1956年）是一部反映林业工人的小说。战后进步青年作家积极创作进步小说，但很多作品虽站在工人阶级立场上，却较少真正反映工人生活，而大多反映进步知识分子阶层。《前进》是战后第一部以工人生活和斗争为主线的作品。虽然作品整个基调比较悲观，过多描写工人的窘迫生活、挣扎和泪水，而没有将他们坚强乐观的一面表现出来，艺术上也不够完美，但仍不失为一部有代表性的作品。

德钦妙丹（1921年—）的《玛摩水》（1952年）通过被地主儿子玩弄后又抛弃的女仆玛摩水与她的私生女的悲哀命运，谴责地主阶级的罪恶，无情揭下他们道貌岸然的假面具，对受欺压妇女表达了极大的同情。

林勇迪伦（1917年—）的《公奴》（1954年）通过雇农达拉的自

述，控诉地主对农民的剥削迫害，用他在狱中以及被释放后在仰光流浪的经历反映了社会的黑暗和贫苦大众被摧残的情况。

坡觉（1940年—）的《黑土地上的殊死斗争》（1972年）反映英殖民统治时期若开油田工人与英国垄断资本家之间的斗争。

纳内（1933年—）的《没有结束的斗争》（1962年）突出反映了反帝民族解放运动中走上背叛民族道路的帝国主义买办、走卒与进步的人民之间不可调和的斗争。

貌奈温（1930年—）的《农奴之子》（1964年）以1938—1947年的民族独立斗争为背景，记述农奴阶级在帝国主义和地主阶级双重压迫下水深火热的生活，反映组织起来的青年政治力量的斗争情况和小资产阶级与贫雇农之间的矛盾。

貌貌漂（1930年—）的《春雾茫茫》（1967年）反映棕榈工的生活和棕榈工与棕榈主之间的阶级矛盾。小说内容紧密贴近20世纪60年代缅甸政治形势和经济政策，与国家政治经济理论相一致，围绕建立社会主义制度，走合作化、集体化道路，提高改善棕榈工的生活条件和水平这一主题，加入了很多篇幅的讨论、演讲、表格、资料等内容，一定程度上削弱了人物情感、性格的塑造。

觉昂（1928—2000年）的《关键时刻团结起来》（1970年）是一部反映桥梁工地工程技术人员和工人生活的小说。工人们在设备、施工条件、自然条件、社会条件都十分艰难的条件下完成了桥梁建筑工程。

（四）文化寻根小说

自西方文化与缅甸文化接触以来，两种文化在缅甸的冲突和斗争就一直没有停止过。在缅甸文坛，文化寻根和维护弘扬民族文化的文学佳作也不断问世。如加尼觉玛玛礼（1917—1982年）深刻揭露西方生活方式对缅甸妇女危害的《不是恨》（1955年），昂林（1928—1984年）抵制和反对西方文化对民族音乐侵蚀的《野茉莉》（1960年），德格多妙盛（1937—1988年）的发展民族乐器、编鼓艺术和戏剧艺术，振兴缅甸文化的《艺坛新秀》(1978年)等等。

昂林的《野茉莉》通过一个普通的缅甸弯琴手郭巴楷的从艺道路和爱情经历,表现弘扬民族音乐,维护民族文化的主题,小说情节曲折跌宕、动人心弦。

(五)农村和民族地区改革发展小说

敏昂(1916年—)的《穹隆原野》(1948年)是一部以推进农村改革发展为主题的小说。小说问世的年代正是缅甸奉行马克思主义和佛教"混合的社会主义"政治原则的时期,在这一政治背景下,小说突出强调了缅甸独立后想继续从政的人要到农村去,同农业劳动者一起全身心投入农村改革与发展的政治主张,指明在农村改革发展过程中要坚持社会主义原则,走集体化道路。小说主人公昂梭是作家笔下塑造的一个富于自我牺牲精神的社会主义英雄主义形象。通过昂梭在农村筹办图书馆、学校和集体谷仓等情节凸显他正直、勇敢和锲而不舍的精神。小说力改单纯描写爱情生活的消闲文学倾向,直面现实,激励青年知识分子投身社会革命,有其独到之处。

那加山貌基辛(1931—1978年)的《山区盛开平原花》(1964年)是一部以边疆少数民族发展和民族团结为主题的小说。小说主人公杜塔梅大夫和貌貌觉老师都有志于那加山区少数民族的服务工作,起初双方因互不了解而发生了戏剧性的误会。当真情大白时两人便成了志同道合的好伴侣。小说取材于作者长期生活的那加山区,他对这个地区的民情风俗和人民的思想感情有着深入的了解,因此故事和人物都带着源自生活的淳朴、诚实的特色,生动感人。

奔蓝(矿井)(1936年—)的《流淌不息的山泉》(1967年)是以钦族山区发展为主题的小说,取材于偏远的钦山区,这里的民族风俗、地域文化、自然景观,这里的教育、卫生状况以及作者有过工作经历的勘探业、矿业都是小说描绘的内容。主人公觉楷是地质勘探公司的官员,从仰光来钦山区的勘探站执行公务。途中在飞机上与钦族女青年玛迪达（曼诺）邂逅。玛迪达是一位致力于家乡教育和卫生事业的知识青年，两人在工作接触中建立了感情。当觉楷完成任务即将返回仰光时，玛迪达则要面对恋人和家乡的选择。清澈凉爽的山泉汩汩流淌，永远不会干涸，玛迪达对自己民族的情谊也像家乡的山泉一样永远不会枯竭，小说题目的立意即在于此。小说的最后，觉楷奉命返回仰光，他一直也在犹豫是否留在钦山区长期工作下去。飞机即将起飞之际，玛迪达终于赶到，决定跟觉楷走，理由是既为山区发展也为平原繁荣而工作。这一结局不免使小说人物变得苍白无力，也使小说主题有失鲜明。而以缅族青年与少数民族姑娘恋爱的故事来表现民族友谊也显俗套。

（六）都市和社会写实小说

20世纪60年代末以来，文学与社会政治的关系较之前的20年有松动的趋势，作家们的取材领域更加开阔，艺术方法更加灵活多样。其中社会写实小说是一个值得注意的文学现象。这类作品特别关注普通人的生存状态，以关切、认同的态度描述和表现城市底层生存的艰难、个人的精神困窘等，从中探索人性问题。

貌达耶（1931年—）的《站在路上哭》（1969年）真实反映了出租车司机的生活。为创作这部作品，作者曾先后以交通协管员、售票员、出租车司机的身份深入基层体验生活，获得了宝贵的第一手素材。小说以出租车司机梭觉从早到晚一整天的经历为线索，写出了他们的辛苦，他们的诚实以及他们的委屈。

尼佐（1941年—）的《素丽塔路的微风》（1976年）将关注焦点转向城市下层的市民生活，反映了手工业者、屠宰场工人、三轮车夫、鱼贩子、鱼汤米线小摊主们的生活。真实客观地摹写了城市贫民阶层生存的酸辛、物质的匮乏和在为生存挣扎中表现出来的积极与乐观、软弱与卑微。

玛珊达（1947年—）的《影子》（1977年）以1955—1975年二十载城市社会变迁为背景，通过三个从小一起长大的同窗好友不同的人生经历和追求，反映家庭、父母对子女道德成长的影响。关于小说名字"影子"，作者在小说开篇前这样解释道："美的心灵是美的，丑的心灵是丑的。他心灵的影子会反映在他的生活中，一些影子很美，而一些影子却很丑。"这正是作者对小说主旨的阐释。

貌瑞宋（1942年—）的《离家出走》（1979年）写的是一个城市青年的成长道路。同时也反映了一些影响青少年道德成长的社会问题以及家庭、社会对青少年的责任。

摩摩茵雅（1944—1990年）的《消失的路》（1974年）通过一位年轻的知识女性在建立家庭过程中所经历的挫折境遇，反映了作家对种种社会问题，尤其是妇女命运问题的困惑和无能为力。作家将自己对妇女命运、妇女问题的深情关注与思索包蕴于作品之中，为读者提供了真实的生活画面和耐人寻味的故事。

20世纪50年代后期缅甸文坛曾兴起一股"牢房文学"。一些因抨击时政而入狱的作家以狱中见闻为题材或以犯人为原型创作了很多反映缅甸社会现实的作品，如八莫丁昂的《月有阴晴圆缺》（1957年），人民报吴拉（1910—1982年）的《随风飘荡》（1957年）、《监狱与人》（1957年），妙丹丁（1929—1998年）的《在黑幕下》（1960年）、《第十次坐牢》（1961年）等。这批小说也都集中反映了社会环境对人特别是青少年的影响。

（七）情感小说

爱情是人类情感中的一种客观存在，也是文学作品中一个永恒的母题。每个时代的作家都以各自独特的方式演绎各种各样的"爱情"文本，赋予它不同的蕴涵和意义。当代缅甸的作家们也大多将爱情融入文化、人性、道德及人的性格行为，关心人的心理现实和个体的感性生活经验，探索情感、心理的丰富性。

友瓦底钦乌（1930年—）的《初开的紫檀花》（1952年）将爱情置于发展民族文化的主题之下加以表现；吉埃（1929年—）的《疲惫地

回家》（1953年）热衷于个体精神体验；当内瑞（1931年—）的《善与恶》（1960年）重在揭示性爱欲望膨胀的恶果；友瓦底玛拉登（1928年—）的《吉祥的大地》（1966年）在小说编织的多角恋爱网中探索人性的丰富性和复杂性，小说于1970年改编成电影《爱恨两难》；纽温（1924年—）的《漆黑的夜》（1967年）讲述了一段流浪儿与名门闺秀之间真挚感人、催人泪下的爱情故事。

德格多蓬内（1930—2002年）的《雨夜白色之梦》（1962年）是一部将爱情与心理学糅合在一起的惊险推理小说。他的另一部小说《别了，夏日之夜》（1980年）则通过一对男女青年的爱情线索，揭开了一些"文学新秀"靠剽窃和冒名顶替等卑劣手段，在竞争中击败崇高的对手，迅速成名的"秘诀"，描绘了一场真善美与假恶丑的斗争。当美丽、善良、秀外慧中的女大学生玛纽腊发现自己已经深爱上的青年作家梭伦纽（内宁貌）原来是一个窃取他人创作成果的卑鄙小人时，她从玫瑰色的爱的梦幻中觉醒，毅然离开了梭伦纽，让他们之间的一切犹如"离别的夏夜"，伴随着心灵的创伤永远结束。

还有一部分小说则超越男女之爱，进入人类更博大的爱和情感世界。摩摩茵雅（1944—1990年）《别无他求》（1974年）中的母爱；登丹吞（1932年—）《任何图画都描绘不出》（1965年）中的父子情；钦宁友（1925—2003年）《梅》（1959年）中的亲情、友情、爱情……都在作家的笔下呈现得多姿多彩。

（八）军旅小说

铁拉悉都（1932年—）的力作《奔流不息的伊洛瓦底》（1977年），是站在1962年的时间基点上对1949—1962年十三年缅甸社会政治形势和一系列事件，尤其是国内战争进行回顾的小说。缅甸的主动脉伊洛瓦底江正是这一系列国家中心事件的象征。小说主人公昂喜亨的个人经历和军旅生活也在这十三年时代背景下展开。学生昂喜亨，战士昂喜亨，诗人昂喜亨，歌曲作家昂喜亨，昂喜亨的爱情与战争经历……确切地说,是用昂喜亨的经历将这十三年间缅甸的国内战争史贯穿和记录了下来。因此,小说为研究缅甸政治和内战史提供了重要资料,被称为一部缅甸内战史、政治史和作者的"自叙传"。

此外,历史小说、科幻小说、幽默小说、传记小说、私体验小说和通俗小说等也都在长篇小说园地中占有一席之地。

四、结束语

在20世纪缅甸文学创作的整体格局中,长篇小说作为一个重要的文学类别占有举足轻重的位置。从叩开缅甸现代文学之门的第一部,到贯穿整个世纪的数十、数百部,缅甸长篇小说从数量到质量都产生了飞跃。它们以自身的开放性和包容性浓缩着历史的沧桑和民族的荣辱兴衰,凝聚着作家的思想和艺术智慧,也带着思想、艺术上的成败、得失跨入了21世纪。我们将用历史的美学的眼光继续关注这一生发生长于缅甸深厚民族土壤之上的文学现象,期待它新的发展和成就。

参 考 文 献

[1] 马利克. 缅甸小说指南(第1—5卷)(缅文版). 仰光:蒲甘出版社,1968—1973.

[2] 马利克. 缅甸小说指南(第6卷)(缅文版). 仰光:新力量出版社,1990.

[3] 文学官. 长篇小说论文集(缅文版). 仰光:文学官出版社,1981.

[4] 文学官. 图书与文学(缅文版). 仰光:文学官出版社,1973.

[5] 文学官. 文学批评论文集(缅文版). 仰光:文学官出版社,1986.

[6]姚秉彦,李谋,杨国影.缅甸文学史.广州:世界图书出版公司,2014.

缅甸的罗摩戏剧

■ 周　正

【摘　要】 印度著名史诗《罗摩衍那》在世界文学史上有着十分重要的地位。随着《罗摩衍那》在东南亚地区的传播，罗摩的故事也广为流传，并深受人们的喜爱。罗摩剧在缅甸流传以来形成了自己的特色，对后世缅甸文学和戏剧的发展产生了极其深刻的影响。

【关键词】 罗摩剧；戏剧艺术；缅甸文学

印度的著名史诗《罗摩衍那》对东南亚地区有着深远的影响。随着《罗摩衍那》在东南亚地区的传播，罗摩的故事也广为流传，深受人们的喜爱。同时，还出现了许多与罗摩相关的文学作品。在缅甸，1789年集体创作的传统罗摩剧是缅甸众多罗摩文学作品中生命力最强、影响最广泛的作品之一。

一

缅甸的罗摩剧源于《罗摩衍那》，但最初却并不是由印度直接传入，而是由泰国传入的。最初由泰国传入缅甸的戏有三部：丁卡巴达戏、伊瑙戏和罗摩剧。[①] 由于种种原因，丁卡巴达戏最早退出了缅甸戏剧舞台。随着时间的推移，伊瑙戏也慢慢淡出了缅甸戏剧舞台。只有罗摩剧在缅

---

① ဦးခင်ဇော် (ကေသီပန်)၊ ရာမဇာတ်တော်ကြီး၊ မြန်မာ့အလင်း၊ ၂၉-၈-၂၀၀၂။

甸得以流传至今。

东吁王朝时期，莽应龙曾于1563—1564年攻占暹罗，掳获了大批工匠、艺人，其中就可能有与罗摩剧有关的艺人；贡榜王朝时期，信漂辛在1757年再次攻打暹罗获胜，又带回大批艺人，在欢庆胜利时，命艺人们演出过罗摩剧。然而，真正在剧情、舞台造型以及戏文等各方面都较为完备的罗摩剧，当从波道帕耶在位时算起。1789年，波道帕耶的儿子恩喜敏下令对罗摩剧进行加工整理，从各方面发展和完善了缅甸的罗摩剧。

在缅甸，罗摩剧是自曼德勒皇城开始向各地传播的。英国殖民者占领下缅甸后，在下缅甸地区也开始有罗摩剧演出。罗摩剧在传播过程中，值得一提的是由曼德勒皇城向皮亚蓬地区的传播。1846年蒲甘王继位，派其身边侍从吴瑞波在皮亚蓬地区做御舫管理官员。当时，东宫皇后下令："尔等下缅甸村民对宫廷王事知之甚少者众多，为彰皇城之功德，长民众之见识，特令王储、皇后、皇子及众大臣建庙以布施，使新城御舫管理官员得其祥瑞，让众村民朝拜以显善举。"于是，吴瑞波就在皮亚蓬城北建了一座名为"敏教"的寺庙。皮亚蓬这个地方因此而闻名。1883年，有一个罗摩剧团从皇城南下，在皮亚蓬演出了罗摩剧。①时至今日，在该地区，每年的解夏节仍有罗摩剧的演出。

罗摩剧从曼德勒皇城传播到皮亚蓬地区后，又继续由此向伊洛瓦底的兴实塔和博加礼、仰光的九文台和勃生塘传播。

二

缅甸人认为，罗摩剧是缅甸历史上著名的宫廷剧目之一，对它非常喜爱和熟悉。尤其是在皮亚蓬地区，不论是以前的演45天、30天、15天、11天，还是现在的演9天，人们对罗摩剧的剧情都非常熟悉，哪一天晚上演到哪一幕都清清楚楚，只要一听剧团编鼓的节奏，就知道剧情

---

① 其实，早在1878年在皮亚蓬南部的乡村就有罗摩剧团，只是当时罗摩剧是宫中的戏，没有皇命不能演出。

的进展程度。①

在印度和东南亚地区，罗摩的故事有许多不同的版本。在缅甸，罗摩戏剧体裁的作品也有多种版本，主要包括：《室利罗摩剧》（奈谬那达格廷著，18世纪末19世纪初）、《罗摩剧》（集体创作，1789年）、《帕翁道罗摩剧》（第一部）（塞耶库著，1880年）和《帕翁道罗摩、罗什曼那剧》（吴貌基著，1910年）。②

据塞雅纪吴貌貌丁的《缅甸戏剧史》记载，缅甸现存罗摩剧的剧本有五六种之多，即：1893年用"褶子"记录的罗摩剧；1915年（缅历六月和十月）用"贝叶"记录的两种剧本的罗摩剧；仰光《太阳》杂志连载的罗摩剧；由居住在伦敦的吴德脱寄给吴登汉的罗摩剧以及1800年整理的罗摩剧等。他认为，目前缅甸的罗摩剧主要是1789年波道帕耶的儿子恩喜敏下令整理的罗摩剧本。而貌登奈却认为，缅甸人最喜爱《帕翁道罗摩剧》，只演出《帕翁道罗摩剧》，其他版本的罗摩剧几乎未有演出。③

不同版本的罗摩戏剧，剧情也有所不同。根据貌登奈《缅甸戏剧史》的介绍，帕翁道罗摩剧的剧情非常简短：统治着弥提罗城的遮那竭王从水中救起一个女孩，名叫悉多，非常漂亮。各国君王都想娶她为妻，纷纷向遮那竭王求婚。遮那竭王为此而发愁。天帝释得知此事，就给遮那竭王一把神弓，并嘱咐说，谁能举起并拉开神弓，就把悉多嫁给他。于是，遮那竭王准备举行赛弓会，并把邀请参赛的请柬和悉多的画像分送各国。罗摩也接到了请柬和画像，但他无心此事，便生气地把悉多的画像和请柬都扔掉了。画像和请柬碰巧被风吹到楞伽岛。正在楞伽岛修行的十头魔王得到悉多的画像后，非常爱慕，决定参加赛弓会。在赛弓会上，各国君王都无力举起神弓。十头魔王生有神力，举起了神弓，却拉不开。但他仍请求与悉多成婚。悉多不爱十头魔王，伤心而

---

① အောင်ဝင်း（ဖျာပုံ）၊ ရာမပြဇာတ်တော်နှင့်လူမှုဘဝဝတည်ဆောက်ရေး၊ မြန်မာ့အလင်း၊ ၆–၁–၂၀၀၂။
② 见 Ramayana in Myanmar's heart 网上文章。
③ 貌登奈：《缅甸戏剧史》，第53页。笔者注：这里的其他罗摩剧主要是相对印度罗摩、泰国罗摩而言的。

泣。这时，蚁垤仙人带着他的两个弟子——罗摩和罗什曼那前来化斋。罗摩和罗什曼那也接到邀请，参加赛弓会。罗什曼那虽能举起并拉开神弓，但却敬重罗摩，最后让罗摩获胜。于是，遮那竭王把悉多嫁给了罗摩。①

塞雅纪吴貌貌丁的《缅甸戏剧史》中介绍的传统罗摩剧内容则更加完整。对十头魔王和罗摩的来历有了较为完整的交代：梵天王用风暴把罗刹赶出锡兰岛之后，罗刹王之女生了十头魔王罗波那、维毗沙那等四个子女。在梵天王的庇佑下，十头魔王罗波那攻打许多地方获胜，在楞伽城为王。阿逾陀城十车王娶了三位皇后，生有罗摩、罗什曼那、婆罗多等四子。传统罗摩剧的故事情节也更加曲折：在遮那竭王为其女悉多的婚事而举行的赛弓会上，罗摩获胜，与悉多成婚。十车王年老时，要立罗摩为太子，但受制于吉迦伊皇后，被迫把罗摩流放到森林中。罗摩、悉多和罗什曼那进入森林后，十头魔王把罗摩和罗什曼那先后骗走，变成小鹿，引诱悉多。掠走了悉多，把悉多藏于楞伽城无忧园中。在寻找悉多的途中，罗摩和罗什曼那与猴王须羯哩婆结为朋友，共同攻打抢走王位的波林猴王。罗摩杀死了波林猴王，派出猴军四处寻找悉多。哈努曼被派往南方搜寻悉多。他跃过大海，到达楞伽城，找到了悉多。哈努曼火烧楞伽城后又跃过大海，回到罗摩身边。罗摩于是率领猴军攻打楞伽城。在大海边，被十头魔王赶出楞伽城的维毗沙那前来投奔罗摩，并在大海上建桥，帮助罗摩和猴军渡海，抵达楞伽城。在围攻楞伽城的激战中，罗摩杀死了十头魔王，并找到了悉多。悉多跳进火中以示其忠诚。罗摩、罗什曼那和悉多返回阿逾陀城后，罗摩继承了王位。悉多被罗摩送进森林生子，在森林中与蚁垤相遇。罗什曼那、婆罗多在森林中与悉多所生二子发生战争，分别死于二子之手。罗摩亲自前来，也被杀死。蚁垤用圣水使罗摩等人复活。罗摩返回阿逾陀城后，蚁垤把悉多所生二子打扮成隐者，让他们为罗摩弹琴吟唱，罗摩才得知他们是自己的儿子。罗摩在蚁垤处见到了悉多，并将她带了回去。后来，悉多

---

① 貌登奈：《缅甸戏剧史》，第54页。

又被从地里出来的一位仙女带走。阿逾陀城被围，罗摩派军出战，但出师不利。最后，罗摩把属地分给了兄弟及他们的儿子，让自己的儿子在阿逾陀城继承王位，自己沉河而亡。而维毗沙那也得以重回楞加城为王。①传统罗摩剧共分54章，要45天才能演完。

三

　　罗摩剧得以在缅甸流传到今天，主要得益于缅甸历代官方的支持和广大观众的喜爱。缅王时期，罗摩剧一般只在缅历一月和十月的节会上演出，这种演出旨在消除国家和城乡的灾难。②因此，罗摩剧从传入缅甸开始，就得到王室的重视，同时也深受观众的喜爱。早在1789年，波道帕耶的儿子恩喜敏就下令整理罗摩剧本，收集阿瑜陀耶城、古代柬埔寨、暹罗等地区的寓言传说，加以整理，并翻译成缅语。经过加工和整理，使缅甸的罗摩剧得到了全面的发展。

　　缅甸现政府出于继承和发展传统文化的需要，对罗摩剧也给予了充分的关注，先后三次将罗摩剧列为缅甸传统文化歌舞比赛的参赛项目。2002年7月14日，缅甸和平发展委员会第一秘书钦纽中将在筹备"第十届缅甸传统文化歌舞比赛"的第一次工作会议上指出："把在缅甸传统文化中占有一席之地的罗摩剧放到传统戏剧中进行比赛，就是为了继续保持并进一步发展和提高传统文化艺术。"③

　　当然，罗摩剧的不断发展和完善，与众多戏剧工作者的大量创作活动与整理工作，以及演员的优秀表演也是分不开的。在1789年恩喜敏下令整理罗摩剧本的过程中，曾有八位艺人参加了对剧情、舞姿、戏文的加工整理，用文字全面而系统地记录了罗摩剧。罗摩剧的表演者和一些著名的罗摩剧团对剧中人物造型日益完善的塑造，也在一定程度上推动了罗摩剧的艺术发展。"缅甸常见的戏曲、戏剧还是以表现本国的宫

---

① 见塞雅纪吴貌貌丁《缅甸戏剧史》的相关内容。
② 塞雅纪吴貌貌丁：《缅甸戏剧史》，第84页。
③ 《缅甸新光报》，2002年7月4日。

廷生活和民间歌舞为主。而且不难看出，缅甸艺人们将精力全用在《罗摩剧》上了。"①

罗摩故事的文化精髓已深入到缅甸人民的精神生活之中，是缅甸人民喜欢罗摩戏剧的一个重要原因。此外，罗摩剧作为东方古典戏剧具有独特的美学功能，其本身的艺术魅力也是一个不容质疑的原因。作为舞台艺术的罗摩戏剧，其直观性自然会比其他文字样式更加吸引受众。所有这些都是罗摩剧在缅甸得以流传的重要原因。

四

缅甸的传统罗摩剧具有明显的民族特色。从故事情节上看，在缅甸众多的罗摩文学作品中，传统罗摩剧是最完整的。其剧情从"梵天王用风暴把罗刹赶出锡兰岛"开始，到"维毗沙那重回楞加城"结束。其他的罗摩文学作品讲述的不过是其中的部分片段。例如，缅甸现存的最早的一部关于罗摩的文艺作品——《罗摩达钦》（吴昂漂）只是从"十车王派十二岁的罗摩到隐者的寺庙"开始到"罗摩战胜十首魔王"结束。对"赛弓会"描写得最为精彩的《罗摩雅甘》（吴都）也并不完整，是从"楞加岛主把悉多装入铁箱放在水中漂走"开始，到"罗摩占领王宫"结束。

缅甸传统罗摩剧有别于其他宫廷戏。其他宫廷戏如《红宝石神眼马》、《伊瑙》戏，在戏文开始用"鲁达"四言诗来祈佛。而传统罗摩剧是用"杂钦"序言诗来祈佛歌颂罗摩的。这是缅甸传统罗摩剧在戏文上最大的特色。

此外，罗摩剧还有一个区别于其他宫廷的突出特点是在戏剧服饰上，剧中的人物除悉多之外都带表明身份的面具头盔。面具头盔融美术、绘画、雕塑为一体，带有原始艺术美和宗教文化的特征。它的传统特色和民族特色最为浓烈，其象征夸张的美学功能是任何戏剧服饰所难

---

① 朱海鹰：《论缅甸民族音乐和舞蹈》，第80页。

以取代的。

在表演上，以出神入化的表演来替代语言，促进剧情的发展也是缅甸传统罗摩剧的特色之一。传统罗摩剧中的人物除悉多之外都带表明身份的面具头盔进行表演。因而，人物的喜怒哀乐主要是通过舞姿或音乐的形式来表现的。尤其是"赛弓会"一节，更是重表演甚于台词。由于传统罗摩剧中的人物是戴面具头盔表演的，为了使观众明白剧情，专门有人在一旁念介绍情节和人物的戏剧对白。此外，以音乐来提示出场的人物，促进剧情的发展，在缅甸传统罗摩剧中也表现得非常突出。例如：罗摩、悉多出场时，乐队奏"繁花丛中"乐；罗刹出场时，乐队就奏"密林边"乐。

对戏剧而言，舞台道具是必不可少的。缅王时期，传统罗摩剧的舞台用具现在已经无从知晓。不过，根据1912年锡袍王后为其女儿举行穿耳仪式时演出罗摩剧的相关记载，可以对传统罗摩剧舞台用具的大概情况有所了解。根据记载，罗摩剧舞台用具包括各类面具头盔57件，舞台道具41件，布景64幕。[①]其中，与其他戏剧相比，较具特色的一点就是除了布景和舞台用具之外，还使用了面具头盔。

缅甸传统罗摩剧与印度的《罗摩衍那》也有不同之处。缅甸的戏剧工作者结合本民族的文化特色，使罗摩剧的剧情发展更加符合情理。例如，缅甸的传统罗摩剧中没有持斧罗摩。而且，戏中加入了缅甸宫廷礼仪，如各国君王派使者求婚，接待来使，举行宫廷婚礼等场面。同时，缅甸传统罗摩剧更加符合佛教教义和缅甸风土人情。例如，罗摩流放的时间，在印度的《罗摩衍那》中是14年，而缅甸是12年。这是因为在佛本生故事中罗摩的流放时间是12年，所以缅甸都是说12年。缅甸的罗摩戏剧还"吸收了泰国的舞蹈：八功、十二功以及泰国的三十七种曲调。进一步在唱腔、乐器演奏、舞蹈动作上进行加工，创作出带有缅甸特色的音乐和舞蹈，其中有的舞姿还添入了一些缅甸的武术动作"[②]，

[①] 塞雅纪吴貌貌丁：《缅甸戏剧史》，第127—129页。
[②] 朱海鹰：《论缅甸民族音乐和舞蹈》，第78页。

使罗摩剧更具有缅甸风格。

五

罗摩剧在诸多领域对缅甸社会产生了较为深远的影响,成为缅甸对外文化交流的重要工具之一。通过罗摩剧的演出,加强了缅甸与国际社会的交流。早在1971年8月,印度尼西亚举办第一届国际罗摩艺术节时,缅甸政府就派出罗摩艺术团参加。[1]缅甸文化部下属机构还曾把罗摩剧改编为芭蕾舞剧,不仅在全缅国内展演,而且在世界许多国家表演,还参加了国际罗摩艺术节。[2]

罗摩剧集中体现了缅甸在音乐艺术、舞蹈艺术、服饰装扮等方面的传统艺术魅力。尤其是在舞蹈艺术方面,形成了"举弓"、"追鹿"等传统舞蹈动作。[3]

罗摩剧对缅甸的传统手工艺,如绘画、雕刻、金银首饰的制作、石刻、镶嵌、屏风围幕等有着深远的影响。早在蒲甘王朝时期,就有了罗摩骑着哈努曼猴的壁画。"罗摩进入森林"、"十头魔王乘花车"、"哈努曼猴军"等剧情或造型深受缅甸工匠艺人的喜爱。在金银器、槟榔盒等工艺品上,现在也可以见到相关的画面。

此外,在建筑方面也有着一定的影响。如在尖顶飞檐装饰、寺庙建筑上,也可以见到罗摩剧中的人物造型和剧情展现。缅甸佛塔建筑有一部分就被称为"罗摩指"。

罗摩剧的影响还深入到缅甸的社会生活中。缅甸人认为,戏中的罗摩是一个"听从父母的好儿子,有情义的兄长,忠诚的丈夫,有勇有谋的英雄,正直的王子,有同情心的首领";罗什曼是一位"富有同情心、忠实的弟弟";悉多是一个"谨守五大妇道,不信异端的好皇后";哈努

---

[1] ကျော်ဇံသာ၊ ရာမညသုတပဒေသာစာစောင်၊ ၁၉၆၃ခုနှစ်ဇန်နဝါရီလ။

[2] ဒေါက်တာခင်မောင်ညွန့်၊ ရာမယဏနှင့်အလောင်းတော်ရာမ၊ မြန်မာ့အလင်း၊ ၂၁-၈-၂၀၀၂။

[3] 貌登奈:《缅甸戏剧史》,第254页。

曼是一位"忠实的、值得信任的好帮手"。[①]罗摩剧树立了父子间、夫妻间、兄弟间、亲朋间、师生间以及国王与民众间关系的典范，能教导人如何处理家庭生活中的矛盾。从剧中人物的语言和行动中，获得处理人际关系的经验。

---

① ဝင်းဖေ၊ ရာမညသုတပဒေသာစာစောင်၊ ၁၉၆၈ခုနှစ်ဇန်နဝါရီလ။

缅甸密达萨写作风格对蒲甘碑铭文学的借鉴分析

——以基甘辛基《父亲给两个儿子的密达萨》为例

■ 邹怀强

【摘　要】本文以缅甸著名密达萨作家基甘辛基的《父亲给两个儿子的密达萨》为例，与蒲甘碑铭文学进行了写作风格的比较分析。此外，通过与吴邦雅以及其他密达萨作家作品的比较分析，指出了基甘辛基密达萨写作风格所具有的普遍性，论证了密达萨在写作风格上对蒲甘碑铭文学的借鉴与继承关系。

【关键词】密达萨；蒲甘碑铭；风格比较

一、蒲甘碑铭文学与密达萨

（一）蒲甘碑铭文学是缅甸散文的开端，在缅甸文学发展史上具有举足轻重的地位

缅甸蒲甘王朝时期（1044—1287年），阿奴律陀王（1044—1077年在位）于公元1057年击败了下缅甸孟族杜温那崩米王国取得三藏经，之后立上座部佛教为国教，布施行善之风由是日盛。人们在行善之后习惯将行善日期、个人名号、善事内容及誓言咒语等铭刻在石柱或石碑上作为永久纪念，这就是蒲甘碑铭。这些碑铭上的文字往往是以散文或韵文的形式出现的，由此就产生了蒲甘碑铭文学。公元1112年镌刻

的《妙齐提碑》是公认的蒲甘碑铭中用缅文书写最完整，并可清晰辨读的最古的碑文之一。蒲甘碑文一般以捐资刻碑者（往往也是碑文的叙述者）或者碑铭所在地来命名。如上面提到的《妙齐提碑》就是以地名"妙齐提"来命名的，《敏湾寺碑》（1271）与此类同；《妙齐提碑》的另外一个名字《亚扎古曼碑》就是以捐资刻碑者（同时也是铭文叙述者）"亚扎古曼"的名字来命名的，《登卡都之女碑》（1266）与此类同。蒲甘碑铭对于研究缅甸政治、经济、宗教、历史、语言、风俗、文化有着重要意义。

（二）阿瓦王朝时期（1287—1531年）出现的密达萨是缅甸历史上另外一种具有重要地位的文体

"密达萨"是一个缅文词汇，源于巴利文，意为"情谊之书"或"情意之书"，有人也译作"诗文间杂的书谏"或"书信体诗文"。顾名思义，这个词至少有两个含义：其一，这是一种书谏体作品或说信件；其二，这种书谏体的作品是用来传达情谊的。缅甸文学史上第一篇密达萨是1404年阿瓦王朝明恭第一（1401—1422年在位）时色久法师写给孟王亚扎底律的一篇散文体作品。早期密达萨大多是写给国王的书谏体作品。18世纪末19世纪初缅甸贡榜王朝时期（1752—1885年），密达萨不再只是向国王进谏的书信，而变成了私人往来信件。它的内容也有所扩大，包括训戒、劝导、祝愿、事物等各方面。[1](P261-262) 密达萨作者不同，行文风格各异，有的用散文，有的用韵文，有的散韵间杂。

缅甸几乎所有的文学体裁都和蒲甘碑铭文学有着或多或少的联系。尽管缅甸蒲甘碑铭文学和密达萨在缅甸文学史上都有着重要地位，但实际上二者之间还存在着轻重之别。前者重，后者轻；前者出现早，后者出现晚。那么，蒲甘碑铭是不是对密达萨也有较大影响？二者之间又有什么相似之处呢？我们是不是可以通过密达萨与蒲甘碑铭文学的对比对缅甸俗语"缅甸文学，始自蒲甘碑铭"进行某种程度的印证呢？

二、基甘辛基和他的《父亲给两个儿子的密达萨》

贡榜王朝时期，缅甸涌现了大批密达萨作家。在这些密达萨作家中，基甘辛基是最有名也是最为独特的一位。[1](P261-262) 基甘辛基之所以有名，是因为他的密达萨和其他人的密达萨不一样，他开创了密达萨作为一种亲朋好友间私人书信的历史。

基甘辛基（1757—?），阿陇地区基甘村人，俗名吴努，后入佛门修行，沙弥时法号信南达达扎。后人因其生于基甘村，并在该村的寺庙当住持，便尊称其为"基甘辛基"，意即"基甘村之高僧"。基甘辛基从小研习经典，对社会事务也比较关注，曾在枢密院任职多年，后厌恶俗世，遁入空门，在原籍基甘村教书。[1](P260) 基甘辛基一生写作了许多密达萨，缅甸研究会（Burma Research Society）1957年7月编辑，国力经典印书馆出版的《基甘辛基密达萨及难点注释》一书中共收录了基甘辛基的44篇密达萨。[2] 基甘辛基实际创作的密达萨数可能远不止此。基甘辛基丰富的生活阅历决定了其密达萨写作形式的多样与内容的丰富。阿瓦时期的密达萨一般采用通篇一段的格式。贡榜王朝时期，密达萨的格式渐趋多样。这个变化，与基甘辛基的努力息息相关。基甘辛基的密达萨基本涵盖了缅甸密达萨的所有写作形式。[1](P262)

从内容上来说，密达萨分为请愿密达萨、训诫密达萨、祝愿密达萨、抒怀密达萨和讽喻密达萨五类。基甘辛基的密达萨可以大致反映出贡榜王朝时期密达萨的分类情况。训诫密达萨在密达萨中有着特殊的地位，因为几乎所有的密达萨中都可以找到有训诫意味的句子。基甘辛基把密达萨的训诫作用发挥到了极致，以至后人把他的密达萨统称为"训诫密达萨"。下面这段话就是基甘辛基训诫密达萨的典型代表：

> 破窟败室不要呆；堕落的人不交往。
>
> 处此窟室易被埋；结交坏人会遭殃。
>
> ……

手中钱财勿用光；地上有财莫弯腰。

钱财用完成乞丐；弯腰捡财惹人笑。[2] (P67)

这段密达萨即出自基甘辛基《父亲给两个儿子的密达萨》。它是基甘辛基密达萨作品中较为突出的一篇。《父亲给两个儿子的密达萨》属训诫密达萨，是基甘辛基对出门在外的两个儿子的教诲。全文韵散相间，通达晓畅，语言诙谐灵动，既富含哲理又充满生活的味道。

基甘辛基《父亲给两个儿子的密达萨》具有其密达萨作品的大部分特点，因此，它具有普遍性。我们希望通过密达萨与蒲甘碑铭文学对比后找出二者在写作风格上的相似性。

三、《父亲给两个儿子的密达萨》与蒲甘碑铭文学写作风格上的相似

在比较过程中，我们将选择文风、修辞和体例三个最能反映蒲甘碑铭文学写作风格的方面与基甘辛基的密达萨进行比较。

（一）文风平白晓畅，充满人间烟火味

我们先来看一段《妙齐提碑》碑文：

吉祥如意，归敬佛陀！佛历1628年，在阿梨摩陀那补罗城，底里德里巴瓦那底达拉达马亚扎王即位。王之爱妃名底里劳加瓦丹达加，生一子，名亚扎古曼。王赐三村奴隶予爱妃。妃死，王将妃之饰物并三村奴隶授予其子亚扎古曼。王在位28年后重病将死，王妃之子亚扎古曼感王养育之恩，制金佛一尊。[4] (P22)

这段文字朴素流畅，言简意赅。这就是蒲甘碑铭文学的基本特点。对照基甘辛基的《父亲给两个儿子的密达萨》中的话，可以看出，二者的风格惊人地相似：

吾儿安康！愿吾儿常傍为父身前。为父有生之日还想见吾儿一面，为此，生养你们的父亲现将心中真切的情意向吾儿讲

讲。[2](P67)

这是基甘辛基在《父亲给两个儿子的密达萨》中开头的几句话，字里行间，掩不住的情意绵绵。从文字上，我们根本看不出它出自一位得道高僧之口。这段话已基本确定了基甘辛基这篇密达萨的通篇行文风格。

（二）排比、比喻和对偶是最常用的修辞手法

刻于1271年的《敏湾寺碑》背面有这么一段话：

> 我愿（来世）成人比所有人得到更多的富贵荣华与幸福；我愿（来世）成神比所有神具有更高贵更美好的肤色、长寿、无病、相貌俊俏、声音优美、身材秀丽、受到一切人神的喜爱钦羡；我愿拥有大量的金、银、宝石、珍珠、珊瑚等无生命的瑰宝，拥有象、马等有生命的财物；我愿威震天下，名扬四方。[4](P24)

这段话用的都是长句，使用了排比、比喻、对偶的修辞手法。可以说，蒲甘碑铭的这些修辞手法就是后来缅甸文学（包括密达萨）修辞手法的雏形。我们可以在基甘辛基的密达萨中找到类似的例子：

> 想跳舞，体发痒；
> 想吃饱，物品藏。
> 符篆甚佳，预言不强；
> 主人精明，仆人窝囊。
> 案件办得好，遗失的金银能找到；
> 作法太愚蠢，到手的钱财会失掉。[4](P141)

类似的例子在基甘辛基的密达萨中比比皆是。

（三）采用韵散相间的体例

韵文往往是诗体（四言诗体占的比重最大）。这是蒲甘碑铭《格宋欧寺》碑中的一段话：

> 人世天宫，轮回无终。
> 漫漫长远，反复其中。
> 若生人丛，贵族上层，
> 曼陀王福，吾望享用。[4](P46)

在基甘辛基及其他作家的密达萨里，我们处处可以读到有韵脚的四个字的句子——其实就是一种四言诗。在上面所举一段《父亲给两个儿子的密达萨》中，已经充分反映了这个特点。

作为一个佛教国家，缅甸具有悠久的历史，社会生活的方方面面深受佛教的影响，因其历史积淀，作品中自然难免较多的佛教经典。密达萨也不能例外。除了前文提到的含义，"密达"还是一个佛教用语，意为"慈悲"。与此相关，有一个有趣的现象：缅甸历史上的密达萨作家基本上都是僧侣。此外，密达萨中大量使用了佛教词汇（多来源于巴利文和梵文）和佛教典故。这或许也是密达萨之所以称为"密达萨"的缘故之一吧。这是密达萨与蒲甘碑铭文学的另一个相似之处。虽然它不是我们这篇论文讨论的重点，但仍然值得一提。我们再来看一段基甘辛基《父亲给两个儿子的密达萨》中的话：

> 为父心中思量，未来佛（指佛陀）及其弟子阿难陀弟兄俩虽身居山林（指修行），尚不忘父母，以殷殷之心，摘采山果，争相奉侍；有鉴于此，为父心中总想着——你们兄弟俩也会萌此念想：将你们在下缅甸所获，争相捧奉，即刻就会出现于为父身前。[2](P68)

《父亲给两个儿子的密达萨》的最后一段说：

> 接到为父的信后即刻赶来吧，见到你们后为父就是离开这个尘世也可无所挂碍了。旧思新愁，涌现眼前，为父絮语，遥嘱吾儿。[2](P68)

宗教观念，一目了然。读了基甘辛基的《父亲给两个儿子的密达萨》，就是不相干的人也都被感动了。谁又能说情谊不是慈悲的一种呢？

通过比较，我们可以看出基甘辛基《父亲给两个儿子的密达萨》与蒲甘碑铭无论是在文风、修辞还是在体例方面都有着惊人的相似之处。那么，基甘辛基的例子是不是一个特例呢？我们将通过对与基甘辛基同时代稍后的吴邦雅的密达萨作品的分析对这个疑问做出尝试性的解答。视需要我们还将选取不同时期其他作家的密达萨作品进行分析。

四、吴邦雅及其他作家的密达萨

吴邦雅（1812—1866），出生于缅甸中部实雷镇。吴邦雅原名貌波西，自幼聪慧过人。8岁剃度，法名邦雅。20岁时因精通经典，高僧授其法号为邦雅比达扎。吴邦雅生活的年代正是缅甸封建王朝衰落的时代，各种矛盾突出，宫廷纷争不断。吴邦雅虽博学多才，却一生颠簸无常，终生郁郁不得志。[1]（P327-328）[3]（序言）吴邦雅首先是个诗人，其次才是密达萨作家。尽管如此，他的密达萨在缅甸文学史上仍然具有非常重要的地位。因其所处时代的特点，吴邦雅的密达萨更多的反映了人民的疾苦，如他的《化缘船租金》密达萨：

鳄鱼背积灰土，田螺壳里无肉。

腰系一层单布，饭食隔日入肚。

每日清水充饥，举世无比穷苦。

向穷汉们化缘，讲遍佛经劫数。

即使口干舌燥，倒毙讲坛成佛。

一碗雪白大米，亦难真正收获。[4]（P157）

在他以四言体诗歌形式写成的《香艾草油》密达萨中，吴邦雅对当时宗教界存在的一些恶习提出了尖锐的批评：

香艾草油，在世不长。死后轮回，费人思量。

变成煤油，投生世上。吾师不识，亦未提防。

佛陀一尊，心中敬仰。善心施舍，香油奉上。

斜捧油桶，直浇佛像。可怜我佛，其味难当。

只好缩头，无法评讲。紧锁双眉，强忍此桩。[4]（P158-159）

这两段密达萨已经充分反映了吴邦雅密达萨的写作风格。从中我们不难看出他的密达萨与基甘辛基的密达萨在风格、修辞和体例上有着很多共通之处。由于基甘辛基身处盛世，没有经历大的社会变动，致使他的作品虽不乏现实之作，但较之吴邦雅的作品却少了一分忧患气息。撇开语言因素，基甘辛基的成就在于他将密达萨的写作范围扩大了许多，吴邦雅的杰出在于他善于用密达萨说实话。

虽然基甘辛基与吴邦雅出生先后相距55年，但二人基本可算同时代的人。那么，从阿瓦时期到贡榜后期，是不是密达萨的写作风格发生了很大变化？是不是到贡榜王朝时期密达萨的写作风格才与蒲甘碑铭文学相一致？我们来看一段阿瓦时期著名密达萨作家甘道明寺法师写给瑞南觉欣王（1502—1527年）的教诲密达萨：

> 人不施与切莫索求；人不启问切莫开口；人不呼唤切莫前走。
> 乏味之食切莫进喉；未熟之果切莫摘收；不适之衣切莫穿受。
> 缄默无语值千金。
> 人若满意，神亦称心；人若动情，神亦倾心。
> 快慢相当，轻重相宜。有如天秤，不偏不倚。
> 行舟放筏，随机漂流。渔翁垂钓，需善提钩。
> 足智多谋，得心应手。[4](P46)

可以看出，尽管时间跨度有300多年，但在文风、修辞和体例方面它却与基甘辛基以及吴邦雅的密达萨有着惊人的相似之处。变化，更多的是内容与题材上的。

五、结语

以书信形式出现而最终成为一种文体的密达萨经历了一个学习、继承、扩大、完善的发展过程，最终形成了自己的特色，并在缅甸文坛上具有了重要的地位。并且，基甘辛基以及其他密达萨作家用备具特色的密达萨作品为密达萨的发展做出了重要贡献。通过比较我们可以看出，密达萨不仅在文风上与蒲甘碑铭一脉相承，而且，在修辞手法和表现形式上也是学习蒲甘碑铭文学的结果。二者不同的只是密达萨的语言更为成熟而已。

贡榜王朝时期的密达萨作品较之阿瓦时期的密达萨作品虽然在形式和内容上都有所发展和变化，但在语言风格上，二者仍然一致，它们都是学习蒲甘碑铭的结果。这是密达萨语言风格由始至终的一个内在联系。这从一个角度印证了"缅甸文学，始自蒲甘碑铭"这句话的真实性。

参 考 文 献

[1] [缅] 缅甸学会. 基甘辛基密达萨及难点注释（缅文版）[M]. 仰光：国力经典印书馆，1957.

[2] [缅] 吴邦雅密达萨集（缅文版）[C]. 仰光：汉达瓦底出版社，1958.

[3] [缅] 吴佩茂丁. 缅甸文学史（缅文版）[M]. 仰光：乐歌文学出版社，2003.

[4] 姚秉彦，李谋，蔡祝生. 缅甸文学史 [M]. 广州：世界图书出版公司，2014.

[5] 尹湘玲. 东南亚文学史概论 [M]. 广州：世界图书出版公司，2011.

马来西亚班顿诗起源初探

■ 谈 笑

【摘 要】班顿诗是马来民族历史最悠久、影响最深远的一种文学形式，至今仍为马来西亚人民所喜爱。关于班顿的起源问题，存在着很多种不同的说法，至今在学术界并未形成统一的认识。一部分研究者认为班顿是古代马来族劳动人民自己创造出来的一种文学形式，但也有一些学者认为它滥觞于中国古代的《诗经》。笔者在对上述两种观点进行剖析之后，得出支持前一种观点的结论。

【关键词】班顿诗歌；起源；马来西亚文学

班顿（pantun）是马来文学中最艳丽的一枝奇葩，它既是马来古典文学的一个重要组成部分，也是至今仍在马来民族中广为流传的一种诗歌体裁和娱乐形式，可以说它是一种最具有生命力、最经得起时间考验的马来民间文学形式。班顿既是马来民族的诗歌源头，也是马来民族的诗歌宝藏，蕴含着巨大的美学价值和认识价值。"班顿"是马来语"pantun"的音译。在马来语中，"pantun"一词既是这种诗歌体裁的名称，同时也含有"比喻、借喻"之意，正好反映了这种诗歌体裁中最常用的表现手法。班顿是马来民族历史最悠久的一种文学形式，作为民间歌谣在中古时代就已经产生，广泛流传于马来西亚与印度尼西亚马来族社会中。班顿有特殊的结构和格律，其词句易于吟诵，形式便于记忆，内容富于表现力，所以它能以口头传诵的方式世代相传，成为马来文学宝库中一颗璀璨的明珠。班顿在马来民间具有其他任何文学形式所无法比拟的重要地位,"没有任何人可以不了解班顿而揣度马来人精神世界之广阔。"(Sir Richard O Winstedt, 1955)班顿的题材内容涵盖社会生活的各个层面,马来人的情感、思想、审美、社会价值、宗教信仰、生活环境等,都可以从中得到体现。班顿的受众群体可谓老少咸宜,青年男女用它来诉说衷情,老年人用它来教诲晚辈,小孩用它来戏谑同伴。直到今天,在各种社会活动和民间集会中,不论迎宾送客、婚丧嫁娶、祭祀占卜,马来人都习惯和喜爱通过咏诵几首优美的班顿来表达自己的情感。班顿的表演形式一般为朗诵或演唱,表演时通常有马来民间乐器伴奏,即兴创作的对歌和比赛的方式尤其为人们所喜爱。按照最通俗的定义,班顿指的是隔行压尾韵(a-b-a-b)的四行诗(quatrain)体裁(廖裕芳,1991:195)。除了最常见的四行班顿,也有两行、六行、八行甚至多行连环班顿。每行一般由四个基词(kata dasar)构成,含有八到十二个音节。在四行班顿中,通常前两行为"引子",马来语称之为"sampiran"(吊钩)或者"pembayang"(影子),后两行才是作者要表达的真实内容,马来语称之为"isi"(内容)或者"maksud"(含义)。"引子"与"内容"之间不一定有意义上的直接连贯,大部分只是为了提供韵脚。试举一首广为流传的班顿为例:

  Pisang emas bawa belayar,
  Masak sebiji di atas peti,
  Hutang emas boleh dibayar,
  Hutang budi dibawa mati.

译文:

  带上金蕉去远航,
  熟了一根搁箱上,
  欠人钱财可偿还,
  欠人恩情永难偿。

在这首班顿中,每行由4个基词、9—10个音节组成,第一行与第三行同押"ar"韵；第二行与第四行则同压"i"韵。"Pisang emas bawa belayar, Masak sebiji di atas peti"（带上金蕉去远航，熟了一根搁箱上）为"引子"；"Hutang emas boleh dibayar, Hutang budi dibawa mati"（欠人钱财可偿还，欠人恩情永难偿）才是"内容"，二者在意义上并无关联（当然也有一些班顿的"引子"和"内容"在意义上是有联系的，在此不一一列举——作者注），但在节奏、韵律上却是环环相扣的。从这个典型范例可以看出，班顿的格式、韵律比较规则，咏诵时朗朗上口，极富音乐感。

一、班顿的起源

在所有的文学样式中，诗歌是起源最早、历史最久的一种样式。散文、小说等文学作品要靠文字记录才能流传，而最早的诗歌是人们的口头创作，靠口耳流传，可以不依赖文字。诗歌原是诗与歌的总称，早期的诗与歌是不分的，诗和音乐、舞蹈结合在一起，统称为"诗歌"（维基百科）。作为民间诗歌的马来班顿所呈现出来的艺术形态和流传过程，完全切合这一定义。所谓"饥者歌其食，劳者歌其事"（朱熹《诗集传》），所反映的既是最初的民歌内容，也是最初的民歌精神。一言以蔽之，班顿起源于古代马来人民的劳动与生活。

马来民族与班顿的联系如此之紧密，班顿在马来人心目中的地位如此之特殊，这使得许多研究马来文学的学者对班顿的起源都很感兴趣，大家根据各自的研究对班顿在马来民族文明中的历史背景、产生和发展提出种种看法、假设和推论，不一而足，莫衷一是。大部分的研究者把班顿的起源和马来社会的文化特征紧密联系在一起。他们更倾向于把关于班顿起源、要素及产生年代的各种可能性的研究置于古代马来群岛（Nusantara Melayu）文明的框架之内。困扰广大研究者的是，由于班顿是一种口耳相传的民间文学体裁，是马来人民群体创作的结果，这使得它最初产生的年代或日期很难得到确切的证实，只能根据已掌握的种种史料做出大致的推断。除班顿之外的其他几种马来传统诗歌如"沙伊尔"(syair)、"古玲达姆"(gurindam)和"斯罗卡"(seloka)等也面临同样的问题。

(一) 文字典籍中最早可见的班顿

著名的马来文化研究者,英国的温士德爵士(Sir Richard O Winstedt, 1878—1966)认为,班顿可能是于15世纪左右开始流行于马六甲的马来人社会。他的这种假设是基于以下证据:文字记载上最早可见的班顿出现于《马来由史话》(Sejarah Melayu)一书中,而此书的原型《马来由传》(Hikayat Melayu)最早成书于公元1424—1444年苏丹穆罕默德·沙阿(Sultan Muhammad Syah)统治马六甲期间,今日所见的《马来由史话》一书是在此基础上不断增补、修改后于1615年由柔佛王朝宰相顿·斯里·拉囊(Tun Sri Lanang)所编著的。正是该书中所出现的13首完全符合今日典型定义的班顿让温士德爵士做出了上述推断。

另一位当代本土学者德乌古·伊斯坎达尔(Teuku Iskandar)则认为,班顿可能于14世纪左右最先流行于在比马六甲更早一些的巴赛(Pasai)。他的这种假设是基于对成书于公元1326年的《巴赛列王传》(Hikayat Raja-raja Pasai)的研究,在该书中已经出现了最早形诸文字的两首班顿。

其一为:

> Lada siapa dibangsalkan
> Rana saujana kerati
> Pada siapa disesalkan
> Tuan juga empunya pekerti

其二为:

> Lada siapa dibangsalkan
> Sa-lama lada sa-kerrati

Pada siapa di-sesalkan

Tuan juga empunya pekerti

"我们认为这两首诗歌是具有巴赛背景的班顿作品，同时也是用马来文创作的最古老的班顿。"（Teuku Iskandar，1995：171）由此可见，班顿起源于民间，后来因为深受文人墨客的青睐而逐渐登上大雅之堂。早期的马来宫廷文人在他们各类著作中常用班顿这种诗歌形式来表达人物的思想感情，描绘宫廷里的爱情故事或用以作为道德训诫的格言。

（二）对班顿起始年代的进一步推测

以上两种观点都是基于对书面文字材料的研究，而更多的研究者如荷兰著名马来文学专家德欧（A. Teeuw，1966）、马来西亚学者穆罕默德·塔伊布·奥斯曼（Mohd Taib Osman，1966）、哈伦·马特·皮亚（Harun Mat Piah，1989）等则认为班顿最初出现的时期要早于《马来由史话》甚至《巴赛列王传》的时代。这是因为班顿属于口头文学的范畴，它必定是在社会中已经成型甚至广为流传之后才会被书面文字作品所记载。正是基于这种理论，马来西亚当代最著名的班顿研究学者哈伦·马特·皮亚大胆推测，最早的班顿创作源于岜达曼达林（Batak Mandaling，位于苏门答腊岛北部）社会中流行的"比喻"（umpama）和"假设"（andai-andai）等口头文学形式和其他一些"文字前社会"（masyarakat pratulisan）中流行的口头诗歌体裁。也就是说，古代马来人在学会书写文字之前，就已经开始创作班顿。班顿的起始年代肯定要早于14世纪。哈伦·马特·皮亚认为，典型意义上的班顿最早应出现于古代马来群岛的口头文学中，早于或者与印度文化影响期处于同一时期（4—15世纪），肯定早于伊斯兰教的到来（14世纪初）。马来西亚当代著名华人作家碧澄（黎煜才）先生也认为：在古代马来群岛，就有一些有节奏的所谓短语，被学者们看作是最早的诗歌形式。这些短语在当时还不怎么讲究押韵，却具有一定的节奏，这似乎就是早期的班顿雏形。从这些朴实而富有生活气息的短语中，我们可以看出，班顿是广大马来人民群众所创作出来的（卢燕丽，2000）。这种观点与哈伦·马特·皮亚等人的推断不谋而合。还有学者认为班顿是从古代马来民间的猜谜游戏演变而来。或者说，由于马来民族是受东方文化熏陶的民族，表达感情的方式比较含蓄，因而喜欢用比较委婉的"借喻"（pantun）方式来表达思想感情。这些观点是从班顿的艺术表现手法来对其源头进行分析和推断，都有一定的道理。

根据德乌古·伊斯坎达尔的论断，《巴赛列王传》成书于公元1326年左右（Teuku Iskandar, 1995：156—158），该书中出现的班顿无论从形式还是从内容上来看都已经完美、成熟，与今天所流行的班顿别无二致。因此，最早出现于口头文学中的班顿肯定要早于成形于文字作品中的班顿。此外，在一些口头流传的马来本土传奇故事（cerita lipur lara或*folk - romance*）如《青年红王子传奇》（*Hikayat Awang Sulung Merah Muda*）、《多南王》（*Raja Donan*）、《爪哇早期故事》（*Cerita Sulung Jawa*）、《那塔王传奇》（*Hikayat Nata*）中，也出现了大量的班顿。相比之下，同一时期那些来自印度、阿拉伯和波斯等地的外来传奇史诗中则很少出现班顿这种诗歌形式。在古代马来半岛、米南加保（Minangkabau，位于苏门达腊）、文莱等地，这种由说书艺人走村串户演唱流传的话本故事是当时最受欢迎的文艺形式，而声情并茂的班顿吟唱则是这些话本故事的演绎中最引人入胜的部分。这种话本故事并没有书面文字载体，而是由职业说书艺人师徒之间用口耳相传的形式一代一代地传承下来，并且在传承的过程中不断进行新的润色和再创作。正是由于其具有纯正的马来本土特色、丰富多彩的内容和优美动人的表现形式，这种话本故事被温士德爵士赞誉为"马来故事文学中的奶油"（*the cream of Malay fiction*）（1969：32）。话本故事的流传无疑在很大程度上推动了班顿在整个马来群岛的发展和传播。

二、《诗经》与班顿的起源

《诗经》是我国第一部诗歌总集，共收入自西周初年至春秋中叶大约五百多年的诗歌三百零五篇，故又称《诗三百》。有趣的是，看似风马牛不相及的马来西亚班顿和中国《诗经》，却被一些学者以各种方式联系在了一起，尤其是涉及班顿的起源问题时，有一派学者认为《诗经》在班顿最初形成的过程中起到了非常重要的作用，甚至认为班顿就是起源于《诗经》。另一派学者则对此观点不以为然，至今争论不休，无法形成定论。

（一）关于班顿起源于《诗经》的有关论断

"班顿源于《诗经》"这一理论的始作俑者，正是研究马来文化的权威学者，英国的温士德爵士。他的论据是：班顿在结构上与《诗经》中的诗歌极为相似，比如每首（节）分为四行，每行由四个词（字）构成，隔行押尾韵等，尤其是《诗经》中前两行"起兴"、后两行"点题"的表现手法，更是与班顿中"引子"与"内容"的关系有着异曲同工之妙。而在他所推断的班顿产生的年代——15世纪左右——中国文化早已传播到马来群岛了，作为中国文化精华的《诗经》流传到此地并影响当地人民的文学创作是完全有可能的。于是温士德（1969：196）断言："在四行班顿诗中前两行与后两行的关联与中国古代诗歌（指《诗经》——作者注）的情况颇为相似，因此很有可能在国际性港口城市马六甲的中国人在马来班顿的形成过程中扮演了重要的角色，使得它呈现出如今我们所见的面貌。几十年甚至几个世纪以来，这些中国人都是这种四行诗的热心创作者。"

（二）相反的意见

温士德爵士的上述观点在马来西亚学界并没有得到广泛的认同，尤其是广大马来学者对此将信将疑、不置可否,华人学者如许云樵、廖裕芳(新加坡)等,更是直接指出了该理论的谬误之处。许云樵认为班顿虽与《诗经》中的某些诗歌在形式上相似,但不能证明它就是受《诗经》的影响,因为各民族的历史背景和民族心理常有相似之处,所以产生形式相近的文学品种不足为奇。他认为温士德爵士论据不足,观点难免有些牵强附会。廖裕芳(1991:199—200)则指出:"这件事情很难确定。《诗经》与班顿确有相似之处,比如两者都是由四行组成并且每行有四个词(有例外——原注)。《诗经》中的前半部分通常也是对自然图景的描绘或者是对后半部分的起兴。但我们必须了解到,《诗经》是经过孔子编纂之后的民歌。所以如果一定要寻找班顿与中国诗歌的关系,我们最好找一种民间诗歌进行比较而不是《诗经》。"

有意思的是,这一理论的始作俑者温士德爵士虽然精通马来语和马来文学、历史、文化,但他完全不懂中文。根据许云樵先生《五十年来的南洋研究》一文中记载:"温士德爵士是牛津大学文学博士,专攻马来文及马来亚史,著作甚多……但唯一遗憾的是他不懂华文,而且把中国载籍中已经译成英文的资料也忽视了。"由此可见,温士德爵士对《诗经》和中国诗歌的认识完全得自其他英国学者的翻译文本,而且不求甚解,因此难免有雾里看花、想当然之处。而想要反驳他这一观点的马来学者也存在着同样的问题,那就是不识中文,同时对中国历史和文化也知之甚少,因此反驳起来要么无从下手,要么不得要领(如有的马来西亚学者以为"诗经"是一种仍然活跃在中国民间的诗歌体裁)。只有精通马华两种文字和两国文化的学者如许云樵、廖裕芳者,论述起这个问题时才得心应手,迎刃而解。

(三)笔者的观点

在这个问题上,笔者完全同意许云樵先生的观点,即"班顿源于《诗经》"证据不足,难以采信。没有证据能够证明生活在马六甲的"中国侨生"(Cina peranakan 或 *Straits-born Chinese*)用《诗经》影响了班顿的诞生,甚至没有证据能够证明这些"中国侨生"能够熟练地背诵、运用《诗经》,更不用说"创作"《诗经》式的中国诗歌。

首先,温士德爵士的论断是建立在对《诗经》的片面和错误认识上面的,因而很难站住脚。温士德爵士只知道"诗经"是中国传统诗歌,但并不了解《诗经》的历史背景和它在中国文化中的真正含义和准确定位。其最大的谬误之处就是想当然地认为马六甲的"中国侨生"仍然在创作"诗经"。众所周知,《诗经》所诞生的年代距今已三千年有余,作为活的民歌,《诗经》中四言一句的古老格律诗到汉代已经完全被五言一句的"乐府"长诗或者其他更加自由的形式所取代。在后起的各种民歌和诗歌体裁中,前两句"起兴"与后两句"点题"的关系也不再那么严格。《诗经》所代表的诗歌形式在传统中国社会中更多的时候只是作为一种古典文学经典范本供后人尤其是知识分子阶层学习和研究,而不再是一种活的诗歌体裁。我们很难想象明朝时期移民到马六甲的"中国侨生"还在创作周朝时期的《诗经》类型的诗歌。这些大部分由缺乏教育的下层劳动人民所组成的"中国侨生"中的许多人甚至可能根本不知《诗经》为何物。根据史料记载,早期移民到马六甲的中国人多为福建一带为生活所迫背井离乡的穷苦人,明代许孚远的《疏通海禁疏》中指出:"……看得东南滨海之地,以贩海为生,其来已久,而闽为甚。闽之福、兴、泉、漳,襟山带海。田不足耕,非市舶无以助衣食,其民恬波涛而轻生死,亦其习使然,而漳为甚。……然民情趋利,如水赴壑,决之甚易、塞之甚难。"明代徐学聚也在他的《初报红毛番疏》一文中说:"大抵闽省纪纲大坏,人人思乱,在在可虞。漳、泉亡命,黩货无餍。"这反映了在战乱、饥荒等恶劣的生存条件下,福建沿海一带居民大批出海谋生的历史状况。正是这些以男性为主的早期移民在定居马六甲之后与当地马来族女子通婚,才产生了一个特殊的族群——"中国侨生"(或称"海峡华人"、"土生华人"、"峇峇娘惹"等)。

其次,从历史的角度来看,基于德欧(1966)、穆罕默德·塔伊布·奥斯曼(1966)、哈伦·马特·皮亚(1989)等人的研究,在中国移民大批进入马六甲之前,甚至在14世纪初伊斯兰教传入马来社会之前,班顿就已经以今天我们所见到的形式流传并定型于马来群岛的马来人社会之中了。从前文的分析不难看出,这一观点基本上是科学和客观的。也就是说,即使"中国侨生"对班顿产生过一些影响,那么这些影响也只是局限于班顿定型之后的发展过程中,"中国侨生依据《诗经》影响了班顿的定型"这一推断并不符合历史事实。

三、华人对班顿的影响和贡献

虽然笔者反对"班顿起源于《诗经》"的观点,但是并不否认华人在班顿发展过程中所起的作用。中国与马来地区的交往源远流长,中马两种文化的交流自古以来就在两国的典籍中多有记载。无论在经济方面还是在文化方面,华人都对马来地区的发展做出了不可磨灭的贡献,这是公认的事实。华人对班顿的影响和贡献主要表现在:马六甲"中国侨生"对班顿的热爱和创作,在班顿的发展和推广过程中起到了积极的作用。

当中国移民来到马六甲,并且与当地马来族女子大量通婚之际,中马两种文化的直接交流和碰撞已经不可避免。中国人与马来人接触沟通的结果,是产生了一种混合式的新语言——"峇峇话",也可以称之为"华人马来话"。这是一种混杂着福建方言和马来语词汇的"另类语言",曾经在19世纪中叶至20世纪中叶的一百年期间大放异彩,充分发挥语言作为人类交际工具的重要作用。在那百年的风光期间,中国侨生也在文化事业上做出了一番努力,特别是创办学校及资助出版事业,通过罗马化拼音文字出版报章、杂志、书本,他们还翻译中国古典文学作品的书目达70项,几乎包括所有在中国社会家喻户晓的作品。

"中国侨生"在与马来人的交往过程中,在学会使用马来语的同时,也深深地喜爱上了班顿这一马来诗歌形式。这也是让温士德爵士得出有关论断的生活来源:"在马六甲出生的中国侨生十分喜欢马来班顿,他们是创作这种民歌的能手，因此完全有能力使马来班顿变得更加完善。"这些来自中国的移民，继承着爱唱民歌的传统，把福建家乡民歌中的一些元素运用到班顿的创作当中，例如中国民歌中常用的比兴手法和一些来自福建方言的词汇，使得马来班顿呈现出更加丰富多彩的面貌，甚至大大丰富了当时马来语的词汇量，这是有据可依的。据碧澄（黎煜才）先生所著《马来班顿》一书中介绍，九十多年前马六甲华族曾经组织过一个班顿吟唱会，是有文献记载和有资料可查的。该会于1910年成立，会员为马来班顿的爱好者。当年的发起人之一陈金声先生，1960年时还健在。其后，新加坡侨生华族子弟仍然设法坚持下去，他们还出版过自己所吟唱的班顿。他们在吟唱班顿时，常常把华语词汇加进去，可谓马华合一的文化艺术了。这是我们确切所知道的华人对班顿创作的贡献（卢燕丽，2000）。至今在马六甲的老一辈土生华人中，还不乏创作班顿的能手。在喜庆节日之际，他们总爱吟唱几首优美动人的班顿，其对班顿的热爱程度不亚于马来族同胞。这些历代土生华人对班顿的发展所做出的贡献，在中马文化交流史中流下了一段佳话。

四、结论

班顿作为一种流传已久的民间诗歌体裁，有着特定的格式和韵律，是马来民族传统文学中的瑰宝，具有浓厚的马来地域特色和民族特色，至今在马来人民的生活中扮演着重要的角色。班顿起源于古代马来劳动人民的生活和劳动，由最初的口耳相传到被记载于各类文学典籍当中，经历了一个漫长的发展过程。由于民间文学所特有的创作和传播方式，班顿的确切诞生年代如今已经很难考证。但是基本上可以肯定，在伊斯兰教传入马来群岛的14世纪初之前，班顿就已经以今天我们所见到的面貌定型并流传于马来社会当中了。相比于其他一些外来的诗歌形式，土生土长的班顿更加受到马来人民的青睐，因而其发展和流传在所有的马来传统诗歌体裁独树一帜，无与比肩。

中国的《诗经》在格律和艺术手法上与班顿的确存在着某些相似之处，但是这些相似之处只是世界各国各类文学体裁中所出现的偶然现象，基于民歌这种体裁所具有的一些共性特征，这些相似性的出现有其必然性因素，我们可以从比较文学的角度对这种现象进行分析和研究。如果仅仅凭这些"相似之处"就推断出马来班顿是起源于中国的《诗经》，那么无疑这种论断是轻率和缺乏根据的。地域和年代的遥远距离、两种语言和文化的巨大差异等因素都使我们难以对这种论断产生共鸣。与此同时，不容否认的是，华人在班顿的发展过程中发挥过积极的作用和影响，尤其是马六甲的"中国侨生"运用他们的智慧和热情，在特定的一段历史时期内丰富了班顿的创作，起到了"锦上添花"的作用，对中马两种文化的交流做出了自己的贡献。

参考文献

[1] 碧澄（黎煜才）. 马来班顿 [M]. 马来西亚：联营出版有限公司，1992.

[2] 梁立基. 印度尼西亚文学史 [M]. 北京：昆仑出版社，2003.

[3] 卢燕丽. 中国的《诗经》和马来西亚的班顿 [J]. 北京大学学报（哲学与社会科学版），2000（1）.

[4] 王青. 马来文学 [M]. 北京：外语教学与研究出版社，2004.

[5] 许云樵. 50年来的南洋研究 [EB/OL]. http://www.huayan.net.my/research/ nystudy2.htm.

[6] 钟天祥. 南洋的另一类汉语——峇峇话 [C] // 中国新疆大学语言文化国际学术研讨会论文集，2001.

[7] Harun Mat Piah. *Pantun Melayu, Bingkisan Permata* [M]. Kuala Lumpur: Yayasan Karyawan, 2001.

[8] Liaw Yock Fang. *Sejarah kesusasteraan Melayu klasik* [M]. Jakarta: Penerbit Erlangga, 1993.

[9] Muhammad Haji Salleh. "Estetika pantun Melayu," dlm. *Cermin Diri* [J]. Petaling Jaya: Penerbit Fajar Bakti, 1980.

[10] R. O. Winstedt. *A history of classical Malay literature* [M]. Kuala Lumpur: Oxford University Press, 1969.

[11] Teuku Iskandar. *Kesusasteraan klasik Melayu sepanjang abad* [M]. Brunei Darussalam: Jabatan Kesusasteraan Melayu Universiti Brunei Darussalam, 1995.

迷失与觉醒
——日本统治时期的马来文学

■ 谈 笑

【摘　要】 1942年2月至1945年8月,日本侵占马来亚达三年半之久,在此期间当地人民遭受战争的痛苦,马来文坛也受到沉重的打击,文学创作出现了萧条与沉沦,经历了一个空前黑暗的时期。但这一时期也是马来民族与马来文学进一步走向觉醒的时期,诞生了一批具有民族独立意识的作家与作品。

【关键词】 文学史;马来文学;日本统治时期

一、引言

马来文学作为东方文学的一支,有着自身独特的发展轨迹,到第二次世界大战前夜,马来文学已经走过了灿烂多姿的古典文学阶段和新旧交替的近代文学阶段,正蹒跚起步进入追求民族觉醒的现代文学阶段。从19世纪末到20世纪30年代,马来半岛全境处于英国的殖民统治之下,当地社会发生了急剧的变化,马来族知识分子纷纷冲破封建制度的藩篱,寻求个性解放和民族独立之路。在文学创作方面,一部分知识分子开始借鉴西方与中东现代文学作品,迈出了改革马来文学的步伐,涌现了一大批题材丰富、样式各异的优秀作品。随着太平洋战争的爆发,英属马来亚、新加坡、北婆罗洲、沙捞越都相继被日本帝国主义所占领，从1942年2月至1945年8月的三年半时间，成为当地历史上最为黑暗的日本统治时期，各族人民饱受侵略者的欺凌和战争的摧残，马来文坛也遭受了沉重的打击。由于日本统治当局严格控制着文学作品的创作和出版，文学创作陷入了空前的低潮。马来文学创作者们在迷惘中徘徊，在痛苦中挣扎，经历了从迷失到觉醒，从沉沦到爆发的蜕变。

太平洋战争爆发之前，马来亚是英国的殖民地。英国在马来亚设有远东军司令部和东方舰队以控制远东的殖民地。由于马来亚盛产一些重要的战略物资，马六甲海峡又具有重要的战略地位，所以日本在偷袭珍珠港后就决定立即占领它，这样既可以取代英国人获得当地的控制权，进一步扩大自己的势力范围，又可以作为进入荷属东印度（即现在的印度尼西亚）的基地。1941年12月8日，就在珍珠港事件爆发之后次日，日军突然在马来亚北部吉兰丹州的哥打巴鲁登陆，守备英军大败。之后日军继续进攻，而英军由于缺乏足够的准备，再加上训练和装备等问题，多次败于日军。随后，日军沿马来半岛东西海岸分两路迅速向南推进。英军曾试图在柔佛州阻止日军前进，但未成功。日本陆军在海军配合下于12月31日占领关丹，1942年1月11日攻占马来亚首府吉隆坡。英军全线溃败，损失惨重，被迫于1月31日退守新加坡。至此，日军全面打败了马来亚的英军，从入侵到占领马来亚共经过了50多天的时间。

与此同时，马来亚共产党建立了自己的抗日军队——"马来亚人民抗日军"，开始进行长期的抗日游击战，而这支队伍的主要成员和力量都是华侨。同时，马来亚人民还建立了马来亚的抗日组织——"马来亚人民抗日联盟"，联合各种力量在城镇和乡村开展抗日行动，并采用多种办法声援和帮助"马来亚人民抗日军"的武装斗争。1945年8月日本宣布向盟军投降后，马来亚的部分日本占领军一时不愿放下武器投降。"马来亚人民抗日军"则继续英勇战斗，最终迫使马来亚的日军正式投降，取得了抗日战争的最后胜利。

日军入侵马来亚和新加坡之后，在当地建立了军政府，一方面残酷镇压抗日运动，疯狂掠夺战略物资，一方面加紧灌输"大东亚共荣圈"的思想，麻痹、分化当地人民。他们对待马来人采取笼络、欺骗的手段，继续承认马来亚各州苏丹的特殊地位，征集马来人为各级官员和警察，成立各种马来人的社会宗教组织。对待华侨则视为敌民，实行血腥统治，并且故意挑拨马华两大民族之间的关系。日军专门利用由马来人组成的警察部队来镇压以华侨为主的抗日队伍，并宣传"华侨掠夺马来亚财富"的思想，致使在战前尚能和睦相处的马华两族之间产生尖锐的冲突和对立，为战后民族矛盾的激化埋下了隐患。

二、日本统治时期的马来文坛状况

（一）迷失的文学家

在日本占领马来亚的三年半时间里，绝大多数的知识分子也同其他阶层的人民一样，不得不为了生存而挣扎、奔命，无暇顾及文化生活，更谈不上从事文学创作。因此，这一时期没有产生大部头的长篇小说和戏剧等，有限的文学创作以短篇小说和诗歌为主。由于日本侵略者在马来亚实行"分而治之"的政治手腕，对马来人和马来文学采取了一定的宽松政策，这使得马来文学在日本统治时期尚可保留一定的生存空间，有限度地发出自己的声音。一部分马来作家被日本的欺骗性宣传所蒙蔽，把争取民族独立与日本的"大东亚共荣"联系在一起，尤其在日军初来乍到的时候，他们甚至急不可耐地投入日军的怀抱，把日军当成了帮助他们脱离英国殖民统治的"解放者"。日军到来之后，迅速释放了一批战前因参加反英政治活动而被捕的文学家，例如伊沙克·哈吉·穆罕默德（Ishak Haji Muhammad）、阿卜杜拉·卡梅尔（Abdullah Kamel）等人。被日军释放之后，他们投身日本军政府旗下报纸《马来新闻》（Berita Malai）的出版工作。阿卜杜拉·卡梅尔于1943年远赴日本东京，直到战后1947年才返回新加坡居住。此外，阿卜杜尔·萨马德·伊斯迈尔（Abdul Samad Ismail）也在该报扮演了重要角色。这些作家一边为报社工作，一边从事为日军歌功颂德的文学作品创作，在一个时期内沦为可悲的政治宣传工具。战后，马来西亚著名作家和文学评论家阿连那·瓦蒂（Arena Wati）在谈到这些作家时指出："他们的确被当成了工具，这不仅仅是被迫而为之，也是时势所致。"（Arena Wati，1980：12）笔者认为，对于这些作家的行为，不能简单地视为投敌变节，而是当时时代的局限性和形势的复杂性，致使他们在乱局中迷失了自己的方向，天真地把民族独立的希望寄托在日本侵略者身上，而这种意识形态在当时的马来族民众当中曾经一度成为一种流行的倾向。

（二）畸形的出版业

文学作品的传播离不开出版物的承载，出版业的状况可以从一个侧面反映出当时文学界的状况。与文学界万马齐喑的状况相类似，这一时期马来半岛的出版事业在日军的高压政策和思想控制之下，也呈现出一片凋零的局面，只有屈指可数的几份爪威文[①]杂志在日本军政府的庇护下得以出版。1942年，两份分别由日军宣传部（Senden Bu）下属机构"马来新闻社"（Malai Shinbun Sha）和"马来建设社"（Malai Kensetsu Sha）主办的杂志《亚洲精神》（Semangat Asia）和《亚洲曙光》（Fajar Asia）正式出版发行。到1944年中期，"马来新闻社"接管了《亚洲曙光》的经营权，成为两份杂志的共同老板。日本统治当局的宣传部门还出版发行了日报《马来新闻》。到太平洋战争后期，为了扩大影响，这些报纸和杂志都改用了拉丁字母拼写的现代马来文。两份杂志主要用于刊载短篇小说，《马来新闻》也从1944年8月29日开始刊载短篇小说。毋庸讳言，大部分刊载其中的马来短篇小说都不可避免地沦为日本军政府当局赤裸裸的宣传工具。唯一值得庆幸的是，与在其他殖民地大力推行日语媒体有所不同，在马来半岛的日本军政府出于拉拢马来族、分化

---

① 爪威文（Huruf Jawi）是一种用阿拉伯语字母拼写的马来语，进入20世纪后逐渐被用拉丁字母拼写的现代马来语所取代，日军推行爪威文的目的是淡化英国在当地的影响。

当地民众的需要，采用了马来语作为媒体用语。无论是古老的爪哇文还是采用拉丁字母拼写的现代马来文，马来语的使用在当地得以保留，马来文学以一种畸形的方式继续存在。虽然日本军政府也在马来亚大力推行日语教育，建设了一批日语学校，但其在当地的统治只维持了短短三年半时间，日语教育收效甚微，马来语作为主要媒介语的地位没有被动摇。

三、日本统治时期的马来短篇小说

（一）迎合侵略者的媚日小说

所谓"媚日小说"，指的是那些为日本帝国主义涂脂抹粉、歌功颂德的短篇小说。由于日本军政府的把持和一部分马来族作家的迷失，媚日小说一度成为这一时期马来文短篇小说的主流。这些小说的共同之处就是：借助东南亚人民反对西方殖民统治的情绪，把日本侵略军美化为亚洲人民的解放者，鼓吹"大东亚共荣"的思想，从而满足日军的宣传需要。其中的代表作是阿卜杜拉·卡梅尔的《赎罪》（发表于1943年6月）。该小说以日军进攻位于巴布亚新几内亚东部的萨拉姆阿（Salamua）为背景，虚构了一群来自新加坡、香港和上海的30岁以下青年人组成"亚洲志愿军"为日军冲锋陷阵的故事。小说的主人公割断了与恋人的情丝投身日军参加作战，只是为了实现"大东亚共荣"。此外，这类小说还包括塔哈努丁（Thaharuddin A）的《放手宝石》（发表于1943年7月），该小说描绘了一位印度尼西亚青年阿米尔刚刚新婚五天就告别妻子投身日军，只因为他曾经被白人警察投入监狱而后被到来的日军释放，所以他立志要为"大东亚共荣"而牺牲自我。另外还有扎德兹里·扎伊努丁（Zadzri Zainuddin）的《幸福》（发表于1944年3月），该小说描绘了一位马来族青年扎穆哈里在《马来新闻》报上读到日本军政府在马来亚组建"义勇军"（Giyu Gun）和"义勇队"（Giyu Tai）的消息，其新婚妻子扎依娜布立即支持自己的丈夫参加"义勇军"

的故事。小说中以肉麻的笔调借主人公扎穆哈里之口这样说道:

"我这才明了东条首相'终胜之年'讲话的含义,为此我们青年人的全部力量都要投入到实现那最终胜利的奋斗中去。"

在火车站,家人和亲友们都来相送,火车在人群的欢呼声中徐徐开动……万岁!万岁!!万岁!!!(Arena Wati, 1980: 175)

在太平洋战争初期,这类小说充斥于两本杂志当中,无论创作者是出于被迫还是自愿,都不能否认它们在客观上满足了日本侵略者的宣传需要。这些小说谈不上任何作者个人风格,完全按照日本统治当局的需要而炮制,充满着虚假的感情和口号式的语言,不但毫无文学艺术性可言,而且在现代马来文学史上留下了不光彩的一笔。

(二)反映艰难时世的生活小说

随着战争的进一步升级,日本军国主义的残暴面目和侵略本质逐渐被正直的马来族文学创作者所认识,太平洋战争初期那类宣扬"亚洲是属于亚洲人的亚洲"、赞美"大东亚共荣圈"等题材的作品越来越少,而客观反映艰难时世的作品逐渐增多。甚至在日本统治当局严格控制的几份报刊上也出现了一些以隐晦的笔调揭露社会黑暗现实、批判日本军国主义罪行的作品。为了保证战争机器的运转,日本帝国主义在殖民地残酷压榨当地人民,疯狂掠夺战略物资,严格控制生活必需品的供给,给人民生活造成了极大的困苦。日本统治当局将大米等粮食物资大量征为军用,造成马来亚地区城市居民普遍粮食短缺。为了解决粮食匮乏的困境,日本军政府鼓励马来亚城市居民到广大农村地区去开荒种地,生产各种杂粮作物作为大米的替代品或补充品。日本军政府要求马来作家以几份报刊为园地,创作发表鼓动人们下乡垦荒的文章。于是,一些作家表面上迎合日本统治当局"去农村垦荒"的政策,暗地里却通过自己的作品披露出当时民不聊生的社会现实。例如,在短篇小说《建设新马来大厦》(发表于1944年2月)中,就出现了大量关于日本军政府当局要求节约粮食支援前线的对话,并且对老弱妇孺被迫从事农业生产的悲惨事实进行了客观的描述：

> "自从当局做出安排，让妇女们各尽所能都去干农活，种植代替米饭或者掺合到米饭中的杂粮，罗哈娜就竭尽全力去搜寻各种杂粮做成的食物和糕点……"（Arena Wati，1980：60）

在萨马德·伊斯迈尔创作的短篇小说《木薯》（发表于1944年3月）中，作者以幽默诙谐却不无辛酸的笔调讽刺了日本侵略者给当地人民带来的"繁荣昌盛"：

> 以往城市居民不屑一顾的木薯，如今突然身价百倍，成为大家抢购的东西。近来，城里人，男的、女的、老的、少的都津津乐道起木薯来。大街上，人们手中拿的是木薯，胳臂夹的是木薯，肩上扛的也是木薯。乘车时车上看到的是木薯，回到家餐桌上摆的也是木薯，谁料在亲朋好友的宴席上吃的还是木薯。天晓得人们为何这般如痴如狂地迷上了木薯，连做梦也大声叫喊"木薯、木薯"。（王青，2004：95）

从这段生动的描写中我们可以看出，在日本统治当局的疯狂掠夺和严格管控之下，原来富庶安乐的马来亚城市生活已经一去不复返，居民们挣扎在粮食匮乏所带来的饥饿边缘，原来一文不值的木薯如今在富家小姐的餐桌上吃起来竟然如同"烤鱼"一样美味，这是因为在当时的市场上除了木薯已经找不到其他可以用来充饥的食物了。

（三）借古讽今的历史小说

当马来作家与日本侵略者的"蜜月期"结束之后，对统治当局的质疑和不满便开始流露于笔端。在日本军政府的高压政策之下，文学创作者们不可能在当局管控的报刊上发表现实题材的抗议性作品，便巧妙地借助历史题材来影射当时的社会现实，表达出一种隐晦的反思和抗议之声。这类作品的数量虽然不多，但在当时的历史条件下却体现了一种独特的价值。其中的代表作是阿卜杜拉·卡梅尔创作的《在杭·杜阿国度里的爱》（发表于1943年9月），该小说以马六甲王朝的苏丹曼苏尔·沙阿时代（1459—1477）为背景，讲述了一个曲折悲惨的爱情故事。平民哈桑与法蒂玛相爱，贵族敦·阿布·巴卡尔以势压人横刀夺爱，抢走了法蒂玛，并强行与之成婚。在婚礼上愤怒的哈桑杀死了敦·阿布·巴卡尔，之后不得不远走他乡避祸。哈桑离开之后，"罪妇"法蒂玛受到众乡里的歧视，生活难以为继，哈桑的哥哥卡西姆为了帮助她，决定娶她为妻。哈桑得知这个消息后，从避难的柔佛赶回来，与哥哥发生争斗。就在此时，埋伏已久的敦·阿布·巴卡尔的家丁趁机对兄弟二人发起攻击，哈桑兄弟联手抗敌，但终因寡不敌众双双身亡。10年之后，变成盲人的法蒂玛在孤独中颠沛流离，终老一生。临终之际，法蒂玛留下了如下的遗言："盲目的爱可以带来幸福，但盲目的爱也可以带来不幸与苦难。"

阿卜杜拉·卡梅尔后来在谈到自己创作这篇小说的初衷时说，他的意图是通过曲折的笔调来反思自己对日本的态度，他想用象征和隐喻的手法来表明，两个国家之间的关系就如同恋人一般，迟早会出现各种问题。（Arena Wati, 1980：13）作为曾经的"亲日派"作家代表人物，阿卜杜拉·卡梅尔能有这样的认识，这体现出了他作为一个文人的自省。此外，这类作品还包括伊沙克·哈吉·穆罕默德创作的《他乡金雨》（发表于1943年2月），该小说以19世纪马来亚彭亨州苏丹阿哈马德时期为背景，描绘了以巴哈曼为代表的马来民族英雄与英国殖民者进行斗争的历史故事。小说中以克里佛德爵士为代表的英国殖民者打着"通商"的旗号，以武力胁迫彭亨州苏丹就范。苏丹阿哈马德倾听民意没有同意克里佛德的无理要求，马来亚人民在武将巴哈曼的率领下与英军展开激战，坚持了一年之后苏丹阿哈马德无力再战宣告投降，但巴哈曼断然拒绝了英国殖民者封其为"斯文丹大人"并可割据一方的丰厚条件，不顾力量和装备上的悬殊落后，毫不屈服，坚持与英国殖民者战斗到底。这篇小说塑造了一位为了捍卫民族尊严和利益而与外来殖民者誓死抗争的勇士形象，赞美反抗，鄙视投降，风格与那些奴颜婢膝的媚日小说迥然不同，这体现了马来作家群体的民族意识开始觉醒，要求民族独立的呼声开始逐渐高涨。

四、日本统治时期的马来诗歌

与小说的沉沦和凋敝不同，马来诗歌的创作在战争期间一直呈现出繁荣的局面，这是因为诗歌的发表和传诵不必受制于书面媒体，而马来民族自古以来就有着爱好吟咏诗歌的传统。当时的诗歌，在形式上古今并存，有讲究韵律、格式的旧体诗，更多的是格律上自由奔放的现代诗。在内容上有宣传伊斯兰教宗教道德观念的，有歌颂纯洁美好的爱情的，有反映人民生活疾苦的，但其中还是以呼唤民族觉醒、充满爱国情操的诗歌占绝大多数，这与处于战争动荡的年代人们向往和平自由的生活不无关系。（王青，2004：93）虽然在日本统治初期，由于受侵略者的宣传和蒙蔽，马来诗坛也出现了一些"欢呼解放"、歌颂"大东亚共荣"的诗作，但后期的诗歌创作却逐渐走向理性和激昂，犀利的诗句如同投枪和匕首，充满了对日本法西斯统治的不满和反感。"经过一时的激动和兴奋之后，日本法西斯统治下残酷的现实使他们逐渐冷静和醒悟过来了。他们对日本所宣传的'大东亚共荣圈'开始产生怀疑，过去那种对日本的急切期望消失了，而对民族独立的要求却变得越来越强烈。"（梁立基，2003：576）下面就是其中几首比较有代表性的作品：

  A
  生还是死——那是我们响应祖国的召唤
  高举民族解放的旗帜
  战斗的结局。
  我决不向敌人屈服
  只要热血还在
  我的躯体内奔流。
  为了祖国尊严而活着
  我虽死犹生。

我活着

就是履行

保家卫国的神圣义务。

我的誓言就是一把利剑

它时时在保卫着祖国。

我的鲜血

将唤醒还在沉睡中的青年

鞭策他们

为祖国的永生

履行自己的义务。

   ——沙里夫·苏卡尔《杭·杜阿的鲜血》

B

啊，我的祖国

你美如锦绣

无论我走到何方

眼前都闪现着

你的壮丽河山。

我心中埋藏着一个心愿

为了你

亲爱的祖国

我愿做个好男儿

献出我的一切。

不是为了争名利

不是为了求权势

只是为了祖国，

奉献我一颗赤诚的心。

即使要把我的灵魂

与躯体分开

我也仍要把你

亲爱的祖国支撑。

　　　　——马苏里《我的心愿》

C

衣裳褴褛，

身躯佝偻，

拄着拐杖，

沿街乞讨。

啊，命运

到底什么时候

才能改变？

真主啊，期待着您的恩赐。

风里来雨里去，

拖着疲惫的身躯，

伴着辘辘的饥肠，

迎接漫漫长夜。

睡在屋檐下，

枕着石头，

盖着露水，

忍着饥寒，

期待曙光到来。

　　　　——苏乌德·拉希姆《穷汉的命运》

　　从以上这些作品可以看出，诗歌作为最具武器性的文体，以其饱含激情的语言，吹响战斗的号角，在战争年代的确起到了鼓舞民众斗志，反抗法西斯暴政的作用。从作品风格上来看，日本统治时期的马来诗歌深受印度尼西亚"新作家派"[①]的影响。当时"新作家派"的著名诗人凯里尔·安瓦尔（Chairil Anwar）和阿米尔·哈姆扎（Amir Hamzah）的诗作成了广大马来青年诗歌创作者们的楷模。这些诗歌在形式上比战前的马来现代诗都更进一步地摆脱了旧体诗的框架和束缚，喜爱采用西方现代派表现主义手法，更加离经叛道，更加自由化，也更加能够反映时代的风云激荡和巨大变革。

五、结语

综上所述，在日本占领马来亚这片土地的三年半时间内，马来文坛经历了痛苦的蛰伏期和蜕变期。由于日本侵略者实行"分而治之"的政策，马来语言文学还能在一定的空间内继续存在和适度发展，但总体而言，它也远不及战前那么繁荣。除了一些慷慨激昂的抗日诗歌，这个时期没有留下太多值得称道的文学作品，反而出现了一批为侵略战争歌功颂德的媚日文学作品，这一方面是因为日本侵略者的欺骗、蒙蔽和压制所致，另一方面是因为马来族文学创作者们在一个较短的时期内还来不及认清日本帝国主义的法西斯侵略本质和真实意图，从而被侵略者所利用，沦为其政治宣传工具。战后马来西亚文学界很少对日本统治时期曾经撰写过媚日小说的文学家提出严厉的批评，就是基于这样的原因。无论如何，随着历史的一步步发展，正直的文学创作者终于走向清醒和觉悟，在太平洋战争后期已经出现了一些对日本统治之下人民困苦生活有所反映的作品和借古讽今影射社会现实的作品，相比于那些毫无文学价值可言的媚日小说，这两类作品的艺术价值和社会价值应该受到肯定。在日本法西斯当局的高压政策之下，一部分作者巧妙地利用侵略者创办的刊物对侵略者进行消极抵制和隐晦攻击，堪称难能可贵。在日本统治时期结束之后，更是涌现了一批控诉日本侵略者罪行的马来文学作品。

---

① "新作家派"为20世纪30、40年代出现在印度尼西亚的现代文学流派，因以《新作家》杂志为核心而得名，答梯尔·阿里夏班纳、尔敏·巴奈、阿米尔·哈姆扎被称为"新作家派"三杰。

总而言之，这个时期是一个特殊的历史时期，是马来民族进一步走向民族觉醒、追求民族独立的历史阶段，它培养了一批民族意识浓厚的马来族文学青年，这些青年在战火中经历了迷失、磨砺和成长，成了战后发展马来现代文学的骨干力量。太平洋战争一结束，马来亚人民就开展了轰轰烈烈的争取国家独立的斗争，随着政治运动的蓬勃发展，现代马来文学也进入了战后百花齐放的大发展时期，并对独立之后的马来西亚当代文学产生了深远的影响。

参考文献

[1] 邓兵. 亚洲国家历史与政治制度 [M]. 北京：军事谊文出版社, 2009.

[2] 季羡林. 简明东方文学史 [M]. 北京：北京大学出版社, 1988.

[3] 梁立基. 印度尼西亚文学史 [M]. 北京：昆仑出版社, 2003.

[4] 王青. 马来文学 [M]. 北京：外语教学与研究出版社, 2004.

[5] 王向远. 东方文学史通论 [M]. 上海：上海文艺出版社, 2005.

[6] Arena Wati. *Cerpen Zaman Jepun* [M]. Kuala Lumpur: Penerbitan Pustaka Antara, 1980.

[7] Chung Young-Rhim. *Penelitian Cerpen-cerpen Korea dan Malaysia pada Masa Pendudukan Jepun* [J]. Prosiding Persidangan Antarabangsa Pengajian Melayu Beijing Ke-2, 2002, 1178-1187.

[8] Yahaya Ismail. *Sejarah Sastera Melayu Moden* [M]. Petaling Jaya: Penerbit Fajar Bakti, 1976.

作家作品分析

越南传说《一夜泽传》的流传文本及其叙事内在逻辑

■ 徐方宇

【摘　要】《一夜泽传》是越南"四不死"神之一褚童子所依附的传说文本。该传说在流传过程中形成了不同的版本。不同版本共有的情节要素为该传说的不变形态,它在很大程度上反映了传说的深层象征;其他情节要素为该传说的可变形态,它们是对一定历史条件下社会、文化事象的折射,其出现有着必然的历史和文化逻辑;正是这些可变形态的情节要素催生了褚童子这位越南人心目中的"不死"的神灵。

【关键词】越南传说;《一夜泽传》;叙事逻辑;作品研究

民间神话、传说和神迹是建立人神关系的语篇载体,其叙事构成了一个民族特定的看待和建构世界的方式,反映了人们对早期社会的记忆;同时这类叙事也是社会知识传袭和伦理价值形成的重要机制,能对人们现实的文化生活造成潜移默化的影响。

本文即将谈到的篇章与叙事,是指神话传说、神迹等文本对"褚童子"的"言说"。褚童子是越南的"四不死"神之一(另外三位神是柳幸公主、伞圆山神和扶董天王),被越南人誉为"天神",是城隍神中受到广泛祭祀和崇拜的传说人物。[①]褚童子所依附的叙事文本名《一夜

---

① 根据神性、功劳的不同,皇帝将城隍们分封为不同的等级,即上等神、中等神和下等神,天神属于上等神。上等神包括天神和人神(如文化英雄或历史名人),中等

泽传》。关于这个传说的发生，越南人把它归于"雄王时代"[①]的口传文学。因褚童子的人格和神性传承了越南人伦理价值的重要方面，对越南人的人格模塑起到了重要作用，因而其地位不断被抬高；而《一夜泽传》的传说也因此得以世代流传，并被后人在原有情节的基础加以增减，形成了诸多流传文本，也相应诞生了民间对褚童子不同的祭祀方式。

从记忆的视角看，一个文本必然会在传承过程中发生某些变异，因为叙事模式取决于认知和记忆的集体模式及其当下性的特点，它会因撰写者本人生活经历和当时社会环境背景的影响附会上各种不同的情节。叙事的情境特征要求我们结合越南不同阶段的历史语境去探寻《一夜泽传》情节产生的动因及其反映的"思想"和"社会"意义上的"事实"。

一、《一夜泽传》及其流传文本

在现存的越南古籍中，神话传说集《岭南摭怪》以及越南历史的定本《大越史记全书》都有对《一夜泽传》的记载。《岭南摭怪》最早可能形成于李陈时期，后经多人修改、整理；现今流传的各种版本的底本由武琼、乔富在前人的基础上分别重编于1492、1493年。[②]《大越史记全书》则由后黎朝史官修撰吴士连撰成于1479年，后经多次续编，今从版本为1697年印本。

因《大越史记全书》中的记叙相对简洁，为了呈现故事的全貌，我们将原文录入如下：

神是在某一地域做出重要贡献的人神，下等神一般是对村社做出贡献、有功德的人神，此外还有在吉时去世的人鬼等。

[①] 中国学者一般认为，"雄"是"雒"的误写或改写。根据越南考古学和历史学的有关资料，这一时期应该是越南东山文化时期（大约从公元前6世纪，也有人认为从公元前8世纪起一直延续到公元一二世纪）。

[②] 《岭南摭怪》最早可能形成于李陈时期，所知其较早的编者之一为陈世法，越南学者一般认为该书成书于陈朝末年（14世纪下半叶）。见戴可来：《岭南摭怪等史料三种》，中州古籍出版社，1991年，第257—261页。

世传雄王时，王女仙容媚娘出游海口，船回至褚家乡洲，步行洲上，遇褚童子裸身，先匿苇丛中。自以为月老备缘，与合为夫妻。畏罪避居岸上；所居便成都会；王调兵讨之，童子、仙容恐惧待罪。忽半夜，风雨暴至，舂撞所居，栋宇自拔，居人及鸡犬一时同升于天，留其空址在泽中。时人呼其洲曰自然洲，其泽曰一夜泽。今存旧号云。

在记述越王赵光复事迹时，书中也写道：

王居泽中，以梁兵不退之故，焚香祈祷，恳告于天地神祇，于是得龙爪儿矛之瑞，用以击贼。自此军声大振，所向无敌。俗传泽中神人褚童子，时乘黄龙自天而下，脱龙爪付王，俾戴于兜矛上，以击贼。①

我们将上述叙事的情节要素提炼如下，并将该版本记作文本1：

a1 公主在洲滩发现褚童子赤裸身体藏匿于苇丛中；

b1 公主认为是月老牵线，与褚童子结为夫妻；

c1 他们生活在河岸边，他们住的地方形成了一个都会；

d1 父王派兵攻打；

e1 半夜狂风大作，人、鸡犬及房屋同升于天，只剩下一块水洼地和房基；

f1 褚童子被视为神灵，乘龙而下，授龙爪，以助击贼。

《岭南摭怪》对该传说的记载有较大不同。受篇幅所限，我们只将其情节要素抽取出来，（记作文本2）以便于下文分析：②

a2 雄王三世生仙容公主，公主不愿嫁夫，好游戏；

b2 褚舍乡褚童子家遇火灾，仅存一布裤，父子出入，交相着之；

c2 父亲褚微云去世，褚童子以裤殓葬之；

d2 因身体裸露，褚童子只得将下半身埋在水里，靠向过往船只乞

---

① 吴士连等著，陈荆和编校：《大越史记全书》，外纪，卷四，第150—151页。

② 详见戴可来、杨保筠校注：《岭南摭怪等史料三种》，中州古籍出版社，第18—22页。

讨或钓鱼为生；

e2 见船队，褚童子藏匿于岸边芦苇丛的沙坑里；

f2 公主在芦苇丛中洗澡，水冲沙流，沙散而童子现；

g2 公主认为两人赤身相见，乃天使之合，劝说褚童子与她成了亲；

h2 因不敢归见父王，公主遂与丈夫开市津、立铺舍，与民贸易，渐成大集市（有版本说"渐成大乡"）；

i2 外国富商事仙容、童子为主。有富商告二夫妇曰出海买贵物，童子与家人同行海外；

j2 泊船汲水时，童子登游一座寺庵，庵中僧人欲传法，童子遂留学法，得一杖一笠；

k2 童子向妻子具言佛道，妻子觉悟，两人废市铺家业，寻师学道；

l2 途中，立杖覆笠以宿；夜三更，变出宫殿、城堡等，别成一国；

m2 雄王以为女儿作乱，派兵攻打，公主认为生死有命，不作反抗；

n2 半夜狂风大作，公主城堡飞向空中，其地陷成大泽；

o2 人们在此地建庙祭祀，名其泽曰"一夜泽"；

p2 战时赵光复将兵藏于此地与敌军抗争，使敌军久攻不下；

q2 危难之际，将领在此地设祭坛，神灵（一作褚童子）骑龙升泽中，授龙爪，令插于长矛上，大败敌军。

我们看到，较之《大越史记全书》，《岭南摭怪》中《一夜泽传》的情节要素要复杂得多，它已经具备一个完整的民间故事形态了。在这里，主人公褚童子、仙容有了更加完备的身世和性格特征，其生平经历也更加丰富。因《岭南摭怪》在越南历史上形成较早、流传甚广、影响也较大，加之其故事情节记录的完整性，后世对《一夜泽传》的记载和讲述多以此为蓝本。①

除上述流传文本外，还有两个重要版本需要提及，即由"黎朝翰林院东阁大学士阮炳撰于洪福元年（1572）、管监百神知殿雄岭少卿阮贤抄于永佑年间（1735—1740）、吴珍阮子恭录于成泰十一年（1899）"的神迹文本——《恭录夜泽传》以及《雄王朝褚童子、仙容及西宫二位》，它们分别供奉于河内嘉林县文德乡褚舍亭和兴安省快洲县平明乡多禾村多和祠（或称褚童子祠、三位圣仙祠）。前者被认为是褚童子的家乡，后者则是传说中褚童子升天的地方——"夜泽"区的所在地。

《恭录夜泽传》（我们将其记作文本3）的情节要素与《岭南摭怪》中的《一夜泽传》完全类似（因此文本2的字母序号可保持不变），但在篇末增加了与褚童子相关的《右妃人内泽西宫事迹》："妃人东安县东铭社人，春日，坐田间土隼观稼，风雨忽至，霁后没见，家人寻于坐处，惟余衣笠。是夜，邑中惊动，如兵马奔腾之状。乡人讯之名卜，名卜云：'褚王亲迎往验其家，颇有显状'。民村从来奉事，具有黎朝敕封。'"②这里出现了一位人物——褚童子的第二位夫人。从其"事迹"来看，只知其为东安县东铭社人，于某日雨后在田间"消失"，褚童子亲往其家，颇有显状。

与此文相比，另一神迹文本《雄王朝褚童子、仙容及西宫二位仙女玉谱》则对褚童子第二位夫人的身世、事迹有了更符合逻辑的交代，且在叙事上与上述流传文本呈现出较大差异。我们将其情节要素提炼如下，并将其记作文本4：③

　　a4 雄王传十八世，为百粤之祖；

　　b4 雄王第十八世睿王，其皇后祷于国母祠，感生而生仙容公主；

---

① 可参考越南著名学者俊映、潘继炳、阮董之等人在相关论著中对该传说的讲述以及由越南民俗学者编撰的《越南民间故事宝库》等民间文学读物。对比可知，其情节要素基本一致，只有少数细节上的差异：比如在h2, j2等情节上的简化等等。

② Đỗ Lan Phương, Việc phụng thờ Chử Đồng Tử vùng châu thổ Hạ Lưu sông Hồng, LATS văn hóa học, năm 2005, phụ lục.

③《雄王朝褚童子、仙容及西宫二位仙女玉谱》，多禾社神迹，越南汉喃研究院藏，书号 A2468。

c4 公主十八岁不愿嫁夫，好游戏；

d4 东安县多禾乡褚董夫妇，做梦感生童子；

e4 丧母，家又遇火灾，仅存一布裤，父子出入，互相服之；

f4 父亲去世，褚童子以裤殓葬之；

g4 因身体裸露，褚童子只得将下半身埋在水里，靠向过往船只乞讨或钓鱼为生；

h4 见船队，褚童子藏匿于岸边芦苇丛的沙坑里；

i4 公主在芦苇丛中洗澡，水冲沙流，露出童子身；

j4 公主认为两人赤身相见，乃天作之合，遂与褚童子成为夫妇；

k4 公主惧，不敢归，遂与褚童子居于多禾；

l4 一日，两人浪游海外，遇白头仙翁，仙翁授童子以神仙变化之术，并赐圆笠竹杖；

m4 童子返回，以神仙之法传教仙容，夫妇皆学成仙道；

n4 一日，两人历游东安，至翁亭社，遇一美貌女子；

o4 仙容指示童子结此女为次室，童子默许；

p4 仙容劝说女子嫁与郎君，女子自称西宫仙女，两人结为姊妹；仙女与褚童子结为夫妻；

q4 褚童子利用圆笠、竹杖及法术帮助翁亭社人起死回生；

r4 西宫仙女授予童子救人治病之仙术，童子救得翁亭社数百人；

s4 百姓祈为臣子，童子择一所立杖覆笠，成庙宇楼台数座，交予翁亭，以为后日香火；

t4 三人于东安县周边三县立杖覆笠，变出琼宫玉室，命名曰"自然洲"；

u4 雄睿王以为女儿作乱，派兵攻打，仙容认为子不抗父命，并不做反抗；

v4 半夜狂风大作，三人及所居升天，得道成仙，其地陷成大泽，故名"一夜泽"；

w4 雄王至此泽，西宫代童子、仙容前来拜谢；

x4雄王封西宫仙女为内泽西宫公主，许与童子、仙容同配享，立祠于多禾社；

y4翁亭社民于多禾社抄神号回庙宇旧所，三位显灵；

z4三位为仙为圣，化生不灭，为"四不死"第二。

不难发现，与文本2相比，文本4在情节要素方面略去了h2、i2、j2、k2等情节，将僧人传佛法变成了白头仙翁传仙道；略去了p2、q2等情节，取而代之的是封神、香火及显灵等情节；内泽西宫公主的来历和事迹也因其自称为西宫仙女、教褚童子治病救人等情节而较文本3更加完整。另外，在该文本后的《补遗》篇中对西宫的身世又做了进一步补充："东安县东铭社有一农家妇，梦有青鸟从西方来，飞入帐中，幻化一女，继见一妇人，曰：'我乃天上西宫王母'，此女乃我之女，今将寄汝在尘三纪'。于是依妊而生娘于二月初十，因名之曰西娘娘。"西娘娘三纪（即36年）之后去世显应，便有了后来文本4中遇褚童子与仙容的情节。至此，褚童子、仙容、西宫三人在身世上皆具备了"感生"这一成为神灵的基本条件。

与神迹叙事相对应，如今，在供奉褚童子的亭祠中，大都同时供奉这三位神灵：褚童子的神像或神位位于正中，仙容位于左位，西宫位于右位。人们虔诚地相信，除了雄王的女儿仙容以外，褚童子还有第二位妻子，是一位本地人。

二、《一夜泽传》传说的文本学分析

以上分别介绍了传说《一夜泽传》在《大越史记全书》、《岭南摭怪》以及两篇神迹文本中的不同版本。比较这四篇流传文本，我们发现，只有（1）仙容见褚童子裸身（a1、f2、f3、i4）、（2）褚童子与仙容结为夫妻（b1、g2、g3、j4）、（3）父王派兵攻打（d1、m2、m3、u4）以及（4）升天（e1、n2、n3、v4）的情节要素是四篇文本所共有的。

因为上述情节要素的相对稳定性，我们不妨将它们视作传说的不变形态，而把除此以外的情节要素视为该传说可变形态。综观上述四篇传说文本，可知《一夜泽传》故事的可变形态主要包括：（1）父亲去世，褚童子把唯一的一条布裤给父亲用（c2、c3、f4）；（2）夫妻俩住的地方形成了一个村庄或一个都市、集会（c1、h2、h3）；（3）褚童子出海（i2、i3）；（4）褚童子遇僧人或先翁，学佛法或仙道，得宝物（j2、j3、l4）；（5）褚童子授龙爪帮助赵光复抗击敌人（f1、q2、q3）；（6）褚童子第二位夫人西宫及其事迹（版本3篇末以及n4—r4），等等。

　　美国文化历史学派的代表人物博厄斯在论述民间故事时指出：那些与古代文化传统相关的故事，随着社会生活的变化，不断补充发展新的内容，结构也趋于复杂、新颖。（刘守华，2003：102）也就是说，故事内容和结构的复杂程度是判断文本流传时间的一个标志。如果《一夜泽传》故事的传承和变异遵循了这个一般规律，那么通过上述各版本的情节要素我们不难做出判断：结构和情节相对简单的文本1与传说的不变形态最为接近，因而产生较早；文本2的情节要素较为复杂，应是流传在后的。

　　越南学者阮志斌在对《岭南摭怪》和《大越史记全书》两部书的编撰过程、作者背景和故事本身做了一番考证之后，也驳斥了部分越南学者根据成书年代的早晚而认定《岭南摭怪》中的版本早于《大越史记全书》的说法。他认为："武琼所叙述的版本在后：作为《大越通鉴》的作者，也许武进士读过吴士连的《大越史记全书》，且武琼的家乡离夜泽（地名）也不远，所以，武琼可能知道这个传说而把它录入了《岭南摭怪》中。"[①]

　　对于另外两个神迹文本，根据其"奉撰"、"承抄"的时间，我们不难对其产生的时代背景做出判断。我们知道，黎朝（尤其是黎中兴时期）是越南历史上编撰神迹（造神）的主要阶段，这一阶段诞生了

[①] Nguyễn Chí Bền, *Văn hóa dân gian Việt Nam: những suy nghĩ*, Nxb văn hóa dân tộc, năm 2000, tr.33-37.

庞大的神迹文本体系。①其中由翰林院东阁大学士阮炳撰于洪福元年（1572）、管监百神知殿雄岭少卿阮贤抄于永佑年间（1735—1740）的神迹文本占居多数。阮贤之后，一部百神档案得以建立，藏于礼部，供封建朝廷审阅和封神之用。

神迹文本有其不同于其他传说故事之处，即它一定是以封神、祭祀为目的的风貌推源的传说。因此我们看到，它有明确的故事发生地。从情节结构的复杂程度看，文本4流传的时间应当较其他版本晚。通过神迹开篇以大量篇幅歌颂十八世雄王的叙事方式，我们认为该文本应诞生于神迹"泛雄王时代化"的18世纪。因为这一时期，由于雄王影响的不断扩大，越北地区的大量神灵都成了雄王（主要是雄王第十八世雄睿王）的功臣和子女（此时仙容公主也从版本2的雄王三世之女变成了雄王十八世之女），而对十八世雄王的总体叙述也几乎见于所有与"雄朝"有关的神迹文本的开篇。所以，文本4更有可能仅出自阮贤之手，而阮贤写"阮炳奉撰"则可能是为了让神迹文本看起来更久远或是为了使神迹文本更成体系。

需要指出的是，从发生学的角度看，结构和情节要素相对简单的传说文本开始流传的年代较早，但并不意味其所有情节要素都产生较早；相反，流传较晚的结构和情节要素相对复杂的文本也不意味着其所有情节要素都诞生较晚。这是因为传说在传承过程中，其"变异"是通过情节要素的增减来实现的。同一个文本中的情节要素有可能产生于不同的时代，而且每个情节要素都有它自身的功能意义。因此单纯按照版本出现的先后来分析传说的传承变异并不科学，更为细致和科学的方法是以传说故事中各情节要素为依据来分析其中的内在逻辑。

---

① 一般认为，洪福元年东阁大学士阮炳受命辑录、编写了《祀典》神册，该神册记载有各神祇的等级、封号、享祀情况等。在现存的神迹文本体系中，几乎所有注明"洪福元年""翰林院东阁大学士阮炳奉撰"的神迹都同时注明了是由"管监百神知殿雄岭少卿阮贤奉抄"。

三、《一夜泽传》情节结构的逻辑分析

关于神话传说,笔者认同这样一种观点,即"后世的一些民间故事决非是原始神话的消极蜕变,而是在原始文本基础上积极的自我调整"(吕微,2001:159),这种"调整"是对当时的社会文化环境或人们的心理需求所做出的积极反应,它必然会使传说故事带上特定的时代信息和文化信息。因此,通过对传说故事情节要素内涵和外延的文化阐释,确定它们在故事整体结构中的位置和意义,剖析故事自身形态不变与可变部分之间的关系,也即故事的内在逻辑,将有助于我们构拟一个传说故事的"生活史"。

(一)传说不变形态要素的逻辑构拟

如果我们仅仅将目光盯在那些故事角色的行动环节上,而不考虑句子(暂且将故事简化为一个有着主、谓、宾结构的句子)谓语以外的其他成分,那么《一夜泽传》的不变形态将抽象为"一个姑娘见一位男子裸身,便嫁给了他;女子父亲派兵攻打,两人升天"的母题组合,它更能反映一个传说故事的深层象征。

姑娘见男子裸身便以身相许,这一母题的内在逻辑可能缘于某种原始意象或象征,它或许与古时的某种原始习俗及信仰有关。就好像"少女嫁给蛇"的母题反映了原古"图腾崇拜"和"图腾婚姻习俗",日本的《蛇女婿》故事是日本古代社会"访妻婚"的遗留一样,"女子见到男子赤身"或"两人赤身相见"于是"结为夫妻"大概缘于某种原始的习俗或礼仪。

而女子嫁给男子,并从夫居的母题逻辑应产生于原始父系氏族社会妻从夫而居的时代,结合越南社会的发展阶段,它与东山文化时期——原始公社末期父系氏族公社时期相对应,越南学者往往将这一时期与"雄王建国"的传说联系起来。父王派兵攻打的母题象征则有可能源于

原始社会部落酋长的领土或地位之争。

升天成仙则是中国道教文学常见的母题。道教在我国东汉时就已产生，并较早盛行于交州之地（约公元2世纪末期），后来在越南民间得到广泛流传。鉴于民间故事情节"迁徙"、"流动"的现象十分普遍，这一母题的产生很有可能是受到中国道教文学的影响；但我们并不排除其各自生成的可能性，如果是这样，那么它的产生应该是在越南先民形成了天—地—人思想雏形之后的事。

（二）传说可变形态要素及其衔接的内在逻辑

分析传说故事的内在逻辑，除了还原其母题之外，还需要对"句子"的"主语"或"宾语"加以考证，因为叙事不仅产生于深层的象征层面（原型），在传承的过程中它更容易在于浅层次的叙事层面发生变异。吕微（2001：16）认为，文学事件中所描述的想象事件始终是以现实世界中实际发生的真实事件为原型范型的，也就是自然事件从根本上制约了叙事逻辑；因此，《一夜泽传》可变形态要素的出现绝非偶然，它们是对一定历史条件下文化事象的折射，人们把这些后世产生的文化事象附加于传说故事的初始形态之上，使之呈现出不同的面貌。

1. 褚童子裸身葬父尽孝道

该情节的增加为后世褚童子成为人们心目中的"不死神灵"奠定了初步基础，即通过赋予褚童子人格魅力来增加他的神性，这一逻辑符合越南的社会文化发展状况，并且契合越南人的心理及文化需求。

对于东南亚的早期古代文明，许多人类学者做出过研究：美国著名的人类学家克罗伯曾把东南亚古代文化的文化特质归纳为26种，祖先崇拜为其中之一，此外还包括重祭祀、多信仰等。由于特殊的历史、地理原因，在其后长期的文化发展过程中，越南文化受到中国儒家文化的全面渗透。越南学者邓严万认为，正是儒家思想给当地祖先崇拜的朴素观念赋予了哲理、组织、仪式以及深刻的信念。①

儒家学说的核心思想是"礼"与"仁"。"礼"源于原始的宗教仪式，用以表示对神灵和祖先的敬意，"礼"文化完备了中国的风俗制度，并随着儒家思想的传播而对越南风俗礼仪的传承和变异起到了很大的规约作用。"仁"的观念让越南人重情感，"爱人"成为越南家庭、集体、村社的情感纽带和团结互助的精神基础；而其中，"孝悌"思想作为仁之本，更是深深扎根于越南农耕文化的"土壤"中，成为其民族文化、精神的重要支点，并在越南文化语境中得到新的阐释与运用。正是在这一民族心理的支配下，祖先崇拜成为越南最普遍、最重要的传统信仰。

在这样的文化背景下，褚童子不会不孝顺，也决不会让自己的父亲赤身下葬。这就是文化语境及文化心理赋予此情节要素的内在逻辑。②文本4中褚童子"抱尸而叹"的话语对这一文化逻辑有很好的诠释："父兮父兮，生我够劳，今而家贫身贱，无一毫以报……我父在世，既为无服之人，我父捐尘，岂作裸身之鬼"，报本答恩的孝悌观跃然纸上。

我们认为，褚童子的"孝"是一种文化和历史的必然，因为他需要承载民族文化观念中的完美人格，这是他成为越南神灵的最基本条件。越南文化语境赋予了这一情节要素强大的生命力；同时这一情节要素的叙事，又随着《一夜泽传》的广为流传而成为模塑越南人民族文化精神的重要源泉。

2. 村庄或集市的形成以及出海

版本1、2、3中都有关于形成村庄、都市或集市的情节，这一情节的产生同样也是社会发展在传说故事中的折射。

作为东南亚古代早期文化的一个共同特点，村社文化主要是在新石

---

① Dẫn Phạm Quỳnh Phương, Tín ngưỡng thờ tổ tiên, Ngô Đức Thịnh, *Tín ngưỡng và văn hóa tín ngưỡng ở Việt Nam*, năm 2001, tr.46.

② 值得一提的是，在"雄王派兵攻打，但女儿不做反抗"的情节中，也无不体现了儒家的这种忠孝思想。

器时代后期形成的。由于它的封闭性、凝固性和稳定性以及对越南农业生产方式的适应性，村社在越南社会中得以长久保持，它是构成越南社会的基本单元。村社文化是越南文化的主体，对越南民族性格、民族心理的塑造和思想观念的形成发挥了至关重要的作用。

因此"形成村庄"情节的出现符合越南社会的逻辑，但它是否产生于越南村社形成之时呢？我们认为答案是否定的，这里需要提到越南人另外一个重要信仰即城隍信仰。城隍神实质上是以某种形式得到封建统治者认可的村社保护神，他们一般都是有功于国家、民族或有恩于人民的人或神，比如抗击外敌的英雄，荒地的开拓者、村庄的建立者等等。城隍信仰反映了越南人重"义"的价值观念以及"报恩"的文化心理，"报恩"是一种对源头的追忆与怀念，也是对现实生存状态的反思。正如越南学者俊映所说："除了宗教，我们还祭祀祖先，祭祀民族英雄，祭祀每一位施恩于我们祖先的人。"[1]

褚童子仙容所住之处成为一个村庄或集市，这一叙事源于民间对二位功劳的"记忆"，所以笔者认为，该情节更有可能是城隍信仰产生之后才出现的。这一推断与我们所见的传说版本的记录年代也并不冲突，因为史学和民族学的资料表明，最迟在15世纪越南乡村已有了城隍信仰，它与越南封建集权制的高度发展以及儒家思想在越南社会中主导地位的确立息息相关。在空间上，该情节也具有推源性质：因为据考，传说中褚童子与仙容升天的地方即多禾—夜泽区在过去就是一片池沼地[2]；而将这片"荒地"变"良田"的是到这里最早的移民，它应该是一个"文化英雄"的群体，以善良孝顺闻名远近且颇具神性、能"飞天"的"褚童子"成为这一群体英雄的"代表"恰符合故事发展的内在逻辑。

由此看来，仅仅有完美的品格是不够的，要成为人们心目中的"神灵"，人们还"需要"褚童子有功于人民；而当人们开始纪念文化英雄

---

[1] Toan Ánh, *Nếp cũ – tín ngưỡng Việt Nam*, Nhà sách Khai trí, năm 1970, tr.105.
[2] Nguyễn Chí Bền, sđd, tr.32.

以及开荒建村的功臣的时候，人们心中的美好形象"褚童子"当然就无愧于这一光荣"使命"了，他满足了人们对"文化英雄"的渴望。

同样，"形成都市、集市"情节的功能与"形成村庄"类似，它产生的时间应是商业和崇拜商业祖师习俗在越南出现之后。据越南考古学的发现，沿红河岸边，传说的发生和推源地夜泽—多禾区的地下层埋藏着一个繁华一时的都市——宪庸。"宪庸以商业面貌出现的时间大约晚于升龙城几个世纪，但宪庸是一个岸上船下的贸易港，所以有其自身的优势。"[①]越南学者陈国旺认为，越南开始海上贸易和开始崇拜商业祖师可能都发生在北莫—南黎的南北朝对峙时期（1527—1592），"因为莫朝有一个广阔得多的朝向海洋的视野"。[②]到了17世纪，宪庸成为热闹非凡的港市，不少西方国家的商人也不远万里航行到此通商，外商的到来，使得宪庸成为热闹非凡的港市。[③]这一时空背景为h2、i2情节（即"开市津、立铺舍，与民贸易，渐成大市"，"外国富贾来往贩卖，事仙容、童子为主"并告二夫妇出海买贵物）的产生提供了现实的社会原型。

3. 学佛法，学仙道，得宝物。

佛教在越南的传播有着悠久的历史。学界普遍认为，佛教是公元二三世纪传入交州地区的；但可能更早，佛教就已从印度通过海路传入交趾，再由交趾传入中国南方。所以在传说故事中学佛法母题的出现是合乎越南文化语境中的逻辑的，它必然出现在佛教传入越南之后。但佛教在越南的传播与发展是一个漫长的过程，判断此情节要素在传说中出现的具体时间仅仅通过文化语境是不够的，我们还得依赖上下文语境，也即故事在整体结构中的位置和意义。

---

① Nguyễn Chí Bền, sđd, tr.46-47.
② 同时作者还谈到，褚童子被人们视为"四不死"神之一也应是在这个时候。Trần Quốc Vượng, Mấy nét khái quát lịch sử cổ xưa về cái nhìn về biển của Việt Nam, *Văn hóa Việt Nam: tìm tòi và suy ngẫm*, Nxb Văn học, năm 2003, tr.521.
③ 于向东：《古代越南的海洋意识》，厦门大学博士学位论文，2008年，第59—61页。

由于出海和学佛法情节要素之间存在紧密的因果逻辑关系，我们认为后者出现的时间可能不会早于前者。如果"出海"情节出现在莫朝（1527—1592），那么"学佛法"情节出现在其后是否合乎历史文化语境的逻辑呢？从社会背景看，佛教在越南经历了盛极而衰的过程；越南后黎朝统治者压制佛教，自1500年起把佛教彻底赶出宫廷，只允许庶民信佛。这一强制性的变革是否会在民间造成一种"逆流"从而反映在民间文学中呢？是有这种可能的。民间文学不同于宫廷文学，它不用"文以载道"，它体现的是人民群众的声音。佛教在这一历史阶段受到朝廷的强力压制，而在此之前它的影响早已在群众思想中根深蒂固，这必然会造成民众的逆反心理，进而体现在人民群众的文学创作中，这可能就是"出海途中改学佛法"情节的逻辑根源。

越南有学者用褚童子传说中"学佛法"母题的出现来证明越南佛教出现的时间"肯定是在公元前几个世纪就有了"[①]。我们认为这种将情节要素与文化事象不加分析就简单对应的做法是不可取的。构拟民间故事的"生活史"需要综合考虑多方面的因素，因为其情节要素（包括形态和数量）在传承过程中是不断发展变化的；它与文化事象之间的联系也是复杂多样的。"学佛法"的情节为我们提供的信息是越南民间有佛教信仰，且这个母题出现在佛教在越南开始传播之后，要做进一步的推断则需结合具体的文化背景加以分析；但我们不能反推，认为既然这个传说的背景是在公元前几个世纪，而传说中又有"学佛法"的母题，则佛教出现于公元前几个世纪。这个看似"三段论"的推断实质上是站不住脚的，它把传说的形态固定化了，没有考虑故事情节要素发展演变的可能性。

"学仙术"、"得宝物"的情节要素是中国道教文学常见的，鉴于道教在越南民间的普及程度，这一情节是该文化事象在民间文学中的反映无疑。限于篇幅，不再赘述。

[①] 这是越南学者潘雒宣的观点。见 Trần Ngọc Thêm, *Tìm về bản sắc văn hóa Việt Nam*, Nxb thành phố Hồ Chí Minh, năm 2001, tr.451, chú thích 11.

4. 褚童子授龙爪帮助赵光复抗击敌人

该情节要素为版本1、2、3所共有。从内容来看，它是以赵光复在夜泽击战梁兵的历史事件为原型的。我们发现，在撰于1329年的越南另一部传说集《越甸幽灵集》中，记载了赵光复"保夜泽，与梁兵拒"的历史事件，然而篇中只说赵光复"有龙爪之瑞，自此军声益振"，只字未提授龙爪之人，更未提到褚童子。①可见，"授龙爪"的使命是后人赋予褚童子的（从情节要素之间衔接的紧密程度以及《大越史记全书》的叙述方式可以看出这一点）。

由于历史、文化、政治和民族心理等方面的原因，越南人十分崇拜抗击外敌的英雄。纵观越南民间信仰的神灵，凡被皇帝封为上等神的，其"神绩"中大都有英勇抗敌的历史。褚童子要想成为人们心目中的神灵，同样也需要这浓重的一笔——于是就有了褚童子"脱龙爪以授光复"，使得"梁军大败"的情节演绎。当人们把所有美好的品质和功德都加于褚童子一身时，一个"不死"的神灵就诞生了。

5. 第二位妻子的出现

在版本3、4中，褚童子又多了一位妻子西宫。这一情节要素的增加与越南人"三位一体"的思维方式有关。越南学者陈玉添（2001：122）认为"三位一体"的思维方式来源于越南人对"天—地"、"天—人"和"地—人"之间综合与辩证关系的理解。虽然这种思维方式的形成过程还有待考证，但它对越南民间文学和文化的深刻影响却成了不争的事实。越南槟榔的传说、灶神的传说及祭祀等等都无一不深刻地体现着越南人"三位一体"的思维方式。在这种思维方式的作用下，褚童子身边多一位夫人也就见怪不怪了。

另外，从民间信仰的角度看，作为神迹叙事中"东安县东铭社"人氏的西宫应是当地较早供奉的本土神。这个起初名不见经传的神灵，在

---

① 见《越甸幽灵集》之《明道开基圣烈神武皇帝》，陈庆浩、郑阿财、陈义：《越南汉文小说丛刊》，台湾学生书局，1992年，第23页。

后黎朝压制和改造淫祀的环境下,只有被纳入褚童子的信仰体系,才有可能争取到皇朝的敕封,并更好地尽保护一方百姓之义务。这正体现了民间的智慧。因此,该情节的出现虽然不符合上下文的逻辑(尤其是在文本3中),让人感到有些唐突,但它却符合越南人的思维方式以及民间信仰的历史实际,因而也是"合情合理"的。

四、结语

有人把时间比作一条川流不息的河,而把民间传说故事看成是河滩。河滩会因为河水的流动被冲刷或是培厚,正如历史文化的变迁会在传说故事中留下印迹一样。通过以上对民间传说《一夜泽传》文本流传、演变逻辑的探求以及对其情节要素特定文化内涵和文化价值的揭示,我们看到,传说的传承与变异主要体现在情节要素数量的增减或结构的变化上,而其发生变化的内在逻辑则与历史文化因素息息相关。我们可以从历史文化的发展中找到传说演变的内在逻辑,同样也可以从传说故事的变迁中获取相关的历史文化信息。在寻求这两者的关系时,不能是简单地一一对应,而应从多角度、多侧面进行全方位的分析、比较和鉴别才可能得出更为客观、科学的结论。

参考文献

[1] 陈庆浩,郑阿财,陈义. 越南汉文小说丛刊[M]. 台北:台湾学生书局,1992.

[2] 戴可来. 岭南摭怪等史料三种[M]. 郑州:中州古籍出版社,1991.

[3] 刘守华. 比较故事学论考[M]. 哈尔滨:黑龙江人民出版社,2003.

[4] 吕微. 神话何为[M]. 北京:社会科学文献出版社,2001.

[5] 吴士连. 大越史记全书 [M]. 陈荆和校合本. 日本东京大学东洋文化研究所，昭和五十九年印行（1984）.

[6] 雄王朝褚童子、仙容及西宫二位仙女玉谱 [O]. 多禾社神迹，越南汉喃研究院藏，书号 A2468.

[7] 于向东. 古代越南的海洋意识 [D]. 厦门大学博士学位论文，2008.

[8] Đỗ Lan Phương. *Việc phụng thờ Chử Đồng Tử vùng châu thổ Hạ Lưu sông Hồng* [D]. LATS văn hóa học, năm 2005.

[9] Ngô Đức Thịnh. *Tín ngưỡng và văn hóa tín ngưỡng ở Việt Nam* [M]. Nxb Khoa học xã hội, năm 2001.

[10] Nguyễn Chí Bền. *Văn hóa dân gian Việt Nam: những suy nghĩ* [M]. Nxb văn hóa dân tộc, năm 2000.

[11] Trần Ngọc Thêm. *Tìm về bản sắc văn hóa Việt Nam* [M]. Nxb thành phố Hồ Chí Minh, năm 2001.

[12] Trần Quốc Vượng. *Văn hóa Việt Nam: tìm tòi và suy ngẫm* [M]. Nxb Văn học, năm 2003.

从《扶董天王》看越南神话中的民族独立意识

■ 范 沁

【摘 要】越南民族精神和意识初始于神话叙事,并在神话叙事向历史化、民族化和英雄化的传承和阐释过程中不断得以充实,成为越南神话的突出特征,对越南民族心理建构以及后世越南文学的民族思维等产生了深远影响。

【关键词】神话叙事;民族意识;越南文学

作为越南最早出现的文学形式,神话最初是由先民以口耳相传而形成文字,15世纪以后的越南历史才记述了有关上古时代的神话传说,其中产生广泛影响的有解释天地形成的《天柱神》,揭示上古社会的演变、民族起源的《鸿庞氏》(《雒龙君传》),表现图腾崇拜的《稻谷神》、《火神》,同洪水做斗争的《山精水精》(《伞圆山传》),抗击外敌入侵的《扶董天王》,表现兄弟情、夫妻节义的《槟榔传》等。

越南的神话主要是关于自然神的传说。越南先民创造出神话用以解释自然现象和表达征服自然力量的美好愿望,大多数神话的主题是民族,并最早肯定了先民(雒龙君、扶董天王)建立家园和保卫国家的民族精神。[1]但是越南神话并没有像古希腊或古代中国的神话一样形成一个完整的、丰富多彩的叙事体系。由于历史和地理原因,它受到来自中国传统文化和神话文学的深刻影响,虽然从其观念、形式和叙事上都能

---

[1] Lê Mai biên soạn. *Khái niệm về văn học—Nhìn chung về văn học Việt Nam. Văn học Việt Nam* Tập 1 tr13. Hà Nội–1979.

找到中国神话的影子,但它又游离于中国神话体系之外,蕴含着深刻的民族精神。

纵观越南神话发展的历史,从《扶董天王》到《安阳王》、《二征夫人》、《梅黑帝》和《布盖大王》①等,贯穿始终的主线是抵御外敌入侵,保卫国家和民族的独立,可以说越南神话一个突出的民族精神就是强烈的独立意识。以下我们就以《扶董天王》为起点,探讨越南神话中民族独立意识形成的原因、表现和影响等问题。

一、《扶董天王》故事简介

《扶董天王》讲述了在抗击外敌入侵的人民战争中来自民众的神奇伟大力量,表现的是以扶董天王(也称董天王)为代表的越南民族为了保卫家园而进行的抗争:

> "雄王六世之时,有一股称为殷寇的贼寇,甚为强大,无人可平。国王遂令使者于国中寻访有才能之人,出来帮助国家平寇灭贼。当时在武宁部扶董乡(今北宁省武江县)有一小儿请求前去助王讨贼。使者禀奏国王,王感奇怪,召入朝。此小儿要求为他铸造一铁马、铁鞭。铁马铁鞭铸成,小儿一伸腰,人即高达一丈,于是跃马扬鞭前去平寇。
>
> 平定殷寇之后,此人行至朔山,遂消失不见。国王为感其恩,传旨于扶董乡立寺庙奉祀,后封为扶董天王。"②

扶董天王在越南神谱系中又名为"铁神"、"铁灵神将",传说中他原是武宁部扶董乡一位贫苦中年村姑外出时,偶然踏上了神的足迹而怀孕生下的。先民把他抚养成人,武装起来推上了抵御外侵的历史舞台,

---

① *Bố Cái Đại Vong* 中 Cái 意为"大",*Bố Cái* 有"大王"之义,也可理解为 Cha Mẹ của dân,即人民的父母。(Ủy ban Khoa học xã hội Việt Nam. *Lịch sử văn học Việt Nam* Tập 1 tr66. Nxb Khoa học xã hội. Hà Nội-1980.)目前国内普遍音译为《布盖大王》,本文中沿用习惯译法。

② [越]陈重金著,戴可来译:《越南通史》,商务印书馆,1992年,第15—16页。

从而帮助越南民族确立了在"岭南地区"的统治地位。扶董天王富有传奇色彩的英雄业绩和超常能力,实现了他作为一个民族英雄的历史使命,他的事迹已然成为一部越南先民的英雄史歌。

分析其原因,这是由于在远古严酷的生活环境中,人的力量相对于自然的威力来说微不足道,随着人类思维水平的提高和生存、生产能力的增强,人类的防御和反抗从初期锋芒直指直接威胁人类生存的自然现象,进而延伸到部族群落乃至社会生活中。由先民的生产力水平与原始思维的心理基础所决定,这种防御和反抗的意识被赋予了神性,以救世神的面目出现在先民的精神意识中。先民对精神力量的注重,通过神话英雄人物对民族群体的思想意识产生了巨大作用,并在流传过程中强化了后人的行为取向,塑造了崇尚精神力量的民族性格。后人从这些神话中获得了精神力量,这些神话人物也成为一种精神的代名词,成为坚韧、顽强、抗争的民族英雄典型。

据此我们认为,《扶董天王》开创了越南民族争取民族独立意识的先河。扶董天王象征着保卫居住家园的斗争中集体和人民的强大力量,他已被先民神化为具有人性的天神形象,先民借助他英勇抗击外来侵犯的事迹表现出渴求独立的深层喻义。为了保卫家园,保卫整个民族抵御外来侵略,扶董天王便作为一种民族精神的象征和最初载体应运而生了。

二、民族独立意识产生的原因

根据为数不多的越南古代神话传说可以得出结论,越南神话的基本特点是历史化、民族化和英雄化。这些特点为越南民族精神结构奠定了基础,是对神话传说中反映的民族精神和民族独立意识各种表象的总结。而越南神话中民族独立意识产生的原因是多方面的,最终可以归结为由历史化、民族化和英雄化所决定的,也可认为是由主观原因和客观原因等决定的。

（一）客观原因：由越南社会历史条件决定，即越南神话历史化倾向

由于神话具有历史的因素和影子，人类早期的历史问题便与神话相衔接，并且彼此难以区分，越南神话也是这样与越南历史息息相关的，负载着传承历史的使命。

越南原生态神话并不发达，把神话和传说历史化是越南古代神话的主要形式。这是因为直至公元13、14世纪越南才有了自己的史书，且由于历史的原因，越南的史书在记述公元10世纪以前的事件时，一般都取材于中国的古籍并加上了神话传说，以此作为越南建国历史之佐证。正是神话的历史化，使其与一般的民间故事和传说从此区分开来，成为一个严肃的范畴，人们甚至相信扶董天王这一类的神话都是"的确发生过的事"。史官们也把古代留下的神话都作为"历史"来处理，从伦理及历史的角度重叙了古代神话与传说，最后造出了几乎乱真的古史传说系列。这一系列大量吸收了上古神话中的种种素材，它把能够或值得予以"历史化"的古代神祇纳入自己的范围，而把不相宜的部分尽量剔除。这种来自礼仪的、伦理道德的聚合力使得神话中出现的事件和人物逐渐具备了真实性，成为史实载入历史。同时，神话故事中的事件和人物又由此介入了历史。因此历史化的扶董天王，其英雄业绩和传奇就更为人们所相信，对越南民族思维产生了重要影响。

我们认为，神话既反映了历史也超越了历史。因为神话虽是历史的产物，但却不是历史的写真。越南神话更多的是"把神话还原或解释为历史，把荒诞离奇的神话变为符合历史因果关系和某些神圣原则的往事，使神话向历史的方向演变"（赵沛霖：《关于神话的功利价值取向》，载《齐鲁学刊》，1997年第1期）。越南神话的历史化处理，就是将神话看作古史，不仅把神话解释成历史，而且把经过改造的神话当作历史来接受了。

（二）主观原因：争取民族独立自主的精神意识，即越南神话民族化、英雄化倾向

一个民族在神话阶段初步形成的精神意识，因其原生性和本原性是民族精神结构中最稳固最恒定的部分而成为民族一脉相承的文化基因。神话作为这一阶段的精神文化形态，以其质朴的形式，在本原意义上凝定了民族精神结构的基型。它不仅直接表现了原始先民的思想感情和精神世界，体现了先民的精神、心理、价值观等，同时在流传过程中，又进一步强化、塑造了后代的民族性格。

神话中的民族精神，可以说是不同民族精神生活的流露，这种特殊性首先取决于每个民族所处的生存环境和社会条件的差异（於贤德：《民族审美心理学》，第94页）。因此，各民族神话内容和风格的不同深刻地反映着民族精神的个性。

于向东在《东方著名哲学家传记——越南卷》（山东人民出版社，第67页）中指出："民族意识和国家独立意识构成了越南民族思维的核心内容。"相对于西方民族来说，越南民族的个体意识相对薄弱，而对社会整体即集体、氏族、宗族、国家、天下的责任感非常强烈。这在越南远古神话中扶董天王一类的救世型英雄里，就可以寻到初始的踪影。他们是救百姓于水火之中的英雄，是国家的拯救神，扶董天王以及此后的安阳王、二征夫人等一批民族英雄的出现，拉近了神话传说与现实世界的距离，为现世树立了具有社会责任感的英雄形象，因而在民族的整体意识里对民族英雄的褒扬就是对社会责任意识与使命感的肯定。

越南神话的两个历史使命一是战胜洪灾、保护生命；二是战胜所有外来侵略、保卫家园和维护民族独立权。扶董天王抵御外侵的形象正是第二个历史使命的集中体现。越南人认为，最初居住在红河流域的越南民族必须保卫自己的领土不受外来侵犯，肯定自己的主权；必须紧密团结起来，充分发挥各种自然资源的优势，抵御外侵，迅速发展壮大自身力量。但是由于古代生产力的水平很低，原始先民仅仅依靠自身力量无

法完成这样的社会理想，为了继续追求理想，社会责任和历史使命便落到了以扶董天王为代表的民族英雄肩上。

一般而言，表现在神话里的主人公必须是人格化的，神话里所叙述的主人，不管是神祇或英雄，都必须是拟人的，他们都有人格，既是人间现实生活的反映，也是社会的反映。整个民族的心理驱力对神话主人公的行为有着巨大的影响力。于是，在当时的历史条件和民族使命的驱使下，先民塑造出了一个三岁小孩瞬间长成一个身高十余丈的巨人、头戴铁斗笠、手持铁鞭、身骑铁马冲锋陷阵的民族英雄形象。越南民族保卫家园和维护民族独立权的渴望便通过扶董天王平寇灭贼以及之后的一系列神话叙事诠释出来。在不断的叙述和阐释过程中，种种神话行为取代了一桩桩具体事件的记忆，原型人物则被真正的神话人物所代替。这些神话人物的形象又不断真实化和人性化，有血有肉，有情有义，逐渐演变为可供崇拜的祖先。越南神话也因此为越南文学树立了一种民族精神和一种审美传统，成为越南民族生生不息的内在驱动力。

原始先民对杰出人物充任救世英雄的期盼就这样通过神话沉淀在民族意识的深处。他们作为精神的象征与载体，和民族文化同生共存，绵延不绝。越南所处的原始历史地理条件决定了先民强悍坚韧的个性，决定了民族顽强不屈的精神。暂且抛开其抗争的对象时时直指中国不谈，应该说在越南民族精神意识中，主动争取民族权利、维护民族利益的热情是值得世界上任何一个民族吸收和借鉴的。所以说有什么样的原始民族意识，便会产生什么样的民族神话，而神话对后世民族文化的影响是源远流长的，后人也不断从神话中汲取精神力量，将之作为民族文化不竭的源泉。

三、民族独立意识在越南神话作品中的表现

神话传达了一个民族关于世界的认知以及认知的方式，它以叙述故事的形式表达着本民族的基本价值观和民族精神的最初取向。同时，民

族精神赋予了神话以更丰富的内涵，使之成为表达民族情感的聚焦点。这种古老神话的传承是一个不断被阐释的过程，阐释不仅发生在神话表层的叙事言语层面，也发生在其深层的象征语言层面；不仅发生在故事的结构层面，也发生在故事的母题和词语—意向的层面。越南神话创造了扶董天王等民族英雄形象，他们的事迹和传说被一代代人传颂，一代代人在传述这些神话传说的同时也不断继承着他们的精神和传统。如果说《扶董天王》首先产生了民族独立意识，那么越南民族的独立意识经过《安阳王》、《二征夫人》等神话传说的传承和阐释，不断得以丰实和成熟。

《扶董天王》肯定了先民保卫国家的力量，保卫民族独立的决心，《安阳王》则进一步肯定了这种积极防御外侵的精神。安阳王首先是一个带领人民建立家园——螺城的英雄，同时也是一位抵御外侵的民族英雄。"城墙所建之处都倒塌了，'妖怪'每晚来破坏"，金龟派高罗造弩辅佐安阳王打败了妖怪，终于建起了螺城。螺城建立后，安阳王最终识破赵佗求和的阴谋并挫败其进攻，保住了城池。经过了一系列为保卫疆土和独立自主的斗争，越南民族已经认识到必须把防御外侵放在首位的历史经验，于是先民创造出这一丰富多彩的史诗性传说以激励全民族的抗争意识。

《二征夫人》中的征侧、征贰夫人则是越南民族女英雄形象之滥觞。她们带领包括交趾、九真、日南等郡广大人民起义，立下了赫赫战功，建立了越南第一个独立王朝，形成了民族解放斗争的观念并为大越国的建立铺平了道路。自此，"国仇家恨"观念深入人心；集体意识深化为民族情感，同时也更加突显了民族英雄的作用。这一时期涌现的黎真、青天、春花、胡提孃等众多女英雄英勇参战的传统也延续到后世的民族战争中，女性成为越南民族战争中不可或缺的力量。

此外，《粤甸幽灵集录》中《赵越王》和《李南帝》的传说与《安阳王》相似，褒扬了不屈的民族精神。《布盖大王》显示了蕴藏在民族群体中的越南人民抵御外来侵略、维护民族独立的巨大力量和坚强意志。

　　民族精神结构的一脉相承使越南神话所体现的民族精神在其后的精神文化形态中同样得到鲜明的体现。这可从越南神话所体现的民族思维的客观具体性、承续于越南文学和文论的事实里得到充分说明。由于受到神话叙事的影响，民族独立意识已然成为越南文学的一个突出特征，并在继神话之后的古代文学、近代文学，尤其是抗战文学、革命文学中表现得淋漓尽致。

四、结语

　　斯特劳斯说过，原始神话的存在是世界性的，但神话生成为现代人生活中的重大事件，却有赖于现代神话学将其建构为一民族性的客观对象。随着那些神圣事件被我们远古时代的祖先不断地、重复地讲述，神圣的生活原型也就在岁月的积淀中日渐故事化和神话化了。在这种神话叙事中，民族心理驱力的主导作用推动着整个神话体系的发展。因此，越南神话突显了越来越强烈的民族独立意识，它不仅是越南神话的一个突出特征，也是越南各个时期文学的共同特征，同时还是一个极具穿透力的民族精神传统，有待于我们进一步研究。

参 考 文 献

　　[1] 陈建宪. 神祇与英雄：中国古代神话的母题 [M]. 北京：生活·读书·新知三联书店，1994.
　　[2] 程茜. 试论神话与民族精神结构之关系 [J]. 徐州师范大学学报（社会科学版），1999（1）.
　　[3] 郭芳. 中国上古神话与民族文化精神 [J]. 管子学刊，2000（1）.

[4] 吕微. 神话何为——神圣叙事的传承与阐释［M］. 北京：社会科学文献出版社，2001.

[5] 谢六逸. 神话学ABC［M］. 上海：上海书店，1990.

[6] Ủy ban Khoa học xã hội Việt Nam. *Lịch sử văn học Việt Nam*, Tập 1. Nxb Khoa học xã hội. Hà Nội-1980.

[7] Ủy ban Khoa học xã hội Việt Nam. *Lịch sử văn học Việt Nam*, Tập 1. Nxb Khoa học xã hội. Hà Nội-1971.

[8] Văn Tân. *Sơ lược về văn học Việt Nam*. Nxb Sử học. Hà Nội-1960.

越南古典名著《金云翘传》的艺术风格

■ 韩凤海

【摘 要】越南古典名著《金云翘传》通过对金重与王翠翘、王翠云之间悲欢离合的爱情故事的描述，充分展示了当时越南的社会风貌及人情世故。作品无论是在人物形象的塑造上、民族语言的运用上，还是在对人物心理的刻画上都有独特的艺术风格。它之所以能够在越南代代流传，历久不衰是与这些艺术上的独特风格分不开的。

【关键词】《金云翘传》艺术风格；作品分析；越南文学

《金云翘传》（又名《断肠新声》）是越南文学史上三大古典名著之一。[①]它是越南诗人阮攸根据中国明末清初作家青心才人的同名章回小说改写而来的。作品采用了富有越南民族特色的喃字和六八诗体形式，通过描写绝世佳人王翠翘卖身赎父，流落青楼，几经波折沉浮的悲惨遭遇，揭露了封建制度的"吃人"本质，具有很高的思想价值和艺术价值。

中越《金云翘传》是两部有着血缘关系的作品，但是在各自国家的命运却迥然不同。青心才人的《金云翘传》在中国影响甚微，几近湮没。而阮攸的《金云翘传》则在越南文学史上具有崇高地位，享有越南最伟大的古典名著之美誉。[②]其故事情节及原文诗句可谓家喻户晓，妇

---

① 越南三大古典名著：《金云翘传》、《征妇吟曲》、《宫怨吟曲》。
② 戴可来、于向东：《越南》，南宁：广西人民出版社，1998年，第284页。

孺皆知,越南人唱翘、说翘、咏翘、赋翘、祭翘,民间还有猜《金云翘传》里的年月、人物、句义的谜语,还有人用《金云翘传》进行占卜。我们说《金云翘传》之所以在越南产生了如此巨大的影响,固然与其采用的富有民族特色的文学形式,以及其思想内容符合越南人的审美理想有关,但作品独特的艺术风格亦当功不可没。

一、理想化的人物形象

越南喃字文学作品继承了民间文学的传统,在塑造人物形象时一般采用理想化的模式。正面人物身上集中了人类所有的美好品质,反面人物则是丑陋与罪恶的化身。真善美与假恶丑泾渭分明,毫无妥协之处,这符合古人的审美观,更宜于他们接受。因为对于生活在传统农业文化氛围里的平民大众而言,他们的爱憎是分明的,其理想中的真善美毫无疵瑕,假恶丑也断无半点美的成分。这种理想化的艺术风格在《金云翘传》中也体现得十分明显。

翠翘是作者心目中的一位完美的女神。她不仅美貌无双,而且多才多艺:

她眉似春山,眼如秋水,
正所谓花妒娇红柳妒青。
倾城倾国貌,
才华拔萃,美态娉婷。
天禀聪明,才华似锦,
既娴诗画,又会歌吟。

作者把翠翘的才、色描写到了无以复加的程度,其中包含的理想化成分是显而易见的,因为"金无足赤,人无完人",在现实生活中不可能存在像翠翘这样十全十美的人。作者之所以这样写,是因为在作品中翠翘是真善美的代表,在她身上寄寓着自己对美好社会与人生的向往和追求,他心目中完美的少女形象就是这样的。

翠翘不仅才色无双，而且忠孝双全。为了孝她可以卖身赎父：

"劬劳"，"情爱"，

一边情，一边孝，那样为先；

当时虽是海誓山盟，

但是儿女职，以孝为先。

为了忠，她可以劝救她出火海的徐海接受招安：

如今归顺王臣，

青云上，大道荡荡。

忠孝俱全，

异日荣华归故乡。

我是堂堂命妇，

父母同受恩光，

尽忠尽孝，同样辉煌。

　　应该说翠翘"忠孝"思想是作者"忠孝"思想的真实体现和流露，作者心目中的淑女形象就应该具有这样的品质。尽管以今天的观点看，这些思想是不应提倡的，但它们却与当时的社会环境是协调的，同当时的政治道德观念，真善美的标准是协调的，就是说它们代表着当时舆论公认的正义和美好，能够得到当时善良人们的了解、赞扬和支持。

　　徐海身上的理想化色彩也比较浓，在他身上体现了平民大众的理想和希望，只有他才能把人民从水深火热之中解救出来。事实上正是他拯救了翠翘，为翠翘报了仇，雪了恨，使恶人得到了应有的惩罚。在当时的社会环境中，普通民众也只有通过徐海这一理想人物来表达自己对社会压迫的不满及对公理、自由的热爱。这一人物形象在作品中出现时，没有更多的经历、身世的交代，仿佛是一位英雄横空出世。作者把他描写得形象而具体，"一个边疆客人，忽来勾栏游荡。他生得虎须，燕额，蚕眉，阔肩膀，体貌轩昂。雄姿英发，精通拳棍，更兼才略高强。顶天立地男子汉。他名唤徐海，原在越东生长。"作者仅用寥寥数笔，就刻画出一位气吞山河、胸怀五湖的仗剑英雄形象，"他惯在江湖间，恣意流浪，半肩琴剑，一把桨，漂过高山与海洋。"在塑造徐海称霸南天的英雄气概时作者是这样写的：

> 从此后战果连连，
> 徐公兵威震远。
> 立朝廷，称霸南天，
> 分文武，界划山川。
> 气象万千，
> 举足踏破南疆五县。
> 风尘多事，宝剑如虹，
> 看官军，酒囊饭袋可怜虫。
> 使他经划从容，多少侯王一手封。
> 旗开处，谁敢争雄？
> 五年称霸，沿海推崇。

又如，徐海和翠翘是在妓院相识的，通常到妓院里的人的目的只是寻欢作乐，妓院里若有爱情一般也是"日久追欢，日久相知情倍长"。而徐海却不承认这一点，他到妓院是为了寻找"知己"。在与翠翘初次见面时他说："我们心腹相期，非贪图片时的放纵。久慕绝代娇容，俗子难邀恩宠。世上英雄几许？眼底下，池鱼凡鸟，到处平庸。"当他得知翠翘的过去时，没有丝毫的不安，而只是"怒气填膺，声似雷鸣"，派兵将抓恶人治罪。我们知道，徐海生活在特别看重所谓"妇道"的封建社会中，他虽然是一个不拘世俗礼仪的英雄人物，但亦不可能完全摆脱当时主流社会观念的羁绊，因此一个真实的徐海若是知道了翠翘的过去，他们之间的爱情虽不至于破裂，但也不能视若什么也没发生。应该说这是对人物思想感情的理想化。

作品中的其他人物形象，也分属于截然不同的两类人，要么完美得无可挑剔，要么丑陋得难以复加。如翠云、金重、觉缘是真善美的化身，而马监生、秀婆、白婆、楚卿、胡宗宪则成了假恶丑的代表。应该说他们都是理想化的人物形象，不同的是一面是对正面人物的理想化，一面是对反面人物的理想化。他们之间的斗争是绝对的，当真善美（翠翘、徐海）企图与假恶丑（胡宗宪）妥协时，结局却是真善美被假恶丑击碎了，一个被乱箭射死，一个投河自尽！

二、优美传神的语言

俄国文学巨匠高尔基指出："文学的第一个要素是语言。语言是文学的主要工具，它和各种事物、生活现象一起，构成了文学的材料。""文学就是用语言来创造形象、典型和性格，用语言来反映现实事件、自然景象和思维过程。"[①]高尔基的话告诉我们，文学是语言的艺术，文学家的匠心主要体现在语言的运用上。《金云翘传》的一个突出的艺术风格就是语言传神优美，作品是用喃字进行再创作的。"喃字"即是"南国之字"之意，它是以汉字为基础，依照汉字"六书"中的会意、假借、形声等造字法，为记录越语语音而创制的一种方块字，因而被称为越南的"国音"。阮攸不愧为语言大师，阮庆全把其对本民族语言的贡献与普希金对俄国文学语言的贡献相提并论。阮攸《金云翘传》也被视为越南诗歌艺术的高峰，是使用民族语言的卓越范例。[②]陶原溥评价《金云翘传》为"一曲南音绝唱"。[③]可见阮攸驾驭民族语言的深厚功底在《金云翘传》中亦得到了完美的展示。

《金云翘传》运用了多种修辞格，增强了语言的表现力，如在描写翠翘第一次弹琴时，作者连用了四个比喻"清音似天边鹤唳；浊声如飞泉激响；缓调比清风拂拂；急拍象骤雨浪浪"这样的刻画令人如同亲临其境，亲听其声。在写翠翘第四次弹琴时作者则把比喻和通感糅合到了一起，不仅给人以听觉上的愉悦，而且给人以视觉上的美好感受：

掩抑高低续续弹，

[①] 高尔基：《文学论文选》，北京：人民出版社，1958年，第294页。
[②] 阮庆全：《越南民族的大诗人——阮攸》，载《纪念阮攸诞辰200周年》（越文版），河内：社会科学出版社，1971年，第46页。
[③] 越南社会科学委员会：《越南历史》第一集，北京大学东语系越南语教研室译，北京：人民出版社，1977年，第481页。

炉烟袅袅，似随音节飘扬。

声调轻清飘逸，

似庄生化蝶翱翔。

弹到情致缠绵，

似蜀帝魂归，鹃声惆怅。

似沧海月明珠有泪，

蓝田日暖玉生光。

这样的描绘丝毫不亚于韩愈在《听颖师弹琴》里对琴声的刻画，"昵昵儿女语，恩怨相尔汝；划然变轩昂，勇士赴敌场。浮云柳絮无根蒂，天地阔远随飞扬。喧啾百鸟群，忽见孤凤凰……"

作品中许多地方还巧妙地运用了排比句式，如翠翘第一次沦落青楼，自寻短见被救活后，作者这样写道：

凄然望，黄昏海港，

掩映征帆，天际归舟谁放？

凄然望，滚滚狂波，

花谢水流，流到何方？

凄然望，绿草平原，

连天碧，云海茫茫。

凄然望，风卷海涛来，

危坐处，惊涛激荡。

四个排比句连用，把翠翘愁思百结、肝肠寸断、嗟叹命运的心理刻画得淋漓尽致。让读者顿生伤感，心中的惆怅犹若波涛翻滚，绵绵不绝，"此恨绵绵无绝期"。作者还善于运用对偶，如"卧蚕眉，满月脸"、"梅骨格，雪精神"、"霜印面，雪披身"、"鸡声店月，人迹桥霜"。

阮攸精通中国古典文学，其《金云翘传》吸收了中国古代诗歌语言上的成就，运用了不少中国的典故、成语，大大增强了作品的艺术感染力。据越南语言学研究室资料组统计，《金云翘传》用中国诗词30次，典故27次,《诗经》46次,其他典籍50次。[1]但阮攸善于把丰富的中国语言与乐感丰富的越南民族语言巧妙地融为一体。他在运用中国诗词、典故、成语时有所改动,有所创造,使它们与越南语言的规律、特点及表达习惯相适应。因而越南人读《金云翘传》时感到亲切自然又和谐统一。如"湘江水清浅,只是相思各一方"典出梁意娘寄李生诗:"君在湘江头,妾在湘江尾。相思不相见,同饮湘江水。"(见《情史》卷三)再如翠翘决心卖身赎父,劝慰父母时,作者连用了两个典故,一个成语:

自恨女儿身,
未曾点滴报答亲恩。
上书有愧缇萦,
窃比李娘孝顺。
椿萱鹤寿年高,
支撑万叶千枝,靠树身独任。

其中"缇萦"出自汉刘向《列女传》,讲的是汉文帝时,淳于意获罪,女缇萦上书救父的故事。"李娘"出自《搜神记·李寄》,讲的是李寄应征杀蛇的故事。而椿萱鹤寿则是一句中国的成语。作者这样写,言简而意丰,恰到好处,不仅写出了翠翘为了"孝"道而决意卖身赎父的坚强决心,而且读来自然流畅,感人肺腑。

《金云翘传》中有几段议论,恰到好处,给人以极强的感染力。这些议论表达了作者对主人公翠翘悲惨命运的深切同情和无限感慨。在作品的开头,作者就以议论的形式给整部作品定下了伤感凄婉的基调:"人生不满百,才命两相妨。沧桑多变幻;触目事堪伤。彼啬斯丰,原无足异,红颜天妒,事亦寻常。"又如在翠翘投河自尽后,作者这样抒发了心中的感慨:"薄命女!可怜一代红妆,历尽流离冤苦,终归如此收场!十五载,曾几时,天下多情人,应同悲怆。"这段议论寄寓着阮

---

[1]《纪念阮攸诞辰200周年论文集》(越文版),河内:社会科学出版社,1967年,第362页。

攸在心目中完美人物形象玉碎香消后的深切悲痛与感伤。王翠翘的自尽，不仅是她个人生命的结束，而且是阮攸心中理想的破灭。还有什么比这更痛苦的呢？作品的最后也有一段议论：

可知万事皆天定，

人生得失寻常。

贫贱终归贫贱，

贞刚自是贞刚。

命运每多偏至，

论"才"论"命"费思量。

多"才"不必自炫"才"，

"才"与"灾"字音相仿。

各有前因美人，

更不必怨天诬上，

善根原在你心中，

心是根源不罔。

　　这段议论包含了作者对人生无常、世事难料的深沉思考，虽然有某种宿命论的成分在其中，但这段话的感染力仍是巨大的。可见阮攸通过议论性的语言从头至尾都在驾驭着整部作品的基调。作品虽是以大团圆作结局的，但我们仍可看到里面所蕴含的伤感凄婉。

　　阮攸虽出身贵族阶层，但他却善于运用歌谣、民歌、俗语、谚语等其他群众语言，这在《金云翘传》中有突出体现。正是这些歌谣、民歌、俗语、谚语使《金云翘传》的语言更为生动活泼，应该说这也是《金云翘传》在越南能够广泛流传的原因之一。阮攸在使用群众语言时不是简单地引用，而是有所创造，使它们与整部作品的风格相适应。如在《金云翘传》中很多诗句虽然没有歌谣的痕迹，但我们却很容易感到它们所受到的歌谣的影响。这说明作者对越南民间语言的掌握达到了出神入化的水平。如越南谚语"杯沿蚂蚁，爬行得多远"是难于逃遁，喘息待毙之意，阮攸用以描写宦氏决计从感情上折磨束生和翠翘的狠毒用心。再如"一轮月色,半照孤眠,半照长征"源于越南的一句歌谣,作者稍加改造,就用它写出了翠翘和束生分别后,各自心中充满的惆怅与思念,可谓深刻细微,雅俗共赏。

三、细致入微的心理刻画

越南喃字文学在艺术上的一个突出特点就是抒情,现实与浪漫相结合,其中抒情集中体现在对人物心理的细腻刻画上。[①]喃字文学的这一特点在《金云翘传》中也表现得极为突出。

阮攸善于用景物来烘托人物心理。如写金重与翠翘邂逅相遇,作者是这样描写的:"他们一见钟情,但外表都装作正经。翠翘心情撩乱,恨他故意耽搁,又恨他急着辞行。夕阳下,撩起愁思无限,征骑已远,还偷眼送他归程。山溪流水清清,桥边,丝丝柳影分明。"这里作者用"山溪流水"把一个怀春少女的羞涩心情刻画得深刻而细腻,用"丝丝柳影"写出了与心上人离别的淡淡忧伤。我们知道古人有临别折柳相赠的习俗,柳色往往与离别联系在一起。读到这里我们不仅会想起王维的《送元二使安西》里的诗句"渭城朝雨浥轻尘,客舍青青柳色新。劝君更进一杯酒,西出阳关无故人。"当金重盼望见到翠翘而"一日三秋苦断肠"时作者写道:"油尽灯枯明月缺,撩起相思惆怅。凄冷书斋,案上兔毫枯,琴弦驰放。最难堪,风动绣帘响,熏香惹恨,茶失清芳。"这里用"油灯、残月、冷斋、琴弦、绣帘、熏香"等几个意象烘托出了金重因思念翠翘而愁思百结的心情。又如在写翠翘梦见淡仙后,为自己今后的命运担忧时,作者是这样描写其惆怅、凄惘的心情的:"窗外黄莺细语,柳绵飞上帘钩。映轩斜月胧明,寂寞更将愁逗。"在《金云翘传》中作者还常用明月这一意象来烘托人物思想感情的变化,主人公的思想感情不同,描写也不同,从而达到了景以情生,情景交融的艺术效果。当翠翘与金重初次相会而又匆匆分手时是"寂寞夜深明月,思今念

[①] 阮鸿峰:《越南文学史》(越文版),河内:科学出版社,1963年,第188页。

远,愁绪难排"。当金重与翠翘在书房海誓山盟,私订终身时是"明月中天,叮咛遍,絮语双双"。当翠翘跟随楚卿企图逃离青楼时是"秋风吹落叶,山月半轮荒"。而当翠翘历经劫难最终与金重重逢时,明月又是另一种情景:"深宵月,惹悲欢。夜静绣帘垂,灯下娇容粲。"

阮攸还善于用优美抒情的语言渲染人物的内心活动和复杂的思想感情。在整部《金云翘传》中共有七处对主人公翠翘的心理进行了详细刻画。在翠翘初入青楼,自杀被救之后,作者是这样描述其心情的:

从此后,"凝碧楼"头春锁,
妆楼上,月明山影同清,
四望天涯无际,
黄土堆,红尘路,荒凉景。
朝云灿烂,午夜灯昏,
对景伤怀,半为多情。
忆当年,月下共含杯,
星霜换,信息无凭。
天涯海角独凄零,
何时把污名洗净。
辜负倚闾人,
问阿谁替我问暖嘘寒孝敬?
莱衣舞,知在何年?
想门前小桐梓,今已长成?

这段刻画以景传情,情景交融,把翠翘千愁万绪、怀亲思乡之情抒发得酣畅淋漓,读来凄转哀婉,动人心弦。犹若听一首悲凉忧郁的伤心歌谣,不禁使人想起唐后主李煜《虞美人》中"问君能有几多愁,恰似一江春水向东流"的诗句。

又如在写翠翘送束生回家后,独守空房时,作者也详细刻画了其内心感受:

桑榆暮年念双亲,

> 玉体安康如故？
> 当年断发又垂肩，
> 海誓山盟已误？
> 生涯作妾已堪嗟，
> 可真是，长此为奴？
> 人间多少不平事，
> 月里嫦娥，哪知我千般苦。

读完这段心理刻画，在我们的脑海里仿佛出现了这样一幅景象：夜晚，一位国色天香的女子坐在窗边，静静地凝视着天空中的明月。她思绪万千，满腹感伤，时而沉思，时而嗟叹。她在嗟叹自己的悲惨身世，她在嗟叹不能俸养双亲以尽孝心，她在嗟叹迫不得已违背了爱情誓言。而这一切一切的苦楚，她能向谁倾诉呢？即使是明月中的嫦娥也是"哪知我千般苦"。

再如，金重功成名就，寻访翠翘，听了一位属官讲述翠翘的不幸遭遇后，心中感慨万千，作者也不惜笔墨，细腻地刻画了他的心情：

> 金重越加烦闷
> 叹翠翘一叶飘零，
> 尘劫何时尽？
> 花落已随流水去，
> 几番离合升沉。
> 盟誓付东流，
> 剩得断弦香烬。
> 琴音绝响，
> 何时重见香薰？
> 何处觅芳踪，
> 独享荣华何忍？

这段描写把金重对翠翘的担心、思念以及希望早日与她相见的心情刻画得淋漓尽致。读来语言优美，抑郁深沉，使人深受感染，无不为他们几经波折的爱情经历而扼腕叹息。

如上所述，阮攸《金云翘传》无论是在人物形象的塑造上、民族语言的运用上，还是在对人物心理的刻画上都有其独特的风格。这些风格要么是符合平民大众的审美理想，要么是符合越南民族的思维方式和表达习惯，要么是能给人以极强的艺术感染力。从这个意义上讲《金云翘传》能够在越南家喻户晓，代代流传也得益于这些独特的艺术风格。

参考文献

[1] 纪念阮攸诞辰200周年论文集（越文版）[C]．河内：社会科学出版社，1967．

[2] 金云翘传［M］．祁广谋，译．广州：世界图书出版公司，2013．

[3] 祁广谋．论越南喃字小说的文学传统及其艺术价值：兼论阮攸《金云翘传》的艺术成就［J］．解放军外国语学院学报，1997（6）．

[4] 阮鸿峰．越南文学史（越文版）[M]．河内：科学出版社，1963．

[5] 阮庆全．越南民族的大诗人——阮攸［C］//纪念阮攸诞辰200周年（越文版）．河内：社会科学出版社，1971．

[6] 越南社会科学委员会．越南历史（第一集）[M]．北京大学东语系越南语教研室，译．北京：人民出版社，1977．

[7] 郑坝艇，阮攸．作家与作品（越文版）[M]．河内：教育出版社，1998．

阮攸出使中国清朝途中的汉文诗创作
——解读《北行杂录》

■ 周 磊

【摘 要】越南大诗豪阮攸曾作为越南阮朝的正使率团出使中国清朝，他一路上即景吟咏，抒发感想，共撰汉文诗131首，收于汉文诗集《北行杂录》，该诗集是中越两国历史文化交流的产物，具有重大的文献和艺术价值，对其思想内涵、艺术特色进行分析研究具有重要意义。

【关键词】阮攸；《北行杂录》；越南汉文诗；创作研究

一、引言

在中越两国长期历史文化交流中，中越两国使者把中国的汉文典籍通过肩挑马驮，车拉船载，不远万里，源源不断地运到越南，滋润着越南文化。这些汉文典籍得到了越南上至帝王，下至官吏、文人的崇尚，并被视为"正统文学"和"高雅文学"。（于在照，2007：7）他们认为万般皆下品，唯有"汉文诗赋辞章"高，不但懂得欣赏，还能熟练运用汉文撰写文史书籍，写诗作赋尤为擅长，于是产生了许多著名诗人，创作了大量的汉文诗歌作品，在越南古代文学历史上曾经出现过"斗将从臣皆识字，吏员匠氏亦能诗"的繁盛局面。（于在照，2007：150）

阮攸是越南古典诗人中最杰出的代表，被越南人尊称为大诗豪。阮攸（1766—1820），字素如，号清轩，又号鸿山猎户，越南河静省（今义静省）宜春县仙田乡人，出身官宦世家，书香门第，自幼好学，精通中国古典汉文，其文学修养及作品甚是高雅，作有大量喃字和汉字诗歌作品。阮攸用喃字撰写的作品有《金云翘传》、《招魂文》、《众生十类祭文》、《笠坛离拓言》等等。其中，叙事长诗《金云翘传》是阮攸的喃字代表作，取材于中国小说《金云翘传》（青心才人著），进行了加工和再创作，深得越南各界人士的喜爱，被誉为越南民族文学的瑰宝，可谓家喻户晓，老少皆知，至今在越南民间仍广为传诵，《金云翘传》还被翻译成英、法、日、捷克等多国文字，盛行海内外，成为世界名著。阮攸的汉文诗创作颇丰，成为越南汉文诗歌艺术的最高峰，对越南汉文诗的发展做出了重要贡献。阮攸共撰有三部汉文诗集，分别是《清轩诗集》（存汉文诗78首）、《南中杂吟》（存汉文诗40首）和《北行杂录》（存汉文诗131首）。其中，《清轩诗集》是阮攸1786—1804年黎朝灭亡后流落太平省和隐居家乡仙田期间以及在阮朝为官初期所作，《南中杂吟》是阮攸1805—1813年在阮朝京城为官期间所作，这两部汉文诗集多为表达阮攸生逢乱世、难以施展才华的愁苦与悲伤之情；《北行杂录》是阮攸1813—1814年作为阮朝的正使率团出使中国清朝期间所作，诗歌表达的内容不同于以往越南使臣的唱和迎酬之作，多为怀古咏史，歌颂忠良，鄙视奸佞，批判不公之作。在阮攸的三部汉文诗集中，《北行杂录》是所存汉文诗数量最多、思想内容最丰富、艺术价值最高的一部汉文诗集。①

二、《北行杂录》的思想内涵

阮攸出使中国清朝期间，途经许多名胜古迹，他边走边创作，即景

---

① 阮攸在率团出使中国清朝期间共作汉文诗131首，数量超过其以往所作全部汉文诗（118首）。阮攸出使，身负重任，事务繁忙，一路上还能作出数量如此之多、艺术价值如此之高的汉文诗作品，足以看出阮攸深厚的汉文功底和较强的汉文诗创作能力。

吟诵，表达忠君怀古，咏叹历史人物，敬仰文人政客，痛斥奸臣小人，抨击封建时弊，抒发思乡之情。

（一）忠君怀古

阮攸曾承父荫在黎朝任职"正首效"，他立志仕途，效忠黎朝，后因黎朝灭亡，阮朝接替，不得已做了阮朝的官员，但其始终怀念黎朝，仍然一心忠于黎朝。《升龙》是阮攸经过故都升龙（今河内）时所作，"伞岭沪江岁岁同，白头犹得见升龙。千年巨室成官道，一片新城没故宫。相识美人看抱子，同游侠少尽成翁。关心一夜苦无睡，短笛声声明月中。古时明月照新城，犹是升龙旧帝京。街巷四开迷旧迹，管弦一变杂新声。千年富贵供争夺，早岁亲朋半死生。世事浮沉休叹息，自家头白亦星星。"（Lê Thước, Trương Chính, 1965：506）升龙本是黎朝的帝京，但是现在的升龙已不是黎朝的升龙：过去雄伟的建筑不见了，变成了官员们走的道路；古老的宫殿不见了，变成了新砌的城墙；漂亮的姑娘不见了，变成了有了孩子的母亲；儿时的伙伴不见了，变成了白发的老翁，人和景都变了，历史朝代也变了，阮攸用这些变化意指黎朝已被阮朝取代。从诗中我们听到了阮攸的哭声，哭的是黎朝灭亡，不复存在，哭的是世事沉浮，斗转星移，阮攸内心充满着对黎朝无尽的怀念，充满着对黎朝灭亡无尽的悲伤。虽然阮攸得到了阮朝重用，但他仍然无法摆脱自己良心的谴责，在阮攸那个时代，"烈女不事二夫，忠臣不事二主"，这是良心准则，是道德标准，因此阮攸多次托病辞官回乡，有一次阮攸罢官归隐，阮行非常高兴，为叔叔阮攸作《勇退》诗一首，赞成其不做阮朝的官员。（Lê Thước, Trương Chính, 1965：357）后来阮朝封阮攸更高的官职，对其委以重任，但阮攸心里仍旧不安。《南关道中》："玉书捧下五云端，万里单车渡汉关。一路偕来惟白发，二旬所见但青山。君恩似海毫无报，春雨如膏骨自寒。"（Lê Thước, Trương Chính, 1965：509）朝廷下诏，命阮攸做正使，率团使清，但阮攸不愿担此重任，他深感皇恩浩荡，可无心回报，觉得骨头缝里都透着寒气，这也表明阮攸并不想在阮朝为官。

(二) 悯民疾苦

黎朝灭亡后，阮攸被迫流亡。他回到故乡仙田隐居，颠沛流离十余年。饱经生活磨难，困苦到无米充饥，无衣抵寒，无药医病。"十载风尘"的这十年，阮攸意识到战乱和国家腐败给人民带来的巨大灾难。也就是在这期间，他接触到底层民众，亲眼看到了他们的生活疾苦，让阮攸十分同情生活在封建社会受压迫和剥削的底层人民。阮攸在出使中国的途中看到到处都有民不聊生的现象。他怜悯底层人民，愤恨封建社会的不公。不惜重墨，多次描写底层人民的悲惨生活，声讨腐朽不公的封建制度。

《太平卖歌者》："太平鼓师粗布衣，小儿牵挽行江湄。云是城外老乞子，卖歌乞钱供晨炊。邻舟时有好音者，牵手引上船窗下。此时船中暗无灯，弃饭泼水殊狼藉。摸索引身向坐隅，再三举手称多谢。手挽弦索口作声，且弹且歌无暂停。声音殊异不得辨，但觉嘹哓殊可听。舟子写字为余道，此曲世民与建成。观者十数并无语，但见江风萧萧江月明。口喷白沫手酸缩，却坐敛弦告终曲。殚尽心力几一更，所得铜钱仅五六。小儿引得下船来，犹且回顾祷多福。我乍见之悲且辛，凡人愿死不愿贫。只道中华尽温饱，中华亦有如此人。君不见使船朝来供顿例，一船一船盈肉米。行人饱食便弃余，残肴冷饭沉江底。"（Lê Thước, Trương Chính, 1965：513）

这首诗歌真切地反映了当时中国太平州（今广西）底层人民悲惨的生活状况。诗句简洁明了，描写细腻。一位卖唱的老翁，穿着粗布衣裳，领着一个小孩儿，在江边靠卖唱乞讨为生。只见老人颤抖着双手，摸索着找到个空地儿坐下，不断地向人们作揖祈福。老人用尽所有气力，一口气弹唱了几个钟头，直到弹得双手发酸，唱得口吐白沫，可也只得到了五六个赏钱而已。尽管如此，在领着小孩儿下船时，老人还是满脸堆笑，点头道谢。可见封建社会底层人民的生活是多么的艰苦，挣钱糊口是多么的不易。"只道中华尽温饱,中华亦有如此人。"阮攸看到此情此景立即联想到了自己国内底层人民的生活状况。这种不公平的社会现象不只在越南存在,就在天朝大国的中国也是一样,处处皆是。可与老人卖歌乞讨形成极大反差的是:"君不见使船朝来供顿例,一船一船盈肉米。行人饱食便弃余,残肴冷饭沉江底。"不说别的,就是阮攸自己所在的使船,满载着酒肉和米饭,个个吃饱喝足,剩下的全部倒掉,沉入江底,这让阮攸感到了深深的自责,认为自己也有责任。阮攸不仅以悲怜的感情来描写卖唱翁,而且更多的是对当时封建社会贫富不均的现状进行了深刻的鞭挞。

《河南道中酷暑》:"河南秋八月,残暑未消融。路出凉风外,人行烈日中。途长嘶倦马,目断灭归鸿。何处推车汉,相看碌碌同。"(Lê Thước, Trương Chính, 1965:533)诗歌描写的是河南的八月时节,虽天已入秋,却依然炎热难耐,这种天气连马都累得跑不动了,可推货的车夫们为了生计,仍头顶烈日不停地忙碌着,这反映出当时中国社会底层人民的生活无比艰辛,连牛马都不如。

《所见行》:"有妇携三儿,相将坐道旁。小者在怀中,大者持竹筐。筐中何所盛,藜藿杂秕糠。日晏不得食,衣裙何框襄。见人不仰视,泪流襟浪浪。群儿且喜笑,不知母心伤。母心伤如何,岁饥流异乡。异乡稍丰熟,米价不甚昂。不惜弃乡土,苟图救生方。一人竭佣力,不充四口粮。沿街日乞食,此计安可长。眼下委沟壑,血肉饲豺狼。母死不足恤,抚儿增断肠。奇痛在心头,天日皆为黄。阴风飘然至,行人亦凄惶。昨宵西河驿,供具何张皇。鹿筋杂鱼翅,满桌陈猪羊。长官不下箸,小们只略尝。拨弃无顾惜,邻狗厌膏梁。不知官道上,有此穷儿娘。谁人写此图,持以奉君王。"(Lê Thước, Trương Chính, 1965:563)

阮攸使团返回途中,来到河南,由于连年天灾,庄稼无收,到处都是逃荒要饭的人,阮攸记录下了诗中所描写的凄惨景象,叫人无比的心酸。诗歌中描写的是一位母亲带着三个年幼的孩子要饭,最小的还是个婴儿，抱在怀里，大一点的孩子抱着要饭的箩筐。她们坐在路边，衣衫褴褛，饥肠辘辘，只要到一些无法下咽的藜藿秕糠。母亲泪水湿透了衣襟，低头不语。最可怜的是几个孩子还小，尚不懂事，根本不知痛苦，还在那里嬉笑打闹，一点不懂母亲的伤心。她们因为家乡闹饥荒，不得已逃难他乡，靠要饭来度日，希望能够活下去，可是到哪里都一样，在这饥荒连绵、饿殍遍野的年代靠乞讨是活不下去的，等待她们的恐怕是"委沟壑"、"饲豺狼"了。母亲死了倒也罢，可是还有几个年幼的孩子，此时阴风四起，令人感到无比的凄凉。阮攸笔锋一转，让这一幅幅凄惨的画面与昨夜西河驿官兵们的铺张、豪吃形成了鲜明的对比，他们是何等的铺张浪费，满桌筵席，山珍海味，甚是丰盛，有的菜长官动都没动一筷子，随从们也只是略尝了一下，就全倒掉了，一点都不可惜，就是他们养的狗也"厌膏粱"，吃腻了这些山珍海味，是何等的讽刺，这与中国伟大诗人杜甫的名句"朱门酒肉臭，路有冻死骨"有异曲同工之妙。诗歌的结尾一句，更是意义深远："谁人写此图，持以奉君王。"可是谁又能把这场景一一画下来呈给当今的帝王呢？很明显阮攸在声讨这不公的封建制度，他是想让帝王看看底层人民的悲惨，看看当政官员的腐败，饿殍遍野不能怪天灾无收，应当怪帝王的治国之政不好。(Lê Thước, Trương Chính, 1965: 24)

（三）歌忠斥奸

使团一路上经过多处中国古代忠义之士的墓地，阮攸一一谒见，作诗讴歌他们的爱国之情，惋惜他们不得善终。《渡淮有感淮阴侯》："寻常一饭报千金，五载君臣分谊深。推食解衣难背德，藏弓烹狗亦甘心。百蛮溪峒留苗裔，两汉山河变古今。惆怅江头思往事，断云衰草满淮阴。"(Lê Thước, Trương Chính, 1965: 533) 淮阴侯韩信是中国古代少有的军事奇才，是楚汉之争中的关键人物，刘邦得到天下韩信功不可没，但后来不幸被诬为叛逆，惨死在刀剑之下。阮攸通过"寻常一饭报千金"、"藏弓烹狗亦甘心"表达了对韩信一诺千金、精忠不渝的敬佩，通过"惆怅江头思往事，断云衰草满淮阴"表达了对韩信不能善终、含冤而死的惋惜。

《渡淮有感文丞相》："山河风景尚依然，丞相孤忠万古传。一渡淮河非故宇，重来江左更何年。哀衷触处鸣金石，怨血归时化杜鹃。南北只今无异俗，夕阳无限往来船。"（Lê Thước，Trương Chính，1965：533）文天祥，南宋末期著名的政治家、军事家，是中华民族杰出的民族英雄和爱国诗人，他少怀大志，考中状元后，开始登上政治舞台。面对元军大举南攻，文天祥力主抗元，后兵败被俘，被押至元大都燕京，囚禁四年，元朝的统治者一再利诱劝降，文天祥誓死不从，从容就义。阮攸赞文天祥反对侵略的爱国精神、忠心不二的高贵品格、誓死不屈的不朽气节。

《比干墓》："遁狂君子各全身，八百诸侯会孟津。七窍有心安避剖，一丘遗殖尽成仁。目中所处能无泪，地下同游可有人。惭愧贪生魏田舍，忠良胡乱疆相分。"（Lê Thước，Trương Chính，1965：536）比干，殷朝沫邑（今河南省淇县）人。殷商末期，纣王荒淫暴虐，生灵涂炭，民怨沸腾，国势殆危。比干当时任少师，屡次规劝纣王恤民廉政，励精图治，纣王非但充耳不闻，反而在宫中营造鹿台苑林，骄奢淫逸，醉生梦死。比干忧心如焚，不避汤火之诛，一连三日泣血陈词，犯颜强谏，以致被纣王剖心致死。比干是中国历史上以死谏君的忠臣典范，孔子赞誉比干为"三仁第一"，故称"天下第一仁"。阮攸赞比干忠君忠国、舍生忘死、杀身成仁。

《岳武穆墓》："中原百战出英雄，丈八神枪六石弓。相府已成三字狱，军门犹惜十年功。江湖处处空南国，松柏铮铮傲北风。怅望临安旧陵庙，栖霞山在暮烟中。"（Lê Thước，Trương Chính，1965：539）岳飞，南宋军事家，抗金民族英雄。岳飞少时勤奋好学，练就一身好武艺，19岁时投军抗辽。1126年金兵大举入侵中原，岳飞再次投军，开始了他抗击金军、保家卫国的戎马生涯。岳飞的母亲姚氏在他后背上刺了"精忠报国"四个字，成为岳飞终生遵奉的信条。后岳飞被诬谋反下狱,被毒死于临安风波亭,年仅三十九岁。阮攸赞岳飞精忠报国,铮铮铁骨,愤岳飞含冤而死,不得善终。

阮攸痛恨趋名逐利的奸臣小人,当使团经过中国历史上一些奸臣小人的遗迹时,阮攸立刻想到了那些与他同朝为官的奸佞之臣,遂作诗痛斥,借以发泄其内心的愤恨。阮攸作《旧许都》:"自古得国当以正,奈何侮寡而欺孤。魏受汉禅晋受魏,前后所出如一途。"(Lê Thước,Trương Chính,1965:534)批判曹操欺君犯上、多疑奸诈、阴谋篡权;作《苏秦亭》二:"合纵不在却强秦,但向所亲骄富贵。刺股原为权利谋,嗟乎此人小哉器。"(Lê Thước,Trương Chính,1965:546)把以权谋私、追名逐利、不为国家的苏秦鄙为小人;作《秦桧像》其一:"如此铮铮真铁汉,奈何靡靡事金人。"(Lê Thước,Trương Chính,1965:540)怒斥陷害忠臣、投降金人的奸相秦桧。

(四)敬仰文人

阮攸谒杜甫墓,作《耒阳杜少陵墓》:"千古文章千古师,平生佩服未常离。耒阳松柏不知处,秋浦鱼龙有所思。异代相怜空洒泪,一穷至此岂工诗。掉头旧症医痊未,地下无令鬼辈嗤。"(Lê Thước,Trương Chính,1965:529)阮攸十分敬仰杜甫,把杜甫尊为"千古师",认为杜甫的作品是"千古文章"。阮攸把杜甫当作自己异代的知己:"异代相怜空洒泪",这两位异代而又异国的大诗人有着很多的相似之处,他们都自幼好学,善于诗歌创作;他们都生逢乱世,颇有政治抱负而又饱经磨难;他们都体谅民生疾苦,愤恨不公的封建制度。

阮攸对中国大诗人屈原更是怀有无限的敬仰之情,接连作《五月观竞渡》、《湘潭吊三闾大夫》(二首)、《反招魂》、《辩贾》五首诗,悼念、讴歌屈原,真可谓言之不尽。屈原是战国末期楚国丹阳(今湖北秭归)人。屈原虽忠于楚怀王,却屡遭排挤,怀王死后又因顷襄王听信谗言而被流放,最终投汨罗江而死。屈原是中国已知最早的著名诗人,是世界文化名人。阮攸对屈原有深刻的了解,在《辩贾》里可以看出:"不涉湖南道，安知湘水深。不读怀沙赋，安识屈原心。"（Lê Thước，Trương Chính，1965：527）阮攸对屈原的高尚品格非常敬佩："屈原心湘江水，千秋万秋清见底。"阮攸对屈原的做法也很认同："烈女从来不二夫，何得栖栖相九州。"阮攸也认为忠臣不相二皇，烈女不事二夫。阮攸把自己当成屈原的知音："古今安得同心人，贾生一赋徒为耳。""魂若归来也无托，龙蛇鬼蜮遍人间"（Lê Thước，Trương Chính，1965：517），阮攸认为现在的社会遍是龙蛇鬼蜮，屈原的魂魄不要再回到这个世间，纵使人们把屈原的魂魄招回来了也无所依托，更不用说实现报国之志了。又如在《反招魂》里，阮攸同样认为屈原的魂魄没有必要回到这充满奸恶的世间，劝他"早敛精神返太极，慎勿再返令人嗤"，"城郭犹是人民非，尘埃滚滚污人衣"（Lê Thước，Trương Chính，1965：526）。虽然是世界时移，但现在社会的状况与屈原那个时代依然一样，仍然是"咬嚼人肉甘如饴"的社会，人民的境遇没有任何变化。在《湘潭吊三闾大夫》中我们看到阮攸痛恨逼死屈原的那个社会，同情屈原的遭遇。他认为屈原死后虽然尸骨不存了："鱼龙江上无残骨"，但是屈原那高贵的精神永存千古："杜若州边有众芳。""后人世世皆上官，大地处处皆汨罗"。（Lê Thước，Trương Chính，1965：525）阮攸写给屈原的话实际上是自己的内心独白，这已不只是屈原、楚国的事情了，而是封建制度下各个地方共有的事情，这个时代共有的事情。就连越南也是一样，处处都是"上官"，处处都有"汨罗"，难怪诗句慷慨激昂，充满愤怒。

（五）思国怀乡

阮攸使团于阮嘉隆十二年，即清嘉庆十八年（1813年）二月奉命从越南京城顺化出发，路经故都升龙（今河内），过镇南关（今友谊关）进入中国境内。经由广西、湖南、湖北、安徽、江苏、山东、河北等省抵达清朝京城燕京（今北京），并于次年四月返回越南。行程万余里，历时一年多。阮攸作为正使率团到清朝燕京朝贡，身负国家使命，责任重大，加之路途遥远，历时久长，一路上的艰辛可想而知。阮攸在作品中时时透露出浓浓的思国怀乡之情。

《幕府即事》："彻夜钟声不暂停，孤灯相对到天明。经旬去国心如死，一路逢人面尽生。山麓积泥深没马，谿泉伏怪老成精。客情至此已无限，又是燕山万里行。"（Lê Thước, Trương Chính, 1965：509）阮攸来到了异国他乡，身边所见都是陌生人，加上路遥坎坷，他内心充满了孤寂和无助。

《明江舟发》："萧鼓咚咚初出门，万山中断一槎奔。浮云乍散石容瘦，新潦初生江水浑。别后关山思弟妹，望中岩岫见儿孙。日斜莫向华山过，怕有声声肠断猿。"（Lê Thước, Trương Chính, 1965：510）为使团送行的鼓声喧天，热闹非凡，可阮攸内心却满怀思念亲人之情，感到无比的悲凉。

《太平城下闻吹笛》："太平城外西风起，吹皱宁明一江水。江水皱兮江月寒，谁家横笛凭栏杆。二十七人共回首，故乡已隔万重山。"（Lê Thước, Trương Chính, 1965：513）使团已远离祖国，相隔万重山，阮攸借西风托愁绪，借寒月表孤寂，借笛声传思念，人人都在回首眺望，思念故乡。

《山塘夜泊》："午梦醒来晚，斜日掩窗扉。风劲维船早，山高得月迟。倚蓬千里望，合眼隔年思。莫近苍崖宿，啼猿彻夜悲。"（Lê Thước, Trương Chính, 1965：513）诗中的"望"、"思"和"悲"难掩阮攸深深的思乡之情。

《安徽道中》："啼鸦哑哑乱凌晨，徐北徐南晓色分。一带雪田青者麦，四山松树白为云。悠悠乡国八千里，碌碌功名一片尘。共指梅花报消息，春何曾到异乡人。"（Lê Thước, Trương Chính, 1965：513）这首诗是阮攸在回国途经安徽所作，表达了阮攸去国已久，离家尚远，虽春已来临，但仍然透出身处异国他乡的惆怅与凄凉。

三、《北行杂录》的艺术特色

阮攸饱览群书,汉文功底深厚,在其汉文诗创作中擅用各种修辞,巧妙化用名典名句,把传统与创新相结合,不拘泥于固定的格式,运用灵活的表现手法,使得诗歌具有较强的表现力和艺术性。

(一) 巧用比喻

阮攸的汉文诗中多用比喻的修辞手法。当阮攸感到郁郁不得志,看到官场黑暗,民生疾苦,内心就充满了无限的忧愁与悲伤,在他的三部汉文诗集里,多次用到"白头"与"白发"来借指忧愁与悲伤。《青轩诗集》里共有二十一处用到"白头"、"白发",[①]《南中杂吟》里共有七处用到"白头"、"白发",[②]《北行杂录》里共有十七处提到"白头"、"白发"。[③] 说到"白头"、"白发",我们就会联想到衰老,在《北行杂录》里,我们看到不是白发的老翁,而是白了头的年轻人,看到阮攸"人虽未老心已衰,胸怀大志无处报"。如"伞领泸江岁岁同,白头犹得见升龙"、"世事沉浮休叹息,自家头白亦星星"(Lê Thước, Trương Chính, 1965: 506),"红袖曾闻歌婉转,白头相见哭流离"(Lê Thước, Trương Chính, 1965: 506),"一路皆来惟白发,二旬所见但青山"(Lê Thước, Trương Chính, 1965: 519),"百丈长绳挽不进,舟中年少皆白发"(Lê Thước, Trương Chính, 1965: 521),"壮年我亦为材者,白发秋风空自嗟"(Lê Thước, Trương Chính, 1965: 524)等等,这些诗句表达了阮攸深感壮志未酬人已衰,让我们看到的是他已成为白发苍苍、未老先衰的老人,听到的是他对世事变迁、生不逢时的叹息,感到的是

[①] 据笔者统计,参见 Lê Thước, Trương Chính. *Thơ Chữ Hán Nguyễn Du* [M]. Hà Nội: Nxb Văn học, 1965, tr.445-480.

[②] 据笔者统计,参见 Lê Thước, Trương Chính. *Thơ Chữ Hán Nguyễn Du* [M]. Hà Nội: Nxb Văn học, 1965, tr.483-497.

[③] 据笔者统计,参见 Lê Thước, Trương Chính. *Thơ Chữ Hán Nguyễn Du* [M]. Hà Nội: Nxb Văn học, 1965, tr.501-566.

他内心绵绵不断、难以抚平的忧伤。又如"白发生憎班定远，玉门关外老秋风"（Lê Thước，Trương Chính，1965：528），"鸿领隔年虚宿梦，白头千里走秋风"（Lê Thước，Trương Chính，1965：531），"白发秋可限，西风偏异乡"（Lê Thước，Trương Chính，1965：532），"鸿领梦中荒射猎，白头足迹遍山川"（Lê Thước，Trương Chính，1965：543），"笑我白头忙不了，严寒一路过山东"（Lê Thước，Trương Chính，1965：533），"万里利名驱白发，一天风雪渡黄河"（Lê Thước，Trương Chính，1965：557），"白头去后不重来，邯郸之事可知矣"（Lê Thước，Trương Chính，1965：544），"皤皤白发红尘路，日暮登高悲莫悲"（Lê Thước，Trương Chính，1965：557），"松花柏子肯许食，白头去此将安归"（Lê Thước，Trương Chính，1965：566）等等都表现出阮攸深感使途漫长，身心疲惫，内心充满着深深的乡思，盼望早日完成使命，回到祖国家乡。

阮攸经孟子祠，作《孟子祠古柳》："吾闻天池之濆有龙夭矫，今之画图无略肖。风雨一夜飞下来，化为亚圣宫门柳。此柳浑全百十围，养成大物非一时。雨露天意独滋润，鬼神暗中相扶持。枝柯落落老益壮，岁月悠悠深不知。左蟠右转当大道，过客不敢攀其枝。葱葱郁郁抱元气，天下斯文其在斯。乡人支以二石柱，石柱既深根愈固。不同凡卉小春秋，半亩风烟自今古。浩然之气非寻常，大材应与天齐寿。"（Lê Thước，Trương Chính，1965：559）阮攸把孟子祠门口的古柳说成是龙的化身，有天地相持，用其来比喻孟子学说根深蒂固，博大精深，流传千古，"与天齐寿"。

(二) 化用典句

阮攸博学多识，对中国古典诗歌名篇烂熟于心，达到了运用自如的程度。他大量借用、演化这些典故名句，以适应其诗歌的意境，具有很强的再创作能力。表现出阮攸对中国文化的精湛修养。如《五月观竞渡》里"怀王归葬张仪死，楚国词人记佩兰"化用的是屈原《离骚》

中"纫秋兰以为佩"(聂石樵,2003:2)一句。如《渡淮有感文承相》里"哀衷触处鸣金石,怨血归时化杜鹃"的"鸣金石"出自典故《世说新语·言语第二·祢衡击鼓》里的"金石声":"祢衡被魏武谪为鼓吏,正月半试鼓,衡扬枹为渔阳掺挝,渊渊有金石声,四座为之改容"(刘义庆,1995:27);"怨血归时化杜鹃"化用的是文天祥《金陵驿》诗中:"从今别却江南路,化作啼鹃带血归"(黄兰波,1979:110)一句。如《渡淮有感淮阴侯》:"推食解衣难背德,藏弓烹狗亦甘心"中"藏弓烹狗"出自典故《史记·越王勾践世家》:"蜚鸟尽,良弓藏,狡兔死,走狗烹。"(司马迁,2002:12)如《湘潭吊三闾大夫》其一里的"鱼龙江上无残骨,杜若州边有众芳"一句中"杜若",在屈原的作品中经常提到,比如《湘君》:"采芳洲兮杜若,将以遗兮下女"(聂石樵,2003:21),又如《湘夫人》:"搴汀洲兮杜若,将以遗兮远者"(聂石樵,2003:23)等等都有提及,阮攸用"杜若"这种香草来赞美屈原的高贵品格。

(三)诗体灵活

阮攸《北行杂录》包括76首七言八句,11首五言八句,18首七言四绝,8首七言古风和五言古风,18首长篇(包括七言、五言或者短句)[①]。其中大部分是律诗,格律严谨,对仗工整。但同时阮攸又具自己独特的表现手法。有些诗句为了表达得更准确,并不拘泥于律诗的格律限制,而是运用灵活的句式、不定的字数,五、七言相结合,挥洒自如,流畅优美。表面上看似随意,实际上折射出阮攸不同凡响的艺术手法和较强的汉语文字驾驭能力。如"龙城佳人,姓氏记不清。独擅阮琴,举城之人以琴名。学得先朝宫中供奉曲,自是天上人间第一声"、"烈如荐福碑头碎霹雳,哀如庄舃病中为越吟。听着靡靡不知倦,便是中和大内音。西山诸臣满座尽倾倒,彻夜追欢不知饱"(Lê Thước,

---

① 据笔者统计,参见 Lê Thước, Trương Chính. *Thơ Chữ Hán Nguyễn Du* [M]. Hà Nội: Nxb Văn học, 1965, tr.501–566.

Trương Chính, 1965：503—504），阮攸采用了灵活的诗体，更易于表现其跌宕起伏、无拘无束和富于变化的思想感情。如"不涉湖南道，安知湘水深。不读怀沙赋，安识屈原心。屈原心湘江水，千秋万秋清见底。古今安得同心人，贾生一赋徒为耳。"（Lê Thước，Trương Chính，1965：527）这几句诗也没有严格遵照律诗的格律要求，其中五字、六字和七字兼有，但极富韵律，朗朗上口，辞意表达准确。又如"观者十数并无语，但见江风萧萧江月明"、"君不见使船朝来供顿例，一船一船盈肉米"（Lê Thước，Trương Chính，1965：513）等诗句也没有严格遵照律诗格律要求，但更适合阮攸的创作需要，能更好地表达阮攸的思想感情。

（四）描写细腻

阮攸在诗歌创作中十分注重细节描写，手法细腻，表达到位，效果很好。如"拨弃无顾惜，邻狗厌膏粱"（Lê Thước，Trương Chính，1965：563）一句，西河驿官兵们饕餮大餐，弃之不惜，就连他们养的狗都厌弃了吃这些山珍海味，这幅场景与要饭的母儿们的惨状形成了鲜明的对比，无需更多的言语，仅通过"邻狗厌膏粱"这一细节描写就把当时封建社会的不公充分地展现出来。又如"摸索引身向坐隅，再三举手称多谢"（Lê Thước，Trương Chính，1965：513），在描写卖唱的老人时，"摸索"二字用得巧妙。说明老人年纪很大了，腿脚已不灵活，只能摸着向前挪。"再三"二字说明老人为了能多挣几个铜钱，不断地向人们作揖道谢。又如"口喷白沫手酸缩"（Lê Thước，Trương Chính，1965：513），表现的是老人拼了命地唱歌，已用尽了全身的力气。通过这些细节描写，阮攸把一个卖唱老人悲惨的生活场景真实地展现在我们面前。再如"太平城外西风起，吹皱宁明一江水"（Lê Thước，Trương Chính，1965：513），此时西风乍起，吹皱了一江水，也吹乱了阮攸的乡思，"皱"字用得绝妙，仅一字就深深地表达出阮攸的思乡情怀。像类似细腻的描写数不胜数，它描绘出一幅幅真实鲜活的画面，具有强大的冲击力，给读者以身临其境的感觉。

四、结语

通过对阮攸汉文诗集《北行杂录》的分析研究，我们可以看出中国文化对越南文化的影响之深，其影响最大的当数汉字在越南近千年时间的使用。越南自公元968年建立第一个朝代丁朝开始，直到20世纪初废除汉字，汉字一直是越南官方使用的正式文字，也是越南历届科举考试使用的唯一文字。汉字的长期使用推动了越南汉文学的不断发展。中国传统文化、古典文学对越南传统文化和文学的构建起到了极其重要的作用，对越南文化、文学宝库的丰富做出了巨大贡献。（于在照，2010：5）阮攸是越南文学界最著名的代表人物之一。他对中国历史、文化谙熟于心。汉字运用得心应手，创作了大量的汉文诗作品。其汉文诗集《北行杂录》最能体现中越两国长期历史文化交流的成果，具有重要的文献和艺术价值。其诗句完美，表现力强，寓情于诗，意境深远，充分展示出阮攸的博学多识和超凡的汉字运用能力。阮攸作为越南人能有如此杰出的汉文诗创作，着实令人叹服。

参 考 文 献

[1] 郭振铎，张笑梅. 越南通史 [M]. 北京：中国人民大学出版社，2001.

[2] 韩红叶. 阮攸《北行杂录》研究 [D]. 首都师范大学，2007.

[3] 何明智. 越南大文豪阮攸及其名作《金云翘传》[J]. 新世纪论丛，2006，45（2）.

[4] 黄兵明. 中国历史人物 [M]. 北京：北京银冠电子出版有限公司，2003.

[5] 黄兰波. 文天祥诗选 [M]. 北京：人民文学出版社，1979.

[6] 李谟润. 继承与拓展: 安南阮攸与中国古代咏史诗 [J]. 百色学院学报, 2009, 22 (5).

[7] 李谟润. 拒斥与认同: 安南阮攸《北行杂录》文献价值审视 [J]. 广西民族学院学报, 2005, 27 (6).

[8] 刘玉珺. 越南使臣与中越文学交流 [J]. 学术研究, 2007 (1).

[9] 刘义庆. 全本白话世说新语 [M]. 北京: 新世界出版社, 1995.

[10] 聂石樵. 楚辞选注 [M]. 海南: 南海出版社, 2003.

[11] 司马迁. 史记 [M]. 西安: 陕西旅游出版社, 2002.

[12] 于在照. 越南文学史 [M]. 广州: 世界图书出版公司, 2014.

[13] 于在照. 越南汉诗与中国古典诗歌之比较研究 [D]. 解放军外国语学院, 2007.

[14] 于在照. 中国古典诗歌与越南古代汉文诗 [J]. 深圳大学学报, 2010, 27 (4).

[15] Duy Phi. *249 bài thơ chữ Hán Nguyễn Du* [M]. Hà Nội: Nxb Văn hóa dân tộc, 2003.

[16] Lê Thước, Trương Chính. *Thơ Chữ Hán Nguyễn Du* [M]. Hà Nội: Nxb Văn Học, 1965.

[17] Uỷ ban Khoa học Xã hội Việt Nam. *Lịch Sử Văn Học Việt Nam* [M]. Hà Nội: Nxb Khoa học Xã hội, 1980.

[18] Xuân Diệu. *Các Nhà Thơ Cổ điển Việt Nam Tiểu luận* [M]. Hà Nội: Nxb Văn học, 1981.

越南"六八体诗"《花笺传》人物形象解读

■ 张　敏

【摘　要】越南"六八体诗"《花笺传》在人物塑造方面较中国才子佳人小说《花笺记》有所突破，其改编的成功之处在于人物心理的塑造，每一个人物都有自己的个性特征，也符合其人物性格的发展，这是作者巧妙地制造人物内心矛盾的效果，最能引起读者兴趣以及最能显示人物性格的是那些描绘人物心理的诗句，本文以越南"六八体诗"《花笺传》为蓝本对诗中各人物形象进行解读。

【关键词】越南诗歌；"六八体诗"《花笺传》；人物形象分析

作品之所以被命名为《花笺记》是因为故事以男女主人公作诗"题誓花笺"为缘由，看似两人各显才艺，实则是两人在默契之下互许誓言、传情达意。弹词唱本《花笺记》在人物形象的刻画方面较为单一与苍白，刻画不是那么的细微精妙，而《花笺传》在人物塑造方面较之《花笺记》有所突破，作品中的每个人物可谓是作者精心设计和构想的，他们都有着各自所特有的性格。《花笺传》改编的成功之处在于人物心理的塑造，每一个人物都有自己的个性特征，也符合其人物性格的发展，这是作者巧妙地制造人物内心矛盾的效果。最能引起读者兴趣以及最能显示人物性格的是那些描绘人物心理的诗句，下边我们就来解读一下《花笺传》作品中的人物形象。

一、多重性格的封建风流才子——梁亦沧

《花笺传》中的风流才子梁芳洲，字亦沧，从小生性聪明好学，立志苦读经史以待日后有机会行大业，作品一开始是这样描述男主人公的：

原诗：
> Húy Phương Châu, tự Diệc Thương,
> Phong-nghi khác giá, từ chương tốt loài.
> Gấm hoa tài mạo gồm hai,
> Đưa chân nhảy phượng, chen vai cõi kinh.
> 　　　　（*Hoa Tiên Truyện* Dòng thơ thứ 17-20）

译诗[①]：
> 名芳洲，字亦沧，
> 风情万种，辞章华丽。
> 才如鲜锦灿云光，
> 风流好似骑鲸客。

由此可见，作者笔下的男主人公梁亦沧是辞章华丽、玉树临风的儒家才子，而生为儒家子弟的他不得不苦读经诗，待有朝一日立功名了才能让家人光耀门楣。

时值青春年少的梁亦沧内心无比狂躁并多愁善感。在他上舅母姚家祝寿之际，偶然遇见了瑶仙，这一邂逅竟让这一风流才子茫然不知所措。也就从那时起，他的内心生发出了对瑶仙念念不忘的心绪，作者是这样描述其当时内心世界的：

原诗：
> Gió dân rụng tỉa tơ hồng,
> Ngập ngừng lòng chạnh riêng lòng đôi khi.

[①] 本论文中所有的"译诗"为笔者本人暂译大意，有的字词参考了汉语《花笺记》的原文。

Xiết bao mấy nỗi rên rỉ,

Thảm oanh khúc rối, sầu chia giọt tràn.

(*Hoa Tiên Truyện* Dòng thơ thứ 459-462)

译诗:

红绳已被风吹散,

时而心事涌心间。

终日愁眉自叹息,

夜莺声声多悲泣。

在描写皎洁月光下梁亦沧与瑶仙在两个丫鬟的见证之下"题誓花笺"的场景之时作者这样写道:

原诗:

Tiên thề tan thảo một chương,

Trọn lời chép núi đầy hang tạc sông.

Chứng trên vằng vặc vừng trong,

Lại ghi Hương Nguyệt, trên giòng cuối trương.

(*Hoa Tiên Truyện* Dòng thơ thứ 785-788)

译诗:

花笺誓言题于此,

誓章同写告二人,

上写二家名与姓,

再写芸香婢二人。

表现了作者笔下的男主人公梁亦沧对女主人公杨瑶仙的一片真心,虽属封建风流才子之辈,但也不会将对别人的爱慕与追求当作儿戏,具有封建社会严肃认真的爱情婚姻观。

在听说父母为自己定下与玉卿的婚事之时,梁生无时无刻不处在各种折磨与心烦气恼、内心痛苦之中。他一边为自己初遇的爱情而痛苦,一边痛惜自己身边娇小柔弱的爱人。然而,人有悲欢离合,月有阴晴圆缺,此事古难全。当被告知父母召集回家同玉卿订婚消息之时,梁亦沧感到万分沮丧，心里暗自悲叹道：

原诗：

> Thôi thôi lòng đã phụ lòng,
> Trăm năm bẻ gẫy chữ đồng vì ai.
> Bẽ bàng trăng tối mưa mai,
> Sao duyên ngang ngửa cho người dở dang?
>
> （*Hoa Tiên Truyện* Dòng thơ thứ 927-930）

译诗：

> 如今已成负心汉，
> 百年誓言难实现。
> 夜色朦胧似雨落，
> 奈何缘尽已生陌。

寥寥数句表现了梁亦沧面对恋爱婚姻问题时的无奈。待梁亦沧再遇瑶仙之时，便向她吐露肠衷：

原诗：

> Lối thơm tuyết phủ, Người tình biết trôi giạt về chốn phương nào?
>
> （*Hoa Tiên Truyện* Đại-Lược Truyện Hoa-Tiên）

译诗：

> 踏雪无痕，何处觅人踪？

梁生对瑶仙的爱如此之痴狂，邂逅之后的一别让梁生苦苦思念着瑶仙：他终日愁恼，紧锁眉心，无心习书文，对生活没有了一丝的热情。而后，在表弟姚生真诚的劝慰之下，他埋头苦读经史，最后高中探花，身入翰林院。后在翰林院与瑶仙重逢，两人尽述始末，得释前嫌，作品是这样描述这一场景的：

原诗：

> Hài văn lần bước bước song,
> Cách tưởng văng vắng, tiếng vàng xa đưa.
> Tưởng bây giờ là bao giờ?

Song song đối mặt, còn ngờ chiêm bao?

（*Hoa Tiên Truyện* Dòng thơ thứ 1227-1230）

译诗：

学业终日未完成，

冥思苦想盼佳人。

不知今日为何时？

梦中佳人可近身？

在梁亦沧飘飘然的时候，突闻刘玉卿因家中逼婚而投江自尽之事，自杀未遂，虽然后面得到皇上赐婚。然而，梁亦沧终日愁眉不展，这样感叹她的专一与薄命

原诗：

Vì ai cho thiệt thời nhau,

Ấy ai dứt được mối sầu cho đang?

Chưa cầm sắc cũng tào khang,

Nỗi dậy thế chẳng vội vàng lắm ru.

（*Hoa Tiên Truyện* Dòng thơ thứ 1615-1618）

译诗：

谁人惹得愁满面，

谁人能解这般愁？

才貌双全乃佳人，

如此说来不必急。

在历经重重阻碍之后，梁亦沧才得以跟杨瑶仙会面，终鸾凤团圆，各自如愿以偿：

原诗：

Ông Tơ khoảnh khắc mới kỳ,

Mượn ơn mưa móc, kết nghì trúc mai.

Cửu Lương duyên lại sánh đôi,

Dồi dào tình trước đền bồi nghĩa sau.

(*Hoa Tiên Truyện* Dòng thơ thứ 1685-1688)

译诗：

月老红绳一线牵，

结义恩泽与竹梅。

佳人双双过鹊桥，

互诉肠衷情意深。

细细挖掘整个故事中梁亦沧的经历，我们会发现他的成功远大于失败，特别是在爱情方面，如此一来，梁亦沧心理的变化便循序渐进，与周围的环境相协调。梁亦沧的爱情经历并不是那么的坎坷，似乎所有的一切都是他所能承受的，在爱之时，他沉沦其中，爱得专一，失望之时便萎靡悲叹，他克服不了玩乐的嗜好，相反是痴情与浪漫支配着这个年轻人的生活，特别是在"闻讯杨父征胡，为敌所困之时，在爱情力量的驱使之下，身为文官的梁亦沧却义无反顾地上表请缨，出边关征贼寇，斩平胡俘报皇恩，亦是趁此机会向瑶仙倾尽衷肠。这些举止发扬了封建的纲常伦理道德，从这些方面也可以看出作品所要反映的理想的才子形象"[①]。

二、封建礼教束缚下的痴情女子——杨瑶仙

杨瑶仙是参佐都督的爱女，其娇艳妩媚的姿色让众多英雄之辈所倾倒：

原诗：

Giao Tiên đồn khắc đâu đây,

Tuổi chừng đôi tám, xuân nay chưa nhiều.

Viện thơ khung dệt, màn thêu,

[①] Hà Như Chi: *Việt Nam Thi văn Giảng luận*, Sài Gòn, Tân Việt XB, năm 1956.

Chữ đồ thiếp tuyết, cầm trên phả đồng.

（*Hoa Tiên Truyện* Dòng thơ thứ 195-200）

译诗：

瑶仙姿色谁都知，

年纪轻轻近十六。

正值青春貌美时，

生活精致如金匾。

生为女子，在爱情面前表现出羞涩是理所当然之事。自从与梁亦沧邂逅，到读了其为自己所和的诗句《咏柳》之后，她便开始踌躇不定，内心惶惶。爱情悄无声息地潜入了她的内心，不知多少次因为要维护家风，特别是女子的名誉，瑶仙不得已多次设阻为难梁亦沧。然而，当回到闺房之时，她却又焦虑不安。她的焦虑体现在：

原诗：

Xót thay cho kẻ vì ta,

Liễu gầy trăng lạnh, sa đà lấy lâu.

Giá nào, nào dễ mấy đâu.

Duyên nào, nào biết về sau nhường nào.

（*Hoa Tiên Truyện* Dòng thơ thứ 603-606）

译诗：

为才子痛彻心扉，

柳枯月冷待何日？

办法已尽不容易，

不知日后有缘否？

尽管爱情之声在召唤着她，尽管内心充斥着多少狂热的爱情，让她躁动不安，她依旧不敢违背礼教，在与梁亦沧邂逅之后，她少言寡语，只会安静地回答梁亦沧的问话，然而又有谁知晓，这样的一种温文儒雅蕴含了多少情与意：

原诗：

> Nàng nghe ngần ngại nét hoa,
> Đăm đăm lặng ngắm bóng nga biếng rằng.
> （*Hoa Tiên Truyện* Dòng thơ thứ 779–780）

译诗：
> 佳人听后迟迟未作答，
> 两眼凝视嫦娥苦相思。

在读了梁亦沧所和的诗之后，杨瑶仙为之动了芳心，两人于是在花笺和诗，以日月为证，誓表真情，与此同时，杨瑶仙却又一直拒绝梁亦沧，她似乎已经考虑到了梁亦沧的未来，并费尽心思规劝亦沧当苦读诗书，来日飞黄腾达之时再一了他的心愿：

原诗：
> Dám xin tính rộng toan xa,
> Bảng vàng treo đã, đuốc hoa vội gì?
> （*Hoa Tiên Truyện* Dòng thơ thứ 805–806）

译诗：
> 敢问公子情深何？
> 金榜题名夺花亦未迟。

这是杨瑶仙心底所想的，不管是高兴还是内心忐忑不安之时她都会坚信梁亦沧终将高中：

原诗：
> Nàng từ tin ải truyền ra,
> Nỗi mình, nỗi khách biết là bao nhiêu.
> （*Hoa Tiên Truyện* Dòng thơ thứ 1187–1188）

译诗：
> 终有功成名就日，
> 心中肠衷诉不尽。

杨瑶仙是用情专一的女子，因此，当闻梁亦沧与他人定下婚约之时，她惆然不乐，为他们的情深缘浅而悲叹：

原诗：

  Rồi đây bèo nước lênh đênh,

  Cành hoa vô chủ đã đành từ đây.

  Buồn riêng thức thức phô bày,

  Lòng nào vui những của này với ai?

     （*Hoa Tiên Truyện* Dòng thơ thứ 975-978）

译诗：

  水上浮萍当漂流，

  从此以后花无主。

  内心愁苦诉何人，

  又与何人同欢喜？

在瑶仙听说梁亦沧去问亲的事情时，她对一个负心汉的行动与心理是一致的：对情人的憎恨，自己伤害自己，烧掉所有跟梁亦沧有关的纪念物。

可以说封建礼教束缚下的女子都是专一的，瑶仙就是一个活生生的例子，尽管知道梁亦沧是个负心汉，尽管内心一直在告诫自己没有任何希望了，但她依旧一心为他守住贞操：

原诗：

  Phận đàn bà ngỡ là chơi,

  Một ngày lăm tiếng, muôn đời mất tai.

  Mặc ai hẹn nhạt, nguyền phai,

  Tự ta xuân khóa mây cài với ta.

     （*Hoa Tiên Truyện* Dòng thơ thứ 965-968）

译诗：

  妇人生而守贞洁，

  他日成名于天下。

  不管谁人违背诺言，

  都注定要自食后果。

经过了多少个日日夜夜的等待，或许这只是一场赌局，而这场赌局又终将会证明："有情人终成眷属"，才子佳人最终还是得到了甜蜜完满的爱情：

原诗：

  Đuốc hoa lồng bóng trăng tròn,
  Tình riêng vẹn cả vào khuôn xướng tùy.
      （*Hoa Tiên Truyện* Dòng thơ thứ 1649-1650）

译诗：

  月圆时鸾凤亦团圆，
  历经艰辛终得团圆。

世间最为美好的诗情画意般的爱情竟然因为第三者的出现而被扰乱了，那就是玉卿的出现，正当梁生为此事不知所措之时，杨瑶仙利用自己的睿智规劝梁亦沧当对玉卿衷情：

原诗：

  Bây giờ lầm cát mặc ai,
  Vinh hoa riêng, lấy một đời hay sao?
  Khi ăn nói lúc ra vào.
  Nghĩ nguồn cơn ấy làm sao cho đành?
      （*Hoa Tiên Truyện* Dòng thơ thứ 1711-1714）

译诗：

  今朝不知何人面，
  是否有缘到白头？
  温文尔雅的女子，
  谁人舍得离开？

我们可以看到瑶仙心理的变化恰如梁亦沧渐进的转变，从与他邂逅到别离，再到重逢，种种变故，让她随时做好梁亦沧将抛弃自己的心理准备，作品是这样来描述这种心情的：

原诗：

>Vì ai cho lụy đến ai,
>
>Thà liều mạng bạc, kẻo sai chữ đồng.
>
>　　　　　（*Hoa Tiên Truyện* Dòng thơ thứ 1337-1338）

译诗：

>只因担忧互连累，
>
>情愿违誓终放弃。

在种种诸如"父母之命不可违"、"男女授受不亲"等传统教育熏陶下，杨瑶仙自愿接受了这样一种等待的命运：对自由爱情的等待。

杨瑶仙在被受众多立意规范"过滤"过的每一种交际、处世风格的环境中成长，把奉父母之命结婚生子视为很幸福的事，这是必然的。但所有这些都在其一念之间改变了，这正是她对自由爱情的追求，梁亦沧那真挚而狂热的爱就像一缕清风吹进瑶仙潜伏已久的幸福的梦想之中，尽管有时候杨瑶仙克制自己不再去想，但她还是摆脱不了梁亦沧对她的吸引，偶然的邂逅让她多少增添了烦恼。然而，在封建礼教思想熏陶下的少女还是想办法将自己的情感限制在了陈旧的规矩当中：

原诗：

>Tự ta đóng nguyệt cài mây,
>
>Buồng thơm chớ lọt mảy may gió tà.
>
>　　　　　（*Hoa Tiên Truyện* Dòng thơ thứ 251-252）

译诗：

>将自己避于深闺，
>
>厢房不漏丝毫邪风。

在经过一段时间的思考与权衡之后，瑶仙似乎才慢慢一步一步摆脱束缚人精神的封建礼教枷锁，很自然，她从心底就接受了纯真、朴实、真诚、柔情而又端庄的爱情。当然，有的时候杨瑶仙也犹豫踌躇，因为在"父母之命，媒妁之言"之前她们能够做的只有遵从，这样才能守循一定的"礼"，就连在接受了梁生对她的爱慕之情之后，她依然不减内心深处的那份焦虑：

原诗：

　　Dẫu cho nền lễ sân thi, Cùng nhau đôi lứa cũng tùy nơi xe.

　　　　(*Hoa Tiên Truyện* Dòng thơ thứ 645-646)

译诗：

　　封建礼教不可摧，纯真爱情亦难追。

　　杨瑶仙的形象代表了所有才子佳人小说中的妇女形象，却又不完全相同：她深藏不露的同时也谨小慎微，出身于贵族世家的瑶仙，不可能这么简单地陷入爱情，然而，她也并非一味地被束缚于那些枯燥无味的礼教思想之中，经历了种种困难阻碍之后终得自由的爱情，之后又通过"德"与"行"来捍卫这份爱。所以当杨瑶仙知道梁亦沧将听从父母之命与他人定下婚约之时内心极度愤恨：

原诗：

　　Rằng vâng mừng trộm cho người,

　　Đã duyên đằm thắm lại với giàu sang.

　　Tiếc thay sương tuyết cũ càng,

　　Lối duyên ai nghi tự chàng rắc gai.

　　　　(*Hoa Tiên Truyện* Dòng thơ thứ 1239-1242)

译诗：

　　私定婚约同心结，

　　却料攀权附贵终决裂；

　　佳人姿色已不再，

　　谁知情路坎坷难重来。

　　对于梁亦沧的"背叛"，杨瑶仙在抱怨之时在处理事情上也变得耐人寻味，深藏不露，她并没有为自己对自由爱情的追逐而悔恨，当她弄清楚所有的真相之后也原谅了梁亦沧，而且对赴京赶考的他生发出了更加浓厚的爱。最后终于在等待之后收获了完满的爱情，作品以鸾凤团圆告终。

　　从瑶仙的形象我们可以看出，各个民族文学对妇女形象的描写有一个新的趋势：大胆地突破那些枯燥无味的封建礼教的束缚，妇女变得更加的娇美妖娆并且真实，这也是《花笺传》的成功之处。

总的说来，杨瑶仙自始至终都显得窈窕可爱，外静内动，表现出大家闺秀的风范，内心爱情的花蕾已被梁亦沧的爱意和明末人性解放的春风吹绽。她奋力喊出："快活百年谁不爱，纵然仙女也思凡。"表达出少女觉醒的心声以及面对佳人之时内心的纠结以及表面矜持的矛盾。她那让人欣赏的义举深深地刻在我们的心中，这些所映衬出来的是多么庄严、纯洁的一种爱情。

三、为爱抗争的貌美女子——刘玉卿

关于刘玉卿，她的忠贞与节烈的行为举止不愧是与梁亦沧、杨瑶仙的情义相匹配的角色。刘玉卿是工部尚书的女儿，才貌双全并有着善良仁厚的性格：

原诗：

  Tuần mười lẻ bảy xuân xanh,
  Người trang trọng nết, đoan trinh vẹn mười.
     （*Hoa Tiên Truyện* Dòng thơ thứ 835-836）

译诗：

  面如春光十七岁，
  貌美如花仪端庄。

出身于重封建礼教的贵族世家的刘玉卿凡事都听从父母的安排，在不知晓父母定下婚约的梁亦沧为何人的情况下仍欣然听取并接受了父母之命，玉卿所经历的爱情是偶然的，一直以来她都生活在没有踌躇没有比较的等待与期盼之中，当听到梁生已心有所属的时候，一开始她的内心隐隐作痛，而后便终日茶不思饭不想，无心更换衣服，作品这样描写当时的刘玉卿：

原诗：

Ngọc Khanh xiết nỗi ngại ngần,

Đổi màu xiêm trắng, kém phân cơm vàng.

(*Hoa Tiên Truyện* Dòng thơ thứ 1367-1368)

译诗：

玉卿终日无话言，

茶不思来饭不想。

泪水从她的双眼中徐徐落下，浸湿了这位贞洁之女的双颊，这是她第一次为爱而流的眼泪：

原诗：

Thấy lời oanh yến lao xao,

Còng chan giọt thắm, càng bào lòng son.

(*Hoa Tiên Truyện* Dòng thơ thứ 1371-1372)

译诗：

夜莺啼叫声喧哗，

玉卿泪已成双河。

然而，最高贵的是刘玉卿内心所生发出的并非其他女子常有的嫉妒与自私的想法，她是发自内心地愿意牺牲自己成全别人的幸福，作品中是这样写的：

原诗：

Dẫu rằng mòn núi cạn sông,

Gương nầy chẳng quyết soi chung với người.

(*Hoa Tiên Truyện* Dòng thơ thứ 1383-1384)

译诗：

山水枯竭，

乃敢与君绝。

真可谓是一波还未平息，一波又来侵袭，众多的变故困扰着刘玉卿，在听说与自己定下婚约的人的死讯之后，被母逼着嫁予其他人，她在内心深处做决裂的反抗，终日以泪洗面，祭奠那死去的爱情：

原诗：
>Khóc than rỉ rỉ cuối ghềnh.
>Giải lòng với nước bày tình với trăng.
>
>（*Hoa Tiên Truyện* Dòng thơ thứ 1449–1450）

译诗：
>以泪消愁月表情，
>终日叹息泪已尽。

一种无形的力量驱使着玉卿做出最终的选择，无奈之下她只有以死来了决所有的一切，在玉卿的内心深处，也只有以死来让心胸狭隘的母亲清醒过来，这样也才能为自己内心的理想爱情守住贞洁：

原诗：
>Trông vời trời bể mênh mông,
>Đem thân băng tuyết gởi hàm giao long.
>
>（*Hoa Tiên Truyện* Dòng thơ thứ 1455–1456）

译诗：
>海天广阔无垠，
>委其身于天子。

然而，在作者的笔下，玉卿不能那么轻而易举地死去，作者想要赋予这位贞女的是一份长久而幸福的爱情。因而，龙提学将玉卿救起的情节并非偶然，而是作者故意设置的场景。刘玉卿最终受到了皇上的赞赏并最终同瑶仙一起赐封了"一品夫人"的荣誉称号：

原诗：
>Cửa Lương duyên lại sánh đôi,
>Dồi dào tình trước đền bồi nghĩa sau.
>Cũng ban nhất phẩm như nhau,
>Khuê môn cho rệt, mối đầu chính phong.
>
>（*Hoa Tiên Truyện* Dòng thơ thứ 1687–1690）

译诗：

天赐才子佳人缘，

两人始终情深意重。

也封"一品夫人"称号，

终度洞房花烛夜。

我们可以看出，刘玉卿的心理变化相当之快，并且当中夹杂着或多或少的矛盾。起初她意志坚定静静地谦让别人，而后来却又时刻准备着结束与梁亦沧之间的这段缘分。设想倘若作者笔下的玉卿就这样死去或者让她生活在孤单之中，那么读者对这位为爱殉情的女子将会有更多的怜悯之情。作者将很多中国古典文学中的伦理道德融合于其中，让刘玉卿成为一个贞洁而又向往爱情的女性形象，这样也才使得故事的情与理相吻合。

四、见机行事的丫鬟——芸香与碧月

一些人物的语言在不同的语境中都带有不同的情感色彩，同时也反映着人物的性格。芸香和碧月为杨瑶仙的丫鬟，第一次替梁亦沧向女主人杨瑶仙传情达意的时候，碧月传话之时用一种嘲笑、奚落的口吻说：

原诗：

Lưng trời những nói đâu đâu,

Những tơ nào rối, những cầu nào xanh.

Những lăm chắp cánh liền cành,

Đã mềm tóc uốn lại quanh tơ vò.

（*Hoa Tiên Truyện* Dòng thơ thứ 241-244）

译诗：

苍天在上，

公子绕来绕去，

不知哪句是真，哪句是假？

叫人如何相信。

到了梁亦沧将自己所作的诗贴于瑶仙诗旁边之时，碧月发现瑶仙有那么一丝心动，于是其口吻不再用"奚落，嘲笑"的口吻，而是用了如下有意撮合两人的口吻：

原诗：

>   Song song một vách đôi bài,
>   Giai nhân tài tử sánh vai khéo là!
>   （*Hoa Tiên Truyện* Dòng thơ thứ 375–376）

译诗：

>   两人比翼双飞，
>   才子当然配佳人！

在确定了瑶仙被亦沧的爱触动之后，碧月又改用说服的口吻：

原诗：

>   Tưởng người lấy liễu mà suy,
>   Người khi xuân cỗi, liễu khi thu cằn.
>   Liễu kia thu lại còn xuân,
>   Người kia đã dễ mấy lần xuân chăng?…
>   （*Hoa Tiên Truyện* Dòng thơ thứ 569–572）

译诗：

>   公子才情多钦慕，
>   青春年华莫辜负；
>   华秋错失春亦来，
>   大好时光勿徘徊。

两个许愿场景的布置，作者也有一定的用意。在情节的发展中作者巧妙地运用了芸香与碧月两个角色。当看到瑶仙要答应梁亦沧之时即刻做出反映：

原诗：

>   Nàng nghe ngần ngại nét hoa,

Đăm đăm lặng ngắm bóng nga biếng rằng.

(*Hoa Tiên Truyện* Dòng thơ thứ 779-780)

译诗：

丫鬟迟疑未作答，

遥望嫦娥月影挂。

如此镇定的心情，预示她们将设香案让两位佳人立誓。诗人将作品中各个人物所有细微的情感融入到周围的美好景致中，夜色下的月光任何时候都有诗情画意的朦胧感，与才子佳人的心情很是匹配。作品中大部分的景物描写作者都注入了不同角色转换人物的思想与灵魂，使得周围景致也具有新鲜艳丽的色彩。通过景物烘托，刻画人物心理如此的成功，这是此作品在艺术手法上值得注意的一点。

可以说《花笺传》在作品中所描述的少女形象为其艺术手法的展现添加了浓重的一笔。故事中的女子形象在作者具有才情的笔下似乎显得很清晰明了，读来让人觉得就像在翻阅一幅幅插图，一人一形象：杨瑶仙将自己的内心藏得比较深，顾虑太多，多愁善感；玉卿性情婉转，但思想甚为守旧，任何时候都将自己束缚在封建礼教之中；碧月与芸香在思想上比较切实，在言辞上比较大胆，两个都是性情中人，芸香略显深厚贤惠，柔情似水，碧月却聪明伶俐，甚是顽皮。

作品中人物形象塑造最成功的是杨瑶仙，其心理构造的主要特点是理智与情感间的矛盾，而这些作者都很注意去挖掘，并逐步按规律去解决。瑶仙在面对爱情时的拐弯抹角、畏畏缩缩、犹豫不决与惊慌失措写得很逼真，而她的转变一定程度上是由于人物性格的发展所必需的。

五、结语

以上的分析我们不难看出，《花笺传》中的人物心理是模式化的心理，或者可以说是套用一定模式约定俗成的，亦即：梁亦沧起初深深地爱上了杨瑶仙，但当接到必须与刘玉卿订婚的命令之时，男主人公也是机械化地答应了，却没有去反抗；杨瑶仙尽管知道梁亦沧背叛了自己，却还依然紧闭闺门等待旧人；刘玉卿尽管被逼婚，在孝（本分）与情（贞洁）之间踌躇不知所措之时最终采取的方法却是死，以死来守住贞操。可见，梁亦沧、杨瑶仙、刘玉卿都是作品中典型与理想化的人物，他们是被人操作并将其倾向于伦理之道的棋子。

总的说来，我们不得不承认，《花笺传》的作者在人物形象塑造的把握上相当成功。而这部作品已将越南古文之喃传作品的价值提高到了一定的高度，为之后作品巧妙精微的写作奠定了一定的基础。所有的人物形象都交织在一起，使得故事情节中的氛围很是清新、白净，读来让人感到的是一个温和而又充满缘分的世界。

参考文献

[1] 纪德君. 明末清初小说戏曲中佳人形象的文化解读 [J]. 明清小说研究，2003（1）.

[2] 梁培炽. 从《花笺记》到《花笺传》看中国文学对越南文学的影响 [Z]. 香港：香港珠海学院汉学与东亚文化国际学术讨论会论文，2010.

[3] 刘志强. 越南古典文学四大名著 [M]. 广州：世界图书出版公司，2010.

[4] 罗长山. 越南传统文化与民间文学 [M]. 云南：昆明云南人民出版社，2004.

[5] 祁广谋. 第八才子书与越南喃字小说创作观念的嬗变 [J]. 东南亚研究，1998（5）.

[6] 武待问.《花笺记演音》喃传 [M]. 河内，名命十年（1829）.

[7] 薛汕校订. 第八才子小说《花笺记》[M]. 北京：北京艺术出版社，1985.

［8］余富兆. 浅谈由中国小说演化而来的越南喃字文学［J］. 东南亚纵横, 1998（10）.

［9］［越］Hà Như Chi. *Việt Nam Thi văn Giảng luận, Sài Gòn* ［M］. Tân Việt XB, năm 1956.

［10］［越］Nguyễn Huy Tự, *Nguyễn Thiện. Hoa Tiên Chuyện* ［M］. Nhà xuất bản Văn Hóa Việt Nam, 1961.

［11］［越］Nguyễn Huy Tự. *Nguyễn Thiện. Truyện Hoa Tiên* ［M］. Đào Duy Anh Khảo Đích, Chú Thích giới thiệu. Nhà xuất bản văn học, 1979.

缅甸"实验文学旗手"的爱国情结
——评佐基诗歌的创作思想

■ 申展宇

【摘　要】 佐基是缅甸著名的诗人、作家和文学评论家，是20世纪30年代缅甸实验文学运动的开创者和力行者，被誉为"实验文学三杰"之一。他以新诗体新诗风，开"实验诗歌"之先河，用诗歌激发缅甸人民的民族自尊心和爱国心，赞颂祖国历史和民族文明，控诉英殖民主义者的罪恶，彰显了诗人的社会责任感和时代使命感。其作品不仅推动了缅甸诗歌的现代性发展，也对缅甸现代文学的发展产生了深远影响。

【关键词】 佐基；实验诗歌；作家评析

佐基被誉为实验文学的旗手，他不仅是实验诗歌的开拓者，也是缅甸文学界受到尊敬的小说家、文学评论家。他的诗歌作品推崇人的力量，赞美普通民众，激励人们不应安于现状，要无畏地面对生活中的失败和挫折。此外，他的反殖诗歌紧扣时代主题，揭露殖民主义者的丑恶罪行，激发人民的爱国热情和民族责任感。读佐基的文学作品，可以发现在字里行间很少流露出"贪"、"痴"情绪，语言通俗易懂，主题思想积极向上。缅甸著名文人吴登佩敏曾在一篇文学评论文章上这样评价佐基的诗歌："佐基在诗歌方面的创作能力一直在进步，他的诗不仅仅只是反映人民大众的生活，而且还激发人们的爱国热情，唤醒群众，例如

《像鸟儿一样》这首诗反映了人民群众的巨大力量,并激励人民。他写道:人民自己的力量在自己能看到的日子里,从蛋壳中诞生变成鸟儿,就如抛弃旧生活旧时代,进入了新生活新时代。"缅甸当代诗人学者铁拉悉都曾高度评价佐基,"民族诗人佐基的诗歌饱含浓郁的爱国情结,折射了理性的人生,他将缅甸深深镌刻在自己的心中。"

一、佐基与实验诗歌

佐基(1907—1990),原名吴登汉,他一生创作了大量的文学作品,涉及诗歌、小说、戏剧、外国文学翻译、文学评论等。佐基七年级时参加了第一次大罢课,随后进入国民学校学习,这段时期他对诗歌产生了浓厚兴趣并开始尝试创作诗歌。当时,佐基写的诗多是模仿古诗,如季节颂、山林颂、郎君赞、少女赞等古诗,这些诗语言优美,辞藻堆砌,特别注重对诗句的雕琢。佐基进入仰光大学从师于吴佩貌丁。佐基跟从吴佩貌丁积极开展对缅甸古典文学的研究,尤其是对蒲甘碑铭简洁精练的写作风格产生极大兴趣并极力推崇。同时,源于西方文学的强力渗透,他对英国文学接触较多。佐基十分喜欢西方文人如莎士比亚等人的诗歌,十分迷恋英国诗歌的丰富内涵和浓烈的感性色彩。这些仰光大学的知识青年开始积极探索如何使缅甸诗歌摆脱古体诗的窠臼,表达现实生活,并反映时代精神。佐基与德班貌瓦、敏杜温等青年学生较多受到英国文学浪漫主义的影响,他们认为诗歌创作的对象可以是任何事物,不论其大小,只要有感受就可以写,这样一来,他们的诗歌创作便能大胆地突破传统诗歌的羁绊,不受旧体诗韵律的束缚和句子长短的限制,以求最大限度的创作自由来尽情抒发情感。自1920年起,佐基陆续创作了大量的实验诗歌,这些诗歌表达爱国主义,弘扬缅甸文明,赞颂自然之美。

1928年,佐基创作了诗歌《紫檀花》,紫檀花,颜色金黄,花香浓郁,花期短又恰适缅历新年泼水节开放,故而缅甸人视其吉祥名贵。在诗中作者写道：

> 紫檀花开迎新时，金黄染翠缀满枝。
> 花亦犹人灵性有，竞展芳华不疑迟。
> 雄姿慧质须人爱，娇容初绽莫堪摘。（尹湘玲，2006：44）

作者不仅细腻地描绘出紫檀花的生动姿态，而且将花做了拟人化处理，赋予她以人的性格，灌注了人的情感。诗人借花展开丰富想象：花像人一样有自尊心、好胜心，有自我展示才华和成功的强烈愿望。人们应该对她们理解呵护，不能随意扼伤诋毁。诗人用"请勿采摘"这样自然、平实、恳切的白话语表达了对人的个性尊严的呼唤和肯定。诗触景生情，托物言志，情景交融，富有强烈的浪漫主义色彩。《紫檀花》被称为"第一首实验诗歌"，它是佐基诗歌创作上的重要转折，从这首诗开始，佐基摒弃了旧体诗歌的老路，走出一条将外国诗与缅甸诗艺相结合，以社会生活和人的真情实感为基础的从理性约束到丰富想象的诗歌创作新路。

二、佐基诗歌彰显爱国激情，为民族独立疾呼

1924年，佐基年仅17岁时便写了《民族节的大鼓声》。这是佐基发表的第一首诗。诗所发生的背景是：1920年12月5日仰光大学爆发了首次大罢课，抗议殖民政府颁布的大学条例，抵制殖民主义教育制度。罢课得到了全缅中小学生的响应和各阶层人民的同情和支持，形成了一次广泛的反帝爱国斗争高潮。在这次运动中，缅甸各地兴办起许多国民学校。这次学生罢课运动促进了反帝爱国思想的传播，有着重要的意义。1921年10月缅甸人民团体总会通过决议，将首次大罢课的第一天定为民族节。为了突出民族节的意义，使民族特征更鲜明，民族节的日期没有采用公历12月5日，而是特意采用缅历的8月25日（公历1920年12月5日即缅历1282年8月25日）。作者亲身经历这次轰轰烈烈的大罢课运动，在高涨的爱国激情的感召下，奋笔疾书将这次在缅甸历史上

具有里程碑意义的反帝、反殖民、求民族独立的大罢课运动记录下来。作者站在爱国的立场上，勇敢地揭露殖民者的罪行，为民族的独立大声疾呼。从诗中，可以发现作者在少年时起，内心深处就蕴藏着拳拳的爱国之心，佐基的爱国豪情就像一把火炬照亮黑暗的殖民社会。

佐基随后接连写了《这里》、《一个泼水节》、《像鸟儿一样》等多首爱国诗歌，其中最具代表性的便是诗人在1935年创作的《我们的国家》、《当你死去的时候》、《当今》、《啊，青年们！》、《青年之歌》5首爱国诗歌。

《我们的国家》这首诗没有采用常规的写作手法和思想，诗人基于缅甸的历史背景，强调缅甸人民的生活。

  我们的家园，我们的土地上，
  佛塔如林，却长期贫困。
  乞者憔悴，衣衫褴褛，
  在寺庙的角落徘徊，吃不饱饭。

在诗中处处流露着爱国之情、民族自豪感和勇于为国效力的慷慨豪言，但同时作者又一针见血地指出尽管缅甸自然资源丰富，然而在英国殖民者的统治下，沦为亡国奴的缅甸人要承受着资本家的经济压榨和牟取暴利的英国商人的剥削。尽管缅甸盛产稻米，缅甸人却沦落到要忍受饿肚子的悲惨境地。诗人对这种状况感到痛心，他对缅甸受殖民的现状不能接受，对英帝国主义的侵略不能忍耐，对殖民者的仇恨不能消释。

  起来吧，缅甸人！
  莫泄气，别灰心。
  团结起来，力量无限！
  这是谁的土地？这是谁的家园？
  担负起责任，用我们的智慧，团结起来！

诗人为自己的民族、为自己的国家而激发的爱国热情已经被熊熊点燃。这首诗彰显着诗人的不甘做亡国奴的民族荣辱心，渴求从殖民的枷锁中获得国家独立和维护国家、民族利益的坚定决心。"起来吧，缅甸人!""起来吧,缅甸!啊,缅甸人",语言短促有力,音调铿锵,诗人以十足的勇气敲响"民族解放,国家独立"的战鼓,响彻整个缅甸。

《当你死去的时候》诗文如下:

> 人生在世,死总是难免。
> 但是,当你死去的时候,
> 应该让哺育你的大地有所进;
> 让你本民族的语言有所发展;
> 让你礼拜的佛塔,
> 金光闪闪地留在人间!(姚秉彦,1993:219)

在诗中作者一面指出死亡是人的自然法则,另一面强调人的生命应该具有意义,当生命结束时,应该为国家、为民族、为民族语言的生存和发展而肩负责任。诗人认为面对死亡,人有多种选择的道路。人难免一死,但死就要死得有所价值,就要无愧面对自己的祖国,无愧面对自己的民族,无愧自己所信奉的宗教,无愧面对自己的民族文化。诗人以高度的社会责任感号召缅甸人民慎重地审视自己的祖国和自己的民族文化是有深刻的历史背景的,在危机深重的殖民社会里,英国殖民当局不仅在物质上奴役缅甸,而且在精神上奴化缅甸人民。佛教是缅人的宗教信仰,是缅人精神的归宿,缅甸社会是以佛教的伦理观为基础而建立的,但是英国殖民者却有意打压佛教,抑制佛教发展,妄图掐断缅人团结的纽带。不仅如此,殖民当局开办的学校中,极力矮化缅语、缅文,大力发展英文教育和灌输殖民思想,企图以此奴化缅甸的年轻人。在缅甸将陷入亡国灭种危险的边缘之际,富有民族责任感和社会使命感的先进缅甸人号召人们团结起来抵制英国殖民者的罪恶统治。他们成立了"佛教徒青年协会"(即缅甸人民团体总会的前身),保护并发扬光大佛教。1920年的首次大罢课后,随即兴起的"国民学校"运动中倡导缅文教育,发展缅语。缅甸人民掀起持久的反殖民主义的高潮,正是在这样的社会背景下,诗人被缅人的反殖运动所感染,创作了此诗。

佐基1937年在《文坛》杂志上发表了《戴紫檀花的姑娘》。每当缅历一月,紫檀花盛开,泼水节也在此时进行,人们载歌载舞欢度新年。在诗人的笔下,缅甸人的民族服饰如"包头巾、筒裙"、民族乐器"腰鼓"以及舞蹈等民族传统生动再现。这首诗语言清新、简洁,内容反映人民生活,"是一首真正的缅甸诗歌"。诗文如下:

小伙子啊,你好神气,斜挎着腰鼓。

看你,把腰儿左右弯曲。

看你,包头巾的头儿舞迷离。

看你,派头能与天公比。

看你,把拳头朝鼓面一擂,鼓儿的响声似雷击。

姑娘啊,你别稀奇。

我的鼓儿敲得这样响,

是因为,紫檀花在你的头上异常艳丽。

是因为,你满面春风似的甜蜜笑意。

是因为,你那筒裙的色彩翠绿。

是因为,在那小路蜿蜒的村口,

站着美丽可爱的姑娘——你。(季羡林,1986:534)

1948年1月,缅甸人民在经受长期的殖民统治后经过不屈不挠的斗争终于获得国家独立,整个国家沉浸在胜利和喜悦的海洋之中。佐基写了《1948年独立日》这首诗,诗人提醒缅甸人民"我们国家的最终目标不单是获取目前的独立,直到今日,缅甸还有饥贫现象。"诗人紧接着鼓励缅甸人民"为了建设更加美好的国家,要继续努力!",这首诗展示了佐基的远见卓识。

三、佐基诗歌表达民族自豪感,弘扬缅甸的灿烂文明

佐基作为一位爱国诗人,不仅热情讴歌缅甸人民反殖民主义光辉的斗争,而且大力赞颂本民族悠久的历史和灿烂的文化。蒲甘王朝时期,政治、军事、经济、宗教、文化、社会事务等诸多方面繁荣发展,在缅

甸历史上留下重大的印记和深远的影响，缅甸人民谈起这一时期都深感为荣，佐基非常重视蒲甘古城以及古城的宗教建筑、文化遗产，他在所写的一些研究性的文章中经常涉及这一方面的内容。佐基曾多次来到蒲甘古城做实地考察研究，并赋诗为志，写下多篇诗歌，合辑成《古代蒲甘诗集》，这些诗歌展现了古代蒲甘璀璨的文明和该时期一些著名英雄人物的光辉事迹，同时也更加彰显了诗人的强烈民族自豪感和爱国情结。

佐基晚年越发地推崇缅甸古文明，蒲甘古城在他脑海萦绕。伊洛瓦底江盘曲着静静地流淌，在古城蒲甘形成河湾，装扮了蒲甘。这座肃穆壮观的古城坐落在已潺潺流淌数百万年的伊洛瓦底江的东岸。在蒲甘时期，这里不仅人口繁衍，社会繁荣，而且还有数不胜数的佛塔。诗人来到蒲甘，切身体验古城蒲甘风情，写下了《蒲甘自然之美》。

瑞喜宫佛塔是古城蒲甘佛塔林中一座比较著名且又壮观的佛塔，佐基根据瑞喜宫佛塔的建筑特点以及该佛塔的节日盛典月份中的情况写了《瑞喜宫的盛会月》这首诗。

佐基78岁时，写了《江喜陀王善良的心》这首诗赞美伟大的江喜陀国王。江喜陀是蒲甘王朝时期著名的国王，他南征北战，平息了孟族的叛乱，巩固了国家安定统一的局面，并努力使缅、孟、骠等民族团结起来，在他统治缅甸时期，大量的骠人从室利差呾罗迁到蒲甘定居，孟族人和缅族人也和睦相处。江喜陀本人虔诚信奉上座部佛教，大力弘扬佛法，但同时他又实行宽松的宗教信仰政策，允许各民族保持自己的宗教信仰。他爱民如子，缅甸人民视其为英雄。诗人佐基在诗中高度赞扬了江喜陀温善的心、广弘佛法的高尚行为以及蒲甘时期的富庶安定的社会。

四、佐基诗歌表达积极人生观，讴歌自然和人生

佐基不否认普通人，他认为凡人的生活中蕴含着美。在《云》、《锄

草人》、《一隅》、《母子》、《爱人》、《浪花》、《螺号声》、《朝阳》、《圆月》等诗歌中，诗人从普通人的生活片段入手，描写社会中凡夫俗子的活动，彰显了普通人的"能"与"力"，张扬生命的价值和人生的意义。这些诗歌平淡无奇，但恰恰印证了佐基对社会、对人生的纯洁心灵。

在《母子》这首诗中，诗人描写凡人的最常见的生活之美。在诗中，佐基对母子间的爱刻画入微，慈祥的母亲讲着故事，哄着孩子，轻轻地抱着孩子亲吻，母子间情意浓浓。在字里行间，洋溢着诗人的愉悦和幸福之情。

在佐基的诗中很少有郎君颂、少女颂，但这并不代表诗人的创作题材对男女间爱情方面绝缘，诗人对青年男女的爱情毫无指责之意，相反，诗人对他们的"痴爱"是持肯定态度的，这一点在《爱人》中体现得尤为明显。在诗中，佐基描述了一对青年男女的幽会场面，男青年看到女青年头上插的花，便向她索要，女青年假作嗔怒，却内心欢喜地把花交给了男青年。男青年得到了花，激动万分，"一会儿哭，一会儿笑。他疯了吗？但这个世界就是疯癫的世界，他的疯又能算得了什么呢！"

佐基在1957—1981年的24年间，陆续写了《水浮莲之路》长诗，共41首。开始创作这组长诗时，佐基已经50岁了，在这个人生的收获季节，诗人经历青年时代的爱国激情，开始冷静思考人生。如果研究佐基的诗，会发现他透彻地洞察了社会和人的本质。"这些诗可称作是佐基的新力量文学。"

佐基在大学图书馆工作时，每天都要回到离图书馆不远的家里去吃午饭，在那条每日往返的路上，有一天他突然想到了水浮莲，水浮莲或时而顺流而下，从江河上大桥的涵洞漂流到入海口，时而逆流而上，又从入海口回溯到涵洞，而且水浮莲的旅行不是一两次就结束了，她每时每刻都在进行，就像僧侣每天去村庄化了斋，穿过村子的木桥，返回寺庙。而现在自己每日往返图书馆与家之间，不正像江河中的水浮莲吗？于是，水浮莲的形象在诗人的脑海中逐渐清晰，由此创作了《水浮莲之路》。佐基笔下的水浮莲不仅仅是指自然界中的水浮莲，诗人娴熟地运用写作技巧将命运多舛的水浮莲比喻成现实生活中的人,她是社会中有生命的人类的象征。

《在路上》是《水浮莲之路》诗集的第一首诗,诗人写道:"就像人们按照不同的谋生方式践行各自的人生道路一样,水浮莲的道路就是那条她随波而逐、漂浮不定的河流。在水浮莲的路途上,她看到了自己的伙伴——芦苇,她是多么想停靠与芦苇交谈;在小河的岸边,蝴蝶在成团成簇的茉莉花上流连;岸上小伙子和少女在爱情缠绵;少女可爱的甜美的笑脸,她是多么渴望再多看一眼。但是,水浮莲又要前行,河水潺潺,这便是水浮莲之路。芦苇沙沙作响又唱起了歌,这使得水浮莲又想停靠了,岸上的风光无限,塔伞上的风铃叮铃作响,这优美的声音引领人们走向天堂,她祈祷自己能从中解脱。但她还是不能歇息,在前行的路上,她要绽放,要散播芳香。河水哗哗地流过,山风徐徐吹来,水浮莲的叶子像高耸的桅杆一样傲然挺立,在她旅途的终点迅速绽放,然后继续努力前行。"诗人将自己周围的过客比喻为永不歇息的水浮莲,指出社会中的人们有各自的事业和繁重的工作,只有像水浮莲那样勇敢面对充满诱惑和矛盾的社会才能达到胜利的境地。

《插花》是《水浮莲之路》诗集中非常著名的也是最具代表性的一首诗。在诗的末段,诗人写道:"水浮莲从椰树叶下面浮上后,鸭群从河流的支渠中游来;鸭子一两百,水浮莲独一株;但她艰难地挣扎着,咬紧牙关坚持,她——开了花。"诗人通过描写水浮莲坚韧不拔的高贵品质,展现了人类的勇气、忍耐力、毫不妥协的毅力以及坚强的信念。水浮莲在逆境中不折不挠的坚持使得她最终"开了花",达到成功的彼岸,这是对坚强的生命的诠释,诗歌要表达的主题得到了升华。《插花》这首诗曾被改写成小说、电影和歌曲,广受缅甸人民喜爱。正如人们常说的"每个国家都避免不了战争,每棵树木都离开不了根茎,每个人都需要爱情"那样,人类必定要经受战争的灾难和生活的磨难。《插花》这首诗中所描绘的水浮莲的经历恰恰映射了世界现实中人类的生命历程,即人类要走出饱经灾难的混乱的世界,重新建立安定有序的新世界。因此，《插花》这首诗所表达的主题思想不仅包括了缅甸，还涵盖了世界各国。

《水浮莲之路》长诗富含人生哲理，是佐基一生创作的文学作品中最具艺术水平的代表，也是缅甸文学中一部高水平的原创艺术作品，佐基也凭借这部诗集一跃跻身世界文坛大家之列。铁拉悉都这样评价《水浮莲之路》："该长诗体现并阐释了缅甸民族的深邃的思想、理性的思考、特色的文学艺术以及人民的生活。在缅甸文学史里，每个时代都有与之相应的诗歌，《水浮莲之路》这部极具艺术价值的诗集就如一把烈烈雄焰的火炬照亮当今缅甸文坛，她是我们时代的体现。"

五、结语

缅甸封建时期，诗歌创作者主要是贵族、僧侣或宫廷御用文人，他们的作品要么为统治阶级服务，要么是作为个人追求仕途的工具。缅甸古典诗歌就其内容而言，大多是歌颂佛威，宣讲佛理；记述帝王轶事，赞扬君王功德；描写王孙爱情，抒发幽怨情感。古代文人在诗歌创作上较多注重对形式的追求和辞藻的雕琢，尽管诗人们创造了类型繁多的诗体，但事实上这些诗体大多由四言诗衍生转变而成。随着诗体的发展，对韵律、格式的要求愈来愈严，致使诗人创作能力和思想受到束缚，进而影响诗歌的发展。1885年后，缅甸进入英殖民统治时期，由于受西方文化的冲击，缅甸诗歌较之封建时代有了较大的变化，诗歌体裁有了较大的突破，在吴佩貌丁的倡导下，以佐基为代表的仰光大学生们积极进行诗歌创作，他们把新形式、新内容的诗歌及其他文学作品发表在仰光大学的刊物上，受到读者好评和追捧，推动了文风的革新。吴佩貌丁在《实验文学作品选》的序言中写道："作者们本着'探索时代的喜好'的想法，进行了新的创作实验，故取名为'实验文学'。"（姚秉彦，1993：216）诗歌史上的某个流派或者某个思潮的出现，虽然是不以个人的主观意志为转移的，但归根到底，它是社会生活条件和诗人意识形态相结合的产物，它是诗人对社会要求的呼应，同时它又有深刻的历史渊源，得从在该流派之前业已积累的诗歌潮流演变的某些趋势出发，在20世纪30年代的缅甸诗坛，对诗歌新路的探索创作方兴未艾，佐基正是这场文学运动的实践者和见证人，缅甸新诗始自"实验"，这是佐基个人诗歌创作的重要转折，也是整个缅甸诗歌的历史性转折。

参考文献

［1］季羡林．东方文学作品选（上）［M］．长沙：湖南人民出版社，1986．

［2］代梭，敏友威．缅甸文学评介（缅文版）［M］．仰光：蒲甘出版社，1966．

［3］敏友威．开先河的缅甸人（缅文版）［M］．仰光：世纪书社，2013．

［4］铁拉悉都．民族作家佐基诗歌集（缅文版）［M］．仰光：瑞卑出版社，2003．

［5］姚秉彦，李谋，蔡祝生．缅甸文学史［M］．广州：世界图书出版公司，2014．

［6］尹湘玲．论缅甸新诗的产生与发展［J］．东南亚，2006（2）．

［7］钟智翔．缅甸概论［M］．广州：世界图书出版公司，2012．

达贡达亚与缅甸"新文学"运动

■ 尹湘玲

【摘　要】达贡达亚是缅甸二战后新文学运动的先锋，其新文学思想的核心是"为人民而艺术"。集诗人、小说家、文艺批评家于一身的达贡达亚在其艺术实践中执着地追求"美"，追求文学语言、文学表现手法的新颖，但他首先主张文学要反映时代和社会生活，真正的艺术美寓于艺术的深刻思想性之中。他的文艺观对战后缅甸文学的发展和一代青年作家的成长产生了深远影响。

【关键词】达贡达亚文艺观；作家作品研究；缅甸文学

达贡达亚（1919年—）是20世纪中后期缅甸著名诗人、小说家、文艺评论家、致力于和平事业的领袖人物，在缅甸现当代文学史上占据着特殊的席位。二战结束后，缅甸文苑复苏伊始，达贡达亚率先喊出"新文学"的口号，指出文学要反映时代和社会生活，主张"为人民而艺术"。其文艺观对缅甸文学发展和一代青年作家的成长产生了重要而深远的影响。

一

达贡达亚原名吴泰棉，伊洛瓦底省吉叻镇人。幼时随做稻谷生意的父母居住在仰光，小学和中学在家乡吉叻镇的国民学校就读，1936年转到仰光耶觉教会学校，1937年十年级毕业后进入仰光大学，在那里度过了难忘的四年大学生活。达贡达亚虽然出身在一个稻谷商的家庭，但他却从小酷爱绘画，童年时代就表现出多方面的艺术才能。严厉的父亲忙于生计，没有更多时间关心他的成长，而慈爱的母亲对这个独生儿子关怀备至，呵护有加。小泰棉喜欢绘画，母亲为他买来画笔纸张，他从六七岁开始习画至十三四岁，其间曾参加美术学校函授班。后逐渐觉得绘画前途不大便搁笔停画了。而更重要的原因是此时他对音乐和诗歌产生了浓厚的兴趣。虽然不再花很多精力习画了，但他对色彩的钟爱和对绘画的鉴赏兴趣有增无减。

在放弃绘画之前，达贡达亚就接触了音乐，一下子就被音乐的魅力所吸引，开始吹口琴，后来弹曼德琳，15岁时母亲为他购置了一台英国钢琴。他乐感极强，自学弹奏缅甸古典乐曲，上大学后又在大学音乐俱乐部聘请的音乐老师指导下继续练琴。只因在古典音乐研究中对复杂的音乐流派望而却步，崇尚自由性的他始终未进入音乐界。但对音乐的热情已融入他的生命，他仍然坚持课余习琴，在钢琴旁度过了无数的闲暇时光。对于他，"琴键上的摸索是对美的追寻，想象有时会魔幻般奇异地展开，这种感觉比吟诗作画更令人心旷神怡。""在琴键上展开想象的翅膀比写小说更自由，心中的一切感受尽可化作音符表达出来，这是一种轻松愉悦的享受。"

同音乐一样让达贡达亚痴迷的是文学。早在中学读书时，天资聪慧的达贡达亚就埋头阅读了大量超出其课程范围和同龄人接受能力的古诗文，许多比釉诗、雅都诗、散文和佛本生故事都能出口成诵。在语文老师的鼓励下达贡达亚开始模仿古诗风格进行创作。1934年3月，他的第一首三阕雅都诗在《达贡》杂志刊出了。这首诗格律严谨，用词考究，并用了不少巴利语词汇，不少人甚至包括一些僧侣都以为出自僧侣之手。后来该刊主编见到达贡达亚本人时，也竟不敢相信面前这位14岁的少年就是该诗的作者，甚至怀疑他是找僧侣代劳的，可见他的天赋才华的确超群不凡。初次尝试的成功使他兴奋不已，从此诗兴一发而不可收。连韵诗、四折诗，鲁达、埃钦等等他都尝试着写作，并不断在文艺刊物上发表。"像寻找曼德琳琴弦上的音符，点染画纸上的色彩一样"，此时的达贡达亚"沉浸在语言韵律的精雕细镂之中"。这一阶段他阅历尚浅，大多以花鸟、星辰、节令、风景等为内容进行创作，除运用一些新词外，基本是模仿古诗风格。对古诗的兴趣一直延续到他进入大学的第二年。

二

在中学时代，除古代文学外达贡达亚已经开始涉猎缅甸现代文学，《太阳》、《达贡》、《文苑》等杂志是他的启蒙师。通过这些杂志，他不仅阅读了许多现代小说，也熟悉了比莫宁、摩诃瑞、泽亚、瑞林勇、达贡钦钦礼、达贡纳欣、妙苗伦等一批作家。沙瓦那的长篇小说《大学生》和瑞乌当根据柯南道尔的侦探小说改编的《侦探貌山夏》曾让他痴迷，他甚至想到书中描绘的地方去走一走，亲身体验一下。上大学后，他接触到实验文学的诗歌，这些与封建时期文学风格迥然不同的、洋溢着诗人真实的情感和浓郁的生活气息的作品使他耳目一新。达贡达亚深受感染，他一改以往的古诗风格，写下了《月光》、《港口》等短诗。这期间，随着阅读英文书的增多和阅读范围不断扩大以及与高年级学生的交往，他越发感到自己文学知识的缺乏和局限性。

入大学前达贡达亚从未接触过欧洲文学乃至世界文学，根本不了解世界文学的发展状况和文艺思想的流变。于是他开始大量浏览外国文学，最先读到的是维多利亚时代的英国文学。他从英国19世纪中后期狄更斯、萨克雷、夏洛蒂·勃朗台等作家的作品中了解了工业资本主义发展后的英国社会生活；从巴特勒、哈代、高尔斯华绥等作家的小说中进一步看到了资本主义社会的政治、宗教和文化。尤其是作品的批判现实主义思想和艺术手法给他以深刻的影响。但比起狄更斯的风格压抑厚重的长篇，他更喜欢读一些情感激越奔放、富于浪漫色彩的短篇和诗歌。越过英吉利海峡，他又阅读了法国、德国作家的作品。19世纪的法国文学批判现实主义占主要地位，但积极浪漫主义文学仍然继续，有很多作品在艺术风格上保存着充满抒情气氛的浪漫主义特色。达贡达亚感到读法国作品比英国作品亲切，法国人的性格似乎与缅甸人有相似之处。司汤达、巴尔扎克、雨果、福楼拜、莫泊桑、左拉、阿纳托尔·法朗士……从这些作家的作品中，他认识了法国社会，了解了法兰西民族和那片葡萄飘香的土地，他崇尚法国小说风格。德国文学他接触不多，只偶然读到一两篇作品。而对俄国文学达贡达亚颇有心得，他认为19世纪俄国文学是农村社会的镜子，使他联想到自己度过童年的故乡。《复活》中流放人的苦难勾起他对社会底层穷人命运的深刻思考；《安娜·卡列尼娜》女主人公的悲剧又令他同情不已。这些批判现实主义作品给了他强烈的震撼。他非常喜欢普希金富于创新的诗体小说、谢德林幽默讽刺色彩的寓言、契诃夫引人失笑然而发人深省的短篇小说。最令他爱不释手的是高尔基的作品，《母亲》使他认识了被压迫阶级的痛苦和工人运动，激发了他对革命的向往和对政治的极大兴趣。达贡达亚曾在《秀玛瓦》杂志撰文高度评价高尔基。

大学期间达贡达亚还购得一套20卷本的《世界优秀短篇小说选集》，里面不仅收入了作品，还包括作家传记和相关文艺思潮、艺术流派的发展脉络。这套书让他获益不浅。他不止一遍地阅读，犹如一只跳出井底的青蛙，视野豁然开阔。这不仅让他了解了世界各国的文学概况，而且掌握了现代小说的基本原理，引发他去研究探讨文艺理论问题。1939年，达贡达亚在大学《彬牙》杂志上发表了《世界文学与缅甸古典名作》的文学评论文章。1941年，他出版了翻译改写小说《玫》，该书不因情节而以写作风格和语言的新颖在文坛名声颇响。当时他刚从诗歌转向小说，想用诗歌中的新词和诗歌语汇写作小说，把诗歌中的优美文雅融入小说。红龙书社和德钦巴亨分别为该小说作序。德钦巴亨称阅读《玫》如同品味香槟酒，给人以新鲜、独特的感受。

风景秀丽的茵雅湖畔，甘马育街口的炸瓠瓜饼小店，是青年文学爱好者们经常聚会的地方。达贡达亚与他们在这里讨论缅甸文学、英国文学、世界文学……评说最新作品，他们争论，切磋，畅谈，抒发各自的文学感想和观点，酝酿着复兴民族文学的理想和打算。

三

1936年2月，仰光大学爆发了反对殖民主义教育制度的第二次学生大罢课，罢课浪潮波及全国城乡的国民学校。正在家乡准备十年级考试的达贡达亚对此十分关注，这是他一生中经历的第一次难忘的群众运动。他到码头迎送前来吉叻镇宣传的德钦努，并帮助时任吉叻镇"我缅人协会"分会主席的父亲筹集罢课基金，还参加了在仰光柔美里会堂举行的全国学生代表大会。早在"我缅人协会"（德钦党）成立之初，达贡达亚就深为协会提出的"缅甸是我们的国家，缅文是我们的文字，缅语是我们的语言。热爱我们的国家，提高我们的文字，尊重我们的语言"之口号所感染，他剪掉西式分头，剃成了当时流行的光头，参加游行，听演说，贴传单，以"我们是缅甸的主人"相互招呼问候，在作业本的名字前冠以"德钦"（意为"主人"）二字。那时的达贡达亚年少气盛，热血沸腾。上大学后，在学生运动影响下，他的爱国热情更加高涨。1938年，他与爱国诗人德钦哥都迈相识，从诗人崇高的思想品质和爱国诗篇中他受到强烈的激励和鼓舞。通过当时由一部分我缅人协会成员、大学罢课斗争领导人以及一些进步作家学者成立的"红龙书社"，他阅读到一些马克思、恩格斯、列宁的著作及政治理论书籍，了解了不少各国人民反对帝国主义、殖民主义和资产阶级政府的革命斗争情况，接受了社会主义、共产主义思想的教育，并经常为书社创办的《红龙》杂志撰稿，翻译外国进步文学作品。达贡达亚十分关心祖国民族的命运，对政治也颇感兴趣，善于分析思考政治问题，但他并不想让自己处于政治运动的显赫位置。比起当学生领袖，他更热衷于做研究政治的学者。虽然他曾担任过大学联合会的执委（负责外联和宣传），曾作为学联会代表赴上缅甸油田发动组织群众，亲身经历了1938年由石油工人大罢工发展而来的全国性反英示威运动，但并没有像其他德钦党人和学生领袖那样全身心投入政治。他与德钦党人交友，参加音乐会，练钢琴，读小说，作诗品画，学习法国小说风格……在文学、音乐、绘画等艺术之间徘徊，也游弋于政治浪潮之中。很多时候他采取一种疏离态度，退回到精神领域，将对政治运动的火热激情转化为冷静的理性思考。

1939—1940年，达贡达亚担任大学联合会喉舌《孔雀之声》杂志编辑，他为杂志撰写了一篇题为《春》的社论，文中皆用隐喻和象征语言：

> 杜鹃鸟在北方苍郁的森林中悠扬而清脆地啼唱……
>
> 树木花草经不住炽烈阳光的灼烤，变得枯萎而憔悴，"美丽和典雅"荡然无存，只剩下瘦骨嶙峋的枝干。
>
> ……春天装点着葱茏新颖的"美丽和典雅"，一朵朵鲜花，一片片绿叶，平等相依簇穿成五彩斑斓的花环，雅致而俊美。

这里的"北方"指北方的苏联，"炽烈阳光的灼烤"指资本主义制度的虐待折磨，"美丽和典雅"指文化的发展繁荣，"春天"意指资本主义枯叶凋谢腐烂、社会主义新叶繁茂昌盛的季节，"五彩斑斓的花环"指社会主义、共产主义制度。当时的达贡达亚刚开始阅读马克思、恩格斯、列宁的著作，另一方面文艺创作的热情又如日中天，正在体味浪漫文学的感受。就在这样既热衷于政治又痴迷于文学的时候，《春》这篇文艺散文形式的政论文章在他笔下诞生了。杂志一出版，立刻遭到一些文艺刊物的指摘。几十年后，在仰光大学50周年庆典上诗人哥丁莫重温这篇社论，认为它是后来《星》杂志社论的先声。在《孔雀之声》当编辑的经历为达贡达亚后来创办《星》杂志提供了有益的经验。

第二次世界大战全面爆发后不久，日本占领了缅甸。由于日本法西斯在政治、经济上的制裁，纸张奇缺，文学刊物及文艺作品的出版陷入瘫痪，整个文坛笼罩在黑暗之中。达贡达亚目睹日本占领者对缅甸人民的肆意侮辱践踏，心中充满愤恨。他与缅甸独立军领导人一直有密切接触，曾应德钦昂山之约以文艺作品形式用生动感人的情节撰写了革命斗争史，可惜的是书稿交给哥巴亨（德钦巴亨）后不慎丢失未能出版。

　　国家战乱期间，达贡达亚不想参加任何工作，也谢绝了朋友邀他进入政界的请求。更多的时间用在了弹琴和读书上。战争的经历使他放下了浪漫作品，他想读一些深沉、有厚重感、能发人思考的书籍，他在探求为什么会发生战争。列宁关于"资本主义的最高阶段是帝国主义"的论断和斯大林有关法西斯主义的论述给了他不少启示。埃德加·斯诺的《红星照耀中国》、马克思的《资本论》等著作使他结合对当前形势的分析悟出了不少道理。一次他从德钦丹东家借到一本反映十月革命前后俄国社会现实的小说《第一次回归》，该书作者在革命时期曾因是沙皇的外甥女而被怀疑与反动派有联系，因而被革命者逮捕，后无证据释放。出狱后离开俄国辗转到过英国和美国，1938年十月革命纪念日重返莫斯科，对苏联的变化感触颇深，写下了这部作品。这部小说诱发达贡达亚非常想了解革命，遂找来俄国共产党简史仔细阅读。这段读书经历对他后来世界观、文艺观的形成不无影响。

四

　　战后初期，缅甸文苑呈现一派复苏景象。各种刊物如雨后春笋，几乎平均每天有一部新书出版，仰光书店里各种小说的彩色封面格外引人注目。不管什么书，只要一上市很快就会被渴望阅读的市民们抢购一空，书店前经常出现购书的长龙。战后的缅甸满目疮痍，百废待兴，人们在经历了三年战争的窒息后，精神上的饥渴丝毫不亚于物质生活上的窘迫。目睹此情此景，达贡达亚心中酝酿已久的创办反映民族新文化的文艺杂志的愿望变得尤为强烈。

　　1946年12月4日，达贡达亚创办的《星》（又译《达亚》）杂志出版了。"星"取启明星之意，昭示着即将出现的新文学曙光。达贡达亚为杂志第1期撰写了题为《新文学》的社论，指出"随着时代的发展，文学也应有所创新"，提出了创造新文学，复兴民族文化的口号。杂志不仅刊登具有新思想的文学作品和反映音乐、绘画、戏剧等艺术领域新观点的文章，同时介绍马克思列宁主义的文学观、别林斯基的美学理论、毛泽东的文艺思想，高尔基、鲁迅等无产阶级文学家的创作思想和作品也开始被介绍给缅甸读者。《星》杂志的读者群中，教师、学生、具有革命思想的青年知识分子和中产阶级占大多数。特别是革命知识分子和进步文学爱好者对杂志给予了极大关注和支持。实验文学领袖佐基、敏杜温和貌廷等著名作家都非常支持杂志，佐基称赞《星》在反映缅甸文化方面观点新颖，写作手法独到，是缅甸文坛一件令人鼓舞的事情，他说《星》杂志努力满足缅甸人想了解、熟悉世界文明和缅甸文明的需要，号召人们在追求政治时髦的时候不应忽略和忘记文明；敏杜温则称《星》是"实验文学的再实验"；貌廷经常应约为《星》杂志撰稿，翻译外国文学作品。

　　达贡达亚认为，"理论不是空想，而是从历史证据中，从实践中概括出来的"。因此第1期《星》只是提出了新文学的方向，并未详细展开理论阐述，而是在创办过程中，在让读者读过杂志的文章后再逐渐明确而深入地向读者阐明其文艺观点。在1950年5月也是最后一期的《星》杂志上，达贡达亚发表了《新文学——产生与发展》的长文，全面深刻地阐述了他的新文学理论。新文学的核心是"为人民而艺术"，它包括新思想和新创作方法。新思想即批判资本主义制度、反映和表现工农大众和被压迫者的生活与斗争的革命思想，新创作方法即能够反映新思想的写作艺术（批判现实主义、社会主义现实主义）。新文学的产生是世界历史发展变化的必然。他说，《星》杂志在组织和实践新文学的四年历程中与反动的让时代倒退的资产阶级思想做斗争，拥护并接受新社会制度的理论，反映人类历史上劳动人民大众的伟大作用，昭示文学的伟大任务，指出文坛中存在的问题并进行批判。因此，《星》在实践新文学的过程中起到了革命的、进步的、批判的、斗争的、革新的和建构科学理论的多重作用。不难看出，新文学明显受到俄国和苏联无产阶级革命文学的影响，在当时历史条件下，它代表着革命的、进步的文学。

《星》杂志的新文学思想影响和凝聚了一大批青年诗人和作家。从《星》杂志上，人们不仅重新认识了缅甸古代浪漫主义诗人那信囊，而且熟知了世界文坛上很多著名诗人、小说家、戏剧家和音乐大师、绘画大师等。从《星》的文字中，人们领略到艺术之美，也体味到现实生活。它不仅生动地反映缅甸人民的反法西斯斗争，也反映亚洲、非洲及全世界人民反帝反殖争取民族解放、建立社会主义制度、维护世界和平的心声。从那一时代走过来的作家对《星》杂志都深有感触，都会被其鲜明的革命思想所感染，被其新颖的艺术手法所吸引。

在《星》以及《加尼觉》、《新文学》、《人民》等杂志和吴登佩敏等著名作家的积极推动下，新文学运动轰轰烈烈地展开了。缅甸文坛一大批青年作家和诗人活跃在新文学创作活动中，除达贡达亚外，貌基林、八莫丁昂、貌奈温、林勇迪伦、妙丹、敏新、林勇尼、德钦妙丹、昂林、觉昂、杰尼等都在作品中大胆揭露政府的腐败、资产阶级的贪婪；描绘广大人民在资本家、地主的盘剥下的痛苦生活；无情批判资产阶级社会所造成的一切罪恶。在后期作品中更多地揭露国内战争给民族带来的灾难，发出了停止内战，实现国内和平的呼声。在揭露、抨击、申诉、批判中流露了作者们的反抗要求。达贡达亚本人带头在《星》杂志上发表新诗歌和短篇小说。当时在新文学运动内部关于文艺观的争论及批判斗争亦相当激烈，对达贡达亚本人及《星》的评价有赞扬、支持的，也有批评、指责甚至讽刺、诽谤的。有人认为达贡达亚的"新文学"只侧重于形式的新颖，有些人在辩论中甚至将作家达亚与杂志《达亚》，人达亚与文"达亚"混为一谈，什么"穿曼谷筒裙的达贡达亚，玩弄新词汇的达贡达亚，在内容上不革新的文学组织者达贡达亚……"云云。不否认在这些评价中有些批评是较为客观的，但有一点可以肯定，达贡达亚在新文学运动中的作用和对青年作家的影响不可低估。《星》在创办四年后,由于国内政治形势急剧变化及作家队伍内部争夺"新文学"创始人桂冠造成分裂等原因,杂志不得不停刊了。但新文学思想的影响依然存在,仍有大批青年作家在新文学道路上继续探索。杂志停办后,达贡达亚离开编辑部的写字桌而投身于更为广泛的和平运动之中,跟随"和平建筑师"德钦哥都迈老先生奔走于缅甸上下和世界上许多国家城市,积极致力于国内和平和世界和平事业。但他对新文学始终痴心不改,认为新文学创作思想具有超越时空的魅力。20年后,他将自己在《星》杂志上发表过的文章重新编辑成书出版,即《编辑手记·文学艺术评论·昔日粉红色》(1971年)。作家博底(时任缅甸《镜报》副主编)为该书作序,他称当时的《星》杂志是"新时代文学的先锋,民族文化的先锋,是要求独立、反封反殖反帝和维护世界和平友谊的先锋"。他说,"文学是什么?音乐、戏剧、绘画、雕刻等艺术是什么?《星》作了最深刻广泛的讨论和揭示。它以'新文学'的口号树起了一座历史纪念碑,让反对帝国主义、资本主义制度的新思想焕然光大"。达贡达亚作《昔日粉红色》诗一首,抒发对《星》及那一段文学经历的眷恋珍惜之情。他把《星》比作他的恋人,比作20年仍不褪色、仍娇艳无比让人心动的樱花。

五

关注形式,锐意创新,善于运用繁复多彩的意象、隐喻、象征等艺术手法是达贡达亚文学语言的一大特色。自幼开始的绘画、习琴、吟诗等艺术实践,陶冶了他的心灵,丰富了他的情感,也孕育培养了他对色彩、韵律的特殊感悟力和形象思维能力。多方面艺术素养的获得形成了他文学风格的另一端——对"美"的执着追求。

在大学时代,哥昂山、哥巴瑞曾称达贡达亚及其好友哥巴亨是浪漫的"思想者"、"沉思者"。每当月光美好的夜晚,房间里是留不住达贡达亚的,他总要叫上哥巴亨来到美丽的茵雅湖畔,坐在夜色中享受明亮的月光，任由心灵自由地飞翔。后来哥巴亨成了政治家，而"银色月光"成为贯穿于达贡达亚几十年作品中的一个时隐时现的意象，"月光穿透树叶，在大地投射出迷宫般的光影"……而随着他在艺术之旅上的跋涉，"月光"又从对自然之美的描摹，升华为对艺术之美的追求。1950年刊于《星》杂志的短篇小说《偷石油的人》中，"月光"的意象伴随着缭绕而朦胧的云雾贯穿始终，成为小说不可或缺的背景。这给黑夜带来光明的"月光"是人民向往解放、要求民族独立的象征。小说中，孩子渴望得到的"红色汗衫"、不断脱落即将崩溃的"崖壁"都具有意味深长的象征意义。在《初绽的花朵》（1961年）中对月夜的描写则洋溢着浪漫和唯美色彩：

夜散发着清香。

月亮用她那银色的钻石般的丝绒毯体贴地环抱着大地。门庭前的玫瑰花在习习和风中婀娜摇曳，庭院角落里的凤凰木在皎洁月光下婆娑闪烁。天空亮如白昼，时而云丝飘过给月光罩上了一层白纱，光线变得柔和了，时而白纱拂去又恢复了明亮。无边无际的月光世界温柔、恬静、诱人遐想。

小说情景交融地描写了一个情窦初开的少女的内心活动。

30年后，当他重览自己创作过的作品时，方感哥昂山等人的评价没有错。他在《达贡达亚短篇小说集》（1969年）自序中写道："用今天的文学术语来说，就是'形象思维者''情感丰富者'。简单说，应该是追求美的人，是热烈、痴迷地追求一切美的人，包括视觉的美、听觉的美、触觉的美……""美"是达贡达亚创作的方式和生命力。

达贡达亚说过，他少年时代的写作完全是"美"的力量使然。但在经历了民族解放运动，尤其是1938年运动和与爱国诗人德钦哥都迈相识相处后，在时代的陶冶和老先生爱国思想、人格魅力的影响下，他的文艺观、审美观开始转变，他的创作开始赋予思想的灵魂，由单纯追求美转向与社会与人民相联系，他创作中"美"的含义也日益深刻和丰富。他的新文学主张及运用社会主义现实主义创作方法的主张也正是在这一思想基础上提出的。战后他带头在《星》杂志上抒写新诗歌，不仅有对情景的细致描绘，也有对内心感受的入微反映。

融绘画、音乐艺术于文学创作，使其作品独具一种色彩斑斓瑰丽的艺术格调，并给人以巨大的想象空间，是达贡达亚文学语言的又一特色。它缘于作家敏锐的艺术感受力和对现实生活的独特理解。比如对光线的描写就往往有别于其他作家：

路边茵雅湖的水面上跳跃着闪烁不息的五彩宝石，一束耀眼的钻石犹如流星般碰撞在飞驰的车窗上，转瞬飞溅开去。(《莲花清水》)

夜幕中，莱河上空流动着淡粉色的光。锡灰色的水面上撒满了红宝石、蓝宝石、珍珠和绿色的翡翠，熠熠生辉。(《新文学的晚霞》)

在这里，无论是描写白天湖面上反射的阳光，还是夜间河面上映照的灯光，都似乎运用了印象派绘画注重光色变化和瞬间印象的技法，借用缅甸特有的各种宝石作喻，充分表现了阳光、灯光照耀下复杂微妙的色彩变化。

对于达贡达亚特立独行的文学风格，缅甸文坛褒贬不一。吴登佩敏就曾批评过他一味追求标新立异，致使自己的诗走上歧途，甚至有人指责他的"新文学"是有失传统的超现实主义文学。达贡达亚的创作不是完美的，但达贡达亚的诗歌、小说及其创作方法在战后缅甸文坛自成一派，影响深远，《星》杂志时代成长起来的一代作家后来都成为缅甸文坛的生力军。

实际上达贡达亚的创新意识并不仅仅表现在对形式的逐异追新，也不仅仅局限于文学领域。他曾经说过，他想把红色和蓝色调和起来，他喜欢紫色，喜欢对立面的联合。他想用时代风格去弹奏古典乐曲，他想象编鼓（一种缅甸民族乐器）与钢琴的协奏会是非常美妙的交响。这就是他对于传统与现代、民族文化与世界文化关系的态度。他的一部综合性文艺评论集《文字·水彩·琴弦·幕布》（1974年）较全面地阐述了他的文艺观和美学思想。仅从这部评论集的书名已可看出他涉猎文学、绘画、音乐、戏剧等多个艺术门类，集理论阐述与作品分析为一体，跨域研究，融会贯通。其中在一篇纪念西方现代派艺术大师毕加索的文章中，达贡达亚称毕加索的艺术是"多棱镜"艺术，而"多棱镜"不也正是他自己艺术人生的反映吗？在达贡达亚卧室的钢琴上，与洁白的希腊女神雕像、镌有佛陀教义的古印度波罗奈城璎珞碑铭并排摆放着的是民族解放运动的象征——毛泽东的塑像，书架顶上摆放着和平事业领袖德钦哥都迈的鎏金塑像。从这些珍藏不难看出，达贡达亚酷爱艺术、学贯东西、崇尚革命、热爱和平。他说过，他要用艺术去表达他对时代的感受和理解，让读者陶醉在他营造的"美"的文字中去感触流动的历史和时代，他希望他生活的社会越来越美好。

达贡达亚丰富的文艺观念和独特的创作风格，犹如一幅彩色浮雕凸显于缅甸文学艺术画廊之中，鲜艳夺目，让每一位驻足观赏者难忘。或许欣赏与批评的角度因人而异，但对达贡达亚在缅甸文学发展中做出的独特贡献人们是肯定和公认的。以往的文学史研究更多地关注新文学运动的政治色彩，而笔者认为，作为缅甸民族现代性进程的一个有机组成部分，新文学运动所带来的艺术形式的革新也是不容忽视的。达贡达亚对文学的社会功能和艺术形式的双重关注给其文学创作带来了一种张力，造就了他个人的文学成就，同时也奠定了他在文学史上的地位。对达贡达亚文艺观的研究，无疑使我们能更深层地把握缅甸新文学运动的内在特质。

参考文献

[1] 达贡达亚. 文学原理 文学批评 文学运动（缅文版）[M]. 仰光：南达出版社，1961.

[2] 达贡达亚. 早开的茉莉（缅文版）[M]. 仰光：玛拉棉出版社，1961.

[3] 达贡达亚. 莲花清水（缅文版）[M]. 仰光：秀玛瓦出版社，1963.

[4] 达贡达亚. 达贡达亚和他的诗（缅文版）[M]. 仰光：蒲甘出版社，1967.

[5] 达贡达亚. 达贡达亚短篇小说集（缅文版）[M]. 仰光：蒲甘出版社，1969.

[6] 达贡达亚. 编辑手记·文学艺术评论·昔日粉红色（缅文版）[M]. 仰光：瑞卑梭出版社，1971.

[7] 姚秉彦，李谋，杨国影. 缅甸文学史[M]. 广州：世界图书出版公司，2014.

摩摩茵雅笔下的女性文学

■ 尹湘玲

【摘　要】缅甸女作家摩摩茵雅是一位具有独特艺术个性的现实主义小说家。直面人生，贴近生活的"女性创作"，是摩摩茵雅文学成就的重要组成部分，反映现实生活的美与丑，使历史真实、心理真实与艺术真实水乳交融，是摩摩茵雅创作的基本风格，也是她作品的精髓。

【关键词】摩摩茵雅；女性意识；缅甸文学研究

　　缅甸女作家摩摩茵雅（1944—1990年）是一位执着的具有独特艺术个性的现实主义小说家。她在有限的生命里以自己对社会生活现实的深刻理解和精湛严肃的小说艺术，对缅甸文学做出了突出贡献。

　　摩摩茵雅自幼爱好文学，高中时期就显露出超群的写作才华。1965年在仰光大学就读时因住宿于茵雅楼，遂以摩摩（茵雅）作为笔名。1965年3月，当还是仰光大学一年级数学专业学生的摩摩茵雅以一首《美叶树，我的生活》的小诗在《民族妇女》杂志上崭露头角、初涉文坛的时候，人们或许没有料到这位貌不惊人的女学生若干年后会成为蜚声缅甸文坛的著名小说家。然而，1972年9月，当摩摩茵雅的短篇小说《邻居》在《内达意》杂志上面世，并通过"缅甸之声"广播剧栏目向全国听众播送时，人们开始对这位颇具文学天赋又有创作灵性的青年女作家刮目相看了。两年后的1974年10月，摩摩茵雅创作出版了她的第一部长篇小说《消失的路》。这部直接反映社会问题的作品以其紧扣时代脉搏的主题和敏锐的艺术感知力获得成功，荣获当年缅甸国家文学奖，作家的名字再次引起文坛瞩目，成为新兴作家中的佼佼者。从此，摩摩茵雅就在小说艺术园地中辛勤耕耘，几乎每年都有两至三部长篇小说或短篇小说选集问世，在短短不到二十年的创作生涯中，摩摩茵雅奉献给社会百余部长、短篇小说，曾先后四次获得缅甸国家文学奖。其中《消失的路》（1974年）、《别无他求》（1978年）、《谁来相帮》（1979年）三部长篇被译成俄文、日文出版，很多作品被改编成电影，不少短篇也被外国译出发表。摩摩茵雅用心灵精心创作的一部部作品寄托了她的生活态度和生活理想，体现了她一以贯之的文学信念，闪耀着她生活的火花和人格的光芒。

　　作为一位成绩斐然的作家，摩摩茵雅的经历显得过于简单：她原名杜珊珊，1944年出生于下缅甸岱乌镇，在家乡上学至高中毕业，1964年考入仰光大学。1968年1月离开仰大后，曾作过十一个月的小学教师。1972年至1978年曾在缅甸社会主义纲领党研究部任助理研究员，后辞职专门从事文学创作。1989年8月至逝世前担任《白茉莉》杂志社责任编辑。和千百万普通女性一样，25岁成家立业，生儿育女，做了三个孩子的母亲。一切都平平常常，普普通通，没有特殊的经历，也没有大起大落的波折，但谁又能说她的心灵历程不丰富、不坎坷呢？从作家笔下那一个个被浓缩被艺术化了的小说人物身上，不正折射出作家丰富的人生体验和精神生活吗？作为摩摩茵雅的一个异国读者，我无缘与她相识，但却觉得离她很近很近，这大概由于我有幸读到了她的作品，尤其是她的颇具代表性的处女作《邻居》，成名作《消失的路》，作家自己最喜爱的成功之作《玛杜丹玛沙意》，最后一部长篇小说《鱼木嫩叶枯萎的时候》，以及三部《短篇小说选》等等，给了我新鲜而又深刻的阅读体会。从这些作品中我似乎听到了作家的声音，看到了作家的心灵，也读出了作家的心路历程和艺术风格。

　　直面人生，贴近生活，反映现实生活的美与丑，使历史真实、心理真实与艺术真实水乳交融，是摩摩茵雅创作的基本风格，也是她作品的精髓。作为女作家,她带着纯然的女性意识进行写作,把单纯而朴实、灵性而犀利的笔触伸向她所熟悉的生活领域,以女性特有的敏感,绘写女性特定的行为方式、生存状态和命运机遇,揭示女性生命个体的心灵轨迹,借以折射五光十色的社会生活,并于现实人生的真切展示中,融入道德启示的精神热力,表达自己对世态、对人情的理性认识和审美评价。摩摩茵雅早期的作品多带有自传色彩,正如她自己所说,"只是写自己,写自己的亲戚朋友,写自己周围的人,身边的事。"她以一种自发的女性意识,在自觉不自觉的状态中以女性的视角叙述着女人的故事。

一家人新搬到一个陌生的地方,女主人想与"邻居"们和睦相处,安安静静地生活,却不料事与愿违,众生百态难以苟同,自己也被卷入是非之中,不得已只好再次搬家,而新邻居又将是怎样的呢?

一对伉俪新婚伊始,一大堆难题就摆在了他们面前,经济拮据,依附于婆家而受到的家庭压抑,分家后的住房困境,小女儿因种种原因送到外地姥姥家抚养,忍受骨肉分离的痛苦。为什么在美好爱情的基础上却建立不起一个幸福美满的家庭?女主人公困惑、迷惘,却还在"消失的路"上孜孜求索。

一个纯洁少女的大学梦在现实中破灭了。父母婚变,生活窘迫,弟妹幼小,这一切使她柔弱的肩膀过早地压上了家庭的重负。而在她迈向社会之初,她的人生际遇又将如何?正犹如《花儿有开有谢》,幸运和不幸总是与她不期而遇,铸造着她的灵魂和躯体。

那虽没有娇艳妩媚的花朵,却以她素雅美丽的枝叶点缀着大自然的《美叶树》同样令人赏心悦目。她象征着女主人公的生活和性格。

无法推断这一篇篇作品中融合了作者多少个人的真实体验,但从这一个个感人的故事中不难发现,作者给予了她笔下的女主人公们以精湛的理解和真挚的同情。有理由猜测在作者的经验世界里一定有过关于女性的坎坷遭际,并且是刻骨铭心的,这形成了她创作的最初的心源动力。她借此写出了对生活的渴望和企盼。这一点在《消失的路》中有充分的体现。

《消失的路》中的女主人公"莱"是一名大学毕业生，从表面看小说是在描写这位年轻的知识女性在建立家庭过程中所经历的挫折境遇。但仔细读来却不难发现作家是在用艺术形式展现广大缅甸妇女在艰难生活中所表现出来的坚忍不拔的伟大力量。在摩摩茵雅的笔下，很少有幸福幸运的女性，大多是饱经生活坎坷和感情磨难，具有倔强性格的女性，她们坚强地面对苦难，不懈地抗争奋斗。但并不一定每一个抗争的人都能摆脱困境。《消失的路》中的"莱"最后在失望和疲惫中暂时离开了丈夫，她在留给丈夫的信中写道："我曾以为建立一个家庭只需要爱情就足够了。而实际上幻想与现实总是相距甚远。……我用各种努力维护支撑着我们的家，现在我没有力量了，完全筋疲力尽了。我认输了，我承认我的软弱。"主人公的悲观与无奈也正反映了作家对种种社会问题，尤其是妇女命运问题的困惑和无能为力。摩摩茵雅在小说自序中承认："我这部作品的最大不足就是最后没有给她们（主人公）找到'出路'，实际上我也不可能是能够找到出路的人，我们不是面临了太多找不到答案的问题吗？……我一直在努力从我的生活经历和感受中，尤其是从与我同命运的妇女同胞们的生活和奋争中挖掘素材，提炼作品。"

如果说《消失的路》还是一部较为稚嫩的作品，那么八年后，随着摩摩茵雅创作实践的不断积累、丰富而完成的长篇《玛杜丹玛沙意》（1982年）就不能不说是一部内涵深刻的作品了。这时的摩摩茵雅已经从"写自己，写自己周围的人"转向"了解人民的感受、经历和痛苦，并把它写出来"。文学视野的扩展使她的创作产生了升华和飞跃，她的作品在告别"自我"的天地走向崭新博大的世界的途程中日臻成熟，作品中所展现的社会场景和生活画面更加开阔丰富，多姿多彩。而有意味的是，正是文学视野的扩展促使她由自发到自觉地对自己置身其中的女性世界倾注更多的关心和更深层次的发掘。立足于在广阔的生活背景下凸现女性的命运，描绘女性被压迫的生存状态、精神心理和她们的抗争与追求。在艺术上，摩摩茵雅不拘一格，她将客观现实的剖解与主观精神的展示融为一体，多角度、多层面地表达着对女性与人生的深刻思考。打开她那一篇篇女性题材的作品，透过字里行间，迎面扑来的是充满女性的热忱与温情。在小说人物那主观的、个性化极强的内心视境里，蕴藏着客观性的、非个人化的深广内容，涵纳着女性人生的深邃知识。

长篇小说《玛杜丹玛沙意》在人物性格的创造、女性内心世界的探索方面都独具特色。小说女主人公登妙（出家法名玛杜丹玛沙意）是一个性格倔强的农村姑娘。她从小没有父亲，母女俩与残废的表叔生活在一起，由于听信谗言，年少气盛又不谙世事的她对母亲和叔父产生了误解，使这个多难之家又蒙上了一层不和谐的阴影。后来登妙逐渐成人，得知了母亲的身世，在经历了人生世事后，她更懂得了母亲对女儿的一片苦心。此间她曾经先后两次出家修行，佛教的教义在潜移默化中影响着她的思想、性格和人生价值观念。对母亲的牵挂使她无法静心念佛，经过深思熟虑，她还俗回到母亲身边。母亲去世后，她接替母亲挑起了家庭的重担，从务农到做生意，从乡下到城里，她与命运抗争，在艰难中跋涉，以奋斗求生存，终于为自己在社会上争得了应有的地位，并在商场上占有了一席之地，令世人刮目相看。她慷慨大度地向寺庙、寺庵行善布施；对叔父，她承担女儿的责任，为其养老送终；对同母异父的小弟则承担了母亲的责任，将其抚养成人，供养他十年级毕业，并为他置下一笔产业。待一切安排好后，登妙孑然一身，无牵无挂地走向了她所追求的超凡脱俗的精神世界，终身削发为尼。

单从故事情节看，称不上是跌宕起伏，惊心动魄。但作者正是刻意通过这些贴近现实生活的题材，透过母女两代人坎坷的生活际遇和心路历程，去揭示普通劳动妇女真朴的内心世界和精神追求。

首先看小说中登妙的母亲韦蒙这一人物形象。韦蒙从小父母双亡，家庭的不幸磨砺了她倔强的性格。做经纪行生意的寡妇姨母收养了她，并将她嫁给了仰光经纪人吴昂明。吴昂明的姐姐老处女杜盛东因接替亡故的父亲经商，对家业有功，故而专横跋扈，尖酸刻薄，全家人都怕她三分，她根本瞧不起这个乡下来的弟媳，对她百般歧视羞辱。韦蒙的坎坷命运从此就拉开了序幕，丈夫车祸身亡，幼子因病夭折，紧接着又落入杜盛东设下的圈套，嫁给了商人吴都昂，结婚后才知道对方有妻小，自己只能为妾。而这一切都并非她的意愿，似乎无形中有一只黑手把她一步步推向深渊。韦蒙再也不甘忍受屈辱，愤然离家出走，只身回到乡下。可是命运好像在故意捉弄她，回到村里，她才发现自己已怀有身孕，为了腹中的孩子，孤独无靠的她不得不又回到丈夫身边。谁料生下女儿不久，丈夫又因病去世了。这接二连三的无情打击使韦蒙完全麻木了，她对生活丧失了信心，只有女儿成了她全部生命的支撑点。她已失去了一个儿子，不能再失去女儿，为了女儿，她坚强地活着。就在她们母女最困难的时候，又一个男人——吴都昂的表弟吴昂佩闯进了她们的生活。吴昂佩同情韦蒙的不幸，也敬慕她的坚强，他一直暗中帮助韦蒙母女。为了不连累昂佩，韦蒙决定带女儿回乡下去，可就在这时，她得知昂佩不幸摔断了腿，造成终身残废，丧失了劳动能力。她再也抑制不住对昂佩的牵挂，不顾世俗偏见，毅然将昂佩接到家中，从此三口人在乡下相依为命。对母亲这一角色的塑造，作者突出了她劳动妇女的传统美德和优秀品质。母亲当年也曾对生活充满美好的憧憬和追求，是残酷的现实粉碎了她所有的梦想。但即使在她对自己的未来完全失去信心的时候，她也没有逃避生活的责任。小说表现了她作为女性的生命力的顽强，她为女儿活着，为帮助过自己的人活着，含辛茹苦，忍辱负重，与命运抗争。由于她经历了太多的生活坎坷，体味了太多的人心险恶、世态炎凉，所以她不希望心爱的女儿像自己一样掉进世事的旋涡，她让女儿在寺庵读书修行，让女儿在佛祖的福荫下享受安乐与宁静，而自己独自承担着家庭的重担，供女儿生活所需，直至生命的终结。在母亲身上，闪烁着劳动妇女勤劳、坚忍、顽强的品格和自我牺牲的精神。尽管如此，传统观念的熏染，社会环境的制约，宗教根深蒂固的影响，使她对自身命运的自我认定带有浓烈的悲怆色彩，决定了其抗争的艰难性和悲剧性。

　　登妙继承了母亲许多基因，也生成了独特的个性，在母亲含蓄、凝重的气质上她又多了些开朗、豁达。年少的她性格倔强，有时甚至执拗而任性，她爱母亲，却又不理解母亲的心，不懂得母亲与表叔父之间的情感。她的第一次出家，与她对母亲的怨、对叔父的恨和由此而产生的家庭气氛紧张不无关系。而在落发的瞬间，她心中突然涌起一股莫名的悲哀和迷惘。她虽人入佛门，心却想着家乡、惦着母亲。当她怀着对母亲的思念告假还乡，却惊讶地发现母亲已怀着叔父的孩子。母亲拖着笨重的身子还要拼命地下地干活儿，那疲惫的身影，那乞求理解的目光，使登妙对母亲又气又怜。在母亲分娩时痛苦不堪的面容前，她原谅、理解了母亲。她看到人世间那么多痛苦，人们却都在默默地承受，她向往着一种超凡脱俗的境界，寻求着一条解脱苦难的道路。她的第二次出家与第一次已有了很大不同，她决意静心修读，领悟佛教真谛。可她怎么也无法使自己澄心静虑，全国佛经考试临近了，她却仍然读不进书。她已从玛冰姑母那儿得知了母亲的身世，母亲那憔悴愁苦的面容总是浮现在她的面前，她终于第二次还俗回到家乡。如果说她第一次还俗是感情用事，那么这一次则是考虑成熟后做出的果断决定。她要回来陪伴母亲，履行做女儿的责任。几年后，辛劳一生的母亲在贫病劳累中昏倒在田间，永别了人世，女儿接替母亲挑起了家庭的重担。可以说，登妙从这时起才真正踏上了她的人生旅途，从开始起步就满目荆棘，此间她经历了几乎与母亲同样的生活坎坷和感情磨难，饱尝了女人的酸甜苦辣。但母女两代人的结局毕竟不同，登妙彻底摆脱了悲怆的命运，在社会上站立起来了，显露出了时代的亮色，在登妙身上，能够感受到一种战胜贫困，为生存而苦苦挣扎的动人力量，既有传统女性富于自我牺牲的精神，更有现代女性自尊自重和自强不息的奋斗精神。

　　从艺术手段上看，登妙形象也有其独特的成就。作者是从作为俗家女子的登妙和作为出家女子的玛杜丹玛沙意两个侧面，开展对这一角色的塑造的。在作品中，传统的时序结构被打破，火一般热烈的登妙与水一般澄静的玛杜丹玛沙意交替出场，纷繁复杂的世俗生活与宁静淡泊的庵寺生活更迭展现，主观抒情和客观描述相互交融，达到和谐统一，烘托主题的效果。透过更迭交替的画面，主人公的性格、思想、信仰、情感的脉络清晰可见。沿着这条脉络，我们触摸到的是主人公心灵的搏动，那美好的憧憬，艰难的挣扎，沉郁的叹息，亢奋的呐喊，清醒的抉择，执着的追求都融汇在主人公的人生道路上。

小说以女主人公登妙的法名"玛杜丹玛沙意"（巴利语，意为致力于修持佛道者）作为全书的名字，给作品抹上了一笔浓厚的佛教色彩。文学是反映现实的一面镜子，一部作品的产生，与社会经济状况、政治气候、民族文化背景有着密不可分的联系，而作品中每一个角色的塑造，又无一不凝聚着作家对社会和人生的深切体察和种种感受，体现着作家的审美心态和价值标准。缅甸是一个著名的佛教国家，全国90%的居民信奉佛教，佛教的影响渗透了社会生活的各个方面，每个佛教家庭中都充满着浓厚的宗教气氛。无论城市还是乡村，一座座雄伟庞大而又精致堂皇的佛塔寺院构成了佛教之邦的独特风貌。佛塔寺院中悠扬的钟声、诵经声和善男信女佛前虔诚的祈祷声不绝于耳，身着袈裟、面部严肃、举止端庄的僧侣随处可见。在这片土壤上产生玛杜丹玛沙意这样的人物是不足为怪的。作家的旨意正是要将女主人公置于深广的民族文化氛围之中，通过这一人物寄托对女性命运的思考，展现一个有着坎坷命运的劳动妇女的心理世界和情感生活。出家人也是普通人，当他剃除头发，披着袈裟，离家住寺，坐禅修道时，似乎他们的身世就蒙上了一层神秘，而实际上他们和其他男人女人一样，出家前都有着各自不同的人生经历和感情世界。而驱使他们，尤其是他们中间的女性做出终身出家选择的原因也多种多样。小说中与主人公同住一庵的尼姑中身世也不尽相同，她们有的为摆脱不幸命运而出家，有的因愤世嫉俗而出家，而有的则是抛弃了荣华富贵或幸福家庭而终身出家修道的。主人公登妙以自己的抗争摆脱了悲怆的命运，以奋斗实现了自身存在的价值，她本可以有很多选择，但她却最终抛弃了世俗的一切，在摆脱尘世苦难的同时，也远离了天伦幸福，无怨无悔地走向她心目中最崇高最圣洁的理想世界，心专一境，为佛教献身。在她的身上看到的不是逃避现实的软弱，而是对佛教笃信不疑的虔诚和经过一番深思熟虑后看破红尘出家修道的超人毅力。当多年前不辞而别杳无音讯的丈夫突然出现在她面前请求原谅时，她心静如水，她只请求他给予她自由。这是一种精神自由的追求，她的执着和坚定是一个成熟女性历经磨难后对人生思考的积淀，曾经奔涌在她胸膛的爱与恨、恩与怨，都在对佛教真谛的领悟中化作了平静的溪水。

事实上小说是以母亲和女儿两条故事线索，展示出两个层面的女性写作主题。一个是为争得自身的生存权利和社会地位而与命运抗争的主题，表达女性意识，直面女性人生。母女两代的人生历程是一部充满着血泪与人情的奋斗史，它描述着在缅甸这样一个相对贫困、宗教氛围浓厚的国度里，女性的生存状况和她们的抗争方式，显示出动人的人性力量。另一个层面则探讨了佛教文化的作用及其理论价值，借此寻找女性伦理精神的归宿。我们看到，在缅甸，佛教与知识素养、与普及教育结为一体，是生活于底层的普通人（包括女性）获得知识，唤醒理性的必由之途。小说中女儿对佛经的研读、修行的过程最终成为她理解母亲、理解人生、觉醒、拼搏与追求的过程，如此才有她的离母出家，两次还俗以至终归佛门的经历。她是在这一过程中一次次升华着对女性人生的思考。在这一层面里，关涉佛教文化与思想的文字不仅仅是对缅甸丰厚深广的社会生活、文化心理的描述，更重要的是作为一种理想境界象征，寄托着作者对理想化女性人生的期望、理解与笃信，从而深化了作品的精神内涵。

摩摩茵雅是一位受过高等教育的知识女性。一方面她接受了现代教育，另一方面又受到佛教文化的熏染，在她身上既具有现代文化意识，又沉积着浓重的民族传统文化和佛教文化素养，形成了现代与传统相融的文化性格。摩摩茵雅是现代知识女性，又是虔诚的佛教信女，她也曾有落发染衣，短期出家的经历。尽管她的出家并非为文学创作体验生活，但她还俗后推出的这部作品，确实把女出家人及一系列人物形象刻画得真实、生动、透彻感人，使作品产生了浓烈的感染力，激发了广大僧俗读者的强烈共鸣。身临其境的庵中经历为她的创作提供了不可多得的第一手宝贵素材，使她在塑造玛杜丹玛沙意这一人物的内心世界时游刃有余。难怪摩摩茵雅自己认为，这部作品虽未获奖，却是她最喜爱的一部作品（后来被搬上了银幕），足见她为之倾注的心血之多。摩摩茵雅在社会上是一位颇有影响的作家，在家庭中她又是尽职尽责的妻子和三个儿女的母亲，生活的多重角色使她对女性的生活和感受有深切的体会，她的目光能够洞察女性内心隐秘的、细微的情绪波动，而当她将这一切形诸笔端，融于文学创作的时候，她的作品往往使人感到格外亲切而有说服力。从她笔下那一个个被浓缩被艺术化了的女性人物身上，折射出女性丰富的人生体验和精神生活。她那简练而富有表现力的文学语言，那明朗而含蓄、平朴而不失深邃的写作风格和艺术个性也给人留下难以忘怀的深刻印象。可以说，贴近现实的"女性创作"，是摩摩茵雅文学成就的重要组成部分，她将鲜明的女性风格融入缅甸文学的大潮，为处于低谷时期的缅甸文坛和沉寂已久的女性文学园地带来了一股清新的风。

摩摩茵雅的最后一部长篇《鱼木嫩叶枯萎的时候》（1987年）标志着她小说创作的新发展。这一时期作家对文学的理解认识，对人生的感悟都进入了更为成熟的阶段，作品艺术风格也日臻丰满。这部小说超越了纯粹的女性题材，在更为广阔的社会场景和民族的政治、文化背景下挖掘人生的存在价值和意义。小说描写一个即将被现代化新厂取代的老蔗糖厂的工人和蔗农们在变革时期的生活境况和心路历程。这是一座殖民统治时期遗留下来的有着四十多年历史的老厂，设备陈旧不堪，技术人员奇缺，工人大多没有文化。在远郊简陋的厂房里，两部老掉牙的机器日夜不停地运转，它像是历史的车轮在缓缓向前，又像是一个不堪重负的病人随时都会倒下。分三班倒的工人在没有任何劳保设施的条件下24小时轮流进行着粗重的操作，稍不留神就有被卷进机器的危险。他们用血汗积累着工厂的产值，以挣得微薄的工资养家糊口。而一旦机器发生故障，工厂停工，工人和蔗农们就要挨饿。小说向我们展示了一幅幅真实的画面：由于建新厂房一部分工人"宿舍"拆迁，而新宿舍尚未盖起来，一座千疮百孔、风雨飘摇的古城堡——传说是历史上一个印度王子随英国殖民者移民过来时的旧居——就暂时成了十几户工人的栖居之所；老一代工人们没有文化，他们每天踩着工厂的汽笛声上工、下工，回到家除了聊天抱怨，就是酗酒昏睡；衣衫不整的孩童们在城堡前的空地上恣意玩耍，一遍遍重复着父辈讲给他们的古老故事，做着古老的游戏；工人的后代们在工厂的土地上出生，伴随着机器的轰鸣声长大，长大后又顶替父辈进厂做工，就这样在狭窄的生存空间和艰窘的生活条件下，一代代延续着血脉，挣扎在贫穷愚昧的社会底层。然而时代毕竟在向前发展着。年青的一代已经不再满足于父辈们贫困平庸的生活，他们渴求现代文化知识，向往文明富足的生活，企盼着不久的将来能在新型的榨糖厂里发挥自己的聪明才智，用自己的双手把这块养育他们的土地建设得美丽富强。郭郭、塔塔意、珊珊、漆棉、盛昂……一个个鲜明的人物形象跃然纸上。作家以极大的热情把笔墨倾注于这些工人、蔗农的后代，倾注在这些青春勃发的年轻人身上，把他们之间曲折动人的爱情、友谊、谅解以及猜忌、虚荣、误会都描述得真切自然，呈现出各个人物丰富细腻的内心世界。作家以凝重厚实的笔触直观真实地书写底层工农的生活，用清新质朴的语言多视角地描绘青年人的爱情、理想和奋斗。将这个苦与乐同在，悲与欢共处，光明与黑暗并存的世界展现在读者面前，给人以深沉的现实感，并且将现实的贫穷愚昧与那一段屈辱的殖民历史相联系，从而融入了更为深刻的蕴涵。小说的题目也是一种象征。在缅甸，枯叶凋落与新叶吐绿在同一季节，枯萎预示着新生。从新嫩到枯萎象征着历尽沧桑之后的成熟，也象征着一种企盼和渴望，渴望枯澹之后的再生。苟延残喘的老厂即将被时代抛弃，而生机勃发的新厂已经在建设之中。人们会在顽强的抗争中告别沉重的过去，迎接美好的未来。这正是作家要反映的主题。可以说，这是摩摩茵雅现实主义精神观照下的又一部长篇力作。

纵观摩摩茵雅的创作历程,尤其是前后期长篇小说的对比,不难看出摩摩茵雅在不断拓宽着她的文学视域,深化着作品的创作主题,从而使她的作品能够宏阔地表现生活和丰富的思想内蕴,一步步由单纯至丰厚,由稚嫩至成熟,以一种不断追求超越的执着,营造着她色彩斑斓的小说世界。

最为难能可贵的是,摩摩茵雅始终坚持以心灵的表达而不是物质诱惑为驱力去写作,不媚俗求宠,不趋炎附势,始终保持着对民族文化精神的关注,保持着严肃的文学精神和艺术良心。从摩摩茵雅后期的作品中可以看出,面对文化市场大潮冲击下文学尊严的丧失,面对有些人为金钱弃文学而去,有些人甚至出卖灵魂,置文学的高贵纯洁于不顾,摩摩茵雅也曾流露出难以理解的困惑与痛苦。然而,作家并没有绝望,而是矢志不渝地坚守精神的家园。在短篇小说《力量》(1990年)中,作家以一个虚拟的世界毁灭象征精神破碎和文化失落:火山爆发,整个城市变成了一片废墟。"我"一点点清除着那些支离的碎片,努力要重建一座新的城市,就像一只窝巢被毁的小鸟为重建一个新巢而忙碌着。就在一次次的重建令人心灰意冷、意志消沉的时候,是众多读者来信中的一张小小明信片给了"我"无穷的力量。明信片上只有一句话:"祝您身体健康!"落款是"一个读者"。作家坚持严肃写作的意义并没有以失去读者为代价和前提,相反从读者那里获得了理解和支持。由此我们也可以见到在作者晚期作品中出现的另一种变化:随着由个人生活到社会生活,由一己私情到普遍人性的主题的深入,摩摩茵雅已经能够自觉地将现代派的艺术手段移入她的现实主义小说中,用象征的手法构建全篇,将具体的生活体验提升到形而上的思考水平。但摩摩茵雅主要还是一位现实主义的小说家,这是缅甸的国情与历史的要求,而她也始终是一个面对现实、面对自己的心灵去生活的女人。

摩摩茵雅是个忠实于个人体验的作家,乐于从个体经验的角度观照生存。这不仅从她作品中频频设置的女性情境可以看出,而且她的大部分短篇小说都是以第一人称"我"展开叙述,"我"始终处于作品的中心。尽管这些叙述者充当着不同的社会角色,身份、地位也不尽相同,但都是从女性视角出发,讲述她们自己的故事,阐发对现实和人生的所思所感。从这一个个"我"的多彩的人生经历和丰富的感情世界中,我们又似乎可以梳理出一个性格相通的"我"。那与纤丽的外貌形成强烈反差的倔强性格,那在逆境中百折不挠的生命激情,那虽历尽坎坷却仍不失高洁的情怀,那洞悉了世事人情之后的超然与冷静,都不得不使我们将这些"表层"的叙述者与隐含的作者联系起来,无须说作品中的人物就是作家心性的折射,作家个人化体验和价值取向的反映。摩摩茵雅不仅擅长在短篇小说中采用第一人称叙述角度,给人以真切、真实之感,还经常运用意识流技巧,以第一人称内心独白的方式表现人物的情感震荡和频繁的内心活动。例如《心之夜语》(1982年)和《逃出牢笼》(1985年)就是典型的两篇。《心之夜语》中的独白者是一个疾病缠身、精神脆弱的女孩儿,母亲的早逝使她的心灵备受创伤,经常陷于忆母恋母的情绪中,而父女之间缺乏正常交流,更造成了她精神上的孤独。在冷风习习的圣诞节前夜,女孩儿孤身一人在家等待深夜不归的父亲,在孤寂、寒冷、焦虑、恐惧的折磨下,她默默地用心跟父亲对话,最后在昏迷中倒在了凉台冰冷的地板上。作品开启了一扇孤独的心扉,以呼唤社会的关注。《逃出牢笼》则表现出另一层面的深入思考。任性的女主人公因与丈夫发生口角,一气之下扔下三个孩子出走了,可走在街上她又茫然不知所向。一路上她忆起无忧无虑的大学生活,忆起与同学们在一起的美好时光。又联想到自己眼下的处境,自打有了三个孩子就不得不辞去了机关的工作,整天在家洗衣买菜做饭,陷入没完没了、平庸烦琐的家务之中。当年母亲含辛茹苦省吃俭用供养自己到大学毕业所学到的知识都无影无踪了。早知今日,何必当初上大学?上个家庭主妇培训班或学习取悦丈夫的培训班不就得了!她想逃离家庭的束缚,一切从头开始,却又摆脱不了现实,对儿女的牵挂使她不知不觉回到了家门口。小说倾诉了知识女性成为家庭妇女,承袭了女性的传统角色却因而失落了事业之后的苦闷与彷徨，反映了妇女在家庭与事业之间的矛盾与困惑。这些短篇小说从头至尾让人物以内心独白、意识流动的方式将主人公的内心世界及她所立身的外部世界深刻地展示在读者面前。

从叙述方法上也可以看出，摩摩茵雅是一位善于从主观心理的角度去刻画人物性格的作家。注重人物的心理流程，不擅长将太多的笔墨用于写景状物上，外部世界只做背景式的陪衬。她常常通过作品中人物的视角去观察外部世界，将栩栩如生的肖像描绘、内涵丰富的生活细节与人物心理的活动、感受、思考融在一起。如在《邻居》中，通过女主人公的眼光把那些对人过分"热情"、爱占小便宜的人，把打听传播别人隐私作为乐趣的人，偷听别人片言只语就搬弄是非、挑拨离间的人，老死不相往来的人等等刻画得活灵活现，入木三分。在短篇小说《叁》（1990年）中，刻画了具有独特性格的三位女性形象。作家尼玛读了画家瓦瓦针对一大人物讲的关于"在缅甸不需要妇女解放"的论点而写给这位大人物的一封信的复印稿后，产生共鸣，两人通信成为好友，但一直没有机会谋面，后来经诗人吉冰引见和安排，三位女艺术家在瓦瓦家中相会了。与信中的"女权"立场和犀利文笔相一致，瓦瓦有着机敏、干练的风姿，而当尼玛在充满艺术氛围、布置得娴雅舒适的家里见到这位女主人时她感到惊讶了。这位会说一口漂亮的西方语言的女画家的房间里到处摆满了富有东方文化内蕴的缅甸艺术品。当看到这位说话咄咄逼人颇有点男性化的女性还能掌起大勺，做得一席拿手好菜时，尼玛又一次惊讶了。作者就是通过小说人物的两次"惊讶"，将一个具有东西文化相融，现代与传统并具的文化性格的女性鲜活地塑造了出来。在主人的气质与环境的格调形成强烈反差的房间里，性格各异的三位艺术家坐在了一起。瓦瓦泼辣、敏捷，尼玛沉稳、矜持，而吉冰像一只快乐的小鸟，充满激情的外表下潜藏着一丝冷峻和凌厉。她们面对面坐在一起的时候，就像由对峙的三点组成的相互弥合的三角。她们畅谈艺术，评判女性人生，倾吐精神苦闷和迷茫。尽管她们对对方的某些作品还不能达到融会贯通的理解，但对艺术的执着和高雅的追求使她们之间能进行最坦诚的交流。对女画家瓦瓦的形象和性格的刻画,都是通过女作家尼玛的眼里所见、心里所思来完成的,而又正是在这一刻画过程中,女作家尼玛的形象和性格也在对比与衬托之下活脱脱地展现在读者面前。摩摩茵雅就是这样善于通过一个人物的眼光去"看"另一个人物,同时将自身也置于一个"被看"的位置,以精确洗练的笔墨画出流畅明快的线条,勾勒人物的风采神韵,以显示人物的精神和风度,形象自然真切,鲜活丰实。

摩摩茵雅的小说在叙事结构上的特点是自由、开放、不断创新,不拘泥于传统模式。作品综合运用直叙、倒叙、插叙等手段,有时甚至吸收影视艺术中蒙太奇式的结构方式,形成波澜起伏、浑然一体的艺术结构。她的很多作品往往以某一个细节,或人物的某一段对话,或一段独白,就自然引入她的故事,没有矫揉造作的开头,也没有固定格式的结尾,但必是首尾照应,相映生辉。尽管在长篇小说中有时会出现几条线索的缠束和时空的转换,但并无混乱更无晦涩之感,往往一句平常的话,就将往昔与现今两个时序叠合在一起。她的短篇小说叙事都十分轻松、流畅,平实说来,随意流去。仔细阅读,又不难看出作家匠心独运的技巧和精湛的笔法。如短篇小说《不想成为狼的小绵羊》(1980年)、《三枝黄毛石豆兰》(1985年)都是以人物对话开启,不用交代说话人的身份、地位及双方之间的关系,只要看对话的内容、用词、语气就一目了然,由此再引出人物的出场,使读者很自然地进入作家设置的情境中。这种看似平淡朴实的开头,实际上却有一种摄人的艺术魅力,在作品中起着提纲挈领的作用,而小说因题而施、不拘一格的章法结构,尤其是含蓄不尽的结尾,又往往给读者留下丰富的联想天地,启人深思,耐人寻味。

1990年3月13日凌晨,心脏病猝发夺去了摩摩茵雅年仅46岁的生命。在她与世长辞之时,案头尚遗有两部未竟的书稿。在她的工作日记上,清晰而详细地记录着她逝世前一天的工作安排和她担任责任编辑的当月号《白茉莉》妇女杂志的出版计划及相关事宜。一位处于创作黄金期的女作家就这样离开了她所钟爱的文学事业，英年早逝，这无疑是缅甸文坛的一大损失。摩摩茵雅虽然离开了我们，但她创作的一部部内涵深刻的作品，塑造的一个个性格鲜明又血肉丰满的人物形象闪烁着经久不衰的艺术魅力。她那些新鲜动人、内容丰富的小说具有永恒的生命力，犹如汇入大海的浪花，永远不会干涸。作为一个东方佛教国家的优秀女作家，摩摩茵雅以她毕生的探索，为世界女性文学的繁荣做出了贡献。

参考文献

[1] 德班貌瓦. 文学与文化（缅文版）[C]. 曼德勒：群众书社，1976.

[2] 摩摩茵雅纪念册（缅文版）[C]. 仰光：文学世界出版社，1990.

[3] 雷哥丁. 缅甸短篇小说家（缅文版）[M]. 仰光：优质出版社，2000.

[4] 马利克. 缅甸小说指南（第6卷）（缅文版）[M]. 仰光：新力量出版社，1990.

[5] 姚秉彦，李谋，杨国影. 缅甸文学史 [M]. 广州：世界图书出版公司，2014.

缅甸古典畅想小说《宝镜》探析

■ 尹湘玲

【摘　要】《宝镜》是缅甸古典畅想小说的代表作，故事情节是其小说叙述的基本构造。作品通过主次交错的情节线索展现人物的性格和命运，又通过精彩巧妙的人物设计推动情节的发展，体现了作者独到的艺术匠心和创造才能。作品热情歌颂王子公主的专一爱情，在客观上具有一定反封建意义。

【关键词】畅想小说；作品分析；缅甸古典文学

缅甸古典小说从题材上可分为两大类，一类是以佛本生故事作为创作之源的小说，代表作有《天堂之路》（信摩诃蒂拉温达，1511年）、《翠耳坠》（瓦耶比顶加那他大法师，1618年）、《兴旺》（当辟拉大法师，1619年）等，佛陀史故事和《佛本生故事》翻译小说也归属此类；另一类是取材于宫廷、世俗生活的神话故事小说，代表作当推瑞当底哈都与东敦基吴达合作的《宝镜》（约1780年）。《宝镜》是一部完全由作者自己构思的古典畅想小说，内容是反映世俗爱情生活的，主题是歌颂王子公主的爱情专一。它与脱胎于佛经故事以讲道弘法为目的的小说在内容和叙事结构上都完全不同。与后来出现的《伊瑙》（妙瓦底吴萨，1798年）、《恩达温达》（兰太康丁，1853年）等宫廷戏剧虽在内容上同属于宫廷文学，但表现主题上并不尽相同，体裁上亦有区别。《伊瑙》等宫廷戏剧主要通过人物对白和韵文唱词来表现剧情发展，是专为舞台演出而创作的。而《宝镜》则通过相当篇幅的白话文叙述来展现故事情节，只有人物对话使用韵文诗词，散韵杂糅，形式上与现代小说有相似之处，是专供读者阅读而创作的，在当时主要供宫廷消遣。该小说最初的印刷版本是1895年问世的，后来在1934年和1962年两次再版。

《宝镜》是流传至今的唯一一部较为完整且多次再版的古典畅想小说。尽管在缅甸古代文学史上，取材于神话故事、世俗生活的诗歌、戏剧、密达萨等文学样式的作品并不乏其作，但作为小说体裁，尤其是作者自己构思的神话故事小说却绝无仅有。在《宝镜》之前，综观数量有限的几部小说创作都没有跳出佛本生故事的樊篱，而在《宝镜》之后的一百余年，缅甸小说创作几乎出现了断代，整个19世纪小说园地萧然冷寂，一直荒芜到20世纪初在西方文学影响下第一部现代小说的出现。可以说，《宝镜》的创作为缅甸现代小说的生发播下了种子。

一、《宝镜》情节与人物

《宝镜》共11章，瑞当底哈都写了前9章，后2章由东敦基吴达续写完成。两位作者的生平均不详。小说故事梗概为：龙王被惠如妙苏瓦公主的美貌迷醉，昏昏睡去。咖咙乘机劫掳龙王。龙王惊醒，奋力挣脱，尾巴缠住了御花园的一棵大树，大树被连根拔起。正在御花园玩耍的恩达贡玛王子见状大怒，用宝器金刚杵将在空中打作一团的龙王和咖咙双双击落，降为奴隶。此前国王为王子选妃，百家公主均不为王子所倾心。龙王向王子讲述了惠如妙苏瓦公主的迷人美貌，王子一见钟情，对公主深爱不渝。经过双方侍从的撮合和神鸟点化，一对有情人终成眷属。

《宝镜》创作时期，印度两大史诗之一《罗摩衍那》以及《佛本生故事》、《清迈五十本生故事》等早已在缅甸及东南亚广泛流传，其中的无数故事情节成为缅甸作家取之不尽用之不竭的再创作素材，许多故事被反复书写传颂，家喻户晓。与众不同的是，《宝镜》的作者在创作这部小说时没有因袭前人，拘泥陈规，而是充分发挥主观想象力和创造力。一改从已有作品中撷取现成故事情节的做法，只是以《清迈五十本生故事》中的一些人物（如王子、公主、帝释、龙王、咖咙等）为基础，托用神话故事中的一些地名（如传说中的喜马拉雅山七神湖之一的阿诺陀湖等），展开想象的翅膀，编织了一部神奇曲折、情趣盎然的神话故事。构成这一故事的主干情节是恩达贡玛王子与惠如妙苏瓦公主的爱情线索，围绕这一主干情节，有4支较为主要的支干情节：

1."王子篇"中关于蒂拉珊达公主的故事；

2."公主篇"中关于曼拉德瓦山神与杜温那雅蒂仙女的故事；

3."宫殿篇"中关于埃亚巴塔龙王的故事；

4."相遇篇"中关于恩达亚扎与杜兹达的故事（即王子与公主的前生故事）。

这4条故事线索以独立完整的形态与主干情节直接关联。在这些主要情节中又通过小说人物叙述的角度插入12支小故事情节，即小说中的人物在阐述某道理时举例援引出的故事情节：

1.太傅甘比达耶启奏蒂拉珊达公主的"违背父母之言会变成野兽"的故事；

2.惠如妙苏瓦公主的贴身侍女雅蒂摩达（时令珍珠）讲给恩达贡玛王子的侍从彬尼耶诃达（智慧幽默）的"轻而易举获得的成功往往也容易轻易丧失"的故事；

3.彬尼耶诃达讲给雅蒂摩达的"慢慢腾腾会延误大事"的故事；

4.彬尼耶诃达讲给雅蒂摩达的"拖延时间就达不到目的"的故事；

5.惠如妙苏瓦公主的侍女巴东玛登枝（金莲）讲给彬尼耶诃达的"急于求成会弄巧成拙"的故事；

6.彬尼耶诃达讲给巴东玛登枝和雅蒂摩达的"事不抓紧会功败垂成"的故事；

7.彬尼耶诃达讲给巴东玛登枝和雅蒂摩达的"时间拖久了人就老了"的故事；

8.彬尼耶诃达讲给巴东玛登枝和雅蒂摩达的"为主子效劳会得到恩

惠"的故事；

9.雅蒂摩达启奏惠如妙苏瓦公主的"主子发怒臣子遭殃"的故事；

10.巴东玛登枝启奏惠如妙苏瓦公主的"过分诚实也会惹来麻烦"的故事；

11.侍女罗哈那梅达启奏惠如妙苏瓦公主的"为得到真正的爱情甚至要对父母略施小计"的故事；

12.太傅瑜巴达耶启奏惠如妙苏瓦公主的"过分撒娇会倒霉吃亏"的故事。

这12支故事线索间接与主干情节发生关联，使主干情节更加丰富多彩。整部小说故事中有故事，小故事又集中衬托和表现完整的主题思想。

显而易见，故事情节是《宝镜》小说叙述的基本构造。通过主次交错的情节线索展现人物的性格、命运和引人入胜的特殊生活场面。苏联的波斯彼洛夫说过："作品中所描写的由人物行为构成的事件在空间和时间上的连贯性就是作品的情节。"(《文学原理》三联书店1985年版，第125页)。他所说的连贯性既包含时间的连贯性，也包含因果的连贯性。《宝镜》的小说情节正是一系列有着内在因果关系的事件的有机组合，作者在作品结构设计上颇具匠心。小说虽由两位作者完成，但故事情节首尾贯通，环环相扣，如一气呵成。瑞当底哈都在第2章叙述惠如妙苏瓦公主身世时，设计了杜温那雅蒂仙女做梦，婆罗门圆梦的情节，交代公主乃神仙转世。这是情节发展的一个暗示。在第7章中有王子做梦，"智慧幽默"圆梦的情节，这又是情节发展的一个暗示。而东敦基吴达在第11章中由瞻部甘达神鸟倒叙王子与公主的前生故事，与第2章、第7章的暗示前后对契，衔接圆满。与瑞当底哈都的丰富想象力、创造力相比，东敦基吴达毫不逊色。

情节既是由人物行为构成，人物就是情节中不可或缺的角色。恩达贡玛王子和惠如妙苏瓦公主是小说的主人公，即小说叙述的中心，情节自始至终围绕他们展开。而其他人物，如侍从侍女、龙王、咖咙、神鸟及天神、仙女等,有的在情节发展中起着关键作用,有的则只是从属于故事情节的发展,有时甚至只是充当故事情节的载体。"蒂拉珊达公主"这一人物的设计与王子的身世有关。罗莫尼耶国国王和王后为王位后继有人,希望唯一的女儿蒂拉珊达公主早日成婚育子。但公主虔信佛法,一心修行,不思婚嫁,后吃下天帝释给的蛇藤果,方怀孕生下恩达贡玛王子。这一情节使王子的身世披上一层神秘色彩。"杜拉达迪仙女"这一人物是为衬托王子博才多艺而设。帝释遣杜拉达迪仙女将十八般武艺传授给王子,王子拜仙女为师,学会了诸般知识技艺。借这两个人物,将主人公恩达贡玛王子塑造成一位出身高贵、英俊威武、文武双全的大英雄。他不仅精通武艺法术,且拥有帝释赐予的宝器金刚杵和九宝璎珞,因而能降龙伏虎,神通广大。"龙王"、"咖咙"和"神鸟"在情节发展中是关键性的角色。因了龙王,王子得以知晓公主其人,由此拉开王子与公主相爱之主干情节的序幕;因了咖咙,王子得以与公主见面,将情节发展由平缓引向高潮;因了神鸟,王子公主得知前世姻缘喜结伉俪,将情节发展推入高潮进而走向成功阶段,获得圆满的结局。可见这三个"人物"缺一不可。王子的侍从"智慧幽默"和公主的侍女"时令珍珠"、"金莲"等人物在小说中虽为配角,但作用却举足轻重。对这些人物的塑造,作者深受印度古典戏剧的影响,把他们刻画成"主角的心腹,善于交谈"。王子的侍从正如其名字,富有智慧,风趣幽默,聪明能干,忠于主人。公主的侍女博闻多识,"善于鼓动,言语甜蜜,谦恭有礼,随机应变,行为优雅,保守秘密"。他们在小说中充当男女主人公的爱情使者,为有情人牵线搭桥。"智慧幽默"与"时令珍珠"、"金莲"双方之间的流畅对话和滔滔雄辩,以及侍女们劝说公主的舒徐婉转的话语成了小说中最精彩可读的章节。

在戏剧文学和叙事文学中,情节和冲突这两个概念总是联系在一起的,情节就是冲突的生成、发展、高潮和转变以及最后的结局。小说中的冲突不像戏剧中那样单一、激烈,但包含着矛盾冲突的情节往往比之于戏剧情节更为丰富而复杂。流传于东南亚的很多古典文学作品,如罗摩故事、伊瑙故事等，大多运用反派人物造成激烈尖锐的戏剧性冲突以作为展开故事情节、表现人物性格的基本手段。试想，如果《罗摩衍那》中砍掉十首魔王罗波那这个角色，罗摩与罗波那之间的冲突就没有了，罗摩和悉多之间悲欢离合的故事情节就会大打折扣。而《宝镜》的作者没有用塑造反派人物或设计三角关系的特定环境，来造成促使冲突爆发的契机以推动情节发展，这一点颇为特别。小说中只设计了王子的侍从与公主的侍女之间的滔滔雄辩和侍女们对公主的好言相劝，前者形成一方急于求成，一方稳扎稳打，不求速达的矛盾冲突，后者形成一方极力撮合，一方踌躇不前的矛盾冲突，以表现侍男侍女们的热情善良和公主的矜持含蓄及内心矛盾。但这些比之正反人物所代表的善恶势力之间的矛盾冲突要缓和得多也平淡得多。作者的创作旨趣似乎并不在于利用强烈紧张的矛盾冲突去刺激、吸引读者，而在于塑造符合大众审美心理和大众价值观念及欣赏趣味的文学形象，让读者在阅读作品中得到愉悦，在轻松愉快的欣赏中接受作品的观点和思想。因此《宝镜》在情节设计上更偏重于可读性和趣味性。

从小说的情节设计和人物塑造上也不难看出，尽管《宝镜》与它之前出现的脱胎于佛经故事的小说在表现主题和叙述方法上完全不同，但并不等于说它就完全脱离了佛教文学的影响。小说中善恶有报、因果渊源的思想，天国、诸神、帝释、转生等传统的宗教神话观念以及主要情节之外插入不少小故事的笔法等都明显带有佛教文学的印迹。在东南亚，缅甸受印度文化，尤其是佛教文化影响之深是首屈一指的。在漫长的封建统治时期，佛教作为缅甸文化的核心，不仅影响着人们的思想意识和价值观念，也制约着作家的文学创作。在佛教文学一统文坛，佛教文化意识异常浓厚的环境中，《宝镜》的作者能够独辟蹊径，在创作主题上、体裁上有所突破创新，已属难能可贵。如果作品完全脱离了佛教文学的影响，也就不是那个时代的产物了。在小说的一些情境和细节描写中也可看到多处模仿和借鉴前人作品的地方。如，龙王被公主的美貌迷醉而神魂颠倒的一段描写几乎是再现了信漂辛王时期著名诗人瑞当南达都所作《梅农雅甘》诗中关于罗马水手见到梅农公主时如痴如醉的那一幕;"智慧幽默"与"时令珍珠"滔滔雄辩的情节与小说《翠耳坠》中伽拉哈大统帅以雄辩劝说波利沙达国王勿残杀同族而国王举故事为例据理反驳的情景颇为相似;恩达贡玛王子的出生与良渊时期的剧作《红宝石眼神马》中皇后守戒求子,天帝释遣白鹰送来一枚枣子,皇后吃了枣肉生下一英俊王子的情节如出一辙;凶悍的巨鸟咖咙与龙争斗不休的场面也取自古代的神话传说。作者虽然从前人作品中吸取了一些情节因素和表现方式,但并无生搬硬套的痕迹。整部小说笔墨流畅,意趣横生,描写细腻,形象生动,有较高的艺术水平。

《宝镜》是一部富有浪漫色彩的类似神话的畅想小说,小说人物自然也都富有神秘离奇的色彩。在作家的生花妙笔之下,男主人公恩达贡玛王子能上天入地,变形隐身,起死还魂,女主人公惠如妙苏瓦公主美丽绝伦,娇娆无比。但在一些细节刻画上也难免受到时代及个人思想的局限,如公主披金戴银,一个时辰更换10次衣服;出门要有宫女持扇打伞,不慎被枣树叶大的一束阳光晃了一下就疲惫不堪瘫软在地;就寝时被飞入殿内的一只蝴蝶的翅膀扇了一下就浑身颤抖等等。诸如此类虚饰渲染的描写,用了不少笔墨。作为神话中人物的描写,不惜施展修辞技巧,运用夸张、变形等艺术手法都无可非议,但如果过分注重人物外在因素的描绘,就会使人物性格的塑造流于脸谱化,从而淡化了对人物做多角度、多层次的展现。

二、创作意图与客观价值

《宝镜》创作于贡榜王朝前期。在小说前言中有这样一段话:

"在万物之主阿朗帕耶王之下臣、大元帅、学者、朝廷参事摩诃奈苗底哈都的敦促与鼓励之下,余瑞当底哈都欣然接受其意,援笔引例,以优美典雅之文字、传统之语言撰写此作。"

有些学者据此认为该小说创作于贡榜王朝初期阿朗帕耶王在位时

期，即1752—1760年期间。而据缅甸学者考证，《宝镜》写作时间为辛古王在位时期，约1780年间。前言中的话并不能完全作为写作时间的依据，但据此可确认作者宫廷御用文人的身份。从小说中对罗莫尼耶国太平盛世的描绘和对王孙贵族奢侈繁华生活细节的刻画，都可明显看出是出自宫廷作家之手。同时也可说明小说写作时期缅甸封建社会尚处于走向衰落前的鼎盛时代。或许作家在创作初始并无明确的主观意图，仅是应国王授意而作。但一部作品创造了某种艺术形象体系，它本身就成了某种社会存在。作品的意义，即作品的客观价值并不取决于作家的创作意图，而取决于它存在于其中的社会条件（主要是社会关系），取决于读者的接受意识，人们会从同一部作品中发掘出不同的意义。因此作品的客观价值会在时代的变迁中不断变化，在一代代受众的读解中不断诠释和丰富。小说《宝镜》的主题是歌颂王子公主的爱情专一。有近代学者认为，作者创作这部作品是另有一番苦心的。当时正是缅甸战乱纷纭的时代，大批男子应征出战，他们思念家中妻子。作品的意义在于教育妇女们，尤其是宫中女子，应对自己的丈夫、情人矢志不移，从一而终。而一些现代学者的看法则完全不同。他们认为作品创作于辛古王在位时期。辛古王登基后封仓廪大臣的女儿信敏为正宫王后，但到了后期，辛古王终日沉迷于三宫六院的美姬佳丽之中，长期不回南宫，早把信敏王后遗忘了。信敏贵为王后，在封建社会的女性中其地位不可谓不高，其物质生活不可谓不优裕，但精神生活却孤寂痛苦。这些在信敏的诗歌中有发自肺腑的抒发和表达。《宝镜》在此时问世，其意义在于与喜新厌旧的君王形成鲜明的对照，以表示对封建婚姻制度的不满。

  笔者认为，《宝镜》虽为应制之作，但其表现的主题在客观上是具有一定程度的反封建意义的。作品讴歌的是青年男女对真挚爱情的追求，肯定并歌颂的是一夫一妻制的美德和思想，这符合缅甸传统的伦理道德思想。缅甸封建时期产生的各类法典，如《达摩维拉法典》（1281）、《伐丽流法典》（1281）、《摩奴基律例》（1750）等，对家庭婚姻、夫妻关系及妇女地位等方面的道德规范及标准均有具体的规定，其中包括"实行一夫一妻制","妇女的社会权益受到法律保护"等等。历代君王都运用"法典"这一神圣武器,约束人们的道德行为,谋求民心归顺,稳定社会秩序,维护国家安宁,以巩固其统治地位。但在宫廷内部,封建帝王及王孙贵族们的婚姻制度却与王法相悖。尤其在贡榜王朝,没有一个君王不是骄奢淫逸,嫔妃众多,沉溺女色的,辛古王就是一个典型。贡榜时期的一些文学作品,如宫廷戏剧《恩达乌达》(即《伊瑙》)、《恩达温达》等,也都在着意表现"好王千妃"的观点。而《宝镜》却表现了与宫廷现实不同的爱情道德观,塑造了一个爱情专一的王子形象,这无疑对君主君少们是一种委婉的告诫。处于作者的身份和地位,是不可能对宫廷的腐朽没落现象和淫乱生活做公开揭露和鞭挞的。用文学作品塑造出符合社会道德规范和价值观念的完美的艺术形象,其本身在客观上就起着生活教科书和针砭时弊的作用。在作品前言中借先王的威力为保护伞,也许正是作者不露锋芒的一种手段或策略。

贡榜王朝是缅甸文学获得较大进展,名人学士辈出,文学形式丰富多彩的文学"集锦时期",这为《宝镜》的产生提供了极好的文学环境。而《宝镜》的产生又丰富了文学宝库,促进和推动了缅甸文学的发展。

参考文献

[1] 黄宝生. 印度古典诗学 [M]. 北京:北京大学出版社,1999.

[2] 马利克. 缅甸小说指南(一)(缅文版)[Z]. 仰光:蒲甘出版社,1968.

[3]《韦达伊》文学月刊(缅文版)[J]. 仰光:韦达伊文学杂志社,2000.

[4] 吴佩貌丁. 缅甸文学史(缅文版)[M]. 仰光:漆达雅出版社,1977.

[5] 许清章. 缅甸伦理思想 [C] // 宋希仁主编. 东方伦理思想史卷. 长春：吉林人民出版社，1993.

[6] 姚秉彦，李谋，蔡祝生. 缅甸文学史 [M]. 广州：世界图书出版公司，2014.

[7] 佐基. 文学评论（缅文版）[M]. 仰光：莫吴板文学社，1963.

《琉璃宫史》中的文学世界

■ 尹湘玲

【摘 要】缅甸《琉璃宫史》汉译本已由商务印书馆出版。这部"既是历史巨著又是文学巨著的缅甸宝典"不光具有巨大的史学与佛学学术价值，也具有珍贵的文学价值。本文从文学研究的视角，进入《琉璃宫史》中的文学世界，探讨文学叙述话语对历史叙述话语的渗透及其特征，以期更好地认识历史与文学相通相济的亲缘关系。

【关键词】《琉璃宫史》历史著作；文学关系

《琉璃宫史》是缅甸著名的历史巨著，又是卓越的文学巨著。从佛学与史学角度看，它是研究缅甸王朝史、缅甸文化发展史、南传佛教传播发展史及世界史、地区史的珍贵文献，具有极高的学术价值；从文学角度看，它具有很强的艺术性和文学特征，是研究缅甸古代文学尤其是散文作品的最佳范本。新近由商务印书馆出版的《琉璃宫史》汉译本，让这部"既是历史巨著又是文学巨著的缅甸宝典"（季羡林语）在中国得到更广泛传播成为现实。

作为意识形态，历史与文学都是精神生产的产物，它们之间本来就有着密不可分的亲缘性，二者在叙述语言、叙述结构、社会功能、价值取向上都有相通之处。《琉璃宫史》作为一部国王钦定的"正史"，一部世界公认的著名史籍，其真实性与可信度是毋庸置疑的。而另一方面，它在文笔上的流畅典雅，叙事上的故事性、传奇性，人物塑造上的形象性和感染力等文学性特征又是显而易见的。这正是《琉璃宫史》具有历史和文学双重学术价值的原因所在。本文选取文学研究的视角，对《琉璃宫史》叙述话语中的文学因素和特征进行分析探讨，以期对《琉璃宫史》的整体研究起到拾遗补阙的作用。

一、历史叙述中的文学虚构

史学家编撰历史著作首先追求"真实"，要求对历史尽可能客观地实录。后人不可能接触历史事实，只能见到文字记载的历史，而且人们也往往认为历史著作必须或应当是"信史"。然而主观愿望并不等于客观事实，实践证明任何历史著作不可能百分之百真实。因为史学家大多不能直接与历史打交道，他们根据主体的条件和标准在已有的史料中选择、鉴别和加工，这就使历史与人们对它的认识评价之间的关系变得复杂和多样化，虚构也在所难免。而虚构却是属于文学的世界。这里的虚构不是指对历史事实的篡改和颠覆，而是指情节上的虚构。《琉璃宫史》在编写过程中博采数十部经典史籍和众多有历史价值的碑文、茂贡诗、埃钦诗的内容，从这些文学作品中援引史料自然会附带很多文学成分。而且不管是史籍还是古诗，其中又都充盈着丰富的本生故事、神话传说和民间故事。如"太公国国舅之女蓓达莉（鹿孩）"的传说、"三个龙蛋"的故事、"摩诃吉里兄妹二神"的来历等等，不胜枚举。这里面虚构的因素显而易见。我们注意到，编纂《琉璃宫史》的学者们在采用这些素材时非常谨慎，往往对各类史料的相关内容做比较考证后方做出点评，申明观点。如关于蒲甘王朝开国君主骠绍梯王的身世，学者们对"三个龙蛋"的记载并不持肯定态度，他们经考证认为"龙蛋王系之说虽不算古老，也应当将其作为古旧之说予以摒弃"。

关于"太阳神之子与龙公主结合后生人"一说。《布利达本生》故事中有如下记述：王子与龙公主结合，因其父是人根，结果生了一个人，而陀塔罗塔龙王子与萨年陀阇公主结合，因其父是龙根，生下一条龙。

《大史》中记载，温偈罗阇王的公主与狮子结合，因其母是人根，结果生下了悉哈婆胡王子等。以上均有经典可考。太阳神王子与龙公主相结合，倘若确有其事，应随其父根或母根，生神或龙，才符合情理。然而，此处却非神非龙，而生下人子，既不合情理，也违反经典。此外，岂能派白鸦去太阳神王子所在处？纯属神话传说。

"一枚金蛋在摩谷贾宾裂开变成红宝石矿藏"一说。南赡部洲上有宝藏56处，倘若摩谷贾宾一地确系龙蛋破裂变成的红宝石矿藏，那么其他各处的金银宝石矿藏难道皆为龙蛋所变？值得三思。经典中的确也无关于56处宝藏是龙蛋变化而成的记载。只能认为此说系一种夸张比喻之语。

关于青蛋的去处，众说纷纭。有的说到了妙香国，有的说到了太公国，还有的说到了顶兑国。妙香国距缅甸六个月路程，逾百由旬之遥，从马垒至妙香国又无溪流可达。龙蛋如何漂去？说得十分离奇。有的说到了太公或顶兑之后，变成了王后。太公或顶兑的确不远，处于今日缅甸国土之内，然而变成了王后，属于哪个朝代？是哪个国王的王后？写得非常明白的史籍中却无上述内容。因此，对古时由龙蛋变成王裔一类的记载，因不合情理，学者们是不赞同的。（《琉璃宫史》上卷，第161—162页）

这些阐述说明，学者们是不认可将"神话传说"、"夸张"、"离奇"或无据之说入史的。但这并不等于说《琉璃宫史》中就没有神话传说和夸张、离奇之笔，而是要经过一定的尺度标准、价值体系的评判和过滤后方可录入，强调追根溯源。

历史叙述追求真实性，文学叙述则带有虚拟性，《琉璃宫史》将二者糅合在了一起。它在历史叙述中一个突出的文学表现技巧就是神化。人类早期艺术大抵从神话衍化而来，古代艺术中人们所景仰崇敬的英雄往往都与神挂钩，而古代史书中对民族祖先形象的刻画，对帝王的身世、生平事迹和英雄业绩的记录也都会神化，把他们描写得超凡入圣、神通广大，他们的思想行为往往也都有神灵相助。如《琉璃宫史》中神妖赐眼药使太公国双目失明的两王子重见光明；宫错姜漂王的即位有天帝释等保护佛教之神的扶助；江喜陀为救苏卢王遭鄂耶曼甘部下追击，途中疲劳不支时得到摩诃吉里神暗中相助方得以脱险等等。在描写君王即位登基、被黜或临终情景时都会联系一些奇妙而震撼的宇宙景观，充满神话意境。神话是远古劳动人民思想观念的反映，闪耀着民族的智慧，是缅甸古代独特的民间文学样式。它涵盖着深广的社会内容，又携带着历史的影子。在缅甸接受了佛教信仰后，很多神话故事又融入了佛教色彩。《琉璃宫史》对部分神话传说去伪存真，去粗取精，在历史客观性的基础上保留早期神话传说和民间故事的遗韵，构成了今人能够认识的缅甸上古历史风貌，使历史叙述在可靠、可信基础上又增加了形象和生动，大大提高了它的文学欣赏性和可读性。

　　《琉璃宫史》中的虚构有很多是受佛教文学的影响，吸收了《佛本生故事》的叙事方法和展现形式。该书前两编集中讲述佛教的宇宙观、价值观，以及佛教产生发展的史实，受佛教文学影响自不用说，在第三编至整部著作中受佛教文学影响也十分明显。如将历史人物的今生故事与前生故事联系起来，有相对应的前生人物角色，"阿罗汉长老前世曾是一名持戒者；梯来辛（江喜陀）前世是条小狗"、"阿朗悉都王前世是勃代格亚王子"等。书中有些神话本身就是根据佛本生故事改编的，如蓓达莉的传说就非常类似于本生经第523号或526号故事。佛本生故事实际上绝大部分也是长期流传、不断演义的民间寓言和故事，将其中丰富的文学成分和营养附会到历史叙述中，便增添了史书的文学色彩。

二、历史叙述中的文学语言

　　历史和文学都离不开语言文字，不论历史著作还是文学作品都要借助语辞表达。一般认为历史叙述必须朴实无华，而文学语言则具有形象性，为达到形象性的效果可施以各种修辞手段，如意象、比喻、象征、夸张、变形等等。其实中外许多史书的实践证明，没有不加夸饰的历史叙述，许多史学家、史论家都主张历史叙述要有文学味，这文学味就主要来自语言的修饰性，来自语言的文采。读《琉璃宫史》犹如阅读优美的散文，其原因也正在于此。如阿奴律陀王迎奉佛陀额骨珍藏于瑞喜宫佛塔的记载：

> 瑞喜宫塔兴建于缅历421年（公元1059年）。安放圣物佛额骨石函时佛陀显圣，仪态轩昂，雍容华贵，显出相好大小特征及六道光环，携八法器，升入天际。并预言："此王原系一头名为布拉列之象，曾在一坐夏期三月之中侍奉过我。今又弘扬我教，将来必和我一样修行成佛。"王听罢真言，欣喜欲狂，心情犹如经过百次精弹的棉花浸在百次滤制的油中一样，紧抱着安放舍利圣物的宝盒呜咽不止。（《琉璃宫史》上卷，第215页）

无论是对佛陀仪态的描绘，还是对阿奴律陀王心情的形容都运用了文学的修辞手段，用"犹如经过百次精弹的棉花浸在百次滤制的油中一样"来形容阿奴律陀王此时欣喜、虔诚、坚定的心情，可谓回味无穷。再如"好像一朵含苞待放的莲花遇到阳光一样"喜形于色、"如向熊熊烈火中泼入凉水，往滚滚沸水内注入檀香液，顿觉清爽怡人"等等都是富有民族特色的比喻。

在《琉璃宫史》中运用各种修辞手段的例子俯拾即是。第九编（195）明康第二精通十七项骑术中有一段文字：

> 他能在奔驰的马上，在马背上双腿站立；在马背上金鸡独立；平卧鞍上，转换鞍位；鞍侧左右，反复倒手；穿戴甲胄，刀枪倒手；仿阿修罗，头手倒立；双手握鞍，鞍侧横卧；盘膝端坐；龙盘须弥，手抱马颈，左右移动；立于马臀，安然不动；飞跑之中，跃上跳下；驭马奔跑，能做剪发修发、猕猴摸地、鹰视苍穹、狮子蹲坐等姿态；战马狂奔，左右翻跳，落脚准确无误；速匀且疾；疾如风驰电掣，无人可及；还能做出魔鬼取物、阿修罗神等动作，演示

17种骑术。(《琉璃宫史》中卷，第510页)

读这段文字如同欣赏杂技表演，令人目不暇接。作者显然运用了夸张手法，但并没有背离事物的本质，而是在情状上加以放大，强调了事物的本质特征，使人不觉其虚，弥觉其妙。原文写得精湛，译文译得绝伦，可谓"语不惊人死不休"。

对历史事件和景状的记载是单纯采用实录的手法，还是在实录的基础上运用一些艺术手法对所写之事进行烘托和渲染，是史家的选择。《琉璃宫史》多采用后者。如描写达龙（他隆）王"加冕大典"中取国王灌顶之吉祥水一事：

> 大路两侧皆装饰一新，每个路口都搭台演出歌舞，蓄水塘也装点起来，四面八方放上斋饭食品、槟榔、咸茶、香料、油灯、旗幡等，由婆罗门拜祭。取水队伍以跳舞者为先导；后面抬着8口大瓮；再后面是青年们扛着108个水钵，钵内插着蒲桃枝；后面是8位乘轿的婆罗门大师；再后面由8名少女分执金罐、银罐各4只；少女之后又是些青年人；后面是顶伞、披绶带、裹着包头巾的大臣们；最后是象兵乘象、马兵骑马相随。来到水塘之后……取水的队伍遂用金花、银花、金米花、银米花、金块、银块、九宝油灯、槟榔、咸茶等供奉神明后，念起来自星相经典的咒词。婆罗门国师们与少女们盛好水，队伍由原路依次返回。将水放在国王灌顶洗头的彩棚内。(《琉璃宫史》下卷，第947—948页)

这里虽然没有用更多的修饰语，但以具体而细致的描写渲染出一种豪华隆重的氛围，不光在"加冕大典"，在其后的"修建王宫"、"迁入新宫"等记载中也都是精描细绘，衬托出达龙王在位时期政治稳定、经济繁荣、佛教昌盛、王威浩荡的盛世景象，从中对帝王们豪贵奢华的生活也可略见一斑。

在《琉璃宫史》中也有不少过分夸张之处。有些君王登基的场面、出巡场面、战争场面的描写不仅带有神话色彩而且过分夸张。如书中记载骠绍梯王即位时所收大批馈赠礼品有……黑象4000头、内廷用马6000匹、宫外用马6000匹等。据称国王手下有朝臣8000名、统领16000名、步卒10亿、骑兵3600万、战象600万头。这些数字明显过分夸张到了不可信的地步。我们只能按学者吴三吞《历史研究大序》中所言"没有夸张不成历史",对这些抱宽容态度了。

三、历史叙述中的人物塑造

《琉璃宫史》是一部大王统史,其中的主要历史人物是缅甸历代帝王及世族成员。我们看到,历史年代越久远,历史人物的神话色彩越浓,而随着历史年代的进展,神话色彩也渐趋淡化甚至消失,年代越近,历史人物越接近生活的本来面貌。显而易见,在史书中的历史人物身上同样附有时代审美意识的表现和创作主体审美理想的熔铸。神话色彩的褪去,并不等于人物就变得干巴巴了,历史人物也是社会中的人,也是有鲜明的个性特征的,同样可以用语言文字或其他艺术手段加以表现。《琉璃宫史》的写作特色之一就是善于通过历史人物的语言来表现人物的思想感情和性格特征。

在文学作品中,人物语言是人物"思想的外衣",是刻画人物性格、揭示人物心理活动和推动情节发展的重要手段。《琉璃宫史》中也有着丰富的人物语言,正是有了这些可以透视人物内心的人物语言,才使书中的历史人物立体化、形象化,使他们还原为活生生的真实的人。如阿奴律陀之母北宫王后听说叟格德已被阿奴律陀用宝矛刺死,胸罩脱落,号哭道:"儿子?!夫君?!"(《琉璃宫史》上卷,第192页)这一声"儿子?!夫君?!"将它后面复杂的人伦关系和北宫王后此时的复杂心情表现得淋漓尽致。这位被三代君王立为王后、身为人母的宫廷女人此刻心中的惊愕战栗、悲痛欲绝、酸楚无奈全部都浸透在了这四个字和一声号啕之中。

记述阿奴律陀王整肃宗教到独尊上座部佛教,是从阿奴律陀王与阿罗汉长老初次见面的一番谈话展开的,当听完阿罗汉的讲述之后,阿奴律陀王对佛陀产生了无限虔诚的信念，说道："除高僧外，吾等再无他人可依靠了。今后，吾等身心均献与高僧。吾将遵从高僧教诲。"（《琉璃宫史》上卷，第202页）话虽平常，意义却很深刻。它不仅将阿奴律陀王皈依佛教的虔诚充分表达了出来，也为其后赴直通取三藏、到中国奉迎佛牙、建瑞喜宫佛塔珍藏佛额骨佛牙等一系列宗教活动打下了思想基础。

那腊勃底西都王一生为佛教为本人以及子孙后代造福。病危时对五位王子语重心长的嘱咐凝聚着他作为父亲、作为一国之主对后代的殷切希望和对国家社稷的无限眷恋，是表现该历史人物的点睛之笔。

东吁王德彬瑞梯手下大将（妹丈）觉廷瑙亚塔以英勇善战、性格坚强著称，他的军事天才和非凡勇气突出表现在征服孟人的囊优大战。觉廷瑙亚塔率部来到囊优，面对河对岸强大的敌兵阵势毫不退缩，命令部下赶制木筏，将所有人马渡过河去，然后将所有木筏统统毁掉，以使将士们破釜沉舟决一死战。

属下将官禀道："我方兵寡势弱，敌方兵力十倍于我。决此一战，胜则罢，若遇不利，后退无木筏岂不难了？"觉廷瑙亚塔道："托主公洪福，我军必胜。大家无需担忧。"此时，瑞梯王派杜因亚扎等10骑专程前来传旨："如遇敌人切勿妄动！待朕到后再攻。"觉廷瑙亚塔道："托我王洪福，我们已取胜。"手下一大臣名道迈耶者说："我军尚未得胜，如若安排不利，战而不胜，却向圣上上奏已获胜。届时陛下岂不要问罪？"觉廷瑙亚塔听此言后，为使众人不生二心，便对众将官说道："我们只有赢此一仗才能保全性命，否则不成功则成仁，唯死而已。陛下要问罪亦无人可问矣。"接着部署兵力。……兵分三路向前进攻。……

瑞梯王于囊优取胜后第二天才到达该地。随即召见觉廷瑙亚塔，问道："尔等不待朕到来，擅自攻打敌军，岂不等于破坏了朕的好戏？"觉廷瑙亚塔奏道："区区小战，何劳圣上大驾？只须臣和下属去战足矣。日后待征之地何其多也，届时陛下再亲自征讨

吧!"(《琉璃宫史》中卷,第575—576页)

寥寥数语将觉廷瑙亚塔临危不惧、果敢、自信、为国分忧的英雄风采尽展无余。正是此一战觉廷瑙亚塔获得国王授予他"勃印囊"之称号,意即"王兄"。缅历910年瑞梯王进攻阿瑜陀耶期间又有类似战况,勃印囊率部击溃敌军后瑞梯王赶到:

缅王问道:"朕曾派耶约达传令,遇有敌军时,待朕驾到后再开战。为何破坏了朕的部署?"勃印囊奏道:"臣等遵王命将象、马、兵勇等布好阵地,正等候吾王陛下之时,敌军来到。臣命耶丁延等5支军队从左侧,命苏勒宫恩等5支军队从右侧迎战。臣见到左、右两军只从侧面迎战,怕旁人误以为臣并非因遵王命行事而是胆怯之故,故臣宁冒被斩首之险,不甘受人耻笑,自做主张与敌交战。"缅王听后道:"此事确实有违朕令,但卿处理得当,朕岂有责卿之理!"(《琉璃宫史》中卷,第619页)

一席坦荡的内心告白使勃印囊这一人物更为丰满。当瑞梯王与一葡萄牙人结交为友,致使明君失道,终日以酒为伴不思朝政时,勃印囊亲自侍奉圣驾不离左右,一边进言谏劝一边审理国事。孟、缅、掸各族官员纷纷进言勃印囊请他登基称王。勃印囊答道:

"诸位大人,吾等蒙受圣恩,有尽忠之责,方才一番言语除吾之外勿再与他人说。一切种智佛祖也曾教诲说,'无德之人即便在世百年,亦不如正直之人生活一日。'本官还要向瑞梯王陛下进谏,要陛下回心转意。陛下若不采纳,吾与诸位仁兄也只能辅理朝政,不应提出其他不当之议。"(《琉璃宫史》中卷,第623页)

一段肺腑之言表现出勃印囊不仅是一员英勇善战的骁将,而且是一位忠君爱国的臣子。通过人物语言揭示人物的内心世界,将这位具有将分裂的国家再次统一起来的气魄和胆识、文治武功的一代君主的形象鲜明生动地呈现在读者面前。

上述例子说明,在《琉璃宫史》的历史叙述中通过人物的行动和语言来刻画人物是一种成功的艺术手段。既然如此,其中的虚构就非常难免。钱锺书在《管锥编》中说:"上古既无录音之具,又乏速记之方,驷不及舌,而何其口角亲切,如聆謦欬欤?"《琉璃宫史》的形成过程证明,文史相通也是相济的,主司"真实"再现的历史话语很难摆脱以想象和虚构为基本特征的文学话语的制约与渗透。

参 考 文 献

[1] 陈惇,孙景尧. 比较文学(第三版)[M]. 北京:高等教育出版社,2014.

[2] 琉璃宫史(全三卷)[M]. 李谋,等译. 北京:商务印书馆,2007.

[3] 吴埃秋. 缅甸的语言(缅文版)[M]. 仰光:文学宫出版社,1992.

[4] 吴中杰. 文艺学导论[M]. 上海:复旦大学出版社,2002.

[5] 袁书会,朱霞,张学海. 文学理论基础[M]. 西安:陕西师范大学出版社,2010.

非理性的自我存在
——伊万·西马杜邦小说的人物塑造及其根源

■ 王 辉

【摘 要】 伊万·西马杜邦是印度尼西亚现代文学史上很有影响的作家，他的小说反主题，反情节，反高潮，在印度尼西亚受到了广泛的关注。就人物塑造而言，其作品是对传统小说典型形象的彻底否定。作品表现的是人物自我存在中的危机意识，迷茫、孤独、焦虑和恐惧是小说中人物普遍的精神状态；人物性格的淡化、形象的符号化和非理性化是小说中人物抽象化特征的具体表现。二战后全球范围内社会文化价值观念的转型，特别是作者在法国亲历的存在主义哲学思潮的兴起极大地影响了作者在创作上从传统到现代的转变。

【关键词】 非理性；存在主义；伊万·西马杜邦；印度尼西亚文学

伊万·西马杜邦是印度尼西亚最引人注目的后现代派作家，他的作品一问世即在印度尼西亚引起了广泛的争议。与传统小说相比，伊万·西马杜邦的小说从形式到内容都具有强烈的反叛意识。他的小说反情节，反人物，反高潮，内容复杂晦涩又充满哲学思考。读者往往被他的小说带入非理性的思维空间而不是具体的现实生活，经过一番艰难的解读之后陷入痛苦的冥思。印度尼西亚著名文学评论家耶辛认为，伊万·西马杜邦的小说"是对生存和人生问题的揭示与探讨，他揭开了印度尼西亚小说史新的一页"（Toda，1980：47）。

伊万的小说对印度尼西亚传统小说的反叛表现在主题、人物、情节、语言风格等各个方面，其中人物塑造的反叛是最为突出的一个方面。人物是构成小说虚构世界的核心成分之一，是人们关注的中心。对小说的理解离不开对小说中人物的角色和作用的理解。伊万的小说塑造的都是支离破碎的不断异化的人物形象，它是对传统小说典型形象的彻底否定，其最显著的特点就是传统理性人物的消解。伊万小说中的人物体现的是非理性主义的人生哲学。是从非理性主义出发去探讨自我的存在及其与世界的关系。本文拟以他的小说《红色的红》、《祭拜》、《干旱》为例来探讨其小说中的人物塑造。

一、人物的表象主题：自我存在中的危机意识

伊万的小说是对传统价值观的叛离，小说中的非理性的人物的塑造是对传统价值观念解体、理性崩溃、信仰危机日益严重这一社会现实的一种深层次的理性的反思，是关于人类生存方式的荒诞性、不合理性的一种哲学概括。

伊万获得1976年"东盟文学奖"的小说《红色的红》以及《祭拜》和《干旱》中的人物都表现存在于生活中的自我的危机意识，其主要特征是自我的失落感、迷茫感、孤独感及其引起的对自我存在的焦虑和恐惧。《红色的红》中的主人公在独立革命中成为英雄人物之后却陷入了迷茫与困惑，一次一次地问自己人活着的意义；《祭拜》中的主人公在面对妻子的突然死亡时丧失了一个正常的人对生存的渴望，描述了其在孤独中的消沉；在《干旱》中，主人公执着地与自然搏斗，但最终所有的心血都被无情的"天灾"摧毁了，无可奈何地陷入对生活的失落和迷茫。小说中人物的这种失落感、迷茫感、孤独感来源于对现实生活的失望和困惑。人们在生活中总是渴求正义、爱情、忠诚和幸福，但现实却将这一切都摧毁了。"失去了共同的价值准则和信仰之后，人觉得被莫名其妙地抛到了一个陌生、混乱、无法理解的世界上来，这就是荒诞的

感觉"(赖干坚,1995:102)。

荒诞是存在主义的一个核心概念,它和存在主义哲学的存在本体观有着密切的联系。存在主义者认为,所谓存在就是自我存在,它不是指作为现实中的人的存在,而是指自我的非理性的意识流动,即自我的心理活动;客观世界只是自我存在的相关物,只有我的存在,我才能感觉到世界的存在。反过来,客观世界对自我产生威胁时,自我便感到焦虑、恐惧,使自我充分感到自我的存在。因此,从存在主义的观点来看,焦虑、恐惧和死亡是自我存在的本体特征。伊万小说中的人物通过对现实生活的怀疑,对自我存在的焦虑和恐惧,鲜明地体现了存在主义的这一本体特征。

在《干旱》中,我们可以看到主人公的渺小可怜,既无法改变现实的环境,也没有能力改变自身的状况;在《祭拜》中,主人公在妻子死后,完全丧失了生活的意志和目标,像一个精神分裂症患者一样,放弃了所有的物质财富,开始过一种四处流浪的生活。《红色的红》中的主人公经历了从一名虔诚的修士到在战争中杀敌的英雄的巨变,这一巨变让他意识到了人生的荒诞可笑,所以在战争结束后他放弃了作为一名革命英雄应有的精神上的荣耀和物质上的享受,像精神病患者一样开始了居无定所的流浪生活。上述三部作品都通过自我的内心追求与外部的现实世界之间极不协调甚至敌对的关系,表明现实世界的荒谬与自我存在的危机——存在即意味着焦虑、恐惧和死亡。作品中人物的流浪汉般的非理性的荒诞生活是对现实生活中人的存在的不合理性的不满、否定、批判和反抗,它表明生活不过是受罪,毫无意义可言。由于作品中的主人公都是从自我体验出发来揭示存在的荒谬性,因而它所表现的自我存在的危机意识既带强烈的批判性,又带有浓厚的虚无主义和悲观主义色彩。

二、人物的抽象化：传统人物形象的消解

印度尼西亚传统小说中关于人物塑造的观念关注的是有名有姓、有独特个性特征的典型人物。小说中的人物是特定历史时期、特定文化背景下的现实人物的概括和表现。他们都是具有鲜明而丰满的性格，能体现关于人的某种本质的真实的人物。小说强调的是人物的同一性，读者往往能认同小说中的人物。而伊万的小说不是通过典型人物实现从现象到本质的真实的启蒙，他所塑造的与其说是人物，不如说是一系列的现象。作品主要表现人物不断在社会生活中异化，其叙事轨迹强调的是一种不断增生的异质现象。他所展现的人物是零星碎片，而不出现一个完全连贯的，可以辨认的整体形象。由于作品中人物塑造的这种抽象化，读者对作品很难具有认同感。伊万小说中人物的抽象化主要表现在以下几个方面。

（一）人物性格的淡化

伊万小说区别于传统的现实主义小说的原因之一在于这类作品描写人物的行动不是为了塑造鲜明、丰满的人物形象来再现生活，而是含蓄地表现人物的某种精神状态，表现社会状况在人物心灵上的投影。作品着重描写人物在非理性的社会生活中选择的生活方式以及人物之间的关系，从而表现人物对存在的意义的探求和理解。

尽管小说在一系列事件和人物的行动描写中表现了这些人物对他人和事物的不同态度以及各具特色的行为方式，从而各个人物多少显示了各自的性格特征，但人物的性格特征已经被极大地淡化。作品中的人物或是特有现实中的非理性的心路历程的表现者（《红色的红》）或是外界刺激下某种品格的体现者（《干旱》），或是荒诞境遇下独特思想情绪的宣泄者（《祭拜》）。他们并不具有突出的性格特征。读者的感觉是人物的性格破碎浮泛，不易把握。这些人物不过是生活在某种情境下的特

有的人的类型，而他们生活在其中的这种情境是一种形而上的现实，而不是现实生活的再现，因而他们的思想情绪或品格带有形而上的意味，他们所代表爱的性格类型具有抽象的、思辨的特征。

（二）人物形象的符号化

伊万小说中的人物由于性格特征的淡化，实际上是名存实亡的人物。他们不具有通常意义上的人物的生命力，只不过是表现某种精神状态和情绪的艺术符号。在三部小说中，作者将主人公一概称为"我们的主人公"，他们没有姓名，居无定所，甚至背离了作为一个正常的人的生理需要和物质需要，只是因为情节发展的需要作者才赋予他们一个职业，如《红色的红》中的"前连长"，《祭拜》中的"前画家"，《干旱》中的"前大学生"。而作品中的配角的符号性特征更为明显，他们没有姓名，没有职业，没有身份，只是主人公在生活中"邂逅"的路人，他们同生活中其他无生的事物没有两样，他们是什么，他们在干什么并不重要，重要的是他们存在着并与"我们的主人公"发生了某种联系。《祭拜》尤为明显地体现了人物的这一符号化特征。主人公的妻子与"我们的主人公"素不相识，只是因为"我们的主人公"碰巧从宾馆四楼摔到了她的怀里，她便成了他的妻子。至于她是谁，她是干什么的，他们是否相爱并不重要，重要的是她成了他的妻子，在作品中她只是他的妻子的符号化的象征。《干旱》中的"老人"也曾这样说道："我不会问你你是谁，你要干什么，你从哪儿来，要到哪儿去。"他关注的只是有"你"这样一个人在他身边存在着，"你"只是代表了这个人的外壳。事实上，伊万小说中的人物已经失去了独立的生命和意义，读者只能从他们眼里的物象中去体会他们的精神状态和生存方式，人物不过是表现某种情感和心态的抽象的艺术符号。这些符号是含蓄的、开放的、能指的，正如伊万自己所说"他们可以还原为现实生活中有名有姓的具体的个体"。(Toda, 1980：31)

（三）人物思维的非理性化

如前文所述，伊万·西马杜邦的小说是对生存和人生问题的揭示与探讨，是从非理性主义出发去探讨自我的存在及其与世界的关系。具体来说，伊万·西马杜邦试图从哲学的高度来理解现实中错综复杂的、尖锐的矛盾，但是他所依据的是非理性主义哲学，因而把世界的混乱无序和自我与世界的不协调归结为世界、人生的荒诞。他的小说从非理性的自我出发来表现人生以及理想与现实的关系，把复杂的社会矛盾表现为自我与外部世界的对立。在《干旱》中，这种对立表现为人与人之间的不可沟通；在《红色的红》中，这种对立表现为主人公眼中这个荒诞的世界犹如一个没有出口的迷宫；在《祭拜》中，这种对立表现为未来的唯一归宿是死亡。小说中的这些人物被抛进一个与人为敌的陌生的世界里，他们根本无法把握自己的命运，因而只能在非理性的精神世界中寻找自己的存在方式。他们注重自我的心理体验和直觉的感悟而排除对社会现象的理性的分析。总之，伊万的小说从自我出发，以非理性主义的观点表现自我和现实世界的冲突，把现实的矛盾抽象化，把社会问题归结为人的精神危机和生存困境，最终作品中的人只能选择非理性的生存方式。

三、人物塑造的根源：社会文化价值的转型与存在主义哲学的影响

伊万小说对传统的反叛，人物形象塑造从理性到非理性，从客观到主观的这一转变具有深刻的社会文化根源。伊万所处的时代从世界范围来看是一个充满矛盾和巨变的时代，随着二战的结束，传统道德和价值观念的破灭导致了普遍的信仰危机和精神危机，空虚和绝望的情绪笼罩着整个思想界；从印度尼西亚国内来看，印度尼西亚独立以后进入了一个相对稳定的时期，人们远离了在传统束缚中挣扎，向荷兰殖民者怒吼

的时代，在拥有安定舒适的生活的同时也丧失了为自由而斗争、为独立而冲锋的激情。在印度尼西亚由革命向发展转型的这样一个时代中，随着经济建设的不断发展，人们在物质上得到了从未有过的满足，而人的精神世界的衰落与之形成了严重的逆差。人的精神的"荒漠化"导致了人的价值的贬抑和异化。对于广大的中产阶级知识分子来说，现代社会既使他们获得舒服的生活享受，又使他们深感苦闷、空虚、惶惑不安，他们觉得世界变得越来越令人难以理解，像是走进了一个没有出口的迷宫，感到惊恐、困惑、孤立无援，看不到出路和希望。对他们来说，人类已有的文化已不能解释生活的迷茫。只能让非理性的直觉去把握世界的混乱和荒谬，探究个人本体在荒谬世界中的境遇和感受（如《红色的红》、《干旱》），或者钻进个人的内心世界去挖掘心灵的奥秘（如《祭拜》）。伊万小说中的这些人物正是这一普遍的精神危机反映。他们寂寞空虚，迷茫苦闷，丧失生活理想。

伊万小说中的人物塑造对印度尼西亚传统小说的背叛与作者自身的经历也有很大的关系。在印度尼西亚，反传统的小说创作在20世纪70年代迎来了一个小小的高潮，伊万无疑是这批作家中的先驱。伊万1954年到1958年这五年在欧洲生活，亲历了欧洲存在主义哲学思潮的兴起和法国"新小说"的出现，这深深影响了他回国后的文学创作。伊万在60年代开始创作反情节、反高潮、反性格的小说，而当时存在主义哲学在印度尼西亚正十分流行，因而他的小说一问世就受到极大的关注就不足为怪了。

伊万小说中的人物明显地体现了存在主义的哲学观。存在主义把存在看作是人的"自我"存在，也就是作为意志或行动主体的个人的存在。萨特认为，人的存在先于人的本质，外界事物的本质是由人赋予的，外界事物本是消极被动的，没有任何规律，只是一种绝对的、纯粹的存在。只有人的主观意识活动指向外部世界时，才赋予它本质和意义。

在《红色的红》中，主人公便是一个孤独的人，一个因其思想的独立性而与社会相对抗的人，外界事物的存在是没有本质和意义的，他完全看不到他个人的存在与他生活在其中的社会之间有什么联系，尽管他在革命斗争中成为一名英雄，他不欠社会任何情分，社会对他也不起任何作用，因为他是自由的。所以，他宁愿选择流浪的生活，而不要"战斗英雄"这一称号给他带来的名和利。他只在意自己生活的自由和自己主观的感受。萨特认为"懦夫之所以成为懦夫，是通过他自己的行动成为懦夫的，即一个人成为懦夫是根据他做的事情决定的，而不是像许多人希望看到的那样，天生就是懦夫或英雄。换句话说，是懦夫把自己变成懦夫，是英雄把自己变成英雄，他得自己整个承担责任"（萨特，1988：45）。"我们的主人公"选择流浪而不选择英雄是用自己的行为说明自己存在的性质，是把自己的命运交到自己的手中，他体现了萨特所说的存在主义哲学是"一种行动和自我承担责任的伦理学"（萨特，1988：30）。

存在主义的人道主义认为，人是靠不断追求超越的目的才存在的。人必须始终在自身现状之外，寻求一个解放自己的、体现某种特殊理想的目的。通过不断选择，人才能实现自己真正是人的目的。所以萨特说"这种构成人的超越性和主观性的关系，就是我们叫作存在主义的人道主义"（萨特，1988：30）。《干旱》中明显有着这种哲学观的影子。当人们都纷纷离开久旱无雨的移民区时，"我们的主人公"却要固执地留在那里，继续与恶劣的自然抗争，即便这种力量的悬殊是显而易见的；当"我们的主人公"挖井无论挖了多深都见不到水时，他仍然意志坚定，甚至"决心挖到地球的另一面"。这一人物形象向读者揭示的人生哲学是，人活着必须选择自己的目标并为之奋斗，而不管这一目标是理性的还是非理性的，哪怕其结果是一无所获。人就是在这样的自我选择的过程中，在不断超越目标的过程中证明世界的存在和自我的价值。从中我们可以看到，它表现的是一种非理性主义的哲学。把世界的本质归结为主观精神，主张用自我的直觉和行动来把握时间的存在。

而《祭拜》中的主人公则是用一种非理性的主观精神来体现世界的

本质和存在的意义——生活的真实只存在于人的主观世界之中。一切有型的物质的存在都是不重要的。从物质上来说我们的存在"最终不过是将要埋葬在那些古老的尸体上的新的尸体而已"(Jakob, 1983: 62)。"我们的主人公"在妻子死后将自己所有的成名作都抛入了大海之中，离弃了作为一名著名画家优越的物质生活，开始四处流浪，在流浪中寻找人生的价值和意义，在自己的主观感受中把握存在的真实。这一人物形象很明显地体现了存在主义哲学观点。存在主义认为，主观精神体现了世界的本质，真实性只存在于人的主观世界中。存在主义的鼻祖克尔凯郭尔认为，"人的存在"是指孤立的、非理性的人直接感受和体验着的神秘的精神状态。他把非理性看作是人的个性的基本特征之一，认为人的个性就是人的主观意识和心理体验，即对痛苦、欢乐、欲望，恐惧和死亡的直接感受和体验，而这些情态是纯粹主观的，"我们的主人公"对现实世界的离弃正是要通过自己主观的感受和体验去寻求生命的意义。

不难看出，伊万小说中的人物无一例外地体现了存在主义的哲学思想。除此之外，作者个人生活中遭遇的不幸也极大地影响了作者小说中的人物塑造。伊万1955年在荷兰与戈丽相爱并结婚，但婚后甜蜜的爱情生活随着戈丽1960年的不幸病故而夭折，人生中的这一坎坷自然而然地影响了伊万的文学创作。伊万小说中的人物普遍表现出一种空虚寂寞、焦躁不安的精神状态，他们总是想通过某种非理性的生存方式找回在现实中失落的东西，从而达到自己内心的平静。《红色的红》中表现出的激情过去之后的平淡，《干旱》中表现的对一种非理性的目标的寻求都是人物的这种精神状态的反映，而《祭拜》中主人公妻子的突然逝世则直接反映了现实生活中作者的痛苦经历。

印度尼西亚现代文学自20世纪20年代产生以来，继承并发扬了古典文学"模仿说"传统，小说成为艺术地再现外部世界的一种重要的文学形式，尽管它也表现人的精神世界，但它无不是通过外部世界的再现来表现的。伊万·西马杜邦的小说却与印度尼西亚传统小说在表现形式上迥然不同，他并不直接地再现客观现实，而是通过对主观世界的表现，间接地反映客观现实，类似于西方现代派小说的"内向性"特征，伊万小说中塑造的人物具有浓厚的主观主义的特质。这一特质不仅意味着表现对象的转变，更标志着小说人物审美意识的深刻变革和小说模式的嬗变。无论伊万·西马杜邦的小说在多大程度上能够被人们接受和认同，无论他的小说在印度尼西亚文学界引起多大的争论，受到多大的非议，至少他使印度尼西亚的现代文学呼吸到了新鲜的空气，显得更有活力。

参考文献

[1] 赖干坚. 西方现代派说概论 [M]. 厦门：厦门大学出版社，1995.

[2] 萨特. 存在主义是一种人道主义 [M]. 周煦良，汤永宽，译. 上海：上海译文出版社，1988.

[3] 萨特. 萨特文论选 [M]. 施康强，译. 北京：人民文学出版社，1991.

[4] 印度尼西亚的文学 [M] // 张光军主编. 亚洲人文百科论丛（语言文学卷）. 北京：军事谊文出版社，2000.

[5] Damin Toda. *Novel Baru Iwan Simatupang* [M]. Jakarta: PT. Pustaka Jaya, 1980.

[6] Jakoh Sumardjo. *Pengantar Novel Indonesia* [M]. Jakarta: PT. Karya Univ. Press, 1983.

印度尼西亚女作家恩哈·迪尼长篇小说《启程》中的女性形象分析

■ 张 燕

【摘 要】本文试图在女性主义视界中，梳理印度尼西亚当代著名女作家恩哈·迪尼在其长篇小说《启程》中塑造的女性形象，分析在社会、民族、政治、文化等因素的共同作用下，作品中刻画的女性形象如何彰显作者对理想女性的建构，如何承载作者独特的女性主义理念。

【关键词】恩哈·迪尼；女性形象；作品分析；印度尼西亚文学

恩哈·迪尼是印度尼西亚20世纪70年代以来最为著名的女作家之一。她的创作跨度时间长，从20世纪50年代持续到21世纪初。她的作品数量丰富，代表作《启程》、《在船上》、《班冬安大街》等深受读者欢迎，多次再版。她屡获各类国际国内文学奖项，以2003年荣获"东盟文学奖"最为突出。虽然印度尼西亚远离世界文学潮流变革中心，但特殊的生活经历使迪尼能够敏锐地感知西方文明浪潮的冲击，创作出风格独特的女性文学作品。

迪尼创作于20世纪70年代的小说从选材、主题和叙事手法上都别具一格，突破了印度尼西亚传统小说模式，围绕女性爱情、婚姻、事业、人生展开书写，着重表现女性生活、心理、情感和欲望，并在此基础上肯定女性的价值追求，力争实现女性自我主体的觉醒。她在作品中一般采用女性视角，通过刻画女性细腻的内心世界逐步展现女性主体意识的发展变化过程，塑造了许多细腻丰满、传统和现代特性兼具的女性形象。在更深层次上，迪尼的作品反映了自身所处时代的社会历史文化发展演变和女性地位变迁，凸显了当时社会中女性的生存状态和地位权利问题，表现出在东西方文化碰撞下具有跨文化创作背景的女性作家在塑造女性形象时所持的特殊立场，和为改善女性现实处境寻找可行性解决方案的努力，进而展示出她所秉承的女性主义理念。

一、创作背景概述

恩哈·迪尼（Nh. Dini / Nurhayati Sri Hardini，1936—）出生于爪哇三宝垄，从小深受爪哇式传统家庭教育影响，很早就展露出过人的文学天赋。她曾伴随法国外交官丈夫在日本、柬埔寨、菲律宾、美国、荷兰和法国履职长达20年，遍观人间百态。她在少年时期发表于《故事》（Kisah）杂志上的第一部短篇小说《叛徒》（Pendurhaka，1951）曾获得印度尼西亚著名文学评论家耶辛（H. B. Jassin，1917—2000）的认可。在20世纪70年代至21世纪初，迪尼陆续发表了几十部文学作品，涵盖长篇小说、中短篇小说、回忆录等。她用别具一格的作品为印度尼西亚文坛带来一股新风，引起印度尼西亚乃至东南亚文坛的轰动，屡屡斩获各级奖项。2003年，她在泰国曼谷荣获"东盟文学奖"，成为少数荣获该奖项的印度尼西亚女性作家之一。

创作心理学认为，文学艺术家个性的形成因素主要与个人器质（自然生理条件）、气质（稳定的心理特点）和社会甄别（社会环境条件）三个方面有密切关系。特别是早期经历、生活阅历、人生意识、文化积淀、艺术熏陶等社会环境条件对作家的个性心理结构的形成和发展，有着深刻的影响。[1]迪尼成长于传统爪哇家庭中。在她所处的爪哇社会环境中，习俗（adat）长久以来一直占据重要地位，讲究天人合一、顺天

---

[1] 陈进波，惠商学，等. 文艺心理学通论 [M]. 兰州：兰州大学出版社，1999：240—248.

应命、服从权威的传统道德观念。男性要服从贵族、官员等权威，女性群体不仅要服从传统权威，也要服从男性权威。温柔随顺、坚韧内敛、听天由命是对女性气质的一贯要求。伊斯兰教作为爪哇地区的主流信仰，规定了爪哇人精神世界和日常生活的诸多方面。伊斯兰教经典《古兰经》认为，男女在各方面是生而不同的，所以拥有的权利就不一样。男人的先天条件决定了他们比女子承担更多义务，享有更多权利。[①] 比如，沙里阿法规定穆斯林男性可以享受一夫多妻制，有任意休妻的权利；穆斯林女性在婚姻中是被动的，她们被丈夫以聘礼娶来，也可以随时休掉；女人失贞要受到拘禁，甚至乱石打死，而男人出轨则免于惩罚等。在爪哇，伊斯兰教性别观念被认为是正统的，逐渐成为区别穆斯林虔诚与否的标准，一直被乌来玛（伊斯兰教学者）所提倡，妇女在伊斯兰教中被排除出公共领域之外。[②]

迪尼的集中创作期始于苏哈托总统"新秩序"时期。当时，苏加诺时期的左翼妇女组织已被整肃干净，印度尼西亚妇女运动开始在政府主导的妇女运动去政治化过程中衰落。[③] 在政府的主导下，"印度尼西亚妇女大会"（Kongres Wanita Indonesia）成为最大的妇女组织、1974年出台了《婚姻法》（Undang-Undang Perkawinan）、1978年"国家大政方针"中第一次规定了"妇女双重角色"（peran ganda perempuan）政策，即"仅仅充当妻子和母亲的角色，被认为没有在建设中发挥作用或作出贡献。换言之，妇女被视作负担，必须变成资源。所以必须推动妇女群体在履行妻子和母亲义务的同时积极参与公共事务"[④]。可见，在新秩序时期，政府并没有刻意将妇女排除出经济、教育、政治领域，妇

[①] 牟宗艳.《古兰经》女性观初探 [J]. 妇女学苑, 1995 (4): 20—22.

[②] 范若兰, 等. 伊斯兰教与东南亚现代化进程 [M]. 北京: 中国社会科学出版社, 2009: 75.

[③] Suryakusuma, Yulia, (1987). *State Ibuism: The Social Construction of Womanhood in the Indonesian New Order*, The Netherlands.

[④] Nursyahbani Katjasungkana, Liza Hadiz, *Pelaksanaan Konvensi Penghapusan Segala Bentuk Diskriminasi terhadap Perempuan: Laporan Independen Kepada Komite PBB untuk Penhapusan Diskriminasi terhadap Perempuan*, Apik bekerja sama dengan Kelompok Perempuan untuk Pemantau Pelaksanaan Konvensi, 1998, pendahuluan.

女就业率提高，地域流动和职业流动加速，就业范围扩大，独立意识、自主能力都得以提高。然而，政府的根本目的是通过"家庭福利运动"（PKK）①、"妇女达摩"②（Dharma Wanita）、Dharma Pertiwi③等官方组织将妇女召集并限定起来，强化妇女的传统性别角色。"在政治条件下，新秩序很谨慎地试图限制妇女，不希望妇女为了追求自己的利益而独立地组织起来。新秩序也积极地试图强化妇女的传统性别职能，包括对妇女作为母亲和妻子身份的强调。"④此外，习俗和宗教仍在很大程度上对性别规范产生影响。研究表明，几乎全部伊斯兰教文化象征元素及其操作方式、社会流行和使用的典籍等都包含浓厚的传统性别规范倾向。⑤宗教教义将造物主放在首位，其次是男性，最后才是女性。

在当时世界范围内，女性主义发展处于第二波浪潮之中。女性主义者开始将性别与政治联系在一起，揭示女性本质和不平等根源。她们普遍认为社会性别（Gender）"需要后天发展"，"起源于社会、文化、家庭对两性的不同期待"。⑥性别身份是在文化框架下由权力建构的，是话语权力在生理性别的基础上形成社会性期待的结果。我们是根据已经被书写为我们社会的文化传统的那个剧本底稿来演示男性气质与女性气质、同性恋与异性恋的。⑦女性要发现并颠覆男性/女性、主体/客体、

---

① 是女性主导的运动，其活动主要是提高城乡家庭福利的社会建设项目，曾于1988年获得UNICEF的Maurice Pate Award和WHO的Sasakawa Health Prize。
② 成立于1974年，其成员由国家公务员妻子组成，其活动主要为支持政府进行社会建设。
③ 成立于1971年，成员由印度尼西亚国民军妻子组成，其活动主要为支持教育和社会福利。
④ 史蒂文·德拉克雷. 印度尼西亚史[M]. 郭子林，译. 北京：商务印书馆，2014：127.
⑤ Ratna Batara Munti, *Aturan Hukum tentang Perkawinan dan Implikasinya pada Perempuan*, E. Kristi Poerwandari, Perempuan Indonesia dalam Masyarakat yang Tengah Berubah——10 Tahun Program Studi Kajian Wanita, Program Studi Kajian Wanita, Program Pascasarjana Universitas Indonesia, Jakarta, 2000: 235.
⑥ [美]波利·扬-艾森卓. 性别与欲望：不受诅咒的潘多拉[M]. 杨广学，译. 北京：中国社会科学出版社，2003：37—38.
⑦ Butler, J., *Bodies that Matter: On the Discursive Limits of "Sex"*, New York: Routledge, 1993.

独立/依附、主动/被动、理性/感性、尊/卑等传统二元价值判断。

传统文化的熏陶、个人生活的阅历、游历世界的见闻，再加上西方现代思潮、女权运动、性解放和女性主义的冲击，共同形成了迪尼的个性心理结构和人生价值理念，使她以东方女性固有的含蓄和细腻写下本国或异国各种女性的遭遇和命运，反映出在东西方文化交融、传统和现代冲击的背景下女性面临的种种问题和困惑，呈现出作者对于女性生存困境的理想性探究。

二、小说《启程》中女性形象的构建

恩哈·迪尼创作于20世纪70年代的小说大部分属于"女性感知"类小说，长篇小说《启程》是代表作之一。《启程》中的女性在东西方文化的交流碰撞下，在通往自身解放的道路上呈现出迥异的面貌。小说背景安排在20世纪50年代印度尼西亚独立之初的排荷浪潮中，荷兰人和混血人种处处遭受歧视，被迫返回荷兰。荷印混血女孩爱丽莎（Elisa）在全家人返荷时，选择独自留在印度尼西亚。她试图通过努力改变自身处境，成为一名真正的印度尼西亚人，被印度尼西亚民族所接纳。然而事与愿违，在遭遇爱情失败和飞机遇险后，她最终决定"启程"返回荷兰。

作品采用第一人称视角，以印度尼西亚独立初期民族主义精神高涨的社会历史为背景，剖析人生尤其是女性生存的状态、价值和意义，展现女性主体性觉醒的不同程度。《启程》中塑造了三位典型女性，主人公爱丽莎、爱丽莎的同事和好友兰茜（Lansih）以及爱丽莎的母亲。爱丽莎从濒临人格分裂到实现自我超越，兰茜表现为"自为的存在"，是作者的代言人和爱丽莎的指路者，而爱丽莎母亲则将欲望人生极端张扬。

（一）爱丽莎——从濒临人格分裂到实现自我超越

爱丽莎是荷印混血儿，在雅加达格玛腰兰机场担任空乘，属于都市职业女性。在成为主体还是他者的困惑中，她面临艰难的抉择。

妇女解放的第一个先决条件就是一切女性重新回到公共的事业中去。①波伏娃也认为，女性想要逃出男权社会强加于女性的限制的策略就包括参与工作。②爱丽莎的主体意识最初是从进入职场表现出来的。空乘职业使爱丽莎获得经济独立，具备挣脱从属地位的条件。她不愿依附家庭，认为："参加工作后已经能够独立生活，不需要任何人的帮助。拥有青春就敢于担当，父母只是枷锁。"（31）③这种心理使她敢于挑战以专横跋扈的母亲为代表的权威，充满自信、勇敢独立。她不认可男权社会对女性的贬低，职业的获得意味着她"将对自己所有行为、生活以及开支负责"（21）。她通过自身努力，以经济独立保证主体独立。

在迪尼的文本中，爱情是永恒的主题。爱情不仅是个人体验，还是在实践中具体地实现某种社会联系，成为最具有性别特色的叙事。混血女性爱丽莎在遭遇爱情和婚姻时，也同时遭遇了将自己客体化、异者化的困境。爱丽莎为了融入印度尼西亚社会，奉行印度尼西亚女性的传统理想，认为婚姻是女性追求的生活目标和必然归宿，心甘情愿把自己的未来寄托在男性身上。她的行为、思维和价值观念都被男性主导的意识形态打上了深深的烙印。她"就像其他少女一样，脑中充满对婚姻的幻想"（31），希望能够找到"一位能干、社会地位高、能够提供衣食无忧生活"（31）的如意郎君。她希望婚姻能够帮助她摆脱自身民族和国籍不确定的处境，以丈夫为中介，证明自己生存的正当性，彻底摆脱自己

---

① [德]恩格斯. 家庭、私有制和国家的起源[M]. 北京：人民出版社，1999：76.

② 罗斯玛丽·帕特南·童. 女性主义思潮导论[M]. 艾晓明，译. 武汉：华中师范大学出版社，2002：273.

③ Nh Dini. *Keberangkatan* [M]. Jakarta: Gramedia Pustaka Utama, 1991. 引文均出自此处。

混血的尴尬身份和处境。她从父权统治中逃脱出来，却心甘情愿地准备投入夫权统治之中，立志成为"家中的天使"，成为男性眼中合格的妻子和母亲。

小说也同时展现了印度尼西亚本土女性所受的传统观念束缚："印度尼西亚传统女性与西方女性的教育及交往方式不同，西方女性将两性亲密接触视为共同生活前的尝试，而印度尼西亚女性普遍将两性亲密接触视作即将托付终身，结婚并组建家庭。"(31) 在当时印度尼西亚习俗中，"女性是被动等待（男性）选择的"(31)。所以，在选择爱人时，爱丽莎遵循传统社会对女性的要求，扮演成无声的接受者，"必须等待，直至他们中的某个人表示出明确的态度"。这是因为"女性被社会教育为迎合男性的意愿，必须耐心等待自己中意的男性发出倾心于自己的信号"。(63) 为了取悦出身爪哇的土生爱人，她试图接触并适应本土文化和习俗，比如蓄长发，学习欣赏爪哇传统哇扬戏等。在恋爱关系中，她总是迎合男性需要，因为她认为"女性总是应该更多地顺从男性意愿而不是反其道而行"。(103) 当她的情人，即好友兰茜的表兄不辞而别时，她万念俱灰，甚至想要一死了之，她认为"对于女性而言，如果没有婚姻家庭经历，活着有什么用"。(157) 爱丽莎虽然感叹"从人类社会之初，男性便拥有主导权，并制订了所有的规则"(63)，而且隐隐发现这种规则的不合理性与荒诞性，发现了自身主体性濒临缺失的危险，但缺乏与之对抗的决心和勇气。

面对爱情和婚姻问题，爱丽莎体现出主体一度缺失。在客体和主体相互博弈中，就像约瑟芬·多诺万（Josephine Donovan）所说：一方面，女人不真实（inauthentic）的自我作为被男性世界观看的"客体自我"而生活，另一方面，妇女真实（authentic）的自我作为"甚至对她自己也是不时退隐的自我，即看不见的自我"而生活。[①] 结果就是女性的人格分裂。

[①] Josephine Donovan. *Feminist Theory: The Intellectual Traditional of American Feminism* [M]. New York: Frederick Ungar, 1985: 137.

如果想要终止人格分裂的危险，不再做他者，女性需要把主体从身体里解放出来。主体是自由、自主、具有鲜明目的性和创造性的人。①父权制传统为女性设定的形象是"天使"和"魔鬼"两类。理想的女性是被动、顺从、无私、奉献的天使，而那些按照自己的意志行动、拒绝被设定的女性则是魔鬼。但魔鬼则恰恰是主体的再生。遭遇了情感挫折后，爱丽莎又遭遇了飞机遇险。飞机遇险为爱丽莎提供了一个心智成长的契机，使她能够抚平心理创伤，勇敢承受生活的磨难。这也是一个隐喻，象征着女性自我由客体到主体的质变的过程，劫后余生的她们是以崭新的姿态重新出现。当这个"不时隐退的自我"重新出现后，爱丽莎更加理性地看待两性关系与自身价值，认识到自己"作为荷印混血儿唯一的生存目标就是拼命将自己的命运与可依附终生之物（男性）联系起来"（183）是多么荒谬与虚幻。

当然，我们可以把她回归荷兰看成是男性背叛、时局变化和度日艰难造成的，也可以看成是作者没有找到明确的人生救渡方式，于是逃离成了唯一充满希望的选择。但是"启程"本身就寓意开启自身主体之旅的良好开端，是告别旧我、迎接新生的象征。"即将开始的外面的生活对于我来说完全陌生，但我并不惧怕迎接它。"（184）爱丽莎在男权社会经历过苦闷、彷徨、哀怨、抗争后，努力挣脱被压抑、被遮蔽的"第二性"状态，力求获得独立的精神成长和完整的主体价值。

（二）兰茜——"自为的存在"

存在主义鼻祖让·保罗·萨特把存在分为两部分，一个是"自为的存在"，指变动不居的、有意识的存在，另一个是"自在的存在"，指重复不变的物质存在。身体是固定不变的自在的存在，而感知者本身却是自为的存在。男性自为的存在把女性定义为对象和他者，以此把自己建构为主体和自我。女性自身需要把自我确定为自我主体或"自为的存

---

① 姜子华. 女性主义与现代文学的性别主体性叙事［D］. 东北师范大学博士学位论文，2010：80—85.

在",而不是被他者化和异化的"共在"。①

作品中的土生印度尼西亚女性兰茜就体现了作者对女性"自为的存在"的探索。除空乘职业外,她热衷于兼职和学习,才识出众。她接受存在主义女性主义理念,清醒地认识到女性"这个和大家一样的既自由又自主的人,仍然发现自己生活在男人强迫她接受异者地位的世界当中。……女人的戏剧性在于每个主体(自我/ego)的基本抱负都同强制性处境相冲突,因为每个主体都认为自我(self)是主要者,而处境却让她成为次要者"②。认识到女性的客体性后,她以"与世抗辩"的姿态对男性权威进行抗争和批判,维护自己"自为的存在"。她勇于寻求真正意义上的人性自由和生命权利,体现出现代女性对待人生、两性、婚姻的态度。她反对女性被动等待的恋爱守则,反对女性在男权社会中主体性的丧失,她认为每个人都有成为主体的权利,"我们每个人都有义务为了满足灵魂需求的平衡而寻找恰当的填补。鉴于此,人生并不仅仅以婚姻为终极目标"。(157)她热情地赞扬西方女性所获得的平等地位,试图揭露男权社会对于殖民地女性的束缚:"在西方,邀请女子跳舞的男子若无法打动女子的心,女子有权拒绝。但在印度尼西亚,如果你拒绝了一位,最好其他的邀请者都拒绝。"(133)当发现爱丽莎可能是一位私生子时,她声称"合法或非法的孩子,并无不同","孩子的区别只是爱情的产物或罪恶的产物"。(101)即便是夫妻,迎合男性但忽略女性时孕育的孩子,被兰茜称为罪恶的产物。她犀利地指出:"大多数人只关注男性的感受和男性的利益,女性是第二位。对于拥有收音机或汽车的男性而言,他们的妻子只能排第三位,顺序依次是男人、收音机或汽车,然后才是妻子。"(101)兰茜认为不值得为将女人视为玩物的男人伤心,还强烈谴责伊斯兰教一夫多妻的陈规陋习。

兰茜不仅维护自己的主体性,也尊重他人的主体性,反对狭隘的种

---

① 罗斯玛丽·帕特南·童. 女性主义思潮导论 [M]. 艾晓明, 译. 武汉: 华中师范大学出版社, 2002: 255—275.

② [法] 西蒙娜·德·波伏娃. 第二性 [M]. 陶铁柱, 译. 北京: 中国书籍出版社, 1998: 16.

族观念。在小说特殊的历史背景下,土生印度尼西亚人的民族主义情绪得以滋长,对西方人的仇视继而爆发。在深层次上,反荷浪潮的根本目标就是要反抗种族主义,改写传统的"宗主国主体/殖民地他者"关系。然而,以兰茜为代表的土生印度尼西亚穆斯林宽容地接纳应被驱逐的混血女孩爱丽莎。她们认为人都是一样的,"拥有信仰的人举世皆存,无论是伊斯兰教还是基督教。人类全都是神的造物,国家全都是神的土地"。(81)她认为人的生命高于一切,生存需要抗争,不能轻易放弃。为了鼓励因失恋几欲寻死的爱丽莎,她说:"想寻死,不需要什么特殊的才能和天赋,任何人都可以随时用自己想要的方式去死。相反,为了生存,人们需要勇气和特殊的能力。每天都有许多人毫不费力地死去,但每天还有成千上万的人奋力求生。"(157)

兰茜在小说中充当了爱丽莎的领路者的角色,演绎着成熟的姐姐教导照顾天真纯洁、处世经验相对欠缺的妹妹的戏码。更主要的是,兰茜是作者的代言人,代替作者诉说自己的女性主义理念。虽然她是作者理想中女性形象的化身,但主要通过说教的方式表明立场,未免陷于空洞和单调。兰茜本人平面化的形象刻画也缺乏相应的感染力,略显生硬,不够令人信服。

(三)爱丽莎的母亲——欲望人生的极端张扬

爱丽莎的母亲是荷印混血女性,年轻时拥有甜美的容颜和性感的身材,对男人有极强的吸引力。她纵情声色,私生活极为放荡。在爱丽莎的记忆中,母亲的工作就是"终日在聚会和舞场流连,从一个怀抱投身到另一个怀抱,直到突然怀孕"。(95)

在西方文学传统中,这种欲望化的女性通常被歪曲为"魔鬼",爱丽莎的母亲正是体现了充满肉欲的"魔鬼"形象。这类"女性"作为性别代号被赋予了强烈的情欲色彩,成为自然性、本能性与情欲化的代表。男性形象或者被女性形象光辉所掩盖,或者被塑造成她们情欲之毒的牺牲品,无形中造成了一种新的母系体系重生的假象。从女性主义角度来看，这类"魔鬼"女性恰恰通过对爱情、对欲望的大胆争取来确认自己作为情感与欲望的主体地位。她在欲望关系中占有上风，使男人向她的他者性质致敬，以狂放的激情颠覆了社会伦理道德强加于女性之身的禁忌与压抑，开出了令人目眩的恶之花。

当爱丽莎母亲的女性魅力从鼎盛到不可挽回的消失殆尽后，她又带着被扭曲和异化的性格，倒置性地承袭男性霸权，采取近乎极端的方式确立自身在家庭中的主导地位：对丈夫吆三喝四，丈夫"看起来在他妻子面前总是受气包、胆小鬼的形象"（21）；对子女动辄得咎，"经常掌掴孩子们的头脸。为了泄愤，她不惜使用就手的东西揍孩子"（21）。这类主体性极端膨胀的角色，不仅颠覆了传统女性的"母亲"形象，更让女性展现出追逐统治权的欲望，具有推翻男尊女卑性别定型、确立女尊男卑性别关系的性质。她们毫不顾忌宗教和法理束缚，摆脱社会传统道德观念对女性的身份定位，以征服和掌控男人为乐，使处于被控制地位的弱者拥有了证明自己的机会和可能，是女性为了体现自身主体性而表现出的极端反弹。

然而，她们虽然在两性关系之中处于表面上的主导地位，但仅仅是当时社会的特例。她们虽然用追求情欲的方式来反对当时社会生活中针对女性的性压抑，但并不能代表女性解放的诉求，因为这种欲望是畸形而不健全的，自由是虚假而片面的。表面上她们似乎可以充分实现自身主体性，实际上这种方式不仅无法使女性得到真正意义上的解放，反而使女性在自我消耗中从一个极端走向另一个极端，形成一种潜在的自我伤害。

三、恩哈·迪尼的女性观对女性形象构建的影响

在人类历史上，女性历来都被视为男性的财产和工具，受到宗教教义和传统习俗的严格束缚和限制。叔本华在他的《论女人》中提出："女人本身就像个小孩，既愚蠢又浅见——一言以蔽之，她们的思想是

介于男性成人和小孩之间。"① 女性长期处在被压抑、被遮蔽的"无性别"状态，其思维、行为和价值观都被男性主导的意识形态打上了深深的烙印，绝大部分女性不算独立个体，没有言说权、书写权和自身主体价值。她们是"异者"，需要依附男性。

迪尼跟随丈夫旅居国外的时期，恰逢西方女性主义运动从第一次浪潮转向第二次浪潮，即从争取妇女选举权、就业权和受教育权到系统揭示女性本质和不平等的根源。在女性运动第二次浪潮中，"女性主义"（feminism）研究在西方兴起，发展成为具有独立体系的学科，形成了以自由主义女性主义、激进女性主义、社会主义女性主义、存在主义女性主义、后现代女性主义等各种流派，极大地吸引了社会各界对女性地位的关注和研究。在文学中引入女性主义，具有凸显女性主体意识、反对男性中心主义的题旨，蕴含对男权现实、男权无意识的认知与批判。

迪尼"不仅是一位作家，还是一位观察家和一位思想家"②。接触到西方女性主义运动的迪尼了解了西方女性主义理论，思想和目光跳脱出印度尼西亚传统习俗和初期妇女运动的启蒙主义局限，从外部回望东方女性的生存地位和状态，从不同角度表达出对女性生存的关注、剖析和思考。她认为女性作为造物主的恩赐，有权享受与男性同等的权利，所有单独针对女性制定的规则和要求都应该被改变。女性有权感受幸福，有权拥有与男性等同的机会，有权对待自己行使绝对自由。她这种批判性的态度不仅体现在她在现实生活中从不惮于表明自己的态度和立场，更表述在她所有的作品中。在她的作品中，她总是采用柔和委婉的方式关注女性应该获得的平等权利，聚焦社会生活中对男女两性设置的双重标准。她偏爱具有反叛精神、不遵守现实社会既定女性规范的女性形象。只是，她创作这类女性形象，并不意味着否认这些普遍规范，而

---

① 房向东. 肩住黑暗闸门的牺牲者：鲁迅随想及其他 [M]. 上海：上海书店出版社，2001：169.

② Subardini, Ni Nyoman. 2007. *Kedudukan Perempuan dalam Tiga Novel Indonesia Moderen Tahun 1970-an*, Jakarta: Pusat Bahasa, hlm. 22.

是因为"个人规范或观点不能总是与普遍规范相一致"[①]。

　　具体而言，迪尼主要受到存在主义女性主义的影响。存在主义女性主义代表波伏娃认为，男性将女性定义为"他者"，并利用社会角色对他者进行控制。更可悲的是，女性将他者性内化地接受，并通过男权社会设计的女性角色代代相传。可见，女性是被建构的。实际上，女性与男性一样都没有先定的本质，所以女性没有必要成为男性要她成为的人。女性应该成为自我的主体，拥有自己的声音和道路。[②]针对爪哇女性日常所受的诸多规定和限制，在20世纪70年代的作品里，她所持的女性观已经挣脱印度尼西亚传统女性服从男性权威的束缚，超越了带有启蒙性质的妇女运动要求，远离了苏哈托政府提倡的"母亲主义"，转而要求成为主体、成为"自为的存在（being-for-itself）"。她用柔韧的方式呼吁女性获得解放，反对性别歧视。她的作品以受过教育的职业女性为主角，描写女性的生活、追求、压抑及反抗，注重女性主观感受的宣泄，突出爱情、婚姻、家庭这一永恒的女性主题。她总是借用角色之口，对封建传统发出控诉，向男权社会提出抗议。她塑造的女性形象既恪守礼仪、温柔娴雅，又个性刚强、具有独立意识。她们珍惜和向往美满的爱情和婚姻，又在不同的"逆境"中苦苦抗争。迪尼毫不讳言婚外情、性解放等描写，反映出她对印度尼西亚传统习俗和道德观念的反弹。迪尼对两性平等进行了不断的探索，但并没有变成激进的女权主义斗士。在她的前期作品中，普遍悬置对女性出路的疑问（比如《启程》）。然而，鉴于印度尼西亚曾受到多种文化影响、饱受殖民者摧残、独立时间尚短、封建习俗根深蒂固，迪尼的女性观确实鲜明并且大胆。

[①] Subardini, Ni Nyoman. 2007. *Kedudukan Perempuan dalam Tiga Novel Indonesia Moderen Tahun 1970-an*, Jakarta: Pusat Bahasa, hlm. 1.
[②] 罗斯玛丽·帕特南·童. 女性主义思潮导论[M]. 艾晓明, 译. 武汉：华中师范大学出版社，2002：270—272.

四、结语

恩哈·迪尼通过长篇小说《启程》塑造了三位极具特色的女性形象，使读者感受到作者女性主体意识与男权观念的冲突。一方面作者通过兰茜之口极力宣扬现代女性主义思想，另一方面却没有真正为爱丽莎自身解放提出可行的方案和途径，而是以"启程"这种模棱两可的方式希望通过读者的想象，自行为女主人公设想可能的结局。也许是因为作者本身生存在东西方文化的夹缝里，希望调和东西方文化中不同的女性观。即便如此，迪尼对印度尼西亚女性解放之路提出了自己的看法，表达了自己的观点，为印度尼西亚女性重塑文化身份和女性自我认同做出了独特的贡献。

参考文献

[1]陈进波，惠商学，等．文艺心理学通论[M]．兰州：兰州大学出版社，1999．

[2][德]恩格斯．家庭、私有制和国家的起源[M]．北京：人民出版社，1999．

[3]范若兰，等．伊斯兰教与东南亚现代化进程[M]．北京：中国社会科学出版社，2009．

[4]姜子华．女性主义与现代文学的性别主体性叙事[D]．东北师范大学博士学位论文，2010．

[5]罗斯玛丽·帕特南·童．女性主义思潮导论[M]．艾晓明，译．武汉：华中师范大学出版社，2002．

[6]马红旗．迷惘与挣扎：《白牙》的离散主题分析[J]．外语与外语教学，2011（4）：71—74．

[7] 牟宗艳.《古兰经》女性观初探［J］. 妇女学苑，1995（4）：20—22.

[8] 王新红. 印度尼西亚女作家恩哈·迪尼及其长篇小说创作［J］. 解放军外国语学院学报，2001（2）：98—101.

[9] 吴圣扬. 从贵女贱男到男尊女卑：婆罗门教对泰民族女权文化变迁的影响分析［J］. 南洋问题研究，2010（1）：72—78.

[10]［法］西蒙娜·德·波伏娃. 第二性［M］. 陶铁柱，译. 北京：中国书籍出版社，1998.

[11] 张冰晶. 女性主义与普拉姆迪亚·阿南达·杜尔的文学创作［D］. 厦门大学硕士学位论文，2008.

[12] Josephine Donovan. *Feminist Theory: The Intellectual Traditional of American Feminism* [M]. New York: Frederick Ungar, 1985.

[13] Nh Dini. *Keberangkatan* [M]. Jakarta: Gramedia Pustaka Utama, 1991.

文学文化关系

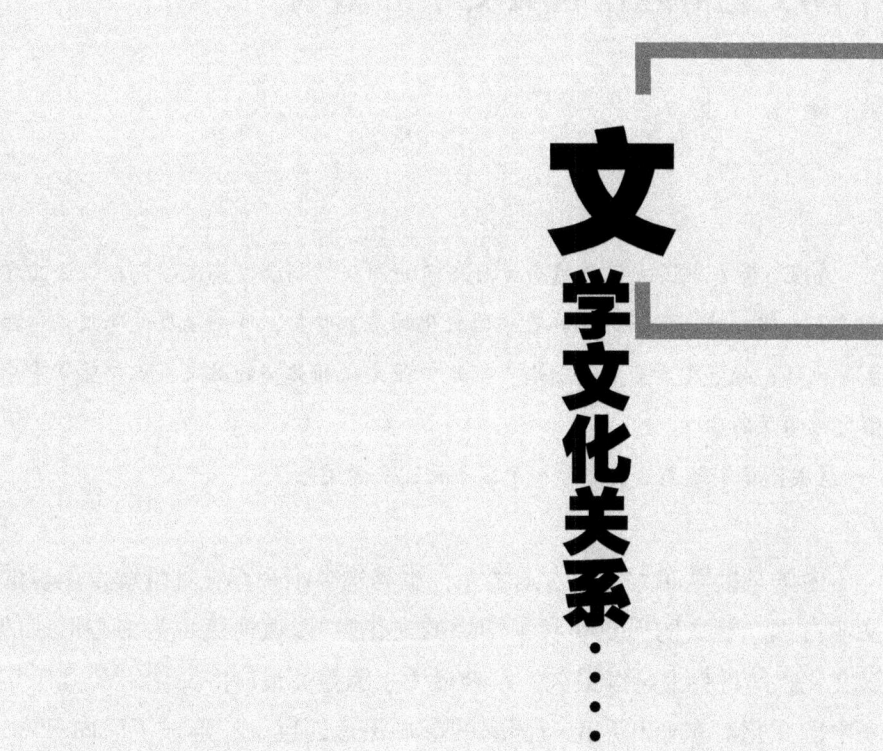

中国文化对越南古典文学的影响

■ 赵 爽

【摘 要】中国文化是越南古典文学的源头。越南古典文学包括汉语文学和喃字文学,越南汉语文学具有中国文化的基本特征,并一度在越南文坛占据主导地位;喃字文学虽然是越南人摆脱中国文化的愿望的结果,但仍然带有中国文化明显的痕迹。

【关键词】越南古典文学;中国文化;文学关系

中国是世界四大文明古国之一,也是迄今唯一存在并继续发展着的文明古国。悠久的历史孕育了灿烂的文化。"以黄河流域为中心形成的汉文化,是世界上延续最久、影响最大、覆盖面最广的文化。"[1] 几千年来中国文化对东亚和东南亚国家的影响深远而巨大,形成了面向日本、朝鲜和越南的扇形辐射网,其中越南与中国的接触最早,关系最深,是"漫染中国文化之最深者",[2] 无论从文化的任何一大的方面来研究,越南文化和中国文化都有许多相同或相似之处。这主要是由于历史和文字的原因形成的。

公元前214年,秦始皇设立象郡,从此越南作为古代中国版图的一部分,在历史上有了确切的记载。当时的越南就像现在中国的一个省份,直接受中国封建王朝的统治,与秦朝统治的其他地区"书同文"、

---

[1] 引自《汉文化论纲》,绪论第1页。
[2] 引自《汉文化论纲》,第340页。

"车同轨"、"度同制"、"行同伦"、"地同域",至公元968年丁部领建立大瞿越国,史称郡县时期,也称为第一次"北属时期"。此后越南历代封建王朝一直同中国的封建王朝保持藩属国与宗主国的关系,在政治、经济、文化上对中国都有很大的依赖性。公元1407年至1428年,越南再次归入中国版图,成为明朝郡县,史称第二次"北属时期"。可以看出,在越南约2200多年的历史中,"北属时期"至少约有1200年,藩属时期约900年。1884年中法战争后,越南沦为法国的殖民地,脱离了与中国一直密切的关系。此后,越南抗法80年,于1945年成立民主共和国,其真正独立不过四五十年。

越南文化最接近中国文化的另一重要因素在于越南长期直接或间接地使用着汉字。日本、朝鲜都学习汉文化,并且利用汉字创造了本国的文字,但他们都不如越南使用汉字那么直接。

汉字约于公元前2世纪传入越南,从此古为炎荒之地的交趾开始通诗书,习礼仪,中国封建王朝历代管理越南的官员为传播中国文化到越南做出了不可磨灭的贡献,赵佗、士燮、任延、锡光、高骈等都是历史上有名的官吏,深受越南人民的爱戴。汉字作为越南的书面文字一直被越南人民所使用,从某种意义上说直到20世纪初才完全被拉丁文字所取代。这也是所谓"同文同种"的事实。13世纪初,越南人采用汉字的结构和形声、会意、假借等造字方法创造出了一种越语化的象声文字——喃字。14、15世纪喃字得到系统化和推行,17、18世纪曾风行一时。但由于它远比汉字繁复难懂,逐渐成为一种死文字。阮朝明命皇帝曾明令一律使用汉字。随着殖民者的入侵,法国人发明了拉丁化的越语文字,汉字才逐渐被取代。

结合历史我们可以说在北属时期,越南人民使用汉字,深受汉文化的浸染,是汉文化广义的一分子。藩属时期越南历代的封建统治者一方面力求摆脱中国封建王朝的控制;另一方面在其地位巩固之后又不约而同地向中国政府请求册封,寻求其强大的政治保护和经济上的援助。这种心理反映到文化上就是越南的文人发明了喃字,但是由于汉文化千年之久的浸淫，喃字始终没有成为一种独立的文字，而毋宁说是汉字的一种变体。越语拉丁文字的出现，是殖民者不仅用武力在政治上使越南脱离中国的结果，更是在文化上割断了其与方块汉字，与中国文化长达千年的渊源。从历史上看，从中国域内的交趾、安南到域外的越南，越南一直处于汉文化之中，越南语可算作汉语中一种具有独特性的方言。越语的发音与中国的潮州话非常相似，[①]除了纯越语外，还有大量的汉越语，这部分汉越语已成为越语牢不可分的一部分。如果把越语看作汉语的一种方言的话，那么拉丁化的汉越语文字就是汉语拉丁化进行尝试后的结果。因此，虽然今天的越语从文字上似乎与汉语相差甚远，但它其中还保留着大量拉丁化后的汉语，它无疑是中国文化对越南文化影响至深的重要体现和媒介。越南古典文学深受中国文化的影响，具体表现为以下几个方面：

一、越南古典文学体现了中国文化关注现实的理性精神

越南古典文学体现了中国传统文化的基本特征——具有鲜明的人文色彩和理性精神。越南上古文学以神话、传说和民间歌谣等劳动人民在群居生活和集体劳动中的口头创作为主要内容。《天柱神》解释天地形成，类似于中国神话中的盘古开天辟地，《雒龙君传》解释了越南人之所以是"龙子仙孙"，其中的雒龙君和妪姬被奉为越南人的先祖，还有《稻谷神》、《火神》，同洪水做斗争的《山精水精》，《蛮娘传》中为民造福的蛮娘，《扶董天王》中抵抗外侵的扶董天王。这些神话人物和英雄人物不像西方神话描写的都是天上神灵，而是生活在人间，反映了古代越南人民生活在山林中与大海边的自然地理情况，反映了人们经常要同洪水做斗争的经历以及与生活密切相关的稻、火、水等。在整个越南古典文学作品中，无论是抒情的还是叙事的，作家们关注的都是人世间的悲欢离合，而不是幻想中的天堂地狱。这与中国传统文化注重理性和实

[①] 引自《妈妈的舌头》，第317页。

际的特点相一致。

二、汉语文学在越南古典文学中占有相当大的比重，一度成为主导力量，其思想内容、体裁形式都明显具有中国古典文学的痕迹

汉文化在越南的传播除了历任官吏的贡献外，还有中原战乱之时许多文人士子到交州躲避战乱，在此讲学授课，著书立说，把儒家经典带到了越南，大大提高了当地的文化水平。唐朝时，安南地区研习汉文风气很盛，并颇有成就，不少士子到中原参加科举考试，有名的姜公辅做了翰林大学士，官至宰相，能诗善文，作有《白云照春海赋》，被尊为"安南千古文宗"。10世纪时越南最早的成文文学以汉语诗歌的形式出现了。由于最初的诗人多是皇族和僧侣，早期的汉语文学大多表现佛理和具有史料性质，不能算是真正意义上的文学作品，但其中也不乏水平较高的作品，如段文钦的《挽广智禅师》，吴真流的《王郎归》（越南现存最早的词），李公蕴的《迁都诏》（最早的散文）。

经过前期的发展，13、14世纪，汉语文学在越南走向成熟和兴盛，占据了越南文学的主导地位。这一时期，由于社会安定，陈朝皇帝推崇汉诗，重视文化教育，加之科举以诗取仕，大大促进了汉语文学的繁荣发展。不仅诗人辈出，诗歌的数量大为增加，而且诗歌的内容和体裁也是丰富多彩，同时还出现了不少散文作品，著名的有张汉超的《白腾江赋》、莫挺之的《玉井莲赋》和陈国峻的《檄将士文》。

15世纪，越南封建社会进入鼎盛时期，黎朝皇帝执行抑佛重儒的政策，儒学占据了优势地位，儒学文化的发展极大地促进了越南汉语文学的发展。这一时期，涌现了以阮廌为首的一大批杰出文人。汉语文学无论内容还是形式方面都取得了空前的成就，诗歌内容丰富，意境清远淡雅，韵律和谐优美，语言洗练精当，真可谓繁花似锦，绚丽多彩。此时，汉赋也相当盛行，并且出现了越南第一部汉语传奇文学作品《传奇

漫录》。

18世纪以后，汉语文学在越南文坛不再占据主导地位，取而代之的是喃字文学。即使在由盛至衰的过程中，汉语文学仍然以一批优秀的作家和作品而闪烁着璀璨的光芒。越南文坛出现了以邓陈琨的《征妇吟曲》为代表的大量长篇叙事诗，大文豪阮攸也留有三本汉语诗集，成绩斐然；阮绵审是越南汉语词的集大成者，在词学方面造诣很高。

纵观越南汉语文学一千多年的发展历程，我们能够看出越南汉语文学深受中国古典文学的影响，显示了中国文化强大的辐射力。

（一）体裁方面，越南汉语文学学习和借鉴了中国古典文学的表现形式

越南汉语文学在表现形式上，基本上都学习模仿了诗、词、赋等中国古典文学传统的形式，尤以诗歌的体制最为完备。越南人写的汉文诗和中国人写的没什么两样，五言、七言的绝句、律诗在13、14世纪就相当成熟，并且出现了排律，为以后长篇叙事诗的产生奠定了基础。此外，还有六言、古风、行歌等。在诗歌语言的运用上，越南诗人也非常讲究平仄、用韵、对仗，尤其擅长对仗。比如"山围安野晴岚霭，水汇茶江白浪层"[1]，"一身九窍七情内，万事千忧百虑中"[2]。

（二）思想方面，越南汉语文学反映了中国的儒家精神，体现了"文以载道"的中国文化特征

由于深受中国儒家经典的教诲，"修身齐家治国平天下"的入世思想就成为大多数文人共同追求的人生目标，"穷则独善其身，达则兼济天下"这种互补的人生价值取向则是他们基本的处世原则。因此，文学的"载道"功能也成为越南作家创作的共同准则。越南的许多汉诗，虽

---

[1] 越南陈朝诗人范师孟的《登天奇山留题》，转引自祁广谋《越南陈朝汉文诗小议》。

[2] 越南陈朝诗人陈元旦的《赓同知府右司梅峰黎公韵》，转引自《越南陈朝汉文诗小议》。

然描写的是越南的景物风光、民族英雄和历史事件，但所展示的主题却往往是中国传统的儒家思想。比如越南古典文学大家阮廌不仅是大诗人、作家，而且是黎朝的开国功臣、军事家，他的《周公辅成王图》就鲜明地体现了这一特点：

懿亲辅政想周公，处变谁将伊尹同。
玉几遗言常在念，金縢故事敢言功。
安危自任扶王室，左右无非保圣躬。
子孟岂能瞻仿佛，拥昭仅可挹余风。

这首诗充分体现了阮廌要以周公和伊尹为榜样，竭尽全力"扶王室"、"保圣躬"，终生献身于宗庙社稷，用孔孟精神效忠于黎氏王朝理想和抱负。阮廌在顺境时是这样，在失意时，遭到同僚的排挤、皇帝的不信任时依然如此。如《漫成》：

青年芳誉蔼儒林，老去虚名付梦寻。
仗策何从归汉室，抱琴空自操南音。
仲尼三月无君念，孟子孤臣虑患心。
但喜弓箕存旧业，传家底用满嬴金。

从诗中可以看出，即使在感到异常的空虚和孤独时，阮廌仍然以孔孟自况，始终不忘儒家思想。

（三）内容方面，在越南古典文学作品中，使用了大量的中国典故

越南的古典文学作品引用了大量的中国典故，包括中国的神话传说、历史人物，也有的出自文学作品、经典著作。这样的例子俯拾即是，举不胜举，以陈朝名儒张汉超的《白腾江赋》为例："孟德赤壁之师，谈笑灰飞；苻坚合肥之阵，须臾送死……孟津之会鹰扬若吕，潍水之战国士如韩……"

文章不仅对仗工整，夹叙夹议，运用中国的历史典故简直灵活自如，如数家珍。

（四）语言方面，从越南古典文学作品中可以明显地看到中国古典文学的影响和痕迹

由于越南历代皇帝的提倡和支持，中国古典文学在越南得到广泛的传播，深受越南人民的喜爱。越南文人的诗歌创作受中国古典诗词的影响最为明显，体现在语言方面更是真切具体。以越南古典文学最高成就的代表者阮攸的汉语作品为例，《别阮大郎》中有"高山流水无人识，海角天涯何处寻"使人想到中国的俞伯牙、钟子期高山流水觅知音的典故和王勃的"海内存知己，天涯若比邻"的名句；《渡龙尾江》中的"亲朋津口望，为我一沾巾"使人想到王勃的"无为在歧路，儿女共沾巾"；阮攸的《行乐词》写得洒脱豪放，"得高歌处且高歌。君不见……又不见……劝君饮酒且为欢，西窗日落天将暮。"读起来颇似李白的《将进酒》。《所见行》是阮攸出使中国途中写的一首叙事诗，描绘了一妇人携三儿沿路乞讨的悲惨情景，诗中云："……昨宵西河驿，供具何张皇……不知官道上，有此穷儿娘……"，简直是"朱门酒肉臭，路有冻死骨"的翻版。《龙城琴者歌》对琴者高超琴技的描写又使人回到了白居易坐听琵琶的船上。《阻兵行》让人联想到杜甫的《兵车行》。

邓陈琨的《征妇吟曲》是用汉文写的乐府诗，采用征妇自述的手法表现思念征夫的忼俪深情，反映了战争给人民带来的痛苦，语言上撷用了许多中国典故和诗句。越南文人潘辉注评论说："大致都是作者从古乐府和李白诗中拣拾而集成的。"[①]举例说明：

（1）……良人二十吾门豪，投笔砚兮事弓刀；欲把连城献明圣，愿将天剑斩天骄。丈夫千里志马革，泰山一掷轻鸿毛；……
——燕南壮士吾门豪，泰山一掷轻鸿毛。（李白）

（2）……青青陌上桑。陌上桑，陌上桑，妾意君心谁短长？……
——陌上桑（古乐府）

（3）……杨柳那知妾断肠，去去落梅声渐远，……

[①] 转引自《东方文学名著题解》，第104页。

——忽见陌头杨柳色，悔教夫婿觅封侯。（王昌龄）

——今夜何人吹玉笛，江城五月落梅花。（李白）

（4）……燕草披青缕，秦桑染绿云，……

——燕草如碧丝，秦桑低绿枝，当君怀归日，是妾断肠时。（李白）

（五）风格方面，越南汉语文学都体现了中国古典文学的写意手法和中和之美

中国儒家所倡导的"中庸"精神，使中国古典文学在风格上表现为"温柔敦厚"，"怨而不怒，婉而多讽"，追求中和之美。汉语文学作为越南古典文学中的正统文学，同样追求一种"阳春白雪"式的优雅风格，表达上力求委婉曲折，含蓄深沉，这也是越南文学受中国文化影响至深的具体表现。比如越南15世纪古典诗人朱车的《舟中远望》：

极目斜阳际，残霞抹晚空。

人归山坞外，舟泛玉壶中。

水面双飞鸟，江心一钓翁。

兴观犹未已，微月挂新弓。

读这首诗，如同在欣赏一幅中国传统的山水画，中国文化含蓄隽永、意味深远的特点都尽在其中了。

三、越南喃字文学的产生反映了越南人摆脱中国文化、文字束缚的要求，但从文字、形式、思想内容上都没有摆脱中国文化强大的影响力

喃字的出现，改变了汉语文学创作独霸越南文坛的局面。由于喃字便于越南人民记录自己的语言，与民族语言相符合，因而迅速成为文学创作的有利工具，对越南文学的发展起到了促进作用。喃字文学在很大程度上仍然具有中国文化的特征，主要体现在文字、形式和思想内容三

个方面。

（一）文字上的影响

喃字本身就是在汉字的基础上创造出来的一种音意结合文字，不可能完全摆脱中国文化、汉字的影响。著名的"喃字霸主""韩律"高手胡春香的创作语言一直被认为是最越南化的，可她也未摆脱汉诗的影响。如《无夫而孕》一诗："妾痴终铸人生恨，君可知意厚情深？'天'缘未曾见冒头，'了'命却添拦腰横。"其后两句诗对仗工整，平仄谐调，用了"玩字"的修辞方法，"天"字不出头，尚未成"夫"，"了"字拦腰横即为"子"，喻无夫而孕。如果不谙熟汉字，她是写不出来的。

（二）形式上的影响

越南喃字文学采用的形式主要是唐律体和六八体的诗歌形式。唐律是由韩诠仿照唐诗的格律创作的喃字诗歌，也称"韩律"。唐律体在字数、句数和音韵上都与中国的律诗极为相似，有七言八句和七言四句。"六八体"诗是在唐律诗的基础上，吸取民歌的因素而创作出来的一种为越南人民所喜闻乐见的民族文学形式。后来又把"六八体"诗与汉语律诗相结合，创造出了"双七六八体"。这两种诗体，在平仄的要求和押韵上受汉语律诗的影响尤为明显。

（三）思想内容上的影响

大多数喃字作品都是以中国文学作品为创作题材的，儒家思想的孝悌忠信、礼义廉耻、三从四德、三纲五常在作品中都时有表现。

唐律体喃字长篇叙事诗，主要有三部：《王嫱传》，以中国汉朝王昭君和番的故事为题材，以马致远的《汉宫秋》为蓝本；《林泉奇遇》原名《白猿孙恪传》，以中国唐传奇《孙恪传》（又名《袁氏传》）为蓝本;《苏公奉使传》是以中国苏武出使匈奴的故事为创作题材。

六八体长诗,影响较大的有:《花笺传》以中国古典名著第八才子佳人书《花笺记》为蓝本写成的,人物、故事情节都完全相同。《二度梅》是根据中国《忠孝节义二度梅传》改写的,抨击了封建统治的腐败,颂扬了忠孝节义的封建道德。李文馥的《玉娇梨》、《西厢记》也是根据中国的同名小说或剧本为蓝本而成。其他无名氏的一些作品如《宋珍菊花》、《范载玉花》、《女秀才》、《芳花》、《观音氏敬》、《碧沟奇遇》等都与中国文学有渊源。

最值得一提的是阮攸的六八体长诗《金云翘传》,它是越南古典文学最高成就的代表。这是阮攸根据明末清初的才子佳人小说,青心才人的《断肠新声》进行再创作的。《金云翘传》的主要情节、人物形象以及故事产生的背景、地名、人名同《断肠新声》完全相同。但是,作者根据自己的创作意图,进行了创作性的改造,利用中国题材反映了越南的社会现实,表达了诗人对当时封建统治的不满,深恶痛绝地抨击了越南社会的罪恶。

通过以上对越南古典文学的粗浅分析,我们可以看到无论是汉语文学还是喃字文学,无论是外在的表现形式还是内在的思想内容都体现了汉文化对其深广的影响。这在中外文化交流史上也是非常罕见的,我们不能不为中国文化强大的辐射力感到惊叹和自豪。

参 考 文 献

[1] 陈玉龙. 汉文化论纲 [M]. 北京:北京大学出版社,1993.

[2] 陈重金. 越南通史 [M]. 戴可来,译. 北京:商务印书馆,1992.

[3] 季羡林,刘安武编. 东方文学名著题解 [M]. 北京:中国青年出版社,1989.

[4] 何乃英主编. 东方文学概论 [M]. 北京：中国人民大学出版社，1999.

[5] 旻乐. 母语与写作 [M]. 太原：山西教育出版社，1999.

[6] 齐天大. 妈妈的舌头 [M]. 北京：作家出版社，1999.

[7] 张岱年，方克立主编. 中国文化概论 [M]. 北京：北京师范大学出版社，1994.

越南喃字文学中的中国古典文学元素

■ 王丽娜

【摘　要】 越南喃字文学是中越文化交流的产物，它在文学体裁、作品题材、艺术手法和思想观念等方面大量汲取中国古典文学的养分，并在此基础上有所创新，没有中国古典文学就没有越南喃字文学的繁荣。喃字文学为越南古典文学注入了一股新鲜血液，是越南文学史上的一朵奇葩。

【关键词】 喃字文学；古典文学；文学影响；中越文学关系

越南在历史上曾是中国的一部分，自公元前3世纪起就处于中国封建王朝的统治之下。从公元968年越南独立至1885年沦为法国殖民地，越南与中国长期保持着藩属国与宗主国的关系，有着密切的经济文化交流。受中国文化的长期滋润，越南的典章制度、政治措施无不模仿中国，思想文化、文学艺术，甚至民俗民风亦打上中国的烙印。汉字一度成为越南的官方文字，以汉字为载体的汉文学在越南文学史上占据主导地位。随着越南封建制度的不断完善、民众文化素质的提高和民族意识的觉醒，喃字[①]应运而生。13世纪喃字诗歌的出现标志着越南喃字文学开始登上历史舞台。经过几个世纪的发展，喃字文学在创作技巧和艺术手法上趋于娴熟，成为越南文学史上一道亮丽的风景。

[①] 喃字，也称"字喃"，是越南人在汉字基础上，运用形声、会意和假借等方式创造的一种复合体方块字，每个喃字由一个或几个表音和表意的汉字组成，它在越南历史上第一次将书面语和口头语结合起来。

一、越南喃字文学的产生和发展

越南喃字文学产生于13世纪。据《大越史记全书·陈纪》记载：1282年秋,"时有鳄鱼至泸江,帝命刑部尚书阮诠为文投之江中,鳄鱼自去。帝以其事类韩愈,赐姓韩。诠又能国语赋诗,我国赋诗多用国语,实自此始"。(吴士连,1984：355)阮诠可谓是史载越南喃字文学创作第一人。最初,越南文人的喃字创作皆采用中国唐律体,称为"国音诗",上文《大越史记全书》中提到的"国语"实为喃字。由于喃字结构复杂,笔画繁多,对汉字的依赖性强,要想书写和准确理解喃字必须通晓汉字;另一方面,喃字的形成完全出于自发,并未经官方统一规范,在识别、使用和传播方面都非常受限,因此,早期的喃字文学创作大都是在通晓汉字的封建统治阶级和文人中开始的。代表作品有阮士固的《国音诗赋》、朱文安的《国音诗集》等,陈朝皇帝陈仁宗本人还用喃字创作了《居尘乐道赋》,成为现存最早的喃字赋。13—14世纪,越南正处于封建制度的巩固和发展阶段,越南统治阶级继承中国封建王朝的统治方术,仿照中国政治体制,提倡儒学,诗赋经义为越南广大知识分子所熟识,汉文诗歌创作也成为他们生活的一部分。与汉文学的统治地位相比,这一时期的喃字文学并未得到越南统治阶级的重视,在文人中尚未普及,其语言运用和艺术手法也远不及汉文诗成熟。尽管如此,喃字文学的产生不失为越南文学史上的一件大事,它们为越南民族文学的发展奠定了基础。

15世纪初,喃字开始得到越南统治阶层的重视。陈朝末期,胡季犛亲自将中国《书经》中《无逸》篇"译为国语,以教官家";还"作国语诗义并序,令女师教后妃及宫人学习,序中多出己意,不从朱子集传"。(吴士连,1984：470—471)黎圣宗不仅亲自用喃字撰写《洪德国音诗集》和《十戒孤魂国语文》等作品,还鼓励群臣用喃字创作诗歌,并亲自批阅朝臣的诗作。(于在照,2001：72—73)皇帝的重视和喃字体系的逐步完善，促使喃字文学在文人中得到一定程度的普及。此外，中越使臣往来和文化交流的加深，一方面促使汉文学不断繁荣，另一方面也为喃字文学创作提供了丰富的模型和素材。喃字文学创作范围不断拓展，逐渐出现了一些无名氏的叙事诗，如《王嫱传》、《林泉奇遇》和《苏公奉使》等。这些作品熔抒情与叙事为一炉，在民间有较大影响，在思想、艺术方面较初期的喃字作品更加成熟。16、17世纪逐渐形成了具有越南特色的"六八体"和"双七六八体"诗，大大拓展了喃字诗歌的表现力，推动喃字诗歌走向成熟。

到了18世纪，越南社会动乱不断，封建制度逐渐走向衰落，作为"正统文学"的汉文学开始退居次要地位，而贴近民众生活的俗文学——喃字文学迎来了它的繁荣时代。这一时期，喃字文学的代表作家首推阮攸。阮攸出身于封建书香世家，精通汉字和喃字。他的喃字作品如《招魂文》、《十类众生祭文》、《斗笠坊男子托言》、《生祭嫦榴二女文》等都是喃字文学作品中的上乘佳作，其创作的喃字长篇叙事诗《金云翘传》更为广大民间百姓所传诵，他也因此入选世界十大文化名人之列。著名女诗人胡春香开创了越南女性喃字文学的先河，她的诗风泼辣、语言犀利、批判有力，是越南讽刺诗创作的第一人。18世纪的西山王朝，曾经设想以喃字取代汉字，下令以喃字为主要文字，将汉字书译成喃字书，这在一定程度上促进了中国古典文学的南传和喃字文学的繁荣。越南的三大古典名著——《征妇吟曲》、《宫怨吟曲》[①]和《金云翘传》在此时期先后问世。《金云翘传》取材于中国明末清初青心才人的小说《金云翘传》，进行了加工和再创作，用越南民族文学形式（六八体诗）和民族文字（喃字）转写而成，文中的人物、地点、年代均系中国的。这部从中国"移植"到越南的文学作品，成为越南文学中的一块瑰宝，其影响超过了其他任何一部越南作品。阮攸的诗被誉为越南诗歌

[①] 《征妇吟曲》，18世纪40年代初由邓陈琨创作，为汉文乐府诗，后由越南女作家段氏点译为喃字双七六八体诗，影响广泛；《宫怨吟曲》，作者阮嘉韶（1741—1798年），双七六八体喃字诗，长365行。

艺术的高峰。

尽管经历了萌芽、发展和兴盛等阶段，但由于汉文学受到推崇，喃字文学一直没能成为"正统文学"，相反，因其贴近民众、与民间文学相融合，而被视为不登大雅之堂的"俗文学"。加之喃字"字无定体，有口传其音而难写成字者"，终被拉丁国语字所取代，喃字文学最终也无法经受历史的考验，随即退出了越南文坛。

二、越南喃字文学对中国古典文学样式的借鉴和创新

从10世纪越南文学成形到20世纪拉丁国语文学出现，在越南文学史上汉文学一直占据主导位置。中越使臣往来和文化交流促使越南汉文学不断发展成熟。喃字文学是越南文学史上的新生事物，一开始不可避免地要从越南汉文学和中国古典文学中汲取营养，随着自身的发展壮大又开始寻求创新和特色。

（一）喃字文学作品沿用中国古典文学的体裁

越南喃字文学产生后，几乎全盘接受了中国古典文学的体裁。"越南'散文'中的诏、诰、檄、策、铭、传、序、跋乃至杂记、游记、章回小说等等，从文体功能、篇章结构到语言形式，无不与中国类同。"（林明华，2002：13）在韵文中发展最为成熟全面的当属诗歌，有五言、七言绝句和律诗及长篇叙事诗等，其艺术水平已经达到了炉火纯青的地步。初期的国音诗大多是模仿唐诗的七律，称为"韩律"或"唐律"。16世纪阮秉谦的《白云国音诗集》的问世标志着唐律国音诗歌的成熟。同期的唐律体喃字叙事诗《王嫱传》、《林泉奇遇》等在思想性和艺术性上都更高一筹。19世纪女诗人胡春香的《一夫多妻》、《汤圆》《非婚而孕》等诗歌严格遵守唐律体的韵律格式，巧妙地与民间通俗语言相结合，将唐律体推向了一个前所未有的完美高度。此外，喃字赋、散文、戏剧的创作也取得了一定成就。喃字赋有阮仁奉的《咏潇湘八景赋》、

杜觐的《金陵记》、裴咏的《宫中宝训赋》和阮简清的《奉城春色赋》等。阮世仪的译著《传奇漫录》是现存最早的国音散文作品。戏剧代表作家有阮朝的陶晋和裴友义等。

唐律体对字数、韵律的严格要求以及越南民族语言自身的特点，使得唐律体在喃字诗歌创作的过程中显得力不从心。越南一些思想进步的作家逐渐感到格律音韵过于刻板、拘谨，不利于表现新鲜、活泼的思想感情，于是大胆尝试，将六言与七言混杂。这种做法早在阮荐的诗歌中就有体现，如《水中月》的第二句"xem át lắm, một thức cùng"就是六言。后来，参照中国格律诗的音韵格式，结合越南的民歌、民谣，逐渐形成了新的诗体——六八体。六八体是一种富于越南民族特色的韵文体裁，它以六言八言相间为主要句式，讲究格律，平仄声更换。《琵琶国音新传》序曰："北人以文字求声音，文字便成腔调；南人以声音求文字，声音别具体裁。故永嘉第七才子之书，足登唇吻；而东床六八演音之传，容惜齿牙。"[①]"以声音求文字"的表现方式，以及六八演音之传"容惜齿牙"，说明六八体是一种适合于口头传播的文体样式。

由于形式灵活，易学易记，六八体诗深受人民群众欢迎，并且很快就普及开来，成为越南文学中的一种主要诗歌体裁。六八体诗因其音韵特点适宜叙述曲折生动的故事情节，后来，为适合抒情的需要，又出现了六八体与七律诗相结合的双七六八体，由两个七字句、一个六字句和一个八字句为一组循环组合形成。双七六八体讲究文字和声韵，在文人之间较为流行。黎德毛的《三甲奖赏歌妓唱曲》是目前越南保留下来最早的一首歌筹唱曲，其中也蕴含着六八体和双七六八体的雏形。"六八体"和"双七六八体"是越南文人在熟练运用格律诗体基础上的一大创新，既可以写成短诗，也可以写成长篇诗歌，甚至剧本、故事和长篇诗歌体小说，大大推动了喃字文学甚至整个越南文学的前进步伐。

---

① 参见［越］乔莹懋．琵琶国音新传［M］．河内：行桃街盎轩维新壬子年印本，1912．转引自刘玉珺．越南使臣与中越文学交流［J］．学术研究，2007（1）．

(二) 喃字文学作品大量借用中国古典文学的题材

内属时期，中国文化就通过时任安南统治者大量传入越南。西汉末东汉初，交趾、九真太守锡光、任延在当地建立学校，导之礼仪，将中原地区的先进文化传入二郡。士燮在交趾任职达四十年之久，大兴教化，治绩斐然，被当地民众尊为"士王"。越南史书记载"我国通诗书习礼乐，为文献之邦，自士王始。其功德岂特施于当时，而有以远及于后代"。越南建立独立的封建王朝后，经常遣使北上请求中国颁赠或"乞市书籍"。据《明英宗实录》记载："天顺元年（1457年）六月甲午，安南国王陪臣黎文老奏：'诗书所以淑人心，药石所以寿人命，本国自古以来每资中国书籍、药材以明道义，以跻寿域。今乞循旧习，以带来土产香味等物易其所无，回国资用。'"[①]可以说，越南的封建社会就是中国的一个缩影，处处展现出中国文化的烙印。正如胡朝皇帝胡季犛所写，"欲问安南事，安南风俗淳。衣冠唐制度，礼乐汉君臣。"[②]在汉文化的语境中，越南文学必然无法摆脱中国古典文学的渗透。中越两国文人、使臣的交流以及科举制度在越南的实施无疑推动了中国文学在越南的传播。喃字作为文学的载体，在翻译中国儒家经典著作和文学作品的同时，也开始独立创作。以中国小说为蓝本，使用六八体叙事诗改写的喃字作品大量涌现，使喃字文学在18世纪末19世纪上半叶迎来了它的繁荣时代。

事实上，早在15世纪，越南佚名作者的喃字叙事诗《王嫱传》就撷取了《汉宫秋》和《京西杂记》的情节，《林泉奇遇》取材于中国唐朝传奇《孙铭传》（又名《袁氏传》）。后来大量出现的无名氏喃字长篇叙事诗多是在吸取中国小说故事情节的基础上进行再加工，在越南通称为"喃字诗传"即"喃传"。一些喃传的影响甚至远远超出了原著的影

[①] 参见《明英宗实录》卷二一七，《景泰附录》三五。转引自林明华. 越南语言文化散步 [M]. 香港：开益出版社，2002：179—180.

[②] 此为胡季犛的诗歌《答北人问安南风俗》中的诗句。

响力。可以说，没有中国小说的深刻影响，就没有喃传的繁荣。阮攸的《金云翘传》就是个很好的例证。《金云翘传》又名《断肠新声》，采用了中国明末清初作家青心才人的章回小说《金云翘传》的主要故事情节，进行了重新建构和艺术再加工，被誉为越南的古典文学名著。一百多年来在越南民间广泛流传，家喻户晓，妇孺皆知，而这个故事在中国并未受到广泛关注。越南的另一部古典文学名著《宫怨吟曲》虽未明确迹象反映其取材自哪部中国作品，但就思想、形式而言，"它是模拟明代韩邦靖（1488—1523）的名作《长安宫女行》是更为近似的"。（徐亮、王一洲、王李英，2004：39）此外，李文馥的《玉娇梨新传》取材于中国明末清初张匀的才子佳人小说《玉娇梨小传》（又名《双美奇缘》），《西厢传》出自中国元朝王实甫的杂剧《西厢记》；阮辉似的《花笺传》取材于中国明末小说《花笺记》。一些无名氏作品如《二度梅》是根据中国清代小说《忠孝节义二度梅全传》所改写的；《女秀才传》出自明朝凌濛初的《二刻拍案惊奇》，今京剧、秦腔、评剧均有此剧目；《宋珍菊花》、《范载玉花》、《芳花》、《观音氏敬》和《碧沟奇遇》等皆与中国古典文学有渊源关系。（于在照，2001：142—153）它们都以细腻的笔触，反映出崩溃中的封建社会的动乱与不安，不仅暴露了封建统治者的暴虐与荒淫，而且表达了作者对于处在水深火热中的淳朴、善良的下层人民的深切同情。

（三）喃字文学作品广泛运用中国古典文学的艺术手法

越南文人学士在使用喃字创作的过程中，不仅善于运用民间语言，而且善于汲取中国古典文学的精华。他们将民间的俗语、谚语与中国古典文学中的名句、成语或典故相融合，使作品既生动活泼，又表现出高超的艺术造诣。中国古典文学中的"造物、九重、苍天、香闺、倾国倾城、国色天香、一日三秋、海底捞针"等词都被越南古代名家如阮廌、段氏点、阮攸等成功地运用到他们的作品中去。越南文学翻译家、评论家张政先生曾统计，仅阮攸的《金云翘传》一部作品，便有"三十处将中国古诗全句翻译过来，二十七处借用中国古诗的语汇、句意，四十六处借取《诗经》用语，五十处语、意源自中国其他经传典籍"。（徐亮、王一洲、王李英，2004：14—15）

在文学意象的运用上，"梅"、"兰"、"竹"、"菊"的高洁，"落日"、"孤帆"、"秋月"、"枯叶"的孤寂、苍凉等，便是连同词语与意象一同从汉语借用的。《金云翘传》开头在描述翠云、翠翘两姐妹时用 "mai cốt cách, tuyết tinh thần"（梅骨格，雪精神）来体现她们的冰清玉洁，就是直接借用中国古典文学中的"梅"和"雪"的象征意义。由于深受中国影响，在越南文人的笔下，越南的秋天也是一番秋风瑟瑟、落叶萧萧之景。在引经据典方面，越南的三大古典名著都有明显体现。《金云翘传》中描写翠翘在青楼中的心理活动时用 "Nhớ ơn chín chữ cao sâu"，即出自《诗经·小雅·蓼莪》中的"九字劬劳"一典，指父母的恩情高如天、深似海；在翠翘和金重相遇的情节中，"Một nền Đồng Tước khóa xuân hai Kiều"则是引用唐朝杜牧的诗《赤壁》中的诗句"东风不与周郎便，铜雀春深锁二乔"，一语双关。阮嘉韶的《宫怨吟曲》中也有不少中国典故。"Sợi xích thẳng chi để vướng chân"引用的是唐朝李复言的《续幽怪录定婚店》中的故事，后演绎成成语"赤绳系足"；在作者的笔下，越南的封建社会的"cửa Châu"（意为朱门）外同样上演着"朱门酒肉臭，路有冻死骨"的凄惨一幕；深宫女人饱受"thời ngâu"（指代牛郎织女）别离之苦，却只能寄托于"tin mong nhạn lảng"（意为鸿雁传书）。这些典故被作者信手拈来，运用自如，成为作品的有机组成部分，使作品更加生动，富有感染力。

不难看出，一部成功的喃字文学作品的作者，都是熟悉中国古典文学，能够纯熟运用中国古典文学的表达方法和艺术手法的高手。他们并非生搬硬套、随意堆积，而是创造性地把汉文学的特色和越南民族审美观念结合起来，既丰富了越南文学的宝库，又推动了喃字文学乃至整个越南文学的前进。

（四）喃字文学继承了中国古典文学的思想观念

从内属时期起，中国文化就通过各种途径传入越南。在建立独立的封建王朝后，越南统治者更加注重模仿中国封建统治制度，引进维持封建统治的重要工具——儒家文化来教化民众。从1070年李朝时期就在京都升龙修建文庙，塑孔子和周公像。1075年，李仁宗下诏开科取士，进行儒学三场考试以取"明经博士"。1076年，建立国子监开展儒学教育。在此后一千多年的封建统治中，儒教在越南的正统地位始终没有动摇，"三纲"、"五常"、"忠孝节义"等儒家思想渐渐融入了越南人的民族性格之中，成为其衡量社会道德的标准。正因为如此，中国古典文学中蕴含的儒家思想才自然而然地为越南人所接受，不论是独自创作还是"移植"中国文学作品都无法僭越封建伦理道德的底线。

黎朝的《洪德国音诗集》共有诗歌328首，其中包含大量为皇帝歌功颂德，宣扬太平盛世和忠孝之道的诗篇。17世纪末，越南无名氏的历史演歌《天南语录》用诗歌的形式形象地记录了从鸿庞时期到后陈时期的历史事件和人物，大肆歌颂雒龙君、安阳王、吴权、丁先皇、李太祖及当时的黎皇郑主等传说人物和封建帝王。阮攸的《金云翘传》借用青心才人作品中的女主人公翠翘和书生金重悲欢离合的爱情故事，影射越南黎末阮初黑暗的社会现实，表达对受压迫者深切同情，但这并不代表阮攸是反封建的。翠翘卖身救父是"孝"，劝徐海归降报效朝廷是"忠"，因徐海被害而以死相报是"节"，富贵不忘报恩是"义"，封建社会的儒家伦理道德在翠翘身上体现得淋漓尽致。在封建社会的历史环境下，阮攸不可能也没有力量反封建，当然其他文人也不可能做到。

与儒家思想相比，佛家和道家思想对越南喃字文学作品的影响就不是那么突出，但也不容小觑。初期的喃字文学作品几乎全为佛学大家所作，作品内容也多与佛教有关，如陈仁宗的《居尘乐道赋》和《得趣林泉成道歌》等皆为教授修炼之道。此外，佛教的"时空观"、"轮回说"和"因果报应"等对越南不少诗人的创作思想和作品内容产生了不可忽视的影响。《金云翘传》中就多处出现"因果报应"的思想:"悲欢都是劫,红颜那得久长。前世善因未种,今生宿债应尝。""邂逅女尼三合先知。她将相会时间指示,今年后,五载为期。天意如斯,无可置疑。"无名氏喃字作品《观音氏敬》也体现出作者慈悲为怀,诚心修行必成正果的佛教思想。道家的"仙学"、"无为"思想在喃字作品中也有所体现。阮薦的《自叹》中"莫问他人是与非,孤芳自赏我有情"和《言志》中的"功名利禄身外物"都是无为思想的外露。阮秉谦的喃字诗"日月流逝快如梭,繁华之光易暗淡。花夸鲜艳花易谢,水愈装满水易溢"则体现了"物极必反"、"盛极必衰"的道家辩证思想。

中国儒释道"三教归一"的理论在越南转化为"三教同源",中国古典文学中蕴含的儒释道思想也同样在越南喃字文学作品中得到了很好的融合。在封建伦理道德观念的压制下,越南文人只能通过文学作品揭露社会的黑暗,在"反封建"上的无能为力则不得不寄托于佛家的"因果报应"、"轮回说"和道家的"无为"。可以说,这些思想贯穿了喃字文学产生和发展的始终。

三、结语

作为汉文化圈的源头和中心,中国文化的南传促使了越南文学乃至喃字文学的诞生,而包括文学作品在内的中越两国文化交流又促使了越南喃字文学的发展和繁荣。喃字文学深深烙上了中国古典文学的印迹。中国的唐诗、宋词、小说、传奇等众多文学体裁被越南文学所接受,中国古典小说也为越南文人学士进行文学创作提供了庞大的语言和素材模板,极大地增强了喃字文学的生命力和创造力,使之成为越南文学史上一颗璀璨的明珠;中国古典文学蕴含的思想观念同样为越南文人所接受。但喃字文学并非原封不动地照搬中国古典文学,它在接受中国古典文学精华的同时,结合自身民族特点做出了一些创新:在诗体上结合喃字的特点，形成了长于叙事和抒情的"六八体"和"双七六八体"诗；在语言上广泛吸收民歌和俗语的精华部分，展现出浓厚的越南民族特色；在内容和形式上对中国古典文学名作进行艺术再加工，铸就了越南喃字文学的辉煌。喃字文学的寿命相对短暂，但它是越南民族文学的有机组成部分，为民族文学的发展和繁荣做出了巨大贡献。

参考文献

［1］韩凤海. 论越南喃字文学的几个特点［J］. 解放军外国语学院学报，2002（9）.

［2］雷慧萃. 浅析越南独特的诗歌体裁——六八体和双七六八体［J］. 东南亚纵横，2004（8）.

［3］李碧峰，于在照，孙衍峰. 越南文学作品选读［M］. 北京：军事谊文出版社，2003.

［4］李时人. 中国古代小说与越南古代小说的渊源发展［J］. 复旦学报（社会科学版），2009（2）.

［5］林明华. 越南语言文化散步［M］. 香港：开益出版社，2002.

［6］刘玉珺. 越南使臣与中越文学交流［J］. 学术研究，2007（1）.

［7］祁广谋. 论越南喃字小说的文学传统及其艺术价值：兼论阮攸《金云翘传》的艺术成就［J］. 解放军外国语学院学报，1997（6）.

［8］谢永新. 论中国文化对越南文学的影响［J］. 广西师范学院学报（哲学社会科学版），2008（2）.

［9］徐杰舜，林建华. 试谈汉文化对越南文学的影响［J］. 社会科学家，2002（5）.

［10］徐亮，王一洲，王李英. 黄轶球著译选集［M］. 广州：暨南大学出版社，2004.

[11] 阳阳. 18世纪末19世纪初越南无名氏喃字作品之考察 [J]. 解放军外国语学院学报, 2006 (1).

[12] 于在照. 越南文学史 [M]. 北京：军事谊文出版社, 2001.

[13] [越] 吴士连. 大越史记全书 [M]. 陈荆和, 编校. 东京：东京大学东洋文化研究所东洋学文献刊行委员会, 1984.

中国明末清初才子佳人小说在越南

■ 熊凤英

【摘　要】中国小说的发展到明末清初时期，出现了大批才子佳人小说，后来却长期被遗忘在中国文学史中。18、19世纪的越南，正是喃字文学发展的鼎盛时期，掀起了用喃字诗体改写自中国才子佳人故事的高潮，成为越南文学史上极具特色的一部分，成就了许多名家名品。在中国无人眷顾的才子佳人小说，在越南却成为经典，甚而通过越南在世界文坛上占有一席之地。

【关键词】才子佳人小说；喃字诗体；越南古代文学

中国古代小说从神话传说伊始，历经六朝志怪、唐人传奇、宋元话本，到明清两代达到繁荣。明清小说又以白话长篇小说见长，各种题材大放异彩，主要可以分为历史演义、英雄传奇、神魔、世情、公案等五种。才子佳人小说作为世情小说的异体，以青年男女的婚姻恋爱为主题，以有情人终成眷属为结局，鲁迅在《中国小说史略》中对其有这样的描述："至所叙述，则大率才子佳人之事，而以文雅风流缀其间，功名遇合为之主，始或乖违，终多如意，故当时或亦称为'佳话'。"（鲁迅，2001：117）在中国文学史上，才子佳人小说一直被视为不登大雅之堂而打入冷宫，在一般文学史中难见其踪影。但是在国外，这类作品却大受欢迎，"《玉娇梨》《平山冷燕》有法文译，又有名《好逑传》者有法德文译，故在外国特有名，远过于其在中国。"（鲁迅，2001：117）除了欧洲国家，才子佳人小说在东亚、东南亚也有很大影响。许多国内失传的作品，都可以在朝鲜、韩国、日本等国找到。在越南，中国的数部才子佳人小说至今家喻户晓，这得益于越南文人用喃字诗体对这些作品的成功改写与移植。

越南文人对中国小说的喃字诗体改写很早就开始了。据考证，越南喃字诗体小说始于15世纪，当时的代表性作品是《王嫱传》、《林泉奇遇》（又名《白猿孙恪传》）、《苏公奉使》等。这些作品均取材于中国，用唐律体改写，作者已无处可考。到18世纪，随着越南独特的文学创作形式——六八体和双七六八体——日臻成熟完善，喃字文学发展到顶峰，喃字诗体小说呈现百花齐放的盛况。这一时期的代表作品主要有段氏点译自邓陈琨汉诗《征妇吟曲》的《征妇吟演歌》，阮嘉韶的《宫怨吟曲》，阮辉似的《花笺传》，阮攸的《金云翘传》，范泰的《初境新妆》，李文馥的《玉娇梨新传》、《西厢传》，阮有豪的《双星不夜》，无名氏的《石生传》、《芳花》、《潘陈》、《二度梅》、《范载玉花》、《宋珍菊花》、《范公菊花》、《李公》、《女秀才》、《观音氏敬》、《南海观世音》、《徐识》、《碧沟奇遇》等等。其中，《花笺传》、《金云翘传》、《玉娇梨新传》、《西厢传》、《潘陈》、《二度梅》、《女秀才》都与中国文学作品有渊源关系，《双星不夜》、《金云翘传》、《玉娇梨新传》、《二度梅》的蓝本即为中国明末清初的才子佳人小说。从创作开始就未得到中国文学界认同以至今天少人知晓的才子佳人小说，经过越南文人用喃字诗体改写移植之后，在越南得到了广泛的认可，焕发出勃勃生机。尤其是《金云翘传》，在中国名不见经传，但越南古典诗人阮攸用喃字六八诗体改写之后，成为越南古典文学的经典，而且又由越语翻译成中、英、法、俄、德、日、捷克等多国文字，从越南文坛登上了世界文学名著的宝座。个中原因确实值得我们探究。

一、中国才子佳人小说的兴盛与衰落

(一) 才子佳人小说的兴起及兴盛

才子佳人的婚恋小说由来已久,唐代元稹的《莺莺传》以后,传奇小说、话本和拟话本小说中都不少见,明末清初时期集中出现了许多这类小说,蔚为大宗,风格与以往的才子佳人小说迥然不同,本文所述的才子佳人小说就特指明末清初产生在《金瓶梅》和《红楼梦》之间一大批以青年男女的婚姻恋爱为主题的作品。《金瓶梅》结束了中国小说主要通过历史和神怪故事折射社会现实生活的历史,开创了以小说直写人情世事而反映现实生活的新时期,于是明末清初的小说家们纷纷效仿,将视野投向现实社会和普通人的平凡生活。对此鲁迅先生曾提到《金瓶梅》"既为世所艳称,学步者纷起,而一面又生异流,人物事状皆不同,惟书名尚多蹈袭,如《玉娇梨》《平山冷燕》等皆是也"(鲁迅,2001:117)。《金瓶梅》之后的一百年间才子佳人小说层出不穷,仅现存的作品就有将近百部,比较典型著名的有《玉娇梨》、《平山冷燕》、《好逑传》、《定情人》、《驻春园》、《宛如约》、《五凤吟》、《吴江雪》、《合浦珠》等等,而且其中一些作品版本现存仍有数十种(如《玉娇梨》现存版本大约有46种,《平山冷燕》大约有45种,《好逑传》大约有23种[1]),当时繁盛情形可见一斑。

明末清初是社会发生重大变迁的时代——明末党争复杂,清初异族统治,八股取士严苛,迫使大批以政治为第一志愿的下层文人,满腹才华无法用于齐家治国平天下,乃至生活拮据难以度日。在这种情势下,他们转而从创作中寻求精神寄托,同时这种创作又是一种谋生的方式,因此在《玉娇梨》、《好逑传》和《平山冷燕》等早期作品引起轰动之后,才子佳人小说便层出不穷,蔚然成风。

才子佳人小说脱胎于《金瓶梅》,吸取了《金瓶梅》的文人独创意

---

[1] 参见邱江宁:《才子佳人小说研究》,复旦大学博士学位论文,2005年。

识，用通俗易懂的语言叙写世态人情，但是摒弃了其中的淫秽描写，转而以清新淡雅的面目出现；同时，才子佳人小说将晚明世情小说的纷繁世界转向文人、淑女的一角，由男女感情写及社会人情，避开封建统治者最敏感的问题，以曲笔而直写世界，在叙述才子佳人悲欢离合的主题下，从侧面反映出明末清初资本主义萌芽时期的社会现实，如旧的包办婚姻制度受到挑战，女子地位得到提高，科举制度暴露出弊端，奸臣专权，官场腐败等，却又对社会寄予美好的希望，以好人终有好报，恶人得到惩治，清官官复原职，有真才实学的才子高中状元，有情人终成眷属作为结局。这些是小说作者理想的寄托，也迎合了民众的普遍心理，因而一出现就得到了当时下层民众的广泛接受。

（二）才子佳人小说的衰落

才子佳人小说集中出现在明末清初这个特定的历史时期，以清新的语言、曲折的故事情节和完美的大团圆结局取胜，在民间广为流传，但是，小说创作本身却存在许多致命性问题。最明显的一点就是作者过分追求情节叙述的纷繁复杂，而使人物陷入情节之中，失去个性，导致主人公的形象、气质塑造形成模式化——佳人都是出生富贵，"生得如花似玉"、"眉清目秀"，又必定"禀性聪明"、"知书能文"，才子则是"美如冠玉"、"才思过人"。其次是细节描写粗糙、语言表达肤泛无特色，即使如《玉娇梨》这样的开山之作，语言上也同样单调苍白。例如在表达感觉或感情时，不区分人物身份与场合大多通用"惊"或"喜"之类词汇带过，《玉娇梨》中白红玉替父作诗，杨御史、吴翰林、苏御史三人看了，"俱大惊不已"；当吴翰林说穿白玄的诗为红玉代作时，"杨、苏二御史听了，俱各大惊"；吴翰林设宴试才，杨芳见父亲以目看他，知是提醒，……一时想起，"满心欢喜"；御史知道苏有白的经历后，"满心欢喜"；白玄受到吴翰林的提亲信，"心下又惊又喜"[1]等等。这样的例子在其他才子佳人小说中更是屡见不鲜。再者在早期三部经典之

---

[1] 参见 ［清］天花藏主人：《玉娇梨》，http://www.openlit.com/list.php。

作之后，大批作品陈陈相因，形成枢轴相同的模式，乃至"千人一面"、"千部共出一套"。如《春柳莺》、《人间乐》、《宛如约》叙事套路与《玉娇梨》基本一样：都是一位才子与两位佳人邂逅相逢，经历无数磨难与阻隔，最后才子佳人终成眷属；情节中涉及的人物也大致相同：一位才子，两位佳人，几个小人；人物关系的处理方式也相似：才子欣赏两位佳人，两位佳人都钟情于才子，两位佳人又彼此欣赏，对于共事一夫相当满意。另外还有如《两交婚》、《凤凰池》、《画图缘》等的情节叙述则与《平山冷燕》颇为相似：两位才子是莫逆之交，一对佳人则为闺中密友，或者两家兄妹都是才子佳人，互换结缘，佳偶天成。才子佳人小说的数量在剧增，但是小说的故事情节与人物形象却不断重复，不能再给予读者新鲜感，甚至经典之作也不复经典，湮没在才子佳人小说的洪流中。到曹雪芹鸿篇巨制《红楼梦》的出现，也就宣告了才子佳人小说时代的结束。

　　中国古代自来重诗文，戏曲、小说等都被视为俗文学而与诗文等雅文学区别。直到明代，小说发展日趋成熟，出现了《三国演义》、《水浒传》、《西游记》、《金瓶梅》四大奇书，小说才逐渐被接受。而紧跟《金瓶梅》之后出现的才子佳人小说在艺术水平上远不及上述四书，内容上单薄而毫无特色，文字又稍嫌粗陋，因此一直为上层文人所不屑。在民间，才子佳人小说也由于模式化的主人公与重复不变的情节在百年之间由盛而衰，加上清朝进入稳定期后不断进行残酷的文字狱，才子佳人小说因为宣扬自由婚姻观，许多作品曾一度被列为禁书毁掉，因此流传下来的所剩无几，少数得私人收藏，部分流存海外，许多作品在国内甚至绝迹，后人知之者甚少，对其进行研究者更是寥若晨星。进入现当代，人们开始注意到中国小说发展史上这个阶段，但是由于才子佳人小说本身艺术性不高，内容千篇一律，思想上更是局限，宣扬封建科举制度，对一夫多妻制度津津乐道，因而很少有人对其进行深入研究，大多都是评述其模式化的叙事结构与人物形象。各种文学史或者避之不提，或者寥寥几句带过，即使有些许介绍，也多是鄙薄之词。

二、越南文人对中国才子佳人小说的改写与移植

(一) 越南文人改写、移植中国才子佳人小说的背景

17世纪到19世纪上半叶，越南社会在各方面都发生了重大变化。在经济上，商品经济在越南开始萌芽，在某种程度上打破了自给自足的农业经济体制。政治上，社会动荡不安，人民生活在水深火热之中。黎家王朝已然大势已去，北郑南阮长年混战，西山起义风起云涌席卷全国，但是随后起义领袖阮岳、阮惠、阮侣三兄弟不和，各据一方。阮惠在富春（今顺化）建立西山王朝，与北边入关的清军抗战，原南方阮氏政权后嗣阮福映乘机与入侵的法国殖民者勾结，利用阮氏三兄弟的内部分裂一举绞杀西山王朝，于1802年建立起越南历史上最后一个封建王朝——阮朝。在这样的社会背景下，文人的命运可想而知：少数人得以施展才华，大多数人却怀才不遇，在读书、仕途上郁郁不得志，难免胸中不平，欲图发泄对当时社会状况的不满。这正跟中国明末清初下层失意文人，也就是才子佳人小说的大部分作者的心态不谋而合，他们对才子佳人小说的改写、移植也就顺理成章。

中国明末清初出现的才子佳人小说，不计其数，良莠不齐，如上所述有《玉娇梨》、《好逑传》、《平山冷燕》、《驻春园》、《定情人》等公认的经典，更有无数名不见经传的作品，而据我们所知，这其中只有四部作品被越南文人选择改写并且广泛流传，在越南文学史上占有重要地位。这四部作品——《双星不夜》、《玉娇梨新传》、《金云翘传》、《二度梅》——的蓝本分别是《定情人》、《玉娇梨》、《金云翘传》和《忠孝节义二度梅全传》，其中既有当时中国民间公认的才子佳人精品，也有鲜为人知的著作。例如《金云翘传》，经过越南著名古典诗人阮攸改写之后在世界文坛上赫赫有名，在中国却一直湮没不闻，直到1931年，第一部中国小说书目著者孙楷察先生东渡日本，调查东京所藏中国小说情况时才又发现了这部著作。这说明，越南文人在改写作品时是有选择

的。社会环境和价值观念上的差异必然导致越南人（尤其是用喃字诗体改写才子佳人小说的越南文人）与中国人对才子佳人小说选择、欣赏的角度不太一致，因而才会出现上述中越两国经典才子佳人小说不完全一致的情况。他们不是根据中国人的评判标准将中国人公认的经典才子佳人小说用喃字诗体改写，却也不是信手拈来，而是根据自己的眼光进行筛选，时代背景、传统价值观念、改写者的境遇、心理、个人喜好等等都会影响到他们对作品的选择。

（二）越南文人对改写作品的选择

仔细分析越南文人改写的这些才子佳人小说，可以发现它们有一些共同的特点：

其一是女性形象突出，性格典型。如《金云翘传》中的女主角翠翘，个性果断、坚强，在家中遭受巨变时毅然决然卖身赎父兄，无论是被卖入青楼，还是后来被宦姐设计折磨摧残，她都没有放弃与命运的抗争，数次想办法逃出苦海。而其中的男主角金重却被虚化，只在小说的开头与结尾部分出现，成为小说结构所需要的辅助性形象。再如《二度梅》中，女主角之一的陈杏元，不但才貌兼备，而且性格外柔内刚，在被逼和藩的路上，为了自己跟梅良玉的真纯爱情，跳崖自尽殉情（当然，作者为了大团圆的结局，设计了昭君显灵将杏元送回中原的情节）。此外，改写《二度梅》的越南文人为了更凸现杏元的形象，还对原书细节做了一些改动。如杏元之父陈东初决定在梅魁——梅良玉之父过世周年时借梅花祭奠亡友，不料一夜风雨将满树梅花打落，伤心不已而产生出家之念，家人苦劝，杏元与父亲约定若梅花三日内再开，就打消出家的念头。中国《二度梅》的原文，接下来杏元跟梅良玉都分别在花园祷告，但最后上帝赐梅开二度是念梅良玉乃忠良之后；而在喃字诗体的《二度梅》中，只有杏元一人在花园三番五次地祷告，上天被其诚心所感动赐梅开二度（Tiểu thư ra trước vườn hoa, Khấn năm bảy lượt, lạy và bốn phen. Lòng thành khấu cửu trùng thiên, Cảnh phàm đã chắp hoa tiên bao giờ.)。这一细节的改写,使得杏元的形象更加突出。而相比之下,梅良玉的性格则显得懦弱而缺少胆识。如他与喜童投奔岳父侯鸾时,喜童尚能料到侯鸾对于被官府追捕的梅良玉的态度,他自己却单纯地相信侯鸾不是势利之辈。在喜童代替他死后,他非但没有变得更加坚强,反而悲观绝望,决定上吊自尽。再看《玉娇梨》中女主角之一的白红玉,才华过人、见识都胜过父亲白太玄,更能审时度势。由于母亲早逝,家中事务都由她来处理,父亲官场上的事也常参考她的意见,如开篇白太玄与杨御史在酒桌上互不相让,针锋相对。白红玉知道之后便让下人给父亲递纸条,告诫他要谨慎不要为意气惹来灾祸,使白太玄马上明白过来,缓和了整个酒席气氛。而她暗中代父亲作的诗,更是博得父亲及其同僚的赞赏,使他们自愧不如。而另一位女主角卢梦梨更是胆识超乎一般女子,偶遇才华横溢的苏有白,她当即女扮男装,与苏有白结好,问清其姓名年龄,得知他尚未婚娶,便假托要给自己的同胞妹妹(其实是她自己)做媒,赠之金镯、明珠作为信物。

其二是作品大肆宣扬封建的忠孝节义。《定情人》中的女主角江蕊珠,在得知被选入宫时,作者对她有一段心理描写:"我如今啼哭却也无益,徒伤父母之心。我为今之计,唯有生安父母,死报双郎。只得如此而行,庶几忠孝节义可以两全。"[①]打定主意之后,江蕊珠反过来安慰父母,并说服父母认自己的丫鬟彩云为义女,让彩云代她在家孝敬父母,而自己在进京途中找到机会即跳河自尽以保名节。《金云翘传》中,翠翘更是"忠孝节义"的典型代表。"父亲被诬入狱后,翠翘卖身赎救,是其'孝';丈夫徐海中计牺牲后,翠翘以死相报,是其'节';报仇雪耻、惩恶除奸时,翠翘不忘旧恩并赠束生、女尼、管家一金帛,是其'义'。"(于在照,2001:126)《二度梅》中也很好地体现了这一点。中国《二度梅》的全称就叫作《忠孝节义二度梅全传》,书中屠申冒死向梅夫人及梅良玉通报卢杞派人下来抓他们的消息,喜童为主捐生,杏元跳崖殉情以及最后梅良玉高中状元之后对屠申的封官和喜童的追封,

---

① 参见[清]天花藏主人:《定情人》,http://www.open-lit.com/list.php。

无不体现出封建的忠孝节义。

三、才子佳人小说在越南获得新生

由于内外两方面的原因，中国明末清初的才子佳人小说在百年之间由盛而衰，湮没在中国文学史的长河中，甚至被鄙为失败艺术的典型教材，为后人所诟病，而当这些小说移植到越南之后，却成为越南文学史上的经典。其中原因我们认为主要有以下几点：

（一）采用喃字六八诗体进行改写

喃字是越南在使用汉字的基础上，以汉字和汉字部首为元素，按照汉字的假借、形声和会意三种造字法创制出来的、基本上按汉字的汉越音（包括古汉越音和今汉越音）来识读、用以记录越南语（包括汉越词在内）的文字体系。[①]喃字大概在13、14世纪形成体系，在此之前越南在书写上采用的是汉字，文字与民族语言不一致，懂汉字的仅限于少数受儒学教育的文人，喃字体系的形成解决了这个问题。因此，越南文人用喃字对中国的小说进行改写，就使得其读者群大大增加。

除了喃字的采用，六八体诗歌形式也是越南文人改写中国才子佳人小说的一个成功之处。六八诗体脱胎于汉文诗歌的音律，同时又吸取了越南民间文学的语言养料，符合越南语语音变化丰富的特点和越南民族的语言习惯，再加上结构简单，韵律、篇幅灵活，适合叙事，尤其适用于长篇叙事诗。六八诗体与越南民间俗文学有着不可分割的血肉关系，朴野有余而典雅不足，因此在六八体的基础上，越南知识分子阶层又创造出一种新的诗体——双七六八体，它的结构较复杂，变化也较多，因而更适合表达复杂细腻的思想感情。这两种诗体的出现大大扩展了越南诗歌的表现领域，促进了喃字诗体小说的发展、繁荣。除了段氏点的《征妇吟演歌》、阮嘉韶的《宫怨吟曲》等吟曲类作品因为偏向抒情而采

[①] 参见谭志词：《中越语言文化关系》，广州：世界图书出版公司，2014年。

用双七六八体之外，越南18世纪至19世纪中叶的喃字小说采用的大多是六八诗体。喃字和六八诗体的结合，更容易为广大民众所接受，使小说在形式上获得了巨大成功，以至于民间妇孺对《金云翘传》等喃字诗体小说中的许多句子都倒背如流。

（二）改写的喃字诗体小说符合越南的实际以及越南人的价值观

在考察中国才子佳人小说在东亚传播的特征时，日本学者矶部佑子论证了《二度梅》在越南拥有众多读者的原因：其一是其中有杏元被迫远嫁边疆的故事。越南历史上有过不少类似的事件，对孤苦伶仃的女性断然拒绝逼婚，自尽求全而产生的共鸣便形成了一个庞大的读者群。其二是作品中出现了渔婆玉姐这一女性形象，救了春生，还在船上给他提供学习的地方，春生也帮她卖鱼，两人共同生活一直持续到春生出人头地之后。这样的在平民百姓（特别是临海的越南人）中存在的玉姐形象，在作品被接受方面具有很大的意义。[①]另一方面，越南妇女一向以温柔贤惠、勤劳勇敢而著称，她们承担了家里家外几乎所有事情，无论是在外劳作养家糊口，还是家中的日常琐事几乎都由妇女一手承担。越南文人选择改写的作品中女子形象鲜明、处事果敢机智也正符合了越南的实际情况，因而得到广大越南人民的喜爱。此外，越南由于受中国儒家思想的影响，对儒家宣扬的伦理道德相当推崇，忠孝节义观念甚至强过儒家思想的发源地——中国，而这也是被越南文人选择改写的才子佳人小说的突出特点之一。

（三）喃字诗体小说大大丰富了越南语言，对越南语言的发展与完善做出了巨大贡献

越南文人改写的中国才子佳人小说多采用喃字六八诗体，我们知

---

① 参见矶部佑子：《关于中国才子佳人小说在东亚传播的特征——以〈二度梅〉、〈好逑传〉为主要考察对象》，载《上海师范大学学报（哲学社会科学版）》，2005年第1期。

道，喃字是与越南民族语言相对应的一种文字，六八诗体又跟越南民间口头文学，尤其是民歌、民谣有着千丝万缕的关系，越南文人用这样一种民族文字与诗体改写中国的小说，既将中国通俗文学的语言精华融入越南语言之中，又将越南民间"俗"文学中大量生动的句子加以锤炼吸收，可谓集两国语言之精华于一身，使得一向与生活脱节的成文文学与文字开始贴近人们的日常生活。如《金云翘传》中，开篇就有"trải qua một cuộc bể dâu"，汉文的"沧海桑田"的意思在这里用越南语的"bể dâu"表达，将"bể"（意为"海"）和"dâu"（意为"桑"）两个纯越词按照越语的习惯表达方式组合起来。又如《二度梅》中"Mắt thần khôn giấu, lưới trời khôn dung"，也是将中文的"天罗地网"用"lưới"（意为"网"）和"trời"（意为"天"）两个纯越词按照越语的构词方式组合起来表达，将汉语的意思完美地用越语演绎出来。类似的例子举不胜举，这些中越结合的新词为越南语注入了新鲜的血液。随着这些喃字诗体小说的广泛流传，这些词语进入到人们视野中，对越南语言产生了巨大影响，极大地丰富了越南语言。

除了上述三个方面的原因外，越南文人改写、移植的才子佳人作品数量有限也是这些小说在越南受到欢迎的原因之一，因为数量少，内容、情节不易重复，所以中国才子佳人小说的公式化故事结构和概念化的人物性格的缺点在越南没有暴露出来，每一篇都显得独具特色。此外，中国古典小说在明清两代发展到极致，各种题材都有大量作品，经典之作层出不穷，才子佳人小说作为其中一小部分，而且是成就不大的一部分，被历史忽略掉并不难理解。而越南的古典小说相比之下乏善可陈，只有15世纪到19世纪中叶出现的少数喃字诗体小说，接下来由于历史的原因，越南改用拉丁国语字，文学步入现代。在这样的背景下，喃字诗体小说在越南受到重视就是理所当然的事了。

四、结语

中越两国历史文化源远流长，中国古典文学对越南古典文学产生了巨大的影响，无论是早期的汉字诗词赋还是后来的喃字诗、小说，越南都从中国汲取了丰富的营养。喃字诗体小说作为越南古典文学的一个重要组成部分，对越南文学以及越南民族语言的发展做出了巨大贡献。其中改写、移植自中国明末清初才子佳人小说的喃字诗体小说作为越南古典小说的主体，成为中越两国文学文化交流的一座桥梁，以一种独特的方式使湮没在中国文学历史长河中的才子佳人小说在异域获得新生，也为越南古典文学增添了灿烂的一笔。

参考文献

[1] 矶部佑子. 关于中国才子佳人小说在东亚传播的特征：以《二度梅》、《好逑传》为主要考察对象 [J]. 上海师范大学学报（哲学社会科学版），2005（1）.

[2] 林辰. 明末清初小说述录 [M]. 北京：春风文艺出版社，1988.

[3] 卢兴基. 在《金瓶梅》与《红楼梦》之间填补历史的空白 [C] // 明清小说论丛：第1辑. 北京：春风文艺出版社，1984.

[4] 鲁迅. 中国小说史略 [M]. 太原：山西古籍出版社，2001.

[5]［清］青心才人. 金云翘传 [M].［2008-05-23］. http://www.open-lit.com/list.php.

[6] 邱江宁. 才子佳人小说研究：从陌生化角度探讨其兴盛衰落的原因 [D]. 复旦大学博士学位论文，2004.

[7] 苏建新. 才子佳人小说演变史研究 [D]. 福建师范大学博士学位论文，2005.

[8] 谭志词. 中越语言文化关系 [M]. 广州：世界图书出版公司，2014.

[9] [清] 天花藏主人. 二度梅全传 [M]. 济南：山东文艺出版社，1986.

[10] [清] 天花藏主人. 定情人 [M]. [2008-05-23]. http://www.open-lit.com/list.php.

[11] [清] 天花藏主人. 玉娇梨 [M]. [2008-05-23]. http://www.open-lit.com/list.php.

[12] 于在照. 越南文学史 [M]. 广州：世界图书出版公司，2014.

[13] Khuyết Danh. *Nhị Độ Mai* [M]. [2008-05-23]. http://www.vietlex.com.

[14] Lại Nguyên Ân. *Từ Điển Văn Học Việt Nam (từ Nguồn gốc đến hết Thế Kỷ XIX)* [M]. Hà Nội: Nhà xuất bản Giáo dục, 1999.

[15] Nguyễn Du. *Truyện Kiều* [M]. Hà Nội: Nhà xuất bản Hà Nội, 1999.

佛教对越南古代文学的影响

■ 周联霞

【摘　要】 佛教传播到越南后经过与越南本土文化长期的互相磨合，逐渐契入于越南本土文化之中，对越南社会的政治、经济、哲学、文学艺术等方面都产生了巨大而深刻的影响，尤其对于文人们的文化形态建构，所起的作用更不容小视。当佛教理念契入于文学世界，成为创作主体的内在本质与精神时，使艺术在表现创作主体的主观情感及人生体验等诸多方面更别具一种情味、意义与境界，从而对越南文学的丰富和发展起着重要作用。

【关键词】 佛教影响；文化交流；越南文学

佛教之传入越南始于公元2世纪末，经过数百年的传播于11世纪至14世纪进入鼎盛时期。1018年，道清和尚到中国迎请三藏经，北传大乘佛教的三藏经文遂传入越南。随着佛教在越南的传播与发展，李朝时期，佛教被立为越南的国教，一些名僧被封为国师，如万行法师；许多僧侣成了文坛的著名人物，如杜法顺禅师、满觉禅师、空路禅师、圆昭禅师、圆通禅师和玄光等。佛教传入越南，给越南输入了一种与固有传统不同的、高度发达的意识形态和思维方式，而且佛教文化特别是佛典又具有高度文学性，因此，佛教在文坛上与民众中的广泛流传，就必然影响到越南的文学创作实践与文学观念。

佛教对越南古代文学的发展起的重要作用，主要表现在三个方面：首先，佛教促进了越南佛教文学的产生和发展，并使其在越南文坛上占据着重要地位，成为越南早期成文文学的有力补充；其次，从创作角度看，佛教丰富了越南古代文学作品的思想内容；再次，佛教开拓了越南古代文学作品的审美意境。下面就以上三个方面进行分析。

一、佛教滋生了越南的佛教文学，并促进了越南成文文学的产生和发展

关于佛教文学的定义，学者们有不同的定义和说法，本文拟定为表现佛教思想和信仰的文学。在越南，伴随着佛教的传播，包括碑铭记事文学和佛经哲理文学在内的佛教文学便应运而生并得以广泛流传。

早期的越南文学（公元10世纪以前）的主要形态多为简易神话、传说、歌谣等一类的口头文学，随着佛教在越南的推广普及，全国各地广立佛塔、石碑，于是碑铭记事文学应运而生，并成为越南早期书面文学的主要形式。随后，佛教传说出现并开始远远多于其他题材的传说。公元6世纪至9世纪，伴随着中国禅宗哲学的传入，汉译佛经大量涌入越南，如《法严经》、《维摩诘经》等，其本身就是典雅、瑰丽的文学作品。此外，这些佛典中带有不同于越南传统的思想内容与表现手法，对越南的文学创作是一种强有力的滋养和补充，成为推动越南成文文学发展的新因素。

李朝时期，越南的佛教文学有了长足的发展。这是由于统治者大力提倡佛教，在社会上形成崇佛空气的缘故。李朝不仅继承了丁、前黎朝廷传统，礼僧敬佛，支持佛教，而且，在对佛教的态度上带有更明显的政治意图，即自觉地利用佛教为巩固自己的统治地位服务。这种自觉性的一个后果是使他们努力把佛教势力网罗到政治权势之下，容纳到世俗生活之中。李朝开国之初把佛教定为国教，1031年，李太宗下诏在各地建立950座寺庙，全国笃信佛教者极多，寺院拥有大量的土地，贵族与寺院封建主建立了许多大庄园，佛教势力极为强大，他们的影响渗透到了皇室宫廷，有时甚至能左右国家的政治。正是由于僧侣阶层在当时

社会中的特殊地位，它自然成了各个朝代的支柱和靠山，如杜法顺、匡越和万行等都是朝廷的国师和顾问。从以上事实，可见僧侣在当时社会上的权势，亦可见统治阶级对他们的态度。在这样的情况下，不少所谓"名僧"、"高僧"，不自视为"方外之人"，别人也不把他们看作是"方外之人"，他们也不以隐居山林、礼佛诵经为高尚事。相反，他们广泛地参与到政治、社会生活中，不少僧侣出入文人圈子，李朝许多"诗僧"，不过是披着袈裟的诗人。据《禅苑集英》所载，在李朝时期，有40多位禅师赋诗、为文。其中的代表有杜法顺禅师、万行禅师、满觉禅师、空路禅师、圆昭禅师和圆通禅师等，他们创作了大量的文学作品，其中许多成为越南古代文学的重要组成部分，为越南古代文学的发展做出了突出贡献：杜法顺禅师著有越南现存最早的汉诗《国祚》，另外还有《菩萨号忏悔文》；万行禅师著有《无题》和《示弟子》等；满觉禅师著有《告疾示众》；空路禅师著有《鱼闲》；圆昭禅师著有《药师十二愿文》、《赞圆觉经》、《十二菩萨修证道场》和《参徒显决》等；圆通禅师著有《诸佛迹缘事》三十卷，《洪钟文碑记》及《僧家杂录》五十卷，另有诗歌、散文约千首行世；此外还有广智禅师，常照禅师等等，都有佛理佳作行世。无可否认，禅师们进行文学创作，其本意是借文学宣扬和传播佛教思想，一方面，这些作品都蕴含了丰富的佛理，是为佛教文学的大发展；另一方面，这些作品又具有浓厚的文学意味及色彩，从而极大地丰富了越南早期成文文学的创作形式和创作内容。

与此同时，由于统治者对佛教的大力推崇，当时越南社会的文人们已广泛接受并信仰佛教。他们虽不是佛教僧人，但笃信佛教，在研习佛教教义的同时，创作了大量佛禅味十足的作品。流传下来的有：李太宗所作《赞毗尼多流支禅师》和《示诸禅老参问禅旨》等；王海蟾所作《感怀》；段文钦所作《赠广智禅师》、《挽广智禅师》和《悼真空禅师》等；李圣宗的倚兰元妃所作佛偈《色空》；阮子成所作《幽居》及《秋日偶成》；阮觉海所作《花蝶》；阮愿学所作《道无影像》；范常所作《心》；陈光朝所作《嘉林寺》；等等。在这些作品里，文学与说理相结合，物与理兼容，成为这一时期越南文学的一个显著特点。

到13、14世纪陈朝时，儒学较前时期有了很大的发展，处于上升时期，但佛教仍占上层建筑的统治地位，佛教在社会文化生活中依然极为盛行，"故凡天下粤区名士，寺居其半。"（张汉超《开严寺碑记》），佛教文学仍占据着很重要的地位。佛教对文学的影响虽较前期有所减弱，但仍相当巨大，尤其是陈朝前期更为突出，这一时期越南的成文文学中依然大量充斥着佛教文学，有如慧忠居士的《出尘》；陈太宗的两部阐述佛学的著作《禅宗指南》和《课虚录》（上、下卷）；陈仁宗的《春晚》、《题普明寺水榭》、《登宝台山》等，及他现存最早的一篇汉语散文作品《上士行状》，现存最早的喃字赋《居尘乐道赋》；玄光的《秋心》、《山宇》等。此外，还有近乎越南佛学史略的无名氏的《禅苑集英》和《三祖实录》以及充斥着佛教神术的无名氏的神话故事集《报极传》等等。

自陈朝末年往后，越南的封建统治者多推行崇儒斥佛的政策，尤其在黎圣宗时期，黎圣宗对佛教采取镇压政策，把僧侣列为社会最底层，凡寺田、寺院领地一律收归国有，大批佛教僧侣被迫还俗。到15世纪后半叶，佛教僧侣人数寥寥无几，僧人的文学创作逐渐减少，纯粹宣扬佛教的文学作品几乎没有，通晓佛教教义者荡然无存，但表现佛教思想的作品却一直绵延不绝。如六八体喃字长诗《观音氏敬》，虽宣扬了儒家的忠孝思想，但更体现了作者慈悲为怀、忍让当头、诚心修行、必能成正果的浓厚的佛教思想。另一篇与佛教有关的作品《南海观世音》也是如此，在容纳了儒学的忠孝思想的同时极力宣扬佛教善忍的思想。此外，在许多越南古典小说中，都或多或少带有佛教的遗迹，如《金云翘传》、《玉娇梨新传》、《西厢记》、《石生传》、《芳花》、《二度梅》、《宋珍菊花》等，思想内容有强烈的现实意义，实际的主题与佛教没有什么根本的关系，但却也渗入一些佛教的语言，张扬鬼魂、冥界，宣传因缘、业报、宿命，用佛教的轮回报应构成超现实的情节，以此成为解决作品中矛盾的关键，这无疑是佛教在构思上对越南成文文学创作的一大贡献。

综上所述，佛教的传播滋生了越南的佛教文学，同时促进了越南成文文学的产生，并极大地丰富了越南民族文学的内涵。

二、佛教丰富了越南古代文学的思想内容

文学思想内容的转变，决定的因素很多，如社会统治阶级的提倡与偏爱，文坛领袖人物的理论主张和创作实践，都足以影响一代文坛风气与好尚。另一个重要的因素是其他意识形态的影响，如政治、宗教、学术等领域的发展也会作用于文学观念。佛教传入越南，给越南的思想界以巨大冲击，带来了许多新内容，因而不能不作用于文学思想。佛教学说的独特贡献在其心性理论，而文学创作正是人的创造活动，心性问题也是文学思想的一个重要课题。因此，越南文人在创作过程中从佛教中寻求借鉴和依据则是很自然的了。经过丁、前黎、李、陈朝统治阶级的大力推崇，佛教被越南人接受、消化，佛教的一些基本观念也被越南文学界所接受，深入文人之心，越南文人自觉或不自觉地把佛家的认识论、方法论、宇宙观运用到文学创作当中，使得佛教思想在文学作品中处处得以体现。

佛教的基本思想是因果轮回，善恶有报，这种佛教的哲学观、价值观对越南古代文学的影响非常广泛，表现在作品中的有因果报应思想、人生无常思想、轮回转世思想、灵验思想、宿世来迎思想、净土涅槃思想等等。其中，因果报应思想、人生无常思想和轮回转世思想的影响最大，构成了越南古代文学的主要思想倾向。

（一）因果报应思想

佛教认为，未作不起，已作不失，任何事物都是有一定的原因引起又必会产生一定的结果，所谓善因有善果，恶因有恶果，如《涅槃经》："善恶之报，如影随形，三世因果，循环不失。"据此，佛教提出三世

因果说，并认为今世人有贫富，是前世所造善恶诸业的结果或报应；今生行为必会带来来世或后生的福罪。佛教的这一因果业报说对越南人的思想影响极为深刻，在越南人看来，因果报应是佛教的实理和根本，否定因果报应就等于摒弃了佛教。长期以来，因果报应说成了佛教的基本思想，在越南古代叙事文学中得以淋漓尽致地反映。

越南古典小说多产生于崇儒的阮朝时期，因此主题大都是儒教的忠孝、贞烈、友爱等等，但这并没有妨碍佛教果报思想在作品中的表现。表现得最为突出的是阮攸的《金云翘传》。《金云翘传》的主题是儒教的忠孝节义，而这一主题恰恰是通过因果报应来实现的：作者颂扬翠翘忍辱负重、矢志不渝，在经受了种种痛苦经历后得到善报，最终与爱人团聚，并过上幸福生活；陷害翠翘一家的官府官吏以及后来的马监生、秀婆、楚卿、胡宗宪等恶人无一不受到了应有的惩处。《双星不夜》中双星与蕊珠真诚相爱，经过生离死别，最后以大团圆结局；《石生传》中善良、勇敢的石生最终取得了皇位。以古典名著《金云翘传》为首的《玉娇梨新传》、《西厢记》、《石生传》、《芳花》、《二度梅》、《宋珍菊花》等一系列古典小说，都或多或少包含善恶果报的意识，这都是佛教观念潜移默化的表现。

这种宣扬因果报应的小说流传极广，直至今天，在越南许多小说中仍然能够看到因果思想的影响。这说明，佛教的这一思想已经深入越南人心，要在各个时代的文学作品中顽强地表现出来。

此外，因果报应、神异灵述成了许多小说解决矛盾的关键，往往是业报的逻辑比生活实际更有力，这样，也就创造出一些承担实行业报力量的人物，其中有佛、菩萨、神、鬼，也有带着特殊灵性的人。这些不可思议的形象，作为宗教宣传，是迷信、谬说和无稽之谈，但在文学上，这些人物形象的塑造，给越南古代文学输入了不少新的东西；歌颂佛的功德、佛的威力，描绘佛的庄严国土，创造出更为绚丽神奇的世界，打开了艺术想象的一个广阔天地，扩大了文学的表现手段。

(二) 人生无常思想

佛教认为，宇宙间的一切现象，都是此生彼生、此灭彼灭的相互依存关系，没有永恒的实体的存在。所以任何现象都是无常的，人生也是变化无常的，表现为刹那生刹那灭的。万行法师作如下言：

身如电影有还无，万木春荣秋又枯。

任运盛衰无怖畏，盛衰如露草头铺。

人的身体、树木的枯荣、朝代的更替、社会的变迁都如草尖上的露珠一般，不可能"常在"，即使上万物（包括人）即世上万物（包括人）既有也无，它们只是一个本体的千姿百态的表现。

既然世界上的一切都是无常，并无时无刻不在流动变迁中，包括人生都是无常的，终归要变化以至于消灭；当那些执着、留恋于现实人生的人以这样的佛教理念来关照现世人生时，常常会产生对人生的变幻与无常的感伤。

陈朝时期开讽喻诗先河的陈元旦在《寄台中僚友》中抒发的即是对岁月无常的感叹：

台端一去便天涯，回首伤心事事违。

九陌尘埃人易老，五湖风雨客思归。

黎朝的开国元勋阮廌，晚年面对茫然的仕途万般无奈，辞官归居于昆山，发出了"世上黄粱一梦余，觉来万事总成虚"的感叹；满觉大师《告疾示众》中有云"事逐眼前去，老从头上来"、李子晋《元旦作》中有云"回头四十九年翁，得失悲欢一梦中"，是为一种对人生如幻如寄的慨叹。《金刚经》"一切有为法，如梦幻泡影"，又言"凡所有相皆是虚妄"，正如诗人们所描绘的那样，那世上的一切，人的一生一世不正如梦中变化、幻术不真、水中泡沫和镜中影像一样虚假不实吗？

后黎时期的黄士启，是越南文学史上第一个完整用越南独创诗体——双七六八体写长诗的诗人，他在《四时曲咏》中写道：

名利何须烦顾，不恋世情不醉红尘。

灵窗凭栏思量，沧海浮沉留名几人。

在古代越南，像这样吟咏世事如流水、人生无常、恍如一梦之文人比比皆是。

1804年，范泰用六八体夹杂唐律写成的长篇叙事诗《初镜新妆》通过对主人公范金、琼书转世姻缘的描写，把当世不能实现的愿望寄托于来世，这实际上也是人生无常思想的反映。

（三）三世轮回思想

"三世"包括所谓前世（前生、前际）、现世（现在所生、中际）、来世（未来的世界、来生、后际）；"轮回"即流转、轮转。佛教认为，众生今世不同的行为和业力，在来生就会获得不同的果报；来生的果报又造成新的业，进而造成未来世的果报往复流转，轮回不止。这即是说，任何一个有生命个体在进入理想的涅槃境界之前都要经历三世轮回的苦难，在越南古代文学中，这种思想多表现为人物的投胎转世和还阳。

无名氏的长篇叙事诗《林泉奇遇》中，天上的一位仙女因触犯天规被谪人间为一只白猿，后又变为一位美貌女子，与孙铭结为夫妇。孙铭受朋友挑拨迫使白猿出走，后两人团圆，白猿返回天境，因思念丈夫及尘世的生活，玉帝感其诚遂允她重回人间，与孙铭过上幸福生活。《初镜新妆》中为情自尽的张琼书转世为蕊珠，终与心上人结好姻缘；《观音氏敬》中冤死的氏敬被超度为观音佛；……这种三世轮回思想给越南古代文学提供了色彩缤纷的幻想世界和幻想人物，促进了越南古代浪漫主义文学的发展。

佛教的超三世，通阴阳的观念，使人们的思想打破现世规律的约束，不但承认有现世，还有去世、来世；不但有人间，还有天堂、地狱，这也把文学表现的领域扩大了。从文学作品表现的实际内容看，所谓天上、冥界，不过是现实世界的曲折的反映，有些作品不过是利用它们来表露对现实的看法，或在小说结构中起到某种作用；但有不少作品表现这些，确实是出于一种信仰，可见佛教观念影响之深刻。

三、佛教拓宽了越南古代诗文的审美意境

经过长期与越南本土文化的互相磨合，佛教禅宗逐渐契入于越南本土文化之中，对越南社会的政治、经济、哲学、文学艺术等方面都产生了巨大而深刻的影响，尤其在文人们的文化形态建构上，所起的作用更不容小视。佛教理念契入于艺术世界，成为创作主体的内在本质与精神，使艺术在表现创作主体的主观情感及人生体验等诸多方面别具一种情味、意义与境界。在越南文学史上流传下来的诗文当中，有许多都以"禅"入诗，极为充分地体现了禅宗诗歌质朴自然、清净恬淡、澄明高远、圆融谐美的美学风格。

佛教禅宗把山水自然看作是佛性的显现，青青翠竹，尽是法身。郁郁黄花，无非般若。在禅宗看来，无情有佛性，山水悉真如，自然界的一切莫不显现着活泼的自性：

春来花蝶善知时，花蝶应须共应期。
花蝶本来皆是幻，莫需花蝶向心持。
　　　　　　　　　　（阮觉海《花蝶》）
小艇乘风泛渺茫，山清水旅游秋光。
声声渔笛芦花外，月落波心降满霜。
　　　　　　　　　　（玄光《秋心》）
秋风午夜拂檐牙，山宇萧然枕绿罗。
已矣成禅心一片，虫声唧唧为谁多。
　　　　　　　　　　（玄光《山宇》）
万里清江万里天，一村桑拓一村烟。
渔翁睡着无人唤，过午醒来雪满船。
　　　　　　　　　　（空路禅师《渔闲》）

自然景观走进诗人的创作视野，成为他们审美注意的对象，通过对这些自然物象的审美观照，诗人们寄托了他们对佛理的感悟。在这些作品里，自然之景与佛教之义相融相合，相互发明，相得益彰，诗人们用朴实的语言，透过宁静、平淡的意象，表征了山水真如的参悟体验。

理事圆融是禅宗审美的另一个重要内容。禅宗五家七宗对理事关系都十分注重。禅宗诗歌中运用了大量鲜明可感的艺术形象表达理事圆融的审美感悟：

"潮生天地小，月白又江空。"（阮飞卿《化城晨钟》）

"行行不觉天将小，月在松梢水在头。"（阮子成《春日溪上晚行》）

"长江如练水映空，一声渔笛千山月。"（范遇《江中夜景》）

最能表征禅宗圆融观念的，是现象圆融境。按照华严宗旨，本体由现象呈现，现象与现象之间均为本体之呈现而可相互呈现，不必于现象界之外寻求超现象的世界，不必离现象求本体，不必离个别求一般。这就打通了众生界与佛界、现象与本体、个别与一般的隔绝，而达到圆融无碍。林区禅师《无题》云：

寂寂楞伽月，空空渡海舟。

知空空觉有，三昧任通周。

时间与空间在诗中得以无限延伸，诗人将事事无碍表达得淋漓尽致，表达了诗人对三界、三世轮回的参悟。这是超越了一切对立、消解了一切焦虑、脱落了一切黏着的澄明之境。

如上所述，当文人们将佛教教义作为自己认识世界，认识社会人生的时候，当他们将佛教教义作为消解理事矛盾、心形不一的精神武器的时候，佛教更益发挥出它巨大的能量。而当文人们将他们如此种种的感悟发于文学作品的时候，就使得越南的文学作品出现了这种种新的景象、新的意味。

综上所述，作为越南古代文学重要的思想源泉之一，佛教思想对越南古代文学的发展起了不可估量的重要作用。虽然佛教中的一些消极思想和迷信的因素也不可避免地限制了作家的思想，甚至扭曲了创作的内容，使文学作品产生消极、悲观、宿命循世等不良倾向。但无论如何，抛开这些负面的影响，无论是直接还是间接，佛教都给越南文学以滋养和借鉴，成了越南古代文学发展的重要的土壤。

宗教和文学是世界各国文化的两大要素，二者互相渗透，互相影响，而宗教几乎成了所有意识形态的主导因素，对文学创作起着指导性作用。它深刻地影响着创作主体的内在精神，积淀为一种文化形态，从而对艺术创作产生巨大而深刻的影响。佛教作为古代越南民族普遍的信仰，深刻地影响了越南古代文学的发展。其一，佛教促进了佛教文学的产生和发展，并使佛教文学成为越南古代文学不可分割的一部分，从形式和内容上丰富了越南的成文文学。其二，佛教从思想内容和艺术表现上影响了越南古代文学，为丰富越南民族文学的内容、提高文学的艺术性做出了贡献。其三，佛教开创了越南诗歌质朴幽远、清净恬淡、澄明高远、圆融谐美的美学风格。

参 考 文 献

［1］［越］陈正和．越南佛教史略：从古至今［J］．宋有成，节译．东南亚研究，1984（3）．

［2］陈玉龙，杨通方，夏应元，范毓周．汉文化论纲［M］．北京：北京大学出版社，1993．

［3］黄健红．越南李陈朝汉文参诗研究［C］//东方语言文化论丛：第20卷．北京：军事谊文出版社，2001．

［4］金英今．试论佛教对古代朝鲜文学的影响［J］．解放军外国语学院学报，1998（6）．

［5］李宗桂．中国文化概论［M］．广州：中山大学出版社，1989．

[6] 梁立基，李谋主编. 世界四大文化与东南亚文学 [M]. 北京：经济日报出版社，2000.

[7] 梁志明. 略论越南佛教的源流和李陈时期越南佛教的发展 [J]. 东南亚研究，1984（2）.

[8] 孙昌武. 佛教与中国文学 [M]. 上海：上海人民出版社，1996.

[9] 于在照. 越南文学史 [M]. 广州：世界图书出版公司，2014.

从越南神奇故事看越南的民族认同

■ 谢群芳

【摘　要】越南神奇故事在叙述过程中巧妙地融入了一些关于民族起源、民族特性、民族历史和民族优良传统的情节要素，激发起大众的民族认同感和民族自信心。正确理解、分析和诠释这种貌似简单浅显、实则复杂深厚的越南民族文化有着十分积极的作用。

【关键词】越南民间文学；神奇故事；民族认同

神奇故事是一种广泛流传的典型的民间文学体裁。作为集体智慧的结晶，它体现了人民大众的理想期盼、审美情趣、道德取向、价值观念、朴实情感，具有鲜明的民族性。越南神奇故事在叙述过程中巧妙地融入了一些关于民族起源和民族优良传统的情节要素，激发起人民大众的民族认同感和民族自信心。因此，我们以神奇故事为参照、为桥梁，窥探越南民族的某些特点，无疑是一种十分有效的途径，而了解和掌握越南民族的这些特点，反过来对我们全面而透彻地理解越南神奇故事的深刻内涵，正确理解、分析和诠释这种貌似简单浅显、实则复杂深厚的越南民族文化优秀遗产有着十分积极的作用。

一、原始图腾和信仰暗喻着民族起源

我们把故事看作一个整体，从文化人类学的角度去观照，以研究故事在社会生活中的功能和意义为引导，把神奇故事领会为一种言语行为，在一种近于微观社会学的描述中，力图解释故事在社会传承中的特殊规律和文化内涵。

神话及故事的情节结构与在行授礼仪式时占重要地位的事件的顺序相吻合，这一点令人想到，讲述的是与青年人相关的事，但讲述的却并不是他本身，而是祖先，是氏族与习俗的创始人，他以奇特的方式诞生，在熊啊、狼啊之类的动物王国待过，从那儿带来了火、有魔力的舞蹈（就是教年轻人跳的那些）等等。[①]

越南神奇故事中的某些情节内容体现出越南人民的民族认同感和民族自信心。这一点我们可以先从鸟类信仰来看越南民族起源即鸿庞鸟和雄王信仰。

（一）因地制宜的鸟类信仰暗示民族先人

通常，不同国家、不同民族的起源多是以神话、传说的形式来表达。人的自然化，即人向自然靠拢，人被自然同化，由此而产生了最早的动、植物神话与图腾神话，后者包括在前者之中。凡是解释动、植物来源及其特性的，也就是最初的动、植物传说，起源于渔猎阶段，它们很古老。动物神话传说更古老，数量也较多。"不是所有的动、植物神话的神都具有图腾的性质，只有那些被视为人类祖先，被当作与氏族有亲缘关系的动、植物神，才能称之为图腾。"[②]

鸟类崇拜信仰是越南人的古老民族文化。在越南神奇故事中，屡屡出现神鸟的情节。神鸟的出手相助也带着一定的越民族文化色彩。从自然地理条件方面看，越南地处热带，森林覆盖率高，终年气候温暖，雨水充沛，草木繁茂，因此十分适合鸟类，尤其是各种水鸟的生存，而他们生活既飞翔在空中，又在水中觅食求生，这种"空—水"两栖的生活方式，以及鸟类温和的性情，正与水稻农业文化培养出灵活、善良、重

---

① ［俄］普罗普. 神奇故事的历史根源［M］. 北京：中华书局，2006：468.
② 潜明兹. 中国古代神话与传说［M］. 北京：商务印书馆，1996：24.

情感的性格相符，因此鸟类深得越南人厚爱。①

所以在越南神奇故事中，出现《杨桃树》中神奇的大鹏，《丹与甘》中极具灵性的黄莺鸟，还有其他的如凤凰、八哥、乌鸦、喜鹊、鹧鸪等鸟类也就不足为奇了。在研究中，我们看到越南神奇故事里频频出现的各种鸟类形象和围绕它们生发的情节，这种文学现象实则是民俗事象的反映，在远古时代就受到越南人崇拜。在被越南人引以为豪的铜鼓上，除了中心的太阳形象，周围几乎就是鸟的世界。安官、东山、东孝等地出土的铜鼓上，绘刻着各种形态的鸟类。②越南人的祖先崇拜就是要对民族祖先的认同和人民自身的民族归属的认同。这也是一种"寻根意识"的体现，透露出东方哲学尤其是儒家哲学中"落叶归根"的思想。

（二）仙女与龙君结合衍生民族始祖

图腾崇拜是原始宗教最普遍的形态之一，在人类早期民间故事、神话中得到了真实的、具体的体现，即氏族祖先传说。民间故事中的祖先和动物有着许多关联，只有很少一部分和植物或自然力（如太阳、风、雷、火等）有联系。这是因为在原始社会，人们信仰动植物，相信人们的某一血缘联合体与动物的某一种类之间存在着血缘关系，信奉它们是氏族的祖先或保护神。③

越南人以自己特有的思维方式，将这些动物抽象化、典型化，并最终由原始的动物崇拜推导出自己民族的起源：仙与龙。根据历史文献和越南本民族的神话传说，越南人一向认为自己是"龙子仙孙"，起源于鸿庞氏④。按他们的理解，"鸿庞"就是一种大的水鸟："庞"本身是大

---

① 张涛. 从动物角度透视越南文化[C]//东方语言文化论丛：第23卷. 北京：军事谊文出版社，2004：280.

② 张涛，同上.

③ 李乃坤，董元骥，等. 中外民俗学比较研究[M]. 济南：山东大学出版社，1993：162.

④ 最早文字记录于《岭南摭怪》中，见：戴可来，杨保筠校注. 岭南摭怪等史料三种[M]. 郑州：中州古籍出版社，1991. 本书因由儒家学者收集整理，明显带有儒家思想.

的意思，而"鸿"字是由"江"和"鸟"组成，正是水鸟的意思。至于"龙、仙"这对越南特有的祖先组合，也是由他们的动物崇拜演化而来，其中龙的原型之一是水域常见的蛇，而仙则是由"鸟"演化而成，也正因此，在介绍越南民族起源的神话传说《貉龙君传》①中，妪姬直接生下的不是人，而是一只大卵胞，"龙君与妪姬居期年而生一胞，以为不详，弃诸原野，过六七日，胞中开出百卵，一卵一男，乃取归而养之。不劳乳哺，各自长成。"这是关于越族起源的神话传说，讲述的是炎帝神农氏五世孙貉龙君与帝来之女（一作妾）妪姬生百卵开百男、五十男随母居峰州、推尊长者为雄王、建文郎国、以雄王为号世世相传的故事②，即为越南人耳熟能详的"百卵生百男"的传说故事。其中雄王即是越南传说中的越南始祖。

越南神奇故事中有雄王出现或与雄王有关的故事不少，如《槟榔》故事结尾以雄王御驾经过，被三人的动人故事所感，命民众广种槟榔树以褒扬赞美三人之间的兄弟情、夫妻情③；从《褚童子与仙容公主》的故事开头我们知道，美丽的仙容公主是雄王宠爱的女儿，穷人褚童子是恪守孝道的典范。而故事发展到结尾，褚童子——雄王女婿除了"开市立铺"，还因"学道布道"加上神秘色彩的"得道升天"成为越南的"褚道祖"，是越南民间"四不死"信仰神之一；《粽子糍粑》中的郎寮王子是雄王的第十八子，因得神相助敬献象征天圆地方的"粽子、糍粑"而继承王位，称雄王。

毋庸置疑，这几个故事是从神话、传说演变而来，其内容情节大致与《岭南摭怪》中的文本相同，只是开头结尾在叙述方式和情节上略有不同，使之更符合于神奇故事的特征。他们把自认为是民族祖先的思想

---

① 故事全文见戴可来、杨保筠前揭书，第9—10页。
② 徐方宇. 越南雄王的记忆与信仰研究[D]. 解放军外国语学院博士论文，2009: 5.
③ 又：阿槟、阿榔是雄王的孙子。故事题为《槟榔传》，开头："上古时有一官郎（注：雄王时代，官郎之王子），状貌高大。国有赐高侯，便以高为姓。生男二，长曰槟，次曰榔。二人相似，不辨兄弟。……"见：戴可来、杨保筠前揭书，第17—18页。但不论哪种说法，该故事都与雄王有关。

和话语放进了神和英雄的生活中。这些故事与其他有关的神话、传说一起，都是极具越南民族特色的口传文学，其影响力不可忽视：阅读聆听这样的故事，有利于越南民族认识自我民族精神，增强民族自尊心，增强人民大众爱国家、爱家乡的意识，以及国家和民族的凝聚力；同时也能大大激励越族人的民族自豪感，激发越南人的民族认同感和自信心。

虽然"龙"在动物界并不真实存在，但却受到越南民族的厚爱。越南人一直自认为是"龙子仙孙"，所以尊崇龙和与龙有关的一切事物。那么平头百姓要是能与龙沾上一些关系那么就是一种幸运和福分。除上面所说的《貉龙君》外，我们在神奇故事中经常看到"龙王"、"龙女"、"龙王太子"等字眼，而水底龙宫又是充满着金银珠宝和具有神奇法力事物聚集的地方。龙族既神奇又高贵富有，人间贫穷的男子获得龙女的爱情便常有受宠若惊之感。如：《青蛙娘子》、《渔夫与水晶宫公主》等，龙女的形象也得到美化，她们不仅有崇高的地位，而且有优美的心灵和巨大的能耐。小伙子往往贫穷但善良，主动（或是无意中）救助化身为鱼的龙女，使得龙女倾心于他，主动与他结缘而过上幸福日子。

换言之，越南神奇故事中出现的动物、植物所代表的特殊性不是一种偶然，而是由该民族在长期的历史过程中所栖居的地理人文环境所决定的，它反映了该民族对周围世界的认识和接受，反映了该民族对空间事物的一份特殊情感。

二、代表人物特性反映民族传统

我们在研究过程中发现，越南人民喜爱以《石生》为代表的"勇士型"故事，把石生看作是一个民族英雄式的代表，同时也是因为勇士们的勇敢精神与越族人民的勤劳勇敢的民族传统相似，以此来获得民族认同感和自豪感的身心审美感。

在越南神奇故事中，我们可以看到这样的一个女性群体：大都具备勤劳美丽、纯洁质朴、忠贞不贰、敢爱敢恨、敢于承担家庭责任的优秀品质，还有慈祥和蔼、尽显德性、令人尊重的老母亲、老婆婆，这恰是越南民族认可的"良家妇女"——越南妇女的典型形象。

此外，恪守孝道的褚童子故事灌输给人民群众"百善孝为先"的人伦纲常，令人从小尊崇孝道；多数男女主人公具有的坚强忍耐性反映出越南民族的一个特点，同时也通过这些形象给人民以强化民族认同：越南民族是一个具有坚强忍耐性的民族。故事中多数主人公，往往历经磨难完成各种艰难的使命，最终获得成功。反之，必然面临挑战或遭到失败，就像《和尚化青蛙》、《小毛鸡》、《杜鹃鸟》等故事中的主人公，因没有最后的耐心，没能经受住佛对他们的考验，将之前耐住性子经历的千辛万苦化为灰烬，落得前功尽弃，不得不从头再来，去面临新的一连串严峻的考验。这一在故事中被反复使用的情节模式体现了越南民族个性提倡忍耐的特点。在越南民间信仰中，忍耐被视为一种美德、一种自救的方式。越南人用这种美德激励逆境中的人相信一切艰辛困苦终将过去，坚持和忍耐必然得到丰厚的回报。这与当代越南人民强调的"不屈不挠的"、"能吃苦的"民族特征极为接近，既是越南传统民族特性也与人们对现当代人民树立优秀品质的标准相吻合。越南人民军队提倡"忠于党，孝于人民，任何任务都能完成，任何困难都能克服，任何敌人都能战胜"的宗旨，也是对这一民族特征、民族精神的进一步诠释和凝练。

民族文化史在特定的地域空间中形成，因为其适应特定的生态环境而具有外来文化无法取代的生命力。共同的文化特点是构成民族最根本的特征，民族认同植根于该文化的沃土中。通过不同形式的"复制"、"重拾"民族记忆的活动也恰是维护本民族文化认同的表现。2009年4月19日，在河内山西县的同摩村隆重举行越南首届民族文化节大典开幕式，会上由副总理阮善仁宣读了越南政府总理1668号决定：将每年4月19日定为越南民族文化日及2009年各民族文化日框架内的一系列活动。该决定的公布是越南在"融入世界及全球化"大背景下极具重要意义和产生巨大效应的社会、政治、文化事件。其目的是进行爱国传统教育，激发民族自豪感；提高人民继承和发扬民族文化传统的责任意识和自信心；积极巩固并加强民族大团结合力，以突出民族文化来建立有特色的越南文化。同时宣传并动员各民族之间相互帮助共同推动社会、经济、文化发展，关注物质和精神生活，提高全民素质，继承和发扬各民族文化特色如语言、文字和优良传统[①]。

神奇故事以及其他民间故事都令人在阅读或聆听的同时自觉或不自觉地去判断人物的好与坏、真与假、善与恶、美与丑，有的时候甚至会自觉、主动地"对号入座"，这种心理趋同性更能说明大众对故事中本民族特性的接纳和认同。

三、时空的模糊跨度印证民族悠久历史和辽阔疆域

"民族的记忆需要依托各种有形无形的载体。各民族口头传统是最为渊源久远而流派绵长的族群记忆的载体"[②]。通过各种载体记忆的整合，拥有悠久的历史文化和辽阔的国界疆域使得各民族引以为豪。

在越南神奇故事中开头常用的"很久很久以前"、"很古的时候"都是强调故事产生年代的久远，从而形成民族历史悠久的印象；"很大的国家"和"无边的大海"强调了国家和大海的空间维度，在大众脑中留下国土疆域辽阔的痕迹。虽然这些词汇都是代表着一种无法查证的模糊概念，但通过突出时间的漫长和领土的无垠，来衬托出广阔的时间、空间跨度，体现出民族祖先想象力的神奇瑰丽，使得民族族群的记忆烙印深刻。这种叙事结构的特点也在一定程度上反映出越南民族对时间、空间的理解，或者说反映出辽阔空间和漫长时间给该民族所留下的深刻印象在神奇故事的叙事结构中所投射的影子。如此的地理环境特点无时无刻不都影响着生活在这片土地上的越南民族的性格，同时，这样势必会造成这种效果：在越南人民心目中对本民族具有的悠久历史和广阔的国

[①] 材料信息来自2009年越南电视台VTV1、VTV4的时事新闻。

[②] 覃德清. 瓯骆族裔—壮侗语民族的族群记忆与人文重建[J]. 广西民族研究，2005（3）：84.

土产生深刻印象和强烈认同。

我们也可以这样理解，越南神奇故事开头的特殊性不是一种偶然，而是由该民族在长期历史过程中所栖居的土地的"广阔无垠"和"悠久历史"所决定的，它反映了越族人对周围世界的认识和接受，反映了越南民族对时间、空间的一份特殊情感。如此空间和时间概念的影响不仅表现在神奇故事的开头，而且贯穿了整个故事的叙事结构。通过突出时间的漫长来衬托广阔的空间跨度；通过无边无际的空间来返照悠久的发展历史。

四、思想内容的熏染促成民族性格

民间故事渗透着劳动人民的爱憎，同时也培养人们的审美感情。而且在人的成长过程中，从小听老人们讲的民间故事，受到的都是民族传统思想的熏染，这对于民族性格的形成，产生了良好的影响。我们在问卷调查[①]中看到，从接触民间故事的年龄看，都是在0—6岁的时候居多，占了138/196；而方式主要是从祖辈、父母亲那里得到的居多，具体情况为：父母86/196，祖辈112/196。而在一家以少年儿童为主要对象的网站上，在"最精彩的故事"栏目里，《龙子仙孙》在传说类中点击率排第一，《丹与甘》在故事类中排第一，紧接着是《杨桃树》、《百节竹》。[②]这都说明古代民间故事，尤其是神奇故事从儿童时代起就在越南人心目中占据了极高地位，并对他们成长过程中逐渐形成的民族心理、民族性格有深刻影响。

"但是民间故事书还有这样的使命：和《圣经》一样地阐明他的精神品质，使他认识自己的力量，自己的权利，自己的自由，激起他的

---

　　① 该问卷调查是笔者根据论文需要预设的问卷，主要针对民间故事的社会价值体现的辅助性佐证。发下去300份，收回270份，均在越南当地完成。问卷调查不能说很全面，但是它的随机性和真实性为论文观点的客观性发挥了很大的支持作用。

　　② 数据来源：http://www.socnhi.com/truyen/kho-truyen/1（20100322）。

勇气，唤起他对祖国的热爱。"① 因为唤起了民族自信心和民族自豪感，神奇故事更能得到人民的喜爱和传诵。人们也必然会将这样的故事（以及神话、传说）继承下来并将其发扬下去，这也是故事的文化传承功能。人民推崇、膜拜本民族的人文始祖和英雄人物，敬重和珍惜本民族的人文传统和文化遗产，也是民族群体记忆的一种体现。正是通过一辈辈人的口耳相传，使得民族文化得以在薪火相传中不断发展并迸发出勃勃生机，民族的认同感和归属感也在故事的传诵过程中油然而生。

五、结语

每个民族都有自己特定的记忆，缺乏它则民族失去精神根基和信仰。作为民间文学的一个部分，神奇故事也是民俗文化重要的组成部分和承载体，是人类创造的重要财富。它们的形态往往是非物质的，是由精神劳动所产生，为满足人的精神生活需求而存在的。它们的历史和人类本身一样悠久，而且在人类社会的发展中有着特殊的价值，发挥着无可替代的作用。

从整个社会发展看，神奇故事经越南人民大众口耳相传，娱乐着人们的身心，丰富了人们的精神生活，而故事中传递的各种民俗事象、宗教信仰、伦理道德又时刻提醒着人们要"自律"和"他律"；神奇故事还展现了越南民族发展的历史，传承着越南民族的传统文化，引起人们对民族强烈的认同情感，唤起民族自信和自豪感，起着不可估量的社会教化功能。神奇故事是负载着越南本土的文化内涵、有着鲜明的地域与民族文化特色的民间叙事。

---

① 中国民间文艺研究会上海分会，上海文艺出版社编. 中国民间文学论文选：1949—1979 [C]. 上海：上海文艺出版社，1980.

参考文献

[1] 程蔷. 充满智慧的民间精灵 [M]. 桂林：广西师范大学出版社, 2006.

[2] 戴可来, 杨保筠校注. 岭南摭怪等史料三种 [M]. 郑州：中州古籍出版社, 1991.

[3] 李乃坤, 董元骥, 等. 中外民俗学比较研究 [M]. 济南：山东大学出版社, 1993.

[4] 潜明兹. 中国古代神话与传说 [M]. 北京：商务印书馆, 1996：24.

[5] [俄] 普罗普. 神奇故事的历史根源 [M]. 北京：中华书局, 2006.

[6] 覃德清. 瓯骆族裔——壮侗语民族的族群记忆与人文重建 [J]. 广西民族研究, 2005（3）.

[7] 张涛. 从动物角度透视越南文化 [C] // 东方语言文化论丛：第23卷. 北京：军事谊文出版社, 2004.

[8] 中国民间文艺研究会上海分会, 上海文艺出版社编. 中国民间文学论文选（1949—1979）[C]. 上海：上海文艺出版社, 1980.

[9] Chu Xuân Diên, Lê Chí Quế. *Tuyển tập truyện cổ tích Việt Nam (phần dân tộc Việt)* [M]. HN: Nxb Đại học và Trung học chuyên nghiệp, 1987.

[10] Nguyễn Thị Huế (chủ biên). *Tuyện cổ tích thần kỳ* [M]. Hà Nội: Nxb Khoa học xã hôi, 2009.

[11] Trung tâm Khoa học Xã hội và Nhân văn quốc gia. *Tác phẩm được tặng Giải thưởng Hồ Chí Minh (Cao Huy Đỉnh)* [M]. Hà Nội: Nxb Khoa học Xã hội, 2003.

［12］Trung tâm Khoa học Xã hội và Nhân văn quốc gia. *Tác phẩm được tặng Giải thưởng Hồ Chí Minh (Nguyễn Đổng Chi – Quyển I)*. Hà Nội: Nxb Khoa học Xã hội, 2003.

［13］Vũ Ngọc Khánh, Phạm Minh Thảo – Nguyễn Vũ. *Từ điển văn hóa dân gian* [C]. Hà Nội: Nxb Văn hóa – Thông tin, 2002.

中国学者对越南《金云翘传》的研究

■ 李华杰

【摘　要】青心才人的才子佳人小说《金云翘传》在中国清朝盛行一时后逐渐被人遗忘。相反，越南诗人阮攸改写的同名喃字诗作在越南长盛不衰，大放异彩。到了20世纪50、60年代，越南的《金云翘传》又传到中国，引起了中国学者的关注。50多年来，中国学者展开了对越南《金云翘传》的研究，主要集中在四个方面：对越南《金云翘传》的翻译和对翻译问题的探讨，对阮攸和《金云翘传》的介绍和论述，中越《金云翘传》的比较研究以及对《金重和阿翘》故事的研究。

【关键词】越南古典文学；青心才人；《金云翘传》；述评

1813年，阮攸作为越南代表团的正使来到中国。时值清朝嘉庆十七年，正是才子佳人小说盛行之时，清初青心才人的《金云翘传》闯入了阮攸的视野，深深地打动了这位伟大的诗人。归国后，他以青心才人的《金云翘传》为蓝本，以巨大的人文关怀和神来之笔写出了一首喃字长诗，最初定名为《断肠新声》，后改称《金云翘传》。

《金云翘传》面世以来，得到了越南各界人士的喜爱，被越南人誉为民族文学的瑰宝。越南学者范琼甚至说道："翘传在，越语在；越语在，越南在。"黄轶球评价《金云翘传》是"开辟了'越南国语'的新天地"，"成为'越南国语'的最高典范"[①]。可以说，《金云翘传》已经

---

① 黄轶球. 越南诗人阮攸和他的杰作 [J]. 华南师范学报，1958 (4).

远远超过了一部文学作品的意义，成为越南人无比神圣和宝贵的财富。越南民主共和国成立后，《金云翘传》被翻译成多种语言，广泛地介绍到了世界各国。

和阮攸的《金云翘传》在越南长盛不衰相对的是，青心才人的《金云翘传》在中国流行一时后遭到了极大的冷遇。其原因是才子佳人小说本身存在着缺陷，如主人公形象模式化，塑造功能性人物的失败，细节描写粗糙和叙述烦琐，语言表达苍白无力等。[①]这些缺陷招来了鲁迅、胡适、郭昌鹤等学者的批评，以至于才子佳人小说逐渐被人们遗忘，《金云翘传》也未能幸免。到了现当代，顾实、宋云彬、赵景深、郑振铎、袁行霈等自己编撰的中国文学史著作都没有提到《金云翘传》。[②]

一、中国对越南《金云翘传》的研究评述

20世纪50、60年代，亚非拉文学开始被纳入到中国高校文学教程，《金云翘传》作为越南最优秀的文学作品被介绍到了中国。50多年来，中国学者对越南《金云翘传》的研究集中在四个方面：对《金云翘传》的翻译和对翻译问题的探讨，对阮攸和《金云翘传》的介绍，中越《金云翘传》的对比研究以及对《金重和阿翘》故事的研究。

（一）对《金云翘传》的翻译和对翻译问题的探讨

中国学者大部分不懂越南语，所以一个好的《金云翘传》的中文译本就显得十分迫切和至关重要。值得高兴的是，1959年黄轶球先生翻译的《金云翘传》[③]就已经出版。目前国内学者学习、研究越南《金云翘传》多依据此本，中越《金云翘传》的比较也多是青心才人的《金云翘传》和黄先生所译《金云翘传》之间的比较。另外还有罗长山2006

---

① 邱江宁. 才子佳人小说研究 [D]. 复旦大学，2004：60—102.
② 李志峰，庞希云. 从《金云翘传》的回返影响看当今中越文学文化的互动 [J]. 广西大学学报（哲学社会科学版），2008（6）.
③ [越] 阮攸. 金云翘传 [M]. 黄轶球，译. 北京：人民文学出版社，1959.

年翻译的《金云翘传》①，祁广谋2011年译的《金云翘传》②，赵玉兰2013年的《〈金云翘传〉翻译与研究》③等。

此外，根据台湾学者陈益源先生的研究，在越南国内还有五个《金云翘传》的中文译本，分别是徐元漠译本（汉喃研究院藏书编号VHv.2407）、黎孟恬译本（汉喃研究院藏书编号VHv.2864）、黎裕译本（汉喃研究院藏书编号A.3213）、张甘雨先生译本和前南越华侨吴钧先生摘译本。④

除了推出两部《金云翘传》译著外，中国学者还对《金云翘传》的中文翻译问题进行了探讨。陈先生在《越南〈金云翘传〉的汉文译本》中不但提出了另外5种《金云翘传》的中文译本，而且还把它们的部分诗句进行细致的比较，既肯定了各译本中的神来之笔，又指出了它们中的不足之处。他认为中越《金云翘传》之间的比较研究直接把黄译本《金云翘传》和青心才人的《金云翘传》进行比较是不科学的，结论也是不准确的，翻译《金云翘传》十分困难，但又是迫切的，希望中越学者通力合作，整理出更好的译本。

赵玉兰教授撰文《〈金云翘传〉中文翻译刍议》⑤也对《金云翘传》的中文翻译进行探讨。赵教授分析了翻译《金云翘传》的困难所在、译者需要的各种条件，最后也提出了渴求更好译本的愿望。赵教授还在文中把黄译本和罗译本进行了比较，指出两个译本都有不准确之处，但黄译本明显好于罗译本。一般情况下，后出现的译本有前面译本和其他更多的材料做参考，质量会更高，所以罗译本出现比黄译本更多的瑕疵不能不令人感到遗憾。《越报》电子版2006年9月29日载文称，罗先生计划用几年的时间翻译《金云翘传》，可只一年多即告完成，罗先生不久

---

① [越] 阮攸. 金云翘传 [M]. 罗长山, 译. 河内：越南文艺出版社, 2006.
② [越] 阮攸. 金云翘传 [M]. 祁广谋, 译. 广州：世界图书出版公司, 2011.
③ 赵玉兰. 《金云翘传》翻译与研究 [M]. 北京：北京大学出版社, 2013.
④ 陈益源. 越南《金云翘传》的汉文译本 [J]. 明清小说研究, 1999 (2).
⑤ 赵玉兰. 《金云翘传》中文翻译刍议 [J]. 广西民族大学学报（哲学社会科学版）, 2008 (1).

便去世，没有时间对译文做进一步的润色。[1]时间仓促或许是罗译本出现诸多瑕疵的重要原因。罗先生在研究越南古典文学和民间文学方面的贡献是巨大的，我们不敢因为罗译本而对先生有半点不敬。

（二）对阮攸和《金云翘传》的介绍和论述

在对《金云翘传》进行翻译的同时，中国学者也开始向中国读者全面介绍阮攸和《金云翘传》。这方面的文章有：

黄轶球的《越南诗人阮攸和他的杰作》，刘世德、李修章的《越南杰出的诗人阮攸和他的〈金云翘传〉》[2]，刘荫柏的《阮攸与中国文学艺术》[3]，祁广谋的《论越南喃字小说的文学传统及其艺术价值——兼论阮攸〈金云翘传〉的艺术成就》[4]，罗长山的《越南大诗豪阮攸和他的〈金云翘传〉》[5]，何明智的《越南大文豪阮攸及其名作〈金云翘传〉》[6]，杨国庆的《〈金云翘传〉的语言艺术特点》[7]。此外，余富兆的《浅谈由中国小说演化而来的越南喃字文学》[8]，徐杰舜、林建华的《试谈汉文化对越南文学的影响》[9]也有介绍阮攸和越南《金云翘传》的部分，于在照教授在《越南文学史》[10]中花了很大的篇幅对阮攸和《金

---

[1] Nguyễn Khắc Phi. La Trường Sơn dịch Truyện Kiều ra chữ Hán [EB/OL]. (2006-09-29) [2009-05-20]. http://vietbao.vn/Giai-tri/La-Truong-Son-dich-Truyen-Kieu-ra-chu-Han/40164397/236/.

[2] 刘世德，李修章. 越南杰出的诗人阮攸和他的《金云翘传》[J]. 文学评论，1965（6）.

[3] 刘荫柏. 阮攸与中国文学艺术 [J]. 海内与海外，1995（Z1）.

[4] 祁广谋. 论越南喃字小说的文学传统及其艺术价值：兼论阮攸《金云翘传》的艺术成就 [J]. 解放军外国语学院学报，1997（6）.

[5] 罗长山. 越南大诗豪阮攸和他的《金云翘传》[J]. 广西教育学院学报，2002（2）.

[6] 何明智. 越南大文豪阮攸及其名作《金云翘传》[J]. 新世纪论丛，2006（2）.

[7] 杨国庆.《金云翘传》的语言艺术特点 [C] //东方语言文化论丛：第27卷. 北京：军事谊文出版社，2008.

[8] 余富兆. 浅谈由中国小说演化而来的越南喃字文学 [J]. 东南亚纵横，1998（1）.

[9] 徐杰舜，林建华. 试谈汉文化对越南文学的影响 [J]. 社会科学家，2002（5）.

[10] 于在照. 越南文学史 [M]. 北京：军事谊文出版社，2001：116—134.

云翘传》进行介绍和分析。

从题目上就可以看出,这些文章有很多相似之处,它们都是以介绍阮攸和《金云翘传》为主。文章内容主要包括了阮攸的生平,《金云翘传》产生的过程以及和青心才人《金云翘传》的渊源关系,《金云翘传》的故事梗概和篇章结构,以及其进步意义和艺术成就等,突出了阮攸的伟大,分析了《金云翘传》成功的原因,为后人学习和研究越南《金云翘传》打下了基础。

关于阮攸和《金云翘传》的相关问题也在这些文章的一再强调下基本成了定论,如《金云翘传》"描写的深刻,情节的动人,对封建社会的抨击,对被压迫者深挚的同情,鲜明的追求自由倾向与人道主义精神,是没有一部作品能比上它的。这是它成为古典文学最高典范的理由"(黄轶球,1958)。越南《金云翘传》"不仅在思想内容上具有深刻性和丰富性,而且在艺术上也表现了空前的成熟性"(祁广谋,1997)。阮攸"比较了解民情,同情百姓的疾苦"、"大量的中国古籍、典故和诗词曲的名篇、名句,被巧妙地编织到作品中去"(罗长山,2002)。总之,这些文章都充满了对《金云翘传》的赞誉之词,只是在结尾部分点一下作品中的不足之处,如封建思想残余"宿命论"等。

(三)中越《金云翘传》的比较研究

20世纪80年代,才子佳人小说在中国重新得到重视,青心才人的《金云翘传》也引起了学者们的关注。同时期比较文学在中国的兴起也促使中国学者开始对中越《金云翘传》进行比较研究,主要的成果有:

董文成的《中越〈金云翘传〉的比较(上)》[1]、《中越〈金云翘传〉的比较(下)》[2],杨晓莲的《谈〈金云翘传〉的传承及主题思

---

[1] 董文成.中越《金云翘传》的比较(上)[C]//明清小说论丛:第四辑.沈阳:春风文艺出版社,1986.
[2] 董文成.中越《金云翘传》的比较(下)——附《金云翘传》版本考》补正[C]//明清小说论丛:第五辑.沈阳:春风文艺出版社,1987.

想》[1]，林明华的《〈金云翘传〉——从中国小说到越南喃传》[2]，吕永的《中越两部〈金云翘传〉的艺术成就与现实意义》[3]，李群的《〈金云翘传〉：从中国小说到越南名著》[4]，王玉玲的《中国理想女性之美：从中、越〈金云翘传〉比较中看民族审美的差异》[5]，何明智、韦茂斌的《中越两部〈金云翘传〉写作比较》[6]，任明华的《〈金云翘传〉与越南汉文小说〈金云翘录〉的异同》[7]，韦红萍的《中越〈金云翘传〉的对比》[8]等。孟昭义出版的著作《东方文学交流史》[9]有对中越《金云翘传》比较的论述。需要特别指出的是，2003年陈益源先生把他的相关研究论文收在《王翠翘故事研究》[10]中结集出版，其中包括《越南〈金云翘传〉的汉文译本》、《王翠翘故事的雅俗变迁》、《广西民间故事〈金重和阿翘〉的采录与研究》、《王翠翘戏曲故事研究》、《越南〈翘传〉汉喃文献综述》等文章，成为中越《金云翘传》比较研究的重要著作。

阮攸的《金云翘传》在越南流传之盛与青心才人的《金云翘传》在中国所受冷遇之甚形成了鲜明对比，这都给人先入为主的印象，那就是越南的《金云翘传》远远胜于中国的《金云翘传》。在上述学者的文章中，只有董先生的两篇文章提出了不同的意见，董先生认为："从总体上看，我觉得阮攸的《金云翘传》无论在内容上还是在艺术上，均未超

---

[1] 杨晓莲. 谈《金云翘传》的传承及主题思想 [J]. 四川师范大学学报，1993 (2).

[2] 林明华.《金云翘传》——从中国小说到越南喃传 [C] //东方语言文化论丛. 广州：广东经济出版社，1997.

[3] 吕永. 中越两部《金云翘传》的艺术成就与现实意义 [J]. 湘潭大学学报（哲学社会科学版），1997 (5).

[4] 李群.《金云翘传》：从中国小说到越南名著 [J]. 广西民族学院学报，2001 (6).

[5] 王玉玲. 中国理想女性之美：从中、越《金云翘传》比较中看民族审美的差异 [J]. 明清小说研究，2004 (4).

[6] 何明智，韦茂斌. 中越两部《金云翘传》写作比较 [J]. 电影文学，2007 (4).

[7] 任明华.《金云翘传》与越南汉文小说《金云翘录》的异同 [J]. 厦门教育学院学报，2008 (1).

[8] 韦红萍. 中越《金云翘传》的对比 [J]. 东南亚纵横，2008 (3).

[9] 孟昭义. 东方文学交流史 [M]. 北京：高等教育出版社，2001.

[10] 陈益源. 王翠翘故事研究 [M]. 北京：西苑出版社，2003.

过其摹仿底本——中国《金云翘传》的水平","总之,阮攸离开小说原作的细节描写虽然不多,但绝大多数都不如原作的思想水平和艺术水平。"(陈益源,1999)此观点得到台湾学者王千宜先生引用,同时也受到了越南学者陈光辉、范秀珠等的反驳。董先生的观点不时会被以后的学者提到,但少有人赞同。

从结构上进行比较的是杨晓莲和林明华的文章以及《东方文学交流史》。杨女士认为,越南《金云翘传》着重的是翠翘沦落前部分、束生故事和大团圆经过,次重要是她的首度为妓和徐海故事;青心才人的《金云翘传》对徐海故事和大团圆结局不予强调,笔墨却较集中于对翠翘初落娼门的种种经历的描写。林先生通过细致比较指出:"'卖身赎父'、'沦落青楼'、'赎身从良'、'被卖为奴'、'二度沦落'和'徐海殉命'等部分描写的是翠翘饱经风霜历尽坎坷的痛苦生涯,为了更加简明、洗练、浓缩地表现主人公的悲惨命运,淡化具体演变过程。……'金翘相爱'、'金翘团圆'两部分篇幅的相对增大,是为了加强金重与翠翘两人坚贞爱情的叙述分量,……'报恩报怨'、'投江获救'部分篇幅的相对增大则旨在表达作者希望惩恶扬善,好人消除劫难获得新生的强烈愿望。"《东方文学交流史》认为原作整三回的"赎父"情节、整三回(13—15回)有关宦姐的毒辣情节太"冗长"、"游离",而阮攸的诗作则处理得很"得体"(王玉玲,2004)。

吕永的文章把中越两部《金云翘传》合起来分析,指出了它们之间共有的四个特点:"虽写妓女,不涉淫滥","戏剧性强,批评面广","首尾圆和,结构缜密","人物性格,其异如面";共同的缺点是:都传播了"才命两相妨"的宿命论观点,翠翘投江被救和大团圆的结局是画蛇添足,徐海由历史上的海盗形象改成草莽英雄,艺术性降低。

李群的文章认为,"阮攸妙笔为《金云翘传》生色",从作品的人物塑造和艺术表现上看越南《金云翘传》都胜于中国《金云翘传》,并对越南《金云翘传》大加赞扬,称它"结构严谨,人物形象生动,语言简洁凝练,音调铿锵动听,富于音乐美感,因而成为越南民族六八体诗歌的典范作品，受到了越南人民的普遍欢迎"。

徐杰舜、林建华的文章在汉文化对越南文学影响的背景下分析越南《金云翘传》，认为它创造性地运用了"六八"诗体，"充分利用大自然渲染气氛，有意识地将抒情与叙事相结合"，引用的中国典故、成语、词语恰到好处，对原作情节的增删也十分合适。

王玉玲的文章从翠翘这一女性形象为切入点，从细微处着手，在文学传统、社会现实、道德文化层面上分析了中越才女的差异，指出中国《金云翘传》偏"才"，越南《金云翘传》偏"女"，可谓独辟蹊径，别开生面。

任明华以一部改编自越南《金云翘传》的一万多字的文言传奇小说《金云翘录》为切入点，通过《金云翘录》和中国《金云翘传》的比较，发现《金云翘录》和中国《金云翘传》在故事框架、人物设置、主题意蕴和叙事形式上存在相似性，同时由于语体和篇幅长短的不同，它们在情节内容的详略、人物塑造的主次和语言风格上存在差异。《金云翘录》具有独特的民族特色和浓郁的抒情气息，是中越《金云翘传》比较研究的重要文献。

（四）对《金重和阿翘》故事的研究

另外，中国边境京族地区《金重和阿翘》的故事也引起了学界的关注，相关成果有：

过伟的《京汉、中越文化交流的硕果——〈金重和阿翘〉》[1]，傅光宇的《也谈〈金重与阿翘〉的流传演变问题》[2]，林辰的《〈翘传〉和"翘传现象"——读董文成的〈清代文学论稿〉》[3]，陈益源的《广西民

---

[1] 过伟. 京汉、中越文化交流的硕果——《金重和阿翘》[J]. 学术论坛，1992 (2).
[2] 傅光宇. 也谈《金重与阿翘》的流传演变问题 [J]. 民族文学研究，1994 (2).
[3] 林辰.《金云翘传》和"翘传现象"——读董文成的《清代文学论稿》[J]. 中国图书评论，1995 (1).

间故事〈金重和阿翘〉的采录与研究》[①]，李志峰、庞希云的《从〈金云翘传〉的回返影响看当今中越文学文化的互动》[②]。另外，刘亚虎的《中华民族文学关系史·南方卷》[③]，董文明的《插图本中国文学小丛书》[④]，过伟教授参与撰写的《京族风俗志》[⑤]和《京族文学史》[⑥]有对《金重和阿翘》故事的评述。

《金重和阿翘》的故事首先在1984年7月由李向阳小姐在防城采录，广西师范学院的过伟教授把它收入到了1988年出版的《回、彝、水、仡佬、毛南、京族民间故事选》[⑦]，并撰文探究《金重与阿翘》的故事和两部《金云翘传》之间的关系，指出其中蕴含的演变轨迹："中国历史事件"→"中国史学家的史书记载"→"中国明清作家文学"→"越南阮朝作家文学"→"中国京族民间口语文学"。文章指出阮攸的长诗成为中国作家古典小说与中国京族民间故事之间的桥梁，中国少数民族文学史研究者一定要重视这一"桥梁性"的外国文学作品。

傅先生紧随过伟教授之后，通过对胡尊宪、王翠翘的历史文献记载和民间传说的追溯，对中国《金云翘传》形成年代和文人笔下王翠翘故事演变的考察，把越南《金云翘传》和中国《金云翘传》、京族故事分别做了比较，揭示了中国《金云翘传》"史实→民间文学→作家文学"的发展轨道。文章还指出越南《金云翘传》由"六八体"民歌形式写成，虽是作家文学却充满了民间文学的风韵，达到了雅俗共赏的效果。

1999年，陈先生两次深入京族三岛地区实地考察，采录和研究《金重和阿翘》的故事，并进一步理清了故事传到京族三岛的形式和路

[①] 陈益源. 广西民间故事《金重和阿翘》的采录与研究 [J]. 广西民族学院学报（哲学社会科学版），2003（2）.
[②] 李志峰，庞希云. 从《金云翘传》的回返影响看当今中越文学文化的互动 [J]. 广西大学学报（哲学社会科学版），2008（6）.
[③] 刘亚虎. 中华民族文学关系史·南方卷 [M]. 北京：人民文学出版社，1997.
[④] 董文明. 插图本中国文学小丛书 [M]. 沈阳：春风文艺出版社，1999.
[⑤] 符达升，过竹，韦坚平，苏维光，过伟. 京族风俗志 [M]. 北京：中央民族学院出版社，1993.
[⑥] 苏维光，过伟，韦坚平. 京族文学史 [M]. 南宁：广西教育出版社，1993.
[⑦] 回、彝、水、仡佬、京族民间故事选 [M]. 南宁：广西人民出版社，1988.

径，认为"这则民间故事的来历，并非参考中国青心才人的作品，而是直接受到越南阮攸叙事长诗《金云翘传》的影响"（陈益源，2003）。

李志峰、庞希云的论文是一篇综述性的文章，该文介绍了青心才人的《金云翘传》在中国的沉浮历程，以及《金云翘传》中而越、越而中的传承过程，回顾和总结了中越《金云翘传》的比较研究，对《金重和阿翘》的故事进行了溯源考证。《金云翘传》的回返影响正是中越相互交流、相互影响的一个例证。

二、中国对越南《金云翘传》研究的不足及困难

（一）研究中的不足之处

到目前为止，中国对越南《金云翘传》的研究主要集中在上述四个方面，成果有两个译本、几十篇论文和一些著作。参与的人员可分三类：从事越南语教学和研究的高校教师，从事中国文学和比较文学研究的学者和从事少数民族文学、历史研究的学者。他们从不同的角度对越南《金云翘传》进行了解读。

值得注意的是，虽然越南《金云翘传》中文译本早在20世纪50年代就已出版，但学界认真关注越南《金云翘传》却是从80年代开始的，发表的文章直到90年代甚至2000年以后才逐渐多起来。目前中国对越南《金云翘传》的研究还有很多不成熟的地方。

《金云翘传》的中文译本还不理想，其翻译还需要进一步深入研究，但只有两篇文章涉及，而且也只是指出了前人的不足，而没有进行新的尝试。我们认为应该充分利用前人的翻译和研究成果，从更细微的地方入手，以更宽广的视野对《金云翘传》的中文翻译进行挖掘，把对字、词、句的深入理解和翻译理论的灵活运用结合起来，由小及大，由外及里，由枝叶到树干，最后水到渠成，整理出一个更好的译本。

对阮攸和《金云翘传》介绍和论述的文章存在着重复研究的现象。如对阮攸和《金云翘传》介绍和论述方面多是对前人内容的重复，对

《金云翘传》的态度也是以赞誉为主，附带进行少许批评，少有创新。

中越《金云翘传》的比较研究主要从作品结构、人物形象、艺术成就等方面进行比较，几乎一边倒地认为越南《金云翘传》是对中国《金云翘传》的再创造，前者优于后者。这方面的研究视野还不够开阔，可以挖掘的空间还很大，如学界可以从社会学、心理学、历史学、叙事学、语言学、文化学等多个视角进行更多的探讨。

《金重和阿翘》故事的采录和研究取得了一些成就，中而越、越而中的传播途径基本得到学界的认同，但一些细微之处仍有待补充，如傅光宇先生提出的"从阮攸喃传长诗到京族民间故事之间是否还有其它过渡性文艺形式"，"在越南民间是否流传有阮攸长诗变异而来的叙事歌和民间故事"。另外，把《金重和阿翘》故事和京族文化、中越交流史结合起来系统、综合地考察也是一个可以继续挖掘的领域。

中国对越南《金云翘传》研究的另一个重大缺陷就是没有介绍越南国内的研究成果。我们知道，"翘学"在越南国内就像"红学"在中国一样盛行，其研究成果之多，研究之深，涉及范围之广远远超过中国。如果我们能够把这些成果译介过来将会很有价值。

（二）研究中的困难

中国对越南《金云翘传》研究存在着不少困难。

首先，大部分中国学者不懂越南语，无法直接把中越《金云翘传》进行比较，也不能把《金云翘传》的各种外语版本进行比较，而只能用黄译本和青心才人的《金云翘传》进行比较，难免有个别结论不准确。这就需要各界学者相互交流合作，共同推进该领域的研究。

其次，《金云翘传》作为越南最优秀的文学作品，蕴含着十分丰富的文化、语言、历史、民族等方面的知识。研究者要掌握这些丰富的知识才能很好地理解越南的《金云翘传》，这就使《金云翘传》的研究具有很大的挑战性。

再次，虽然《金云翘传》是越南优秀的长诗作品，但中国自古就是诗歌的国度，特别是古典诗歌一直是中国读者引以为豪的。再加上普通民众对越南了解有限，因而很难喜欢这篇来自越南的古诗译作，只有相关的学者关注而已。市场需求不旺也会影响学者的研究兴趣，不愿投入太大的精力和时间。

三、结束语

近年来，随着文学研究的转型，中国越来越关注非西方弱势文学的研究，再加上和东盟各国的合作日益加强，中国和东南亚各国文学文化相互交流和影响越来越受到重视。越南作为中国的邻国，中越历史悠久，关系密切，中国对越南的研究正处于蓬勃发展的时期，研究成果也越来越多。阮攸的《金云翘传》以其不朽的艺术价值和在中越交流中的特殊地位将得到更多学者的关注。《金云翘传》的"回返"影响促使学者更加关注中越文化的相互影响，而非过去注重的中国对越南文化的单向影响。中越《金云翘传》互动交流和影响正在成为一个新的引人注目的焦点。

相信随着中越两国交流的不断深入和发展，更多的中国学者将加入到对越南《金云翘传》的研究中来。我们期待着更多、更优秀的成果。

参考文献

[1] 陈益源. 越南《金云翘传》的汉文译本 [J]. 明清小说研究，1999（2）.

[2] 黄轶球. 越南诗人阮攸和他的杰作 [J]. 华南师范学报，1958（4）.

[3] 李群.《金云翘传》：从中国小说到越南名著 [J]. 广西民族学院学报，2001（6）.

[4] 李志峰, 庞希云. 从《金云翘传》的回返影响看当今中越文学文化的互动 [J]. 广西大学学报（哲学社会科学版）, 2008 (6).

[5] 林明华.《金云翘传》——从中国小说到越南喃传 [C] // 东方语言文化论丛. 广州：广东经济出版社, 1997.

[6] 罗长山. 越南大诗豪阮攸和他的《金云翘传》[J]. 广西教育学院学报, 2002 (2).

[7] 吕永. 中越两部《金云翘传》的艺术成就与现实意义 [J]. 湘潭大学学报（哲学社会科学版）, 1997 (5).

[8] 祁广谋. 论越南喃字小说的文学传统及其艺术价值：兼论阮攸《金云翘传》的艺术成就 [J]. 解放军外国语学院学报, 1997 (6).

[9] 徐杰舜, 林建华. 试谈汉文化对越南文学的影响 [J]. 社会科学家, 2002 (5).

[10] 于在照. 越南文学史 [M]. 广州：世界图书出版公司, 2014.

[11] 赵玉兰.《金云翘传》中文翻译刍议 [J]. 广西民族大学学报（哲学社会科学版）, 2008 (1).

《三国演义》对泰国文学的影响

■ 熊　韬

【摘　要】《三国演义》是中国四大古典名著之一，数百年来不仅在中国家喻户晓、妇孺皆知，而且还先后被翻译成数十种文字，在世界多个国家广泛流传，其中也深受泰国人民的喜爱。两百多年来，《三国演义》已在泰国落地生根、长盛不衰，为中泰文化交流架设了桥梁，促进了泰国古典文学的繁荣。

【关键词】《三国演义》；泰国文学；文学交流；文化关系

中泰两国是友好邻邦，中泰之间的交往早在两千多年前就已开始。自元明以来，随着中泰关系的密切和往来的便利，中国沿海地区很早就有人移居泰国。随着移民的进入，中国文化对泰国文化的影响日益加深，但具体到文学上的影响却并不是很大，主要原因是中国文学没有像印度文学那样有佛教那种强大的无孔不入的载体，另外，中国移居泰国的主要是农民和穷人，文化人很少。但这种情况在19世纪初期发生了变化，以《三国演义》为代表的中国文学作品的翻译对泰国文学产生了重大影响。

一、《三国演义》在泰国的本土化历程

随着中国移民的不断迁入，关于三国的故事在泰国流传，并深受泰国人民的喜爱，但因为没有蓝本，故事零散且不完整，只限于口头流

传。曼谷王朝一世王委托当时最负盛名的诗人昭披耶帕康将《三国演义》翻译成泰文，译本《三国》于1802年问世。由于当时缺乏精通中、泰两国语言文字的人员，《三国演义》的翻译便采取了特殊的办法：先由粗通泰语的中国人译成泰文，然后由泰国作家进行整理与加工、润色。为了照顾泰国人的阅读习惯与爱好，在翻译过程中便不拘泥于原文，将其中的诗词歌赋全部删除，意译多于直译，追求故事性，同时大大削减了《三国演义》的开头和结尾部分，突出了前后紧张激烈的政治斗争和军事斗争，使情节更加紧凑。

由于《三国》的语言生动流畅、人物形象逼真、故事寓意隽永，受到泰国上至皇室下至民众的欢迎，一时全国上下掀起了"三国热"。虽然还是手抄本，但也流传得极快、极广。1865年《三国》正式印刷发行，出版后供不应求，反复再版，仅拉玛五世在位期间（1868—1910年），就先后再版6次，至20世纪70年代初，共再版15次，是泰译中国古典小说再版次数最多、印刷量最大的一部。因为早期翻译的《三国》只有87回，1978年泰国作家万纳瓦又翻译出版了《三国》的120回本，《三国》全译本的问世，再一次把泰国的"三国热"推向了高潮。而在此之前的大半个世纪，泰国作家已把《三国》的一些故事改编成歌舞剧，如献帝的故事、貂蝉与董卓的故事、吕布与董卓的故事、周瑜的故事等，这些歌舞剧在泰国的城乡演出，广受群众的欢迎。与此同时，泰国文艺界还出现了以"三国"为题材的戏曲和说唱文学，甚至在泰国王宫里的摆设中，还有"桃园三结义"、"空城计"、"凤仪亭"等汉字和彩画。一些王公大臣的府邸建筑物上的雕刻和绘画，也多取材于《三国》中的杰出人物和重要事件。

《三国》在泰国的传播和影响，两个多世纪以来一直长盛不衰，直到现在，泰国文学界还产生了不少用泰文改编、改写的"三国"作品，如《伶人本三国》、《咖啡馆本三国》、《评论本三国》、《三国内幕》、《资本家版三国》、《咖啡馆版三国》、《乞丐版三国》、《三国战略》、《医生版三国》、《发展版三国》、《喽啰版三国》、《凡夫版三国》、《艳情版三国》、以及最新的《卖国版三国》等。此外，正在热销的《三国：商业圣经》一书还配有讲座光盘。这些作品，不是原著的翻译，而是以《三国》的故事和人物为题材，重新创作，注入作者自己的思想。它们已不是中国意义上的三国故事，而是泰国文化观念在一个特殊框架里的表现。因三国故事在泰国流传广、影响大，泰国教育部甚至还选用《草船借箭》、《火烧战船》等精彩段落作为中学泰文课本中的课文。在中国，民间有"老不看三国，少不看西游"的说法，而泰国人开玩笑时常说："看了三国三遍的人，万勿和他接近。"意思是说这样的人鬼点子太多。在泰国，刘关张成了生死之交的代名词，孔明成了智慧的化身。泰国的走马灯，老百姓叫孔明灯；独轮车，叫孔明车，而三国戏的流传更为三国故事的传播推波助澜。三国故事已和泰国人民的思想、生活产生了密不可分的联系。

二、《三国演义》在泰国深受欢迎的原因

《三国演义》传入泰国后，达官显贵将其视为治国用兵的宝典，市井之徒将其视为娱乐消遣的力作，同时也是书籍收藏家的奇珍异宝和文人墨客的馈赠佳品。为什么《三国演义》能在泰国受到如此热烈的欢迎呢？

自大城王朝后期起，泰国一直不安宁。除了与缅甸的十几次战争外，国内也是战事不断。直到吞武里王朝郑信王才驱逐了缅人，光复了国家，但国内外的麻烦仍然不断。曼谷王朝一世王在位28年，其中只有最后的8年没有打仗，因此，治国安邦成了一国之君关心的头等大事。而《三国演义》正是通过错综复杂的故事情节，巧妙地表现三国时期封建统治集团之间以及各统治集团内部的种种复杂、尖锐的矛盾和斗争，尤其善于描写各种战争。《三国演义》的战争成就，是中国任何一部古典小说都无法与其相比的。《三国演义》充分汲取了《左传》、《史记》等史传文学战争描写的成功经验，而又有所丰富、有所创新。《三

国演义》对战争的描写主要是从形式特征上着眼，有单纯型的，如马战、水战、火战；有复合型的，如马战、步战、火战、水战互为交叉，攻城拔寨，马上厮杀，徒步肉搏，火助兵威，水壮军威，既有千军万马大兵团作战的气势，又有火攻水淹煞为壮观的场面，色彩纷呈，惊心动魄。它既站在历史的巅峰上，透过战争的过程，使人们看到历史的走向；又在战争的场面描写中，刻画时代风云变幻对历史人物心理的冲击及其受到的种种影响，揭开传统道德和人生哲学的嬗变流程。因此说，《三国演义》描写战争的艺术成就，就在于其博大而深沉的历史意义和审美价值的统一。它通过三国之间政治、军事、外交的种种事件，把历史上各种斗争的经验和智慧，形象生动地表现出来，这正是泰国的君主们所急切需要的，另外,《三国演义》中的"忠义"思想本身也包含着君臣之间片面的道德关系即主仆关系和封建报恩思想，这就正好为封建统治者所用，宣传忠君报国，士为知己者死，以模糊人民的阶级意识，削弱他们的斗志，以达到巩固其封建统治的目的。

　　泰国文化是在本民族的文化基础上吸收融合了外来文化（其中有中国文化、印度文化、高棉文化和西方文化），在长时期的历史中形成的、具有本民族特色又兼容并收的文化。作为泰国文化一部分的泰国文学，当然也是一个上述文化和历史共同作用的产物。泰国人和中国人在文学欣赏习惯上有共性，就是喜欢故事。在泰国古典文学作品中，诗是压倒一切的主流，散文体的文学作品并不发达。诗当然能叙述故事，但如果追求情节的曲折，追求环境、心理的描写和人物性格的刻画，它永远无法与小说相比。泰国的故事诗又多取材于人们所熟知的《本生经》、《罗摩衍那》、《大史诗》等故事，而且不过是用多种诗体反复去写同一类的故事，因而大大降低了它的吸引力。而泰译本《三国》情节生动，故事曲折，人物性格鲜明，非常吸引人。识字的可以读小说，不识字的还可以听故事。此外,《三国》的内容，它所展示的波澜壮阔的政治斗争和军事斗争，在印度文学作品中，在泰国文学作品中，都是难以找到的。泰国人民热爱国王及皇族，而《三国》中所宣扬的正统思想、爱民如子的思想、人的气节和人与人之间的义气以及忠奸分明、知恩必报等行为准则和道德标准,与泰国人的道德观既有区别,又有联系,十分易于为泰国人所接受。这样一部作品出现在泰国读者面前,可以说是别开生面,因而深得泰国人民的喜欢。

三、《三国演义》对泰国文学的影响

中国古典文学在泰国流传将近两百年,对泰国在政治、军事、哲学、语言、文学、艺术等方面都产生了很大的影响。特别是《三国演义》被翻译、改写成符合泰国人民审美习惯的《三国》后,对泰国文学的影响很大。

(一)《三国》对泰国文学的文体和创作思路有很大的影响

泰国文学经历了第二次缅泰战争的浩劫以后,在曼谷王朝初期得到了恢复和发展,并在二世王到三世王时期达到了鼎盛,四世王以后西方文学影响增大,泰国的古典文学走了下坡路,印度文学的影响也已是强弩之末(印度文学影响泰国的主要是诗)。《三国》和其他中国演义故事就是在这样一个历史时期进入到泰国的。中国文学进入泰国后,在思想、内容、艺术表现手法上都给泰国文学吹进了新风,弥补了印度文学的某些欠缺。昭披耶帕康将《三国演义》介绍到泰国后,其文体被作家们相继模仿,以至于泰国文坛上出现了独树一帜的"三国文体"。其特点是:行文流畅,简洁明快,比喻特别生动,而且带有一种特殊的中国韵味。其成因在于翻译《三国演义》时,在忠于原文和照顾泰国读者欣赏习惯这两者之间,译者选择了后者。由于泰文整理者多为名家,语言的造诣较深,不必拘泥于原文,行文更易于流畅。这种新颖的"三国文体"打破了泰国传统的复杂拖沓的古诗体的局限性,对后来的泰国文学产生了不小的影响。许多著名的文学家都曾用"三国文体"写下了不朽之作,比如克立·巴莫亲王的《资本家版三国》、《终身总理曹操》和著

名通俗作家雅可的《乞丐版三国》等等。

（二）《三国》促进了泰国历史小说的诞生

《三国》翻译的成功，造成了读者的"三国热"，"三国热"又引发了翻译中国历史演义故事的热潮。从拉玛一世到拉玛六世的百多年间，有三十六部中国历史演义故事被译成了泰文，从而引发了持续不断的中国文学热。拉玛五世后，中国古典小说在泰国的流传达到高潮，在1925—1937年间泰国作家创作了一批被泰国文坛称为"模拟中国古典小说"的作品。其中成功之作有：《钟王后》、《忠豪传》、《左维明》、《孟丽君》、《田无貌》、《陈德虎》、《郭龙云》、《西宝儿》等。这类作品的题材、主要角色的名字、主要地名都取材于中国古典小说或中国史籍。泰国第一部历史小说《歌沙立》于1928年问世，这部历史小说就是以泰国历史事件为题材模仿《三国》文体而创作的。从此，一种新的文学体裁——泰国历史小说便由此诞生了。没有《三国》和其他中国古典小说、历史演义故事的翻译恐怕就没有雅可八卷本的《盖世英雄》、乌萨·堪佩的《昆吞》、迈·芒登的《大将军》和克立·巴莫的《慈禧太后》等畅销通俗小说的出现。

（三）以《三国演义》为代表的中国古典文学是泰国古代文学过渡到近代文学和现代文学的桥梁

中国文学的翻译不但促进了泰国古典文学的繁荣，而且为泰国文学吸纳西方文学准备了自身的条件。中国文学进入泰国是在泰国文学即将从古代文学过渡到近代文学和现代文学的时期发生的。从某种意义上来说，如果没有中国古典文学的传入，泰国文学就无法顺利、及时地发展到近代文学和现代文学的阶段。虽然中国文学对泰国文学的影响不及印度文学大，但中国文学的表现形式、所反映的思想与生活的广度与深度，都比印度文学更接近西方文学，在印度文学与西方文学之间具备一定的过渡性质。同时，中国文学也为泰国文学打破古典方式的心理接受范围、走向世界铺平了道路。

自19世纪初曼谷王朝引进中国古典小说《三国演义》以来，博大精深的中国古典文学给泰国文学注入了新的生机和活力，开拓了新的创作领域，也给泰国作家以新的思想启迪，对泰国文学从古代走向现代具有重要的促进作用。曼谷王朝时期的泰国文学之所以能有很大的发展，这与主动、积极地翻译包括中国在内的外国文学作品有很大的关系。其中《三国演义》的泰语译本《三国》是泰国翻译文学作品中的一部杰作，也是泰国第一部以散文形式翻译的作品。译本删去了《三国演义》中大部分的诏令、诗词等泰国读者不易理解的东西，改变了原书中章回体结构和讲究悬念的叙述方式，采用印度史诗《罗摩衍那》式的铺叙，保留了原著那简洁明快的语言特点，形成了一种新的散文体裁。这对后来的泰国文学，尤其是对散文的影响很大。

四、结语

两百多年前，《三国演义》漂洋过海传入泰国，此后便在泰国落地生根，到现在早已是枝繁叶茂。《三国演义》传入泰国不是偶然的文学交流，而是必然的文化借鉴。它不仅深深地影响着泰国的文学，为泰国古代文学过渡到近代文学和现代文学提供了一座桥梁，其中蕴含的思想更为泰国的统治者们开启了一扇智慧之门，为泰国的商人们提供了一条盈利之道，开阔了泰国人民的眼界，丰富了泰国人民的生活，这是它在泰国长盛不衰的原因，也必将永远成为泰国文化的一部分，泰国人民生活中不可或缺的一部分。

参考文献

[1] 栾文华. 泰国现代文学史 [M]. 北京：社会科学文献出版社，2014.

[2] 裴晓睿. 汉文学的介入与泰国古小说的生成 [J]. 解放军外国语学院学报，2007（4）.

[3] 尹湘玲. 东南亚文学史概论 [M]. 广州：世界图书出版公司，2011.

[4] 徐佩玲. 中国文学在泰国传播与发展概况 [J]. 文艺评论，2013（1）.

[5] 许玉敏. 面向21世纪的泰国中国古代通俗小说研究 [J]. 陕西理工学院学报（社会科学版），2014（1）.

[6] 朱维之. 外国文学史（亚非部分）[M]. 天津：南开大学出版社，1988.

[7] 郑淑惠. 试论《三国演义》在泰国的传播 [J]. 重庆大学学报，2011（3）.

缅甸"实验文学"与中国"五四"新文学之比较

■ 马　昂

【摘　要】20世纪初期是亚洲民族民主运动的重要时期。与此同时，配合民主运动，中缅两国先后爆发了"五四"新文学运动和"实验文学"运动，这两场运动分别标示了两国古典文学的结束和现代文学的兴起。本文试就这两场文学运动的起因、文学内容和文学形式等做横向的比较。

【关键词】实验文学；"五四"新文学；中缅文学比较

一、绪论

"五四"文学革命，又称"五四"新文学运动，是"五四"新文化运动前后开展的一场以提倡白话文反对文言文为起点，进而反对以封建主义为内容的旧文学，提倡反帝反封建的新文学为旗帜的现代文学革命运动。它发端于1915年而全盛于1919年"五四"运动以后。这场伴随思想革命兴起的文学革命对后世中国新文学的发展产生了深远的影响。

"实验文学"运动是20世纪30年代初期发生在缅甸文坛上的一场文风改革运动。这场起于仰光大学的文学运动，参加者多为仰光大学的青年教师和学生。他们本着"探索时代的喜好"的想法，进行了新的创作试验，试图探索一种能打破旧文坛的陈规，充满生活气息，反映现实生活，语言朴实清新、简单易懂的新文学形式。这场缅甸民族独立斗争蓬勃发展时期所出现的文学改革运动，对缅甸现代文学的发展起了很大作用，虽因受到第二次世界大战的影响暂时中断，但其影响一直延续到今日。两场意义深远的文学运动均可谓应时而起，那么，他们在多大程度上有着相似性，又存在着何等的差异呢？

二、"实验文学"与"五四"新文学的诱因比较

（一）时代的推动

通过比较缅甸的"实验文学"和中国的"五四"新文学运动，可以发现它们共处一个变革的大时代，它们的产生有极其相似的诱因：

19世纪，西方资本主义入侵亚洲，亚洲绝大多数国家（除日本）沦为西方殖民主义国家的殖民地或半殖民地。各国本土文化受到了很大的冲击，加之殖民主义者对文化的破坏和摧残，这些国家的文化有的竟面临着被消灭的危险。同时，大量涌入的西方思潮，又为各殖民地半殖民地国家的人民提供了先进的理论。从政治学、经济学、社会学、哲学、伦理学、历史学到文学艺术，都被介绍过来，供人们比较、选择。特别是在1917年俄国"十月革命"以后，这场震撼世界的社会主义革命，极大地鼓舞了亚洲各国人民，亚洲各国民族民主运动更为蓬勃发展，反帝反殖的爱国斗争也如火如荼地爆发了。与此相呼应的文学运动便是在这样的社会历史背景下孕育产生的。

在这个新旧交替的时期，在中缅两国的文坛上，旧文学不可避免地呈现一片破败颓废的景象：中国文学发展到清末民初，已成为强弩之末，毫无生机。资产阶级的文学改良运动已经偃旗息鼓，充斥在文坛上的尽是封建陈腐的东西，文学远离生活，这成为少数文人的消遣品。概括地说，旧文学有两大特点：一是内容沉浮，形式主义和拟古主义盛行。那些封建军阀及其御用文人，则在大肆鼓吹"尊孔读经"的同时，利用文学散布封建思想毒素。他们竭力提倡"国粹"，宣扬"代圣人立言"的"文以载道"论。二是旧文坛上另一股把文学当作"高兴时的游

戏或失意时的消遣"的趣味主义的倾向。小说在这种趣味主义的指导下，散播着封建思想的毒素，涣散和瓦解人们的斗争意志。

在缅甸，诚然，贡榜王朝（缅甸最后一个封建王朝）作家辈出，出现了缅甸文学的"集锦时期"。但随着殖民势力的入侵，缅甸的旧文学无可奈何地开始衰落。英殖民主义者在对缅甸进行政治统治、经济掠夺的同时，还加紧进行文化奴役和侵略，采取窒息缅甸民族意识和扼杀缅甸民族文化的办法，推行殖民主义教育制度，缅文被从大学课堂中排挤出来，官场中英语也逐渐代替了缅甸语。这一特殊的历史进程使得缅甸旧文学不可能继续正常、充分地发展，缅甸文坛走过一段寂寞荒凉的时期，旧文学变得奄奄一息了。20世纪20年代末，虽然缅甸文坛中出现了不少的爱国作家，但事实上，此时的缅甸文坛流行的主要是韵律严格的古体诗和模仿外国名著改写的小说，报纸杂志也被这类作品所充斥着。对此，德班貌瓦在1928年发表的一篇文章中是这样描述的："现在杂志中都有诗歌一栏，但在这些诗歌栏里不是郎君赞、少女赞，就是雨颂、天堂颂之类，每份杂志如此，每期如此，使人厌烦极了，无意再看。"这些作品脱离现实，追求辞藻和韵律、冗长烦琐，阻碍着缅甸文学的进一步发展。

（二）文学发展的自然趋势

文学是一个时代的最高精神表现。一时代有一时代的精神，因而"一时代有一时代之文学"。陈独秀在《文学革命论》中提出的"三大主义"其基本倾向是要"赤裸地抒情写世"，提倡现实主义，使文学能跟上时代，"因革命而兴起、而进化"。另一位文学革命的发难者胡适，在《文学改良刍议》和《历史的文学观念论》中，也从"世界历史进化的眼光"，阐发了这种"历史的文学进化观念"，作为他文学革命的基本理论。

的确，无论中国还是缅甸，其文学的演变正是这样：中国的文学文体历经了骚、五言七言、赋、骈文、律诗、词、曲中国文学史上的"五大革命",又有隋唐"古文运动"、北宋"诗文革新运动"等等文学运动;缅甸的文学也随历朝兴废先后产生了唉钦、雅都、密达萨、茂贡、比釉、鲁达、雅甘、波垒、巴比釉、峦钦等等不同的诗歌形式和小说以及戏剧。可以说文学发展史上的文学革命已非一次了,可谓文学艺术"莫不因革命而新兴而进化",这次的两国文学运动也已成为自然之趋势,为不可更缓的事业。

(三)思想变革的影响

文学本来是合文字思想两大要素而成,要反对旧思想,就不得不反对寄托旧思想的旧文学。所以由思想革命引起文学革命。当时思想革命的矛头,直接针对作为封建正统观念的儒家思想。《新青年》上接连不断地发表批判孔孟之道的文章,以历史上未有过的规模,以现代民主、自由、平等和个性解放的思想,给予统治中国思想界两千年的孔学以猛烈的抨击。西方文明和西方工业涌入中国,首先粉碎了中国的小农经济,进而粉碎了中国的大家族制度。同时,建立在这种制度上的"孔子主义"也被打破了。《新青年》就是当时主张思想革命的杂志,它不遗余力地反对与现代生活不相容的孔教,反对一切阻碍进步的旧思想,宣传"民主与科学"。

第一次世界大战后,特别是俄国十月社会主义革命后,李大钊等共产主义知识分子向中国知识界传播了马克思主义。1917年开始的文学革命是在小资产阶级知识分子和资产阶级知识分子的倡导下进行的,这时他们的思想武器仍然是资产阶级民主主义而不是马克思主义。到1918年下半年,《新青年》发表了李大钊等宣传马克思主义的文章,为新文学运动提供了新的武器,带来了社会主义因素并为文学革命运动指明了正确的方向和路线。

英国通过战争吞并了缅甸以后,原有的佛教遭受了越来越多的压制和破坏。1885年作为缅甸人的精神支柱的佛教失去了国教地位,影响和作用大大削弱了,僧俗群众的思想都受到了巨大的冲击。有识之士纷纷开始借助报纸杂志宣传独立、民主、自由思想。其中，僧侣和学生始终站在一场场爱国斗争的前列，组织和领导缅甸各族人民同英国殖民统治者进行了殊死搏斗。复兴佛教成为爱国斗争的重要目标之一，同时也成为凝聚民族思想的重要工具和对敌斗争的武器。

第一次世界大战爆发以后，由于中国、印度民族独立运动的高涨，特别是俄国伟大的十月社会主义革命的成功，大大激发了缅甸人民的民族自豪感。缅甸的反帝运动也有了新的发展，这也反映在文学上。缅甸现代伟大的爱国诗人德钦哥都迈就是这一时期用文艺武器向帝国主义、殖民主义斗争的先锋和代表。当时著名的作家还有：吴腊、列蒂班蒂达吴貌基、吴波稼、比莫宁、泽亚、仰纳、摩诃瑞、瑞林勇、达贡钦钦礼和德钦巴当等人。他们的作品或多或少地反映了缅甸当时的社会状况，体现了人们要求反帝、反封建，要求自由、民主、独立的愿望，现实主义作品大大增加。

（四）教育变革的需要

自周秦以来，我国的文言日益分离，造成只有士大夫阶层读得诗文，一般百姓却少有识字的能力。在学习研究西方的过程中，不少有识之士认识到，要改变中国贫穷落后的面貌就要普及教育（学校代替科举，近代科学代替古代经典的垄断），而普及教育需要学字。这个时期，从政府到民间掀起了一股改革文字的运动。国语运动也在这个时期走向成熟，白话文学也取得了"国语文学"的尊称。就这样，因国语教育的需要，文学革命取得了政治上的保证、教育界的赞助、舆论界的提倡。

寺庙是缅甸文化教育的中心，每一名缅甸男童都要在寺庙接受基础教育，因此古代缅甸的初等教育有相当高的普及程度。然而，三次英缅战争之后，缅甸沦为英国殖民地，英文成为官方语言，寺庙的传统教育作用被削弱，已适应不了社会经济发展的需要。同时，殖民地教育实行的是奴化教育，推行重英轻缅的语文政策，传统文化惨遭破坏。

1906年，全国性知识分子的团体——佛教青年会在仰光宣布成立。

该会以"振兴佛教,维护习俗,发展民族文化教育和语言文学"作为其宗旨,成为近代缅甸民族主义运动的开端。1920年制定的大学法中规定了许多不合理的条款,引起大学生们的强烈抗议,最终于12月5日在仰光等地爆发了首次学生大罢课,从而引发了一场波澜壮阔的国民教育运动。其后,全缅建立起了大量"国民学校",教授小学至高中课程。1930年成立的我缅人协会振臂高呼:"缅甸是我们的国家,缅文是我们的文字,缅语是我们的语言;热爱自己的国家,提倡自己的文字,尊重自己的语言"的口号。1936年第二次学生大罢课后又在仰光成立了以职业教育为主的国民大学。但国民教育运动经历了艰难坎坷的历程,从根基上动摇了殖民教育制度,有力地支持了民族独立运动。也就在这场历时十余年的国民教育运动中,"实验文学"运动爆发了。

(五)外国文学的刺激

自1840年的鸦片战争之后,中国的大门屡屡为西方列强敲开,中国人惊羡于西洋的兵器,一时"中学为体,西学为用"的呼声响彻中华。到了林纾,它抱着"一广国人之见闻,一新国人之观念"的想法,为了"日为叫旦之鸡,冀我同胞惊醒",以文言译西洋小说介绍给国人,中国人遂开始认识、研究西方文学。这些西方文学及西方思潮对中国文学的发展起到了极其重要的作用,有了翻译外国小说这些新的参照物,新文学先驱们便发觉旧文学从思想内容到语言、形式的诸多落后性,并产生向西方文学学习,创造中国新文学的愿望。所以最早提倡文学革命的人,如胡适、鲁迅、周作人等,都是留学生。

鲁迅曾说过:文学革命的发生"一方面是由于社会的要求的,一方面则是受了西洋文学的影响"(鲁迅《且介亭杂文·(草鞋脚)小引》)。鲁迅从西方现实主义、浪漫主义、象征主义中都吸收了许多营养,但促使他动手再现中国农村社会面貌的,还是俄国和东欧的文学。胡适受到美国"意象派"宣言的启发提出文学改良"八事";周作人第一次系统地介绍了19世纪欧洲现实主义文学潮流中的人道主义的文学观念,提出"人的文学"口号；文学研究会从俄国引入"为人生"的文学思潮；"人生派"的理论家们后来为解决新文学发展的问题又引入西方"自然主义"。"五四"时期有许多以进化论解释欧洲文艺思潮变迁的外国著作译介到中国，其文学进化观念对中国现实主义倡导者的影响也是显而易见的。现代主义思潮就是在"五四"新文化运动后出现的一种现代文化意识，它主要不是古代文学传统的延续，而基本上是在对外国文学横向吸收和改造中形成的。

新文学的先驱者，如鲁迅、郭沫若、茅盾等人开始都译介过许多外国文学，都是在外国进步文学的影响下走上创作道路的。鲁迅说："先前看过的百来篇外国作品和一点医学上的知识，此外的准备，一点也没有。""那时看见了俄国文学。那时就知道了俄国文学是我们的导师和朋友。"外国文学不仅启发了新文学先驱，也成为他们模仿学习的对象。例如，鲁迅的《狂人日记》脱胎于果戈理（N. Ggogol）的同名作，《药》则含有安特列夫（L. Andreev）式的阴冷；郭沫若自称"五四"前后其诗歌创作有三个时期：泰戈尔式、惠特曼式和歌德式，《女神》就深受惠特曼的影响；胡适带头尝试的新诗则模仿美国女诗人艾媚洛韦尔（Emy Lawell），他的小说《终身大事》则明显通用了易卜生《娜拉》的结局；曹禺的剧本多模仿尤金奥尼尔（Egene Oneill）；茅盾的小说则师承渥普敦·辛克莱（Upton Sinclair）。这些新作品从形式上都不是中国古典文学的积蓄，而是向西方（包括俄国）文学学习而来的。

缅甸近代翻译的历史从1824年第一次英缅战争开始，为了恢复国力，由曼同王倡导翻译了大量的西方科技著作和文学作品。殖民时期翻译作为巩固其统治的手段而得到了强化，西方文化、科技、医学、文学、宗教等书籍的翻译成为现当代缅甸翻译的主流，成为缅甸进入现代、走向世界的起点。20世纪20—30年代的翻译新高潮则挖掘了一条适应时代要求的科技术语翻译的途径，科学译品大量出现。20世纪30年代初，仰大部分青年师生不满文学界的状况，他们除直接受本国爱国主义运动的影响外，西方的现实主义、浪漫主义对他们的影响很大。同时随着缅甸独立斗争的发展，在民族情绪和爱国精神的促使下，缅甸读者对与缅甸有着相同命运的中国尤感亲切，他们也在英文杂志上看到了中国"五四"新文学运动主将鲁迅、郭沫若等人的作品，对他们的创作思路也有一定的促进。

如同中国的新文学先驱多为留学生一样，实验文学时期作家们大多都有过留学经历。其中被誉为"实验文学三杰"的德班貌瓦、佐基和敏杜温就先后留学于英国，在国外的学习生活时他们直接接触到了欧洲丰富的文学作品和先进的文艺理论，资产阶级民主思想深深地影响了这些爱国青年，开阔了他们的眼界，丰富了他们的创作思想。法国剧作家莫里哀的作品最先被缅甸作家佐基、德钦巴当等人介绍给缅甸人民。莫里哀的创作风格直接影响了缅甸文坛。实验文学派的作家们先后又写出了一些剧本，这些剧本不再写成段的诗文与歌词，而代之以生动的对白，这就是当今缅甸话剧的开端。实验派诗人受到英国诗人们的影响，他们常以云雀、蟋蟀、水风信子等为题材抒情做诗，唱出诗人对生活美妙的遐想。这方面确实对缅甸文学起到了拾遗补缺的作用，对缅甸现代诗歌的发展影响颇大，形成独具风格的一派。种种这些因素促使他们进而探索缅甸文学发展的新道路。

三、"实验文学"与"五四"新文学的文学内容比较

文学作品的内容在很大程度上取决于它的读者和作者。封建时代，帝王将相以及文人、僧侣是文学的主要创作和欣赏者，文学的内容便不能跳出宫廷文学和宗教文学的圈子。伴随着近代化历程的到来，中缅两国诞生了新的阶级和阶层，文学的内容和作用遂发生了变化。

晚清能够左右文坛的主要读者层还只是一般的小市民，到了五四时期主要读者层已经由一般市民转变成为受科学民主思想熏陶的小资产阶级知识分子。他们要求摆脱"瞒与骗"的封建传统文学，转而寻求真实反映现实人生的文学。陈独秀在《新青年》的发刊词《敬告青年》中提

出新文化的六种精神,如"自主的"、"世界的"、"实利的"、"科学的"精神等,就是现代人所应具备的。在这样的背景下,文学革命所要建立的新文学,便是"人的文学"。

胡适反对无病呻吟,反对模仿古人:"务去滥调套语","需言之有物"等都涉及文学的内容问题。他在解释"百之有物"的"物"时说:"非古人所谓'文以载道'之说也",而是指文学作品的思想感情。"情感者文学之灵魂,文学而无情感,如人之无魂";"吾所谓'思想',盖兼见地、识力、理想三者而言之";"思想之在文学,犹脑筋之在人身"。他把反对古人的"文以载道"和提倡"言之有物"并称为"精神上之革命",也就是改革文风,但改革文风显然不仅仅是形式问题。陈独秀在其《文学革命论》中更是明确指出了"推倒雕琢的阿谀的贵族文学,建设平易的抒情的国民文学;推倒陈腐的铺张的古典文学,建设新鲜的立诚的写实文学;推倒迂晦的艰涩的山林文学,建设明了的通俗的社会文学"等"三大主义",指明了新文学应该表现的内容。十月革命后,由于工农在人们观念中地位的变化,还直接影响了文学革命中提出的"平民文学"、"国民文学"等口号的内涵。原先主张新文学不写帝王将相、才子佳人,这时转而要描写"普通人"中的工人、农民。

在写作内容方面,实验派作家认为,文学应反映时代的生活,成为时代的一面镜子;内容无所谓大小,只要作家自己有感受就可以写,强调写实。他们首倡了近代缅甸文学中的浪漫主义的创作方法。实验文学作家们的"实验"首先体现在创作内容的选择和主题的开掘,他们以"探索时代的喜好"为宗旨,主张文学要反映现实,表现当代的、人民大众的生活与情趣。作为一个文学思潮高涨的时期,它对新生的一代有着巨大的影响。一派以德格多貌丹新、吴纽等人为代表,更加推崇缅甸古典文学;另一派以德班貌瓦(1898—1942)、佐基(1908—1990)和敏杜温(1909—2004)为代表,他们受浪漫主义影响较大,认为不论事物大小,有感受就可以写。两种主张汇集成了实验文学的特点,即:简洁、清新、朴实,有浓郁的生活气息,既冲破了传统形式的种种羁绊,又扭转了那种消遣文学的不良倾向。

这两场文学运动均使得两国新生的文学从封建文学的思想和旧形式中摆脱出来，开始了由旧文学向新文学的转变。然而，我们细细查之，便会发现两场文学运动内容上同为反映大众生活，表现的精神却不同。在政治倾向上，新文学充满着反帝反封建的民族思想；"实验文学"运动中产生的文学则更多地体现出强烈的爱国主义思想：

"五四"时期李大钊等大力宣传共产主义的宇宙观和社会革命论，有力地指导和推动文学革命运动的发展。鲁迅和郭沫若早期作品中不仅深刻反映"五四"时代精神，而且还具有社会主义的因素。鲁迅的《狂人日记》无情地揭露了封建礼教的吃人本质，郭沫若的《女神》以革命的激情发出反封建的叛逆者的心声。其他进步作家的作品都在不同程度上表现了反帝反封建的倾向。"五四"新文学运动开创了现代文学反帝反封建的战斗传统。近代进步文学虽有反帝反封建的民主倾向，但由于历史和阶级的局限，它有着不彻底性。"五四"以后的新文学突破了这种局面，而具有彻底的、不妥协的反帝反封建的革命精神。

虽然"实验文学"运动在爱国反帝的斗争推动下产生，却没有强烈的反殖民主义的性质。如德班貌瓦的《投票之前》揭露英国组织投票表决印缅分治与否这一骗局，《失业者》暴露殖民主义教育实质；德格多貌丹新的短篇故事《宝刀》（1934）告诫人们要消灭侵略者，不要认贼作父，伤害百姓；诗人佐基的《蒲甘集》寓意实践出真知，赞扬爱国思想；敏杜温的短篇小说《昂大伯骗人》谴责了上层社会的依势欺人，《扎耳朵眼仪式》揭露了上层社会的虚伪，他的诗歌也多用婉转的手法表达自己的爱国情感。正如缅甸现代著名作家达贡达亚在一篇文章中评论说："实验文学诗歌富于幻想，但忽视了反映时代的内容。虽然力求从封建主义文学中挣脱出来，但还没有进一步觉醒，没有能提高到反帝的高度。"

文学作品的内容和形式是有机的统一。从文学的发展史上来看，一定历史时期的文学形式的变化，根本地说是由它所表现的内容的变化所引起的。这两场文学运动也不例外。

四、"实验文学"与"五四"新文学的文学形式比较

胡适认为历史上的文学革命多从形式下手,之所以要求文字文体的解放,是因为"形式上的束缚,使精神不能自由发展,使良好的内容不能充分表现"(胡适:《谈新诗》,载《中国文艺大系·建设理论卷》,第295页)。缅甸的"实验文学"亦然。

(一)文体形式

白话文是中缅两国此次文学运动共同的要求。胡适援引意大利国语成立的历史告知国人:"中国将来的新文学用的白话,就是将来中国的标准国语。""欧洲各国国语的历史,没有一种国语不是这样造成的。"

为何白话要代文言呢?蔡元培讲得很清楚:"白话使用今人的话来传达今人的意思,是直接的。文言是古人的话来传达今人的思想,是间接的。间接的传达,写的人与读的人都要费一番翻译的功夫,这是何苦来?"是故要"我手写我口,古岂能拘牵"达到"文言一致",建立"国语的文学,文学的国语"。从白话诗、白话小说的探索,经过民国八年"五四"运动的推动,数百家报纸杂志逐渐全部改用白话,民国十年政府颁布命令小学、中学和大学也改用白话。

其实,中缅两国在这两场文学运动之前均有着应用白话文的传统。胡适的专著《白话文学史》便详论了中国自汉朝,历经魏晋、南北朝、唐、两宋的白话文学(包括民歌、散文、诗、词、语录等形式)。白话文学在缅甸也不乏其数:1782—1787年间分别由吴奥巴达法师、信南达梅达法师及信彬尼亚德卡法师译出了白话文本《十大佛本生故事》;贡榜王朝初期瑞当底哈杜的小说《宝镜》也是文白相杂,用白话叙述,以诗词对话;贡榜王朝时的"密达萨"写法各具特色,有全部使用韵文诗句的,有文白相间的,也有纯白话文的;《貌迎貌玛梅玛》(1904)

则是缅甸第一部完全用通俗、清晰、简练的白话文书写的小说……但是言词华丽而内容苍白的古文仍大行其道，现代白话的语言文字革命势在必行。

（二）文学体裁

陈独秀《文学革命论》从总体上对封建旧文学进行了讨伐，批判了作为封建正统文学观的"文以载道"的思想，反对"师古"，抄袭孔孟之道和"代圣人立言"的主张；批判了尊古蔑今、咬文嚼字的桐城派古文；批判了铺张空泛、涂脂抹粉的骈体文；也批判了内容枯燥却爱用冷僻的典故与文字的江西派的诗。他提出建立一种新文学，能"赤裸裸的抒情写世"，表现宇宙、人生、社会，并于大多数群众有所裨益。他所提倡的实际上是一种现实主义文学。

"五四"时代出现的各种新文体，无论从素材、主题、技巧、语言各个方面，都呈现出与古代传统文体不同的面目。例如：鲁迅的《狂人日记》之前，中国只有古代的笔记小说，尚未有这种日记体小说，这种文学形式在艺术上借鉴了俄国果戈理的《狂人日记》，为我国现代小说创造了一种新形态。其他诸如"时务文学"、"政论文学"、"议论性散文"、白话诗、"问题小说"、"问题剧"也都随着文学实践的需要应运而生了。这是文学革命的实绩，是文学向现代化、世界化发展的结果。

古时候的缅甸文人们的注意力往往较多地集中于对形式的追求与辞藻的雕琢上，所以在整个封建统治时期韵文居于统治地位。诗人们创造了各种各样的诗体，但实际上这些诗体大多由四言诗衍生转变而来。随着诗体的发展，对韵律、格式的要求也愈来愈严格。古代诗人甚至认为违犯某些规定，还将会招致无穷的灾难。这样就从内容到形式都束缚了诗人感情的抒发，影响了文学的发展。

实验派作家们对文坛状况强烈不满，本着一种忧患意识和启蒙精神，开始试探便于向新的读者群、人民大众传播民主、自由、独立思想的文体与风格。实验文学的文学体裁主要是源自西方的现代小说、诗歌和现代戏剧等。例如，他们吸收了莎士比亚、萧伯纳以及莫里哀的剧本等一些缅甸文学中没有的文学形式、风格。这期间现代长短篇小说发展最快，诗歌没有得到应有的发展，剧本的创作更是萧条，文学研究、文艺评论有所发展。作家们在小说方面反对冗长烦琐、晦涩费解，提倡蒲甘碑铭那种简洁、精练、生动的文风，展现了广大民众喜闻乐见的生动简洁的新风格。在诗歌方面提倡最大限度的自由，采用自由体，不受旧形式韵律的束缚和句子长短的限制，提倡自由尽情抒发诗人的情感；诗歌、剧本不再用成段的诗文，而采用生动的对白，提倡用大众语，这就是缅甸话剧的开端。

固然中缅两国的这两场文化运动均推出了改革文学语言和文学体裁的举措，尤其是他们都极其推崇白话文，并倡导运用这种现代的表现手法来进行创作，但其依据却不尽相同：

新文化运动的先驱们认识到封建思想"寄居在古文中间，几千年来，根深蒂固，没有经过廓清，所以这荒谬的思想与晦涩的古文，几乎已融合为一，不能分离"。"如今废去古文，将这表现荒谬思想的专用器具撤去，也是一种有效的办法。"（刘半农：《瓦釜集·代自序》，载《刘半农诗选》，人民文学出版社，1985年，第82页）为了废除作为封建思想载体的文字，于是提出反对文言文，提倡白话文的主张。

在思想革命中兴起的文学革命，欲冲破封建文学和文言文的束缚，以创造现代的文学，因而是文学领域中一场思想解放运动。陈独秀在1919年1月发表的《本志罪案之答辩书》中，阐释"民主"、"科学"两个口号的意义："要拥护那德先生（即'民主'）"，便不得不反对孔教、礼法、贞节、旧理论、旧政治。要拥护那赛先生（即'科学'），便不得不反对国粹和旧文学。"这段话概括了新文化运动的主要内容，那就是反对旧道德，提倡新道德；反对旧文学，提倡新文学。前者即思想革命，后者即文学革命，共同组成新文化运动的两翼。文学革命是在思想革命的触发、引导之下发生的，文学革命是思想革命深化所结出的必然之果。周作人认为："文字不良，固然足以阻碍文学的发达。若思想本质不良，徒有文字，也有什么用处呢？"所以单变文字不变思想，算不得文学革命的完全胜利，思想改革比文字改革更为重要（周作人：《思想革命》，载《每周评论》第十一期，1919年3月2日出版）。他们如此看重文学革命是想通过文学革命促成思想革命，最终还是为了促进政治制度的变革。于是，便将反对旧文学、提倡新文学与改革社会联系起来，成为新文化运动的一个重要组成部分。

在20世纪初期的缅甸，一些作家虽然已经投身于反帝斗争之中，但仍沿袭封建时期的文学形式、手法，语言陈旧，使一般读者难于理解和接受。因而，为了更好地建设大众的文化，仰光大学的青年师生们本着"试探时代的爱好"的想法，进行了新的创作试验。其中，德班貌瓦发表了不少文学评论，批判当时殖民统治当局轻视缅甸民族文学的政策。对那些认为文学只是少数人的事业的错误观点也做出了有力的抨击。他还以区长貌鲁埃为主人公，写介于小说与特写之间的一种文体，句子简短，用了大量口语中生动的新词，反映了一定的社会生活或政治内容。敏杜温的诗用词极美，《亲爱的姑娘》和《胜利花》就是他的代表作，他还写过很多朴实、生动、鼓励孩子们上进的儿歌。

可以说，两国提倡白话文运动都是要求文学形式能够通俗易懂，便于群众接受，他们都是文学大众化运动的起点。但是"五四"文学倡导白话文是以反对封建思想寄托反对文言为依据的，这是缅甸"实验文学"所不具有的。

五、"实验文学"与"五四"新文学对文学发展和社会进程影响比较

（一）对文学发展的影响

近百年的历史使中国人懂得了必须彻底扫荡封建思想才可能巩固政治体制的变革，于是有了一场空前猛烈的批判封建思想的思想革命，即新文化运动，文学革命正是这新文化运动的组成部分。新文学先驱们引

入的进化的文学观,是与数千年来"天不变道亦不变"的封建文学观是根本对立的。新文化运动对外国文化的整体性认同,与对中国封建传统文化的整体批判是同时进行的。这种整体认同决定了新文学先驱者们必然从整体上去肯定西方文学。他们不光是从结构、技巧等枝节问题上借鉴西方文学作品,而是要从文学观念的现代化入手,在中国造成能与世界文学发展相适应的新的文学潮流,"出而参与世界的文艺之业"。但在"五四"新文学运动初期,新文学的开创者们在反对封建旧文学中过多地否定古代文学的遗产,一些先驱者对待旧文学常常玉石不分,全盘否定。鲁迅曾指出:"新文学是在古代文学方面,几乎一点遗产也没摄取。"(鲁迅:《集外集拾遗补编·〈中国杰作小说〉小引》)这是因为旧文学在当时是革命的对象,一时只顾破坏它,当然谈不上吸收与摄取。

"实验文学"的主要参与者们是在其推动者吴佩貌丁的指导下从对缅甸古典文学的研究开始的,并从中吸收了大量的营养。他们主张恢复古典文学,弘扬民族文化。实验文学对自身深厚的佛教文化传统与民族心理,人民生活之间的关系也进行了重新的解释,以"人"的观念、民主意识去挖掘传统文化中的人文精神。并大胆跳出了传统的佛教文学的樊篱,深入到现实生活中去开拓更广阔的文学视域。

可见,尽管两场文学运动的开拓者们在对待自身传统文化上采取了不尽相似的做法,但不可否认的是,他们都突破了传统的局限,并自觉不自觉地以现代意识来开拓新的文学。"为人生"的现实主义和崇尚主观情感的浪漫主义文学观的逐渐形成,为两国文学向现代化的发展和向世界文学的合流做出了不可磨灭的贡献。

(二)对社会进程的影响

文学作为政治力量在观念上的反映,同样会对社会政治产生反作用。实验文学运动的参加者多半是仰光大学的青年教师和高年级学生。它虽是1930年缅甸民族独立斗争蓬勃发展时期所出现的文学改革运动,但其大多数参加者都是关在仰光大学校园内进行创作活动的,他们没有直接用文艺作为武器投入轰轰烈烈的反帝反殖斗争。如果同伟大的爱国诗人德钦哥都迈相比，他们就显得与时代的潮流不太合拍。而新文学运动并不是单纯的文学本身的变革，它是作为"五四"新文化运动的重要组成部分出现；新文学运动的倡导者几乎都一身二仁，同时又是新文化运动的发难者与组织者。如《新青年》的陈独秀、胡适、李大钊、鲁迅、周作人、刘半农、钱玄同等人，都不是"纯文学家"，而首先是"有所为"的革命家或启蒙主义者。其中，陈独秀更不是作家或专门研究文学的学者，所以他举起了文学革命的旗帜之后，便没有多发表关于文学的言论。

"实验文学"的成果主要集中在仰光大学及其他刊物上，如：《大学杂志》、《文坛杂志》、《协会杂志》上，后来在吴佩貌丁的推动下，由缅甸教育普及协会将这些小说、诗歌汇编成册出版，即《实验文学小说选》和《实验文学诗选》，它们均是纯文学的刊物和作品。"五四"新文学运动的一篇篇檄文和论战也刊登在北京大学的教授或学生主办的刊物（如陈独秀主办的《新青年》和《每周评论》，罗家伦、傅斯年主办的《新潮》月刊）及其他刊物上，但并不是都是纯文学的刊物。以我国新文化运动的发源地、新文学运动和文学革命的摇篮《新青年》为例，《新青年》最初只是主张思想革命的一种综合性的文化批判刊物，后来因为主张思想革命的缘故，也就不得不同时主张文学革命。同时，《新青年》在继续批判旧道德、旧文学的同时，传播马克思列宁主义的分量不断地增长，在1920年9月成为中国共产党上海发起组的机关报。

由此可见，与实验文学相比新文学运动的推动者和他们的文学载体的确承担了更多的社会责任，也正是由于他们的不懈努力，中国社会完成了一个由旧民主主义向新民主主义的大跨步。

六、结语

"五四"文学革命有着伟大的历史意义。这场文学革命以勇猛的气势，冲破了封建旧文学和文言文的桎梏，宣告有几千年历史的中国古典文学的终结，同时也宣告新文学的诞生。从此以后，白话文代替了文言文，一种具有崭新形式、现代内容和现代意识的新文学被创造出来了。在中国人追求现代化的艰难过程中，中国文学的现代化是走在前面的。因此，"五四"文学革命是中国文学由旧到新的一个伟大转折点，一个新的文学世纪的开端。像这样的大转折，在历史上是不多的。文学革命是新文化运动的重要一翼。新文化运动也是中国历史上空前的思想解放运动，对中国人民从封建教条的束缚中挣脱出来，产生过极大的作用。文学革命即是这思想解放的成果之一，它自身又是思想解放的一种表现。

它以前所未有的规模，彻底的不妥协姿态，在批判各种封建旧观念中，起到了应有的作用，因而对促进中国社会和人们观念的变革做出了贡献。文学革命发生在"五四"运动的前夕，为这场反帝爱国运动做了舆论的准备。"五四"运动以后，新文学始终与新民主主义革命保持着紧密的联系，成为中国人民解放斗争不可或缺的一条战线，从而帮助了中国革命。这是中国现代文学的一大特点，是从文学革命开始就便显出来了的。

实验文学以它炽热的爱国热情、简练清新朴实的创作风格、浓郁的生活气息，摆脱了传统形式的羁绊，冲击了当年消闲文学的不良倾向，推动了缅甸文学的发展。实验文学运动反对旧的传统文学形式，提倡发扬蒲甘时期散文的简洁、通俗文风，它偏重于艺术的革新，而没有明显的政治内容。但是，在当时的历史条件下，实验文学的作家歌颂自己的民族，热爱本民族的文化，强调发扬优秀的文化传统，唤起民族觉醒，是有进步意义的。对于"实验文学"运动，作家达贡达亚有过这样的评论："它（实验文学运动）虽然没有强烈的反殖民主义的性质，但实验文学派的作家们扬弃了传统的封建思想和旧的形式，首创了近代缅甸文学中浪漫主义的创作方法，它是缅甸新文学思想的高涨时期，对新生的一代有着巨大的影响。"实验文学运动立足本民族文化，主张文风改革，反映了当时民众的要求，顺应了历史潮流，在缅甸文学发展史上留下了光辉的一页。在实验文学的推动下，缅甸文坛20世纪30、40年代出现了大量反帝爱国的作品。

这两场应时而生的文学运动在两国的文学史上留下了珍贵的一页，它们各自完成了本国文学由旧文学向新文学的过渡，成为现代新文学的起始，将两国的文学渐渐融入了世界文学的行列之中。

参考文献

［1］德班貌瓦. 实验文学评论文集（缅文版）［M］. 仰光：漆达耶出版社，1966.

［2］陈子展. 中国近代文学之变迁［M］. 上海：上海古籍出版社，2000.

［3］黄修己. 中国现代文学发展史［M］. 北京：中国青年出版社，1988.

［4］季羡林主编. 简明东方文学史［M］. 北京：北京大学出版社，1987.

［5］司马长风. 中国新文学史［M］. 香港：昭明出版有限公司，1980.

［6］姚秉彦，李谋，蔡祝生. 缅甸文学史［M］. 广州：世界图书出版公司，2014.

［7］钟智翔. 缅甸概论［M］. 广州：世界图书出版公司，2012.

［8］朱德发. 中国五四文学史［M］. 济南：山东文艺出版社，1986.

［9］朱维之，雷石榆，梁立基. 外国文学简编（亚非部分）［M］. 北京：中国人民大学出版社，1983.

从《芭旺布迪与芭旺梅拉》看传统马来社会

■ 谈 笑

【摘 要】民间故事是马来传统文学的重要组成部分,《芭旺布迪与芭旺梅拉》作为广为流传的马来民间故事,具有浓厚的马来民族特色,深刻地折射出古代马来民族的精神世界和社会生活风貌。本文试图通过对这一故事的全面分析,来解读马来传统社会在社会结构、宗教信仰、道德标准、审美情操等方方面面的特质。

【关键词】马来文学;民间故事;社会特性

民间文学是一个民族在长期发展过程中形成的文化积淀,也是了解民族精神、民族心理、民族传统的一扇最佳窗口。民间文学具有"创作集体性"和"流传口头性"两项特质:"第一创作的人乃是民族全体,不是个人;第二民间文学是口述的文学(Oral Literature),不是书本的文学(Book Literature)"(胡愈之《论民间文学》,1921年1月)。与世界上其他国家一样,马来西亚的民间文学也是产生于"文字前社会",由不知名的民间作者集体创作、口头流传,其中许多优秀作品经过不断润色、加工和修改,世代相传直至今日,已经成为马来民族的精神财富和文化宝库。马来传统民间文学包括神话传说、宫廷传奇、动物故事、谐谑故事、民间故事、民间歌谣等多种形式。《芭旺布迪与芭旺梅拉》(*Bawang Putih Bawang Merah*)是在马来民族中最为家喻户晓、影响最为深远的民间故事之一。几百年来这个脍炙人口的故事以说唱故事

(cerita lipur lara)的形式由马来说书艺人世代口耳相传。这种说唱故事被马来文学与文化的权威学者——英国的温士德爵士（R. O. Winstedt）盛赞为"马来小说中的奶油（the cream of Malay fiction）"（温士德《马来古典文学史》，1969年），在林林总总的马来古典文学体裁中，这类故事所独有的"本土性"、"故事性"和"艺术性"赋予了它强大的生命力。该故事不但有多个版本传世，还曾被拍摄成同名电影和电视剧，至今深受马来民族的喜爱。这个故事在马来社会中的知晓度之高，就如同"梁祝"之于中国、"一休"之于日本。《芭旺布迪与芭旺梅拉》故事情节一波三折、人物形象生动丰满、语言细腻优美、主题鲜明突出，反映出传统马来社会中善与恶、美与丑、正义与邪恶的矛盾和斗争，表现了马来民族的思想感情。

一、《芭旺布迪与芭旺梅拉》故事简介

由于民间文学所具有的特性，《芭旺布迪与芭旺梅拉》的具体产生年代和最初创作者今天都已经不可考，只能通过故事情节大致推断其时代背景应该是在伊斯兰教传入马来半岛（14世纪）之后、西方殖民者到来（16世纪）之前的马来土邦王国。《芭旺布迪与芭旺梅拉》的不同版本之间在人物关系、故事情节等方面都有出入，其中最为流行的版本见于1980年由马来西亚作家鲁拜丁·西瓦尔（Rubaidin Siwar）搜集整理，马来西亚国家语文局出版的同名书籍。故事梗概如下：

农民阿里伯和妻子拉布虽然恩爱但结婚五年仍然无子，于是阿里伯在征得拉布同意后又娶了第二个妻子昆杜尔。两年之后，两个妻子同时怀孕并各产下一名女婴，拉布产下的女婴被命名为芭旺梅拉（Bawang Merah，马来文意思为"红葱"），昆杜尔产下的女婴被命名为芭旺布迪（Bawang Putih，马来文意思为"白蒜"）。两个妻子个性迥异，势如水火。慑于丈夫和正室的威严，身为小妾的昆杜尔不敢造次。一日，阿里伯在捕鱼时不慎被毒刺刺中身亡。不久，正室拉布被怀恨在心已久的昆

杜尔诱骗推下水井淹死,死后她的魂魄附着在一条鲤鱼身上。拉布所生之女芭旺梅拉被神仙托梦告知此事,于是她养起这条鲤鱼寄托对母亲的哀思,不久昆杜尔发现后设计杀害了鲤鱼并诱骗芭旺梅拉将其吃下。神仙又托梦将此事告知芭旺梅拉,芭旺梅拉搜集起鱼骨埋在屋后。后来在埋鱼骨的地方长出一棵大榕树,母亲的魂魄继续庇佑着苦命的芭旺梅拉,长大后的芭旺梅拉经常在树下荡秋千、唱歌。一天,年轻英俊的拉惹[①]打猎经过此地,被芭旺梅拉的优美歌声所吸引,几天后上门提亲。虽然昆杜尔设计想让自己的亲生女儿芭旺布迪顶替芭旺梅拉嫁给拉惹,但被英明的拉惹识破,于是芭旺梅拉当上了王后。嫉妒的昆杜尔母女又数次设计陷害芭旺梅拉,欲置其于死地,但最终都没能成功,反被英明的宰相一一识破。最后,拉惹欲处死昆杜尔母女,善良的芭旺梅拉恳请拉惹将昆杜尔母女的死罪改为流放,从此拉惹和王后的幸福生活再不受到奸人的打扰。

乍一看这个关于善良女孩和狠心继母的故事似曾相识,与"灰姑娘"的情节颇有几分相似,无非是宣扬善恶有报、因果循环,但读者经过细细品味之后就会发现其中的确另有一番天地。这个马来传统民间故事经过历代马来说书艺人的口耳相传和当代作家润色加工之后,地域特色更加鲜明,民族风情更加浓郁,无处不散发着马来民族独特的审美情趣和艺术魅力,为我们增进对这个民族的了解提供了一个读本。

二、对《芭旺布迪与芭旺梅拉》的社会分析

由于《芭旺布迪与芭旺梅拉》并非像许多古典马来文学作品一样是改编自外来文化如印度或者阿拉伯作品,而是土生土长的"纯马来故事",保持了原汁原味的马来民族特色,故事中折射出大量当时的社会信息和文化符号,其中的许多内容对当今马来民族的社会生活仍然在产生着深远的影响,所以它对于后人研究14世纪至16世纪马来土邦社会

[①] 拉惹:马来文"raja",意为"国王"。

的社会结构、经济特色、宗教文化、道德伦理等都具有很高的价值。由于其中所包含的信息异常丰富,在剔除某些神怪因素之后,我们甚至可以把这个故事看作古代马来封建土邦社会的一个缩影。这些社会信息大致可以从以下四个方面来进行概括:

(一)王权至上、夫权至上的封建社会结构

这个故事的大部分篇幅描绘的是马来乡村社会生活,只有最后几章涉及宫廷生活和斗争,但纵观全书之后,我们不难看出当时的社会结构概貌:就整个国家(土邦)而言,王权是至高无上的;就整个家庭而言,夫权是至高无上的。14—16世纪期间,马来土邦中存在着三个政治权力阶层:一是以拉惹或者苏丹为核心,由高级官员所辅助的中央政权;二是由拉惹或苏丹任命的官员所治理的地方政权;三是由村长所领导的乡村组织(伊斯迈尔·哈密德《马来社会与文化》,1988年,第120页)。在故事中,这个政治权力体系的第一和第三级的情况都有所反映。已经接受了伊斯兰教的马来土邦政权在政体上仍然深受印度文化的影响,带有种姓制度的烙印,国王和贵族阶层形成了整个社会的权力核心。与此同时,伊斯兰教义又赋予了"君权神授"思想新的内涵:马来君主被附会成伊斯兰教的先驱英雄伊斯坎达尔(即亚历山大大帝)的后裔,并且是"真主在大地上的影子"(伊斯迈尔·哈密德《马来社会与文化》,1988页,第123页)。因此,在这个故事中,拉惹不但被极度美化为英明神武、风度翩翩的人中豪杰,而且具有不容质疑的至高权威。他的每一句话都是不可违抗的圣旨,他可以决定任何人的生死而不受法律的约束。拉惹的特权甚至延续到语言方面,某些特定的语汇只能由他一人使用,任何其他人要是使用这些语汇一经发现可以被判处死刑。

在这种封建土邦社会结构中,底层农民的生活与宫廷中的贵族生活基本上没有直接联系,封建价值体系在家庭结构中是通过对夫权的推崇来实现的。一夫多妻制在伊斯兰教义中是合理合法的,一个男人只要有愿望、有能力就可以娶一个以上的妻子,"无子嗣"通常是再娶的最佳理由之一。在这种婚姻制度中,丈夫是绝对的主导者。《古兰经》第34章规定:"男人是妇女们的领导者。"(阿姆兰·卡西米《马来婚俗之对比研究》,1995年,第113页)因此,故事中的阿里伯因为没有后代而再娶成为顺理成章的情节,其发妻拉布也欣然应允。有趣的是,这次再娶成为故事的第一个转折点:一年之后两个妻子同时怀孕并且各产下一女。书中用两句马来谚语生动地概括了这两个情节:"一笼二鸟(sesangkar dua burung)"指二女事一夫;"榴莲同熟"(durian runtuh semusim)指两个女儿同时降生。这不但没有给阿里伯带来太多的欢乐,反而引发了两个妻子无休止的争风吃醋,并且成为其家庭悲剧的发端。这里反映出马来民间对这种婚姻制度的矛盾态度,即:一夫多妻虽然合法,但是往往并不能给家庭带来幸福,处理不当的话很容易为日后的生活种下祸根。

(二)自给自足的自然经济

《芭旺布迪与芭旺梅拉》中有大量对马来传统社会经济生产活动的描绘,归纳为一句话,就是以家庭为单位的自给自足的自然经济,这是完全符合14—16世纪的时代特征的。农民们虽然生活在某个以村长为领导的乡村里,但是村民之间的社会结构十分松散,绝大部分的生产劳作都是以家庭为单位来进行而不是集体合作的形式。不言而喻,这种生产力的水平是低下的,但由于马来半岛得天独厚的自然条件,村民的生活总体而言还是富足和安宁的。在这个故事中,阿里伯一家的生活方式是典型的马来农民传统生活方式:居住在靠近森林、河流的自建木屋中;全家人一起种植水稻、蔬菜、木瓜、香蕉等作物;饲养鸡鸭等家禽;在森林中狩猎并采集树藤、野果等林产品;自己伐木做船、织网捕鱼。在这种农耕社会中,并没有像今天这么明显的职业分工,因而每个劳动者往往是身兼数职。一个农民同时也可以是渔民、猎人、船夫、木匠，甚至是艺术家——故事中芭旺梅拉征服拉惹的自编古玲达姆[①]和优美歌喉就是例证。

（三）伊斯兰教和原始宗教并存的宗教信仰

14世纪初，伊斯兰教传入马来半岛，半岛上的土邦政权逐渐皈依伊斯兰教，马来社会原先的印度教多神信仰被转换为"万物非主，唯有安拉"的真主一神信仰，那些印度教所信仰的众多神祇不再被继续供奉，而是变成了民间传说故事中的神怪角色。但与此同时，信仰泛神论的原始宗教在民间仍然影响深远，老百姓的宗教信仰呈现出二者混合并存的局面，并且这种情况一直持续到今日马来社会。在带有一点点神怪色彩的《芭旺布迪与芭旺梅拉》中，有很多情节都生动地反映了这种状况。故事中有着多处对真主的赞美、祈祷、忏悔、还愿等描写。例如，从阿里伯的一些言谈中我们就可以感受到对真主的信仰在底层百姓中已经深入人心：

"我不责怪任何人，只不过，也许真主还不愿意赐给我们一个孩子。"（第5页）

"这一切都是真主的旨意，假如真主乐意垂青，什么时候都不成问题。现在我们能做的就是祈求真主赐福于我们。"（第6页）

"阿里伯将在差不多同一时候得到两个孩子，就算时间错开也相差不了一个月。在那段时间里阿里伯可没少向真主许愿。"（第21页）

"假如当初我听了他的话也许就不会这样，但是所发生的一切都是真主的旨意，所以不必再反复抱怨了。"（第40页）

与此同时，书中也大量存在着问卜、下咒、降蛊等反映原始宗教的情节。在马来乡村中，村中的巫师有着崇高的社会地位和威望，成为令众人敬畏不已的人物。生病、受伤被看作是鬼魂或妖怪附体，必须请来巫师作法方可消灾免祸。"基于这种信仰，传统马来社会在治疗疾病

[①] 古玲达姆：马来文"gurindam"，一种源于印度的古典马来诗歌体裁。

的时候多求助于巫师。"（伊斯迈尔·哈密德《马来社会与文化》，1988年，第140页）在故事中，阿里伯不顾别人劝阻执意要在"妖气弥漫"的河汊中捕鱼，结果被河妖化身的鱼用毒刺刺伤。此时，巫师被请来作法驱邪，下面是巫师在作法时念的一段咒辞：

"神仙啊神仙

神仙住在石山上

我向众仙呼唤

你们快来助我施法

咳，一只眼的河神

你快来退那些想侵害我的鬼怪

你快来赶走附在我身上的河妖

七头龙啊，金色鳄鱼啊

即刻前来助我作法

我要抓住作怪的河妖"（第47页）

另外，在昆杜尔三次设计陷害芭旺梅拉的情节中有两次是用"下咒"这种典型的传统马来巫术：第二次——昆杜尔唆使芭旺梅拉将被下了符咒的竹笋绒毛放在拉惹的卧榻上使得拉惹身染重病；第三次——她唆使芭旺梅拉将下了毒咒的斧头挂在拉惹的房门上，差点要了拉惹的命。而这两次她都是以"用这个方法可以使你们夫妻更加恩爱"来诱骗芭旺梅拉上当。

故事中还有一些情节反映的是马来民族的传统鬼魂信仰。如母亲拉布死后其灵魂附于鲤鱼、榕树上，来继续温暖、呵护自己孤苦伶仃的女儿芭旺梅拉。在本书中，这些情节不但没有丝毫恐怖色彩，反而因为对母女间生生世世不可割舍的伟大情怀的歌颂而成为故事中最为动人的部分，芭旺梅拉对着母亲转世的鲤鱼和榕树唱出的古玲达姆歌谣更是凄凉优美，感人至深：

对鲤鱼：

"鲤鱼妈妈，鲤鱼妈妈

来吧妈妈，现身吧妈妈

芭旺梅拉种完地来啦

带来了碎米饭和芋头羹

来给妈妈做早饭"（第79页）

对榕树：

"高高的大榕树啊

高耸处高入云霄

低垂处扫到大地

我的秋千快快荡吧

风啊吹得它快快荡

帮帮我这可怜的孤儿"（第104页）

（四）惩恶扬善的伦理道德

如同许多我们所熟知的民间故事一样，《芭旺布迪与芭旺梅拉》的道德说教色彩十分浓厚，以至于当代马来西亚学者在进行古典文学作品分类时将其划入民间文学中"典范故事"（cerita teladan）一类，这是不无道理的。这一特性使得该故事成为我们探求马来人精神世界的一个有效途径。"某个社会所推崇的价值就是这个社会所有成员的最高道德准则，由这个社会所制定的各种法律法规也是以这些准则为基础的。"（伊斯迈尔·哈密德《马来社会与文化》，1988年，第73页）马来人的道德评判和审美趣味在这个故事中体现得淋漓尽致。故事中的两个主人公分别代表了马来民族道德审美中的两个极端形象：勤劳善良、忍辱负重的芭旺梅拉毫无疑问是一个尽善尽美的道德楷模、学习榜样；阴险歹毒、恩将仇报的昆杜尔自然就成了十恶不赦、永遭唾骂的反面形象。到故事的结尾，在历经风风雨雨之后善恶终于都有了报应。可以想象，一代又一代的马来人就是在这样的道德熏陶中长大的。在芭旺梅拉身上，传统马来社会所推崇的"十三种美德"都可以得到体现：斯文有礼（Nilai berbudi）、虚心谦逊（Nilai rendah diri）、慷慨大方（Nilai pemurah）、诚实忠厚（Nilai kebenaran）、小心谨慎（Nilai berhati-hati）、耐心隐忍（Nilai kesabaran）、坚强不屈（Nilai ketekunan）、互相帮助（Nilai tolong menolong）、团结友爱（Nilai perpaduan）、信守诺言（Nilai memegang janji）、尊重父母和老人（Menghormati ibu bapa dan orang-orang tua）、忠于君主（Nilai mentaati raja）、遵守习俗（Nilai mematuhi adat）。

三、结语

《芭旺布迪与芭旺梅拉》毫无疑问是马来民族的艺术瑰宝之一，虽然今天我们所阅读的版本已经经过了历代艺术家的加工和润色，不能作为古代马来社会的历史考据，但是，作为一个优美动人、广为流传的民间故事，它为我们打开了一扇了解传统马来社会和文化的窗口。透过这扇窗口，我们不仅可以感受到马来民间文学那种细腻传神的独特魅力，而且可以体会到马来民族所特有的民族性格和审美情操，它的文学价值和社会价值都是不容低估的。民间文学是一座巨大的宝库，等待着研究者们不断地对它进行探索。

参考文献

[1] 何乃英. 东方文学概论 [M]. 北京：中国人民大学出版社，1999.

[2] 梁立基. 印度尼西亚文学史 [M]. 北京：昆仑出版社，2003.

[3] 王青. 马来文学 [M]. 北京：外语教学与研究出版社，2004.

[4] Amran Kasimin. *Istiadat Perkahwinan Melayu, Satu Kajian Perbandingan* [M]. Kuala Lumpur: Dewan Bahasa dan Pustaka, 1995.

[5] Ismail hamid. *Masyarakat dan Budaya Melayu* [M]. Kuala Lumpur: Dewan Bahasa dan Pustaka, 1988.

［6］Majlis Peperiksaan Malaysia. *Mutiara Sastera Melayu Tradisional* [M]. Kuala Lumpur: Dewan Bahasa dan Pustaka, 2003.

［7］R. O. Winstedt. *A history of classical Malay literature* [M]. Kuala Lumpur: Oxford University Press, 1969.

［8］Rubaidin Siwar. *Bawang putih bawang merah* [M]. Kuala Lumpur: Dewan Bahasa dan Pustaka, 1980.

后记

从地域上讲，东南亚就是指亚洲的东南部地区，包括大陆东南亚和海岛东南亚两部分。历史上，东南亚各国与我国交往密切，著名的海上丝绸之路就是从我国泉州、广州等南方城市出发通过南海，穿过东南亚地区走向世界的。

解放军外国语学院作为全国重点大学、我国最早建立的外语类高校之一，自1949年成立时起就十分注重对国外文学的学习和研究，认为文学代表了语言发展的最高成就。为了适应形势发展的需要，1959年解放军外国语学院创办了越南语、泰语、缅甸语、印度尼西亚语4个东南亚语种专业。自东南亚语种群创办伊始，就一直重视对东南亚国家文学的传习。近60年来，解放军外国语学院的东南亚文学传习走过了四个阶段：

（1）起步阶段（1959—1966年）

这一阶段主要是以巩固所学语言知识为出发点，将文学作为语言课的延伸，在所开东南亚语种专业中设置对象国文学课程。课程内容主要为对象国语言的反法西斯战争作品、反映民族独立斗争的作品。这一阶段开设文学课程的语种有越南语、泰语、缅甸语、印度尼西亚语4个。

（2）停滞阶段（1966—1978年）

1966年，"文化大革命"爆发。受"文革"的干扰，我校各东南亚语种专业停开了对象国文学课程，改学《毛泽东选集》外文版，东南亚文学传习处于停滞状态。

(3) 恢复阶段（1978—1984 年）

"文革"结束后，我校的东南亚文学教学逐步得到了恢复，教学内容进一步拓展，东南亚国家文学史的教学也纳入到了文学课体系之中。1980 年，老挝语专业成立。成立后的老挝语专业也开设了包括文学史在内的对象国文学课程。

(4) 全面发展阶段（1984 年—）

1986 年，以越南语专业硕士学位授权点的设立为契机，我校专门的东南亚文学教研队伍开始成型，系统的东南亚国家文学研究稳步推进。1998 年，柬埔寨语专业和马来语专业的成立壮大了东南亚文学研究的力量。2003 年我校亚非语言文学二级学科经国务院学位委员会批准，获得博士学位授予权之后，设置了以越南文学研究为主的博士研究方向，招收了首批东南亚文学博士研究生。2007 年又招收了东南亚文学研究方向博士后进站研究人员。目前，我校的东南亚文学教学与研究已经形成了以越南文学为龙头的教学科研团队，建立了涵盖本科、硕士、博士和博士后研究等多层次的教学、科研体系。承担了 5 项东南亚文学领域的国家社会科学基金研究项目，3 项国家出版基金项目，取得了大批丰硕的教学、科研成果。

进入 21 世纪以来，我校的东南亚文学研究呈现出五大特点：一是编选出版了一批东南亚国家的现当代文学作品选读教程；二是翻译出版了一批东南亚国家文学作品；三是结合教学开展了对象国作家作品研究；四是加强了东南亚区域文学的研究；五是打通壁垒、整合资源，开展了以国家社科基金项目为龙头的高级别东南亚文学项目研究。

2019 年 10 月，我校东南亚语种专业将迎来 60 华诞。为了展示东南亚语种群创办 60 年来所取得的成就，亚非语系学术委员会决定编辑出版《东南亚文学论集》。本论集也是《东方文学论集》的姊妹篇，属于亚非文库东方文学研究系列的一部分，主要选登东南亚国家文学类论文，共计37篇。这37篇论文是我们从近150篇东南亚文学研究论文中精选出来的。以越南文学研究为主，兼顾语种平衡。所选论文虽不能说尽善尽美，但在一定程度上反映了我校东南亚文学的研究水准，是对解放军外国语学院东南亚语种专业创办60年来文学研究的阶段性总结。

本书在编辑出版过程中，得到了《东方语言文化论丛》编辑部和世界图书出版公司的鼎力支持，在此谨致以诚挚的谢意。我们衷心地希望本书的出版能对我国的东南亚文学研究有所贡献，同时也热忱欢迎广大读者不吝赐教，多提宝贵意见。

编　者
二〇一七年五月一日
于解放军外国语学院